〔清〕顧嗣立編

元詩選

三集

中華書局

元詩選三集序

余向刻元詩，前後共二百家，行世已久。壬午後，復廣搜博採，心力俱瘁，吴下藏書家殘編賸稿，靡有遺憾。乙酉秋，應詔入都，編選四朝詩館。因得盡窺内府祕本，手自抄撮，存諸行篋。乙未秋，給假旋里，南泝湘漓，北登嵩岱，訪求遺佚，裒益滋多。倦遊歸卧草堂，輒合二十年來所得，重加詮次，凡成集者約一百六十餘家，其諸家選本及山經、地志、野史、稗官、書畫卷軸所傳詩未滿數首者，編入癸集，共計三千餘人，元詩綦大備矣。繕寫粗畢，欲悉付剞人，力有未逮。復先以百家質諸海内，他日續完全書，以成鉅觀，則元人一代精華，不致磨滅弗彰，而余半生攟摭苦心，亦庶幾可以無負矣。康熙五十九年，歲次庚子秋八月，長洲顧嗣立書于秀野草堂。

元詩選三集總目録

麻革　貽溪集……一
張宇　石泉集……一一
陳賡　子颺集……一五
附：陳庚
房皞　白雲子集……二四
曹之謙　兑齋集……三一
杜瑛　緱山集……四一
杜仁傑　善夫先生集……四五
楊雲鵬　陶然集……五一
劉辰翁　須溪集……五六
附：劉將孫
陳普　石堂先生遺稿……六四

甘　泳　東溪集……………………………………………………………………七六
毛直方　聊復軒斐集……………………………………………………………八〇
劉　邊　自家意思集……………………………………………………………八五
郭麟孫　祥卿集…………………………………………………………………八八
湯炳龍　北村集…………………………………………………………………九二
王　圭　敬仲集…………………………………………………………………九六
附：王　瑋　王虎臣
以上入甲集
盧　摯　疎齋集…………………………………………………………………一〇四
以上入乙集
滕　斌　玉霄集…………………………………………………………………一一八
馮子振　海粟集…………………………………………………………………一三六
李溥光　雪菴集…………………………………………………………………一四一

周　馳　如是翁集……一四六
聶古柏　侍郎集……一五一
張起巖　華峰漫稿……一五六
王士元　拙菴集……一六〇
王懋德　仁父集……一六三
曹元用　超然集……一六六
劉　濩　聲之集……一六九
繆　鑑　效顰集……一七三
汪　珍　南山先生集……一七七

以上入丙集

柯九思　丹丘生稿……一八三
劉　致　時中集……二三二
項　炯　可立集……二三五
李　序　絪緼集……二四〇

李　裕　中行齋〔稿〕(集)……二四八
附：李貫道
以上入戊集·
王都中　本齋集……二五八
附：王　畛　王　畦
呂思誠　仲實集……二六九
干文傳　仁里漫稿……二七三
王　艮　止止齋稿……二七六
林泉生　覺是集……二八二
李源道　仲淵集……二八七
楊敬惪　仲禮集……二九〇
陳德永　兩峰慚〔草〕(稿)……二九五
陳天錫　鳴琴集……二九九
附：陳陽至　陳陽盈　陳陽復　陳陽純　陳陽極

錢良右　江村先生集……三〇六
附：錢逵
彭炳　元亮集……三一一
倪道原　太初集……三一九

以上入己集

月魯不花　芝軒集……三三三
汪澤民　宛陵遺稿……三三六
附：汪用敬
陳肅　伯將集……三三三
吴訥　萬户集……三三八
黄復圭　君瑞集……三四二
陳謙　子平遺稿……三五〇
黄元實　延美集……三五四
宇文公諒　純節先生集……三五八

劉　汶　師魯集……三六二
劉　聞　容窗集……三六六
胡　助　純白類稿……三六九
偰玉立　世玉集……三七五
附：偰哲篤
張天英　石渠居士集……三八〇
熊夢祥　松雲道人集……三九六
宋　沂　春詠亭〔稿〕（集）……四〇〇
卞思義　宜之集……四〇四
屠　性　彦德集……四一〇
昂　吉　啓文集……四一四
陳秀民　寄情稿……四一九
方　行　東軒集……四三一
附：孔從善
高　明　柔克齋集……四四一

吴克恭　寅夫集……四五三
陳　方　孤篷倦客稿……四七一
潘　純　子素集……四八一
鄭　東　鄭　采　鄭氏聯璧集……四八九
李元珪　廷璧集……四九九
張　渥　貞期生稿……五〇五
李　瓚　弋陽山樵稿……五〇九
陸　友　杞菊軒稿……五一六
顧　盟　仲贇集……五二〇
衞仁近　敬聚齋稿……五二五
彭　罙　仲愈集……五二七
張　遜　溪雲集……五三一
文　質　學古集……五三四
周　砥　荆南倡和集　履道集……五三九
王　鑑　明卿集……五六九

何景福　鐵牛翁遺稿……五七二

以上入庚集

陸居仁　雲松野褐集……五八六
羅蒙正　希呂集……五八九
周　棐　山長集……五九四
許　恕　北郭集……六〇四
瞿　智　睿夫集……六二四
張　簡　雲丘道人集……六二九
陸　仁　乾乾居士集……六三五
馬　麐　公振集……六五四
呂　誠　來鶴草堂稿　既白軒稿　竹洲歸田稿　敬夫稿……六五八
俞　遠　豆亭集……六八九

以上入辛集

于　立　會稽外史集……六九三
鄭守仁　蒙泉集……七一七
祖　柏　不繫舟集……七二〇
本　誠　凝始子稿……七二四
子　賢　一愚集……七二七
張玉娘　蘭雪集……七三〇
黎　崱　靜樂稿……七四二

以上入壬集

·顧氏原編無入丁集部分。

貽溪先生麻革

革字信之，臨晉人。父秉彝，登金皇統九年進士第，歷官兵部侍郎。革生中條王官五老之下，長侍其先人西觀太華，迤邐東游至洛，遂避地家焉。北渡後，嘗自代門踰代嶺之北，留滯居延。己亥夏，赴試武川。及秋歸，道渾水，訪劉祁京叔于渾源。登龍山絶頂，自作遊記。隱居教授而終，人稱爲貽溪先生，有詩文行世。信之正大中與張澄仲經、杜仁傑仲梁隱内鄉山中，日以作詩爲業。遺山元好問裕之評仲梁詩如偏將軍將突騎，利在速戰，屈于遲久，故不大勝則大敗；仲經守有餘而攻戰不足，故勝負略相當；信之如六國合從，利在同盟，而敝于不相統一，有連雞不俱棲之勢，雖人自爲戰，而號令無適從，故勝負未可知。當時以爲知言。當金源北渡後，裕之首爲河汾倡正學。時信之與張宇彦升、陳賡子颺、庚子京、房皞希白、段克己復之、成己誠之、曹之謙益甫諸老與裕之游，從宦寓中，一時雅合，並以詩鳴。元大德間，大同路儒學教授房祺自號横汾隱者，纂録信之等八人編集成帙，得古律詩二百一首，號曰《河汾諸老詩集》。明副使濩澤車璽稱其詞藻風標，如層峰疊波，金堅玉瑩，絶無突梯脂韋之習，纖靡弛弱之句。録此，亦足見金源一時河汾詩學之盛，雖易世不衰云。

上雲内帥賈君

北極長虹掣，西垣太白高。千年知運圮，四海共兵鏖。霧黑龍蛇鬬，山昏虎豹嗥。石傷填海羽，波動負山鼇。遺介潛寒渚，驚鼯走夜牢。江山留慘黯，天地入焄蒿。衆折思枝柱，初寒俟藺纈。明良逢慶會，鄉曲得名豪。梁棟因人出，艅艎爲世操。安流欣鼓柮，奔浪獨能篙。日出戈揮景，江翻弩射濤。風聲連澒洞，裁鑒悉纖毫。桃李勤封植，茅菅日薙薅。獵場游麃鹿，魚渚動鰌魛。井邑生春色，禾麻飫土膏。民歌烏遶屋，士喜馬騰槽。朔塞閒刁斗，天山擁節旄。岱嵩何落落，江漢自滔滔。大寶珠仍璧，長城雉與壕。崇牙分棨戟，大壤屬韃櫜。日月依龍德，風雲挾豹韜。夾山羣戰騎，黑水泳輕舠。落日覯魚浦，秋風射雉皐。化行家置塾，役簡里停鼛。歌奏投壺室，文閒治獄曹。西庵談性理，東閣會奇髦。森爽開璜琥，縱横列雁羔。禮容新泮宇，物性遂莊濠。牧唱聞朝起，樵音聽暮號。孤嬰收坎阱，流滯起蓬蒿。屨下陳蕃榻，誰空北海醪。却軍敦禮樂，曹館富風騷。客望龍門聚，雛從鳳穴翱。世知三窟隘，人可二天逃。雨露承恩命，山河襲世勞。功名高衛霍，輔弼慕伊咎。鞍馬憐髀肉，簪纓視鬢毛。雅中張仲德，頌入魯侯昭。有客傷淪落，無階寫鬱陶。太行雲羃羃，代北雨騷騷。去國心將折，懷人首獨搔。身如伏櫪驥，情似失林猱。涸轍將安往，窮途況所遭。幸今逢匠石，直欲啖醨糟。忖己誠無有，登門亦已叨。沐薰良備至，感激欲號咷。已客馮驩舍，猶傷范叔袍。鍔須開匣劍，割欲試鉛刀。杞梓容山木，包羞薦沼芼。每思休困頓，佳蔭有蘭蕈。

送杜仲梁東游　仲梁先稱善夫。

野馬何決驟，飛雲何悠颺。商巖不足稽此士，又欲東略宋與梁。青山不知老，白山乃許忙。菊潭之水清泠淵，野人飲之得長年。芳醲不買壽，淡泊差可久。北山峩峩蒼翠巔，丹崖石老生紫煙。靈芝秋杞老霜骨，黃精茯苓飽新斸。望君嶄嶄病以癯，酌之食之可以還膚腴。況有劉荆州、元丹丘，子寧舍之汗漫游。涼秋佳月酒一杯，送子東下心徘徊。半山亭前一茅屋，歲寒霜勁君當來。

短歌行送秦人薛微之赴中書

河流宿層冰，山有太古雪。翩翩有客來，老面黑於鐵。盤盤胸臆間，猶挂太華月。不肯下貴勢，便欲叫雙闕。朔寒衣裳單，路遠馬蹴蹶。昔人丈夫事，肝膽不可越。我歌送君行，歌聲何激烈。悲風爲我起，酒行歌半闋。望君青雲端，何恤遠離别。

關中行送李顯卿

關中行，我持一杯酒，送君西入秦。秦川鬱相望，渭水流沄沄。黄河中折條復來，太華倚天青壁開。我送君兮渺何許？春風不肯吹君回。舉酒酹五陵，浩歌登高臺。終南之山何崔嵬，長安舊游安在哉！百年繁華成劫灰，千古英雄沈草萊。風塵澒洞豺狼墓，天地茫茫入煙霧。我載歌，送君去，太華終南宜有深絶處。巖扃人跡所不到，石壁蒼苔老煙雨。〔草〕堂挂女蘿，充腹多薯蕷。玉井蓮開十丈花，茯苓根結千年樹。白雪青松良可老，鹿門有龐商有皓。不然凌雲學輕舉，呼取安期羨門語。憶昨與君友，相逢日日酬杯酒。酒闌起舞肝膽開，小桃唱罷歌楊柳。晉語狎秦瓘，秦談驚晉叟。秦晉之交那可無，胡爲不作雙飛鳬。碧草離離生早春，哀歌望斷西南雲。求君於終南之上不可得，太華峰頭會見君。

阻雪華下

愛山久成癖，得山真雋永。太華隔風塵，五年夢幽境。傳聞十丈蓮，擬扣玉仙井。雪花忽迷漫，蒼巔墮昏暝。蹇余世緣深，方外久自屏。意是希夷君，俗駕疏造請。行行風撼林，稍稍雲度嶺。雲間三峰面，隱約露芒穎。初如灩澦堆，屹起勢奔猛。漸如倚天劍，萬仞鐵花冷。煙霞半明滅，瞬息變光景。乃知造化心，相哀亦相警。歸鞭晚忽忽，回首心耿耿。浩歌夜深寒，孤月挂峰頂。

置酒半山亭得秋字

懷抱久不寫，兀坐如縶囚。永懷西山勝，浩蕩成茲遊。巖壑互窈窕，叢蘿鬱深幽。飛煙入虛無，長風跨崑丘。楚甸散林莽，商顏亦綢繆。雷雨天地空，景氣入夜浮。況當節律變，萬物颯以秋。雲來白日慘，天澹清江流。西望渺關河，沈沈生暮愁。蘭苕晴幽谷，芰荷老芳洲。一笑舉酒觴，浩歌聊自酬。幽賞興未極，慨歎心悠悠。世事蒼茫外，寒沙明白鷗。

歸潛堂爲劉京叔賦

逃淵魚深處，避弋鴻冥飛。古來賢達士，亦復歌《采薇》。南山先廬在，兵塵悵睽違。山空無人居，惟見草木肥。翩然千歲鶴，一朝復來歸。新築臨渾水，行逕窈以微。清流鳴前除，白雲入晨扉。回顧陵谷遷，萬事倏已非。著書入理奥，得句窮天機。前路政自迫，此道儻可幾。殷勤抱中璧，黽勉留餘輝。第恐遯世志，還負習隱譏。永懷泉上石，一觴與君揮。惜無淩風翰，遐舉非所希。

守約齋爲吕仲和作

讀書不務博，造道當入微。一理貫萬理，一歧會衆歧。譬彼庖丁刀，騞然解牛時。節間卽有得，肯綮寧復疑。道喪向千載，聖遠孰可期。養勇敵所愾，養氣動以隨。心非安如山，遇變鮮不移。吾門有聖學，觀心乃其師。宴坐一室中，自得寔在兹。胡爲滞紛感，紬繹如繭絲。人生夠多欲，事物日以滋。牛羊踐徑蹊，虎豹攻藩籬。我嘗叩天理，誠明不容欺。第恐達者事，還爲狷者嗤。

楊將軍坰馬圖

古人相馬不相肉，畫工畫馬亦畫骨。淡淡生綃一片雲，眼中羣龍何突兀。飛菟汗血天驥種，筆墨之間見飛動。前趨後逐互有態，涉㵎行留分向背。豐草長林性本真，駉駉駜駜相與馴。開元天子盛監牧，四十萬匹錦繡屯。人言息馬戰所重，風鬣霜蹄惜無用。君不見幽燕飛鞚時，中原流血成淵池。秖令征討苦未休，金鞍鐵甲彌山丘。安得放歸如此馬，飲水求芻恣閒暇。

題李氏寓酒軒

吾聞李謫仙，一斗詩百篇，酒家眠。又聞陽諫議，月廩盡以送酒錢。伯倫《酒德頌》，無功醉鄉仙。説到飲中理，兹世何渺然。古來賢達士，以酒全其天。所以陶靖節，浩歌歸園田。獨余醉翁之意不在酒，樂在山水静所便。古人已矣不可作，今人紛紛亦能賢。北里富熏天，高樓歌舞筵。千金結客多少年，哀吹豪竹，倒傾玉船。以酒互爲市，地勢相嬋嫣。焉知貧士貧到骨，倢倒仰天歌《黄鵠》。《黄鵠》歌罷無翼飛，妻啼兒號書一束。借問主人翁，心跡誰與同。我亦頗解飲，聖賢時一中。酒酣擊尊破，兩耳生春風。安得園綺遇，攜我入山去。清泉爲釀碧溪深，醉卧溪頭弄雲月。

盧山兵後得房希白書知弟謙消息

聞道王師阻渭津，盧山以後陷兵塵。軍行萬里速如鬼，風慘一川愁殺人。亂後僅知家弟在，書來疑與故人親。夢中亦覺長安遠，回首關河淚滿巾。

晚步張犖田間

地入荒蕪過客稀，村深門巷暮山圍。悠悠獨鳥穿雲下，策策寒烏掠日飛。人事百年梧葉老，秋風萬里稻花肥。兵塵河朔迷歸路，惆悵平沙送夕暉。

板橋道中

篁竹瀟瀟野水濱，光風過眼與時新。陰崖積雪猶含凍，遠樹浮煙已帶春。世故未應悲古道，歲華聊得伴閒身。蕨芽筍稚行當好，莫擬山中問主人。

過陝

萬古津茅據上遊，崤函西去接秦頭。悲風鼓角重城暮，落日關河百戰秋。形勝古來須上策，塵埃歲晚只羈愁。豺狼滿地荆榛合，目斷中條是故丘。

爲王德新壽

百年人物惜彫零，尚喜衣冠見老成。數口齏鹽憂桂玉，一川風雨獨柴荆。紅顔未羡方春好，黄髮應從此夜生。異日華林講殊禮，不妨鳩杖從公行。

爲秦人梁帥壽

功名萬里駕龍荒，不作當年陛楯郎。顔角久瞻天上日，鬢毛未點鏡中霜。衣沾暑雨千秋潤，扇引薰風六月涼。見説長年出沖静，海山求藥本微茫。

送申生取新赴中書

寒山漠漠日初曛，過盡瀟瀟雁鶩羣。百代高歌餘《白雪》，一朝飛步上青雲。倚門骯髒誰憐我，滿腹精神獨見君。看取扶摇便鵬翼，臨歧且莫歎離分。

寄杜仲梁

塞上愁多雲易陰，故人雖在雁無音。交情念子黄金重，世故稽人白髮深。芳草春風千里夢，青燈夜雨兩鄉心。岱宗入眼東南秀，悵望雲山淚滿襟。

寄元裕之

朔雲陰雪晚重重，日入寒蕪塞草空。沂水東回無去翼，天山南斷有哀鴻。三年遠别交情外，一夜相思客夢中。明日關河對雙淚，祇將幽憤寄秋風。

竹林院同張之純賦二首

柳色侵尋映短籬，竹梢零亂挂殘暉。山禽自識忘機客，飛下庭柯更不飛。

稍稍林間布穀聲，村南村北水雲平。偶來竹寺看山坐，閒聽清溪遶舍鳴。

中書大丞相耶律公挽詞二首　甲辰五月十四日。

砥柱中流折，藏舟半夜移。世賢高允相，人歎叔孫儀。未拜荆州面，嘗蒙國士知。無階陪引紼，萬里望靈輀。

文獻羣公表，東丹八葉傳。珪璋貽嗣德，蘭藻靄遺編。禁籍虚青瑣，神游定玉泉。太常千字誄，誰有筆如椽？

密國公挽詞二首

鬱鬱佳城閉，翩翩銘旐開。風悲信陵墓，雨入孝王臺。萬古傷渠壞，千年望鶴來。平明國門外，簫鼓不勝哀。

漢制隆恩禮，周封列屏翰。人知尊帝胄，我但識儒冠。零落傷蘭桂，孤高歎鳳鸞。從今門下客，長鋏向誰彈？

送李端卿之鄴臺

僮馬戒晨裝，新霜木葉黄。嗟余無壯節，送子慘離腸。林慮荒秋色，清漳下夕陽。遥知一尊酒，弔古鄴城傍。

贈劉伯威

劉子山中秀，相逢氣自同。箕裘門户計，菽水古人風。折節豈爲辱，苦心應有終。平生湖海志，未用哭途窮。

贈王明伯

遼海遺珠在，黄華秀未空。百年書法裏，萬事酒杯中。耿耿此心在，悠悠吾道窮。好賢明達事，獨喜與君同。

秋夜感懷

老境歡娱少，愁懷感歎長。世途多險阻，歸興渺蒼茫。疏雨梧桐夜，西風蟋蟀牀。平明攬青鏡，衰鬢又添霜。

雲中夜雨

憔悴杜陵客，悲涼王仲宣。四圍晴立壁，一突午無煙。病卧秋風裏，愁吟夜雨邊。明朝誰裹飯？萬一使君憐。

渡洛

泉石經行久，林丘弭望間。溪鳴風蕩水，谷暗雨含山。淡淡輕鷗没，飛飛倦鳥還。世緣良自苦，空羡野雲閒。

浩浩

浩浩春風裏，悠悠倦客情。天寒花寂寞，冰泮水縱横。念遠心將折，聞兵夢亦驚。江山憔悴久，倚杖歎餘生。

石泉先生張宇

宇字彦升，□□人。號石泉先生。

送趙宜之歸辛安兼簡洛下諸友

悽惻復悽惻，送君汾水側。人生歡會少，一別難再得。昔經劫火然，二鳥奮驚翼。嗷嗷各何之，同落天西北。日夕相和鳴，此樂未易極。狂風忽吹散，一鳥歸故國。翩翩入寥廓，萬里期一息。鄧林有餘陰，未肯棲枳棘。玉山有嘉禾，未肯求粒食。一鳥獨未歸，毰毸老無力。矯首思舊羣，潸然淚沾臆。

雌雞行

雌雞粥粥將鳧兒，鳧兒入水雞鳴悲。岸南岸北飛且隨，但恐搏攫遭鳶鴟。岸傍無食寧飢死，朝暮不肯須臾離。傍人争笑愚且癡，我哀物理爲人欺。

雲溪秋泛圖爲閻國寶賦

晴嵐滴翠霜樹殷，石錦錯落苔花斑。人家隱約荒靄外，但見籬落連柴關。兩山中斷忽空曠，下有碧水之潺湲。幽人航葦迷遠近，思致偃蹇無容攀。定非鴟夷成霸業，一舸五湖煙浪寬。又非坡仙遊赤壁，酒酣浩歌江月寒。亦當拄杖横膝看南山，心與白雲相對閒。胡爲厭山瞰芳渚，岸草汀花適幽趣。有聲詩畫無聲詩，夏蟲未易寒冰語。或云此本張季鷹，蓴鱸忽憶扁舟輕。蹇余有家歸未得，一見秋風羽翼生。

採蓮分得底字

溪風揺揺波瀰瀰，十里芳華照清沚。蘭舟女郎紅玉春，日射新妝明水底。芙蓉雙臉百媚生，吴宫西施漢良娣。藕腸折斷雪絲牽，入手花枝香蔙蔙。隔岸誰家貴公子，調笑新詞歌艶體。吴儂變風有如此，誰念采蘋供祭禮。

哭姪

學業方成二紀過，虚舟一夕殞頹波。死皆有命憐渠早，老獨無依奈我何。歸計雲山空莽蒼，愁懷日月暗消磨。白楊半夜風蕭瑟，盡是吾兒《薤露歌》。

感懷

世路羊腸劇險艱，天心應厭著儒冠。老無子息休心易，貧有交親託事難。文字售人真滯貨，廉平養己似閒官。羲經讀罷無人會，庭竹蕭森夜月寒。

上巳日游平湖

微風漠漠水增波，禊事重修繼永和。脆管當筵清似語，扁舟争岸疾如梭。一時人物成高會，千里雲山入浩歌。日暮芝蘭無處覓，野花汀草占春多。

送田茂卿赴都

宿雨初晴草木齊，一杯汾水恨分攜。上林曉色多鶯友，長路春風入馬蹄。黄卷可能無斗禄，青雲自是有天梯。從來俊傑知時務，莫爲寒窗故紙迷。

和李子徵村居二首

健羡南溪老，幽居水石間。心無塵事汩，身與白雲閒。院静深藏竹，牆低易得山。蒲團香一炷，花落鳥喧喧。

别墅荒城外，居閒事事幽。栽松添野色，接缿引溪流。詩社分新韻，村醪洗舊愁。更求名與利，騎鶴望揚州。

送李仲暉之洛

同是思鄉客，君先著祖鞭。驪駒歌落日，去雁入高天。莫戀河濱粟，當耕谷口田。親朋儻相問，爲報已衰年。

和劉敏之韻

城居寧不好，未易著閒人。客至慚無酒，詩成莫療貧。談天雖有口，無地可安身。美殺清江鷺，生來不受塵。

秋日出郭

離離禾黍滿郊墟，棗實紅殷接野閭。四十年來無史筆，有年今日仗誰書。

和李濟夫韻

午夢遊仙鳥喚回，竹陰掃地淨無埃。莫言嘉客閒中少，時有清風自往來。

荆公

作古非今禍已成，亦知鬼責與天刑。試看一病遺言處，猶勸傍人誦佛經。

陳先生賡

賡字子颺，□□人。金河東山西道行中書省參議。北渡後，與弟庚隱居不出，以詩倡酬，學者宗之。

遊龍祠

黃河如絲導崑崙，萬里南下突禹門。枝流潛行大地底，派作八道如霆奔。吾聞川真嶽靈有冥宰，況乃利澤開洪源。神龍窟宅瞰平野，千古廟貌何雄尊。深林含蓄雷雨潤，冷殿似帶波濤痕。我來南州走塵坌，執熱未濯憂思煩。試斟甘洌洗肝肺，一勺注腹清且燉。悠然晞風坐東廡，倏見繪畫如飛騫。仙官華裾乘朱軒，旗纛掩藹蛟伏轅。雷公電母踏煙霧，天吴海若驅鼉黿。何時借取霹靂手，倒挽銀漢清乾坤。廟前老翁顧我語，孺子未易排天閽。胡爲高論乃如此，一笑滿面春風温。是時三月游人繁，男女雜遝簫鼓喧。搴茭沉玉答靈貺，割牲釃酒傳巫言。巫言恍惚廟扉闔，拜手上馬山煙昏。

峴山秋晚圖

太山高嵯峨，小山低培塿。清江錦樹帶秋煙，煙際人家在林藪。荆河迤南三峴山，此圖定繪襄陽否。詩人翰墨丹青手，落筆天機隨所有。峴首真在襄陽西，遥觀漢水含風漪。上有龜龍一片石，云是羊公墮淚碑。試披禹跡考地志，畫師寧免詩人疑。且看滿眼江山好，休作燕人過晉悲。

子猷訪戴圖

兩晉崇玄虚，風流變華夏。舉世尚清談 天地指一馬。依阿竹林賢，鴻名重天下。王郎衣冠胄，亦復慕草野。偶來剡溪上，溪水正清瀉。扁舟信沿洄，氣韻可瀟灑。誰與好賢心，丹素入圖寫。山陰懷古意，欲攬不盈把。賦詩心夷猶，六義愧騷雅。西風塵冥冥，儻有知音者。

鐵拄杖

閩王鐵杖如榔栗，得自荒虚鬼神域。鞭笞蜑蠻今幾年，霧翳雲蒸老蛟黑。腹中有篁如細泉，牙節宛轉聲鏗然。天生神物不虚棄，提攜萬里歸坡仙。坡仙騎鯨凌紫煙，海仙一去今千年。人間俯仰成今古，紛紛長物何須數。洛陽銅駝卧荊棘，昭陵石馬埋煙雨。百斛鼎，兩錢錐，小大用舍俱兒嬉。商顏鶴髮一筇竹，何似凌煙功臣玉具高拄頤。黃閣得君真耐久，扶持四海經綸手。會須拄到崑崙巔，九點青煙看九有。鐵耶杖耶吾不知，誠將道眼窺天機。一朝雷雨轟空陂，須防化作蛟龍飛。

武善夫桃源圖

武郎種桃滿雲溪，三月紅雨行人迷。自從玉勒入雲馭，春風杜宇年年啼。飛黃騰踏有天倪，紫電轉盼天山低。要將白璧沽蛾眉，更把黃金鑄褭蹄。羲和挾輈六龍馳，暮景恐迫虞淵西。新詩擬喚槐安夢，咫尺溪邊春色動。飛花漠漠水泠泠，蒼苔荒了煙霞洞。聞道西風解涴人，何處江山可問津？征塵障斷仙源路，且看丹青萬樹春。

送李長源

月下孤鴻枕上雞，高城今日又分攜。九秋雲氣崤陵底，萬里河聲砥柱西。飲罷關山秋寂寂，詩成風雨暮淒淒。千金善保并州器，要放崑崙入馬蹄。

寄陝郡楊正卿西菴二首

臨川堂上看飛鴻，十載西州一轉蓬。親老家貧初有累，才疏意廣卒無功。姦雄頗忌孔文舉，富貴何如張長公。滿地塵埃浮世狹，一帆思駕五湖風。

遷客形容國士心，春風鶴髮不勝簪。鍾儀去楚衣冠異，王粲依劉歲月深。歲晚艱危無短策，酒酣悲壯動長吟。遥憐蘭省楊夫子，一紙書來抵萬金。

宣宗挽詞

洛邑周初定，蒼梧舜不還。九天來鶴馭，萬國泣龍顔。儉德高千古，鴻勳際兩間。無由望弓劍，雲氣鬱橋山。

寒食祀墳回登臨西原廢寺二首

前朝廢寺枕山阿，尚有摩雲窣堵波。故國已非唐日月，老僧猶指晉山河。年來筋力登臨倦，亂後心情感慨多。石蘚荒碑碎文字，他年更得幾摩挲。

當年雲構倚天開，一夕煙塵化劫灰。佛閣丹青餘瓦礫，禪房花木亦蒿萊。春風萬里騷人怨，落日千秋杜宇哀。斷礎荒煙無限意，一章詩律爲誰裁。

送寇輔臣

古陌風塵點客衣，送春君亦伴春歸。東風不管離人恨，吹落楊花滿地飛。

蒲中八詠爲師嵒卿賦

蒲津晚渡

雲濤注壺口，水府蟠九疊。公子莫争舟，蛟龍方飄飲。

虞坂曉行

伯樂沈九原，泥塗困騏驥。千古長坂空，無人知此意。

舜殿薰風

巖廊鳴五絃，薰兮南風來。鳳去徽音絶，眢井生莓苔。

首陽晴雪

天風吹瓊瑶，自冒首陽頂。欲和采薇歌，千山凍雲冷。

東林夜雨

林壑冷含秋，風雨黯如海。何如贊公房，青燈淡相對。

西巖疊巘

梵刹盤空曲，煙霞錦繡紋。山靈儻招隱，徑入萬重雲。

嬀汭夕陽

蓂階降英皇，此地嬪有虞。南巡竟不返，愁雲接蒼梧。

王官飛湍

懸流落雲巖，遥空挂飛練。何時斛清泠，一頮黄塵面。

陳先生庚

庚字子京，賡弟。金平陽提舉。

送麻信之内鄉山居

四海紛拏戰虎龍，鷲鷹無計脱圍中。莫貪利禄招時忌，要學聱牙與世同。汝水應逢寒食雨，淅川行趁舞雩風。離心洗蕩方如許，莫上危樓聽斷鴻。

弔麻信之二首

弊屣功名懶著鞭，劇談豪放本天然。閒來每愛從人語，醉裏何妨對客眠。體瘁漸成中酒病，家貧全仰賣碑錢。堂堂一去今何在，三尺孤墳罩野煙。

風采瓊林未足侔，一朝零落委山丘。君恩未賜金蓮炬，天闕俄成白玉樓。詩類貫珠尤可翫，室如懸磬更堪憂。路遥未暇憑棺奠，悵望中條涕泗流。

答楊焕然二首

梁苑當年記盛遊，亂離南北恨遲留。且教紅袖歌《金縷》，莫對青山歎白頭。人似贊皇遷蜀郡，詩如子美到夔州。傳家況有玄文在，應使童烏繼纂修。

獻賦當年覲紫宸，羨君藻思獨超羣。扶持吾道難尤力，潤色斯文老更勤。學際天人寧有伴，文如風水自成紋。何時載酒清伊上，寄字時來問子雲。

清明後書懷

花氣薰人動竹齋，貪春狂思若爲裁。蜂黏落絮飛還墜，燕認新巢去復來。亂後精魂猶夢境，貧中風景剩詩才。江山信美非吾土，懷抱何時得好開？

送孟駕之赴闕

文史相從二十年，歲寒心事久彌堅。向來才力驚游刃，此去功名穩著鞭。淺緑每依沙漠草，横青遥指拂爐煙。應將萬字匡時策，挽取恩波下九天。

病後贈姚仲寛居士

寂寂柴關晝不開，虚簷獨步意徘徊。百年素業南柯夢，一寸丹心古鼎灰。野老相過聊問訊，溪禽近啄不驚猜。好奇誰是劉公子，肯爲揚雄載酒來。

有懷家兄子颺

蕭蕭雙鬢半成絲，亹亹襟懷抱所思。趨向自知違俗好，文章只合伴兒嬉。嵩西晚照霞明處，洛汭秋風雁過時。中有仙人敝廬在，與君何日理茅茨？

贈李彦誠

五嶽分崩四海傾，便宜一别盡今生。艱難契闊重相見，四十餘年老弟兄。

峴山秋晚圖

當年叔子愛茲山，陵谷回頭幾變遷。縱使豐碑今尚在，遊人誰復一潸然。

題師邑卿蒲中八詠

蒲津晚渡

中條山色照黄河，競渡行人晚更多。城上危樓倚霄漢，凭欄有客正悲歌。

虞坂曉行

五更風露正清冥，馬首殘蟾分外明。好句墮前俄失去，微吟倏過古虞城。

舜殿薰風

德化當年被海隅，熙熙物性盡昭蘇。不知今日吾民愠，一聽琴聲解得無。

首陽晴雪

山頭晴雪照城樓，潑水融銀眩兩眸。蕩滌寒城須美醖，浮香醽醁夜來篘。

東林夜雨

瀟瀟寒雨溼觚棱，古殿長廊夜氣增。此地此時誰得意，龕燈一點坐禪僧。

西巖疊巘

螺髮煙鬟矗萬峰，行人指點梵王宮。鳥飛杳靄蒼茫外，人在霏霞空翠中。

嫣汭夕陽

水曲山河古樂鄉，聖謨曾此降英皇。遺風欲問應無處，破屋頹垣半夕陽。

王屋飛湍

表聖當年愛此山，倚樓終日看飛湍。後人空飲貽溪水，不學先生便挂冠。

白雲子房皥

皥字希白，□□人。自號白雲子。詩多别致，如《戊子》云：「行非楊秉三無惑，性似嵇康七不堪。」《寄段誠之》云：「多語數窮深可戒，虚名無用不宜貪。」造語亦新。時有涉腐氣類邵堯夫者，悉爲汰去。元遺山《續夷堅志》載：希白家盧氏時，客至，烹一雞，其雄遶舍悲鳴三日，不飲啄而死。文士多爲詩文，予號貞雞。惜遺稿失傳。

江上行

浮雲澹澹心悠悠，杖藜來作江邊游。商人打鼓催行舟，洪波不斷東南流。木葉瀟瀟荆楚秋，勸君休上王粲樓，日落滄江增暮愁。

賣劍行贈韋漢臣

滄海波未澄，無人斬長鯨。韋郎三尺玉，匣中鳴不平。蛟龍一出雷雨隨，翕忽變化清四夷。可惜有才不見用，青天白日將何爲？酒酣起舞抱劍哭，肅肅悲風動茅屋。不如南山學種田，自古青萍换黄犢。

貧家女

貧家女，德性温柔寡言語。終年辛苦不下機，身上却無絲一縷。倡家女兒百不會，只向人前賣嬌態。繡裀端坐青樓中，銀燭熒煌照珠翠。書言福善與禍淫，未必天工有此心。盜跖長年顏子夭，古來顛倒非獨今。高處是崑崙，低處是東溟。崑崙推不倒，東海填不平，物之不齊物之情。貧女莫羡倡女榮，不義富貴浮雲輕。持身但如冰雪清，德耀荆釵有令名。

送王升卿

傷哉船子峰頭月，昨夜團團今夜缺。月華猶自不長圓，人生安得無離别。世上憂端千萬許，惟有别離心最苦。盧川春晚送君行，落花爲我啼紅雨。四海紛紛尚戎馬，我曹只合歸林下。如椽大筆今無用，日課新詩自陶寫。嵩陽佳處如罨畫，浮可漁兮田可稼。我欲從君覓隱居，却恐山靈嫌俗駕。

題吕仙亭

岳陽城南吕公洞，道人見客無迎送。事少方知日月長，身閒未覺功名重。竹影松陰生午涼，山色湖光設朝供。高吟下視世間人，幾人不在黄粱夢。

寄呈岳陽諸友

稟性太褊率，不受塵事觸。自小遠市塵，僻居在巖谷。人間嗜好心，舍書百不欲。一飽更奚求，簞瓢隨分足。失脚墮世路，纏糾若徽纆。人以官爲榮，我以官爲辱。平生喜高潔，爲官近卑俗。平生喜曠達，爲官窘邊幅。平生喜疏散，爲官貴圓熟。平生喜忠鯁，爲官多諂曲。澆漓當此時，古道那可復。鵷鵝巢一木，偃鼠飲滿腹。誰能朱門中？區區匄粱肉。折腰趨下風，不厭解印速。青山喚我歸，早晚謝羈束。一尊石上酒，浩歌對松菊。

題張信之見山堂

自古朝市人，罕與山相會。山豈欲遠人，人自與山背。張侯創新居，正在闤闠内。何以得青山，坐上日相對。胸中有丘壑，眼前無障礙。人物既蕭散，山不問内外。晚來天氣佳，收目入清快。乾坤無一塵，草木有多態。千里好風來，幾縷殘霞在。拄笏當此時，未覺功名大。

慶王鼎玉生子

魏侯照乘珠，卞氏連城玉。此物豈易得，君家貯滿屋。平生積德深，天錫以多福。熊羆入夢頻，不待封人祝。長者已雄偉，幼者更清淑。指日看騫騰，誰爲犀角禿。願君剩買書，學語便教讀。斯文久不振，六經要再續。人生宇宙間，百歲一瞬速。美惡暫時休，何者爲榮辱。且引昔寧馨，遠院種松菊。陶潛歸去來，有子萬事足。

次前韻寄王升卿

谷口人家十二三，家家窗户得晴嵐。千章雲木秀而野，一脈流泉清且甘。徇俗到頭終是病，耽書自古不名貪。作詩爲問東溪友，樽酒何時愜笑談。

贈趙山甫

寇盜連年劇蝟毛，一身無處可奔逃。陳平自合西歸漢，諸葛焉能北事曹。嗟我命兼才共薄，仰君名與德俱高。幾時一笑滄浪畔，右手持杯左手螯。

哭楊叔能

仰看飛鴻俯看鱗，訃來不覺淚沾巾。風塵末路尤多難，山澤癯儒只合貧。亂後有誰收恨骨，眼前無復見斯人。襄陽舊隱依然在，花落空庭冷淡春。

送李正甫九日韻

論著哀時總可哀，不如且放笑顔開。留連風月憑詩句，管領江山有酒杯。我欲處身如此處，君言裁恨若爲裁？從今但有錢三百，相約高樓盡醉迴。

憶新牆劉德淵

雲煙杳靄水微茫，何處青山是岳陽。白髮滿頭空自老，黄塵兩脚爲誰忙？同盟鄂渚言猶在，偕隱廬峰興未忘。近有倦遊詩數首，西風吹不到新牆。

思隱

得箇黄牛學種田，蓋間茅屋傍林泉。情知老去無多日，且向閒中過幾年。詘道詘身俱是辱，愛詩愛酒總名仙。世間百物還須買，不信青山也要錢。

寄王文炳

愛客孔文舉，能詩陸士衡。十年求識面，千里飽聞名。郁郁芝蘭秀，蕭蕭風露清。幾時樽酒畔，容我話平生。

和楊叔能之字韻

遭亂重相見，寬心不用悲。江山佳麗地，人物太平時。白蟻千家酒，黄花九日詩。鹿門不可隱，吾道欲安之。

丙申元日

三十八年過，星星白髮多。干戈猶浩蕩，蹤跡轉蹉跎。世事堪長歎，吾生付短歌。江湖從此逝，煙雨一漁蓑。

辛巳巴東元日

舊日逢春喜，而今怕見春。紅塵長路客，殘病老夫身。政拙難書考，家貧只累人。自憐頭上髮，更比去年新。

秋夜

百計求安未得安，此心須在鬢彫殘。漫漫長夜渾無睡，蟋蟀堂深秋雨寒。

自遣二首

幾見秋風幾見春，一愁未已一愁新。閒中點檢平生事，唯有清貧不負人。

瓮面浮香處處春，任他時事百端新。自知野鹿山麋相，不足麒麟閣上人。

别西湖

聞說西湖可樂飢，十年勞我夢中思。湖邊欲買三間屋，問遍人家不要詩。

題張濟之勝覽軒

誰言山色可忘憂，誰道澄江銷客愁？試倚闌干西北望，浮雲依舊暗神州。

讀杜詩三首

後學爲詩務鬬奇，詩家奇病最難醫。欲知子美高人處，只把尋常話做詩。

穹礴冥搜枉費功，天然一語自然工。況兼詩是窮人物，好句多生感慨中。
千里奔馳蜀道難，草堂賓主罄交歡。怒冠三挂簾鈎上，誰謂將軍禮數寬。

春日觀菜

手種蕪菁欲療飢，春來頗怪發生遲。東風貪長新桃李，未有功夫到菜畦。

兑齋先生曹之謙

之謙，字益甫，雲中應人。幼知力學，早擢巍科。既而與元好問同掾東曹，機務倥偬，商訂文字，未嘗少輟。北渡後，居平陽者三十餘年，與諸生講學，一以伊洛爲宗，衆翕然從之，文風爲之一變。所著古文雜詩僅三百首，曰《兑齋文集》。汲郡王惲序之曰：「先生之作，其析理知言，擇之精，語之詳，渾涵經旨，深尚體之工；刊落陳言，及自得之趣。而又抑揚有法，豐約得所。可謂常而知變，醇而不雜者也。」

送梁仲文

聖人既已没，聖道遂不傳。異端壅正途，榛塞踰千年。大儒起相承，闢之斯廓然。濂溪迴北流，伊洛開洪源。學者有適從，披雲見青天。我生雖多難，聞道早有緣。中歲苦病目，不得深窮研。梁君河東秀，意氣凌孤騫。探道得奥閫，辯説如河懸。所知非苟知，而亦允蹈焉。出入口耳者，彼我奚足言。却來自秦京，過我汾水邊。未幾復言别，長途北之燕。行看奮六翮，高舉凌雲煙。功成名遂後，歸老河之壖。相從講聖學，與子長周旋。

感寓二首

中林有幽蘭，羅生雜衆草。地僻人不知，芬芳空自好。嚴霜凋古木，歲晚難獨保。願充君子佩，採擷尚未早。安得清風來，吹香出林表。

高林夾金井，修竹連清池。梧葉既薿薿，竹實亦纍纍。可棲復可食，鳳鳥來何時？重華不得見，韶樂何能爲。日暮空歎息，蕭瑟寒風吹。

變白頭吟

梧桐不獨老，鴛鴦亦雙死。靜女懷真心，循夫正如此。奈何及末流，不知再醮羞。中路多反目，幾人能白頭。君不見會稽愚婦輕負薪，不肯終身事買臣。一朝歸佩太守印，悔望車塵那敢近。人生賦命自不齊，貧賤富貴各有時。隨雞逐狗聽所適，世事悠悠爭得知。

閒中作

雄雞啼一聲，驚起五更睡。出門何擾擾，競逐名與利。冥冥車馬塵，白日暗城市。蕭條蓬蒿居，獨有羲皇地。高情杳秋雲，靜性凝止水。俯仰天地間，澹然無一事。

東坡赤壁圖

先生矯矯人中龍，京塵千丈不可容。五年一夢落江海，翩然野鶴開囚籠。雪堂閉户讀書史，興來飄然弄雲水。黃泥坂下醉三更，赤壁磯頭航一葦。明月清風共一江，邁往之氣無由降。酒酣作賦記清賞，袖有巨筆如長杠。一朝騎鯨尋李白，人間俯仰成今昔。續絃無處覓鸞膠，見畫思公空歎息。

風雪障面圖

頑雲暗空雪正飛，老木殭折溪流澌。弊裘羸馬奈寒子，便面障風何所之。僕夫徒行亦良苦，吻噤不語心應語。人生受凍分豈無，但願不作君家奴。

秋日雜詩

山中有佳人，《考槃》歌在澗。別來今幾時，歲月忽已晏。相思不得書，矯首望飛雁。

寄元遺山

詩到夔州老更工，只今人仰少陵翁。自憐奕世通家舊，不得論文一笑同。草緑平原愁落日，雁飛寒水怨秋風。黃金鑛裏相思淚，幾墮憑高北望中。

秋日懷李仁卿

獨倚斜陽百尺樓，故人千里思悠悠。陶唐祠下煙光晚，姑射峰前雁影秋。尊酒幾時同李白，雲山多處是并州。臨風惆悵無人會，一曲商歌寫暮愁。

麻信之爲壽

中州人物一元龍，卓犖英才磈磊胸。濁酒數杯遺世慮，清詩千首傲侯封。諸郎照眼三株樹，舊業關心五老峰。頭白他年賦歸去，綵衣扶杖看從容。

送王仲通

從事西遊五見春，翩翩書記日争新。懷鄉不作《登樓賦》，佐府真爲入幕賓。世事忽驚翻手雨，馬蹄又踏化衣塵。古來燕趙多豪傑，定有飛書薦鶚人。

上巳日感懷

舊游桃李涴丘塵，十六年悲客裏春。浮白可能澆磈磊，踏青聊且慰酸辛。蘭亭修禊人何在？庾信傷心賦又新。芳草唤愁花濺淚，東風回首一霑巾。

白菊

數枝的皪照秋清，何物爲花乃寧馨。玉骨冰肌誇皎潔，風璫月珮想娉婷。霜迎葉上迷青女，露下籬邊泣素靈。見説寒英能愈疾，擬開三徑著茅亭。

紅葉

枝上萎黄慘未乾，嚴霜一夕總成丹。色烘曉日燕脂暖，影濯秋江蜀錦寒。南雁數聲催晼晩　西風幾度見凋殘。横山樓下梨千樹，每憶童年九日看。

北宫

光泰門邊避暑宫，翠華南去幾年中。干戈浩蕩人情變，池島荒蕪樹影空。魚藻有基埋宿草，廣寒無殿貯涼風。登臨欲問前朝事，紅日西沈碧水東。

寄鄉中故人

十年夢繞故山薇，世事悠悠與願違。華表未成遼鶴語，青冥空羡塞鴻歸。雲横北嶺迷鄉眼，塵滿西風涴客衣。爲報吾州舊親識，短書相慰莫令稀。

送侯君美歸雲中

暫時相見又相違，留滯天涯更易悲。客淚清和秋雨落，鄉心杳逐朔雲飛。路經險阻行須穩，書報平安寄莫遲。邂逅故人如問我，爲言貧病未能歸。

自趙城還府

簡子城邊過盡春，却尋歸路並清汾。落花亂逐溶溶水，遠樹低連漠漠雲。姑射雨晴山似染，洞羊風暖草如薰。獨憐疲俗誅求困，愁歎聲多不可聞。

讀唐詩鼓吹

傑句雄篇萃若林，細看一一盡精深。才高不似人間語，吟苦定勞天外心。白璧連城無少玷，朱絃三歎有遺音。不經詩老遺山手，誰解披沙揀得金。

弔王内翰從之

往年高步到瀛洲，豈料東陵是故侯。庾信竟歸周室老，劉楨真有岱宗遊。山瞻斗仰名空在，桂折蘭摧恨未休。鬱鬱佳城漳水上，野煙寒草未經秋。

上韓應州

天挺英雄入彀中，堂堂自有古人風。飛機力贊興龍業，唾手能收汗馬功。四海威名方共仰，一時才武更誰同？潁川不是留黄霸，行拜中書作相公。

懷劉京叔

奕世金蘭契，於今只有君。英才殊落落，餘子漫紛紛。一别幾春草，相思空暮雲。何時展良覿，把酒共論文。

宿雲臺觀

趨程疲永路，記宿喜琳宮。蓮嶽三峰對，松林一徑通。地偏殘暑失，境静俗塵空。入夜清詩夢，山泉落枕中。

中條阻雨

行李淹蒲坂，歸期念晉州。高風千葉下，寒雨一山秋。澗響頻驚夢，蟲聲亂入愁。酒醒孤館裏，心折大刀頭。

初秋雨後

積雨蕩煩暑，迴風吹早涼。老苔翻舊碧，病葉墮新黄。久客應吾道，浮生半異鄉。黑貂渾弊盡，愁看一開箱。

雁

北塞迎霜雪，西風送羽翰。數行天澹澹，萬里路漫漫。日落秋聲急，江空暮影寒。故人書斷絶，矯首望雲端。

幽居有感

閒居仍地僻，門閉草萊深。車馬無還往，詩書有討尋。嚴霜催歲晚，破屋覺寒侵。計拙煩親舊，誰能數賜金。

秋風亭故基

危亭冠雉堞，飛構何崔嵬。一夕墮劫火，變化成煙灰。頹基翳蓬蒿，壞道封莓苔。蕭條古城上，空有秋風來。

除夜

三十七年過，勞生强半休。此心空耿耿，吾道每悠悠。感物百憂集，思親雙淚流。春風添一歲，又是五更頭。

送李郭二子還鄉

喪亂身爲客，淹留淚滿衣。亦知生處樂，未卜有年歸。祖帳臨寒水，仙舟漾夕暉。春來一相送，腸斷故山薇。

中書耶律公挽詞

虎嘯龍興際，乘時自有人。風雲開慘淡，天地入經綸。忽報台星坼，仍傳薤露新。斯民感無極，灑淚叫蒼旻。

應州廟學釋奠

夜色齋廚肅，秋風殿宇清。右文遭聖代，備禮引諸生。牢醴嚴三獻，豆籩陳兩楹。祭餘同飲福，旭日樹頭明。

送李端卿東行

故人有所適，驅馬出東城。紅樹添秋色，青山滿去程。曾爲同省掾，偏愴遠離情。别後能相憶，因風爲寄聲。

子猷訪戴圖

興盡空迴雪夜舟，訪人虚語亦悠悠。須知汾水多奇士，豈獨王家一子猷。

梅影

隔窗渾似李夫人，江月多情爲返魂。宛是依依舊顔色，向人憔悴立黄昏。

秋夜

寂寂江城夜向闌，西風吹雁叫雲端。一聲遠過南樓去，月滿碧天秋水寒。

臨潼温泉

琢玉爲池浴太真，芙蓉花暖水生春。誰知寂寞千秋後，留與行人洗路塵。

長安早發

行李忽忽滻水頭，雨餘涼氣動新秋。五更馬上還家夢，先逐西風到晉州。

秋夜聞笛

雲淨寒空月滿樓，何人横玉叶清秋。《梁州》才罷《伊州》起，不盡關山此夜愁。

廢宫

斷甓殘礎碎盤花，輦路荒涼蔓草遮。玉殿朱樓俱不見，壞牆蠨蟏遶人家。

過茹越嶺有感

山川良是昔人非，北望松楸淚滿衣。三十餘年成底事，全家南渡一身歸。

蒲津晚渡

黄河城下水沄沄，船去船來幾夕曛。老盡津頭垂釣客，柳陰相對白鷗羣。

杜處士瑛

瑛字文玉，其先霸州信安人。辟地河南緱氏山中，讀書講學，博覽古今。金亡，間關轉徙，教授汾晉間。中書粘合珪開府于相，瑛赴其聘，遂家焉。與良田千畝，辭不受。歲己未，元世祖南伐至相，召對，見瑛身長七尺，美鬚髯，氣貌魁偉，條奏從容，謂可大用，命從行，以疾弗果。江南平，詔徵之，辭不就。左丞張文謙宣撫河北，奏爲懷孟、彰德、大名等路提舉學校官，又辭。於是杜門著書。至元十年，卒于家，年七十。遺命其子曰：我死，棺中第置《杜甫詩集》一編，題其誌石云「處士杜緱山墓」。天曆間，贈資德大夫、翰林學士、上護軍，追封魏郡公，謚文獻。所著有《緱山文集》十卷。金之將亡也，遺老儒碩皆來居相。緱山而外，如蒙城田芝、北燕劉驥、永平王磐、古鄭周子維、武安胡德桂、渾源劉祁、太原高鳴、劉漢臣、燕山尚子明、林慮張允中、洛水徐世英、李仲澤、汴魏獻臣、田仲德、郭謙甫，各以經術教授，互相提唱，蓋彬彬乎多文學之士，亦一時之盛事也。

弔故宮

月上觚棱椒壁溼，飢烏啄碎琅玕石。劫灰飛盡海揚塵，廢殿荒臺土花碧。洛陽書生汴梁客，一夜秋一作春。風頭欲白。尊中賴有酒如泉，醉倚寒窗破愁寂。

秋思

壯心忽忽劇懸旌，秋氣能令客子驚。白雁不聞雲外過，清霜先向鬢邊生。銅駝巷陌周東土，金鳳樓臺鄴北城。千古繁華俱一夢，空餘草木戰風聲。

鄴南城

王氣銷沈井逕荒，北風日夜刮枯桑。殺飛天上河聲斷，犬吠陵頭日色蒼。陸地百年滄海變，西陵千古暮雲長。嗚嗚敕勒平川水，寒遶陰山恨未忘。

西陵

望眼憑高入杳冥，偶隨飛鳥到西陵。波聲冷撼蒼厓石，霜氣晨凝老樹冰。自謂摸金神可侮，豈知破冢鬼還憎。却憐横槊英雄志，留與詩人説廢興。

湯陰道中

城連蔓草就陂陀，匹馬玄黄兩鬢皤。兔穴廢場新事改，燕巢老樹舊恩多。嵇林鬼物防直棘，羑水天風鼓恨波。顧我本非塵土客，雲山隨意聽高歌。

曉出相州

夢中鄉國血沾襟，愁裏光陰雪滿簪。客路風霜蕩水闊，詩囊塵土飯山深。花開自樂本無事，雲去復來猶有心。聞健擬從嵇阮醉，山陽暮雨竹成林。

登古鄴城

杖底行雲拂古苔，袖邊風雨溼輕埃。風聲尉帥黄龍去，水勢朱家白馬來。往事無端隨世變，野花依舊向人開。九原喚起陳書記，坐對三臺共一杯。

環翠亭宴飲

坐客終朝望眼西，好山高與暮雲齊。鶴鳴漁浦天風急，鼇背仙宫海浪低。千古地形雄妹土，一川煙景勝耶溪。歌聲喚起凌波夢，蓮葉香深路恐迷。

三臺懷古

巋然雙塔夕陽明，慨想曹瞞舊典刑。九錫初非基禪讓，三分猶自愧英靈。水從石椁沈邊白，山在香囊分處青。空使羯奴誇壯健，西陵草木爲誰醒？白鳥飛邊望眼寬，興來一吸酒杯乾。土花漬雨鐵梁澀，蔓草接秋冰井寒。樹拂曉風摇北土，水涵落日蹴西山。書生豈識興亡事，片瓦摩挲認建安。

征南口號

春早雲南麥已黄，瀘江烝霧水如湯。馬蹄半帶陰山雪，變作人間六月涼。

善夫先生杜仁傑

仁傑，字仲梁，先稱善夫，濟南長清人。金正大中，嘗偕麻革信之、張澄仲經隱内鄉山中，以詩篇倡和，名聲相埒。元至元中，屢徵不起。子元素仕元，任福建閩海道廉訪使。仁傑以子貴，贈翰林承旨、資善大夫，謚文穆。仲梁性善謔，才宏學博，氣鋭而筆健，業專而心精。平生與李獻能欽叔、冀禹錫京父二人最爲友善。遺山元好問《送仲梁出山詩》有云：「平生得意欽與京，青眼高歌望君久。」其相契之深可知也。

和信之板橋路中古風二首

岸風坼枯淩，野日明遠燒。山晚雲煙深，遊子悲嶮峭。平生文字僻，所歷入吟嘯。急景不貸人，佳處領其要。

木杪來江光，中途憩消搖。佳人在空谷，尺素昔見招。徒老黄塵中，愧爾漁與樵。永懷《梁父吟》、日暮風蕭蕭。

髮黄有感

飄蕭中年髮，既少何用白。蒼黄未甚絲，明知不更黑。妻孥恐生悲，勸我課鉏摘。眷然撫鏡鑷，青山墮虛席。

禹城道中

自發醯雞覆，蓬心得少瘳。乾坤一尺箠，今古幾全牛。歲月憐丹竈，雲山笑白頭。此生真欲上，何地不菟裘。

病中枕上

忽忽卧幾月，遂成疏懶名。却因久病後，更覺萬緣輕。月落窗影動，夜寒燈暈生。狸奴似相慰，分坐守殘更。

送信雲父

居士身輕日，秋天木落時。山青雲冉冉，川白草離離。涉世心將破，懷人鬢已絲。相逢琴酒樂，應怪久違期。

病中憶坦夫兄

共脱壬辰亂，他鄉見愈親。論才唯有子，知己更無人。避世相看老，通家未擬貧。竹林平日約，早晚得爲鄰。

從軍

野闊牛羊小，天低草樹平。吴疆連晉境，漢卒雜番兵。月合圍城暈，風酣戰陣聲。中原良苦地，上古錯經營。

雨中寄高無塵

久客饒孤悶，連陰動浹旬。行雲應已倦，細雨亦傷頻。飄泊嗟吾道，飢寒任此身。人家酒應熟，誰爲問南鄰。

雪後書事

雪罷山原淨，日晴風景新。一川花氣午，萬壑水聲春。天地開華國，關河失戰塵。無邊春色裏，惆悵獨行人。

至日

松竹浣花里，桑麻杜曲田。蒼茫辭蜀地，辛苦見秦天。死去誰憐汝，生還事偶然。但甘終壟畝，待聘豈前賢。

宿金綫泉

官舍值淫雨，客衣驚早秋。泄雲迷灌木，行潦帶清流。蛛網翻新霽，蟬聲咽暮愁。古今何限事，白首對滄洲。

中秋夜宿普照喜周卿至

久客厭孤寂，跫然聞子來。夜涼風縮瑟，雲破月徘徊。舊事休重說，新詩且細裁。幾年無此夕，獨欠兩三杯。

無題

老淚河源竭，憂端泰華齊。苦吟知有恨，細寫却無題。事與孤鴻北，身攜片影西。催歸煙樹外，不用向人啼。

滄浪亭觀雨

蕭蕭北風吹北窗，浪浪秋雨瀉秋江。癡蠅不飛集枯几，飢鼠屢出翻空缸。雜花葉底開無數，佳木門前立自雙。散地自知心地遠，賞音誰解足音跫。

病中呈裕之

十載猶能復笑談，歸來重覓讀書龕。耒陽白酒君應具，勾漏丹砂我自慚。民訟幾時消自苦，一作古。山城雖小得窮探。也知清儉難持久，好趁秋風酒菊潭。

自遣二首

少日襟懷悔自豪，暮年志節詎須高。敢將議論輕疑孟，閒得工夫細和陶。酒盡枯腸還磊磈，詩成白髮轉刁騷。皇天汲汲誠何意，也共人生一體勞。

畚築家園手自操，雖無多景足償勞。十年種竹翻嫌密，一日栽松恨不高。是處求田消二頃，尚誰有夢到三刀。得名身後良癡計，盡擬浮沈付濁醪。

讀前史偶書

楊彪不著鹿皮冠，元亮還書甲子年。此去亂離何日定，向來名節幾人全。中原消息蒼茫外，故里山河涕淚邊。六國帝秦天暫醉，魯連休死海東壖。

解嘲呈元明府

江氣冥冥江雨飛，潛夫四月著冬衣。野茶蘼謝薔薇發，山鷓鴣啼杜宇歸。青鬢漸隨愁共減，素心長與慢相違。四方餬口非君事，自識飄零有是非。

延津待渡寄仲温參議

一望河平一慨然，戰塵如霧水如天。要知别後思君處，長在孤城落日邊。

夜宿鄆城

殘月和燈照弊帷，疏風乘隙入征衣。恰逢遠客思歸日，正是家人説夢時。

長門怨

天上神仙也别離，人間那得鎮相隨。不須貴買臨邛賦，只想君王未見時。

魯郊

六十衰翁更莫閒，好將華髮映青山。穆生自合尋歸計，不在區區醴酒間。

楊處士雲鵬

雲鵬，字飛卿，汝海人。李内翰獻能欽叔工篇翰，而雲鵬從之遊。初得「樹古葉黄早，僧閒頭白遲」之句，大爲獻能所推謝。從是游道日廣，而學亦大進。客居東平將二十年，每有所作，必寄示遺山元好問裕之，以爲知己。有《詩述》二十首，號《陶然集》。所賦《青梅》、《瑞蓮》、《瓶聲》、《雪意》，或多至十餘首。裕之序其詩，萬慮洗然，深入空寂。盪元氣於筆端，寄妙理于言外。貞祐南渡後，詩學爲盛。洛西辛敬之、淄川楊叔能、太原李長源、龍坊雷伯威、北平王子正之等，不啻十數人，稱號專門。就諸人中，其死生於詩者，汝海楊飛卿一人而已。

送王魏二學士應聘

三十年來只用兵，蒲輪才始聘賢英。已將藥石除危疾，政要文章致太平。天子飛龍方啓運，華陽歸馬豈無程。會須先下山東詔，癃老思觀德化成。

送元遺山

三館才名天下聞，亂來俗議漫紛紜。兩朝文筆誰争長，一代詩人獨數君。南浦春深愁送別，西山晚翠約平分。何時並坐龍潭上，野水添杯看白雲。

至日二首

又見葭灰動一陽，豈堪卧病客殊方。老懷不似少年好，短景始從今日長。黄犬既難遥附信，玄龜何用苦支牀。恨無羽翼高飛去，六六峰前望故鄉。

恨初年少在南梁，兄弟歡游久未忘。春色共傾花底酒，雨聲常對竹邊牀。怒鯨一夕掀洪浪，斷雁何時續舊行。辜負亂來同被約，尺書不到十年强。

送張雄飛赴河陽令

祖帳行將出汝州，先聲已過孟津頭。鳴琴但要追循吏，束帶何妨見督郵。二室風煙連赤縣，三城鼓角隔黄州。遥知亂後農耕廢，賣劍應須剩買牛。

送張器玉歸闃中

十載流離避戰塵，白頭憔悴始歸秦。霜前渭水有歸雁，亂後長安無故人。不憚北邙遷櫬遠，莫忘東魯寄書頻。明年我亦崧南去，擬買黄牛種汝濱。

送殷獻臣北上

𣯶錦模糊覆橐駝，鬖鬖征騎度沙陀。寒衝絶漠戎裝重，夜繞中華漢夢多。詩健每因横槊賦，曲豪長愛擊壺歌。勒功會待平吴策，萬仞西山尚可磨。

送趙維道北上

干戈流落鬢毛焦，千里窮途著弊貂。老去少陵悲橡食，亂來王粲逐蓬飄。朔庭雲漲龍沙冷，南斗塵昏象闕遥。從此分攜相見少，旅魂飛斷不勝招。

秋晚登憲陵臺

落日荒陵百尺臺，登臨高興亦悠哉。泰山雲盡千峰出，汶水霜晴一雁來。白髮還鄉惟有夢，青雲當路豈無媒。布衣誰識新豐客，獨對秋風酒一杯。

真定龍興寺閣

插天飛構鬱嵯峨，欄角濤聲轉暮河。孤鳥去邊滄渚闊，落霞明處碧山多。傷時未遂陳三策，弔古猶堪賦《九歌》。安得天丁挽天漢，倒傾京洛洗干戈。

登濮州北城

層城高絶一攀躋，歲杪臨風客思淒。燒入馬陵秋草黑，雁横雪澤暮天低。陳臺事往人何在，曹國川遥望欲迷。牢落壯懷誰與語？疏林殘照亂鴉啼。

白樂天影堂

晚慕浮屠伴衲衣，至今高榜揭巖扉。夢中身世元無有，壁上形容果是非。但得蓬蒿猶可住，何須兜率是真歸。渺茫兩地知何在，滿眼春波白鷺飛。

春日西城

山城二月媚晴暉，破暖輕風試裌衣。雨後杏花渾放盡，社前燕子尚來稀。孤懷不奈千愁積，往事真成一夢非。却羨西橋橋畔柳，年年翠色自依依。

東原除夜

客舍無人靜掩扉，小窗燈火獨相依。一年殘臘今宵盡，千里故鄉何日歸。鬢髮半隨春雪白，交游渾似曉星稀。亂離不得中州信，腸斷雲間雁北飛。

春日游何氏園

旋引溪流環小苑，出牆裊裊見長虹。臨風遥聽有人語，隔水却疑無路通。塵迹盡抛雙屐外，春光别貯一壺中。當門羡殺南塘好，擬買扁舟學釣翁。

送演上人歸方山寺

爲愛嵐光畫裏秋，西風歸夢日悠悠。卧雲未了三生債，飛錫何煩萬里遊。山削碧城圍寺合，泉鳴蒼佩入池流。遥知一室安禪處，更在諸峰最上頭。

送張漢臣歸保塞兼簡張萬户

十年文筆遠從戎，籍籍名香幕府中。鞍馬不教生髀肉，檄書端可愈頭風。地連三趙山河壯，城鎮三關鼓角雄。若見投壺祭征虜，爲言白首坐詩窮。

送王希仲北歸

高歌行采北山薇，廻首兵塵滿帝畿。龍去鼎湖中國换，鶴歸華表昔人非。後期何處傷心切，遠别從今見面稀。莫道尺書千里隔，年年沙塞雁南飛。

雁

遠客思鄉未得歸，征鴻又見度斜暉。黄蘆洲渚霜前至，紅葉關河畫裏飛。别後望君消息久，亂來哀我弟兄稀。憑高此日堪腸斷，那復江城擣暮衣。

須溪先生劉辰翁

辰翁，字會孟，廬陵人。年十七，登陸象山之門。年二十四，補太學生。宋景定壬戌，年二十九，廷試對策，忤賈似道，置丙第，以親老請濂溪書院山長，江萬里、陳宜中薦居史館，又除太學博士，皆固辭。宋亡，托方外以歸，隱居不仕。元大德元年卒，年六十六。會孟天資超特，人物偉然，以文章居當世之第一流。宋社既屋，腸斷哀些，抆淚謳吟，積至萬首。文祖先秦、《戰國》、《莊》、《老》等書。字體奇逸，自成一家。有《須溪集》二百卷。草廬先生吴澄稱其文典雅温潤，明白敷暢，讀之可見其爲正人，非虚譽也。

初晴

初日入高樓，歸雲雜江樹。魚遊新雨清，鳥語晨光吐。天容起復覩，烟色轉輕素。牆草麗車前，巷溝映泥路。窗明祛宿潤，礎泫滑微步。會朝有宿客，過午無來屨。沿砌上蟎衣，虚庭竿犢袴。人生足無事，世故非所慮。彼語吾不聞，清風有時度。

山行雨中二首

雨行如漏蓬，側身半車中。風翻荷葉白，難可爲芙蓉。向來三重茅，仰屋歎穿空。已經亂離苦，志念常從容。

入城過新雨，路靜市人稀。吾家林塘間，水鴨狂欲飛。門闌稚子笑，隔樹見翁歸。何人無此樂，頹暮樂知希。

和答李德臣

忍寒一百五，何閑落忽忽。華堂託孤根，棄我荆棘中。味言隨時變，茗薄酪自濃。蛺蝶金縷衣，更爲悦己容。雖無蛾眉妒，懷抱常沖沖。

送李鶴田入浙趙春谷招

天下南北車書通，行人點點過汴宫。空餘艮嶽一拳土，黯慘如雪吹不融。平乘樓上王夷甫，一流中外淚如雨。西風羽扇不障塵，更是蓮子隨一作移。根去。政事堂中三相公，往往退食如夔龍。少年慟哭不見用，一語不合面發紅。八年流落無處一作死。所，合眼當朝遽如許。忠魂不到海門潮，別殿芙蓉廢爲圃。茫茫古路日平西，不信金銅不淚垂。浮沈親故懶相一作復。問，白髮唯有春風知。李侯髀肉堪流涕，同谷哀吟越州弟。買絲刺繡刺未成，公子翩翩雁書至。飄飄起望白雲間，裘雪牛車度赤山。年餘七十能一作會。幾見，我且欲往窮當還。平生高李經行處，寂寞斷橋漂落一作亂。絮。不知到日似枯魚，淚入黄河别魴鱮。當空殿閣密雲團，一作屯。曾和薰絃接羽翰。至今尚留花石否，杜鵑再賦長恨端。蘇州正念東鄰女，傷心更一作又。遇楊開府。語言憔悴敢分明，買酒行澆茂陵土。

寄別孫潛齋

常笑唐衢生，一慟可以死。焉能流涕被面，日日別知己。又常笑朝鮮，無淚可沾巾，悲歌兩語爲我吴婦人。平生鍾情重離別，一聽《陽關》腸一絶。銅駝陌上會逢君，誰料相忘如永訣。昔攜手青春，春水一笑禊吏塵。醉能强歌醒能賦，滿坐唯有孫堯文。酒闌歌斷如轉燭，寒食纍纍新鬼哭。丞相書桐異鳥巢，曾園仙市芳郊緑。海棠三逕無根枝，敗瓦頹垣亦已鋤。舊遊勿感有至此，獨爲吾黨權區區。我欲與君重一到，化爲長瓶酹荒草。早知世事去如風，只合黄公壚下倒。當時一醉鍤埋我，不見興亡應更好。且復止此休云云，我有臣子高能文。令其講罷日就君，就君歸日誦所聞。吾貧吾老不足念，君鬢君髮何年□。幼安九十愁更愁，空羡一生長樂傳。嗚呼斯人斯世不相見，緑樹鶯啼淚如霰。

文姬歸漢圖

鵲巢覆絶孔文舉，錦衾裹葬楊德祖。銅雀春風歌舞長，獨復悽然若人女。故人有女勝無兒，滿腹興亡身屬誰。琴燒笛折纂灰冷，開卷草深歸鵲飢。美人用事單于國，細馬駝金爲余北。曾從過雁借書看，又向枯魚寄聲得。胡笳日聽心自哀，天遣前朝漢使來。穹廬抱子送于野，欲去欲往真難哉。大兒牽衣小兒乳，割乳分攜淚如雨。跂馬兒啼漸不聞，腸斷一如初遇虜。畫圖巧畫欲無聲，不盡賢王子母情。跏跚拳跼各有態，未必日暮分馳能。天長地久何終極，事已不堪回首覓。草無南北是青青，雲有朝昏長羃羃。琵琶恨絶妒難消，海上羝兒夢豈遥。入見玉關天似錦，歸從金馬晚當朝。容儀憔悴恩無骨，記問荒唐存又没。衞郎去我墓何斯，魏史親人禮難越。當時一女贖元身，亂代流離更可聞。天南地北有歸路，四海九州無故人。

讀杜拾遺百憂集行有感

余生行年將六十，不知何者爲憂戚。富貴不驕貧賤安，以此存心度朝夕。往年承乏佐中書，大官羊膳供堂食。只今賜老作編氓，衣食信天無固必。陋巷簞瓢如素居，不管茅茨春雨溼。門前載酒求賦詩，錦軸牙籤日堆積。在官不置負郭田，既老翻得稽古力。毁譽都忘月旦評，姓名不上春秋筆。朝米不煩鄰僧送，暮米不煩太倉糴。我亦一飯不忘君，文人相輕所不及。傷哉白首杜拾遺，入蜀還秦勞轍迹。文章蓋世亦何爲，妻子相看百憂集。

贈製筆生許文瑶

許生精藝誰可及，材用剛柔以製筆。水盆洗出紫兔毫，便覺文章生羽翼。蒙恬將軍爲動色，爲是秦王舊時物。丞相斯曾從駕行，載此篆書封禪碣。從秦至今幾千載，兔尚存皮竹可採。利濟天下功不有，入手千人萬人愛。我昔爲郎居粉署，用筆唯于許生取。輕衫日對紫薇花，寫遍江淹夢中句。

蘇李泣別圖

事已矣，泣何爲。蘇武節，李陵詩。噫！

龍霧洲雪

此處幾人行，隔波摇暮晴。洲廻江似玦，山遠雪如城。離合看雙櫓，荒寒又一程。今年梅未醉，最覺别來輕。

夜雨

夜半起雷車，天門報曉衙。何消如此雨，又有未開花。繡被人中酒，茅簷客夢家。一晴天地闊，稽首見重華。

周耐溪見訪

麥逕綮紆縮寄蝸，傳呼驚倒望前牙。能忘特進羣公表，來訪尋常百姓家。草市波喧騰騎竹，柴門路隘簇鞍花。屏窺不信雌同甲，爲倍高明兩鬢蕭。

清明日偶成

海日高高天欲斜，斷橋無復聽嘔啞。墓中酩酊已千載，陌上清明有幾家。已老愈疏惟酒盞，更晴相覔是梅花。年年春怨深如昨，莫把無涯恨有涯。

戲題

無人知坦腹，水影半簾苔。驚謂青蟲墮，垂絲忽上來。

春歸

留春一日不可，種樹十年未成。芳草斷腸花落，綠窗攜手鶯聲。

漁歌效陳自堂作

石頭城落淮水，劉郎浦對伍洲。越沼吴湖安在，月明人唱湖州。

春晴

江柳長天草色齊，新晴何物不芳菲。無因化作千蝴蝶，西蜀東吴款款歸。一作飛。
新燕池塘綠雨肥，初晴未暖日光微。角巾猶帶花梢溼，纔倚闌干見絮飛。

探梅四絶

江天欲雪未雪時，絶江探梅驢倒騎。空中著我方成畫，亂後逢花且賦詩。
釣天遠遠月斜斜，歸客迢遥未到家。一色白雲天似雪，和衣和雪宿梅花。
後五百年無放翁，狂歌醉舞與誰同。漁人入得桃花洞，猶有梅花路未通。
冷蕊何心識老逋，芳名從此落西湖。風霜未改幽堅操，弟立花前諱玉奴。

題宣和雙蟹圖卷

講餘機暇諫書空，艮嶽江湖入眼中。郭索能令天一笑，畫圖何必面春風。

劉主簿將孫

將孫字尚友，別號養吾，辰翁子。少質魯，長而穎悟過人，爲文較辰翁愈奇崛。皇慶癸丑，薦授光澤一作「將樂」。主簿，草廬先生吴澄題其集曰：國初廬陵劉會孟氏突兀而起，一時氣燄震耀遠邇，鄉人尊之。其子尚友，式克嗣響。會孟諔詭變化，而尚友浩瀚演迤。論者以爲尚友之嗣會孟，不忝子瞻之嗣明允也。

別蕭高鳳

惜與可人別，又貪歸路長。人生有離別，吾事屬閒忙。沽酒澆芳草，垂鞭看夕陽。眼前聽鶴語，世路劇茫茫。

送錢方立遊荆二首

峴山西上楚天頭，書劍區區事遠遊。歲月如流方作客，江山信美莫登樓。百年耆舊誰家傳，一代衣冠又古丘。亂後題詩詩即史，未應輕付水東流。

不辭跋涉恨崎嶇，如此飄飄一丈夫。新雨驚秋鳴草樹，行人隨雁落江湖。歲年寧向長途老，天地何堪一室拘。幾世中原今復合，更陪九石作鵬圖。

石堂先生陳普

普字尚德，別號懼齋。福寧州之寧德人，居石堂山下。淳熙間，朱紫陽嘗過石堂，異其風土，曰：「後數十年，此中當出儒者。」普生淳祐甲辰，鵓鴿百數繞屋。七歲時，坐田間，有白鷺飛止。有士人戲語之曰：「汝能賦一詩乎？」應聲曰：「我在這邊坐，爾在那里歇。青天無片雲，飛下數點雪。」士人奇之。稍長，聞韓翼甫倡道浙東，翼甫派出輔氏，而原于考亭。遂負笈往遊。宋亡，絶意仕進。朝廷三使辟爲本省教授，不起，隱居授徒。四方及門歲數百人，館里之仁峰僧舍，至不能容。大德初，建州劉純父聘主雲莊書院，熊勿軒延講鼇峰，尋講德興之初菴書院。晚居莆中十有八年，延祐乙卯卒于家，年七十二。學者稱石堂先生。所著《字義》、《四書句解鈐鍵》、《學庸旨要》、《孟子纂圖》、《周易解注》、《易説》、《書傳補微》、《四書五經講義》、《渾天儀論》、《天象賦》、《詠史詩斷》，凡數百卷。明嘉靖間，寧德訓導浮梁閔文振訪於其家，採之諸載，訂彙爲二十二卷，曰《石堂先生遺稿》，知縣事揭陽程世鵬刊行于世。出石堂門者如韓信同、楊琬、余載、黄裳輩，並以正學爲時所宗云。

擬古四首

秋聲金氣流，天空露瀼瀼。素波合流月，淫淫滿庭霜。遥夜一美人，寒閨自徬徨。暗塵集淩波，輕飈感鳴瑲。天性賦貞清，動止中矩方。世無夔夔子，窈窕空英皇。抱璞如臨淵，日入不下堂。時操弄玉簫，空中來鳳凰。歲月如流星，髮變面欲黃。服玉固雪膚，絶意百兩將。

秋夜永如年，四壁號寒蛩。明月照樹葉，白露啼青桐。寒窗紫玉琴，時變羽凌宮。三彈不成調，百憂鬱攻中。

東方有樂國，開闢先柏皇。鸞鳳爲鷄鶩，麒麟爲犬羊。晨霞作朝食，太和爲酒漿。土無干戈禍，人各千年長。下視禹九州，有土皆戰場。白日虎狼行，青天蛟龍翔。我欲爲遠遊，滄海渺無梁。何年夸娥氏，移置天中央。

同根一味草，時命嗟異遇。風月芳香合，兩地隔周楚。爾生麟趾家，朝夕沐玉露。我在雲夢林，百草相蒙妬。白璧終不緇，惇惇亦良苦。

和友人韻

兒童恨芳草，不識春長在。簞瓢日晏如，焉知顔樂改。黄鶴雅入聽，鶗鴂亦可罪。混沌何曾死，拱璧莫輕碎。野馬恣流行，遊絲無罣礙。緬懷良友心，不言默相對。願爲蛩駏交，共話螻螘戴。

古田女 并序。

吾州近郭五六縣土風，悉如老杜所賦《夔州女》，而郭尤甚。每慚無以答四海兄弟之詰問。一日來古田，見傍縣一二十里内，於插秧時亦如之，以爲三時惟此時最忙，不可不爲夫子之助也。其説則甚善，而其事則未可，愚以爲不如其已也，皆吾人也。作詩以道之，幸其一聽作華夏人。豈不足以美吾東南一隅哉！

昔年過饒州，一事獨希差。清川浴婦人，以晝不以夜。上流濯垢膩，下流汲歸舍。供佛與事尊，共用如啗蔗。朝昏賣魚蝦，晴雨親耕稼。樵採與負戴，咸與夫並駕。流汗浴豈非，失禮事可訝。我時適逆旅，一見爲汗下。欲言不可得，况敢加譏罵。静惟天下事，無邊可悲咤。一從文王没，聲教不踰華。巴兜與閩粤，至今愧華夏。男不耕稼穡，女不專桑柘。内外悉如男，遇合多自嫁。雲山恣歌謡，湯池任騰藉。插花作牙儈，城市稱雄霸。梳頭半列肆，笑語皆機詐。新奇弄濃妝，會合持物價。愚夫與庸奴，低頭受凌跨。吾閩自如此，他方我何暇。福州縣十三，余幸窮崖下。十里近郭縣，此俗獨未化。一日來古田，拔秧適初夏。青帬半絞扎，水泥和撥迓。事事亦不惡，位分無假借。三王二帝年，人倫密無罅。冀方古當塗，豐水今涯灞。見惡如豺狼，嗜禮如膾炙。固無朝桑中，亦無舞臺榭。一國皆若狂，一年唯有蜡。盛年事耕織，斑白可休暇。習見宜如常，驟異良以乍。勸君但勤鎑，兹事宜永謝。倘能用吾言，雞豚願同社。

望雲

幾愛山中雲，杳靄起無跡。晴風吹緑樹，天節日已尺。悠揚幾片飛，出岫度絶壁。斂作蒼狗形，舒爲鯤鵬翼。朝抹峩嵋青，暮蘸滄海碧。江南與江北，蕩蕩恣所適。何如雲中仙，避囂隱幽寂。採藥雲下林，礪劍雲上石。乘雲騎茅龍，倚雲吹鐵笛。我欲往從之，飄然不可測。

壬辰日蝕

憶昔度宗皇帝時，十年十三日食之。似道贔屭湖海曲，天子宮庭耽樂嬉。滿朝翕翕皆婦人，禍來照鏡方畫眉。北軍順流日食既，兩國正爾争雄雌。與亡豈必皆有數，百年以來士氣衰。文臣髀肉不識馬，武士驚魄怕見旗。

夜臺 壬午焚道經，留《老子》。

角陵初爲五斗盜，崔浩繼作千尋宮。重黎不生大禹死，鬼魅雜出交〔蛇龍〕（龍蛇）。妄夸奪盡離婁明，虛喝弱却樓煩弓。禮樂沉淪入九地，陰邪叫嘯充虛空。人寰黯淡如夜臺，百物悽愴生芒鋒。虎狼四出食人肉，四溟不受黄流東。豈無健士能排遏，末俗骨醉難爲功。我欲南遊叫虞舜，一怒爲我誅兜共。陰陽草昧風氣閉，蒼梧日落天鴻濛。代天去惡如拔薤，後剪枝葉先其宗。洗心學《易》見太極，百怪冰釋春流通。道在不係後與前，日月東出開羣蒙。更須講究銅駝事，結正當年河上公。

德陽林梅麓太守輓章

殷士皆周祼，南音獨楚冠。寢車人更怒，負俎我何安。義合雍容就，名應久遠看。梅花真鐵石，耐得許多寒。

凭闌二首

南蒲路東西，佳人不可期。斷雲荒草渡，歸鳥夕陽枝。心事十二曲，頭顱太半絲。低徊問流水，去去復何之。

高谿乾坤眼，山晴緑雨收。夕陽流水遠，荒草白雲浮。柳蔭小溪側，樵歌古渡頭。憑虚發清嘯，安得仲宣樓。

野燒

雜沓平原起電紅，憑陵勢欲逼青峰。草茅不問新開甲，蟄户尤憐乍啓封。何暇胤侯分玉石，譽如伯益逐蛟龍。際天逸德無人問，獨倚高樓到晚鐘。

懷古

世事悠悠一轉頭，斷雲荒草古今愁。青山北去黄河隔，白日西飛東水流。秦有金牛開劍閣，楚無熊虎割鴻溝。多情蕭寺峯前月，幾夜蛩聲影半樓。

答友人

雲作交遊山作賓，道心爲主自安貧。柴門無鑰見同物，竹帛有名終累人。緑水一潭澄静性，青山萬疊褁閒身。紛紛望拜馬蹄下，不見胸中萬斛塵。

贈清叟行

共君一夜話三生，語正投機君又行。溪柳效顰添別恨，岸花和意送離程。驚時莫問歸巢燕，贈別愁聞求友鶯。今夜夢中重聚首，雞聲茅店已三更。

次答姚考成留別

別後相逢各問年，依然綠髮對華顛。閒雲獨占半間住，伴客那無一榻眠。酒爲愁多全欠力，詩因料少未成聯。却憐壁上留題句，時有閒情到月邊。

儒家秋

離離秋色上梧枝，向曉烟雲冷硯池。絳帳談經千載道，青山對酒幾聯詩。西風紅葉林邊樹，夜雨青燈鬓上絲。竹瘦荷枯籬菊淨，暫韜筆硯徹皐比。

烈女秋

陽臺春夢逐浮雲，燈影西風獨閉門。一點清心霜六月，半簾紅葉雨黄昏。守符終古澌臺水，墜血經今金谷園。何事文君無雅操，琴聲一動便思奔。

秋日卽事五首

夜牀輾轉恨明遲，曉髮梳寒倚竹扉。樹影紙窗風作色，蛩聲壁罅月流輝。三盃白酒窮年客，滿篋紅塵隔歲衣。遥想白鷗江上路，蓼花楓葉雨霏霏。

玉露金莖曉髮寒，秋風仍作去年看。蛩聲疏雨長爲客，雁影殘蟬獨倚闌。鐵硯牕櫺雲影淡，丹楓溪曲水痕乾。西風曾與黃花約，擬掇繁英貫酒餐。

二尺書檠對影居，西風吹雪上吟鬚。雲邊月色人千里，竹裏秋聲酒一壺。客思遞來紅葉亂，雁聲南去白雲孤。季鷹自是知機者，一念蓴鱸便到吳。

書餘飲水枕長肱，四壁啼蛩訴不平。月色滿窗詩骨冷，露華方枕夢魂清。西風歲歲長堤柳，流水朝朝滄海情。紅葉山深無雁過，殘砧幾處搗愁聲。

遊絲閃閃挂虚簷，翔隼號寒華嶽尖。白髮東來閒點易，烏衣歸去寂鈎簾。三千客路飛楓葉，四五人家賣酒帘。魚笛水寒江上晚，荒叢豆葉雨纖纖。

鼓瑟二首

滿樓明月調雲和，五十絃中急雨過。彩鳳拂衣鳴翠竹，素鱗鼓鬣出寒波。淒凉楚客新愁斷，清切湘靈舊怨多。一曲更沈人已静，江頭雲挂緑嵯峩。

朱絃聲奏徹雲清，有客沈吟倚柱聽。遺響一時存楚客，斷魂千載寫湘靈。珠隨明月生滄海，船挾悲風過洞庭。絃索無言膠柱倒，遥遥江上數峯青。

題虎丘

干將化龍飛上天，寒崖古木俱蒼然。大星西殞化盤石，銀河倒流通劍泉。山鬼夜嘯或風雨，坡仙浩氣凌雲烟。行人慎勿歌團扇，誰識風流晉代賢。

溪莊

疇昔何來此，青山與白鷗。絮飛春不去，潮泛月頻留。

野步十首

南雁數聲嘹唳，西風雙鬢鬔鬖。病葉夕陽滿樹，斷雲殘雨歸巖。

瀟灑枯藤老屨，行行只復行行。泥路野人屐跡，石橋流水琴聲。

黄犢眼中荒草，鷺鷥立處枯荷。宦海風濤舟楫，故山烟雨松蘿。

愁思冥鴻杳杳，吟情敗葉紛紛。歸去滿身溪雨，醉眠半枕山雲。

白日長繩難繫，青帘濁酒堪賒。歸鶴蒼山雲際，故人錦字天涯。

紅葉林風颯颯，蒼苔徑雨斑斑。人跡石邊流水，樵歌鳥外青山。

流水數株殘柳，西風兩岸蘆花。荒草客愁遠道，夕陽牛帶歸鴉。

按步緩尋幽草，揚眉一望平林。鳥影魚磯日暮，豆花村屋秋深。
幾處漁樵石路，數家雞犬柴門。竈屋殘烟杳靄，溪流淡月黄昏。
木葉西風古道，稻花北壠新田。流水美人何處，夕陽荒草連天。

自哂六首

曾騎白鶴上揚州，頭上花枝秉燭遊。樽酒邇來誰是伴？白雲收盡數峯秋。
草澤行吟賦楚騷，青麻衣上俗塵多。五陵年少休相笑，戲馬臺前載酒過。
鬬雞走馬醉高陽，今日歸來兩鬢霜。無限少年心上事，半簾豆雨語寒螿。
古樹閒雲獨抱琴，琴聲寂静樹雲深。相如渴死文君老，辜負題橋萬里心。
世事悠悠酒幾杯，晴蒼把鏡獨徘徊。西風吹老梧桐樹，仍送新霜兩鬢來。
寬博麻衣折角巾，疏慵不似少年身。白雲半枕山中午，猶夢乘槎去問津。

邵武泰寧途間一路海棠

萬騎連接出襄國，趙石虎都襄國，作萬花騎，出入隨從。諸姨撩亂上驪山。唐明皇同貴妃每年十月幸繡嶺。諸姨别色隨從，望之如錦。道人不識紅妝面，何事扶筇過此山。

玉女峯

暮暮朝朝此水頭，却無雨怨與雲愁。我儀何事堂堂去，極目天涯雙鬢秋。

歸鳥

紫山青嶂盡如家，負日銜煙復帶霞。今古乾坤秋一幅，幾番歸鳥與棲鴉。

七夕二首

欲理銀河一葉舟，不知滿架架蒙鳩。漢陰抱甕蒼顏老，孤負今朝乞巧樓。

但把凡身小品論，寧須揭頷問星辰。女郎戀别淚如雨，遑托金針度與人。

詠史　録十六。

尚父伯夷

春來秋葉在枯枝，底用端蓍更拂龜。二老東來元並轡，馬前何害不相知。

四皓

長樂卮前露雪眉，巖花亂笑出山時。有人拍手瓜田裏，來往青門總不知。

李廣李陵

茂陵無奈太倉陳，槐里家傳本助秦。萬落千村荆杞滿，隴西桃李亦成薪。

賈生

落日長沙被鵩驚，愁來强把死生輕。洛陽才子多流涕，太息沾襟過一生。

武帝三首

商車不足算緡來，桑孔咸陽悉茂材。一撮茂陵無覓處，建章門户至今開。
幾多愛子出蕭關，山積胡沙骨未還。好把望思臺上淚，隨風北去灑陰山。
五十餘年四海波，建元三載盡征和。中央寸土纔無血，沃日澆天瓠子河。

汲黯

東北民思齏主父，西南人欲粉唐蒙。漢家社稷何依倚，黯直粗疏一病翁。

宣帝二首

不將法律作春秋，安得河南數國囚。莫道漢家雜王霸，十分商鞅半分周。
渭橋夾道上瑶卮，甲館畫堂開禍基。甘露三年造新室，不關飛燕入宫時。

荀彧二首

亂離揀得一枝棲，得道争知却是迷。曹操若逢諸葛亮，暮年當作漢征西。
河濟泰山猶是漢，忽忽把作賊關中。久知天下無劉氏，不料人間有孔融。

北地王諶

何物譙周口似簧，幾年漢帝手牽羊。紛紛蜀土祠諸葛，香火曾分北地王。

晉武帝

杳杳香車轉掖庭，夕陽亭上北風腥。紛紛羔羯趨河洛，爲見深宮竹葉青。

陶侃

蘇峻鯨奔正可憂，翻令王室備荆州。五陵松栢無遺種，謾爲桓温拾竹頭。

梁武帝

戒捨工夫老未圓，百雙雞子送殘年。一生般若成何事，贏得江頭載荻船。

東溪子甘泳

泳字中夫，一字泳之，自號東溪子，崇仁人。性剛正，不與時俯仰。平生不娶，效林和靖。讀書不拘繩尺，尤工於詩。年二十餘，浪跡東南，受知于徐徑畈、楊東澗。又與趙東林、黄大山、林正菴、曾平山遊。至元二十七年卒，有《東溪集》。黄大山序其詩，謂高不誕，深不晦，勁不粗，全體似李賀而不涉于怪怪奇奇。《出嶺雜言》一首，凡一千四百字，隨事起義，隨義鍊句，古今大篇，未或過之。所作甚富，鰲溪刻本止七百三十餘篇，今亦失傳，可惜也。

秋風詞

昨夜西風來，人間雨如海。山摇摇，秋洒洒，早起□□輪老紅竟何在，惟有殘雲漠漠弄凉態。千林萬葉淅瀝作，豈無緑色，奈何凋零。四時更變化，宋玉何爲愁，直須痛飲千斛酒。亦不知有春，亦不知有秋，鴻濛適我汗漫遊。絶憐九辯大蕭索，争與蟲聲起籬落。東溪子今夕呼月當中天，看我大醉西風前。便令秋滿八千歲，我醉依然月下眠。

自述

總角希聞道，殘生乃付詩。□曾前輩識，敢辱近人知。飄泊身餘健，蕭閒鬢欲衰。一簾書四壁，寒日在清池。

晚立黄洲

今度闌干倚，蒼茫人暮天。碧溪分市井，華屋亂雲烟。鐘隔春來樹，燈流夜去船。惜哉題柱壯，琴動鳳凰絃。

陪完顏御史行金石臺分韻得丞字

勝景踰千載，吾人得共登。五峯交地勢，一水合沙稜。荆國成何事，浮丘有異能。山頭有田父，未必識中丞。

歸來

謂我猶羈旅，歸與已的然。風霜高枕外，江海小詩邊。達磨移華夏，莊周侮聖賢。向來知此事，未敢棄余年。

過南湖

忽有一事礙胸次，擺脱不去呼酒來。溟溟濛濛混沌在，坦坦蕩蕩虚空開。精神一生留筆墨，形骸昨夜爲尊罍。年年看梅今白髮，晴日江路行莓苔。

與危見心同和完顔御史沂聯步踏月韻

明月送人歸，明月照人宿。月落夢醒時，清霜壓寒屋。

小絶

一夜睡不著，小窗天忽明。林塘寒鳥聚，聽得最初聲。

夜坐

林風自蕭蕭，山雨時灑灑。丈夫七尺軀，地爐使吾矮。

早睡

病來貪睡早，推月出山前。月色不相捨，小窗還自妍。

酒醒

酒醒桂花發，狂歌對花前。隣家大駡我，夜半驚人眠。

書生

踉蹡趣講席，讀誦鬭高聲。我亦曾如此，而今白髮生。

暫憩

平生湖海遊，南北東西路。幾度夢殘時，雲深不知處。

歸舟二首

片帆懸空秋滿腹，涼月淡淡天無波。平生湖海元龍意，早入西風漁櫂歌。

天壤豈無蘇季子，恨我不識韓荆州。遥山蒼蒼暮雲碧，何許一笛蘆花秋。

下豫州

壯懷忍共白雲閒，孤負僧房屋半間。賣却牢一作窮。愁三萬斛，載將明月入西山。

托意

舊時燈火不知年，托意篇章末世傳。胸次只今無此事，聽風聽雨過殘年。

新春

花紅柳緑也逢時，潤色青春有小〔詩〕（時）。人世苦無吾輩在，東風寥落亦堪〔悲〕（愁）。

看梅

獨坐忽忽不自適，出門偶見梅花開。自從開闢到今日，此是東風第幾回。

毛文學直方

直方字静可，建安人。與同邑劉邊近道、虞韶以成、虞廷碩君輔並勤著述，工詩文。宋咸淳癸酉，以周禮領鄉薦。丙子既革命，當路有薦其才者，直方退然曰：使我得貧室如憲，窮巷如顔，是得天之厚者，安敢求於分之外耶？乃優遊閭里，授徒講學。科舉制興，郡之以明經擢進士者多出其門。省府上其名，始被一命，得教授致仕，半俸終其身。所編有《詩學大成》《詩宗羣玉府》三十卷行於世。所著有《冶靈稿》四卷、《聊復軒斐稿》二十卷藏於家。

擬古二首

高堂列綺席，賓御何委蛇。粲粲金芙蓉，春葩照蛾眉。檀槽起清籟，鐵撥弦鵾雞。祇聞筵中曲，不聞曲中詞。蕭蕭青冢魂，化作秋雁歸。玉關去時淚，點點溼朱絲。豈知哀怨情，及此歡笑期。彈者錦纏頭，聽者金屈巵。但令今人樂，不惜古人悲。

野色倏已暝，零露沾我裳。行役悲險艱，仰愧歸鳥翔。羈愁浩難收，壯髪日已蒼。遠林烟火微，投宿扣村莊。居人畢刈穫，笑語井臼傍。問客來何疲，毋乃仕與商。所慎在出門，奚怨中路長。

雜怨二首

種蓮恨不早，得藕常苦遲。誰知心中事，久已各懷思。
花開能夜合，草發解宜男。對花今有恨，見草祗應慚。

江南曲二首

津頭聞別語，三載以爲期。安得中山酒，醒日是歸時。
沽酒酹江神，發船相送餞。船去浪如席，船回風似箭。

妾薄命

妾肌如玉顔如花，長眉窈窈青山斜。深閨學成新婦禮，鏡鸞不與留年華。昨朝東鄰裁嫁衣，今朝西鄰催結褵。自憐孤燈照春夢，年年風雨梨花時。不怨父母貧，不恨蹇修拙。妾生賦命自坎壈，底用閒情寫紅葉。千絲萬絲霜練光，與誰織作雲錦裳。千針萬針兩黼黻，與誰佩服朝明堂。吁嗟妾薄命，薄命可奈何！失時還自羞，失身羞更多。妾寧失時無失身，平生分定月下繩。但把貞心守貞色，肯信嬋娟解誤人。

獨駿圖

連天苜蓿青茫茫，鹽車鼓車紛道傍。肉騣汗血不可當，權奇倜儻晦若藏。五之六之無留良，如此獨步何堂堂。日三品豆慎所嘗，天閑逸氣難能量。一尺之箠五尺韁，了與轡絡俱相忘。太僕御直儼冠裳，庭前榻上婉清揚。有詔有詔且勿忙，一洗凡馬鑾鏘鏘。我觀此圖筆意長，欲言尚寄田子方。

贈督師曹將軍

泰階煌煌色已齊，祥飈爲掃蚩尤旗。幅員浩蕩春臺熙，不遺桴鼓驚鉏犁。羽林宿衛環三陲，居安却慮忘戰危。整暇自許忘其機，《司馬》八法律以規。蒐苗獮狩凜弗違，碧油有幢儼軍帥。手持虎節談魚麗，閫闑不以山與溪。歌舞《七德》宣皇威，有來視師省檄飛。將軍名已草木知，干戈俎豆睢陽時。已分勾當江南歸，流芳奕葉今孫枝。此行且賦從軍詩，時清未用歌采薇，天子有道守四夷。

泥滑滑

泥滑滑，日已西。泥深屨滑涴征衣，征衣涴盡不肯歸。分明數聲行不得，請君更聽鷓鴣啼。

野宿

歸恨逐春深，遲休欲縮程。遠山何處碧，落日故鄉明。路改柴門僻，村空石磴鳴。乞蔬仍買米，一宿尚營營。

秋感

宇宙百年身，江湖萬里心。世情高枕遠，詩味閉門深。白髮銷窮達，青山傲古今。情知秋亦客，何事感秋吟。

時秋積雨霽

醞釀豐年付老農，挽回涼信報詩翁。巫山久暗埋寒碧，湘水初明浴晚紅。簾卷柳陰先得月，簟横梧影早嘘風。天公快我披雲願，萬里乾坤一望中。

漁父詞七首

萬里清江兩槳船，一竿一縷水雲邊。平生不識書與劍，也得醉飽共閒眠。

呼兒買米得新粳，漁村且喜見秋成。今朝嘗新莫草草，好釣鱸魚來煮羹。

得魚穿柳持上溪，溪村杳杳屋稀稀。莫怪漁翁頭易白，去年買魚人又非。

黄旗綱運牛馬走，皂衣追呼雞狗喧。深傍蘆花摇櫓去，遥望漁人是水仙。

本無租賦本無田，不知曆日不知年。誰信漁家小船上，獨是無懷并葛天。

黄昏船泊有鄰居，明朝船散又還無。君笑我如浮萍草，我笑君似水中凫。

溪橋竹邊有沽酒，擕魚换酒滿胡蘆。蓬頭月上不覺醉，自卷蘆葉吹嗚嗚。

悼亡四首

從事龜山亦偶然，寧知長别恨終天。當時去就商量錯，不似牛衣十八年。

客中自有未招魂，剪紙空教夜祭門。萬一相逢今夜夢，恨多應是兩忘言。

奉倩傷神不是癡，人生百感有真機。飄零遺墨殘針綫，與淚無期自一揮。
推愁不去竟何如？欲鼓莊盆懶有餘。賴是此愁猶解事，避人對客與觀書。

寄梅村山人二首

古松樹下書陰寒，雲亦無心去不還。却怪建州城裏夢，一春多在湛盧山。
去年三客賦荼醿，忽見新花發故枝。省到死生離合處，春風消得幾相思。

劉處士邊

邊字近道，建安人。與同邑虞韶、虞廷碩、毛直方四人齊名。所著有《自家意思集》四卷及《讀史摭言》若干卷。月泉吟社分賦《春日田園雜興》詩，近道有句云：「耕鉏曉雨有餘地，應接東風無暇時。」吴清翁極賞歎之。

仙船巖

仙舟等昇盪，萬仞架雲表。木石渾莫分，風雨能不朽。恐因堯年水，艤櫂寄巖竇。猶勝夜壑藏，有力莫負走。奈何苦海深，忍袖慈航手。我欲遡靈源，乘槎問牛斗。

仙機巖

嘗聞昔天孫，謫落人世間。雲霞入組織，機杼空留山。揭來巧相逢，遺我錦繡端。欲報乏綺語，再拜重捲還。我有大布衣，可以禦歲寒。

會仙巖

青山解隨人，遠近互相對。寒潭入陵谷，龍去知何處。歷歷沙上石，羣仙昔來會。日暮一童歸，横吹臥牛背。

茶竈

仙人足戲劇，盤石留渦房。紫陽此來遊，與客煮茗嘗。青烟久消歇，白雲時飛揚。至今潭中水，猶作笑語香。蒙茸履跡在，欲步不敢翔。三吸此清冷，回首入空蒼。

林泉寺

采芳仍漱潔，散策到來遲。客坐自相語，僧禪了不知。疏風潛入户，暗水細鳴池。小作石牀夢，夢中還覓詩。

天遊峰

紫翠飛來石蕊間，何年幻出小瀛寰。崖懸瘦瀑一千尺，峽束寒流八九灣。蒼壁向人如有待，白雲何事未知還。歌酣更挹浮丘伯，坐對中臺話半閒。

梅仙山

已是吴門變姓名，後來誰更識先生。一抔漢土丹墟在，萬古閩山劍氣横。步入白雲秋石瘦，坐分黄葉午風清。逃奴不返松門静，隔水寒烟起暮城。

伏羲洞

一水之玄去復歸，衆峰向背儼相持。天荒地老無從問，鬼刻神劖未解奇。丹嶂漫留仙幻跡，白雲仍似太初時。欲窮畫底羲皇意，一束靈蓍萬古知。

玉女峰

不作巫陽雲雨羞，風鬟霧鬢亂蕭颼。行人莫問當年事，獨立寒潭空幾秋。

答彦修

九曲溪邊玉女峰，年年獨倚落花風。何因不駕青鸞去，佇立空山皓月中。

仙掌峰

銅盤捧露幾何年，渭水秋風淚泫然。已向山中閒袖手，爲誰半壁更擎天。

釣磯石

百尺臺磯瞰碧流，紫陽仙子幾經秋。遊魚何事偏深逝，不道人間有直鈎。

郭□□麟孫

麟孫，字祥卿，吴郡人。博學工詩，與袁易通甫、龔璛子敬、湯彌昌師言、錢重鼎德鈞相率酬唱。作吏錢塘，再調江東，歸吴卒。其序通甫詩，以爲詩本原於性情之正，當其遇物興懷，因時感事，形之於詩，何嘗拘拘然執筆學似某人而後爲詩哉！蓋所蓄既深，自有不期似而似之者耳。觀此可以知祥卿之所得力矣。

遊虎丘

海峰何從來，平地湧高嶺。去城不七里，幻此幽絶境。芳遊坐遲暮，無物惜餘景。樹暗雲巖深，花落春寺静。野草時有香，風絮淡無影。山行紛□人，金翠競馳騁。朝來有爽氣，此意獨誰領？我來極登覽，妙靈應自省。遥看青數尖，俯視緑萬頃。逃禪問點石，試茗汲憨井。意行忘步滑，野坐怯衣冷。聊爲無事飲，頗覺清晝永。藉草方醉眠，松風忽吹醒。

題趙子固蘭蕙卷

寫蘭以左筆爲難，此圖筆筆皆向左。香風一夕從西來，數片湘雲忽吹墮。天真滿前呈爛熳，晴烟低葉分婀娜。紫莖縹緲散曾華，翠帶交加藏側朵。初觀駭目若零亂，締視凝神還帖妥。想翁落筆風雨疾，不待解衣盤薄臝。但覺書紙如書空，唯知有蘭那有我。胸中所在皆衆芳，變化縱橫無不可。他人一二已云多，翁今能事一何夥。嗟予作畫雖不能，知蘭之趣亦頗頗。再觀品題驚絶倒，照眼驪珠十六顆。清氣襲人肌骨寒，手之不置行與坐。陶君珍重祕藏之，玉軸牙籤善封裹。

題高尚書秋山暮靄圖

長江萬里流滔滔，風平如席静不濤。老楓疏柳澹雲影，敧岸側島明秋毫。紅塵一點飛不到，何人結屋江之皋。霜清水落沙嶼出，蘆葉瑟瑟鴻南翱。一峯崒嵂聳峩髻，俯視培塿如兒曹。晴嵐朝爽滴空翠，樹林露沐滋流膏。心融造化意慘澹，筆挾風雨聲蕭騷。淋漓元氣猶帶溼，收拾萬象無能逃。扶輿清淑聚胸次，固應獨擅人間豪。未容小米詫能事，千古且説文昌高。世間神物不易得，牙籤玉軸歸時髦。我來坐窗疲不遨，展卷頓覺舒鬱陶。何煩蠟屐躋攀勞，巃西小紅尋野桃。

題蘇子瞻翰墨

山頭崒嵂侵霄漢，片幅之間據其半。河水盤旋寒玉貫，雲氣濛濛中截斷。峯巒回合平若接，山城嵯峨聳樓觀。下有森森林木灌，隱約浮空露纖巘。沙平野曠征途遠，行人凌競馬欲汗。天機滿前呈爛熳，濃墨如新筆凌亂。渾沌鑿空太極判，元氣淋漓風雨散。若非定以范寬斷，誰能展此奇手段。玉堂老仙重稱賞，絶筆當爲古之冠。牙籤玉軸宜倒看，縱得千金慎勿换。老眼摩挲獲珍玩，不敢留題只驚歎。

題趙榮禄水村圖

澤國淨秋色，遠山横夕烟。水田羣雁起，蘆渚一罾懸。林樹幾間屋，君家若箇邊。扁舟何日去，相伴白鷗眠。

與龔子敬同賦

清遊及新霽，緩步得嘉賓。古木寒泉寺，鳴鳩乳燕春。山行六七里，舟受兩三人。總是曾經處，何須更問津。

三月三日重遊虎丘二首

三月三日天氣好，一年一度虎丘遊。枇杷巖下頻呼酒，楊柳橋邊旋繫舟。春事固知欺白髮，山靈元不厭清流。祇今觴詠成陳迹，何用蘭亭俯仰愁。

細雨霏霏不溼衣，山前山後亂鶯飛。過橋春色緋桃樹，臨水人家白板扉。此地酒帘邀我醉，隔船簫鼓送人歸。清遊恐盡今朝樂，回首閶門又夕暉。

龔子敬同遊桃花塢趙中時適至

麥光曉郭揺香浪，花氣浮空散紫霞。小院碧桃留客醉，隔林修竹又誰家。清明過了春將暮，濁酒傾殘日又斜。一笑相逢誠不易，人生看得幾韶華。

再題水村圖

分湖新卜築，適與此詞同。如今不是畫，真在水村中。

湯提舉炳龍

炳龍，字子文，其先山一作丹。陽人。居京口，辟慶元市舶提舉。學問該博，善談論，四書五經皆有傳註。尤深于《易》，詩歌甚工。晚自號北村老民，所著曰《北村詩集》。四明戴表元帥初序曰：子文詩肆麗清邃，乃一如丘園書生、山林處士之作。太玉山人俞德隣宗大序曰：子文詩憫世道之隆汙，悼人物之聚散，明時政之得失，吟詠諷諫，使聞者皆足以戒，豈徒誇競病事推敲者之爲哉！蓋其易直子諒之心閒於中而肆於外者也。年八十餘卒。子垕爲紹興路蘭亭書院山長，終都護府官屬。

湖上觀春

閉門五日雨，出門萬山春。湖光忽見我，搖蕩白雪新。九節瘦筇杖，一幅故葛巾。桃花忽相笑，聊復此紅塵。有錢困鞭算，有官縶卯申。洞然宇宙間，餘此自在身。但恨不能飲，我亦無事人。

題高尚書夜山圖

人知麗日江山奇，月中更奇人不知。古今畫手不能畫，高侯能畫兼能詩。風流文采乃如此，筆意所到神莫窺。琉璃宇宙入萬象，清寒周匝天四垂。羣鴉已息溥露下，一雁不度行雲遲。龍飛鳳舞又千里，一起一伏相追隨。潮來不見江吸海，但見夜壑寂寂舟無遺。廢宮隱約認孤塔，長竿高下標叢祠。俯觀下界萬屋如鱗次，其間醉夢覺者誰。金城樹老歲月往，昆明刼盡天地移。忽忽吴越已陳迹，丹青先寫興亡悲。虞山禹穴會稽路，蒼蒼涼涼隔烟霧。平生慣向圖中遊，老我卧游無勝具。昏花疑是雪欲晴，剡溪直在無山處。何人説與李將軍，太清豈必微雲□。毫端巽巽肯一掃，清光應更餘幾分。天然人境兩相值，樓頭白也思不羣。胸中雲夢可八九，呼吸沆瀣歸雄文。虎頭著我坐巖壑，書窗半席一詒君。舟中不須覓謝尚，詩成三誦君嘗聞。

題江貫道百牛圖

我本山陽田舍叟，家有淮南數千畝。江南傖客老不歸，此田都爲勢家有。猶記少年學牧時，去時日出歸日西。我生衣食仰此輩，愛之過於百里奚。祇今辛苦耕硯席，無處賣文長絶食。卷中邂逅黑牡丹，相逢喜是曾相識。負郭無須二頃田，一雙栗角能幾錢。數口之家便可飽，要如此圖知何年。平生富貴非所願，城府近來尤可厭。何時倒乘牛背眠東風，勝如仰看宣明面。

范文正公書伯夷頌并扎卷

退之嘗作《伯夷頌》，綱常更爲文章重。小范老子翰墨香，吹醒首陽千古夢。爾來宇宙三百年，刼灰不壞寧非天。姑蘇李侯賢太守，爲將手澤歸雲玄。因憶右軍修禊敍，智永藏之固其所。今比蕭翼誰賢愚，豪奪何如能樂與。君子於物不留意，好德終然勝好古。劍許徐君自有心，書還孔氏非無故。粟可不食國可辭，較之一紙真毫釐。聞風廉立遽如許，信哉聖人百世師。西山之薇何獨美，向微二子一草耳。東海魯連死猶生，中書馮道生猶死。承平文獻傳至今，品題先後如盍簪。就中何人合愧死，九錫不是夷齊心。

白海青

皂鵰赤鶻世紛紛，羽翮何如白綫紋。東海飛來一片雪，西風透入萬重雲。老拳獨擊頑鵝惱，俊目寧看狡兔羣。玉食所需誰可得，夜來丹詔賜元勳。

綉毬花

誰擲流蘇滿小園，無心花萼密相聯。唐宮玉蝶團風軟，后土瓊花簇月圓。妖態欲來裍上舞，異香宜在帳中懸。試看有物渾成處，如在東風太素天。

題水晶宫道人甕牖圖

一從辭宰粟，饑餓隱空山。貨殖門前客，先生不啓關。

題姚静齋女柔德一日三刲股救其兄云

女生他人婦，兄死誰養親。刲股與紾臂，孰仁孰不仁。

西湖雜詠

馬塍鷄唱曙初回，幾處嚴關次第開。多少賣花人已到，賸將春色入城來。

題莫景行松竹梅圖

一客風流雲水際，兩侯瀟灑雪霜時。如今三友交情密，不到歲寒人不知。

題竹梅圖

歲晚江空見此圖，竹梅相伴占全湖。如何不與松爲友，應怪人間作大夫。

王處士〔圭〕

圭字敬仲，宛陵人。弟瑋字敬叔，並以詩名。嘗與四明戴表元帥初、吴郡郭麟孫祥卿倡和，尤工五言。敬仲詩如挽貢南瀞云：「福兼鴻範五，瑞集鳳雛三。」《戴帥初過訪》云：「興寄冥鴻外，詩成立馬間。」敬叔詩如《題劉御史熙寧諫疏》云：「舉世非新法，中朝放直臣。」《謝惠帶鏡》云：「寛覺腰圍減，明嫌鬢影秋。」皆佳句也。時人誦之。

和戴帥初陪廉憲副遊三天洞韻二首

勝迹三天洞，清遊五字詩。懸泉垂馬乳，暗谷隱龍池。坐久禽聲集，吟殘樹影移。賢侯興不淺，應有後來期。

黄葉荒溪滿，青蓮紺宇開。闌干盤石樹，方丈出氛埃。洞古遊人識，巖高倦翼回。祇因山下叟，常説繡衣來。

送吴止水總管入燕

西風萬里送長鑣，木落天高秋寂寥。季子賢名聞上國，望之雅意在中朝。燕臺此日千金駿，漢署當年七葉貂。聖代憂時須共理，一麾江海莫辭遥。

趙雲仲諸君見訪小酌次韻

長楊旖旎緑陰晴，小閣芳菲接謝城。樂事良辰真具美，酒徒詩伴舊知名。春陰忽散林光變，曉露未晞花氣清。有興時來共幽賞，暫時風雨莫寒盟。

陳公輔遷居

大隱何嘗厭市闤，新遷端爲好棲居。坐來疊嶂雲生麓，住近雙溪客有魚。二頃可供投轄飲，五車争羨載行書。門前怕有西臺使，未許與公賦《遂初》。

送李廉使之荆南二首

火落金天爽氣浮，澄江練淨引仙舟。霜威此去清三楚，霖雨行看遍九州。銀漢星槎當好夜，渚宫烟樹正高秋。熙朝國任須元老，未許周南此滯留。

儒林分席春生座，射圃旋車月滿溪。暫憩棠陰人愛樹，無言李下自成蹊。恩光新拜宫壺賜，姓字多因御筆題。但得明良千載遇，腐儒何恨老幽棲。

劉有之還京口簡梁中砥知宫

爲謝詩家塵外人，别來消息斷無聞。如何占得三峯住，不寄山中一片雲。

春草

和烟和雨碧萋萋，歲歲長亭照客衣。春風陌上輪蹄滿，莫問王孫歸不歸。

王處士璋

字敬叔，圭弟。涿郡盧摯爲憲使，極器重之。

送高羅谷赴德安教

水驛夜初寒，風帆向德安。青楓三楚路，白首一儒官。夢澤尊前賦，巫山雨外看。未須嫌獨冷，蘭菊政堪餐。

次韻郭祥卿雪霽見懷

雪嶺留初日，高齋照眼明。禽聲交曉樹，馬跡上春城。有客懷幽賞，題詩問友生。青鞋得來往，更待數朝晴。

挽董儒仲

憶昔同遊處，經春在武林。湖光浮鷁淨，山木坐猿深。事往唯詩在，悲來託夢尋。朋知零落盡，投老若爲心。

約文甫不至用韻

俗裏眼能白，懷中印未黄。雙鳧離葉縣，獨鶴下陵陽。晚歲故人少，閒門秋草長。知君非遠我，自爲困壺觴。

和帥初稽停山三天洞韻二首 録一。

古洞堂隍敞，危巔户牖開。陰靈藏雨雹，清絶雜塵埃。破静幽禽響，臨深騎鹿回。百年山下路，未省使車來。

小閣呈兄敬仲

小閣纔容六尺牀，苦寒聊與蟄俱藏。少安書卷偏能熟，漫插瓶花已覺香。桑火旋分蒸秫竈，松風時和煮茶湯。閒中有事能談妙，不問維摩借道場。

薛平山諸君見訪分得扶字

荒徑經春滿緑蕪，喜聞佳客載行厨。流鶯度曲時相唤，泛蟻盈樽不用沽。行樂中年憐謝傅，坐曹休日笑張扶。竹林謾詫風流事，未學山王指舊壚。

寄賀盧疎齋拜集賢

洛下秋來傳近作，日邊使至報除書。乍歸北闕多新貴，重直西垣識舊廬。陶謝風流連白社，應劉文字盛黄初。深知有意沈冥者，自是無心賦《子虚》。

次廣教寺堅師韻

矮窗宜曉取朝陽，高檻凭虚接莽蒼。咒水鉢中蓮是幻，坐禪牀畔竹偏長。不須沽酒供彭澤，耐可吟詩伴石霜。想見六時天樂下，散花吹滿衲衣裳。

送梅叔章入燕

少年心力辦驅馳，名德家聲世所知。到闕可無梅福疏，贈人唯有宛陵詩。行當塞雁初來日，歸約河魚欲上時。堂北春衫稱壽罷，一杯春酒柏山祠。

送傅擴齋廉訪秩滿歸長安

南國皇華使，東維列宿光。選掄應近侍，敭歷且殊方。地鎮江陵重，天連蜀道長。班荆非客宦，負弩盛朝章。問俗魚鳧國，傳杯杞梓堂。舞看渝水曲，歌倩竹枝娘。叔子心期遠，文翁政術良。巡巡持漢節，處處卽桐鄉。瑶曆更新號，崇臺整舊綱。五驄鳴宛水，軒鶴憩陵陽。落筆霜威重，隨車雨氣凉。澤中集鴻雁，道上屏豺狼。舉錯消羣枉，封培惜衆芳。春回魯宫藻，詩詠召公棠。有客棲南郭，無人薦蜀莊。分庭寬禮數，退食問行藏。古道今安有，深心矢不忘。方欣爲李御，旋報促曹裝。送客聽雞唱，征帆拂雁行。楚江楓葉赤，陶宅菊花黄。未識長安第，還分漢署香。他年懷舊德，悵望繡衣裳。

宛溪濟川橋成

二水玄暉郡，雙橋太白詩。江山遺跡在，惠政大賢知。纍石砌湍瀨，飛梁跨渚涯。仙宫鼇鼎屬，星漢鵲參差。不礙乘槎客，翻思踏浪兒。人從衽席過，功類鬼神爲。利澤通千里，歡呼共一辭。吟詩欲題柱，記取落成時。

題盛叔章畫

草堂只在南湖上，山色水光相與清。漚鳥不來魚不起，落花風颺讀書聲。

王教諭虎臣

虎臣字子山，璋子。官於灊教諭。

蠶婦歎

貧農值年凶，終歲常苦饑。貧女蠶不收，終年廢機絲。無食夫婿事，無衣妾心悲。終朝掇柔桑，日暮心力罷。居然不成繭，何以慰我思。君不見金谷園中歌舞妾，金縷衣裳自盈篋。一朝禍起〔墜〕（隨）高樓，翠袖紅衿如電滅。嗟嗟蠶婦莫憂寒。孟光身上無衣完。

繅絲行

輪班輪機旋若風，吴姬拮据無好容。神蠶遭烹不自悔，以死利世功無窮。當空一縷如抽雪，宛轉縈紆無斷絶。誰知中有長恨端，心事從今爲君説。車聲愈急絲愈永，比妾愁腸猶易盡。去年絲成盡入官，弊衣不足常苦寒。今年蠶苗猶在紙，已向豪家借倉米。探湯拾緒手欲爛，辛苦無人慰憔悴。生平自知妾命薄，詎忍將愁訴夫婿。吴綾蜀錦多光輝，明朝已上他人機。

贈汪鶴舟

吾聞列山之儒騎鶴飛，明月爲佩霓爲衣。又聞化鶴丁令威，七十甲子今始歸。先生扁舟載飛鶴，五湖七澤將安之。江湖舊遊波渺渺，牀頭金盡故人少。猶能爲客典春衣，酒邊豪氣天地小。名賢歌頌題滿軸，披圖亦自不碌碌。黄金白璧分與人，惟有便便五經腹。朅來訪我坐氈冷，岸幘扶筇微酩酊。開樽促席意氣傾，剪燭商詩寒夜永。星星斑鬓今如此，清談自是青雲士。試問烟波載縞衣，何如一舸攜西子。

阮受益所藏古硯篆文有羽陽千歲蓋秦穆公宫瓦也

洛波沈鼎周姬衰，秦嬴義勇歌無衣。戎車虎帥雄西鄙，羽陽宫殿雲崔嵬。孟明骨化蹇叔死，三良殉穆秦民悲。西風一夜飄宫瓦，鴛鴦飛墜秦臺下。千年鳥跡今愈分，故園遺蹤恨難寫。何人磨作古陶泓，遂使名聲齊玉斝。君不見懸黎結緑人不識，刖足君門卞和泣。古來義士苦不遭，埋骨泥沙同瓦礫。

盧承旨摯

摯字處道，一字莘老，號疎齋，涿郡人。至元五年進士，博洽有文思。累遷少中大夫、河南路總管。真人吴全節代祀嶽瀆，過洛陽，嘉其治行，力薦之。大德初，授集賢學士、大中大夫。出持憲湖南，遷江東道廉訪使。復入爲翰林學士，遷承旨卒。所著曰《疎齋集》。元初，中州文獻，東人往往稱李、閻、徐，推能文辭有風致者曰姚、盧，蓋謂李謙受益、閻復子靖、徐琰子方、姚燧端父及疎齋也。而推詩專家，必以劉因静修與疎齋爲首。錢唐張雨謂《疎齋集》校官本讀之一過，生風凜然。趙郡蘇天爵曰：國家平定中原，士踵金、宋餘習，率皆粗豪衰苶，涿郡盧公始以清新飄逸爲之倡。延祐以來，則有蜀郡虞公、浚儀馬公以雅正之音鳴於時，士皆轉相效慕，而文章之習，今獨爲盛焉。臨川吴澄曰：涿郡盧學士所作古詩，類晉清言，古文出入《盤誥》中，字字土盆瓦缶，而條有三代虎蜼瑚璉之器，見者莫不改視。疎齋嘗著《文章宗旨》云：大凡作詩，須用《三百篇》與《離騷》，言不關于世教，義不存于比興，詩亦徒作。又云：清廟茅屋謂之古，朱門大厦謂之華屋可，謂之古不可。太羹玄酒謂之古，八珍謂之美味可，謂之古不可。知此可與言古文之妙，極與臨川之論相合，亦即疎齋自言其得力歟！

春晚歙郡高齋

憑高得華構，燕坐臨此〈州〉〔川〕。偶來税塵鞅，得與静者遊。甿俗仍楚越，城居帶林丘。川明雲物閒，風喧鳥聲幽。羣峰舉自獻，春溪亦争流。餘花殿芳序，春苗緑平疇。臨觴詎能飲，對時思悠悠。將指訪凋瘵，摩撫庶有瘳。曠職固所虞，永日聊淹留。

宣城南郊何氏遊集

懷痾苦無悰，撫節驚歲暮。淹留屬休告，寧復嬰物務。幽人偶相賞，蕭散隨所遇。寒郊聯騎出，崇岡時延駐。山家如可即，雞犬隔烟霧。舉鞭問樵丁，始識林下路。亭樹欻軒敞，嵒壑鬱盤互。主人能愛客，何必論雅素。濁醪散襟顔，池鮮足供具。雖非窮勝踐，政自得野趣。日夕歸影亂，嵐霏襲衣裾。鳴騶慎毋前，悠然望江樹。

用韻答李肅政承之

陝室驚歲暮，半菽供朝餐。忽聞農父言，東田出遊觀。兀兀遵微行，隕籜探茅菅。霜風亦云厲，松栢那可干。勝寄動暌闊，幽素勞音翰。如何烟霞姿，乃在原隰閒。叢祠構前驅，一笑開襟顔。豈不懷簡書，悠然有餘閒。衡門可棲遲，濡轡聊盤桓。明晨下巖㟅，相望邈河關。

郡齋書事兼答汴梁夾谷左丞

十年皇華使，咨度愧清衰。承命甫爲郡，慮無理人術。簡書劇沈迷，將迎靡虚日。星言入公府，短髮不逿櫛。首夏氣清淑，鳥鳴庭樹密。疏箔懸永晝，南風泛瑶瑟。退食方息偃，卒史已盈室。孤臣偶紆組，豈不懷曠佚。賴有同心人，魁然位丞弼。昭昭麟鳳瑞，渾渾金玉質。華緘偎稱題，高誼寡儔匹。矢心報知己，言語詎能畢。河流衍洪源，嵩高屹青出。期公山水間，千秋恒若一。

送程中丞介甫赴雲南行臺

蕭蕭征馬鳴，冽冽驚飈吹。聞君遠行邁，執法西南夷。六詔漢始通，有唐亦羈縻。今雖郡縣置，綏懷不在玆。物一作俗。産富金具，一作貝。吏習爲磷緇。垢衣可無澣，直繩詎一作誰。易持。肅躬行所素，舉綱植其維。寒霜固非厲，春陽竟何私。一本作「嚴霜自淒厲，春陽意何私。」坐令蠻風革，仰報國士知。泛泛江海客，區區簡書期。悵悵久別離，去去長相思。

行農洛西題王居仁山堂春曉

幽人持所見，曠然捐世故。豈薄軒冕榮，正有林壑趣。輿居惟自適，早晏常暇豫。草芳澤氣春，鳥鳴嵐光曙。巖花抗韶容，溪雲澹吾慮。圖史敦宿好，朋遊非外慕。招邀具雞黍，笑言在農務。我來忝符竹，行田課耕助。撫卷懷清風，長吟山郭暮。

寄博士蕭徵君維斗

秦中幽勝地，乃在終南山。盤石負磊磊，清泉散潺潺。侃侃古君子，亹亹泉石間。圖史紛座隅，衡門晝長關。種菊飡落英，襲芳佩秋蘭。道腴德充符，怡然有餘歡。鳴鶴時一來，似愛孤雲閒。孤雲不能飛，鳴鶴遂空還。濈濈桃李艷，鬱鬱松栢寒。羲和馭春暉，歲晏霜露繁。感物有深儆，懷哉邈難攀。

載酒訪王敬仲昆季登樓賦詩得見字

城南有幽人，旬浹不獲見。駕言寫我憂，況懷青雲彦。寒潭照林廬，高樓俯郊甸。偶持一觴酒，相與言笑宴。農畝方委積，庭柯謝紛絢。空山歲年晚，聊以觀物變。此日足可惜，攜手盡餘睠。

席上答周饒州

美人如修竹，日暮何娟娟。美人如野鶴，所貴非乘軒。遠遊豈不佳，緇衣爲誰賢。相别亦云久，相看已蒼然。襟韻尚豪爽，尊俎重留連。追憶平生歡，見贈長者言。鏗鍧咸池奏，湁渺渤澥淵。我無英瓊瑶，持以贈君筵。爲君賦《淇隩》，爲君歌芝田。

寄徵士韓從善

風雅詔屈宋，篆隸開鍾王。羲精太史筆，百世宗潮陽。予生獨後時，志欲襲衆芳。不踐道德圃，遊藝徒遑遑。長嗟竟焉如，嚴駕臨康莊。朝馳秦漢郊，暮税鄒魯鄉。西州有佳人，鼓琴諧咸章。鏘鳴瓊瑶佩，絢粲芙蓉裳。攬衣願從之，遠在天一方。習尚或庶幾，高節何可望。

嘉平十日訪文伯純遂偕施克剛胡明初遊眺鰲峯道院飲韋鍊師方丈王敬叔繼至分韻賦得山字

蹇余抱私戚，無以浣苦顔。解組訪詩客，息駕依松關。羽流所栖處，稍出闤闠間。丈室俯寒英，芳氣雲窗閒。烟岫列遠郊，石瀨鳴清灣。覽物得深趣，觴酌聊循環。麻姑逝已久，琴高杳難攀。超搖世氛遠，髣髴仙遊還。即此悟沖素，何必躋蓬山。

石鏡精舍

時暇陟林臯，聊訪塵外迹。禪巖瑩靈輝，于兹鑑空寂。看筍出深樾，聽泉憩危石。勝踐已云屢，誰能憚行役。

湖南憲幕牡丹

仙人何許來，絳衣翠爲裾。朝霞映樓居，瑞日臨綺疏。韶容託植物，神奇昇豐腴。豈無瓊華枝，亦有珊瑚株。國風芍藥贈，騷客芙蓉襦。愧爾顔色好，愧爾芳菲殊。誰云風霜地，亦復雨露濡。猗猗綠竹抽，絢絢羣芳餘。公餘文墨暇，嘉賓此〔邪虛〕（虛邪）。時清景逾勝，不樂將何如？

送李廉使西歸洛陽

靡靡歲年晚，肅肅霜露霏。君子不遑處，四牡來騑騑。月出方皎皎，我心恒依依。今夕復何夕，山中依一作仰。容輝。惠然有深契，使我心悦夷。北風日已一作以。涼。行役乃無期。言邁未可留，淒然送將歸。永懷金玉音，時得慰〔渴饑〕（饑渴）。

贈陝西李廉使古意二首

威鳳覽德輝，來自丹穴山。孤鶴慕文采，飛從浙江干。鳳飲必醴泉，啄食惟琅玕。簫韶奏虞庭，鳳儀五雲間。朝陽忽西馳，梧竹隨凋殘。孤鶴黯秋影，雁鶩相與還。長鳴九皋恨，月落天風寒。

娟娟秦關月，偏照崧山雲。山雲自無心，而能遠淄塵。崧雲初未閒，下有幽栖人。噎噎風雨交，悠悠去來頻。時時宿簷端，姿態如相親。悲鳴動遥夜，天衢屏遊氛。秦關謾修阻，月輝皓無垠。願言奮西飛，奈此由東隣。

岳麓書院舍菜禮成 并引

二月初吉菜祀竣事，詩示僚友掾曹及文學諸生。

誰謂衡山高？景行思齊而。誰謂衡麓近？大路莫致之。衡高麓云邈，洙泗不在茲。遠臣禮樂光，吉月春陽時。原隰遂咨度，于彼湘之湄。薄言采芹藻，多士樂且儀。酌彼百泉水，憩我駟牡馳。我將布惠澤，我將迪民彝。我將歌《白駒》，爰求碩人遺。爰求碩人遺，空谷夫何爲。南山有梗楠，北山有桐椅。誰謂衡山高？衡麓乃所基。

戲贈李廉訪參道 并引。

承乏肅政，玄悟真筌，發軔有□，輒依韻奉和。

吾生天地間，形役何時休？六鑿不自閒，七情舉相仇。歲星如驚飈，鬢毛忽已秋。世路廓悠悠，渠能遠行遊。谷神所依於，宛在水中洲。羲和既弭節，望舒亦停輈。終貞實乾德，坤靈秘奇謀。虚白存夜氣，接搆焉得留。去來誰與期，駕言仍丹丘。

題高登封所藏史丞相手帖

登封大夫漢師儒，潁水洗出商山鬚。袖攜尺素照秋碧，何年滄海遺神珠。三台光氣五雲朵，崧君潮來亦軒渠。龍虎變化風雨散，竹花不實悲鵷鶵。故都喬木今何如？劍履上天不可呼，長歌《緇衣》渺愁余。

題李伯時九歌圖

蒼龍駟車載初陽，緑天浮春開八荒。連蜷飛霧儼冠劍，四三神君翼東皇。桂醑盎烈一作冽。蘭餚芳，楹筵巫覡紛披猖。瑶琴袗衣杳何許，兩妃倚竹臨空江。野煙蟹翠九疑遠，暮雨灑恨湘波涼。冰夷闇投明月璣，山鬼夜嘯猿猱悲。長歌撫節懷楚纍，遺音疏越知者稀。築室賴有佳人期，紫壇荷屋薜荔帷。汀洲聊堪搴杜若，怨公子兮悵忘歸。惋毫慅墨含古色，虎頭癡絶公麟癡。續騷未成今見畫，忽欲輕舉起無爲，朝來目送秋雲飛。

題見山樓詩卷

營州少年獵城下，樓居主人何爲者？愛觀陳迹賦如龍，不與鮮卑鬭馳馬。從教遼東無管寧，滄波政須濯吾纓。樓頭無時對山色，筆端有喙能秋聲。朝來見畫思遠策，慚負團茅舊泉石。少姨寄我瑶華音，蓬萊水淺嵩雲深。

題淵明歸去一作來。圖

留侯晚節從一作游。赤松，武侯早歲稱卧龍，仇一作亡。秦復一作扶。漢身始終。一作「聲隆隆」。淵明初非避俗翁，兩侯大節將無同。陽秋甲子法王正，持筆宛有長沙雄。一作「雁秋持書晉甲子，辭鋒時露長沙雄。」易地灞上祁山功，一本無上一句。王弘何恨一作幸。奉吾足，督郵能芥平生胸。歸來種豆南山中，斜川只許桃源通。一本無上二句。門前五柳春濛濛，落絮不與江波東。環堵蕭然吾未窮，北窗儘有羲皇風。畫圖不盡千古意，詩成一笑浮雲空。

題子陵釣臺

雲山蒼蒼兮煙木稠，石瀨潺潺兮江水流。故人兮冕旒，先生兮羊裘。使人皆先生兮誰其伊周？使人不先生兮誰其巢由？一有可字。仕止久速兮舍聖人將安一作焉。求。清風一絲兮豈爲名鉤，蕉黄荔丹兮香火千秋。岸下幾篙兮榮辱之舟，先生一笑兮白雲收。

玩鞭亭

缺壺歌斷江聲秋，鯨呿漢水皆倒流。新亭未絶楚纍泣，琅琊何至桐宫囚。金烏一飛半天赤，夢裏妖妖失堅壁。愁雲不暇護儲胥，掣雷騰空去無跡。神鞭墜玉驚人間，王良解鞚龍媒閒。烟蕪慘淡碧波遠，跛曳羣偷未敢還。平生作計信良苦，纔辨枯骸臭資斧。犢車麈尾笑絶纓，亦有清風滿千古。乘時剽奪何足云，温郎高義殊可人。坐觀萬乘此輕擧，結舌乃畏黄鬚嗔。漢家鼓車千里足，秦庭主父徒自辱。垂堂致戒昧前聞，司馬家兒那免俗。并州越石定不羣，向來莽卓烏有墳。無人説與桓將軍，青山白紵君應聞。

旌德縣李氏別業

山靈滿意欲留客，玉作鳴泉松作石。半空亭樹爲余開，一日雲煙盡相識。南風挾秋吹畫欄，六月小山生暮寒。野夫平生解高卧，問君試借青琅玕。

婺源縣齋書事

竹樹映清曉，坐聞山鳥鳴。瓶花香病骨，簷雨挾詩聲。客亦非餘子，春無負此生。明朝余問俗，吟罷却須晴。

書梓山寺經堂

問俗來山郭，一作谷。攜春到隔谿。花香破禪寂，林樾受鶯啼。欲和觀音偈，聊乘醉墨題。閒雲若留客，不肯爲余西。

青華觀西軒

琳宇夏天曉，官曹今日閒。深松欲無路，疏竹不遮山。静對黄冠語，時看白鳥還。平生林壑趣，聊復此窗間。

少林寺贈達禪師 是日得至面壁庵，觀達磨石影。

古刹東風裏，逢僧一解顔。收經出深竹，披衲下空山。未要天花墮，聊看石影閒。何妨病居士，明日到田間。

茅山作 并序。

戊子歲除，復如茅山。己丑春正月朔，舉祝釐之典。曉登天市壇，遂偕崇禧主人過積金中峯，留飲松溪方丈，復歸遠師玉氣凝潤之室。

海風吹曉上三山，手把韶華滿意看。偶向仙家逢歲朔，不知人世有春寒。梅邊杖屨香隨步，雲際樓臺玉作闌。萬古椒花一杯酒，醉來騎鶴問還丹。

采薇圖

服藥求長年，孰與孤竹子。一食西山薇，萬古猶不死。

遊茅山五首　并序。

聞句曲山舊矣，乃至元戊子春，由宣部行郡溧陽。省俗，其墟距山麓一舍而近，凡隆阜勝川，曰洞天福地，登諸祀秩者，部使者至焉，禮也，予於是有三茅之行。至所謂崇禧觀，崇禧主人鄒姓，以心遠自命。賓余精舍，規構若相第燕室，邃潔藻絢過之。亭翼然水樹竹石間，爲此山麗瑋勝絶。吾二人彷徉相與，不覺日之夕也。遠師衣冠褎然，清〔辯〕有奇趣。又多藝能，托意繪素，以幾物化出。所畫鶴，工緻詣極，雖古之善史，略無見踰。而神韻超拔，則又得諸方外者如此。因舉觴爲疎翁壽。羽流之宇於上峯者曰元符萬寧宫，亦曰宗壇。宗壇師許君翼日肅余爲神明之觀，揮杯倚空，引睇無極，恨昔之隱居者，不獲仍丹丘以從余遊也。下探華陽洞穴，玉膏泓渟，石髮紛紺，涓流赴壑，浮花與俱。過喜客泉，泉方井如，澈鑑如，承以石砥如。廣袤丈許，深及尋之半，繚以四廡，固以扃鐍，門闔維謹。壘齊豆薦，于以揭虔，以祇其泉。客至，客也，泉則喜，沸沫浛溓，若躍蚌胎而貫龍髯者，殆不可稱數，謂之泉笑；否則否。異哉！余何以見笑。歸復憩遠師所，留山間者既信宿矣，主人睠客，殊未艾也。予誦樂不可極爲解，賦詩爲别，序以貽之。

馬上微風散薄陰，玉笙吹客過華林。山中宰相杳何許，日暮碧峯雞犬音。

澗邊瑶草洞中花，細水流春帶碧沙。昨夜山中一作飄。酒初熟，道人不暇讀《南華》。

竹杪飛亭枕石泉，松壇香霧散一作趁。茶烟。鳥聲記得夜來雨，鹿夢驚回別有天。

遼天有客訪髯龍，好事山人畫者儂。笑卷雲烟收拾去，長教函丈在〔三〕(上)峰。

山君滿意爲山留，故遣清泉笑不休。萬斛珠璣三尺玉，要隨詩句過宣州。

題鄒尊師松鶴圖

翥粉昂丹筆有神，道人無夢到雞羣。何時醉拊蒼髯客，喚起茅山萬里雲。

歲旦後四日留別宗壇師松溪許君鄒君心遠五首

霜袍行客再來時，不獨青山慰所思。咽路黄冠定奇士，半能歌我《步虚詞》。

碧溪風日隔人間，催出梅花鏡裏看。莫爲軺車太幽獨，剩分香玉照春寒。

山頭羽客曉相攜，踏破蒼雲北斗梯。偶向茅君岩畔宿，却隨猿鶴過松溪。

神裏丹砂脚底雲，堯天甲子漢時春。只今句曲遊仙夢，無復商顔避世人。

揖雲聊與許君辭，月下歸來訪遠師。半夜竹聲嗔客去，又教勞動歲寒枝。

題太白墓

大雅清風久不聞，一杯聊爲洗荒墳。朱絃三歎無今古，説與江東日暮雲。

送趙左丞之湖廣省二首

十年隴隴得春偏，户有城南尺五天。昨夜台躔照吴楚，夢中黄鶴亦欣然。
江空歲晚不堪愁，鸚鵡洲寒鬢欲秋。留著梅花莫開盡，爲公吹玉過南州。

壁魯洞二絶

南山採藥北山棋，把斷閬風天不知。試問龕中二三子，爛柯人是向來誰？
萬古仙巖兩羽衣，一瓢秋水送將歸。欲知後夜相思夢，月滿空山鶴與飛。

寶陀寺

老子扁舟日暮同，眼花不甚見如來。憑誰揭取羅浮月，掛向胥江玉鏡臺。

梅都官宅

一上高齋憶謝公，雲間江柳有無中。詩家政有都官宅，腸斷荒山落葉風。

贈畫梅孫道士

夜夢孤山放鶴翁，道人忙打五更鐘。覺來摸索□□月，笑指枯藤問曉風。

題葉孝子丹泉廬墓詩卷二首

偶嘗玄宅近丹泉，豈是談空爲稚川。地下衣衾能不朽，鼎中龍虎若爲仙。晝袵緌粗夕卧苫，曉霜不似禮經嚴。奪哀朝士歸來晚，花滿蘭堂月滿簾。

集句餞張知事子中 并序。

子中吾友，秩滿總幕受代，屬爾訪余山中，禮意良厚，至今耿耿，不能弭忘。聞還衛有日，逋客盧摯偶讀陶詩，至「一朝辭吏歸，從我潁水濱。」有會於心，遂集比成章，遠寄祖席，兼敍高義，永以爲好也。

和澤周三春，桃李羅堂前。勁風無榮木，於我若浮煙。與子相遇來，傾蓋定前言。歲月好已積，玉石乃非堅。一朝辭吏歸，悠然見南山。從我潁水濱，虛室有餘閒。故人賞我趣，賴古多此賢。吾駕不可迴，悵恨獨策還。靡靡秋已夕，亭亭月將圓。青松冠巖列，白雲宿簷端。此中有真意，弱毫多所宜。登高餞將歸，路遐無由緣。良才不隱世，來會在何年。

滕提舉斌

斌，一名賓，字玉霄，黄岡人。或云睢陽人。風流篤厚，見者心醉。往往狂嬉狎酒，韻致可人。其談笑筆墨，爲人傳誦，寶愛不替。其《謝徐承旨啓》有云：「賈誼方肆於文才，諸老或忌其少；阮生稍寬於禮法，衆人已謂之狂。」至大間，任翰林學士，出爲江西儒學提舉。後棄家入天台爲道士，一日訪白雲平章於西山，不值，戲題壁間，有「後夜月明騎鶴來」之句。白雲詭爲吕嵒詩，一時傾動，厚賂玉霄，使勿泄。白雲平章，察罕也。

感寓九首

宇宙忽空闊，飲馬萬里流。平生負兩眼，及此行寓州。天清健鶻運，木脱饑鷹投。長風吹海雨，濯我紫綺裘。相逢半遊俠，把酒髯如虬。慷慨説《史記》，歷歷山川秋。向來衣帶水，目短何一作「斷河」。無舟。

吾愛東方朔，高揖金馬門。向非玩六合，安肯來崑崙。昂昂九尺身，談辯黄河翻。誰知上書意，蛾眉非自婚。不見馬相如，俛首狗監恩。人生非桃李，何故不自言。

吾愛李太白，玩世如遊龍。自知天上謫，何必人間容。海風吹緑髮，蕭蕭卧雲松。我昔夢見之，遺以金芙蓉。清輝恍在眼，日落蛾眉峯。

西風桂花落，我上天台山。仙子扶我手，泠然蒼水環。乘鸞者誰子？飛烟渺難攀。三坐此遊戲，弄影銀河灣。空山忽風瀑，四顧鳴潺湲。長揖馬子微，此豈非人間。

春風如一作吹。緑浪，一作波。淡蕩洛陽柳。高樓語錦瑟，落花泛緑酒。何人白鼻騧，蒙茸紫貂袖。一字或未識，銀菟懸兩肘。煌煌貝宫珠，乃落緯蕭手。爰居偶鐘鼓，犧牛竟文繡。終然同一盡，豈復論好醜。誰知草玄者，窮巷閉白首。

步出湧金門，所見土花碧。徘徊衣上月，感此美人夕。美人胡不歸，月落江水白。寒潮已復去，海馬曉無跡。萬弩射鯨魚，駭浪接天赤。空聞魯仲連，孤感横八極。哀哀精衛石，填海竟何益。

贈客黄金羈，勸客白玉卮。昔我亦爲客，得此慨不辭。小草戲其出，檳榔笑其饑。相識何所無，所樂心相知。平生數公子，腰下珊瑚枝。冥冥或相隔，寤寐怳見之。無絲繡平原，無金鑄鍾期。秋風山陽笛，淚落不自持。

贈我火浣席，報君吉光裘。一笑結意氣，呼酒黄鶴樓。神交豈待語，與子爲天遊。携手閬風觀，濯髮扶桑洲。下俟俠少年，笑嬉藏怨尤。世無羊尤烈，風雪且自謀。東井不可酌，天駟豈服輈。

船頭書十乘，船尾酒百壺。酒盡書在眼，落月如明珠。忽悟八陣法，縱横如河圖。惜哉經世士，未有窺唐虞。季子相六國，所見惟陰符。

題東坡書楚頌卷

歐公家潁川，坡老田陽羨。是皆非吾土，而乃此留戀。種橘知何時，何時歸去兮？歸而謀之婦，惜無李衡妻。

贈弓秋蟾

瓊花十里小樓紅，醉呑牛斗眠長虹。十年四海分萍蓬，一笑邂逅滕王洪。牀頭回首黄金空，但覺耿耿盤心胸。問蟾何不歸蟾宫，自有老月留身中。誰受一粒金丹紅，學得紙上畫墨龍。白晝呼吸風雲從，頃刻霧暗天濛濛。妙處巧奪造化工，不復知有陳所翁。君不見金陵壁上不點瞳，點瞳霹靂驚江東。我欲煩君具毫楮，畫一小龍回顧母。普令天下生孝心，不向江湖長驗雨。

□□□□□□□□□

合星移次福江西，萬馬攢蹄夜不嘶。鼓角聲隨山月上，旌旗影拂海雲低。心唯一正千官肅，事不多言萬物齊。帶得天邊新雨露，曉看春意滿鋤犂。

元日對雨

冷雲卷雨宿巖阿，又見東風長薜蘿。宇宙千年光霽少，關河百戰亂離多。鐵心不入利名冷，緑鬢堪供歲月梭。試筆尋詩詩未穩，梅花樹下少婆娑。

湖西小樓

不如載酒此凭闌，水色山光蔚可餐。紫翠挾春排坐溼，玻瓈湧月入窗寒。蒼茫白鳥鳴幽嶼，掩染飛花漾碧湍。但令風光入吟嘯，畫船綺袖不須看。

所見

何時結屋亦雲根，隔水人家可輞川。萬仞雲山凝曉碧，一弓風日弄秋妍。虛名豈用傳身後，俠氣猶能累眼看。料理寒香微雨外，已〔判〕（揉）蕭散待流年。

吟到

吟到西風黄葉枯，新愁幾點落寒蘆。乾坤萬象俱吾有，烟雨一闌何處無。流水悠悠吾道在，浮雲擾擾世情疏。午窗喚醒華胥夢，古木巖頭聞鷓鴣。

哭東園

人間八十歲吟翁，一轉頭來夢幻空。化鶴何心歸世外，騎鯨無信到江東。香名合列仙班上，老氣猶横詩卷中。如此英靈元不死，梅梢月落響松風。

呈孫郎中 時芒丞相薨。

獨立梅花恨最多，江西夜雨漲恩波。仙翁已矣客猶在，天意不然人奈何！撫劍有時撐老眼，銜杯無路發悲歌。先生閉户何爲者？我亦從今理釣簑。

靈泉翀舉自有詩十八章留人間今止存五遂續之 録八。

石冷龍蟠，風高鶴瘦。一片白雲，勿落襟袖。
月珮霞裾，霧襦雲幄。白鶴一聲，秋風老壑。
本無塵埃，何事乎浴。千仞飛泉，所濯吾足。山有浴泉。
誰言桃實，可以療饑。何爲武陵，迷不自知。山有桃峯，世傳仙所飡。
萬山雪瀑，一葉蓮舟。世人指似，泰華峰頭。山頂有仙蓮，風飄花片時下。
如劍斯泉，如甕斯石。夜横紫簫，吹散寒碧。
瑶草低雲，蒼松灑雪。何人舉酒，酹我明月。
天低絳闕，月滿瑶臺。玉鸞何許，盡歸去來。

題金精山

天風吹送玉鸞回，洞口桃花幾度開。何物癡兒不知量，敢將俗念涴仙臺。

題龕巖十詠

讀書巖

巉巖石室瞰江東，昔隱唐官越國公。勝跡不磨遺像在，書聲時落半天風。

試劍石

來訪書巖有異蹤，鏌鋣剖石試霜鋒。石懸形帶青蛇色，恠欲乘風化作龍。

靈湖

嵒竇中開一甕天，蛟龍潛蓄此成淵。盤旋石壁水晶殿，神物朝朝作雨烟。

石筍峯

石森如筍峙嵒前，天地栽培幾百年。也合成竿長枝葉，清陰喬鬱庇山川。

石舫

仙境清虚別有天，嵒中一石似横船。向來恐有問津者，亡却漁舟在此懸。

筆架山

俯揖前山如筆架，筆尖高插五雲生。我來欲蘸滄溟水，仰手摩天寫太平。

鐐泉

層崖峭壁接天高，一綫龍泉玉索綯。今古風刀裁不斷，月鈎懸可釣金鰲。

銅鐶鯉

當年曾把銅鐶券，串却金魚掛壁間。一夜風雷作霖雨，化龍飛去不知還。

瀑布泉

飛泉瀑布自高嵒，玉撒珠跳緑綺彈。淨洗令公朝市耳，銀河長瀉九天寒。

僧寺

僧開寺接東龕近，人讀書和梵語聞。時見樓臺烟霧鎖，數聲鐘鼓報朝曛。

訪隱　一作「紫芝道院」。

西風短褐飛一作吹。黄埃，何不從一作隨。我遊蓬萊。狂歌醉舞下山去，後夜月明騎鶴來。

夜雨

未到黄昏緊閉門，怒雷挾雨過前村。老夫熟睡渾不覺，風捲濤聲入夢魂。

半生

半生獨受春風殘，萬感相隨秋夜長。隱几無眠聽落葉，松梢摇雨濺山房。

僧舍

一枕松風入夢清，空庭夜雨暗禪燈。山中酷愛僧居好，得似山中不著僧。

謫會昌二首

莫爲文章不直錢，布衣親到玉皇前。好詩未足三千首，又爲梅花入瘴烟。
錦衣來作夜郎客，紈扇忽逢春夢婆。太平宰相知我者，誰使醉後狂言多。

舟中

拍拍有懷天可語，落落不遇吾何歸。蘆山蒼蒼江水急，明日鶴背西風飛。

吟人

吟人瘦倚曲闌干，酒醒香銷午夢殘。燕子不來春社去，一簾疏雨杏花寒。

廣賢曾堂賓出示先世手墨敬題廿八字

西風吹老賓根霜，幾度青山送夕陽。回首淵明今已矣，黄花猶帶晉時香。

馮待制子振

子振，字海粟，攸州人。博洽經史，嘗著《居庸賦》，首尾幾五千言，閎衍鉅麗，自號怪怪道人。仕爲承事郎、集賢待制。海粟於書無所不記，當其爲文也，酒酣耳熱，命侍史二三人潤筆以俟。海粟據案疾書，隨紙數多寡，頃刻輒盡。事料醲郁，美如簇錦。與天台陳孚剛中友善，剛中極敬畏之，自以爲不可及。金華宋景濂曰：海粟馮公以博學英詞名於時，當其酒酣氣豪，横厲奮發，一揮萬餘言，少亦不下數千，真一世之雄哉！惜全稿失傳，僅於書畫卷中搜得如干首。又嘗與中峰禪師唱和，有《梅花百詠》，並附於後云。

題鈕處士隱居

太湖光爛銀，日上眩朝彩。幽人住此中，浩蕩增嵋嵬。亦有千林橘，柯葉霜不改。仙翁留丹竈，五色精璀璀。我欲從之遊，芝田爲君采。

遊報恩寺讀東坡石刻

老石經劫壞，神物在處留。元豐蘇長公，有倡當須酬。莫作分别想，滄海粟影浮。□生宇宙間，何許更九州。文字千古映，醉墨楷法遒。顧杳五百年，華屋真山丘。且從蓟子訓，銅狄三千秋。

奉皇姊大長公主命題王孤雲漬墨角抵圖

年來鬼弄人，狡獪出幻戲。崖公亦兒嬉，隊伍連鼓吹。猷㫚魑魅頭，顛倒垂舞袂。擎梯旋注椀，駭汗增妙意。跳躑向虚空，渾如履平地。生蛇縛樊籠，鱗鬣尚黏綴。獵圍麈虎貔，賈勇雷電沸。戈旗誇戰鬭，獰卒彌膽氣。最後大將麾，胡牀專尊貴。代閒鐵門限，失笑詎玩世。罔兩曾問景，莊周語言繼。幽冥一理耳，分别自愚智。百齡千萬齡，伸詘肘不易。懸知碧桃花，長戀老仙轡。五窮莫移檄，文字安敢祟。

贈鐵脚劉道人

道人鐵脚更鐵冠，山人鐵面仍鐵肝。道人山人兩相值，面色脚色俱蒼寒。道人鋒稜厓骨削，山人劍氣星斗干。山空人去夜猿别，一葦北渡黄河乾。盧溝月溼波蕩潏，太行雲𡾰峯巑岏。古來豪傑數燕代長轂驟褭榴花鞍。呼鷹射雁逐雞狗，脱手拓彈排金丸。璧門雙闕照燕碣，虎豹蹲踞蛟龍盤。布衣一語動萬乘，不識宰相爲何官。雲飛氣起對紫檀，血指瀝瀝衷如丹。尚方百奉諂骨裂，山人九死聖度寬。萬里放還真墮甑，回視歲月驚流湍。南山清渭一夢覺，但見落葉吹長安。道人榾札未棄置，欲刻朽骨爲榮觀。野麋豈是麟閣具，滄海自分終魚竿。窮林尺鷃無處著，豈意思想南溟摶。人間新貴奪紈綺，曲眉婉孌浮山巒。爲渠向作白玉盤，眼耳鼻舌渾熱瞞。劉郎他日高眼看，歸來取鋏歌馮驩。

奉皇姊大長公主命題展子虔游春圖卷

春漪吹鱗動輕瀾，桃蹊李徑葩未殘。紅橋瘦影迷遠近，緩勒仰面何人看。高巖下谷韶景媚，瑟瑟芳菲韻纖細。層青峻碧草樹騰，照野氍毹攤繡被。李唐歲月脚底參，楊隋能事筆不慚。東風晴陌茗復穎，濃緑正要君停驂。

題郭主簿模摩詰本輞川圖卷 並引。

海南金元帥出此圖，與予三十年前張子有家觀摩詰真卷，無有不似者，則忠恕殆神仙者流，信名下之士不虚也。

開元宇宙承平日，華子岡頭曾宴適。至今自貌輞川圖，下有幽人交莫逆。辛夷塢外莫洴隔，亦復扁舟春蕩潏。竹君冰霰歲寒傲，未便申椒能辨屈。平生雅志厭朝市，醒醉悠哉晞泉石。是間山水無限趣，況乃佳賓得裴迪。規模想像郭忠恕，垂四百年留妙迹。鶯啼花落香句在，誰信長安歎凝碧。後來拊卷意迷茫，且復追維三太息！

鍾馗圖

老馗兀輿二鬼肩，一鬼㪍窣袋影懸。一鬼負劍帽帶旃，一鬼頂顱雙角骿。老馗之婦輿蹁躚，其荷輿者鬼婢虔。猫抱掌握鬼妾妍，提其奩具雌袂玄。攜枕而從服飾鮮，鼠蠍黏綴袴亦然。擘擔最緩行李便，鬼之嬰孺盛穿聯。囊包橐裹琴能仙，瓠壺穹掛吁可憐。揭竿之魅愁攀緣，最後甕鬼束縛椽。尸而行者猶能前，肌肉消盡骨骼纏。物怪種種來無邊，神禹鑄鼎今幾年。罔兩在此猶翩翩，吁嗟吁嗟問老天！

奉皇姊大長公主命題王鵬梅金明池圖

金明池上張水嬉，百櫂賈勇建鼓旗。按欄切雲人俯砌，但覺洶洶鳴春漪。東西夾岸瞠萬目，黄帽長年看不足。是時拾值宣和全盛時，消得輕綃寫晴淥。

題米敷文楚山清曉圖

冥冥濛濛方寸天，不知所以然而然。無根老槎濕風烟，靄雲懵懂棲蒼玄。晴窗開卷作三叫，看得米家神氣小。濃蘭塗墨幻東西，污我瀟湘山色曉。

奉皇姊大長公主命題周曾秋塘圖

芙蓉滿意陂湖秋，枯荷折葦林塘幽。沙鳧野鴨浮清流，霜中鳴雁寒汀洲。黄蘆紅蓼葉尚抽，水石懶倦不自由。大年小景方綢繆，能事更費千金收。瀟湘之南買一丘，併與夢澤長唱酬。

題趙承旨白鼻騧圖 並序。

松雪趙承旨用生紙畫人馬圖，居然生動之態，使龍眠無恙，當與並驅也。因賦一詩，時泰定二年七月廿二日，書於維揚寓室。

曲江洗刷墨一作雲。滿身，雄恣逸態何超羣。眼中但覺肉勝骨，幹也合讓曹將軍。嗟哉今人畫唐馬，藝精亦出曹韓下。玉堂學士重名譽，一紙千金不當價。山窗擁雪觀畫圖，據鞍便欲擒於菟。天廐真龍有時有，杜老歌行一作「詩篇」。絶代無。此詩一作察伋，見趙承旨《蕃馬圖卷》。一作郭畀，見了堂弟子林上人《天錫遺詩卷》。

題趙鷗波高士圖 並序。

唐人得意袁安《卧雪圖》，宋真宗出諸内府以餞相國丁謂之之守昇州，其被召也，留之賞心亭而去。後有饞太守者，竊而易之，莫知流落何許？尤物足嗟惜如此！松雪作此幅，極有思致，非能烹陶家凍茗者，安能味之。此可與識者道。

洛陽雪深凍闌干，高士僵卧饑袁安。忍貧束腹一榻寒，不忍持鉢鄰里干。令君曉鞭望門看，賢哉此公此操難。誰能爲口須片肝，五公四世清節完。吴興松雪峻筆端，□縑粉白□漫漫。儼若古意幅面攤，好事把玩應長歎！人間飽飯煩邯鄲，功名回首□霏殘。何如小忍聊盤桓，門前嵩少青巑岏。

題趙仲穆臨李伯時鳳頭驄圖 並序。

洪都西山有洪崖移居古刻，此吴興趙仲穆作意臨摹，又別是一格，非學神仙者流。如恆麓李子希徵，誰當識之。海粟賦於李氏恆麓山房。

洪崖先生住西山，移宅深密逃人寰。幅巾烏靴腰角帶，闊袖袍色濃嵐斑。一笻九節相攜慣，矮幹家僮蕉扇攀。崎嶇步武轉蹣跚，皂服輕袪行計辦。一僮肩躶鞚白騾，俊駛難馭馳坡陀。後鞦側畔蹺足勢，奈爾決驟奔傾何。藍衫雙手操鞭逐，席帽背擎無世俗。一僮未了一僮催，高束文書赤雙足。一僮緑袂麻屨惋，臂挑莊叟大瓠壺。先生家具卽此是，焉用檢校隨身符。豫章穹巖鑰幽谷，雨捲雲飛霧如沐。神仙狡獪踪跡奇，寫到吴興趙氏屋。誰傳畫卷秦淮邊，妙意拾得希徵憐。海翁一見心繾綣，贈以菊徑歸田篇。玉禾自熟犁鋤廢，黄犢烏犍有餘地。雪騾水草久馴良，却後千年丹發匱。

贈彈琴劉世賢

朔齋之孫元祐家，異世門閥凌秋霞。空山無人琴自語，歷歷往代虚豪華。清冰古雪松質峻，照眼何限桃李葩。堅持静操欲矯俗，淡泊安得退淫哇。朱絲絃上三太息，此事寧久迷塵沙。諸君耳濁箏琵琶，月明庭户留棲鴉。《高山流水》試一聽，昭代復見真伯牙。

塔燈

擎天一柱礙雲低，破暗功同日月齊。半夜火龍蟠地軸，八方星象下天梯。光摇灩瀩沿珠蚌，影落滄溟照水犀。文焰逼人高萬丈，倒提鐵筆向空題。

鶴骨笛

胎仙脱脛寄飛瓊，換羽移宮學鳳鳴。噴月未醒千載夢，徹雲猶帶九皋聲。管含芝露吹香遠，調引松風入髓清。莫向山頭吹暮雪，籠中媒老正關情。

楊花二首

曾與行人惜翠條，而今飛絮滿河橋。一分流水萍初碎，百尺春風雪未消。微撲妝樓啼半面，乍黏舞席折纖腰。沾泥更傍誰家砌，簾户新聲紫燕嬌。

婉娩春風與願違，悠揚風日暫無輝。不隨芳樹千林歇，還稱遊絲百尺飛。夢落吴蠶欺白繭，心隨代馬戀征衣。鳳池蹤跡逡巡到，未忍飄零拂釣磯。

旌表申孝子門

竹熨輕輿到處安，水温半菽盡情歡。寸心不暫三暉置，萬頃何如一畝寬。高蓋門閭華黼黻，斑衣歲月老巾冠。遥憐續漢書申孝，千古申屠又有蟠。

登金山

雙塔嵯峨聳碧空，爛銀堆裏紫金峯。江流吴楚三千里，山壓蓬萊第一宫。雲外樓臺迷鳥雀，水邊鐘鼓振蛟龍。問僧何處風濤險，郭璞墳前浪打風。

雲林清遠四時詞四首

花分石徑蝶衣裳，蜂惱晴檐燕雨香。解事野桃吹綺片，誰教賺到鵠仙鄉。

脱籜斑筠緑節明，霖收梅子麥寒輕。諸峯隔截高低樹，忽聽初蟬第二聲。

月溼流螢歇懶烟，西南峯缺露原田。冰簾不倩匡山瀑，萬丈銀潢瀉玉天。

嘉平臘釀渴茶鐺，直待龍沙雪水烹。舞徹瑶臺千歲翮，鶴丹回施范長生。

題黄鶴樓

鶴樓千尺倚晴闌，大别山前舞峻鸞。昨日英雄無問處，依然江漢湧波瀾。

題揚州瓊花

錦帆隱隱到天涯，古道殘陽泣暮鴉。莫爲龍舟更惆悵，慶陵依舊看瓊花。

題墨肘魚

平生骨氣占南風，玉色鬐鱗海汐通。莫與粉紅參石首，天機袞袞水流東。

奉皇姊大長公主命題宋道君鸂鶒圖卷

鸂鶒灘頭狎浪隨，君王緗墨慣娛嬉。凄涼晚歲鴛鴦濼，漠雁沙鴻未必知。

奉皇姊大長公主命題郭恕先升龍圖卷二首

建武神仙事渺茫，西池王母惜劉郎。赤龍一去無消息，兒子東方御榻旁。

萬户千門築漢宫，巍峨井幹與天通。青禽當日銜書降，從此瑶池碧樹紅。

奉皇姊大長公主命題錢舜舉碩鼠圖

黠吻工饞恣陸梁，粟初黄候未登場。君恩一穗填渠腹，可信年年盜太倉。

題趙魏國雙馬圖

一馬形軀百法全，生時靈氣取山川。英雄正用同生死，那忍無聲立仗前。

桑乾河

幾年朔客渡桑乾，野水潺潺滴瀝寒。回首燕南烟雨外，西風沙雁報平安。

縉山道中

榆林東北縉山圍，百嶂千峯畫卷揮。鞍影摇摇人意懶，秋風及早送將歸。

金蓮川

金蓮川上富秋光，的皪花枝不著房。只合潘妃微步□，凌波羅襪寄芬芳。

梅花百詠 録三十六。

庭梅

闌干六曲護春風，白雪生香滿院中。夜静月明幺鳳下，半窗疏影隔簾櫳。

江梅

有客孤山弔鶴歸，半肩行李插疏枝。街頭兒女不解事，剛道賣花人未回。

杖頭梅

短筇挑酒過西湖，折得冰梢傍玉壺。日暮醉歸山路險，風流直待倩人扶。

隔簾梅

玉堂咫尺有神仙，翠箔籠春信不傳。日暮相思雲樹杳，一泓秋水月娟娟。

照鏡梅

粧閣開奩對曉寒，菱菱影裹雪團團。素鸞舞罷却飛去，留得芳容正面看。

未開梅

重重椒萼護輕寒，不放春心一點閒。可是花房芳信晚，故應緘密待春還。

乍開梅

土脉陽和氣候新，花房微露一分春。想應未識東君面，猶自含羞效淺顰。

半開梅

暖入南枝氣未勻，笑含芳意待餘馨。相看絶似瑶臺夜，斜掩重門認不真。

全開梅

玉臉盈盈總是春，都將笑色媚東君。道人放鶴歸來晚，月下看花似白雲。

山中梅

巖谷深居養素真，歲寒松竹淡相鄰。孤根歷盡冰霜苦，不識人間别有春。

水月梅

浮玉溪邊夜未期，暗香疏影静相宜。一時意味無人識，只有咸平處士知。

粉梅

玉妃平碾白硃砂，散作春風六出花。夜半月明霜露重，滿襟清淚溼年華。

黄梅

青子初肥色半鮮，绿陰深處壓枝懸。日長幾陣廉纖雨，正是江南四月天。

鴛鴦梅

並蒂連枝朵朵雙，偏宜照影傍寒塘。只愁畫角驚吹散，片影分飛最可傷。

绿萼梅

蕊珠宫裏小仙娃，暫别椒房抑翠華。底事塵緣猶未斷，謫來人世作名花。

西湖梅

蘇老堤邊玉一林，六橋風月是知音。任他桃李争歡賞，不爲繁華易素心。

東閣梅

官庭把酒送行人，對雪看花值早春。杜老飄零頭白盡，底須朝夕苦催人。

簷梅

儂家老樹臨書屋，清夜看花眼不眠。殘雪半霄寒月上，暗香和影度疏簷。

咀梅

旋摘冰英帶雪餐，清歸齒頰不知寒。屈平若解知風味，未必專心嗜菊蘭。

盆梅

新陶瓦缶勝瑤壺，分得春風玉一株。最愛寒窗閒讀處，夜深燈影雪模糊。

烟梅

瓊林浮翠淡朦朧，遥望珠光隱見中。一夜東風吹不散，曉看渾似碧紗籠。

孤梅

標格清高迥不羣，自開自落傍無鄰。天寒歲晏冰霜裏，青眼相看有幾人。

移梅

新劚孤根手自栽，和鉏和雨破蒼苔。寒窗歲晚多清事，只欠幽芳帶雪開。

疏梅

數箇冰花三五枝，東風點綴特稀奇。黄昏照影臨清淺，寫出林逋一句詩。

矮梅

不放冰梢數丈長，怕分春色過鄰牆。大材未必難爲用，禹殿雲深鎖棟梁。

臘梅

洗却鉛花扮道裝，檀心淺露紫香囊。從今宫額翻新樣，變作眉間一點黄。

竹梅

乘鸞姑射下羅浮，鼓瑟湘妃出上遊。邂逅江干新話曲，冷香幽翠不曾愁。

月梅

暗香浮動正朦朧，古樹横斜淺水中。清景滿前吟未就，又移疏影過溪東。

剪梅

手挽冰枝那忍觸，莫教香雪涴蒼苔。并刀輕斷梢頭玉，笑引春風上鬢來。

浸梅

旋汲温泉養折枝，冰花寒玉淨相宜。從今借得恩波力，會見青青結子時。

簪梅

對雪看花可自由，興來寧復爲花羞。臨風一笑烏紗側，却勝黄花插滿頭。

苔梅

姑射仙人翳翠鸞，濛濛香霧溼飛翰。夜深舞罷霓裳落，留得葱裾護曉寒。

別梅

東風吹夢返湖山，玉減香消怨夜寒。畢竟明年又相見，早將春信報平安。

憶梅

迢迢春信隔江南，寂寂芳心負歲寒。青鳥不來仙夢杳，月明空自倚闌干。

廨舍梅

却月凌風迹已陳，那堪詩句尚清新。如今不獨揚州種，江北江南總是春。

前村梅

野老莊南天氣暖，一枝常是占先春。夜來雪裏東風急，時有清香暗襲人。

紙帳梅

溪藤十幅蔽春寒，時有清香入夢魂。多少羅幃風月好，不知清得幾黄昏。

夢梅

何處遊仙睡覺遲，羅浮山下赴深期。一聲吹徹霜天角，正是參横斗轉時。

李學士溥光

溥光，字玄暉，大同人。自幼爲頭陀，號雪菴和尚。深究宗旨，好吟詠，善真行草書，尤工大字，與趙文敏公孟頫名聲相埒，一時宫殿城樓扁額，皆出兩人之手。亦善畫，山水學關仝，墨竹學文湖州。大德二年，文宗降旨來南，闡揚教事，椎輪葛嶺。後詔畜髮，授昭文殿大學士、玄悟大師，有雪菴長語大字書法行于世。雪菴嘗題息齋李衎《墨竹》云：息齋畫竹，雖曰規模與可，蓋其胸中自有悟處，故能振迅天真，落筆臻妙。簡齋賦《墨梅》有云：「意足不求顔色似，前身相馬九方皐。」余於此公《墨竹》亦云。觀此知雪菴之詩，胸中亦自有悟處，故能落筆超妙乃爾也。

題平陽龍神張誠叔别業長歌

姑山之東山之隅，龍神風物美且都。泉清樹茂田膏腴，中有太古仙民居。云是先人之故廬，龜趺千字存遺墟。右岡左林跨修途，前潭後阜開畫圖。柳堤竹塢當門閭，藥畦花圃相縈紆。三間茅屋藏堪輿，延賓有齋爨有厨。壁間懸琴架積書，文楸在榻酒在壺。棣花春風歡友于，紫蘭芝草羅庭除。田疇春磑賈陶漁，牛羊騾馬雞豚鳧。絲麻委婢耕委奴，歲時足以供百需。打門未始驚追胥，遶屋時聞幽鳥呼。主人況乃非世儒，王門懶曳鄒枚裾。胸中素有廊廟謨，冥鴻未可世網拘。振衣歸來弗躊躇，青鞋布襪竹杖扶。南窗寄傲忘居諸，一觴一詠日自娱。高情澹澹寄太虚，出岫野雲同卷舒。寬兮綽兮矩不踰，優哉游哉樂有餘。人間有此安養區，輞川盤中未必如。平生我亦山澤癯，所經佳勝神與俱。田園至樂獨讓渠，知君之樂孰若吾。

大勝城

地接雄燕盛，山連絶塞長。黄塵今古道，白骨戰争場。故壘風塵慘，頹城草棘荒。金珠買雲朔，過客爲心傷。

初出雲中

吟鞭驢背穩如舟，乍出囂塵眼界幽。宿雨洗開千里瘴，晴雲捲出一天秋。白鷗黄犢渾相識，緑水青山揖舊遊。莫訝旅懷還更好，道人心上本無憂。

靈仙山 并序。

蔚蘿南山有如窈窕之形者，土人自古以靈仙女目之。騷人墨客皆有題詠，予效颦云。

何年真宰琢空青，姑射仙姿見典刑。大塊飛星傳化質，太初元氣結坤靈。烟霞有意驂荀馭，雲雨無心到楚庭。休著望夫輕比擬，媧皇正恐是真形。

登長嶺 一作「梯山」。

鳥道盤雲上碧霄，停驂俯視一作仰。欲魂消。苔花鎖石堆雲錦，樹葉經霜剪絳綃。雲物迷人遊汗漫，山靈筞我上扶搖。馬頭殘日西風起，萬壑秋聲送海潮。

秋日過景光禄墓二首

光禄墳前禾黍秋，西風蕭瑟起人愁。當年姓字喧天下，今日牛羊上壟頭。山色不隨人事變，水光猶帶夕陽流。黄金已落偷兒便，富貴何曾潤髑髏。

金天一代盛豪華，夢斷槐安事可嗟。破塚荒寒無發主，斷碑零落在誰家。頹垣斜日圍秋草，宰樹西風集暮鴉。閒客不堪來弔古，摩挲翁仲看苔花。

登龍祥宫總真閣

上盡丹梯十二階，浮空金碧粲瑶臺。三清日月簷邊度，八表風烟掌上開。鳧舄方期遊汗漫，雲輧端欲訪蓬萊。吟魂獨遶闌干角，望斷安期竟未來。

平城秋郊懷古

虎踞龍盤化劫灰，登臨懷抱動吟哀。山河王氣歸今代，經界遺踪認古來。御水了無喬木在，金陵猶見野花開。古語有：「魏跋來，野花開。」繁華消息無從問，落日荒烟鎖鳳臺。

温泉

路傍蜆殼遍高原，滄海生桑復幾年。嫣汭舊名疑尚爾，漢唐遺壘故依然。斷碑苔蝕有隣筆，尚醞香飄玉液泉。千古無從窮往事，螺山疊翠冷摩天。川傍多螺蜆殼，而城内存蔡有隣碑，詩故及之。

溧陽道中

青山緑水萬家隣，一井川原畫障新。紫塞風光推獨擅，錦城佳麗入横陳。桑麻附郭公私足，花柳無邊富貴春。寄語尋芳行樂客，不須奔走洛陽塵。

鶻兒嶺

撼撼寒沙投馬蹄，蕭蕭胡吹襲春衣。冰堅石齒河聲斷，霜落川牙樹影稀。長路幾經行客老，青山長見白雲飛。何時還却行緣債，卓箇茅庵冷翠微。

將歸望雲中喜而有作

高原一上快人情，指點蒼烟是鳳城。異地久淹情儘倦，家山忽見眼偏明。黄塵袞袞如前導，白塔亭亭似遠迎。一曲懷鄉誰與和，隔林幽鳥兩三聲。僕家有「懷鄉曲」之句。

寓定州禪宇三首

幽鳥避人飛去，好風戀竹頻來。爲愛僧家庭宇，莫教踏破蒼苔。

畫棟朱簾雲雨，玉簫金粉《霓裳》。千古太平朝野，一聲烽火漁陽。

再見封侯萬户，立談白璧一雙。詎勝耦耕南畝，何如高卧東窗。

范蠡歸湖圖

功遂名成泛五湖，知幾千古擅良圖。向教勾踐堪同樂，不識先生肯退無。

題三山萬歲峰

一沼曾教役萬民，一峰會使九州貧。江山假說方成就，真個江山已屬人。

鑷工

一聲鑷子噪秋蟬，門内老僧驚晝眠。毫髪盡時髦髪在，夕陽芳草自芊芊。

代王城

一脉金波唤作泉，孤城小小帶疏烟。從容三讓登車後，黼黻炎劉四百年。

屏風山

何年雲母化蒼顔，闔境居民盡仰瞻。應是山城春意少，天教遮斷北風寒。

周御史馳

馳字景遠，聊城人。有文名，尤工書法，自號如是翁。歷官南臺監察御史，時分治過浙省，日與朋友往復，其書吏不樂，似有舉刺之意，大書壁上曰：御史某日訪某人，某日某人來訪御史。馳忽見，呼謂曰：我嘗又訪某人，汝乃失記，何也？第補書之。吏赧然而退。

季札廟

古人不可及，冥晦秉淳德。一動成功名，焕爛照無極。季子賢大夫，劍佩遊上國。微乎禮樂意，洞達有精識。迄今二千年，欲繼難再得。我行故城闉，寂寞弔遺迹。廟古丹雘漫，階空苔蘚積。翔禽集中霤，懸網掛虛壁。鄉人尚加敬，瞻仰自夙昔。歲時修饋祀，塵土走巫覡。吾徒志爲學，不肯競朝夕。景慕將何如？江海起涓滴。

館娃宫

吴中山水多，戢戢至莫數。靈巖號神秀，踞地若蒼虎。呀然啓坳窪，迫窄𡨋洞户。上騰空濛氣，日夜爲霧雨。流傳館娃宫，泯没在何所。琴臺耀殘照，香徑存荒莽。當時競繁華，至此益凄楚。子胥名世士，樹立智且武。殺身暴其君，於國竟何補。哀哉實忠憤，金石爲消沮。丈夫各有志，豈意濟艱阻。夔契亦斯人，榮耀映終古。

虎丘

茫茫句吴墟，異卓崒然起。諸天作藩屏，樹立空翠裏。人言開闢初，湧出自海底。至今羅宫室，意與芝闕比。夫差暴齊晉，繼霸執牛耳。金銀固九泉，燼國用奢侈。投身甬東地，委棄孰憐己。因思人間世，踴躍徒爲爾。蒼茫一長望，萬古遽如此。日暮鐘磬閒，且欲談至理。

耕雲鋤月寄貞居二首

買山靈山下，石多如羊羣。造物爲我耕，種之皆白雲。洶湧初鬱䢃，散漫還氤氲。收歸方寸間，吐作五色文。一笑顧妻子，未用愁空困。

石田不生禾，何以養吾拙。中宵披白雲，自起鋤明月。明月無根株，滿地散霜雪。吾鋤不妄揮，要使蕭艾別。惜無植杖翁，相對同此潔。

題五王醉歸圖

晉陽首事成功烈，卒入宫門流戰血。至親骨肉忍相殘，禍至黄臺那可説。讓帝知幾辭寶位，履霜已戒堅冰至。華萼相輝一作耀。勢使然，遂許明皇敦友弟。當時行樂殊未央，賜予無節恩非常。出則同遊入同宴，五龍蹀躞騰康莊。時光鼎鼎如流電，虚僞既消誠實見。三子無辜死渭橋，太真有寵來金殿。欲心一縱禍滔天，社稷生靈不暇憐。從此陵夷于五代，干戈喪亂過年年。

遠觀亭三首

徐君因仕宦，便欲老江南。風土知爲美，人情亦粗諳。買田收黑黍，爲圃樹黄柑。我有相從意，羈棲力未堪。

結構開青野，回環俯翠岑。雲留芳樹暗，草長繚垣深。共愛閒居樂，相依歲晚心。春醪求善釀，過日許同斟。

遠觀亭上望，風物六朝餘。古寺荆王宅，荒墩謝傅居。英靈傳草樹，冠蓋逐丘墟。欲問當時事，飛雲滅太虚。

題李仲賓秋清野思圖

蒼筠倚喬木，古色秋逾好。誰能著茅亭，相伴此君老。

雜興六首

涼氣潛侵玉女窗，井梧一葉下銀牀。離情有似東流水，一夜相思歸夢長。

聊攝城邊樹色秋，往來長此繫扁舟。不是故鄉無舊業，長邀明月醉高樓。

楊柳青青麥吐芽，壺觴來就野人家。可憐廢井荒畦畔，狼藉東風一徑花。

上清仙客鬢如絲，自剪青霞作道衣。幾見桑田變滄海，不愁牕外日光飛。
窗外簫聲隱隱來，千年空苑碧桃開。相逢正好談風月，不惜春衣卧緑苔。
雲馭霓旌自往還，天風浩浩海波寒。日輪飛上青山頂，人道蓬萊咫尺間。

送李伯英二首

吴越江山天下稀，尊前休歎昔人非。一杯正好酬春色，何事征帆去似飛。
江南才子去遊燕，爲憶明時正禮賢。休向薊門尋古跡，黄金臺上草連天。

懷郭安道

江南江北路茫茫，明月高樓各異鄉。旅雁叫雲天似水，故人今夜泊瀟湘。

徐州

風雨飀飀漲碧瀾，秋陰漠漠失前山。舟人也學襄王夢，長在朝雲暮雨間。

和郭安道治書韻四首

西風吹起白頭一作蘋。波，半夜扁舟掠岸過。不向長橋沽一醉，滿天明月奈秋何！
君醉淋漓我浩歌，古人爲恨復如何！秋來幾日渾無賴，已有新霜著芰荷。
江間小艇數能乘，活計今如船子僧。近喜老妻能斫膾，欲令稚子學扳罾。

久客一作「盡日」。思歸歸未能，題詩附與一作「欲寄」。遠遊僧。吴松江上鱸魚美，何處人家不下罾。

夢遊句曲二首

花竹垣牆映白沙，紫清宫殿閟一作鎖。烟霞。一條歸路朱弦直，三百來年一作「年來」。不到家。

二華樹下拜青童，語我丹砂九轉功。緱氏不逢王子晉，雷平來訪郭仙翁。

題趙鷗波高士圖

僵卧空齋儘耐寒，門前行路雪漫漫。投炎附熱非吾事，一任人將冷眼看。

聶侍郎古柏

古柏，字里未詳。官吏部侍郎。黎崱《安南志略》云：至大四年，遣禮部尚書乃馬歹、吏部侍郎聶古柏、兵部郎中杜與可奉使安南，宣仁宗皇帝即位詔。詩集失傳，僅見傅習、孫存吾《皇元風雅》數篇而已。

九華山 一名蓮花峰，在貴溪。

江山青芙蓉，遥遥隔秋浦。九莖風露寒，萬壑煙霞古。瑶草含芳春，青松立亭午。安得一把茅，移家白雲塢。

望玉笥山弗克登覽留詩萬年宫

西南山水窟，玉笥號奇絶。羣岫來坡陀，孤峯立撑𡾊。邃洞煙蘿青，危澗幽泉咽。正是南昌尉，於兹悟仙訣。一覽快心目，洗滌中腸熱。嗟余敢告勞，馳驅待環轍。五月登武夷，清流清且冽。扁舟九曲中，兩崖千尺鐵。歲暮復何之，清江夜飛雪。山靈似笑我，身世若羈紲。願言解塵纓，林泉養吾拙。

過采石

采石江頭秋月白，蛾眉亭下灘聲咽。繡衣玉斧曉霜寒，同是天涯苦行客。酒仙一去海生塵，青山三尺埋衣巾。清江白鳥自今古，岸草汀花空復春。我欲御風遊八表，醉裏豪一作高。情覓三島。閶闔雲深不可攀，回首江南數峯小。

題參政高公荒政碑

廬山插天千仞青，明公高節逾棱層。西江月冷秋無際，明公此心清徹底。厭梁道上貙虎多，手搏不待弓與戈。前年魃虐偏南國，饑者以充僵者立。洪州父老遮道傍，上書乞留涕泗滂。豐碑大字記荒政，要使遺愛如甘棠。我來觀風聞此語，未見儀容心已許。願公從此召赴中書堂，早爲四海蒼生作霖雨。

題韓文公祠

嶽奇海怪早相知，何事中朝未可歸。佛縱有靈那在骨，僧如得道又無衣。符分臺峽天終定，福近宮牆意更微。俎豆荒凉誰繼廪，肇摩石刻重歔欷。

鄱陽道中

江上秋風吹斷鴻，江頭開遍木芙蓉。幾家籬落依紅樹，萬壑煙霞鎖翠峯。南國風光一杯酒，故園魂夢五更鐘。舉頭日近長安遠，閶闔雲深第幾重。

九日鄱江里同行諸公

滄浪木落塞鴻飛，佳節芝山酒一巵。黄菊且陪今日醉，鐵冠不受晚風吹。滕王閣上雨雲黑，戲馬臺前草樹衰。何似淵明千古意，一篇清絶去來辭。

鄱陽和程世良一作民。巡警官

年少將軍意氣雄，乃翁憲府舊乘驄。魯中詩禮有庭訓，江左衣冠多士風。玉樹青葱秋色裏，明珠炫爛月華中。滕王閣上重回首，後夜相思寄别鴻。

題碧澗堂并序。

在瑞州鳳凰山，傳李八百女弟明香真人故居。舊有迷仙洞，上刻仙容。

聞説明香早學仙，華堂突兀故山顛。四圍亭檻青雲上，兩岸樓臺緑水邊。龍虎丹成知九轉，鳳凰飛去已千年。旌旗八百俱塵跡，惟有坡翁麗句傳。

萬安縣邂逅一樓偏高明舊有公略張憲僉和劉素菴一詩用題於左

五雲閣上北風寒，十八灘頭疊亂山。庾嶺一枝春信早，龍泉三尺土花斑。蠻煙瘴雨霜天曉，畫戟清香晝日閒。倚遍闌干動高興，一聲道唱水雲間。

次韻宗道御史過峽

蒼崖嵲嶭奔東流，玉節招摇漾彩舟。雲鎖千山蕭寺古，霜清百尺瘴江秋。白猿一去空長笑，驄馬南來得壯遊。聞道遐荒歆帝力，家家麥飯老林丘。

番禺道中

玉府一作斧。飛霜大庾南，萬松蒼一作深。翠洗煙嵐。雲開梧野山羅戟，月滿韶江水潑藍。椰子漿寒殊一作甘。似蜜，荔枝香暖絶勝柑。中朝耆舊如相問，鳥語啾啁正未堪。

和元帥月魯胡突公子强横竟以贓敗同憲岳公齊高王馬二憲掾實共事云

好雨崇朝洗瘴淫，越王臺上一登臨。鱷魚已逝白波静，遊鯤變化滄溟深。六祖泉臨千歲水，百蠻航貢五天金。九重貝闕雲深處，萬里孤雲寸草心。

梅嶺題知事手卷

黄金臺上客，大庾嶺頭春。如是無詩句，梅花也笑人。

琵琶洲

昌國寺前楓樹秋，琵琶洲畔暮雲愁。沙頭潮落灘聲急，疑是潯陽淚未收。

春遊

桃葉渡頭春水生，長安橋上草長青。百年深向花時飲，赢得城南幾醉醒。

清遠縣尹楊觀政有奇蹟復能詩文民僚服其化士大夫過者靡不稱頌故贈此加勉焉二首

玉節星軺下嶺南，萬山空翠雜煙嵐。傳聞清遠多佳政，花滿春城月滿潭。

風流文采楊忠肅，南北雄奇古峽山。怪底蠻江無語鳥，絃歌終日水雲間。

張承旨起巖

起巖，字夢臣，其先章丘人，徙家濟南。中延祐乙卯進士，除同知登州事，改集賢修撰，轉國子博士，陞監丞，進翰林待制，兼國史院編修官。丁内艱，服除。拜監察御史，遷中書右司員外郎，進左司郎中，拜太子右贊善。丁外艱，服除，改燕王府司馬，拜禮部尚書，知制誥兼修國史，知經筵事。俄擢江南行臺侍御史，入爲中臺侍御史，轉燕南廉訪使，陞江南行臺御史中丞，拜翰林學士承旨。拜御史中丞，詔修遼、金、宋三史。復入翰林爲承旨，充總裁官，積階至榮禄大夫。史成，上疏乞骸骨歸，卒年六十九，謚文穆。夢臣面如紫瓊，美髯方頤，而眉目清揚可觀。博學有文，熟于金源典故，史官立言未當，夢臣據理竄定，深厚醇雅，理致自足。善篆、隸，自號華峰真逸，有《華峰漫稿》、《類稿》、《金陵集》若干卷。先是至元乙酉三月乙亥，太史奏文昌星明，文運將興。時元世祖行幸上京，明日，仁宗降生於儒州，是夜夢臣亦生。其後仁宗踐祚，始詔設科取士。及廷試，夢臣遂爲第一人。論者以爲非偶然也。

宣聖墓

迢迢魯城陰，長林肅秋色。修門負平岡，重墉屹玄宅。交柯矗雲霄，文楷開蒼柏。翁仲儼儀衛，齋廳敞虚白。境土自清曠，密茂不容隙。巢居絶禽鳥，鬱茁無寸棘。苔蘚帶坚埴，草露溼寒碧。肅躬款崇闕，屏氣前踧踖。高陵遂瞻仰，素願愜平昔。聖裔偕守長，聯翩來接跡。羅列儀雍容，奠拜助登陟。慨然渺深思，辭容宛如覿。徘徊凝睇久，景慕遂歎息。緬想萬世功，綱常賴扶植。林林區宇內，孰不霑聖澤。宜哉子孫枝，蕃衍挺珪璧。百代如一日，附壠守宗澤。欲歸重躊躇，歷覽撫碑刻。崇文際皇元，新廟再修飭。風厲示多方，鑴銘有穹碣。

遊金牛山

余生愛林壑，夢想雲水間。倏然外塵囂，俗類每相關。一行墮世網，著脚多阻艱。回望故山雲，逋客幾汗顔。逖矣古肥城，岱麓空翠環。有山名鬱葱，秀色青雲端。中藏古招提，簷户擅林巒。我來脱塵鞅，幽境窮躋攀。層岡列屏嶂，曲徑穿荆菅。壞橋擁流水，激石聲潺潺。山門勝雄視，殿宇凌高寒。旅檀矗青瑶，文風餘朱顔。斗栱鏤珍木，金碧紛斕斒。老柏數十圍，枝柯駁蒼頑。石泉湛清泠，古洞秘神筌。境與心迹清，恍若遺人寰。同遊二三子，欲去還爲言。迫春初暖日，未足稱奇觀。首夏山櫻熟，紅珠瑩堪餐。佳樹影清密，好鳥聲緜蠻。松露墜青滴，巖雲擁髻鬟。烟蘿罥虬枝，靈草封法壇。晴嵐新雲餘，飛湍瀉碕灣。聞之灑然笑，襟懷豁幽閒。更愛讀書堂，當年萃衣冠。中有擢桂仙，聲名藹朝班。健氣壯精舍，盛事留兹山。便欲謝簪紱，眠雲弄潺湲。午風鳴素琴，春醪灑清歡。題詩約山靈，莫云迂夫孱。

題楊宣慰雲南頌後

揮戈如筆筆如刀，帥閫文場有此豪。絶域建功追定遠，明時獻頌效王褒。風雲慶會扳鱗貴，竹帛光榮汗馬勞。吏草新銘刻銅柱，不須辛苦學《離騷》。

送朱真一

鶴馭翩翩渺莫攀，浩然清興滿西山。摩挲鐵柱觀浮世，整頓丹函説大還。石壁風清瑶草秀，洞天春盡玉笙寒。扁舟儻遂遊仙約，握手巖扉一解顔。

贈王季境

春滿維揚十萬家，先公曾此駐高牙。官廳寂寂留芳樹，舊館陰陰閉落花。祠下繫鞍尋芍藥，樓前騎鶴聽琵琶。歸來不異當時事，一路東風帽影斜。

題金臺集四首

崇天門下聽臚傳，臺閣聯翩四十年。今日懸車歸故里，杖藜攜酒落花前。

玉帶難圍老病身，廟堂補報乏涓塵。衰年作別情懷惡，秉燭題詩贈故人。

愛君談辯似懸河，更喜交情古意多。長使馬周貧作客，令人千古愧常何。

百尺高樓易水東，千金曾此轂英雄。君來却在承平日，先策詩壇第一功。

濰縣八景 録六。

東園早春

春到東園景物幽，小桃破蕚柳絲柔。好邀詩友聯詩句，信步攜笻試一遊。

南溪垂釣

垂柳陰陰蘸碧溪，溪邊釣叟坐苔磯。是非撥置綸竿外，閒看沙頭白鷺飛。

西山晴雪

曉雲冬雪凍風殘，一帶西山儘可觀。樓上凭欄凝望處，潺湲高列玉屏寒。

孤峰夕照

一抹殘陽碧映岑，孤峯倒影自成陰。牧童横笛歸家去，鞭趁牛羊出遠林。

麓臺秋月

銀河漾漾淨天街，碧月輝輝照麓臺。臺上讀書燕太子，清光依舊向人來。

青楊晴眺

秋風雨霽碧天涼，極目城樓逸興長。幾簇人家山色裏，一川禾黍半蒼黄。

王少監士元

士元，字□□，臨汾人。登延祐二年張起巖榜進士第，知吉州，歷官風憲，遷國子司業，以崇文少監致仕。自號具川道人，所著有《拙菴集》。

絳州居園池和偰世玉韻

名池涵清泚，嘉燕豊文儒。業業絳水陽，潭潭仙者居。輝光扶遊龍，柔惠借騶虞。桃李方葳蕤，蘭芷紛扶疏。青雲起鄧郊，赤舄臨唐墟。高標鳳城上，偉畫鶯坡餘。立論翻滄溟，吐辭□碧虛。陸離楚人騷，委順齊客竽。一吮塵夢醒，再覩□□除。涓視鯤鵬遊，芥遺笙笛娛。修廊弭華蓋，海月□□樞。聲薄太行顛，潤漸河之隅。迄今荇藻叢，蠙□生神魚。遂令懷古心，仰念憑風雩。玉昆凌鮑謝，彩筆張荷蕖。短句歌流芳，喬松蔭春蕪。意氣黄初前，文衡遷史途。瓊田公已耕，□將力新畬。

登德風亭和偰世玉韻

峩峩君子亭，卜築山之陽。民居鬱相擁，巖樹翠疏行。古鎮遺金城，雄章佩玉剛。作郡多賢儁，圭璋粲顒昂。殆近首陽阿，豈知石子岡。況當周晉交，淳風接洪荒。琴敍談笑餘，劍氣牛斗傍。監收台鼎家，使君白璧光。瀛洲倅車下，判公士林望。麟鳳聚一時，匪徒獲小康。有客隆冬來，弭蓋春風堂。徘徊仰召杜，謳吟繼齊梁。紅燭輝椒椴，葡萄侑伊涼。明發指蒲陜，東瞻慨復慷。

晉源山谷 即姑射平泉。

晉州之西山曰姑，有泉源源流不𣿉。疏爲八道溝與渠，坐令瘠土成膏腴。多黍多稌多麻蔬，沄沄萬畝棋局如。田家終歲惟勤劬，雖有乾旱無憂虞。割牲釃酒父老趨，坎坎擊鼓吹笙竽。報答龍神醉飽餘，宛若澤國江鄉居。晉州之東民豈迂，耕種亦自爲農夫。年年汲井井欲枯，赤日如炙雨不濡。父子筋力疲轆轤，肩頳汗浹良區區。老我見此空嗟吁，誰把勞逸分兩途，凶年且爲寬賦租。

題縣令王從仕新建公宅

雲斤月斧夜丁丁，大厦高堂不日成。窗户静涵秋月冷，簷檻高引曉風清。湯山嵐氣鬱和氣，涑水河聲詠政聲。五袴民歌怨來晚，好磨翠琰刻佳名。

吉州道中三首

書緘辨博藏三耳，禪付憑虚石六眸。小郡豈容寬舞蹈，窮愁方著古陽秋。
望眼蓬丘天一涯，海風吹月到烟霞。一辭石室汗青竹，每負金河楊白花。
緑鬢難巢五老松，蒼生深望一麾風。春回補衮承平策，詩滿騰雲御史驄。

過司馬温公故居

力扶洙泗絶荆舒，卧久周南返故廬。向使諸公歌不哭，調停人似漢唐初。

王左丞懋德

懋德，字仁父，高唐人。由中書掾除户部主事，拜南行臺監察御史、内臺御史、都省左司都事。歷河南、燕南兩廉訪司副使。天曆初，召僉中政院，拜左司郎中，陞參議，俄拜治書侍御史。久之，遷淮南廉訪使，轉江浙行省參知政事，召拜御史中丞，尋擢中書左丞卒。蜀郡虞集爲撰墓碑。

嘉魚縣

堪羨嘉魚邑，江山如畫圖。俗淳民訟簡，地僻使星稀。僧寺臨清瀨，人家住翠微。市橋通遠浦，時見一帆歸。

元宵

春入東郊雪漸融，熙熙天氣報年豐。萬家燈火分明月，幾處笙歌雜暖風。短髮已無丹可黑，衰顔猶有酒能紅。溪山容我閒來往，先具扁舟訪釣翁。

舟次陵州

獨坐渾如面壁禪，更無餘事惱心天。舟中唯載烹茶具，囊内猶存買酒錢。秋水經霜魚自樂，曉林留月鵠堪憐。人生何必東山卧，老我烟霞屋數椽。

寄户部楊友直

柳繞柴扉水繞村，黄鸝初轉已春分。東風吹散梨花雨，醉卧青山看白雲。

直沽海口

極目滄溟浸碧天，蓬萊樓閣遠相連。東吴轉海輸秔稻，一夕潮來集萬船。

過河西務

霜滿平堤柳漸凋，月移帆影過東橋。卧聽柔櫓鳴秋水，絶勝鄰雞報早朝。

重陽

拂却京塵理去舟，閒雲千里水悠悠。醉來欲落龍山帽，猶恐黄花笑白頭。

上都寄許參政

野草侵階水遶門，西風颯颯雨紛紛。小軒坐對爐薰冷，却憶溪南一片雲。

長蘆遇順風

水聲怒激春雷響，帆影輕隨遠雁飛。東望水雲三百里，沙鷗待我釣魚磯。

西郊晚眺

遠寺僧歸日欲沈，無邊桑柘起層陰。牧童牛背閒横笛，却笑詩人馬上吟。

通州東菴二首

借榻禪房秋已深，碧雲窗外弄清音。空階落盡胡桃葉，霜滿東籬菊有金。
衆鳥高栖萬籟沈，老禪攜月過東林。秋霜不染青蓮色，想見乾坤太古心。

曹侍講元用

元用，字子貞，世居阿城，後徙汶上。元用幼讀書，常達曙不寢，父憂其致疾，止之，輒以衣蔽窗默觀之。始以鎮江路儒學正，考滿遊京師。翰林承旨閻復大奇之，因薦爲翰林國史院編修官，御史臺辟爲掾史，轉中書省右司掾。與清河元明善、濟南張養浩同時號爲三俊。除應奉翰林文字，遷禮部主事，改尚書省右司都事，轉員外郎。及尚書省罷，退居任城，久之，齊、魯間從學者甚衆。延祐六年，授太常禮儀院經歷，屬英宗鋭意禮樂，其儀注制度，率所裁定。授翰林待制，陞直學士。泰定三年，授太子贊善，轉禮部尚書，兼經筵官，尋拜翰林侍講學士，預修仁宗、英宗兩朝實録。天曆二年卒，贈正奉大夫、江浙等處中書省參知政事護軍，追封東平郡公，謚文獻。詩文四十卷，號《超然集》。戴表元稱其文曰：屬辭莊、屈之潔，析理孟、荀之達，而比事左、班之覈也。

介春堂

光陰迅流矢，富貴等浮漚。昨日少年今白首，華構咫尺歸荒丘。人生貴適意，栖栖欲何求？肘印纍纍大如斗，不及介春堂上一杯酒。可以消百慮，可以介眉壽。況有蒼鸞白鶴翔坐隅，瓊樹照耀青芙渠。洞庭雲璈奏和響，雙成玉佩鳴清虛。玉仙人，真吾侶，便須日日陪尊俎。盡把西湖釀春酒，三萬六千從此數。

李白酒樓

太白一去不復留，任城上有崔嵬樓。樓頭四望渺無際，草木黄落悲清秋。凫嶧插天摩翠壁，汶泗迢迢展空碧。爭奇獻秀百年態，作意隨人來几席。諸老高會秋雲端，金璧照耀青琅玕。談笑不爲禮法窘，酒杯更比乾坤寬。飲酣意氣横今古，玉山傾倒忘賓主。謫仙人去杳何許，異代同符吾與汝。誰能跨海爲一呼？八表神遊共豪舉。

京都次馬伯庸尚書一作和趙子昂。韻二首

灤水橋一作河。邊御道西，酒旗閒挂暮簷一作「夕陽」。低。春從緑一作玉。樹陰中老，雲補青一作蒼。山闕處齊。畫戟遥臨青瑣闥，紫騮解惜錦障泥。鸞凰自爲明時出，宜傍上林高處栖。

柳簇金溝蘸碧波，雲深玉一作貝。闕瞰重坡。鳳凰曲奏鈞天樂，烏鵲橋通織女河。萬井閭閻春浩蕩，六街車馬晚坡陁。山人素有林泉興，奈此承明夜直一作「侍從」。何。

上京次王繼學韻

觀光千里外，載筆五雲邊。計拙如工部，文雄愧謫仙。枕流思洗耳，懷禄敢垂涎。疾目昏如霧，衰髯白勝綿。當辭天禄閣，歸種汶陽田。曉日登山屐，秋風下瀨船。芝香雲滿地，龜鶴不知年。

丁卯校藝貢院作

席廬清晝列千袍，射策詞場百戰勞。明日京華春榜揭，蓬萊天近五雲高。

秋懷

沙磧秋高宛馬肥，哀笳一曲塞雲飛。南都兒輩應相念，過盡征鴻猶未歸。

題周曾秋塘圖

沙鳥飛鳴晚未休，櫂歌聲在白蘋洲。題詩每恨無佳句，欲剪橫塘一片秋。

劉布衣漋

漋字聲之，三山人。嘗以經學教授錢唐，鄞州劉汶師魯與漋交最久，而兄事之。歿後，門人瞿士弘集其遺文如干篇，師魯爲序其首，金華黄侍講晉卿跋其後曰：聲之同時輩流人物，凋落殆盡，士弘得師魯，以爲聲之不朽之託，獨惜其所纂録殊有未備，以僕所藏聲之遺墨校之，集所不載者五七言古律詩，猶十有二首，輒書而歸之，俾置卷中。僕所弗及知者，固不止此也。嘗與聲之爐亭夜話，贈詩有云：「昭代尊經術，先生尚布衣。」晉卿之推服聲之者至矣。

送鄭南仲赴昌化主簿

熙寧言利臣，官好面堪唾。偉矣鄭介公，直聲千古播。幾葉有此孫，能倡衆莫和。湖學四五年，氈寒不禁坐。况投萬山中，瘦馬仍縣佐。試訝鸞栖林，何如蟻旋磨。傳聞邑父老，置酒預相賀。此士多讀書，愛人不可貨。今年秋風高，勿畏茅屋破。但慮執法家，需君騖貪惰。白雲繚山腰，窗竹累千箇。坐念老廣文，德尊猶坎軻。縣庭一分寬，百里減寒餓。苟無澤物心，卿相徒爾大。版牘焉足稽，絃歌故非過。起瞻東壁明，詎患南箕簸。時訪隱者廬，談餘曲肱卧。公田定幾何？適半種粳糯。

送吴子敬赴釣臺書院山長

我航浙西三四五，每過雙臺淚如雨。三公不作歸釣磯，時人血面争絲縷。危石栖雲禽野語，蒼林古瓦瞻祠宇。同舟名利急須臾，我往拜之剛不與。箨兮箨兮風吹汝，天星易摇足勿舉。千載羊裘有敝時，人言黄犬皮當補。諸公奕奕誰賓主？名教有功聯俎。惜不相逢建武功，短蓑獨速漁樵侣。喜君沈敏資好古，初分講席良得所。履聲絶少况馬嘶，早筍晚菘聊復煮。伐木丁丁聽腰斧，水色山光更媚嫵。當年餌下有殘鱗，珍珠化作驪龍吐。百里時歸彩衣舞，猶載行書壓鳴艣。一勤贈子莫多言，買菜有譏君記取。

寄尤端木編修

申浦昔弛檐，梁溪初及門。艤舟投漫刺，開閤倒清樽。似喜衣冠舊，居忘齒德尊。語長燈屢涸，坐久席彌温。道隱雖千載，人生故一源。談經須駮異，訂史欲芟煩。昔自三歸僭，終令六籍燔。王民無凍餒，霸法有鉗髡。功利開邪逕，玄空植禍根。柙嘗出虎兕，家豈足雞豚。諸老相傳學，先師罔極恩。石移針就直，膠擲水袪渾。舜澤覘莘聘，周文卜魯膰。雖無煎鳳觜，必有嗜熊蹯。俗士聞應笑，吾儕契此言。榻分踰夜午，櫂返及朝暾。泛梗無留迹，瞻雲每斷魂。於公評出處，與衆異昭昏。藝自登黄最，名因泛緑掀。婉謀裨宥府，蔚望列詞垣。振鷺依風遠，鰲鼇掣海翻。夢槐啼失國，隱菊步歸園。錦里時過杜，香山不隔樊。老來諳稼穡，醉裹擷蘭蓀。向睹陶公集，曾因季子孫。千詩逃冶麗，羣筆肆淪沄。息所諸歌詠，尤君有《息所記》。賢祠正討論。羌羊艱食性，海燕遜巢痕。尤又有《羌羊》詩、《海燕争巢》詩。令子菑畬富，名家榘蘗存。雪融金就礪，冰緒繭抽盆。眼底皆真樂，胸中有混元。狙從冢宰服，鶴聽大夫軒。歲月書林暇，塵埃旅屩奔。卑卑嘗市隱，汲汲備朝飧。未省九丘讀，何當三畫吞。疏蹤危似棧，苦思涸於胥。世詎求三篋，吾寧屬兩鞬。媚終辭衛竈，乞肯近齊墦。古意綦寥落，時材别選掄。罕逢知鵠爵，多遇笑龍蚖。擬築犁鉏舍，相依水竹村。古泉豨寺冷，春茗茁山喧。歌遠牛俱跨，談深盌對捫。潔應餐沆瀣，高足倚崑崙。有客閩中李，其人太學蕃。冷官今屑往，麗賦昔孤騫。過泗需先見，瞻淇寄弗諼。爲多駒皎皎，仍感兔爰爰。丹蟹濱湖賤，瓊魚集市喧。持杯應愈健，許事付乾坤。

贈臧魯山廉訪

肅政光華遠，清臺啓擬公。節移梅嶺北，軺發桂江東。楮帳篩寒月，椰杯鼓朔風。瘦童空挾杖，貧病不裝狨。徽俗三年問，威名百郡雄。星芒垂澥洛，雪色照賓融。敷教有虞廟，講經夫子宮。端嚴鉏獷戾，易直牖倥侗。吏滑加笞竹，官貪解印銅。冤銷千褐父，恩洽萬黃童。花縵戲冬暖，瓠笙吹歲豐。仁頻苞嫩緑，古辣釀輕紅。象跡煙中堞，鯨波雨外篷。夷珠人有斛，粤布我無筒。剖決心如水，驅馳鬢已蓬。六條方奏最，四牡欲歌功。爲有澄清志，遲輸獻納忠。纖雲添衣繡，鞭霆亦乘驄。楚尾吳頭會，三湘七澤通。天文恢翼軫，地蓋接潭洪。牙纛聯分政，旌旗列總戎。鶩争肥似雁，羆搏猛於熊。懷璧枉無罪，見金忘有躬。化源安涸涸，獄市積怱怱。大器能繩物，先聲已擊蒙。道傍豺果避，窟底兔幾空。勿珥終凶筆，毋闕報怨弓。左饘并右粥，後稑更先穜。采菊賦歸老，愛蓮無極翁。理明輕勢利，語妙入盲聾。文祖歐陽古，詩宗魯直工。挽回鉛槧習，超出簿書叢。顧眄山須動，揄揚石可礱。羽儀傾振鷺，啄菢徧哀鴻。念昔初騰踏，時方息戰攻。考工崖黯黯，試槩海曨曨。赤芾彼三百，素絲玆五總。穩行卑劍閣，善納小雲夢。甲子從頭數，冠紳進秩穹。階蘭香浣露，田玉氣嘘虹。世或探斯鶩，吾寧牿爾犝。瘵魚應小慧，聽蟻豈真聰。静躁聆徽外，剛柔省轂中。江湖歸獨步，宇宙涉丹衷。德驥曾思附，仙舟偶未同。耐寒衣故白，好古佩仍葱。夢枕頻鮮荔，羈帆幾落楓。泥塗龜各曳，霄漢鳳稀沖。勵操期霜柏，吞聲等爨桐。漸忘身顯晦，得究學初終。韓子哦雙鳥，莊生感二蟲。樂莘晞衎衎，憂杞笑忡忡。選舉翳唐盛，方聞及漢崇。貢琛凌渤澥，懷組際穹窿。穀欠防飢斂，鹽因析利籠。駭民牛觳觫，虛士鶴氄毨。黼黻需耆俊，賚殆給老癃。會看楊綰貴，不計孟郊窮。温井覘陽長，明奎卜道隆。斲辭規愛助，華髮尚狂侗。

春日郊行書與鄧善之别五首

在山水非清，出山水非濁。泉源但無塵，滄海端可學。

風急低卷帆，潮來直扶柁。我舟如我心，鷗鳥亦忘我。

動心趨蹶間，治氣憐不早。緩步勿貪高，登山良有道。

東風吹紙鳶，衆目看不眩。出處亦兒嬉，善收存一綫。

文雞照水影，五彩何繽紛。鳳凰靈且瑞，在德不在文。

繆處士鑑

鑑字君寶，號苔石，其先汴人。靖康之難，扈蹕南渡，因居江陰。鑑生於宋季，耽讀書，居城東之瓠岱。見政事日紊，不復求仕，以詩酒自娱，有《效顰集》行世。同里張宣藻仲曰：苔石《效顰集》，失於至正壬辰之兵，宣兒時，猶及見其手書。其孫恭遍訪諸故老，口授三數十篇，圖鋟諸梓。牆東陸文圭嘗曰：自古澄江無詩人，今有人矣。蓋謂君寶也。

得女

得駒未必真權奇，中雀未必有淑姿。男兒未必勳鼎彝，女子未必光門楣。吾今素髮紛如絲，得此一笑春生眉。蒼蒼天道不我遺，猶勝伯道全無兒。

題悟空寺

不到招提二十霜，眼明還識魯靈光。雲餐已供伊蒲塞，風鐸猶傳替戾岡。新寺金湯龍化遠，舊家王謝燕飛忙。行人指點簪犀地，十里春風土尚香。

梅花

鐵石槎牙玉粒姿，詩中圖畫畫中詩。半棱山色初晴後，一截谿煙欲暝時。流水帶雲栖瘦影，小窗和月上横枝。老來自覺吟情拙，莫遣孤山處士知。

春題

江天漠漠水悠悠，望斷春風燕子樓。書寄碧雲千里雁，鏡分明月半奩秋。來時楊柳陰連陌，歸路蘋花雪滿洲。遥想瑣窗挑錦字，淚珠和粉冷銀鈎。

端居

修竹垂楊映户栽，清風長送午陰來。門因好客時時掃，窗爲看山面面開。此樂恐於兒輩覺，長貧能免俗情猜。儒衣不似牛衣好，分付山妻放窄裁。

解嘲

莫笑詩翁懶出門，詩翁樂事在一作「幽興寄」。山村。鶯啼楊柳金一作春。歌舞，蝶宿梨花雪夢魂。罨畫丹青分曙色，壓醅醽醁漲溪痕。燕簾風裏茶烟外，自選唐詩教子孫。

月屋

一室虚明境自寬，水晶簾映玉闌干。不從此處逢仙子，争信人間有廣寒。梅影夜窺霜鏡滿，桂香秋吸酒壺乾。客來静坐無塵到，笑指湖光上下看。

圍棋

午香簾影静浮華，對面機心萬里賒。夾騎倒戈窺虎穴，亂烏横陣占〔鷗沙〕（沙鷗）。當人不讓争先著，袖手須饒老作家。欲訪爛柯山下客，洞深春染碧桃花。

簷馬

錚錚金鐵夜交鋒，哭敵秋聲殺氣雄。戰退曉天塵不動，依然横架待西風。

鬼燈檠花

老死儒生習未除，殘膏分得燎原餘。一枝冷燄摇清夜，要讀生前未了書。

詠鶴

青山修竹矮籬笆，髣髴林泉隱者家。酷愛緑窗風日美，鶴梳輕氄亂楊花。

懷歸

折柳期春春便歸，叮嚀好與護柴扉。東風怪我歸鞍晚，調撥楊花到處飛。

惜鷄

數載書窗伴讀鳴，羣中剛雉羽毛新。不知誰命牛刀手，望斷函關夜度人。

紙帳

龜紋薄薄勝紈紗，不用銷金學党家。却似矮篷晴載雪，隔簾疏影弄梅花。

南山先生汪珍

珍字聘之，寧國之太平人。隱居黄山下，博學工詩，淵渟雅贍，卓有古風。盧憲使摯雅重之，汪文節澤民敬其爲人，至不敢與雁行，每稱南山先生云。

青青河畔草

青青河畔草，嬌嬌園中李。娟娟樓上婦，微微啓玉齒。仰歎浮雲馳，俯首理緑綺。自惜韶華姿，誤身遊俠子。

秋懷七首

握中有孤竹，奏竹鸑鳳吟。聘俗俗不喜，持歸故山岑。歌居折楊花，傾耳衆口瘖。乃知揚子雲，空草五千文。龜龍困蝘蜓，嘲誚何紛紜。醬瓿真可覆，嗟嗟徒爾勤。

明珠雜魚目，琬琰博羊皮。真有贋奪者，貴以賤易之。大巧不若拙，大黠不若癡。龍光悶華室，臭腐化神奇。

幽蘭生當户，雖香爲人鋤。紫燕巢綺幕，雖美非安居。豐狐竊文柄，蒺蔾掩嘉蔬。奈何將踦涔，納子以尾閭。

瀟瀟三日雨，苒苒度殘暑。草木行變衰，豈不感節序。荒園有絡緯，日夕促機杼。念汝戒衣裘，所思悵修阻。

耿耿夜氣清，索索風葉勁。天空河漢清，露下桑柘淨。羈鳥懷高棲，潛魚樂深泳。私憂撫良圖，斂退遂幽屏。輾轉夜達晨，屋山橫斗柄。

蔡澤困牧豕，甯戚隱飯牛。古來賢達人，未遇多沈浮。任安惜去衛，王粲仍依劉。嗟嗟古人心，乃與今日侔。

士衡三間屋，元龍百尺樓。幽期在一壑，壯氣橫九州。坐令湖海豪，結束歸林丘。秋風動叢薄，此念良悠悠。

上盧疎齋憲使

翰林清切地，秉筆代王言。旦入承明廬，暮出西掖垣。端服光朝次，壯懷厭卑喧。四聰軫遠懷，作屏分雄藩。履豨知人瘼，驚魚念水渾。于焉穆風詠，庶以臻魚軒。饑禽逐天風，飄蕩無時息。何如轊壤人，獨抱此伊鬱。遵道諒不移，遠遊非所適。表表人中仙，秉心冰玉白。度物分寸均，稱材銖兩密。有喝思一鳴，有翅當一刷。上林多翹枝，欲集安所惜。

疎齋先生賦湖陰曲書以付余遂賦一首

一虎穴中卧，六龍江上飛。蛇矛半折柝聲斷，晝夢驚怪日邊圍。鼓聲逢逢天四黑，五騎爬沙行不及。

道傍遺矢冷于冰，天上寶鞭人未識。江風夜捲湖陰水，明月腥氛當一洗。荒亭千古寄興亡，目斷蒼烟溼衰草。

孫逸夫書堂作

青山盤盤雲氣度，岡巒滅没互吞吐。柘林烟潤藹行絲，荷蕩水香魚弄絮。人間化物日夜流，先生閉門雙鬢秋。大隱從來著朝市，幽居況近城南樓。

山丹花歌

方壺圓嶠蓬萊頂，七還九返龍虎鼎。藥成夜半忽飛去，瑶草一枝光炯炯。九疑但識萼緑華，未識赤斧山圖家。《文選》註：山圖、赤斧，二仙名。淮南雞犬上天去，雌蝶雄蜂空啖花。

僕射山人山中四時詞

春風破寒人幽谷，殘雪消時燒痕緑。林花鬬日媚于頰，野蕨登盤甘勝肉。南漪新渌晴滿湖，春來行樂何處無。一樽我欲就花飲，花下啼禽能勸沽。

草泥聒聒吠螻蟈，棗花落盡桐陰密。舍南舍北棹繅車，山後山前聞打麥。新篁解籜來薰風，脱巾露坐雙鬢鬔。清泉白石足佳處，人世炎炎如甑中。

西風蕭蕭羣木槁，天外秋雲淨如掃。荳葉半枯鴻雁來，秔稻俱登雞鶩飽。白雲夜下天雨霜，破籬衰草啼寒螿。芋魁如盎茭白老，牀頭酒熟浮蛆香。

千林怒號北風惡，階下紛紛堆敗籜。野田日出散牛羊，茅屋天寒喧鳥雀。溼雲篠下豆稭灰，谷口梅花開未開。明朝積玉深一丈，高卧閉門誰復來。

山居夏日

草長荒三徑，桐陰滿四隣。青春如過客，白日屬閒人。迸笋争籬出，殘花落地新。幾時尋要術，吾亦學齊民。

迓盧疎齋肅政使

去年幕府雪晴時，誦得虀辛絶妙詞。溪樹迎人寒欲醒，春陽行處本無私。輪埋當道豺狼避，月到空山魍魎移。白髮遺民思舊德，相看繡斧重褰帷。

次程子英金陵懷古

桃葉桃根樂府詞，江南千里舊封畿。黄旗紫蓋關興廢，東府西州有是非。故苑半隨秋草没，征帆猶趁暮潮歸。寶鞭奪得蛇矛斷，夢破重營遶日暉。

述懷呈殿幹碧梧友雲

門巷蕭蕭葉擁籬，僻居尤自畏人知。讀書未及半袁豹，問士誰當甲蔡尼。萬壑風號天欲雪，一溪梅發夢尋詩。百年將半猶羇旅，可待麻鞋受拾遺。

次答兑峰殿幹見寄

題得新詩寄所思，從公始恨十年遲。燈殘暗壁蟲催織，月滿空庭鵲遶枝。客路飄零秋易感，老年情味夜偏知。江烟一舸蘆花雪，還憶往年相别時。

春雨留胡振甫

故園春合早鶯棲，堂下溪深水拍堤。十里桑畦蠶脱紙，一簾花雨燕争泥。年饑畎畝還堪隱，世難功名莫厭低。寂寞淮南門下士，贈君惟有數行啼。

題從兄希深書堂

衡簷睥睨壓疏櫺，平割黄山一半青。落日捲雲隨鶻没，黑風吹雨帶龍腥。人間軒冕駒閒阜，身外乾坤水載萍。我政江湖子林壑，客星未減少微星。

陵陽歌

陵陽城頭落日黄，陵陽城下水茫茫。樓中少婦吹羌管，時有北人思故鄉。

城南

春陰黯淡蔽人家，野水新生尚露沙。客子未歸寒食近，滿城風雨落梨花。

遊無爲庵

竹埤杉垣記昔遊，洞門花落石牀幽。白雲飛盡四山碧，黃鶴一聲天地秋。

柯博士九思

九思，字敬仲，仙居人。以父謙廕補華亭尉，不就。在太學時，遇元文宗於潛邸。及即位，擢爲典瑞院都事，置奎章閣，特授學士院鑒書博士。凡內府所藏法書名畫，咸命鑒定。賜牙章，得通禁署。寵顧日隆，言者見忌，因乘間乞補外自效。翼日，御史章入，文宗召九思諭曰：朕有意留卿而欲伸言路，已敕中書除外，卿其少避，俟朕宣卿。九思拜泣辭出，而中書竟格詔不行。未幾，文宗崩。因流寓江南，至正乙巳，得暴疾卒，年五十四。敬仲自號丹丘生，又號五雲閣吏。天曆間，與虞、李諸公相唱和，及歸老松江，時往來玉峰、吴閶，與玉山諸君讌遊。玉山主人愛其詩，類編《草堂雅集》以敬仲壓卷。稱其宮詞尤爲得體，議者以爲不在王建下。向來藏書家奉《草堂雅集》爲秘寶，而兵燹之餘，獨缺首卷。余嘗以爲恨。近者朱檢討竹垞偶於琴川毛氏得《草堂雅集》抄本一册，舉以示余，閱之，乃首卷敬仲詩也。豈文人才士，其精光不能磨滅，片言隻字有鬼神陰相之，而使之聚於所好者與？因亟爲付刊，並採入書畫遺蹟及雜志所見，附於卷末，都爲一集云。

宮詞十五首

萬國貢珍羅玉陛，九賓傳贊捲珠簾。大明前殿筵所一作初。秩、勳貴先陳祖訓嚴。凡大宴，世臣掌金匱之書，必陳祖宗大扎撒以爲訓。

黑河萬里連沙漠，世祖深思創業難。數尺闌干護春草，丹墀留與子孫看。世祖建大内，命移沙漠莎草於丹墀，示子孫毋忘草地也。

親王上壐宴西宫，聖祚中興慶會同。争捲珠簾齊仰望，瑞雲捧日御天中。天曆元年十二月二十七日，蔫憐帖木兒怯薛，第二日寶房内對速古兒赤明里董阿、平章月魯不花、右丞大都赤哈剌八、□□尚書□有來、典瑞院官吉寶兒、同僉答失蠻、經歷柯都事奏，十月二十三日，上都送寶來的時分，與聖殿御宴。其間有五色祥雲捧日，當殿本院官院判鄭立、經歷張符、都事柯九思等，與衆於殿前一同仰覩，郁郁紛紛，非霧非煙，委係卿雲。現似這般祥瑞應時呵，如今與省家文書行移國史院，標寫入史呵。怎生奉聖旨您每行文書者？

四海昇平一事無，常參已散集諸儒。傳宣羣玉看名畫，先進開元納諫圖。凡御覽法書、名畫，羣玉内史掌之。

萬里名王盡入朝，法宫置酒奏簫韶。千官一色真珠襖，寶帶攢裝穩稱腰。凡諸侯王及外番來朝，必錫宴以見之。國語謂之「質孫宴」，「質孫」，漢言一色，言其衣服皆一色也。

官家明日慶生辰，準備龍衣熨帖新。奉御進呈先取旨，隋珠錯落間奇珍。御服多以天珠盤龍形，嵌以奇珍，曰鴉忽日瑚者，出自西域，有直數十萬定者。

傳宣太府頒宫錦，近侍承恩拜榻前。製得袍成天未曉，著來香殿賀新年。臘前分賜近臣襖材，謂之拜年段子。

鳳城一作「天街」。女樂擁祥煙，梵座春遊浹一作夾。管絃。齊望綵樓呼萬歲，祥雲一作「柘黄」。只在五雲邊。故事：二月十五日，迎帝師遊皇城。宫中結綵樓臨觀之。

花明畫錦柳摇絲，仙島陪鑾濯禊時。曲水番成飛瀑下，逶迤銀漢接清池。故事：上巳節錫宴於萬歲山。

儒臣春直奎章閣，玉陛牙牌報未時。仙仗已迴東内去，牡丹花畔得圍棋。上日御奎章，報未時，則還内殿矣。

玉椀調冰湧雪花，金絲纏扇一作線。繡紅紗。綵牋御製題端午，勅送皇姑公主家。皇姑者，魯國大長公主，皇后之母也。天曆二年端午，上賜甚厚，並御詩送之。

觀蓮太液汎蘭橈，翡翠鴛鴦戲碧苕。説與小娃牢記取，御衫繡作滿池嬌。天曆間，御衣多爲池塘小景，名曰「滿池嬌」。

珠宫錫一作賜。宴慶迎祥，麗日初隨綵綫長。太史院官新進曆，榻前一一賜諸王。每歲日南至，太史進來歲曆日。

元戎承命獵郊坰，勅賜新羅白海青。得雋歸來如奏凱，天鵝馳送入宫庭。海青者，海東俊鶻也。白者尤貴，有數十金者。

玉漏藏機水暗流，真珠射日動燈毬。偶人自解開青瑣，高拱龍牀報曉籌。大明殿有燈漏，飾以真珠，內爲機械，以小木偶人十二捧十二相屬，每辰初刻，偶人相代開小門出燈外板上，直御牀立，捧辰所屬以報時。

宫詞十首

徽儀閣內製春衣，日長倦繡立彤闈。奚官折送杏花去，笑看玉階胡蝶飛。

黄金幄殿載前驅，象背駝峰盡寶珠。三十六宫齊上馬，太平清暑幸灤都。

奉常告吉禴初冬，太室精禋一念通。傳旨外廷休奏事，今朝天子坐齋宫。

□華閣後春歸早，百種名花臘日開。爲是君王行不到，園官講殿進盆梅。

千嵩雨過翠玲瓏，太液池邊看綵虹。何處蓬萊通弱水，儀天殿在畫橋東。
中書已奏新除了，押寶還催内閤開。斜插白麻龍篆溼，近臣當殿謝恩來。
高鼻黄髯欵塞胡，殿前引貢盡龍駒。仗移天步臨軒看，畫出韓生試馬圖。
皇心簡注一作在。勳臣舊，未有人知擬拜除。宣索綵牋濡玉筆，榻前先命小臣書。
夜深回步玉闌東，香燼龍煤火尚紅。折得海棠無覓處，依然遺却月明中。
小時歌舞擅宫庭，長憶先皇酒半醒。白髮如今垂兩鬢，佛前學得念《心經》。

長信宫秋詞

羊車聲遠意徒勞，望斷長門月影高。猶恐九霄風露早，明朝擬送衮龍袍。

和許彦温宫詞

暖吹生香花半吐，三十六宫傳笑語。雕闌並倚弄新春，翠裕不管霑微雨。小娃相對學吹簧，雲母屏風白玉堂。中貴傳宣日將暮，不省秋閨斷寸腸。

漢長門詞四首

阿嬌初入漢宫時，金屋承歡春晝遲。欲學新妝重覽鏡，如今羞畫翠蛾眉。
翠華明日遊仙苑，爲報春風候六龍。妾貌如花翻被妬，莫教花貌似奴容。

梧桐秋雨滴昭陽，不忿燈花故近牀。欲下羅幃宫漏永，細看當日繡鴛鴦。
名花傾國占宫闈，香損僝風傍路飛。却憶夜來宫裏事，篋中未熨衮龍衣。

題風雨泊舟圖

春風桂楫木蘭舟，欲采芳蘅不自由。淺瀨潾潾吹暮雨，蒼梧雲冷易生愁。

題虢國走馬圖

月淡花濃酒半消，沈香亭暖度簫韶。傳宣趣賜飛龍馬，虢國夫人早入朝。

題金國端箭人馬卷

氈帳雪花寒，單于夜不還。分弓傳令肅，明日獵天山。

題趙松雪畫馬

沙場萬里貳師還，天馬如雲入漢關。當日丹青誰第一？爲傳神駿落人間。

題小景便面

渚宫正在緑楊西，鳳管龍笙法曲齊。宋玉賦成争諷詠，荷花深處起鳧鷖。

題翠瓶色梅圖

玻瓈瓶暖翠痕深，蕚緑仙人出上林。不放春風吹繡閤，妝魂無語晝喑喑。

題朱澤民臨李營丘寒林圖

高林曾記舊黄昏，下筆生春晝掩門。劍器低昂動山岳，翠蛾誰解憶公孫。

題從子倫畫雪景便面

千山雪月繞漁磯，寒沁船窗酒暈微。魂斷翠禽香入夢，梅花應笑美人歸。

題趙仲穆畫桃花馬

桃花出水映連錢，太液新酣緑樹煙。催賜金鞍調得穩，翠華明日幸温泉。

題商壽巖畫山水

集賢曾畫嘉熙服，勑賜黄金拜舞歸。從此人間重山水，清泉白石轉晴暉。

題明雪窗畫蘭

清事相過日應酬，山僧信筆動新秋。王孫遺法風流在，解使平臺石點頭。王孫謂子固，子昂昆仲也，時雪窗住虎丘寺。

筆生沈日新來求書就寫舊詩以寄

沈生筆妙能隨意，曾記蓬萊應制時。三十六宫花漠漠，玉階研露寫新詞。

墨工林松泉來求薦就寫寄

先朝誰進林家墨，曾試龍樓鳳餅新。玉硯光華雲彩動，殿中書詔賜功臣。

贈相士王生

不見王生二十年，武夷山下看清泉。南柯夢裏猶相問，臺貯黄金可赴燕。

就寄筆生温國寶

千金當日賦《長門》，温老中書預選掄。江上秋霜飛鬢影，怕拈湘管見啼痕。

贈周信之教授

霞蒸春暖丹初熟，許我刀圭未暇尋。只在鴛鴦湖上住，杏花種得滿園林。

題雪溪逵上人像於玉山草堂

道人曾宿靈隱寺，能畫寺前山意秋。古木立猿啼夜月，下有清泉如玉流。

明月歌送僧東遊

上人忤世祇好遊，蹴蹋空翠淩清秋。時人問之寂無語，明月在天惟點頭。吴山越嶠皆明月，桂樹相隨渡東浙。煩師問訊吾故居，山近瓊臺瞰雙闕。

贈匡廬山人

道人欲築希夷室，自向身中煉火丹。何日朝元遊絳闕，九霄回首月華寒。

題匡廬山人所藏雲松圖於玉山書舍

幽人結屋廬山側，臥看九江天際來。白雲萬壑青松老，時撫絲桐坐緑苔。

題周文矩畫太真攀鞍圖

春風别院奏笙歌，妃子攀鞍轉曉波。不信開元太平日，香魂淪落馬嵬坡。

題趙松雪畫扶彈圖

夜合花開晝漏遲，王孫遊騎出平堤。玉鞭緩策青林下，回首風前聽子規。

題趙松雪春山圖

落花飛絮春日閒，散策深林獨往還。□成應對□人語，好似西湖西畔山。此紀管仲姬畫眉時語也。

題趙仲穆畫

山頭應是館娃宫，錦繡樓臺路可通。年年長見五湖水，萬斛舟行白浪中。

題文與可畫竹

湖州放筆奪造化，此事世人那得知。跫然何處見生氣，彷佛空庭月落時。

按敬仲善畫竹石，得筆法於文同。嘗自謂寫幹用篆法，枝用草書法，寫葉用八分或用魯公撇筆法，木石用金釵股屋漏痕之遺意。然其生意飛動，有龍翔鳳翥之狀，此詩所謂生氣，非敬仲不能道也。

題李遵道春山圖

江上蘭橈倚緑波，江頭聽唱《竹枝》歌。使君多少傷春意，新畫青山作髻螺。

題李遵道畫扇

江清地僻野人家，門外橋通石徑斜。不信東華塵十丈，萬山晴雪看梨花。

題王孤雲界畫山水圖

滿地山河如繡，迴巖樓閣凌風。幾度春花秋雨，不知秦苑吴宫。

題道士黄松瀑詩帖後

道人下筆重黄金，尚憶宫牆古木深。獨倚闌干揮老淚，江山風雨動哀吟。

題達兼善書漁莊篆文

閒居正憶龍頭客，喜見秦人小篆文。便到山中看摹勒，已〔判〕（擗）十日卧寒雲。

題米元章海岳庵圖

我棄朝歸海岳庵，千巖萬壑繞江南。先生預擬歸來計，不待臨風雪滿簪。

題米元暉山水

帝鄉春日曾舒卷，溪館秋風每見之。處處雲生山似畫，年年老去鬢如絲。

題漁父圖

黄金不用買驊騮，十丈紅塵没馬頭。好買扁舟逐漁父，一江春雨看浮漚。

題張萱畫横笛士女

纖手鏘宫徵，紗痕薄暮霞。畫眉人去後，深院落梅花。

題黃筌畫紅蕉十二紅

故國三千里，名禽十二紅。白頭供奉在，揮淚溼東風。

題芙蓉畫眉

誰道秋容澹，名花帶露穠。畫眉聲欲碎，莫放曉妝慵。

題邊武畫蒼松圖

疏竹摇秋雨，蒼松凝晚煙。王孫歸未得，誰復效春妍。

題周文矩畫熨帛士女

熨開香霧細裁縫，蜀錦吴綾五色穠。雲母屏前秋冷澹，自將纖手折芙蓉。

題拜石圖

魔斥煙霞世莫儔，須江太守獨清流。庭前見石即下拜，石若有情應點頭。

題王仁壽畫駝

西域降王覲正朔，名駝載玉曉連山。兩峰殘雪隨羌鼓，萬里流沙敂漢關。仗内垂鈴珠錯落，駕頭蒙背錦斕斑。汝南粉本□□□，寧識如今滿世間。

題姚婁東所藏平臺寒林圖

古木寒林欲斷魂，家山落日近黄昏。相從便問桃源路，絶頂人行何處村。

題趙子固畫墨蘭

王子當時倚玉樓，飄蕭翰墨足風流。人間自有清香種，不逐湘纍一樣愁。

題所藏趙仲穆畫江山秋霽圖

國朝名畫誰第一，只數吴興趙翰林。高標雅韻化幽壤，斷縑遺楮輕黄金。憶昔京華陪勝集，郎君妙年才二十。江南春雨又相逢，筆底秋山那可及。便欲追蹤僧巨然，破墨爛熳還清妍。倚闌人待滄海月，懸崖樹拂瀟湘煙。老夫□愛扁舟趣，風静波深疑可渡。顧生癡絶忽大叫，指點前峰問歸路。

題李息齋畫竹

仙客揮毫不可招，緑雲猶繞翠蕤飄。天風吹醒丹淵夢，冉冉青鸞下九霄。
深宫雨過長苔痕，誰憶羊車舊日恩。惟有集賢癯學士，一枝漠漠記黄昏。
筆端隨意長清標，疏葉生風剪剪飄。羸馬城南看新筍，雨餘初散集賢朝。
使君弭節毗陵日，屏障家家有畫圖。何似小窗横幅好，青鸞雙過洞庭湖。

題郭元方畫海棠蛺蝶

名花楚楚近清尊，蛺蝶春生五色痕。金屋瓊窗無鎖鑰，蓬萊飛墜太真魂。

題蘇叔黨畫竹石

別墅促煎茶，溪邊路不賒。藍橋曾種玉，春筍出仙家。

題武洞清阿羅漢像

天厨送食鹿銜花，口誦恆河沙復沙。獨立虛空無所住，石橋西畔老夫家。

題錢舜舉畫杏花

一枝繁杏逞妖嬈，曾向東風楊柳腰。金水河邊三十里，落紅如雨玉驄驕。

張叔厚白描乘鸞仙

秦臺縹緲近天涯，紅露霏霏隔絳紗。蕭史不歸春欲老，吹簫祇在碧桃花。

題周昉畫荔枝宫女圖

驪山宫殿九天開，盤出輕紅破玉腮。中使傳宣催驛騎，宫娥報道荔枝來。

題李遵道畫竹

秋風滿紙老黄華，元氣淋漓皴復斜。應是黄巖癯太守，青鞋時過野人家。

題温日觀畫蒲萄

學士同趨青瑣闥，中人捧出赤瑛盤。丹墀拜賜天顔喜，翠袖攜歸月色寒。

題從子倫寫生芍藥于玉山佳處

九十春光事已非，翻階紅藥尚天機。畫工點染成生色，説與東君少待歸。

題王元章寫紅梅花

姑射燕支襯露華，一枝楚楚進天家。君王不作梁園夢，金水河邊厭杏花。

題馮子振横幅荷花圖

水殿風生酒力微，三千宫女緑荷衣。美人應妬花隨去，月上瑶階未肯歸。

題盧益脩畫水仙花

煖瓊柔翠曉慵妝，香損鴛鴦瓦上霜。帝子愁多春夢遠，佩摇明月近瀟湘。

題宋好古緑竹圖

仙子相邀駕綵鸞，瑶池玄圃拾琅玕。却憐宋玉多才思，貌得森森翠羽寒。

題宋徽宗畫柔條雨燕

雙雙紫燕承恩重，立盡柔條活欲栖。莫忘六宫春雨暮，珠簾捲處不曾低。

春直奎章閣二首

旋拆黄封日鑄茶，玉泉新汲味幽嘉。殿中今日無宣唤，閒捲珠簾看柳花。

春來瓊島花如錦，紅霧霏霏張九天。底事君王稀幸御，儒臣日日待經筵。

退直贈月

西華門外玉驄驕，新賜羅衣退晚朝。繡枕魂清疏雨暮，海棠銀燭度春宵。

元日會朝一作「朝會」。大明宫

軒冕朝元湧翠埃，中天鷄唱内門開。雲開一作飄。五鳳層樓矗，日繞羣龍法駕來。謁者引班聯寶帶，上公稱壽進金杯。撞鐘告罷宫花側，人指儒冠錫宴回。

次杜德常典籤玉泉寺秋日感懷韻五首

萬騎時巡九月回，年年望幸寺門開。兒童不識髯龍遠，猶問君王幾日來。

玉殿珠樓漾水光，翠華來幸拂天香。高皇魂魄應思沛，時有祥雲護此方。

貝葉空聞馱白馬，金根不復駕蒼虯。當時迎日花如錦，一片人間逐水流。

錦纜牙檣天上移，美人争挽緑楊枝。如今淚灑西風急，采盡蘋花晚欲吹。

縈波翠荇牽秋恨，泣露紅蕖落曉芳。惟有舊時西嶺月，自移閣影過朱墻。

送尚醫林邦獻歸天台省親

嘗藥事親師華扁，玉函方秘得真傳。採芝曾斸瓊臺月，煮朮時飄碧海煙。幾載尚醫留帝里，一朝歸省上江船。五雲閣吏今華髮，爲報桃花洞裏仙。

贈醫者徐復菴

人説徐卿有奇術，京華視病覓詩酬。能知夢裏鈞天樂，戲作壺中遯世遊。客館守丹和月坐，名山採藥帶雲收。有人來問陽初復，杜若春風江上洲。

送王誠夫赴無錫知州

黄金横帶爛輝光，出守寧辭道路長。鵷序久陪蒼水使，鳳池曾赴一作賦。紫薇郎。雙旌坐鎮清溪月，列載看凝宴寢香。肯汲惠山泉見寄，青春煮茗當還鄉。

題安僧元帥遠景亭

東河亭子憑高爽，俯瞰平原繞茂林。滄海月生朱栱濕，秦山雲起繡簾陰。夢回春渚鐘聲小，目倦晴空雁影沈。誰似詩書老元帥，清時於此寫丹心。

潞陽客舍和儲生韻

逆旅棲遲筆硯香，柳車底事戀文章。雲拖鴻雁生秋色，月冷魚龍湧夜光。慟哭有誰憐賈誼，形容已老似馮唐。風沙忽遇江南客，佳句猶期萬里驤。

送秘書掾李道濟之峽州知事

館閣論交久，都門出餞遲。同爲遊宦客，忍賦送行詩。蜀道傳鸚鵡，江亭叫子規。地偏公事少，峽外看舟移。

送趙虛一還金陵書虞翰林後

詞臣通籍侍金閨，天語從容問舊蹊。雲外山高龍虎踞，人間松老鳳凰棲。翰林擬詔當紅藥，道士疏封出紫泥。更賜金錢祠泰時，寥陽前殿麗璇題。

虞翰林詩並序曰：天曆二年三月廿五日，集侍立延閣，上顧問集：嘗至金陵否？集謹對曰嘗到。又曰：冶亭是汝所題，往年八九至其處，新松當長茂矣？集謹對曰：是未種松時到也。近臣奏言：道士趙虛一所種也。上曰：然，已陞觀爲宫，汝知之乎？集謹對曰：臣奉敕題榜賜之矣。是日歸，虛一來別歸江南，卽告以聖上不忘冶亭之意。又三日，吴大宗師持卷來索詩贈行，因録所得如上云。詩曰：「春明晝侍奎章閣，聖上從容問冶亭？爲報仙都趙真士，新松好護萬年青。」

送李教授之湖州

水精宫裏尋春處，天目山前看月時。隔岸園亭俱可愛，舊時風物未全衰。廣文遊宦詩如錦，博士淹留鬢欲絲。欲謝君恩無寸補，他年杜牧去應遲。

送達兼善赴南臺御史

楊花滿隄春已暮，况是都門送客時。共陪鴳鵲方自慰，遠乘驄馬令人思。汀州水闊生杜若，山驛雲深啼子規。東南此去須行志，斗米七千人苦飢。

送程鵬翼赴山東運司經歷

齊人富國書猶在，煮海爲鹽屬縣官。千竈飄煙雲樹溼，萬盤凝雪浪花乾。西曹儒雅聲華舊，東郡司存禮數寬。談笑雲霞公事了，大明湖上凭闌干。

俞希聲置竹石于几案問名曰小山陰山陰吾之故鄉不能無題

昔年曾在山陰住，不謂山陰到此堂。蒼苔翠竹汝所好，白石清泉吾故鄉。禹穴有懷游太史，鑑湖無復賜知章。張帆明日竟東下，雨過西興樹影涼。

題錢舜舉畫梨花

洛陽城西千樹雪，走馬看花徧阡陌。金鞭换酒爲沈□，爛醉花前扶不得。粉香薰透詩人脾，思入吳牋灑殘墨。别來風雨難爲春，客懷幾度孤清明。壯遊回首已陳迹，一聲啼鳥心魂驚。苕溪居士獲天趣，造化潛移不知處。玉容寂寞澹春寒，猶記香山舊時句。羨君好古清有餘，勵志恥作黄金奴。梅邊握手恨不早，老眼半世空江湖。畫圖詩筆耀當代，大嚼屠門意殊快。更須什襲爲珍藏，静裏春光常自在。

題畫蕙

一榦生數花，春風折香玉。持之贈所思，幽人在空谷。

題靈壁石

翠滑煙虚小洞天，一辭泗水不知年。君王半醉宣和殿，曾見驚塵落舞筵。

題趙承旨墨竹

閶闔風來玉珮珊，洞庭秋入淚痕斑。至元朝士今誰在？翰墨風流滿世間。

題唐子華畫秋江亭子

林皋霜老紅初冷，巖畔煙虛翠欲消。記得山陰曾訪隱，一筇秋色度溪橋。

題從子倫畫南山曉霽圖

少年曾彌南山勝，畫舫笙歌日日來。第二橋邊春水滿，曉晴芳樹散輕埃。

題山谷詠馬詩帖後

道山書困下階立，曾見先朝十二閑。紫翠樓臺秋雨後，清詩零落向人間。

閨中詞寫寄三首

階前萱草可忘憂，底事王孫尚遠遊。却笑去年新種竹，錦棚已露竹根頭。

物華生意隔湘簾，睡起殘妝思更酣。微笑竟穿花畔去，背人低語折宜男。

四月新筍長，五月萱草開。日長深院静，獨自步蒼苔。

烏夜啼寫寄

故宫芳草春日低，高林漠漠烏夜啼。烏啼不斷愁深閨，萬里封侯安足道，玉顔如花夢中老。東方欲曙烏飛去，門外落花紅不掃。

偶成三絶寫上就□匡廬山人

月華雲影漾中郊，光曜紛紜動翠旓。玉笛夜吹山石裂，有人騎鶴過三茅。

放日輕霞破曉陰，北窗徙倚聽龍吟。光摇翡翠蓬山遠，浪擁玻瓈貝闕深。

青鳥當時養得馴，碧梧露下覆清晨。紗窗忽見秋如許，應有蛾眉憶遠人。

寓題寄玉山 一作浣花館。

溪行何處是仙家，谷口逢君日未斜。隔岸雲深相借問，青松望極一作「極望」。有桃花。

玉山書畫樓口占 一作《湖光山色樓酒邊口占》。

紅顔欲醉倚高樓，玉管聲中桂子秋。如此江山一作「湖山如此」。不歸去，冷雲風急卧扁舟。

姚婁東往玉山因書以寄

相逢何事且徘徊，澤國桃花岸岸開。見説衡陽南去路，秋深無雁寄書來。

春日偶成戲簡玉山人

愛君談笑俱清絶，昨日相逢是幾回。春色不將塵事惱，杏花移得上窗來。

姚婁東往武林和玉山韻以送

我欲從君馬首東，錢塘湖上看東風。六橋歌舞歡娛地，萬井樓臺深淡中。

午日有感書寄

紅葵翠艾動千門，惟有蒼梧霧雨昏。《離騷》歌舞湘妃怨，宋玉如花合斷魂。

索陽莊瓜寄玉山

穀雨初乾可自由，荷鋤原上倦還休。醉迷芳草生春夢，誰識東陵是故侯。

題釣月軒

談笑從吾樂，相過罷送迎。凭闌看月出，倚釣待雲生。蝶化人間夢，鷗尋海上盟。軒居總一作穩。適意，何物更關情。

至順初上嘗御奎章閣太禧使明理董阿中書左丞趙世安大司農卿哈剌八兒侍上從容詢求江南之士臣九思以韓性張翥應詔上曰俟修皇朝經世大典畢卿至江南刊梓時可親爲朕召此二人者來試之館閣臣九思再拜曰幸甚

後有近臣自南使還者上問此二人其人亦曰佳士上頗悦後竟因循遂隔今

舉事玉山思之泫然流涕玉山請詩以紀因爲四十字以寄二子云

二美人問少，胡爲滄海涯。文章聯璧貴，聲譽九重知。宣室今無召，丘園謾有詩。蒼梧雲靉靉，回首淚空垂。

題黄筌梅花山茶野禽圖

蕚緑仙人白玉冠，霞裙輝映碧雲團。芳禽慣聽吹簫暖，偎徧春叢午睡闌。

題趙昌畫牡丹鵓鴿

雕闌玉砌舊承恩，輕吹凝香瑞靄温。宫女傳言妃子笑，笑看馴鴿出金盆。

余舊爲顧長卿作梅竹圖明年其弟仲瑛於姚子章席上索題遂成口號云

晴雪禁梅蕊，春風裊竹枝。美人應失笑，記得捲簾時。

酬陸友仁城南雜詩十首

尺五城南瑞靄浮，曾陪玉輅祀圜丘。太平禮樂逢昌運，親見嘉禾屢有秋。

尺五城南神御殿，雲籠金碧半天開。羹牆每極終身慕，萬乘旌旗拂曉來。

尺五城南老圃家，牡丹如斗眩朝霞。君王宴坐奎章閣，中使人間不買花。

尺五城南暖始開，柳林閱武振芳埃。鶻起駕鵝天際落，侍臣□廟獻鮮來。

尺五城南憫忠閣，平壤歸來有所思。魏徵不作碑已仆，朝廷久乏諫諍姿。憫忠閣乃唐時建，薦征高麗戰没之士。

尺五城南故國基，武元皇帝有穹碑。苔痕手剔推終始，載記當年備拾遺。金太祖也。

尺五城南可墾田，勢隨高下接平川。十年沃野連千里，能減東吳漕運船。

尺五城南古寺深，燕臺陳迹貯黃金。幾回獨立斜陽外，數盡歸鴉月滿林。

尺五城南望帝都，孤臣去國意躊躇。篋中尚有忠臣疏，不是相如封禪書。

尺五城南話往年，妝臺明月媚華筵。歡娛未了聞笳鼓，岐國雙娥鎖翠煙。妝臺者，金章宗所築，以貯李宸妃。章宗嘗曰「二人土上坐」，宸妃應聲曰「一月日邊明」。章宗大悅。我太祖皇帝伐金之初，金宣宗嘗獻岐國公主以請和。故云。

題宣和書畫博士李時雍畫渭川煙雨圖

近代何人能畫竹，只數熙寧文與蘇。宣和復有李博士，亦作渭川煙雨圖。圖中蕭蕭風景暮，溪谷縈迴森竹樹。深林欲澹蒼翠來，暗葉争翻亂珠度。石梁細路人家幽，生涯應比千户侯。老夫對此銷百憂，坐覺滿堂生素秋。筆端亦能工破墨，直節曾移江上色。先朝見之重歎息，吁嗟儒雅成陳迹，回首丹霄天地窄。

寄題聽竹亭

送客題詩學楚歌，君歸聽竹楚山阿。蒼竿已覺逢秋勁，亂葉翻疑入夢多。月滿瀟湘初鼓瑟，風回閶闔舊鳴珂。杖藜作伴清心耳，惆悵如今鬢已皤。

中秋醉後偶作

虞淵日沈羣動息，露點蒼苔鬼工泣。纖塵不染堪輿清，秋水無痕湛晴碧。初若照膽鏡，飛上天一璧。又如驪龍珠，跳出滄海窟。冷光透體骨髓凝，灝氣侵人毛髮立。年年中秋事行理，孤館殘燈滯他邑。今歲居貧家，此景頗自適。持杯向月月墮酒，舉酒長吞月隨入。酒到胸中飛火車，月入詩腸□冰汁。眼花忽見仙人來，笑語欣然若相識。長笛叫虛寒，餘響裂巖石。搔首於兩間，今夕復何夕？雲中老桂飄古香，樹影婆娑印蟾璧。天風忽吹散，人月兩俱失。玉山倒入無何鄉，雄雞聲裏東方白。

送倪仲剛還淛西

我昔少年氣如鶻，萬里肩書趼雙足。歸來思得人中雄，捫蝨高談破聾俗。病餘此事便已廢，學向衡門守雌伏。倪君表表淛右來，襟宇脱略無纖埃。相逢一笑卽傾倒，使我鬱塞怡然開。鹽車久矣滯騄駬，熟路飄飄簫雲起。丈夫有志在四方，出處還應異諸子。離筵輿濃舟且艤，翠袖吴娃嫩如水。清歌三疊動陽關，嫋嫋餘音碧雲裏。顧君舉觴不留滴，去去功名當努力。他時短棹爲君住，把酒吴山捲晴碧。晚風推出海門潮，醉挽雲濤洗胸臆。

商壽巖山水圖

老子胸吞幾雲夢，賸水殘山藏妙用。酒酣時把墨濡頭，收拾乾坤作清供。粉黛不寫兒女顏，秃兔掃盡江南山。孤峰拔地起千尺，凜凜秀色撐虚寒。飛泉一道躍靈窟，古樹千株舞煙骨。小橋流水隔紅塵，中有幽人卧茅屋。衆奇百譎鳥可名，筆力到處俱天成。王維久死唤莫起，此畫一出疑更生。世人飲食鮮知味，淡裏工夫屬三昧。屠門大嚼空垂涎，口不能言心自醉。蹇驢馱我春暮時，觀山仰面哦新詩。垂楊修竹夾古道，忽有桃杏横纖枝。浴沂風軟揺輕袂，兩過屏山滴煙翠。數家籬落近横塘，牛背夕陽明遠霽。悠然對景心無窮，冥搜直欲收奇功。貪愛眼前閒世界，不知身落畫圖中。

雪夜冰琴詩爲鄧静春賦

嶧陽孤桐堅如鐵，石上蟠根飽風雪。何年雷電驅六丁，曾入深山取蛟蟄。礔礰擊碎餘孫枝，流落塵寰知幾劫。卓哉至寶斲斯器，聲滿乾坤擅奇絶。雪光照夜三尺冰，落指飛泉響雲穴。霜空湛碧來西風，老鶴孤鳴下天闕。余生兩耳獲親賞，所恨黔驢惟技拙。小齋人静月窺窗，古瓶水暖梅□香。拂衣再拜□君操，恍然挈我天遊鄉。茫茫是身非已有，塊坐俄驚柳生肘。九原大叫伯牙醒，一洗雷同世間手。

趙孝子歌

愁漠漠，歌烏烏，一作「嗚嗚」。哀鴻背雪鳴一作聲。相呼。中原無書歲復宴，有父萬里身羈孤。兒欲從之重回首，閫中有母母有姑。側立乾坤行一作去。復止，一作住。浩浩落日明江湖。憶昔方褓一作保。抱，阿爺辭家去。倏忽三十年，兒今壯已娶。一朝祖母死，揮淚青山逕。却辭老母踰一作遡。江淮，一作湖。風沙何處收親骨。燕市逢先友，迢迢指濱州。濱州東去二千里，城南亂處那可求。呼一作號。天頓地淚成血，天地爲之色慘冽。一作烈。結髮誓死不去此，髮解冢開還見碣。兒能裹骨反如墓，妻能守志終同穴。君不見泣林冬斸一作出。筍，卧冰寒得魚。古來純孝動天地，我詩紀事誠非虛，璽書早暮旌其閭。

將進酒送九江方叔高南還 一作《之鄔子洲巡檢》。

君不見瀟湘之浦蒼梧山，虞舜南巡去不還。當時揖讓稱大聖，但餘湘竹秋痕斑。又不見汨羅江水杯一作「頭深」。碧玉，屈原憔悴江頭哭。皇天何高地何厚，忠而被讒空放逐。將進酒，君莫辭。聖賢亦塵土，不飲當何爲？桃華水暖歌聲度，楊柳風輕舞袖垂。況是驪駒促行役，美人惜別低蛾眉。有肉如陵，有酒如海。今朝盡醉一作「不飲」。極歡娛，莫待重來鬢絲改。黃金裝一作束。寶劍，一作帶。白玉飾琱弓。將軍上馬意氣雄，賦詩橫槊踰江東。

送陳玉林南還一作《飛龍亭》。二首

謝安墩上新亭好，玉斧鸞旌記舊一作「紀昔」。遊。五采已一作曾。瞻天子氣，六龍初一作俄。起帝王州。元戎談笑收京闕，阿閣論思侍冕旒。歸卧滄江今白髮，鼎湖雲斷使人愁。

龍去亭一作臺。空思惘然，道人和淚話當年。珠宮錫號開三島，金榜承恩自九天。花落御牀霑宿霧，苔生輦路溼蒼煙。春來怕渡秦淮水，處處青林啼杜鵑。

送陳孟賓歸九江省親

籍甚聲華翰墨場，白雲飛處思凄涼。濫分七略陪天祿，因識諸儒載奉常。遊客久瞻金闕近，歸舟貪看錦屏張。太平天子行封禪，莫滯周南歲月長。

送趙編修使秦蜀代祠嶽瀆

嶽瀆由來崇祀典，歲遣使官達精禋。談經暫辭白虎殿，持節非致碧雞神。錦繡秦川懷往日，兵戈蜀道嗟遺民。斂福蒼生待歸奏，未央前席進儒臣。

蘇文忠天際烏雲卷九首

山中覆一作見。鹿拾蕉葉，眼底生花二月明。不道人生俱夢裏，新詩猶話夢中情。

緑窗度曲初含笑，銀甲彈箏不露尖。人生莫待頭如雪，華屋春宵酒屢添。

雲中初下勢如驚，白鳳蹁躚雪色翎。多少舊遊歌舞地，不堪回首又重經。

桃花扇底露脣紅，不一作無。復梳妝與衆同。一曲山香春去也，一作「意動」。荼蘼無語謝東風。

一顆摩尼不染塵，瑤池玄圃度千春。寥陽殿裏雲深處，誰是當時解佩人。

三月旌旗幸玉泉，牙檣錦纜御龍一作清。船。千官車騎如雲湧，一作擁。楊柳梢頭月色娟。

長憶眉庵鶴髮翁，舊時阿閣贊皐風。如今流落那堪説，黼黻文章似夢中。

鼓瑟湘靈欲斷魂，洞庭風一作波。浪不堪論。一作聞。遥知舊賜宫袍一作「文窗」。錦，雙袖龍鍾總淚痕。

興聖宫中坐落花，詩成應制每相誇。廬山面目秋來好，自杖青藜步白沙。

此卷天曆間得之都下，余愛坡翁所書之事，俊拔而清麗，令人持玩不忍釋手。故侍書學士虞公見而題之，余攜歸江南，會荆溪王子明同余所好，攜之而去。他日再閲於環慶堂，俯仰今昔，爲之慨然，因走筆盡和卷中之詩，以舒其悒鬱之氣。傍觀者子明之兄德齋、淮南潘純、金壇張經、長安莫浩。至正三年夏五月，丹丘柯九思書。

題雪泉三首

山中積雪清如許，况是石磯臨碧湍。好似瑶池歸較晚，九霄騎鶴不禁寒。

雪裏寒泉噴薜蘿，幽人於此可高歌。驪山底事融陰火，却與三郎浴翠娥。

寒梅幾樹近山堂，映雪臨流正吐芳。汲得泉歸和雪煮，地爐茶熟帶清香。

偶成

蜀江西來春水平，洲渚縈迴春日明。江頭女兒唱歌去，風送楊花迷遠情。

有所思

雲帆何處是天涯，遼海茫茫不見家。况是園林春已暮，有誰明日主殘花。

初夏即事

緑楊嫋嫋雨初晴，浴罷蘭湯尚宿酲。簾卷流蘇通乳燕，薰風樓閣看生成。

山館

山館無人日日開，巖深林密曉猿哀。移文恐到人間世，羸馬春風獨自來。

記夢

月色如銀滿碧空，扶搖九萬蹋西風。夢魂不解寒生粟，直與秋毫挂影中。

送澤天泉上人

湖外三天竺，溪邊九里松。禪心秋寺月，詩思晚林鐘。齊己名無敵，支郎説有宗。京華同惜別，澤國幾時逢。

送林彥清歸永嘉

雁蕩接銀漢，翠湧生高寒。芙蓉散秋錦，飛落秋雲端。我昔造絶頂，天闊路漫漫。遙瞻廣寒殿，素娥正憑闌。白兔擣月魄，指顧成神丹。因招宋成公，吹簫乘紫鸞。俯視九萬里，元氣清團團。別來知幾時，弱水如平灘。忽遇雁山客，霞珮青蓮冠。還入雁山去，玉髓供晨餐。報我舊遊者，久待凌煙巒。吾患爲有身，南望空長歎。

春日病起看花走筆呈座上諸友

幾日不出門，花開已如許。錦繡薄流霞，臙脂透疏雨。煖生蝴蝶夢，風淡鴛鴦浦。底事遠遊人，鷗邊蕩柔櫓。

秦長城

驅車出長城，飲馬長城窟。朔雲黄浩浩，萬里見秋鶻。白骨渺何處？腥風卷寒沙。蒙恬劍下血，化作川上花。祖龍一何愚，社稷付征杵。長城土未乾，秦宫已焦土。千載不可問，似聞鬼夜哭。矯首武陵原，紅霞滿川谷。

半月樓

蛾眉山色凝秋碧，山下雲連鏡湖溼。萬里青天月半規，十二樓頭夜吹笛。滿庭桂樹仙人家，玉兔擣藥來紅霞。青蓮居士下東海，祇在蓬萊掃落花。

賦花上月送沃州良上人

林園念良會，花月含清輝。娟娟媚繁萼，皎皎澄芳姿。臨池春弄景，轉樹夕藏霏。凝香翡翠蓋，散影沾羅衣。飛觴昔忘曙，秉燭貴及時。欲隨夫遁廢，行樂願無違。

漢宫祠

漢宫花發亂鶯啼，望斷霓旌意欲迷。莫種梧桐貪倚翠，雨聲長在玉階西。

送王止善入京

君到金華怯暮暮，御溝波暖緑粼粼。城南牡丹大如斗，馬上葡萄能醉人。

太白畫像

玻瓈瀲灩酌蒲萄，獨擅瑶臺志氣高。院吏持歸青瑣静，海棠移月上宫袍。

米元章畫像

寶晉齋中春日長，舊時宫硯墨痕香。海棠花發黄鸝語，臨到蘭亭第幾行。

題光孝寺訥無言長老所藏宇南畫龍

道人畫龍龍絶奇，何處人間曾見之。上京清暑朝初退，太液池邊看雨時。

墨竹

生意滿孤根，香凝粉節痕。驚看雷雨夕，化作老龍孫。

題汲水美人圖

汲水立銀牀，照見紅妝影。王孫殊未歸，寶釧霜花冷。

題緑竹

江南撥鐙法，寂寞冷天涯。阿誰春雨後，貌得翠蛾眉。

題李伯時畫馬

聞説龍眠畫，曾師十二閑。桃花晴泛水，苜蓿曉一作晚。連山。蹴月馳周道，嘶雲入楚關。驍騰萬里志，顧影落人間。

題趙子昂詩卷三十韻

江漢龍船下，東南王氣收。求賢垂睿略，爲治訪嘉猷。使者班纁幣，王孫覲冕旒。未央凝露掌，東序薦天球。顥氣凌風上，祥光近日浮。看花陪雉尾，視草近螭頭。清曉還聞履，嚴寒或賜裘。宋公周有客，項伯漢諸侯。人仰文章貴，身承禮數優。五朝通内籍，九命擅清流。昔滯京都久，時從几杖遊。通家憐我慧，對酒慰羈愁。妙墨時相贈，新篇不厭酬。風流追鮑謝，文采駕枚鄒。心慕歸來好，官因老欲休。倚闌秋待月，攜客煖經丘。歌罷聞啼鳥，機忘玩狎鷗。苕溪今寂寂，松雪自悠悠。馬鬣遺封在，龍驤待詔不。斷縑人共賞，隻字世爭售。揮翰能兼美，評量此莫儔。調高鏘玉管，筆健映銀鉤。江海蒼煙暮，湖山碧樹秋。賈充能誤國，王粲漫登樓。花落渾無賴，春歸不自由。蜀牋臨別墅，英穎勝他州。揮灑真成癖，吟哦可解憂。鍾王多韻度，李杜極深幽。入室能攀躋，趨隅恨阻修。錦標連玉軸，把卷共綢繆。

送黃鍊師

榴皮書壁走龍蛇，池上芭蕉又見花。北闕恩承新雨露，西湖光動舊煙霞。春風日長玄都樹，秋水星回碧漢槎。修月功成三萬户，蕊珠宫裏誦《南華》。

春直寶閣

寶章金鑰直承明，袖捧祥雲曙色清。親侍鸞輿中道發，旁趨冠劍兩街行。洞房夜景揺珠箔，别殿香風度玉筝。萬物盡沾忠厚澤，苑花深處聽流鶯。

顧愷之瑶島仙廬圖

虎頭有三絶，丹青尤擅長。崇峰騰碧靄，斷岸跨朱梁。蘿結藏真館，花明屏息房。廣成參道訣，黄石悟心方。瓊樹依巖末，青芝立澗傍。山童持玉笛，羽客佩琳琅。應見遊麋鹿，翱翔起鳳凰。丹梯縈百折，仙路夐非常。泉落衆山雪，虹飛千錦張。設施神秀發，點綴韻清揚。金石歸天府，璠璵豈雁行。應知還聚散，今再屬珍藏。夙覯仍非偶，悠然入化鄉。

關仝秋山凝翠圖

關仝善繪事，上宗洪谷師。長素寫幽興，宛似清秋時。天高氣爲肅，野曠山自奇。鬱鬱青於染，巍巍翠欲垂。遠村人語動，近水漁梁支。霜飛萬木變，風冽千家稀。空江渺無際，虛閣客有期。深情歸慘澹，淺絳多媚姿。宣和昔年襲，人世何時遺。子虛愜所慕，把玩常在玆。會合不易偶，聚散聊自怡。書罷爾攜去，何禁神爲馳。

范寬江山秋霽圖

華原范中立，深得丹青要。仙遊幾百年，聲譽尚流耀。圖成三尺縑，曠遠多詩料。山回起疊叢，水漲没寒潦。落葉入空江，清暉映丹嶠。歸人望故原，棲禽集蒼篠。輕舸泝中流，虛闌挂斜照。髣髴瀛海間，無限足清眺。何知荆與關，奚讓唐吴道。愧余涉黄塵，未得無聲輿。片語何足論，臨風付長嘯。

王叔明天香書屋圖

潁川有高士，落落無常居。不愛城市遊，乃向巖壑廬。開窗俯西野，縱目聊自娱。青山望中來，白雲與之俱。森森芳桂林，濯濯朝雨餘。良時會佳朋，尊酒散襟裾。豈無榮寵念，窮達各有途。山來不必麾，山去不必呼。仙人王子蒙，揮灑作新圖。優游自成趣，奚必谷名愚。

趙仲穆秋山訪友圖

萬壑寒蕭森，千章樹蒼老。溪錦新織成，雲文初脱稿。茅屋倚幽叢，鹿麋卧深草。呼童掃緑苔，晏坐聽黄鳥。江山如有情，展卷舒懷抱。囊琴爲尋幽，不辭涉深窅。疏林間紅葉，遠遠出山杪。煙靄互吐吞，怳若籠輕縞。從來趙王孫，胸次有三島。置之青玉几，雲霧時旋遶。變幻爲虎踞，光怪凝龍矯。只此一洞天，愈探愈不了。山形雖渾成，石貌實妍巧。宛然山陰遊，萬狀難分曉。骨力故清奇，因知得名早。

陸探微員嶠仙遊圖

員嶠方壺戴斗極，疊嶂横陳開碣石。翠崖丹磴互低昂，複閣層闌轉空碧。碧桃花落笙聲幽，雙成吹玉彩鸞謳。跨鳳騰雲去無跡，清猿啼斷層崖秋。霞光隱映山長在，寰海茫茫隔煙靄。舊遊仙侶謾招呼，誤落人間幾千載。吴爭越戰何可數，束書何問桃源路。畫圖空見避秦人，隔水漁郎不相顧。

閻立本秋嶺歸雲圖

唐室閻公多雅度，政暇舒懷染豪素。重疊青蒼百丈山，參差紺碧無窮樹。白雲一抹時往來，陰翳千林忘朝暮。仙家寂寂野禽啼，板橋歷歷行人赴。迢遥白水接荒村，蕭瑟黄蘆鳴古渡。當年畫手不乏人，誰似閻公能武步。宣和寶愛什襲藏，御筆親題尚如故。屈指於今七百年，一失一得真有數。清容先生欣購之，倒橐傾囊愜所慕。吾儕何幸入奇觀，滿目氤氲起雲霧。固知作者有深思，蕪詞何敢輕相附。摩挲繼晷未能忘，慚余亦有煙霞痼。

王維輞川圖

猪龍兒嬉錦〔綳〕（棚）好，三郎歲晚歡娛老。阿環姊妹擁華清，朝士宫前誰敢到。右丞脱却尚書履，布襪青鞋弄煙水。藍田别業堪畫圖，矮本丹青自游戲。華子岡頭輞口莊，湖亭竹館遥相望。小橋摺轉青紅窗，樹巢歷歷煙茫茫。欒家瀨前兩舟上，柳浪一尺清風狂。詩成相與和者誰，我家裴迪無能雙。丘壑風流固如此，安知畫外清涼意。凝碧池頭天樂聲，白石鑿鑿淨如洗。亂後歸來舊第中，玄牆緑户老秋風。人生過眼皆夢境，乞與山僧開梵宫。半幅吴綃如傳舍，俟誰得此千金價。客來寒具莫忽忽，三百年前御厨畫。

上馬

眼昏身手鈍，上馬怕風沙。只好扶藜杖，循籬看菊花。

虞雍公誅蚊賦虞伯生書

因讀《誅蚊賦》，深憐愛國情。三公登閶牒，四海失昇平。早覺文章貴，争期德業成。雲仍蒙世禄，翰墨負時名。

幹馬圖

圉人扈從温泉宫，曉汲清波浮落紅。驊騮解語意相得，肉騣振動嘶春風。天子臨軒催羯鼓，繡茵檀板登牀舞。美人盼睞相輝光，那復臨邊思報主。潼關夜半烽火明，錦〔綳〕（棚）兒來坐大廷。此馬棄捐何足道，顧影長城厭水腥。

題黄鶴樵叟竹石

風落湘江秋正波，重瞳消息竟如何？竹間猶有斑斑淚，應是英皇恨更多。

黄大癡縹緲仙居圖

玉觀仙臺紫霧高，背騎丹鳳恣遊遨。雙成不唤吹簫侶，閬苑春深醉碧桃。

菊山詩贈吴興黄君

菊蕊逢秋放，山居可醉眠。落英攲石冷，佳色傍雲鮮。舊摘煙蘿外，新栽水竹邊。思君多道味，何日共攀緣。

岳王墓

結髮行間見此公，兩河忠義俟元戎。勳成伊吕終方駕，算勝孫吴亦下風。拂劍未酬千古辱，賜環空壞十年功。奸邪賣國堪流涕，獨立西風看去鴻。

方方壺雲林圖

仙人危太樸，屏跡雲林間。河車運金液，九轉成大還。苦辛三十載，得道鬢已斑。弱水政清淺，蓬萊那可攀。孀娥貯金屋，霜露零秋山。勿猜松柏操，不及桃李顏。

王叔明雙松圖

碧眼支郎耳更聰，軒楹占斷白雲中。有聲聽到無聲處，錯認長松是老龍。

玉山佳處

神人夜斧開清玉，一片西飛界溪曲。中有桃源小洞天，雲錦生香護華屋。主人意度真神仙，日日醉倒春風前。手揮白羽扇，口誦青苔篇。袖拂劍山雲，足躡藍田煙。飄飄直向最佳處，漱潤含芳擥琪樹。世間回首軟塵紅，不須更向蓬萊去。

題趙鷗波古木竹石圖

水晶宮裏人如玉，窗瞰鷗波可釣魚。秀石疏林秋色滿，時將健筆試行書。

題高尚書秋山暮靄圖

三代以來推盛世，九州之外有斯人。君看筆底生秋色，盡在瀟瀟楚水湄。

題倪幻霞良常草堂圖

幽館曉山如沐，斷橋春水初生。花下班荆酒熟，松間散策詩成。

自題晴竹

歲寒有貞姿，孤竹勁而直。虛心足以容，堅節不撓物。可比君子人，窮年交不易。曄曄桃李花，旦暮改顏色。

李思誨柳浪輕舟小景

曉煙如幕柳垂絲，曲曲春塘望欲迷。一箇輕舟仍載酒，赤欄橋外聽鶯啼。

楊昇蓬萊飛雪圖

仙山一夕遍瓊瑶，萬木森森長玉苗。處處樓臺相掩映，素娥白鶴正逍遥。

荆浩秋山仙侣圖

奇峰迴合映林光，霜氣殷殷滿竹房。知有高人山外住，故攜緑綺入崇岡。

盧鴻蓬島仙遊圖

蒼崖千仞有雲封，劉阮何來策短笻。行過石橋看急澗，一聲野鶴出長松。

韓幹雙馬圖

渥洼自昔産龍媒，何事開元萬騎回。千載韓公稱入室，恐驚風雨未應開。

題危太樸所藏滎陽鄭虔畫秋巒横靄圖

虎頭昔日稱三絶，孰謂新圖見鄭虔。紫翠虚無晴嶂裏，青紅掩映夕陽前。從知嘉賞歸明主，應許神工邁昔賢。滿目秋光無著處，此身疑在碧雲巔。

題危太樸所藏李昭道畫春江圖次蘇東坡韻

春江淼漫百疊山，晴煙籠山山吐煙。望君拄笏聊騁望，但見一氣長蒼然。千章緑樹倚茅屋，復有澗谷奔寒泉。商舸迎陽泊沙岸，布帆吹籟彌平川。李侯生前得此景，骨格夐出探微前。胸中八九小雲夢，筆底萬頃滄浪天。鉛丹金碧世希有，晶瑩不讓蓬瀛妍。江樓掩映臨江碧，時見輕鷗落渚田。此圖此景有神護，小住人間七百年。摩挲絹素開黯淡，飛舞妙思藏便娟。卧遊齋頭一展看，恍若身對湘巫眠。鼎湖髯挂李侯去，飄然久作芙蓉城内仙。鄒陽後身薄自曉，舍我誰結三生緣。嗚呼江煙幻滅在俄頃，短詞聊次東坡篇。

題荆洪谷楚山秋晚圖

峰迴留深隱，天青襲素袍。棲身斷人跡，游目送鴻毛。樹挂栖崖鷲，藤懸飲子猱。龍眠石磵冷，虎撼樹根牢。野客吟時共，山翁弈處遭。浮雲過水盡，孤月挾霜高。羽使來三島，胎仙舞九皋。左招玉斧飲，右攬赤松遨。空色收寥廓，虚聲起騷騷。彈琴遺古散，問字度危橋。遂向圖中見，誰能世外逃？乘槎幾月至，一泛九秋濤。

題趙幹春林曲隖圖

風暖柳仍緑，春晴花更濃。高低茅屋静，遠近碧溪通。亭白分湖色，山青隔岸容。村翁無俗慮，相過説年豐。

題黄荃蜀江秋淨圖

蜀江昨夜雨初歇，兩岸青山淨如拭。疏柯歷歷間青紅，古渡何人相向立。扁舟咿啞過江來，酒家猶掩門未開。數聲雞犬知誰處？浩渺東流不復回。萬竿修竹鳴蒼玉，怪石巉巖倚茅屋。驚濤震盪戰馬奔，不動山翁卧深谷。江山盡屬掌中看，畫圖莫作尋常觀。成都要叔留妙筆，一縑秀色若可餐。堪歎宣和藏匪固，杜鵑啼斷天津路。何知散落向人間，猶藉清容加襲護。吾儂幸爾相遭逢，誰數當年有項容？臨窗展對未能已，衹覺颯颯來松風。

題吴瑩之所藏郭忠恕畫册

恕先非漫士，却儗閬瀛仙。資稟山靈秀，胸羅錦繡妍。居周聲譽重，仕宋位名遷。篆隸宗前哲，丹青邁昔賢。觀樓殊壯麗，雲水自澄鮮。泉落千重壁，峰迴萬井煙。春秋仍變幻，揮灑更悠然。啄木藏深樹，鴟夷釣碧川。歌聲振林表，笑語出花前。御舸乘紅粉，扶留挂緑錢。素縑盈咫尺，妙境總堪憐。一入宣和襲，千秋取次傳。故人持過慧，續尾愧殘編。

李成江村秋晚圖

萬壑秋風木欲空，流泉屈曲竹叢叢。山家已露炊煙白，鳥雀初歸夕照紅。籬落喜無車馬跡，柴門時有故人蹤。桃源漁父知何處？未若兹圖景最工。

王晉卿萬壑秋雲圖

千山迴合平原少，雲去雲來忘昏曉。絶澗奔飛萬壑雷，丹楓蕭瑟一林鳥。獨坐長吟是阿誰，蹇驢騷客行遲遲。何來征舸江頭泊，無限秋光屬爾爲。

題郭忠恕夏山仙館圖

碧樹沈沈覆草塘，湘簾齊揭藕風凉。人間無地逃炎暑，安得移家住上方。

奉題文與可十竹圖二首

過雨湘江翠羽攢，舞風清影玉聲寒。當時嵇阮人何處，留得高標咫尺看。

湖州仙去幾經年，十竹新圖屬世傳。點點墨花金錯亂，離離月影鳳翎騫。

題趙令穰秋村暮靄圖四首

遠岫千重青似染，平林一望錦成堆。迴塘漁艇不歸去，谿上數家門半開。

谿上數家門半開，村翁傍晚却歸來。霜林掩映芙蓉色，秋水微茫鴻雁哀。

秋水微茫鴻雁哀，短橋曲渚錦林開。疏林欲下斜陽色，一抹青山入望來。

一抹青山入望來，滿林秋色總詩材。宣和當日珍天府，未許騷人費品裁。

米芾真蹟

樹色模糊蘚逕平，人家只隔水泠泠。白雲不解蘢蓯去，遠却峰巒一半青。

趙千里畫長幅

神區何處有此山，盤迴聳峙如髻鬟。安期曾於此鍊液，瓊柯鬱秀非塵寰。白雲擁户不須掩，紫霧臨牕未許關。朱樓縹緲足舒眺，虛亭幽絶時躋攀。珠簾輕揭青鸞舞，畫舸徐牽白鶴還。溪回時有飛瓊度，橋迴常憑弄玉扳。絳桃亂落無人掃，瑶草叢生若箇删。山中勝概何可數，流泉㶁㶁空潺湲。誰能摹寫長圖好，伯駒筆妙趣自閒。固知作者有深思，展卷情馳未擬還。先生寤寐何時已，晴窗對閱娱心顔。陶貞白，在何處？胡不同來此中住。仙家自昔忘歲年，長嘯拂衣自來去。

題趙千里畫八幅

數幅晴雲翠岫，千重碧樹瓊樓。羡殺承平公子，筆端萬里瀛洲。

題馬遠虚亭漁篴圖

五月江南雨乍晴，看山如在畫中行。隔谿簾幕初飛燕，灌木池塘獨聽鶯。暑向昨宵風雨盡，詩從今日簟紋成。晝長睡起無何事，驀送滄浪漁笛聲。

題危太樸集八大家

諸君揮染映空碧，十日一水五日石。春山秋樹緑更紅，板橋野屋横且直。煙雲蓊鬱風雨交，夏木重重氣猶溼。山花若笑山鳥鳴，五馬驍騰僅盈帙。古岸疏林秋氣清，石澗飛流疑咫尺。老來看畫眼枯澀，便擬買田谿水側。脱去賜帶繫芒屐，著書五車刻苔壁。

題鄧善之集十大家

展畫能銷夏，何如此更深。匡廬雲互湧，湘水雨生陰。粉艷知春色，林疏識暮心。羡君幽致好，不必費遐尋。

題黄子久爲姚子章卷

空巖花落滿林香，古殿松陰入座涼。清絶右丞名獨擅，精妍北苑派何長。寂無雞犬鳴晴晝，時有煙雲遶上方。賴是一峰傳正脉，故將沖澹洗濃妝。

題黄子久爲徐元度卷

一峰老人嗜泉石，八尺素縑寫秋色。頓使窗頭開翠微，復令篋裏流丹碧。翩翩逸興殊未已，更撥苔文青可指。擺脱驪黄見神駿，洗盡鉛華出西子。徐君那得不破顔，此身如坐清泠間。未損嘉賓一日橐，買盡沃州千萬山。吴中好事家相屬，得隴何人堪望蜀。斷無明月映連城，或可崑岡矜片玉。君不見開元王右丞，南唐董北苑。丹青一片流至今，前輩風神更超遠。一峰固是餐霞侶，知音未敢輕舒卷。

題黄子久吴門秋色圖

幽人來往吴中道，獨掉秋風海上仙。何處歸帆頻倚岸，幾家茆屋傍流泉。水禽欵疑集深渚，夕照霏霏媚遠天。點筆忽驚埃壒外，恍疑身在輞川邊。

題梅道人爲伯理十幅

雲溪吴仲豈凡儔，寫得湖山數幅秋。良夜漏沈呼剪燭，不知風雨下前洲。

題曹雲西畫卷

東吳高士雲西客，愛染長箋淺深墨。空濛不記山幾重，萬樹疏煙氣猶溼。漁人舉網溪流清，野老何來款素情。上方鐘磬出雲表，歸帆影落空江明。前村雞犬日已暮，黄葉秋風滿山路。箇中妙境壓古人，三復摩挲未能去。

題董北苑畫

樹密重重萬壑深，清溪決決更穿林。行人曳杖頻回首，隔岸黄鸝送好音。

題李成秋山圖

蕭蕭木葉落欲盡，渺渺洞庭生白波。杜老因悲秋事晚，山翁斜日望蒼螺。

題王晉卿釣魚圖

雨歇見春山，菰蒲第幾灣。鷗來又飛去，只有釣舟閒。

題趙千里春景

朱樓不識有春寒，隔岸何人盡日看。爲惜年光同逝水，肯教桃李等閒殘。

題趙伯驌畫

車轍轔轔過別山，滿林霜葉映紅顏。晚來仍起雲千疊，一片幽閒指顧間。

趙子昂畫夏景倣王摩詰次韻爲袁清容學士

山樓開處映晴霞，消夏虛明水閣斜。雲影倒窗思泳藻，松風吹落鳥銜花。

題趙子昂倣張僧繇筆意

寒雲浛浛碧峰攢，木葉驚風下急湍。何處山人殘照裏，罷琴猶向隔江看。

題趙仲穆畫

草堂仍著薜蘿遮，地僻林深有此家。只道春風吹不到，門前依舊落松花。

題黄子久海嶽庵圖

元章翰墨世稱良，近代癡翁更擅長。海嶽尚餘清勝在，一江秋色兩微茫。

題黄子久虞峰秋晚圖爲太樸先生

古樹盡歸秋色裏，人家常在水聲中。數行旅雁入雲去，一簇招提倚碧空。

題黃鶴山樵劍閣圖

天梯石棧自相鈎，造物玄功筆底偷。挂起碧窗相對處，滿堂風色劍關秋。

題畫

古木槎牙知幾年，一叢修竹翠依然。空山莫道多寥落，自有春風到日邊。

題畫二首

春濃不放小禽棲，白髮衝冠向曉啼。簾幕半開人未起，樓臺風暖日猶低。右白頭。

春風嬌軟綠陰肥，上苑鶯花紫翠圍。却向後宫深院裏，一枝閒自理金衣。右黄鸝。

劉都事致

致字時中，石州寧鄉人。父彦文，字子章，著有《玉亭小稿》。歷官廣州懷集令。卒，權殯長沙。大德戊戌，姚文公燧遊長沙，致自狀其先人懷集令之出處，丐銘幽墟，且手所爲文取正焉。燧讀之盡卷，賞其爲辭清拔宏麗，爲之不已，可進乎古人之域，因爲之作墓銘。致初任永新州判，歷翰林待制，出爲浙江行省都事。卒，貧無以爲葬，王真人壽衍躬往弔哭，周其遺孤，舉其柩葬於德清縣，與己之壽穴相近，春秋祭掃不怠。詳見陶宗儀《輟耕録》。

對月

涼霄在前墀，佳月墮我側。此月如此心，曠朗一片白。開尊起相娱，佳月即佳客。月如感知己，爲我好顔色。此時還獨醒，奈此明月夕。

題錢玉潭竹林七賢圖　并序。

往歲居建康青溪第一曲，與蒼筤谷相對，憶竹林衆君子，故有此作。今觀是圖，遂書於後。

門巷寡轍跡，静對溪南竹。溪水淨堪染，竹色與分緑。有時澹相向，襟抱如瑩玉。安得萬蒼筤，遮植青溪曲。豈無嵇阮輩，遁世尊往躅。浩歌日酣燕，達生亦云足。

青樓曲

峭寒暗襲雲藍綺，鮫帳愔愔夜如水。美人骨醉紅玉軟，滿眼春酣不忺起。幽禽關關喚霜曙，金壁屠蘇溢香霧。有生只合老温柔，璧月長教掛瑤樹。鴛鴦同心暗中結，滿意芳蘭煖紅雪。癡雲騃雨自年年，不管人間有離別。

秋雨吟

溼螢閃光飛不起，八尺風漪夜如水。仙姝不眠肌骨清，起馭夜涼吹玉笙。曲中忽作孤鳳鳴，天帝感泣秋雨零。旱龍喝死嗟莫及，坐見扶桑落葉溼。前溪水高龍夜吟，不管西郊老農泣。

淮南歌

甓社湖中出明月，斯須千山萬山白。燭龍馳影不敢眠，淮上風烟黯無色。鼪鼯起啼鰍鱔舞，荷風驚濤戰南浦。湖天無光湖水立，夜半行空灑飛雨。東方摇摇天欲曙，畢逋啼老扶桑樹。淮天幽幽澹空素，老蚌潛輝寂無處。

古采蓮曲

長安女兒淑且濃，日日采蓮溪水中。笑插荷花照溪水，韶容欲與花爭紅。溪中荷花深幾許，溪上時時聞笑語。紅酣綠縟不見人，應在荷花更深處。歸時夜涼溪水清，扣舷踏歌蕩槳行。荷葉蓋頭花匌鬢，溪上月明潮已平。

望夫石 一作磯。

望夫山頭日欲頹，望夫山下江聲哀。山頭日日風雨惡，一作落。江上不見行人回。空山亭亭幾朝暮，獨一作猶。記行人去時路。知君渡河長不歸，恨不當年逐君去。此身化石千仞磯，石猶可轉一作懸。心不移。長江水涸黄埃飛，行人應有歸來時。一作期。

姑蘇臺

麋鹿應知易代頻，《吴趨》誰唱不堪聞。捧心臺暗梨花月，抉目門深薜荔雲。江閲水犀歐冶劍，氣騰金虎闔廬墳。計然已死鴟夷逝，寂寞五湖西日曛。

燕中懷古

荆卿墳上草離離，郭隗臺前對落暉。戰國山河秋氣肅，中原豪傑曉星稀。乾坤納納無人識，南北年年有雁飛。誰似蘆溝橋畔柳，安排青眼送將歸。

項處士炯

炯字可立，台之臨海人。端行績學，通羣經大義，爲時名儒，晦迹不仕。一時名公碩士，若金華黄溍晉卿、晉寧張翥仲舉輩，多從之游。嘗居吴中甫里書院，時與玉山唱和。其古樂府如《吴宫怨》、《公莫舞》、《空井辭》、《江南弄》等篇，酷似李長吉。惜其詩不多傳云。

感秋六首

南風久不作，罶祲曀中天。龍文褭羸〔牸〕（牸），熊貙散如煙。萬蟻赴墜蝶，捷於下瀧船。誰當昭若蒙，湅□栖枯蓮。

劉項龍虎爭，遺民盡瘡痏。故掾入收律，諸將醉斫柱。四老亦强出，兩生終不起。三王盛禮樂，竟爲吕政燬。烏乎百代下，汲汲豈無意。

洛陽少年人，英風振四方。三表與五餌，可以紿中行。胡爲慟歲餘，不一試而亡。曾顔雖魯愚，豈曰終荒唐。天才何代無，養之當有方。

班超負奇氣，投筆西出關。風塵髀肉消，日月鬢毛斑。苟可利吾國，何必求生還。偉哉馬伏波，竟死壺頭山。

雲雨手翻覆，越盟久已寒。尺布與斗粟，意態尤可憐。狂奴豹隱霧，故人龍在天。鶴書訪羊裘，賤貴何足言。今年深入山，逝將同木石。時讀古人書，撫髀成感激。顔生雖陋巷，易地亦禹稷。彬彬韶輅冕，損益文與質。杜陵安知此，妄語同盜跖。哀哉嚋我晤，長林月如漆。

空井辭

石〔闌〕（蘭）古蘚青連錢，老梧石罅孤根懸。下有一斗琉璃泉，轆轤不鳴修綆斷，蛛網濛濛梧葉乾。

江南弄

篁深雨過月色青，溼螢幾點風穿櫺。秋聲滿江龍一吟，江空漠漠懸疏星。鳳凰城頭石花吐，雷擊老樹蛇骨腥。鬼雄騎黿潮際上，暗藤如山走漆燈。

吴宫怨

繡楣灑黄粉，椒壁漲紅青。倚簷樹如鬼，深草蛇夜鳴。髑髏已無淚，古恨埋石扃。鐵雅評曰：十字憯過牛鬼，髑髏無淚尤勝無語。

公莫舞

龍蟠錦帳金奕奕，虎旗無際人馬立。肉林垂〔岀〕（㞦）陵阜赤，萬甕行酒晴虹溼。大蛇中斷狂魄滅，重瞳無光射寶玦。雷憤風愁三尺鐵，河山未必如瓜裂。老荒捽珥語公莫，頭上青天懸日月。鐵雅評曰：錦囊子有奇語，無此奇氣。

妾所安居

北風玉燕落雲際，曲屏夜渺紅冰碎。守宮不滅腕痕香，蕙帳垂垂雙錦帶。杜鵑聲裏發珠林，黄葉夢中行紫塞。防秋舊校馬如狗，繡鹿毳袍新樣製。芳魂一點渺何棲，煙雨菰蒲大江外。

題趙子固水仙

龍波乍起湘雲溼，帝子欲歸歸不得。十二煙鬟點遥碧，到今愁魄寄湘花，畫出深愁雲繞筆。

題趙子固蘭菊

涼雲如波散銀浦，飛虹不見行天鼓。野花幽草一團春，暖天相倚愁殺人。

宿鳳凰山上方懷古四首

夜豁山窗坐泬寥，一尊月下酹江濤。縱横龍尾霜痕斷，彷佛虎牙雲氣高。誰云魂魄猶思沛，細看荃蘅忍反騷。百五十年真夢耳，古槐殘蟻黑於毛。

石壁削下三千尺，掛我雙屐栖林廬。潮聲夜半起天末，月色秋高照雨餘。禪榻了無羅綺夢，酒家或見鳳鸞書。塔根蘚骨化黄土，寧使人間瘧鬼除。

江左夷吾浪得名，豫州英概亦沈冥。夕陽遠一作枯。樹山如赭，秋雨荒臺草更一作自。青。漢苑玉魚誰復葬，昭陵石馬已無靈。可憐白髮商人婦，猶向燈前話一作唱。《後庭》。

楚聲四一作夜。起國殤一作殘。悲，運盡東南事可知。塞下一作上。徑一作竟。推金馬去，草一作冢。間俄見石鯨一作鱗。隳。祝宗端合一作兄。先祈死，丞相空聞後出師。落日半江秋寂寞，乳鴉啼一作猶。繞萬年枝。

即事

江南水濶疑無地，漢北風高忽似秋。鴻雁定應驚悄悄，麒麟何許泣幽幽。步兵阮籍唯耽酒，隱士龐公不入州。敢饜朝盤惟苜蓿，封侯渾是爛羊頭。

送袁孟敏歸潭

吴門送客折楊柳，迢遞郵亭短復長。五月海雲應未熱，孤舟江雨定微涼。春濃乳酒浮鸂鶒，夜冷牙牀攬鷫鸘。歸到故園無限樂，小山招隱莫須忙。

次韻鄧祭酒贈極元無師

麈尾天花灑石扉，莫教五色掩摩尼。峰頭笑縱金衣鶴，竹裏閒尋玉版師。言論每懷龍井夜，扶攜渾似虎谿時。芝雲更擬分蒲榻，黄葉滿山題近詩。

題野秀堂

霞際浮玉青霏霏，吴中景物天下稀。三江入海作秋浪，五湖滿地摇夕暉。孤鶴忽與白鷺起，神龍或挾赤鱗飛。胡牀抱膝但長嘯，丈夫安得爲輕肥。

築室湖灣種花柳，掃雲巖阿坐薜蘿。曉雨紅披黄鳥路，春風緑漾白鷗波。招隱誰看《大山賦》，扣舷自作《小海歌》。莫收俗物挂眼底，由來勝事吴中多。

李徵士序

序字仲倫，東陽人。適菴先生惠之姪也。善詩文，年十七，追和李賀樂府。嘗遊京師，學士宋褧、左丞危素輩見其所著《四書新説》，引爲莫逆交。左丞許有壬言於中書，牒江浙行省，俾爲學校官。未用而省遇火，牒亦隨燬，序歎曰：「命也夫！」遂絶意仕進，歸隱東白山中，與友人陳樵日相吟詠以自樂。所著有《絪緼集》。今讀其《武皇仙露曲》、《嗽金鳥行》、《銅雀臺磚硯歌》諸作，氣韻詞調，雜諸《昌谷集》中，亦咄咄逼真也。

暮行大堤上

暮行大堤上，明月天上來。但能照歡樂，不解憐悲哀。誰家少年子？大宅高樓臺。涼風管絃發，夜飲攜金罍。寧知飯牛客，鬱鬱心如灰。歡娱豈終極，屈辱俱雄才。徘徊望明月，惆悵何由裁。

青雲兩黄鵠

青雲兩黄鵠，雙飛起南極。翺翔閶闔風，直上太行北。和鳴忽棄背，中路不相得。長言生死同，胡爲自持擊。天風高四方，毋乃傷羽翼。丹穴有鳳凰，爲君變顔色。

都門道

清晨出南陌，平旦下城闉。東風微淡蕩，草木一何新。鬱鬱遊子情，祁祁女如雲。翩翩桃花馬，轆轆翠〔車輪〕（輪車）。娟娟珠簾下，嫋嫋看行人。回眸不相見，摇動陌上春。豈不頻見之，匪我所思存。所思在遠道，感激意重陳。願爲雙飛燕，南北長與親。雲霞不相隔，飛越復經秦。

明月

明月入高樓，流光何輾轉。佳人一寸心，千里如素練。浮光玉露起，華渚浮雲散。光輝長若斯，君心不相見。

遠愁曲

桃杏忽已殘，穠華逐流水。緑階日色重，芳草青靡靡。飛燕銜落花，春風共吹起。飄散不相知，愁心滿千里。

武皇仙露曲

甘泉照月如鈎天，千門萬户生碧煙。碧天無雲露盤出，明河夜拂金童仙。栖鴉起啼曲城曉，大官步進青龍道。崑山玉盡武皇老，茂陵春風吹緑草。魏人車馬東方來，一朝秋燐飛空臺。天荒地老骨亦摧，三川白日聞春雷。蕙花蘭葉參差起，微月斜明光泥泥，仙人之淚猶泚泚。

曲江芙蓉歌

緑波夭矯如龍尾，河漢英英拂雲起。紫雲樓下花映人，摇蕩香風十餘里。妖魂照夜春欲語，白玉容華舊絲縷。秦川望月錦繡紋，桂楫蘭舟鳳簫女。紫雲頭上飛鳥過，朱蘭半折空嵯峩。怨紅落粉生微波，芳華欲攬愁不歌，雲裳綺袂風露多。

嗽金鳥行

昆明使者南方來，洛陽宫闕如雲開。玉階奉進嗽金鳥，水晶鏤刻辟寒臺。錯金爲屑玉爲餌，神刀取腦白龜死。美人自搗明月珠，赤玉盤中光靡靡。雲高夜啓月當户，展翼垂吭爲君吐。白鸞之尾掃成堆，瑟瑟輕黄如粉蠹。冶煙五色何氤氳，後宫獨賜承恩人。雕成宛轉合歡釧，一尺春風袖中軟。不知南國江水深，鐵箕已盡愁人心。岸傍沙隴高百尺，賣兒買得雲南金。安得羣飛萬千羽，不食珠璣食禾黍。嘔出肝腸奉明主，天下黄金賤如土。

綢繆曲送都彦良

天南翔雁鳴雝雝，城頭旭日光曈曨。長眉公子綢繆客，騎馬乘冰上南陌。馬蹄翩翩幾千里，江漢水暖遊雙鯉。東風不□天上春，拂柳吹花爲君喜。綺屏桂燭開洞房，暖紅霏霏明月香。三星綽約正當户，流輝照見雙鸞凰。鸞凰不惜雙飛翼，天上神仙遠相憶。

次韻納齋銅雀臺磚硯歌

銅雀臺傾見荒土，月黑妖狐上臺舞。千年瓴甋墮人間，瑟瑟苔花暗秋雨。天荒地老奈愁何，臺上青泥生碧莎。斜風吹雨啼蟋蟀，此是西陵長夜歌。魏人膏血今已古，漆色凝花人未覩。一從爲硯今幾年，漳水滔滔自東去。爲君寫作銅臺吟，臺前瓦礫猶傷心。

和胡景雲白玉心黄金淚二歌

我有堅白心，凝作方寸璧。與君交結終不移，都邑連城不能易。守靈童子無纖瑕，十年琢削如蓮花。金鈴珠帶玉夭矯，中有七竅流精華。置之靈臺縞如雪，相思一夜虹光發。美人千里共月明，直上秋天貫明月。飛神出入洞八荒，璆琳爲衣璹爲裳。光輝照子丹元府，崑山石爛無相忘。憶君更有和氏目，千載推之置君腹。

長相思，□一方。仰天望明月，流淚何浪浪。西方白帝金爲質，賜我瞳人外如漆。酸心烈烈不可支，火起靈臺鑄成液。爲君灑向别時衣，一彈雙指如星飛。爲君寫作加餐字，千載光輝猶不死。古來結交須黄金，眼中流出交更深。斑斑痕迹明鏡小，鏡中照我相思心。明珠只買蛾眉女，空使□人淚如雨。

獨漉篇有所贈

獨漉復獨漉，隔簾月影望微月。樓頭夜語不分明，碧穗閈香似雲葉。蜻蜓天上來，春愁立死錦繡堆。

豈知身是秋風客，爲君容顔瘦如石。芳菲相望采不及，千里黄雲覆沙磧。背人去，幾日還。曾飲江南水，□向燕支山。汀洲三月柳風起，願得秋來渡江水。

大堤曲

野塘鵁鶄暖，水荇生桂葉。暮上大堤行，拂人飛蛺蝶。門前弱柳長紛紛，水花漠漠飛暖雲。柔條自有煙露色，不如愁死堤上人。劉郎肉薄愁心重，天上離鸞思別鳳。春風揺蕩本無根，種得桃花繞新夢。

山鬼篇贈姜歷山

山中鬼不獨，山中亦城市。衣中環珮無玉聲，直入人家弄書史。小冠斑文剪湘竹，越衣芰製如流水。玉壺未竭歌未終，飄若空中野雲起。門前月色夜茫茫，門外秋風滿千里。朝餐松柏露，暮食蘭蕙花。隴頭青桂樹，何處是君家。

烏傷行

頭白烏，畢逋尾。爾焉知作墳送人死，天公遣爾役孝子。頭白烏，天上來。口中流血不自惜，却憐孝子心肝摧。鵶鵶夜宿墳邊樹，飛向山頭啄泥土。新墳磊磊三尺高，銜得黄泥如返哺。秦人涸水築山靈，飛鳥爲作顔氏塋。顔氏子，國有祀。烏作墳，秦無人。

雲松巢歌贈陳國賓

嫣公子，碧煙裏。薜蘿引作魚鱗衣，衣上清風如流水。雲爲宇，松爲牆。綢繆牖户碧縷香，翠華之幄青瑶璫。亂髪鬱鬱焕紫光，十年不出生文章。手扳蒼虯上風雨，蓬萊山中木天下。

崑崙山牧童歌

崑崙丘，雲上頭，河西之子牧犛牛。野田蓬萊牛不食，直上崑崙幾千尺。凌絪緼，上崑崙。牛背上，弄碧雲。犛牛努角旁無人，與雲同入天之門。天門高高向西極，月華爛爛飛五色。雲間夜食明月光，身上斕斑虎文碧。崑崙鬱嵳峩，中高四下流黄河。黄河水流東入海，牧人自唱蓬萊歌。神刀斷截犛牛尾，析木津頭獻天子。

雲莊歌贈雲莊左丞

天上雲，何方來。天之元氣出變化，飛龍與爾相徘徊。龍飛不自行，乘雲如水高飛騰。逶迤縹緲不可名，翺翔矯矯遊太清。出紫薇，過箕尾。龍行亦行止亦止，與龍一心青天裏。青天皎皎日正中，輪囷蕭索飛溶溶。春風浩蕩吹八極，氤氲五氣流春風。忽然收卷不留迹，妙入無門閟玄極。冥冥窅窅神所宅，獨有飛龍可以識。房山之上有屋名雲莊，青壁突兀開棟梁。雲兮雲兮不可以斂藏，散爲甘雨澤四方，年豐黍稻多穰穰。雲在天，人樂康。

七夕謡

明河之水流玉雲，神烏爲梁貫天津。河西織雲天帝子，今夕東行見河鼓。瑶光如笑横碧渚，微風徘徊白成舞。風參差，夜逶迤，顧回六龍駐不飛。明星漸出明月底，珊珊靈雨隨車飛。

槐蟲吟

槐蟲復槐蟲，高槐鬱鬱如青龍。枝枝葉葉被爾食，青雲蕭瑟生秋風。槐蟲肥，枝上垂。一枝摇曳勢欲絶，欲墮不墮風凄凄。下有車轍交馬蹄，不可墮地身爲泥。閨中女兒莫近之，令爾肌肉生瘡痍。

敬次叔父適菴先生六觀圖韻六首

曉起初褰薜荔裳，隔簾皓影雜紅光。雪花映日孤峯起，玉柱浮空千尺長。風急露華都是霰，石寒芝草不生芳。朝暾正似丹砂色，照耀雲間白玉牀。

兩岸汀洲一浦分，隔簾啼鳥近相聞。逶迤緑水遶春色，窈窕東風交浪紋。杜若沙中香漠漠，蘼蕪煙暖翠紛紛。靈源不記東西路，千樹桃花日又曛。

山下泉鳴似殷雷，山前倒影射崔嵬。斜陽迢遞天邊去，暮色蒼茫溪上來。青壁高懸西若木，丹崖半長夜明苔。何時落日都門道，照見東城陌上埃。

亭前月色散斜曛，林外灘聲隔岸聞。碧浪有煙渾似雪，青天如水不生雲。風吹白露千崖聳，秋映銀河兩派分。吹斷紫簫聞鶴過，空中疑是玉宸君。

蒙茸高壁踞山梁，流彩霏霏似彗長。玉氣氤氳春日煖，翠華縹緲白雲香。陽坡十里橫煙樹，陰壑千尋長露篁。坐向梧桐晞緑髮，采芳自葺薜蘿裳。

在淵靈物或飛天，禱雨何須叩祝蜒。千尺白虹晴飲澗，半巖蒼樹晝迷煙。雁山雲冷留飛錫，匡阜詩成憶謫仙。自昔南遊看不厭，歸來欲寫作圖懸。

李推官裕

裕字公饒，東陽人。嘗從白雲先生許謙遊。至治間，詣闕上《聖德頌》，元英宗召見玉德殿，補國子生。至順元年庚午，舉進士，授陳州同知，轉道州推官。所著有《中行齋稿》。公饒詩篇秀麗，尤工七言樂府，出入二李之間。與宋顯夫、楊仲禮、陳居采諸公唱和。惜全集失傳，所存僅什之一二云。

擬古

今晨攬衣起，及此春禽鳴。東風漸微和，草木亦已榮。矯首懷所思，所思傷我情。不如且命酒，真宰殊冥冥。

中秋

待月灤水上，天寒月無魄。重雲委城隅，秋色連徑白。北鄰有嫠婦，南鄰足愁客。昏燈照夢魂，風雨滿沙磧。

夜行烏桓道

夜行烏桓道，風寒野氣白。槖駞駕輕車，怒項不肯發。馬嘶欲人立，令我豎毛髮。四山無居人，明月照積雪。時方甲兵收，未乾新戰血。况乃多盜賊，白晝聞殺越。平生所經地，憂虞轉恇怯。我行豈不遲，心傷望京闕。

陽臺引

陽臺張讌日將夕，長風吹秋欲無色。燕丹奉酒荆卿歌，於期感激動毛髮。酒闌拂劍憑凌起，當筵直立相睥睨。髑髏青血凝冷光，西入咸陽五千里。白虹貫日日不死，祖龍猶是秦天子。人間遺恨獨荒涼，嫋嫋哀聲流易水。

秋千詞

晴光幾日飄遊絲，幽窗小影含緑姿。衛娘新畫雙蛾淺，笑覓秋千下平苑。長繩裊碧垂垂動，盤桓寶髻摇金鳳。華纓雜佩迎緒風，越羅半曳春煙重。紫燕驚飛翠鸞立，行雲欲墜柳花溼。盈盈嬌粉膩巾紅，暖玉團香春一色。穠芳如夢秦蘅老，牆陰榆莢青錢少。整衣重起爲君壽，海闊河清鎮相守。

題太真上馬圖

驪山複道凌紫煙，雲旓翠花晴拂天。君王先乘照夜白，龍光射日金洄旋。太真猶凭花鞾立，思入遥情迷曙色。暖香滯態嬌若雲，爛熳春風扶不得。楊花縈楹定誰主，蜀道漁陽總塵土。人間千古恨丹青，回首開元淚如雨。

次祭酒虞伯生先生壁間韻

八月一日灤河濱，西風白草長如人。城烏未棲角未起，落日砧杵連比隣。砧聲砧聲一何急，露寒孀婦抱衣泣。行人獨向明月中，望斷星河夜深立。

洛陽路

劉郎騎馬出南陌，陌上桃花迷馬色。夢逐遊絲看春日，一夜東風杏花白。欲歸不歸思故鄉，燕女緩帶雙鴛鴦。明朝別嚮向何處，旭日晴煙洛陽路。

贈人歸江西

春深瓊島輕陰碧，翠殿瑶階甃文石。貂蟬侍中曉傳詔，殿頭急宣供奉入。玉音春暖珠琅琅，金篦屈折盤龍香。十年珥筆向左掖，錦衣白日歸故鄉。故鄉歸去隔江水，江上蘗燕一千里。短楫紅船載燕女，少婦深閨怨遊子。江頭風急楊花飛，鷓鴣暮雨煙中啼。

休日燕太平園聽胡琴歌

朱絲玉𨠵鴛鴦絃，花桐刻螭麟革鮮。虯鬚分紫連楚篠，小佩葳蕤雲殿曉。女夷鼓歌弄天河，暖風墜露春婆娑。天馬嘶煙不知處，武皇夜向甘泉路。婉聲華思生古愁，醉拂塵韉獨歸去。

聽亦憐真給事中彈箏引

長楊侍中貂蟬客，手援秦絲汎輕雪。小響低徊入素商，颯颯涼風下秋葉。遊絲欲睡鶯呼起，珊瑚曉碎樛枝紫。隴水幽幽小雁寒，竹暗湘娥怨秋雨。少年書客多情苦，春思空濛迷處所。風簾一夕感君彈，欲寄相思隔千里。

雲州行

雲州城西一作北。草青青，落日欲没光晶熒。輜車毳帳紛簇簇，平原入夜涼風生。駝鳴馬嘶人不行，牧兒長笛吹月明。我生何爲困奔走，况乃北度烏桓城。有家有家隔江水，三年不歸憂弟兄。妻兒寄書念我遠，問我寢食仍良能。草堂步履喜無恙，石田春盡今已耕。子規何事啼向我，逡巡行亦將南征。明朝騎馬登道路，世事浩渺誰能徵。

八月十三夜漫成寄江南友

草井度涼螢，風簾燭燄清。長秋爲客日，明月擣衣聲。歸夢頻宵見，愁心徹曉生。故園有叢菊，早晚掇秋英。

送王文學比玉教授宜興

諸生新進士，文學舊科名。經訓知能事，才華况老成。高文驚吏部，小選得權衡。白髮南州士，因君竟被榮。

送崔弘道尹沅江

幾日沅江去，今朝別遠人。吏曹多任法，令尹亦勤民。峽樹煙中遠，湘波雨後新。野人懷善政，露冕看行春。

奉和王治書紙燈韻

香繭凝脂薄，金刀逐意妍。輕清籠絳〔蠟〕（臘），晃漾映羅箋。巧異雲藍瑩，光□□火燃。好花迎宿藹，初旭眩晴煙。製陋秦宮炬，工慚漢綺蓮。映空珠網密，照夜緑璣圓。燄轉虹垂浦，輝分宿麗躔。芳能欺霧縠，燁欲暈冰筵。春淨波如甓，雲輕雨未懸。東風愁翦翦，華屋鎖神仙。

次宋編修顯夫南陌詩四十韻

麗質過邯鄲，春風直幾錢。送情憐眼艷，凝竚覺身偏。霞澹斜侵靨，雲輕巧襯蟬。芳金摇翠勒，暖玉藉絨韉。臉媚風初信，眉彎月未弦。緑深芳草雨，紅綻碧桃天。却扇羞花落，褰裳妬酒翻。關心時淺笑，憶別自微言。條脱濃香暖，巾纓膩粉斑。幽期祇窨約，私語每防閑。田木須連理，吴梅易引涎。襦長腰並柳，襪小步移蓮。枕障熏沈水，屏圍畫遠山。體輕嫌蔽膝，指嫩瑩彄環。悵蕩元非醉，朦騰不爲眠。繡盤花猗儺，錦就字洄聯。鎖合沈魚夕，箏閒少雁寒。美人何杳杳，良夜獨漫漫。乍見都疑夢，相逢信契仙。憐才多婉娩，倚態轉翩妍。璧月紅窗外，銀河碧樹邊。幔輕雲影動，簾静浪紋懸。裙薄綃長皺，裀重錦未薦。妝臺宜向日，舞袖欲隨煙。雞舌遥聞韻，猩脣厭授餐。深衣留唾碧，繫帛表心丹。只憶愁腸斷，寧知別緒牽。寶釵分鳳翼，鈿合寄龍團。紅豆膏凝篋，文鴛繡作繁。凄迷千日酒，惆悵五雲軒。楚女窺牆日，文園病渴年。合歡連組帶，解珮雜芳荃。纓斷風前燭，香偷別後筵。額黄紅粉澹，淚顆紺珠鮮。苔迹和塵印，花陰帶露穿。時時傷往事，故故寄新篇。人去愁千疊，心傷恨萬端。蝶晴隨絮遠，鶯曉怨春殘。夢好心多感，情深意已傳。蘼蕪空滿地，欲贈思依然。

八月十五夜懷山中友人

烟消天末夜朣朧，溶漾銀河望欲空。長憶山中共明月，獨憐都下見秋風。羽林警衛紛如織，龍虎公屯勢更雄。遠客不眠愁欲絶，起看鳷鵲露光中。

次韻楊編修仲禮奉引法駕之作

清遊小隊肅都城，夾騎黄麾拂曉晴。仙島雲霞扶日上，紫垣星宿屬天行。龍旂却傍重輪駐，雉扇徐分九彩明。共喜太平多扈從，願因作頌著休聲。

送權講主

聞師採藥向江南，禪衲親持使者驂。鹿獻野花來寶地，龍偷海藏出珠龕。丹砂傍石分秋水，靈草和煙度嶂嵐。此日歸來進天府，芝雲朮露曉曇曇。

次謝鍊師簡嘯碧真人弈棋韻

萬壽宮前鶴髮翁，籜冠千葉戴芙蓉。經行巖洞騎黄鶴，叱咤風霆起白龍。世外弈秋誰復見，山中玉質記曾逢。秋深琪樹連雲碧，悵望丹霞第幾重。

過髮冠女仙廟

天上香雲擁碧鬟，山中大藥駐紅顔。千年仙去空塵土，半夜月明聞珮環。芳草不知前度緑，古苔渾似舊袍斑。自憐軒冕馳驅者，目送浮雲不得閒。

過鹿皮子小玄暢樓

隱君昔向金華住，坐愛雙溪八詠樓。别起危檐更蕭爽，未應前哲獨風流。空山明月定誰好，野水閒雲亦自秋。他日相從問清静，便須乘興到林丘。

對酒感懷漫賦

半醉簪花出杏園，玉驄嘶過五門前。豈無緑酒酬佳節，坐對青山憶去年。蛺蝶有情嫌我懶，名花底事向誰憐。嬌娘莫惜羅裙涴，看取腰肢醉後妍。

送趙鵬舉之西臺掾

掾曹騎馬赴西臺，迢遞關河幾日回。秋草自隨人去遠，夕陽長共雁飛來。亂雲荒驛迷秦樹，落葉殘碑有漢苔。最憶年年寒食節，華筵誰向曲江開。

青青淇園竹

青青淇園竹，莫作樂中笛。吹出長相思，愁人頭髮白。

定情篇

願作雲臺鏡，團圓誓不虧。朝朝綺窗裏，相對畫蛾眉。

古意

美人汲深井，夜久井泉冷。獨向明月中，徘徊顧秋影。

武林雜興

樓閣參差細雨，簾櫳料峭輕寒。人去空餘燕子，春來休倚闌干。

宮詞二首

舘娃誰比念奴嬌，暖玉團香膩粉消。昨夜教坊傳聖旨，梨園弟子屬雲韶。

宫門煙柳映風蒲，别殿交魚給傅符。太液池邊下黄鵠，急宣立本畫新圖。

採蓮曲

長歌短櫂滿前溪，溪上鴛鴦對對飛。莫向中流蕩雙槳，水波容易溼人衣。

相逢曲

郎騎白馬妾駕車，妾車轆轆郎馬嘶。相逢且莫相憐愛，妾家只在五門西。

送葉審思北上二首

曉際風霆上紫壇，夜吹簫管向人間。月明孤鶴三千里，知過吴山與越山。

領得除書好便歸，故山芝朮已應肥。神仙政苦多官府，不及閒雲自在飛。

李掾史貫道

貫道，字師曾，裕子。至正甲午，登進士第，授將仕郎、饒州路鄱陽縣丞，未上。用薦者改詹事院掾史，尋扈駕清暑上京卒，所著有《敝帚編》等集。

三星行贈季高

三星射户金光芒，梧桐碧樹棲鸞凰。窗前整夜合歡帶，繡羅宛轉成鴛鴦。雲屏霧帳輕於縠，珍簟斕斑織湘竹。美人振佩江上來，粉面團團照紅玉。桃腮杏臉天上嬌，暖香膩色春妖嬈。關雎窈窕泛流徵，子夜國香春夢遥。重城漏斷雞聲裏，曙色曈曨照牕綺。暑天夜短君莫愁，百歲歡娱今夕始。

王參政都中

都中，字元俞，一字邦翰，福寧州人。父積翁，宋寶章閣學士。降元，授江西行省參政，宣諭日本，遇害海上。都中甫七歲，元世祖給驛券南還，賜平江田八十畝，宅一區。年十七，授平江路總管府治中。秩滿，除浙東道宣慰副使，遷荆湖北道。武宗詔更鈔法，除江淮泉貨監，歷郴州饒州兩路總管，以内憂去。服闋，除兩浙都轉運鹽使，擢福建閩海道肅政廉訪使，歷遷福建、浙東、廣東三道宣慰使都元帥。元統初，命以正奉大夫、行户部尚書、兩淮都轉運鹽使，尋拜河南行省參知政事，中道疾作，南歸。詔卽其家拜江浙行省參知政事，至正元年卒，贈昭文館大學士，謚清獻。元俞幼留京師，從許文正公學，知所趨嚮，尤致力於根本之學。自號曰本齋，有詩集三卷。事母至孝，翰林國史院編修官章嘉撰《本齋王公孝感白華圖傳》云：公母張氏諱普貴，自號無爲。至元甲申，公父閩國忠愍公銜命使日本，没於難，時母年三十，公甫七歲，留侍京師，訃聞，卽以貞節自誓，祝髮於京之淨垢寺爲尼，出主平江陽山妙淨寺。道行冰雪，尋奉璽書護持，錫號「宏宗圓明佛日大師」，住山幾四十年，至治壬戌，趺坐而逝。公聞永嘉心樂周真師有道，延至家，庭設黄籙，以展孝思。越十有四日，像設之筵，瓶簪丹茶，兩旬浹矣，其花半萎，中有一萼，天然融結，狀類桃實，非花非果，玉質縠章，宛分三脈，日漸以腴，燭之，内外映徹如淨琉璃，駭乎優曇鉢之一現也。詩之「白華」，豈卽此耶！元俞因繪《白華圖》，一時張翥、李士行、龔璛、湯彌昌、王壽衍、釋大訢諸公，俱有題詠。按章嘉傳，稱元俞母張氏、父積翁殉國時，元俞已七歲矣，且留侍京師，而元史謂生三歲即以恩授從仕郎、南劍路順昌尹，七歲從其母葉訴闕下，種種舛錯，至以張爲葉，尤可笑也。

登蘇峰

平生僻好登仙山，紫翠縹緲三岫間。公餘杖策時一到，塵埃蕩掃天風寒。蒼松□□老龍出，身到洞天人不識。遥看玉殿底虚皇，香霧丹霞遶瓊室。翠濤三吸賦玄言，何必研朱點《周易》。仙人舄氏空遺宅，樓閣玲瓏倚蒼石。好是凭闌對月時，一江倒浸千峯碧。

武夷山

青峯玉鑿芙蓉開，上有控鶴仙人來。憐憐曾孫望霖雨，手寫深雲沃焦土。仙人如今在何許？我欲從之一千古。握取青雲行九州，長使人間無旱憂。

遊勝會寺

寺古唐朝立，山藏一逕幽。木生靈壽異，花發蕙蘭稠。瀹茗香浮齒，簪梅雪滿頭。公餘尋勝會，此地約重遊。

和彬卿北湖

訪古空遺迹，叉魚舊有亭。苔封荒逕緑，草没斷碑青。老樹根横水，寒蘆葉滿汀。漁歌何處起，倦客倚欄聽。

和李源仲九日

我愛秋容淡，東籬皜皜暉。黄花依舊發，白髮幾時歸。明月輝官舍，清風爽客衣。今年好光景，長歎故人稀。

題如鏡山林清氣集

不作西湖夢，歸吴愜素知。山林有清氣，泉石到新詩。花落曉風静，鳥啼春日遲。孤吟最佳處，猶在定回時。

題海會寺

四圍葱翠列奇峯，碧瓦朱甍護象龍。殿角風過鈴自語，山腰雲起洞長封。泉清似鏡耳堪洗，路曲如腸步莫從。驛馬倦人歸道遠，欲公禪榻寄塵踪。

依紫崖韻和彬卿

捐軀難報聖明君，補拙惟將一寸勤。爲政但當求實効，勸農何敢具虛文。夜來江上一犁雨，曉起山前萬鍤雲。願得歲豐民物阜，素餐猶可度朝曛。

登東山寺

古寺岧嶤隱翠微，松陰行盡見朱扉。巖花識面遠迎笑，野鳥忘機近不飛。相國書堂今寂寂，山僧法座久巍巍。凭闌欲問當時事，白鷺無言立釣磯。

和彬卿北湖

雲容水態若爲模，髣髴風光似鑑湖。橋跨滄浪瀉寒玉，舟横沁碧滚明珠。且斟醽醁醉鸚鵡，應用娉婷唱鷓鴣。席上嘉賓賢雪牖，高吟原不讓三蘇。

題叉魚亭

昌黎曾此賦叉魚，披棘尋碑考郡圖。重築草亭存古意，雙浮畫舫倣西湖。激輪爲磨供官費，隔水分塘笑我愚。寄語後來賢太守，相承無似此慵迂。

和雪牖永興山行

公馳兼夜役兵夫，軋軋輕輿穩勝車。山險似人人更險，星疏如我我猶疏。心持坦蕩無留礙，路躡崎嶇信所如。行路古來難若此，相逢何必問其初。

督役江行和雪牖韻

督役賢能不用刑，飄然東下似揚艫。一江雪浪翻銀屋，兩岸煙巒立翠屏。白鷺對人神亦爽，烏鵜入水氣猶腥。鯨舟指日功成就，萬斛乘風駕渺溟。

和彬卿江行卽景

怪石奇峯疊削成，江行渾若泛仙瀛。崖松偃蹇蛇龍勢，瀧浪飛翻玉屑輕。山色入懷衣袂冷，溪光照影骨毛清。更闌放溜泊郴口，明月清風更有情。

登南塔

自笑登臨脚力微，也攜藜杖叩山扉。禪僧入定渾無語，野鳥知還亦倦飛。一塔近天鈴自語，千峯蘸水石空巍。何當快整東歸櫂，帆飽東風數過磯。

武夷山二絕

層崖疊空翠，臺閣倚雲開。靈函鎖仙蛻，神物護蓬萊。
清溪照眉髮，櫂舉揚清波。何當結茅屋，時與神仙過。

白鷺

白鷺白如雪，照影臨沙磧。翻被魚先見，終日不得食。

鸕鷀

鸕鷀黑如鬼，捕魚入水底。搜抉雖無遺，吞吐良可鄙。

瓊花

六丈老人花滿頭，一枝流落在揚州。不知誰是栽花手？只到而今香未收。六丈，即今六丈市云。

和彬卿登仙山

遠山葱翠近樓藍，碧絮飛雲自往還。獨倚長松吟不盡，恍然身在畫圖間。

游北湖

畫舟摇曳泛空明，滿酌流霞倒玉觥。山鳥亦知游樂意，夕陽高處兩三聲。

書懷二絶

一心常欲洗民寃，清白爐煙可付天。但愧才疏爲政拙，只宜及早賦歸田。

蘇仙孝感動鄉閭，橘井千年事若符。時上仙壇壇上望，白雲飛處是姑蘇。

王府判畛

畛字季野，都中之子，官至成都路判官。至正間，與弟畦流寓吴中，與陳叔方、鄭明德並以文行著於時。

早春十詠

春日流□熙，朱光射屋角。晶熒動几案，焜燿穿簾幕。淑氣襲人温，輕寒側衣薄。晴窗坐對久，盎背真意樂。

東風生庭隅，拂拂翻衣浪。仁及紅綻柯，德布緑回望。芳情達金閨，誦聲遞書幌。池塘溢波瀾，柔條欣駘蕩。

江梅獨清高，不與花争發。自是冰雪姿，豈受鉛華奪。故來風雪底，玉人相蹩頞。照水昏黄時，孤標更超越。

依依垂楊柳，青眼窺陽春。年年郵亭路，攀折送行人。臨風搴翠縷，映日鎔黄金。如何不自持，飄揚逐芳塵。

蹁蹮先春雀，風暖喧晴簷。驚人鮮得食，鬬階無停瞻。不趨太倉中，小腹恣饜厭。高秋寒露下，大水須深潛。

春流溢芳塘，倒影開天鏡。漪漪緑生漣，漾漾玉澄瑩。閒鷗可尋盟，遊魚樂行泳。清斯清濯纓，鑑心鑑共定。

鮮鮮牆根草，春染千堆藍。光凌青袍色，夢入新詩譚。□馬思塞北，陽烏辭江南。欣然鬱吾目，生意性所就。

提壺勸客飲，布穀催農耕。農耕困耒耜，客飲酣蕭箏。勞逸分已定，廢興時改更。物生固如此，天運還循行。

朝來睡未足，兩眼□眵昏。春事已爛熳，我懷獨□渾。驥尾不可附，虎舌誰能捫。芳塵困涸轍，北溟思鯨鯤。

天公妙莫測，百卉巧剪裁。朱朱與白白，脂粉如勻腮。澤沾無遺物，燒却緑回荄。痼陰少成實，涉山良乏材。

自遣二首

江湖肆鯨鱣，溝□難容身。人情不千日，世事有兩心。朝暮有顯晦，日月常升沈。天道我欲問，其理幽且深。

生成無根蔕，飄忽寄此身。顧〔眄〕（盻）絕青眼，相交少赤心。芝蘭棘涸發，泥沙玉空沈。乾坤信浩蕩，滄溟千古深。

放慵

愁到心常結，事過心自涼。幽憂漫成疾，慵放且何妨。籠鶴聲難出，牀龜息穩藏。浮生付天地，澄慮博山香。

晚思

薰風向晚急，吹動一身愁。意合情終美，心離事只休。鳥銜殘日度，雲逐暮天流。今古無窮恨，令人早白頭。

王□□畦 一作坑。

畦字季耕，都中子。

次韻答倪雲林録似良夫

重過城南隅，春風動經年。物候倏易改，飄泊念華顛。江干雨初歇，草色凝娟娟。聚首有親朋，舉杯無管絃。樽前語别離，但覺心茫然。舊遊總塵埃，今古孰後先。攬衣陟崇崗，俯首臨澄淵。修竹翳平林，□□藉庭延。有書盈我牀，有琴横我前。卷舒貴所從，鷗鷺何翩翩。願言留清歡，日夕醉後眠。

次韻呈愚菴禪師二首

竹逕初晴屐齒乾，忽聞仙佩下層巒。多君有約同禪榻，老我無心整舊冠。幾局文犀敦宿好，數杯浮蟻接清歡。别來湖水添新緑，應理絲綸坐釣灘。

蘭若深居晝掩扉，任教湖海仰光輝。窗前蕉緑兼雲潤，庭下榴紅映日晞。石鼎香凝翻貝葉，竹爐湯沸煮山薇。獨憐咫尺頻相過，時策青藜步月歸。

寄倪元鎮六首

至人無復事存亡，睡足身猶在華陽。何似江鄉老迂客，終朝散髮對爐香。

鈎簾早起看花飛，過雨修篁蔽竹扉。近日身如野鷗狎，得魚逐浪竟忘歸。

茅屋柴門少市人，時看麋鹿走逡逡。風前忽見飛花墮，想是山中又一春。

洞庭月色夜蒼茫，欲駕扁舟獨擅場。爲問林間倪外史，古今塵世幾興亡。

種朮耕雲不厭勤，林間著我作閒人。漁磯沙渚江洲上，極目天涯總是春。

久矣維摩誤色空，愧無長翮遡晨風。空巖長笑一回首，又在扶桑東復東。

謾興二三絶呈良夫

淡煙輕雨溼青螺，面面青山拱樂窩。坐對一池春草緑，聯詩好客又相過。

芍藥初開第一枝，翻階國色玉參差。當年記得平山下，花裏時將鳳管吹。
呼童早起折荼蘼，插向銀瓶映酒卮。爲愛春光晚猶媚，莫教風雨褪香肥。

呂左丞思誠

思誠，字仲實，平定州人。母馮氏，夢一丈夫烏巾白襴衫紅鞓束帶，趨而揖曰：我文昌星也。及悟，思誠生，目有神光，見者異之。及長，從蕭𣂏學治經，擢泰定元年進士第。授景州蓨縣尹，累擢翰林國史院編修，進國子司業，拜監察御史，出僉廣西、浙西二道廉訪司事。復召爲司業，累陞侍御史，遷河東廉訪使。未幾，召爲集賢侍講學士，兼國子祭酒。出爲湖北廉訪使，入拜中書參知政事。三任中書左丞，累拜翰林集賢學士兼國子祭酒。左遷湖廣行省左丞。復召爲中書左丞，移光禄大夫、大司農。俄得疾，以至正十七年三月十七日卒，年六十五，謚忠肅。有文集若干卷，《兩漢通紀》若干卷。仲實文章政事皆過人遠甚，而廉潔不汚。家甚貧，其未顯時，一日晨炊不繼，欲擕布袍貿米于人，室氏有吝色，因戲作一詩曰：「典却春衫辦早厨，老妻何必更躊躕。瓶中有醋堪燒菜，囊内無錢莫買魚。不敢妄爲些子事，只因曾讀數行書。嚴霜烈日皆經過，次第春風到草廬。」後果登第。

嘉山靈源祠

山岌岌兮勢若揭，水㘗㘗兮深黑色，晉公子兮凜而烈。坎坎兮擊鼓，傞傞兮屢舞。八珍兮几清，肴核兮維旅。水之涯兮山之下，駕雲旗兮乘雷車。倏從電影兮若有所覩。

題政平樓

灘江江上古昭州，一帶孤城有此樓。雲護山容簷外立，月將波影檻前浮。朝廷只許平持獄，官府終當詳讞囚。筆底判花生死地，百年雨露一時休。

桂林八景

堯山冬雪

堯山絶秀嶺南天，雪壓林巒飄素烟。高倚暮雲屏掩翠，半消晴日玉開田。驛梅逢臘巖前發，羽檄衝寒徼外傳。何日樓頭閒拄笏，兩階舞罷對瓊筵。

舜洞秋風

西風颯颯桂林秋，萬疊雲山舜洞幽。曉氣沿崖秋色冷，涼飇吹樹桂香浮。輕摇斑竹江頭恨，遠送蒼梧天外愁。一旦薰風隨律變，露華山色滿南州。

西峯晚照

西峯西向桂林西，數點晴雲落照低。絶嶽倚空排寶戟，斜暉轉樹繞雌蜺。錦紋零亂霞前映，翠影參差雨後迷。還似峴山詩酒客，醉來聽唱《白銅鞮》。

東渡春瀾

東門東渡柳青青，雨後晴瀾春水生。月影流來波影碧，浪花飛起雪花輕。漣漪忽動魚翻藻，浩蕩初開鳧唼萍。終日静觀還有得，層層天色一舟横。

訾洲烟雨

分合灘頭見訾洲，訾洲烟雨水雲秋。空濛細縠沙頭簸，散亂跳珠波面浮。鷗鷺飛翔來上立，蛟龍騰躍此中浮。蓑衣篛笠垂楊外，時有漁人横釣舟。

桂嶺晴嵐

桂嶺崇崇插絳霄，晴嵐浮動翠雲飄。峰巒碧潤輕翻縠，巖壑精熒深染綃。晩靄忽開高突兀，餘輝斜抹蔚苕嶤。緩行鳥徑衣裳溼，莫説梅花萬里遥。

青碧上方

獻花隨喜上方行，雲影天光入户庭。江水遠翻僧眼碧，山峰輕染佛頭青。恆河莫訝沙無數，鷲嶺休驚嶽有靈。色界不空因相起，貝多葉上寫蓮經。

棲霞真境

七星山畔列松杉，羽服棲霞雪一龕。人自世間來世外，洞從山北出山南。日邊五色迷晴靄，頂上三華粲夕嵐。仙去儒遊真境在，一輪明月影寒潭。

遊嘉山

不到嘉山十五年，神林祠宇兩悠然。鵝溪鵝泛溪頭月，龍井龍蟠井底天。霖雨未能酬素志，烟霞且得遂高眠。一觴一詠歸來晚，朋友相聯若有緣。

松風書院

夕陽林樹欲棲鴉，偶到東山處士家。松子嶺高嵐氣潤，幽軒開碧落松花。

干尚書文傳

文傳，字壽道，號止齋，平江吴人。父雷龍，鄉貢進士。先世以武弁入官，而力教其子以文易武。故雷龍兩舉進士，生文傳，乃名今名以期之。用舉者爲吴及金壇兩縣學教諭，饒州慈湖書院山長。延祐科舉法行，首中江浙鄉貢，明年會試乙科，授同知昌國州事。累遷長洲、烏程兩縣尹，陞婺源、吴江兩知州。至正三年，召修宋史，書成，擢集賢待制。尋以嘉議大夫、禮部尚書致仕，卒年七十八。所著有《仁里漫稿》。壽道爲文務雅正，不事浮藻，尤長于政事，其治行往往爲諸州縣最，有古循吏之風。韓伯高廉訪浙西，作《烏程謡》以紀其績。初，壽道登第後，一夕夢入選，掛名爲長、吴正官，覺而笑曰：我吴人，安得作長、吴二縣正官？已而果知長洲縣，復知吴江州，適與夢符。壽道以吴人而兩任爲本路之官，一時以爲希遇云。

至順四年四月九日同王叔能柳道傳錢翼之胡古愚遊天平山次古愚韻

蒼壁屯雲戟衛森，白雲入户衮衣臨。千章喬木祇如故，一尺流泉不在深。賸有桑麻居杜曲，豈無觴詠集山陰。登高却省曾遊處，短髮搔餘不耐簪。

自天平遊靈巖次胡古愚韻

兩峰閶門西，突兀俯衆丘。昔年歌舞地，潺湲水空流。巋然白雲祠，祀事久益修。尚書獻納後，聊復吴中遊。東陽二佳士，並驅駟玉虬。相從泉石間，共賞花竹幽。振步極玄覽，萬象輸吟眸。笑語落空谷，轉覺吾生浮。登高固能賦，一洗千古愁。日暮微風發，山氣涼如秋。老禪亦好事，款曲邀人留。清泉出巖竇，濁醪過牆頭。吾曹亦何幸，去去同仙舟。

自靈巖登天平山次柳道傳韻

范公命世才，志欲清禹甸。高名冠禮闈，直道行諫院。氣節凜霜栢，精神爛巖電。常懷天下憂，每恨黨錮傳。買田贍貧族，貤恩賁幽窆。致君豈無術，不采羞自薦。身未安朝廷，勳已樹方面。稍虧一簣成，俄感兩楹奠。相業貽後昆，源深流益衍。峩峩天平山，先塋神所戀。靈旂泝天風，□捷百夫牽。堂高廟貌尊，寺近法輪轉。簾靜香更清，庭幽香逾蒨。侯邦秩春祀，闢户丹青絢。繫牲有豐碑，孰敢易以麪。忠孝結人心，異代民不倦。兹遊及初夏，喬木鳥聲囀。遺搆指吴宫，往事鄙勾踐。至今十載後，紅膏汙蒼巘。青松自高卧，日出露光泫。衣從空翠沾，杯帶流霞嚥。溪聲碎珠玉，勢若疾飛霰。肩輿去如飛，側逕不容眄。人歸華表鶴，石化洞中燕。惟有白雲居，不知陵谷變。一亭俯流泉，頗覺遊覽便。龍門快先登，卓筆喜遥見。山形如罘罳，廻合護臺殿。一宿贊公房，蓮花催曉箭。芳題勒巖壁，清飲却歌扇。平生子長遊，奚暇論封禪。紀行詩固奇，屬和語多諺。真同雩詠歸，寧狂不爲狷。識琴誰似邕，知玉莫如卞。

題水村圖

桑梓未能志楚甸，琴書已久住吴門。悠悠江海風烟隔，知是夕陽何處村？

敬題范文正公所書伯夷頌卷尾

孤竹身爲百世師，范公手染退之辭。不知青社揮毫日，得似天章論道時。

王宣慰艮

艮字止善，紹興諸暨人。少受業郡庠，篤行勵學。淮東廉訪司辟爲書吏，考滿，調廬州録事判官。淮東宣慰司辟爲令史，再調峽州路總管府知事，又辟江浙行省掾史，歷建德縣尹，除兩浙都轉運鹽使司經歷，改海道漕運都萬户府經歷，遷江浙行省檢校官，除江西行省左右司員外郎，在任歲餘。以中憲大夫、淮東道宣慰副使致仕。至正八年卒，年七十一。止善弱冠遊錢唐，與浦城楊仲弘、鄜州劉師魯友善。論詩務取法古人之雄渾，而脱去近世萎薾之習。間挾其所爲文登諸大老之門，最爲牟隆山、胡汲仲、穆仲、趙子昂、鄧善之所賞識。拂衣歸田後，家食者五年。扁所居曰「止止齋」，仍自號鷃游子以見其志云。

追和唐詢華亭十詠

顧亭林

顧公讀書處，乃是林塘居。竹樹久凋謝，紅翠何稀疏。魚鳥非昔遊，風煙尚遺墟。身滅名不朽，流聞千載餘。

寒穴泉

石竇出寒冽，湛湛天影平。處静能自潔，不汲元無聲。飲之煩熱除，鑑此毛骨清。寄語沈酣者，一啜當解醒。

吴王獵場

孫氏保澤國，上馬操金戈。獲禽非其志，豈必施虞羅。霸氣凌秋旻，精采一何多。俯仰迹已陳，禾麻被平坡。

柘湖

湖瞰平林外，波摇斷崖濆。柘山應孕秀，秦女乃能神。剪紙徼靈貺，乘槎覓要津。渡頭風正惡，愁殺採菱人。

秦皇馳道

秦皇混六合，荒誕殄厥修。求仙望蓬萊，驅車乃東遊。道斃雜鮑魚，腥風夕彌留。徐福竟不還，何處營丹丘。

陸瑁養魚池

華亭郭西偏，云是陸瑁居。宅墓了不存，况此池中魚。纖鱗依藻荇，採取無復餘。皇風反淳古，數罟或可除。

華亭谷

邈邈華亭谷，遠帶松江流。亦有賞心人，於焉放扁舟。風將綵帆舉，身與元氣浮。拍手招鴟夷，傲睨三千秋。

陸機宅

士衡多奇才，儒術何淵深。少年作《文賦》，吐秀含規箴。遭讒卒遇禍，白日雲爲陰。一聞華亭鶴，遺趾尚可尋。

崑山

兹山孕奇秀，因人得佳名。人去山亦枯，竹柏藏秋聲。寒泉湛空碧，石穴儼不傾。焉知千載後，豈無君子生。

三女岡

傳聞三女岡，不誌三女名。蕭蕭白楊盡，靡靡芳草生。西施殆其國，此恨尚未平。碧血化游嶙，猶當照吴城。

過花村將臺懷荅剌罕丞相

檻外長江切岸來，曾陪丞相駐崇臺。旆頭不動軍容肅，鷁首齊飛將令催。虎兕蕭條荒壘在，魚龍寂寞暮潮回。美人不見空搔首，更聽雲間白雁哀。

次韻風月亭留題

重來揚子故人遠，滿目風煙如隔生。我遊無往不適意，世故何者能關情。清宵宴坐山月上，白日緩步江風輕。扁舟欲發更留滯，隔岸杳杳來鐘聲。

簡王君寶僉事

顧瞻幽薊三千里，局促舟航十二時。篙拄岸沙移寸寸，霧迷朝雨下絲絲。白頭應笑馮唐老，青眼幾成阮籍悲。能向江邊迂憲節，持杯來赴野人期。

黄河道中

荒荒大野兼天遠，渾渾長河與海通。雲暗春城榆莢雨，浪翻沙岸鯉魚風。簡書上計千艘集，玉帛來朝九域同。獻納願陪青瑣議，衰遲已是白頭翁。

黄樓

山河壯麗雄三楚，人物風流憶二蘇。自古必争形勝地，當年曾屈霸王圖。吕梁東下波濤險，芒碭西來島嶼孤。試上黄樓酹明月，百金取酒未爲迂。

歌風臺

淮南不軌天威及，清蹕西還過沛中。樂作酒酣鄉思激，雲飛風起霸心雄。龍光已逐寒煙散，鳥篆空餘碧蘚蒙。極目荒臺增感慨，冥鴻矯矯入秋空。

發瓜州

一别燕城逾十載，重來魚鳥亦相親。童童碧樹添新冢，段段青山似故人。把鏡未須驚白髮，持杯猶得及芳春。却將此日思前日，只覺今身是後身。

贈柯敬仲博士

與子浮沈三十載，歸來文采更風流。虚名聊爾或見録，尤物移人何足留。説劍談玄皆外慕，買田築室是良謀。眼花耳熱争意氣，泯滅無聞同一漚。

和敬仲韻

憶子曾陪翠輦過，朔風海子起層波。上方授衣黑貂鼠，太官進膳金頭鵞。此日此時甘放曠，某山某水且婆娑。但願年豐飽喫飯，擊壤細和堯民歌。

題江風山月亭

往日扁舟渡揚子，水榭風軒吾舊遊。天籟動波蛟窟夜，雲根倒影兔華秋。嵐光漠漠浮京口，樹色依依到石頭。試與題詩分物色，玉簫吹月上揚州。

五洩山二首

七十二峯水碧，白雲半掩招提。清晝焚香燕坐，緑陰深處鳥啼。

山骨層層刻畫，溪流曲曲縈回。巖際玉龍歕雪，天風吹落瑶臺。

題楊補之雪梅卷

水邊石上竹林西，香影亭前放鶴時。今見畫圖疑是夢，南枝雪壓得春遲。

錢唐雨中招中屠彦德

春雲拂地雨淅淅，户外屐空生緑苔。朝天門外樓依水，好棹小舟乘興來。

林學士泉生

泉生，字清源，泉之永福人。與盧琦、陳旅、林以順皆以文學爲閩中名士。泉生學邃於《春秋》，天曆庚午，登進士第。授福清州同知，轉泉州經歷，遷永嘉尹，調漳州推官，擢知福清州。除翰林待制，以母老辭。會復置行省，改理問，尋陞郎中，遷知漳州。召入翰林直學士、知制誥、同修國史，尋卒，謚文敏。清源以志略自負，不能下人。後稍自晦抑，號謙牧齋。晚益折節，更號覺是軒。爲文宏健雅肆，詩豪宕遒逸。所著有《春秋論斷》及《覺是集》二十卷。

雜言四首

大樸本淳默，結繩已多端。書契起百僞，千載不復旋。大道日已降，支離競各言。安得萬喙寂，俗厚如古先。仍當廢簡牒，置我六籍前。

禮樂設空器，詩書無全經。仲尼既已矣，沮溺不耦耕。誰能笑庖犧，今亦無負苓。我欲覩馬圖，黄河清未清？

東家陶苦窳，適市日十千。西家琢瑚璉，待賈三十年。材輕信易售，器重良自憐。世事每如此，古今無不然。

吾嘗觀四時，亦復悲草木。秋風落人間，百卉不敢緑。豈無巖谷英，粲粲若松菊。但得根本堅，自然耐幽獨。

落花怨

落花怨東風，情薄不可託。紅顏爲君開，衰顏爲君落。願落流水中，隨君遠漂泊。

楊柳怨

楊柳愁春江，何事多離別。年年枝上青，日日行人折。安得如桃李，當使人娛悦。

贈永陽黄子邵和文丞相韻

贈君以幽蘭，棄之不如草。古來溝壑間，將見壯士老。憂君君不知，慷慨爲君歌。歌竟欲痛哭，言辭不能多。但願江海水，水化作杯酒。傾倒入君懷，得君一回首。

武夷山

千山來武夷，勢若羣龍趨。崢嶸入霄漢，一一飛躍如。石城開樓臺，神仙之所居。高岩掛鍾鼓，幽壑藏舟車。一水九曲折，煙霞共縈紆。昂昂大王峯，回顧雙玉姝。變態千萬狀，迥與人境殊。我行入幽深，涼雲襲衣裾。王事有程期，未能盡崎嶇。瞻望不忍去，爲之少躊躇。青鸞竟何在，落日啼猩鼯。鬼工鑿靈嶂，想在天地初。不知百粵前，誰其宅此都。魏王何代人，髑髏至今枯。精神在青天，此物蟬蛻餘。還丹九轉就，身外復有軀。雞犬舐丹鼎，尚能遊太虛。虹橋宴曾孫，何不與之俱。邇來二千年，誰使恩義疏。駝羹不見遺，無人薦乾魚。空餘煉丹鼎，寒煙覆青蕪。當時燒白石，黄金滿洪爐。黄金果何用，亦爲仙所需。安期不可見，此事知有無。吾將搴束茅，來依紫陽廬。青鱗既可鈞，枸杞亦可蔬。遨遊青山間，心朗氣亦舒。時從二三老，野服歌唐虞。神仙果有之，必就賢人呼。長生如可求，吾當受其書。

白鶴寺聽琴樓

青山如横琴，雙瀑爲之絃。何人作此曲，一奏一作彈。三千年。上有倚天拂雲之喬松，下有伏波步月之蒼黿。松今未凋黿未老，人間此曲何時了。我來十月溪水銷，古木萬壑風蕭蕭。飛流向我作宫徵，使我聽之心寂寥。臨軒再拜問此水，巢由去後誰知己。我今贓有兩耳塵，不敢向此溪中洗。山僧煮茗樵父歌，吾亦無如此水何！

真誥巖

山行一百五十里，人家雞犬如桃源。上有太古白石洞，中是羣仙煉丹壇。人間風雨不敢到，梁時棟宇今猶存。陶公真誥已入奏，孺子崑崙去未還。帝遣蛟龍護靈石，時聞鐘鼓鳴空山。簫臺回光日月白，河漢掛屋星辰寒。休糧道士逐白犬，種桃金母驅青鸞。千年茯苓長根蒂，百歲老人古衣冠。曾聞赤水出巖洞，飲者白日生羽翰。前朝此地禁樵採，邇來勝致多凋殘。長松滴露封丹竈，獨鶴銜煙鎖洞門。神仙有樓不肯住，我輩走馬何時閒。願分半間雲月屋，自種數畝枸杞園。巖頭獨坐洗塵耳，消此兩澗清潺湲。

張戡獵騎圖卷

戎王小隊獵秋野，豹尾服弓金絡馬。蒼髯奚官喜追逐，隔馬相呼意閒暇。鞭梢生風箭飛雨，烏騅如龍犬如虎。沙平草淺狐兔肥，穹廬月寒歸未歸。

題高尚書夜山圖

善畫尚書高彦敬，能書學士趙子昂。兩翁秋興江海動，一尺夜山吴越蒼。雲松霧塔參差見，野水寒沙渺漭長。山窗撫卷應惆悵，却憶東坡賦雪堂。

岳王廟二首

岳王墳上褒忠寺，地老天荒恨尚存。介胄何堪投獄吏，衣冠無復望中原。青山能掩萇弘血，落日空悲蜀帝魂。遼鶴不歸人事別，吴宫青草又黄昏。

誰收將骨瘞一作葬。西湖，已卜他年必沼吴。孤冢有人來下馬，六陵無樹可棲烏。廟堂短計慚嫠婦，宇宙惟公是丈夫。往事重觀如敗局，一龕燈火屬浮屠。

方廣巖紀遊

上方樓閣倚空明，磴路如天鳥亦驚。屋頂石巖常欲墜，簷前瀑雨不能晴。龍湫千古風雷氣，山殿六時鐘磬聲。最愛白雲飛不去，半山飄泊伴人行。

題大龍湫和李五峯韻

雁蕩峯頭春水生，無邊木葉作秋聲。六龍捲海上霄漢，萬馬嘶風下雪城。春盡不知陽鳥去，巖高惟許白雲行。故人家住青山下，野竹寒流亦有情。

題瑞巖寺

危亭跨石出層虛，咫尺欄干翫月餘。春入岡原分斥鹵，煙生林樾認村墟。江流闊狹潮來去，山色有無雲卷舒。安得一瓢供我老，風吟月嘯度居諸。

題曾彦明所藏雨竹

蒼梧秋雲來，寒翠滴不已。君看葉上波，都是湘江水。

玉虛洞

空谷結層雲，寒泉落空沼。中有太古靈，悠然隔深窅。

李參政源道

源道，字仲淵，號衡齋，關中人。宦學三川，歷四川行省員外郎。與弟叔行樂成都風土，卜居疊茨，買田百餘畝，因所居植竹十萬个，覆以白茅，顏曰「萬竹亭」，兄弟對牀吟哦其中。後入爲監察御史。延祐中，遷翰林直學士，出爲雲南肅政廉訪使。累遷翰林侍讀學士，出爲雲南行省參知政事。仲淵嘗自録其五言詩，題曰《宗雅》，蜀郡虞集序之曰：五言之道，近世幾絶，數十年來，人稱涿郡盧公。故仲淵自序，亦屬意盧公，然仲淵來朝廷爲學士，而盧公去世已久，獨吴興趙公深知之，至以爲上接蘇州，信知言哉！臨川吴澄序曰：仲淵心易直而氣勁健，其爲詩也肖其人，古體五言如生在魏、晉，略不涉齊、梁以下光景。七言雜言，翩翩乎鍾山丞相，雪堂學士之間而無留難。約之而爲近體也亦然。今古詩散亡，止録近體數首。

虎丘

吴山名勝處，獨説此林丘。人去劍留迹，僧來石點頭。蘇臺千古月，蕭寺幾番秋。巖壁寒泉響，轆轤聲未休。

虎丘劍池

倚天長劍斫山破，劈石對峙寒潭清。何年自出造化異，萬古不與豪雄争。淵深黑虎威獰立，樹老青龍鱗甲生。蓮花峰頭有玉井，誰當並此賦崢嶸。

次韻送虞伯生使蜀降香

城南尺五去天低，回首彤樓十二梯。六月岷山猶有雪，三春雲棧迥無泥。浣花溪上看秧馬，芳草渡頭聞竹雞。見説草堂遺構在，公餘須到錦城西。

燕中懷古

荆卿墓上草離離，郭隗臺邊對落暉。戰國山川秋氣壯，中原豪傑曉星稀。乾坤納納無人識，南北年年有雁飛。説似蘆溝橋畔柳，安排青眼送將歸。

贈劉宗道使安南

一介強于十萬兵，秋風持節使清一作麾。泠。可容貰普窺唐壤，要遣莎車拜漢庭。蜃吐瘴烟蠻洞暗，鯨掀巨浪海雲腥。元戎已辦安邊策，萬古千秋汗簡青。

題王朋梅金明池圖

金明池水清且漣，寶津樓閣三山巔。魚龍一鼓雷破壁，貔虎萬艘風動天。銀濤激起翻匹練，綵繩突出騰飛仙。錦標奪得未爲快，東朝畫史今龍眠。

送捧詔使

霜落澄江水似藍，江亭折柳送胥參。五條温語頒天北，一棹清風下斗南。父老疲癃沾利澤，山川勝概入豪談。渝城好過黄花節，金碧臺高酒半酣。

送馮參政致事

天眷雖隆志叵渝，拂衣歸去不躊躕。百年喬木推耆舊，九老香山入畫圖。力疾不辭春命駕，感恩直欲夜含珠。聖王已有黄金像，一舸秋風下五湖。

暮春卽事

垂柳陰陰雪擁沙，殘陽淡淡水明霞。夜來枕上初聞雨，今日枝頭不見花。啼鳥已傳春去信，狂蜂猶趁晚來衙。柴門盡日無人到，讀罷《離騷》更煮茶。

題周曾秋塘圖

水禽容與滿晴溪，折葦枯荷澹夕暉。安得扁舟江上去，烟波相對兩忘機。

楊提舉敬悳

敬悳，字仲禮，台之臨海人。歷官應奉翰林文字。泰定三年夏，以選授浙江儒學提舉。王中丞士熙作序送之云：楊君居史館久，文精思縟，言議濟濟，志于事功，卓然勇往之資也。嘗修《赤城元統志》。

題秋景圖

金門羽客茅山來，袖攜千仞青崔嵬。開緘滿堂秋色起，耳根彷彿清猿哀。白雲溶溶漲川谷，谷口滄波瀉寒玉。輕舠一葉何處歸？錦樹烟扉半紅緑。汀沙空闊天渺瀰，山有猰貐水鱷螭。篙師未必好看客，行人踽踽將安之。

登太白樓

繫纜任城下，登樓古堞邊。遠山低緑樹，平野接青天。身世無何酒，神遊不記年。憐才今昔意，汶月向人圓。

題郭主簿模摩詰本輞川圖卷 并序。

摩詰嘗與裴迪唱和廿絶，紀輞川之勝，至今讀之，如身遊其間。此本甚精緻，尚可想見其景與詩會之時也，因追而和之。

孟城坳

春風孟城坳，年年自花柳。當日倦遊人，何處談空有？

華子岡

蜿蜒浮遠空，慘淡凝古色。出雲亦何心，既雨返無極。

文杏館

種杏白雲間，因之葺茅宇。鶯聲烟中曙，虎跡夜來雨。

斤竹嶺

苞竹秀孤嶺，虛籟涵清漪。秋風何時實？鳳饑竹不知。

鹿柴

崖蹬石林稠，谷靜山泉響。麏麚囿其間，攸伏息下上。

木蘭柴

手折木蘭花，心憶懷沙侶。墜露玉可和，金盤羞帝所。

茱萸沜

茱萸綻紫粟，白雲封不開。似待陶元亮，共把菊花杯。

宫槐陌

屯雲蔭廣陌，零露溼古苔。中街日亭午，四面風徐來。

臨湖亭

積水涵倒影，萬象凌虚來。魚在山中泳，花從天上開。

南垞

亭亭一風樹，脱屣席可卽。階前雙白鶴，相迎似相識。

攲湖

岸巾臨水澨，酒醒呼隱君。收緡玉梭起，摇蕩空中雲。

柳浪

年年黄金縷，照影麴塵漪。誰爲南浦贈，紉佩扈江蘺。

欒家瀨

鬖鬖沸白喧，浩浩空青瀉。漁翁互相呼，放船莫輕下。

金屑泉

洗耳山下泉，永念童蒙歲。敢希作聖功，事心如事帝。

白石灘

湍駛風逾清，水明石可把。倚杖獨移時，白鷗翩然下。

北垞

波影媚松樾，山色麗石闌。留連南川月，不肯下雲端。

竹里館

此君儼相峙，清坐一晤嘯。天風振空聲，萬境通寂照。

辛夷塢

迎春發蒼柯，映日在瓊蕚。欣欣各自私，先開還早落。

漆園

黽勉〔徇〕（殉）世名，鞅掌嬰俗務。漆以津自枯，不如樗櫟樹。

椒園

中椒芳聲遠，秉德類幽人。時來薦瑶席，慎勿佞夫君。

歌風臺

布衣千古一英雄，五載乾坤入手中。遥想帝魂垂浩劫，舜絃天上和南風。

陳提舉德永

德永，字叔夏，號兩峰，黄巖人。自幼岐嶷，從林□□紘齋、盛象翁聖泉遊，得王栢魯齋之學。臺省辟爲和靖書院山長，歷官江浙儒學提舉。清江杜本伯原稱其文章似歐陽子，尤長於理，所著有《兩峯慚草》。

馬節婦盛氏

白日忽中晦，陽春春隕霜。兒生未識父，姑老誰扶將？嗚呼養姑心，引誓獨永亡。仰無一瓦庇，俯無立錐場。宵機亂頭緒，晝哭成徊徨。賦命諒使然，苦節良自傷。身前一世短，身後百世長。慨彼《梅花》詩，永媿《黄鵠》章。

至日

重陰束地户，霜落浩如積。乾坤此何時，碩果久不食。今晨好雲氣，萬類若動色。枯梢自號寒，根柢已含德。如何夸毗子，乃獨悖天則。善端本無窮，惡念每充斥。達人妙觀化，感此欲歎息。梅花定余知，怡然笑林日。

送同知黄巖事林起宗滿歸二首

浮雲暮南征，遊子思故鄉。官清甘旨少，有母不得將。昨夜夢倚門，攬衣起彷徨。翩然忽復去，水遠三山長。

貪官如苦雨，好官如流電。使君天下士，況也美文翰。出佐千里州，名在循吏傳。行將補衮歸，袖有五色綫。

玉雪坡爲周伯温學士作

仙人修月天上歸，袖裏璞屑萬斛餘。當時委地不肯化，付與春風吹得飛。春風吹上坡頭樹，仙人著屋中間住。夜氣英英到骨寒，又踏紅光上天去。

登靈峰

我疑邃古初，奔精墮南斗。元氣淋漓擘石開，帝遣巨靈來試手。想當剗削時，震撼天亦驚。至今萬萬古，菡萏摇空青。空青離立盡奇峭，遊子見之爲改貌。又恐濤波春蝕餘，尺土無由逗痕竅。一峯黝黑中窈弘，下有綫路攀幽藤。崖心如瞰鬼窟穴，石口忽漏天聰明。前直兩峰上雲雨，争來效奇若掀舞。横林掩苒夕氣薰，飛翠走香灑晴紫。班荆久低回，沈思綜玄理。壯哉天地功，設奇乃如此。大風簸積氣，勢至卽凝聚。坳坎機則然，胡爲浪嗟擬。翻然破來路，寒月照潭水。

雁蕩吟送秦文學還吴

雁之蕩兮，乃在甌越之野，瀛海之壖，有萬菡萏鑱青天。東南形勝此其最，我嘗著屐周覽于其間。厥初宰物孕雄怪，元氣混沌何由穿。巨靈運斤鑿鬼竅，列缺吐火施神鞭。遂令後爾萬萬古，見此錯愕難爲言。上疑日車解轡傾側過，下恐地軸撓動相鈎牽。昨夢尋君拂烟去，有擁芝蓋導我前。崩崖旁豁豁空洞，回溪不定行蜿蜒。狂雷砰訇起何處，白龍噴薄飛層巔。熊蹲豹擲，若怒若啼。霞明霧湧，倏閃倏開。重重掩掩，變幻不可以極兮，我方矯首睨立乎雲梯。南望海水不滿杯，灣環下繞山足來。仰攀玉女駕，笑踏飛鸞低。羣仙集倒影，雜佩中徘徊。聳身直上浩無際，海月正掛吹簫臺。於焉得深悟，扶桑驚天雞。蘧蘧驚覺在枕席，但聞落葉如雨風凄凄。君來謝我欲西邁，惜此不及窮扶擕。我知君身有靈氣，世上塵土胡能迷。推仁澤物本我事，成功斂退真奇哉。碧桃花發俟君到，勿使引領雙眉摧。

暮春

山館青春老，溪扉白露斜。微風起新絮，小雨落餘花。蜜滿蜂登課，泥香燕作家。物情猶好在，人事益紛拏。

定居

行客今如此，青山已定居。過雲時傍户，流水暗通渠。道勝元無愧，身安即有餘。南窗高卧起，隨意讀吾書。

送蕭起宗還涼上

客中送客意不樂，借問何門曳子〔裾〕(居)。白下水高船起日，淮南木落雁飛初。壯懷更復頻看劍，濟世終當用讀書。令弟少留數會面，北來音信未應疏。

次韻周學士巾子山留題

昔日控鶴此山顛，今日何日集衆仙。九天使節環珮響，三島候車幢蓋連。洗心已共江水白，受命正與山松堅。東西瞻顧起更坐，手揮五絃鴻雁邊。

送瞿慧夫上青龍鎮學官三首

仕宦去家百里近，文采照人當妙年。想見彈琴讀書處，牆頭春日薺花圓。

江上春風日夜催，即看柳色上衣來。莫言美玉難酬價，定有黄金爲築臺。

人生豈不相逢早，異縣傾心有弟昆。却恨客舟無意緒，豫先載我出吴門。

陳知州天錫 一作賜。

天錫，字載之，號晉齋，福寧州人。任本州學正，轉鹽運提舉大使。至順初，擢建陽尹。秩滿，以六事聞於朝，加奉議大夫，知福清州。年未六十致仕歸，與王薦等十人共爲耆英會。壽八十終。所著有《鳴琴集》。子陽至、陽盈、陽復、陽純、陽極，並有才名，時號五陳。尤工於詩，清新灑落，有《棣萼詩》五卷，福寧王參政都中爲之序。

西坡即事

人境得佳趣，青松處士家。成行看過雁，數點落歸鴉。風動竹彫葉，秋高菊吐花。閒來媚幽獨，吾志在烟霞。

臨平書一作即。事

四月臨平路，江蓮未著花。春風隨客櫂，緑水護僧家。對酒邀新月，披襟挹彩霞。晚來堪畫處，飛鷺下圓沙。

季夏書事

歸夢遶滄洲，胡爲此滯留。雨收三伏暑，風送一帆秋。汀樹層層出，鹽一作監。花拍拍浮。相思千里月，人在海邊樓。

清明有懷

春愁禁客况，夜夢遶天涯。淑景隨流水，歸心逐暮鴉。看書翻蠹葉，撫案落燈花。悵望松楸遠，登臨起歎嗟。

送包釋可入幕

州帶福星明，君今指去程。亂山秋雨後，一路野蟬鳴。時静軍書少，人閒官况清。歸來話風土，盡識荔枝名。

都下偶成

玉泉遠接禁溝流，輦路春深碧草柔。細柳望迷秦女館，清池學弄楚人舟。尊前艷態初疑月，雲裏新聲欲變秋。不道有人騎瘦馬，夕陽春樹起高愁。

别桐城諸老席上作

七人五百有餘歲，高會尊前笑語譁。逸興濃時過似酒，交情密處恰如家。朱顔鶴髮明秋水，瑶句魚牋動綵霞。明日馬蹄衰草路，桐鄉回首又天涯。

次滕玉霄韻

自是男兒志四方，明時上國快觀光。儒冠誤我青綾被，人品還君白玉堂。取友平生半區宇，論詩今日得濠梁。歲寒只有梅和竹，風雪相看味更長。

呈草廬吴司業

斯文梁棟在成均，自許儒冠可立身。拍塞胸襟五經笥，清高地位十分春。泰山北斗道行世，赤箭靈芝意自春。多謝春風薦賢筆，肯甘躍冶外陶鈞。

偶題

修竹千竿萬卷書，水明沙淨稱幽居。春風架上吹殘簡，時復晴窗落蠹魚。

陳知事陽至

陽至，字子善，天錫長子。舉賢良，累官汀州知事。

武夷山

宴罷曾孫不再期，彩橋斷絶可勝悲。藥爐火冷丹昇鼎，坐石雲閒鳥護棋。白鳳舞空銀闕迥，青鸞度嶂玉笙隨。仙翁已許丹臺約，擬濯塵纓向水湄。

冲佑萬年宫

九曲前溪碧玉流，停橈夜泊羽人丘。雲容蜃氣疑江島，月色蟲聲訝晚秋。一别虹橋情黯黯，千年鶴駕事悠悠。爽靈五夜朝天所，吸取朱霞散九州。

南禪禪寺

水南山寺逢秋社，幾樹芙蓉未著花。薄暮涼風漸吹急，月明山路接溪沙。

華巖寺

巖花冷落春流淺，春已沿流花片片。一逕莓苔老白雲，斜陽燕子飛樓殿。

靈泉寺

夜汲清江籟不譁，大瓢貯月沁胡麻。人間春色僧無分，一任東風落盡花。

陳稅課陽盈

陽盈，字子謙，天錫次子。以父廕累官侯官尉，調泉州税課副使，以憂歸。至正中，草寇攻州，知州王伯顔檄陽盈率民兵拒敵，奮不顧身，遂陷於賊。僞帥王善脅之使降，陽盈執大義罵賊，遂遇害。事聞，敕贈敦武校尉、安溪縣尹，旌其門。

北山尼寺

客中無事强登山，爲愛清空壓市寰。壞榻火寒茶竈静，古祠香冷石爐閒。風生春水起龍甲，雨落晴階點豹斑。松牖不扃人不到，時看巢燕自飛還。

陳□□陽復

陽復，字子初，天錫第三子。

靈泉寺

上方野馬隔囂紛，山接靈源一派分。夜静錫閒孤塔月，日高禪定半窗雲。翠紗籠壁詩難續，玉斝流香酒易醺。爇柏煮茶清不寐，松風吹籟隔溪聞。

陳□□陽純

陽純，字子正，天錫第四子。

鳳翔庵

桐邊植竹與坡連，鳳去年深老石泉。龍噴夜雲生殿角，鼇翻春浪到臺前。僧歸禪月隨風錫，漁退腥風去□船。一點浮塵渾不到，起登孤塔上危巔。

妙香庵

一棟翬飛鎖白雲，幾看瑶月到黄昏。龕燈未滅僧初定，風挾潮聲到寺門。

華巖寺

千層金碧翠雲翻，樹滿招提竹滿山。十里清溪無覓路，水流花片到人間。

陳山長陽極

陽極，字子建，天錫第五子。舉文學，任侯官山長。

西峯寺

寒山多適興，遠上白雲層。遇客每指寺，聞鐘不見僧。摧嶒横絶壑，墮石抱寒藤。幾欲栖寒去，臨歧又未能。

白雲庵

緣岡躡丹崖，東風拂瑶草。飛鳥時往還，山間白雲老。

靈泉寺

白雲深處寂無譁，香積惟餘飯一麻。出定不知春已過，淨瓶花落點袈裟。

南屏寺

禪心不動法堂空，日影斜侵半榻紅。一卷《楞嚴》看未了，篆煙香散竹窗風。

錢教諭良右　一作祐。

良右，字翼之，平江人。言談舉止，濟濟有儒者意。吳興趙孟頫、巴西鄧文原遇之尤厚，數引拔之，良右殊無仕進意。至大中，署吳縣儒學教諭。已代去，輒不復出。閒居三十年，一室蕭然，坐客常滿，詠歌酣嬉無虛日。聊城周馳舉良右宜在館閣，未報。會被旨擇工於書者，俾書《農桑輯要》、《大學衍義》，有司悉起良右以應令，竣事。交章薦，亦不報。至正四年以疾卒於家，年六十七。有詩文雜著若干卷，虞學士集爲之序。翼之於古篆、隸、真、行、小草無不精絶，豪家貴人往往傳藏以爲珍玩。或有所挾而强使爲之，雖百金弗顧也。晚自號江村民人，因以江村先生稱之。

自靈巖登天平山次柳道傳韻

茫茫勾吴墟，曠遠似淮甸。遇勝有山林，棲禪遺古院。其教本空寂，身世等飛電。是間多開士，名列方外傳。奉先反見託，圖以安吾竁。衣冠高平後，選席慎所薦。坐令一山靈，示現瞿曇面。白雲深復深，香火同致奠。兼乃突衆峯，百年足遊衍。到山每恨遲，出山豈無戀。肩輿慣崎嶇，未讓逆流牽。石秀境益奇，峯回路頻轉。緑陰清旦繁，香草發幽蒨。心賞勝花時，誰夸衆色絢。盤紆上靈巖，午供出僧麪。肯爲口腹留，頗慰僕夫倦。昔是歌舞場，歛音想清囀。只今鐘梵居，放懷得往踐。參差丹碧麗，結構衣絶巘。陰崖露未晞，風葉灑微泫。汲井訝高原，歇思當三嚥。弱冠曾此來，知復幾霜霰。苔碑難盡讀，髣髴經再晒。行樂信及時，坐成避鴻燕。西日輪未側，尚慮雲物變。下坡仍相逐，健武覺爾便。俄然涵空勝，掩冉不可見。兀兀瀆上歸，悵望雲中殿。飛翻亦已還，瞥眼急於箭。登舟舍山乘，涼颸襲葵扇。固知生已浮，來者政如禪。方是卽已非，偶言遂成諺。酒徒人所厭，詩豪還類狷。玆會近殊無，座有儒林卞。

自天平遊靈巖次胡古愚韻

我鄉本澤國，近郭惟西丘。羣山青更□，太湖限洪流。咫尺可登覽，道路若阻修。年來豈無緣，歲月成再遊。深山多白雲，長松交翠虯。靈泉發不竭，一竇穿巖幽。涵空倚山閣，物色紛入眸。天水永無際，坐覺身世浮。攜尊相與酌，洗我今古愁。回首卧雲地，老屋苔雨秋。玆行真勝集，言歸仍少留。座有詞林客，功名尚黑頭。倡酬紀所歷，醺笑遲回舟。

次韻答虞道園

筆翰風流說晉唐，敢將拙惡比諸郎。健豪日費徒成冢，禿鬢年侵不待霜。才士宜從鵷鷺序，畸人合住水雲鄉。豈期天藻亭中老，遠寄詞章勝采芳。

至順四年四月九日同王叔能柳道傳胡古愚遊天平山次古愚韻

松門一徑度蕭森，門外澄淵得重臨。翠木斬新隨地長，白雲依舊在山深。泉分茗椀來巖隙，香起熏爐出殿陰。篆墨題名志崖石，忘形容我亞冠簪。

余自至元元貞間客杭得交子行父雖齒在余先甚款密也余往來於杭有年間歸吴門每承以詩或書尺見寄今猶有存者其過山村翁訣别之詩按胡汲仲先生冢銘乃至大四年也越三十一年爲至正改元始見其手跡於盧山甫家感悼之餘爲作七言一首以附於後亦挽之之意云時余六十又四

無家人擬地行仙，自號青霞小洞天。愛竹每留緣郭寺，吹簫時泛過湖船。詩魂渺渺波摇月，篆脚垂垂雨在川。老我猶能見遺墨，可堪回首斷橋邊。

題趙子固蘭蕙圖二首

生意苦不繁，託根那計畹。只憐君子花，西風亦相偃。

百畝不同調，數花常自春。風流高韻在，優孟是何人。

題趙子固四香畫卷

名卉交加迥絶塵，芳香秀色映清真。歲華相對空山晚，不羨長安桃李春。

題所南老子推篷竹圖

南翁高卧似淵明，不種黄花種竹君。挂起一作「起挂」。北窗長見此，蒼煙一抹帶斜曛。

題趙縈禄水村圖

每憐北苑風流遠，筆底精神此日同。春水孤村無限意，題詩輸與杜陵翁。

錢員外逵

逵字伯行，良右子，詞翰有父風。丙申歲爲江浙行省管勾架閣，歷淮南行省員外郎。明初，選赴太常議禮。發鳳陽居住，尋放歸。洪武十六年，以事起遣入京，明年卒。

寄樂耕傅子雨

聞君素志樂耕耘，況是能詩趣不羣。覓句想吟西嶺雪，把鋤長帶北山雲。秋來散髮乘涼吹，草閣分題倚夕曛。拄杖幾時來看竹，落花飛絮正紛紛。

次韻陳敬初答虞清二子雨中見寄絶句六首

白絲裁牋帶玉紋，烏絲題字寄衡門。風牀展玩論書法，何似顏公屋漏痕。

積雨孤村水滿堤，杏花零亂落春泥。草堂近在橋東路，只借丹丘處士栖。

喧喧春鳥報新晴，不遣春愁眼底生。擬約芙蓉洲上坐，暫分私地聽蛙鳴。

獨立春江古岸基，風帆沙鳥總忘機。今朝聞有巢湖信，南陌東阡遲子歸。
村塢深如華子岡，東風花落澗泉香。故山猿鶴相望久，莫遣濡須草樹荒。
關河猶未息風塵，孤負春來緑草茵。莫報淮南近消息，題詩且慰白頭人。

趙子固蘭蕙卷

王孫書畫出天姿，痛憶承平鬢欲絲。長借墨花寄幽興，至今葉葉向南吹。

彭徵士炳

炳字元亮，崇安人。留心經學，詩倣陶、柳。喜與海内豪傑遊，歷齊秦至都下，聞昌平隱者何得之名，遂往謁焉。由是知名，駙馬烏谷孫事以師禮。至正中，徵爲端本堂説書，不就。有集一卷。如「明河夜無聲，茅亭四檐月。」「壁樹落秋子」「風吹白雲起」之句。真不減柴桑、愚溪品致也。

蘭在二首

蘭在在楚澤，蘭在在楚山。古人見心易，今人見心難。

蘭在在幽谷，行子在歧路。蓼蟲居蓼中，人生不知苦。

明簪

明簪倚修筠，撫擘自清絶。明河夜無聲，茅亭四檐月。露寒鶴夢醒，山花落香雪。白雲雖無心，今宵儻怡悦。持杯欲問之，忘言楚天碧。渺然思美人，芙蓉似顔色。乘鸞月明中，青霞擁鸞翼。苒苒别離時，吹簫苦幽咽。

沖沖

日月行天高，日月行天深。高深億萬古，斂之一寸心。沖沖坐盤石，壁樹落秋子。欲涉九疑山，風吹白雲起。玉壺滿清露，可以沐九州。縹緲桂林西，《霓裳》歌未休。

渺然

明月照修竹，繁露驪龍珠。風起青松枝，白雲行太虛。人心海一粟，獨涵千古餘。乾坤不敢先，渺然萬化初。安得挽銀河，從今洗天樞。

南溪

南溪種修竹，千畝清娟娟。開門看流水，心在崑崙山。年來如病鶴，蹩躠垂凍翰。瘦筇懶扶策，世路空漫漫。東皐幸有地，可廬亦可田。聊且飲美酒，濯我心上煩。醉歌淵明詩，山月照面寒。我病何時瘳，持杯問青天。

商州道中懷仲微

□日照風林，扶疏動清影。磔磔好鳥鳴，微雲度修嶺。徘徊望藍田，青山見錐穎。下有如玉人，思之暗愁耿。松竹在窗户，馴鶴舞柔頸。兀兀茅亭中，焚香瀹春茗。長詠芙蕖詩，澄波願千頃。

愧淺

漢宣在沖幼，危食劍刃間。壯大履宸極，罔知丙氏恩。大夫在帝左，侃侃不自言。光武草昧時，嚴陵相與友。乾坤洗瘡痏，文叔乃天子。子陵披羊裘，逃往釣江水。兩公絶世賢，愧死淺丈夫。何敢擬高風，尚不漂母知。

無爲人所憐

前有億萬年，後有億萬年。寓形此穹壤，百歲指一彈。古來多少人，滅没已不聞。草木與同腐，可憐生世間。獨有聖與賢，明名長久存。聖賢在世時，小心常畏天。終始履周道，没身無過言。所居至廣大，靡物可與權。萬乘不爲泰，一瓢亦自尊。我當師聖賢，無爲人所憐。

楚山

楚山琢青玉，斗酒浮漢江。叩舷歌明月，慷慨過楚邦。亡國非所邮，鹿門思老龐。此心出萬物，富貴焉可降。卧龍拜牀下，高風古無雙。

相重

中韓掃淳風，秦吕有天下。九圍無建侯，經國棄王霸。相權重丘山，四海自陶冶。李斯至不仁，驅民納機擭。忽如楚火炎，咸陽半天赭。漢朝相有功，蕭魏古人亞。王陵聊可師，平也騁奇詐。元后資大奸，操威變劉社。董兇誰召之，東京解如瓦。大盜工竊攘，神器陷曹馬。下民何命窮，皇天武侯捨。六朝吾厭之，無屑論王謝。李唐雖寡珍，房杜鳳凰炙。彼勣成武殃，誅夷豈天假。向非狄張才，廬陵恐葅鮓。開元藉姚宋，天宇耿光射。林甫披劍腹，清陽竟長夜。後來鍊赤心，何由補天罅。宋田膏雨深，鉏耘長靈稼。李韓諸大臣，聲光泝風雅。氣機春樹花，風雨易瀟洒。天津愁杜鵑，安石亂王化。沈痾蘇未蘇，妖狐舞秦貫。有元元氣舒，京國鳳麟舍。昂昂天馬來，長風九州跨。金根承五雲，矯矯六龍駕。弭弓休虎貔，弦歌滿華夏。比年天寡情，兵塵湧岷華。大風掀海空，烈日悴中野。股肱非不良，干戈幾時罷。青山雖晏如，憂心靡紓寫。安得起夔龍，與之爲御者。

湘中曲

龍挾天河墮江陼，天子騎龍上天去。轟轟藏劍鑿黄雲，日落蒼梧一抔土。兩鳳追天住湘浦，紅淚湘筠滿秋雨。青山九點又春歸，花落無人見《韶》舞。

長絲曲

青池秋高霜露繁，蘆葉浸水長闌干。風吹枯荷雙白鷺，池上木落雲漫漫。蕭蕭馬鳴燕草殘，小窗清砧山夜寒，乾坤如繭繅未了，古今長絲千萬盤。

珊瑚

珊瑚生樹碧海底，安得騎鯨斫大枝。獨下崑崙倚風露，瓊花吹落酒醒時。萬山雲盡水百折，中夜月高天四垂。不信此心如雪白，漢江同去照漣漪。

溪亭

溪亭春草緑，白鳥下初晴。柳鎖長堤暗，花摇深水明。愔愔隔簾影，娲娲聽簫聲。自酌壺中酒，無窮天地情。

草亭

窗户連清泚，草亭如小舟。都來一壺酒，消得百年憂。燕拂輕花過，雲隨曲水流。緑楊沈影處，清殺兩鷗浮。

薄酒

薄酒歌明月，清髯不解愁。此心無險薄，何處有恩讎。春水洄青澗，桃花繞白鷗。乾坤如小艇，罷釣足優游。

青藜

青藜扶倦足，芳草上坡陀。雨過梨花盡，鶯啼柳樹多。人心如海水，世路有風波。草莽非無酒，傷春可奈何。

武夷宫

仙人縹緲踏春鴻，月落青峰第幾重。琪樹雪中巢一鶴，石壇秋後蟄雙龍。古時有塚埋黄帝，今日無人見赤松。獨愧曾孫幔亭上，翠華同醉玉芙蓉。

絶句四首

磯頭繫漁艇，林下訪樵牧。炯然一白鷗，獨有滿潭緑。
獨酌玩溪水，溪水清且漪。山月忽飛來，皎然誰與期。
酒醒悦山桂，流泉夜彈箏。獨上青峰去，中天見月明。
坦坦黄金道，蛾眉七寶車。莫隨雙燕子，容易落人家。

淵明辭

醉倚蒼江看落花，阿舒扶上短轅車。河山萬里皆劉裕，五柳春風自一家。

商山辭

紫田雲細玉芝香，龍蟄山潭草樹光。清夜嗚嗚弄明月，一簪華髮釣秋霜。

懷關中故人

長安三月酒如酥，花落平堤水滿初。楊柳簇門齊下馬，九龍池上看叉魚。

懷彦肅二首

山亭濁酒思雀煦，天渴無人獻露瓢。偶見癯僧採方竹，雪溪扶過木長橋。

三年不見瓊花樹，修竹長松獨倚樓。一片白雲東海上，又隨春雨過揚州。

寄兼善

月在天遊恰半痕，手斟河漢上金盆。如今洗得都明徹，照見南山萬樹根。

月明歸路

常時花柳暗春風，紅袖鉤心嚥小鍾。昨夜珠簾罷歌舞，月明歸路馬如龍。

長笛

長笛嗚嗚楊柳枝，捲簾清夜酒醒時。光風亭外春無影，明月中天水滿池。

曲溪

曲溪山晻白雲多，歷歷梧桐紫鳳窠。釀得冷泉成琥珀，月明吹笛看天河。

小橋

落花如雪馬蹄香，幾樹黄鸝欲斷腸。行到小橋春影碧，一溝晴水浸垂楊。

清池

春風留夢碧桃枝，雙鳳吹簫月上時。誰與秋蓮共秋色，白鷗如雪落清池。

釣魚圖

酒醒舡在子陵臺，萬壑千巖玉琢開。抛却釣魚看雪落，一雙青雁恰飛來。

野鶴

野鶴高風雙羽寒，重雲吹盡過潼關。行人指點晴天角，一簇三峰是華山。

樓上

轆轤鳴曉夢初醒，樓上南山暗又明。一片傷心無處著，渭川流過漢家城。

楚雲曲

花梢溜雨溼春泥，花底縈愁兩燕低。小院玉箏檀柱冷，楚雲凝夢上安西。

人心

杯酒干戈相死生，人心窄路馬蹄驚。太行若把填東海，展得中原萬里平。

江南吟士倪道原

道原，字太初，安仁人。以明經就試，弗利于有司。工詩文，好游覽山川，所至吟詠弗輟，後没於都下，朝廷貴重而葬之，題曰「江南吟士之墓」。

寄簡吴宗師

桂旗蘭蓋肅驂騑，暫領仙官出禁闈。泰畤神光修夜祀，函關紫氣望東歸。蛟龍宛尾承香案，鸞鶴分翎織縞衣。列岳徧祠回祝册，五雲高拱近天威。

奉呈虞侍講三首

文帝中興戢武威，元臣高步列彤闈。玉鞭調馬陪春宴，銀扇回鸞從夜歸。立仗官曹移講席，捧香侍女拂朝衣。龍輿一去橋山遠，獨抱孤雲萬里飛。

五載抽毫侍禁中，上賓虞舜協時雍。頻裁密誥頒三省，旋寫新詞降六宫。金井蟾蜍分碧露，玉杯鸚鵡醉香風。詔歸特賜金蓮炬，迢遞蒼龍闕角東。

萬里驅馳别帝鄉，蜀江南下楚山長。宫衣滿篋雲霞爛，御酒分杯雨露香。恩湛鏡湖新賜水，夢隨玉殿舊班行。杏花疏雨催春色，人在吴中聽樂章。

題張真人覲回行卷後

龍蟠虎踞漢仙家，碧玉樓臺護紫霞。春在猗蘭開奕葉，風喧珠樹吐三花。霓旌翼駕朝元早，雲笈傳書卜世遐。忝是蓬萊山畔客，星河慣識上天槎。

送道者歸閩省親

採藥求仙碧海東，客行重入故鄉中。銅盤露滴三秋月，玉杵霜飛五夜風。榕葉盡從來後老，桃花只是去時紅。南真奕世多仙氣，衡岳峰頭幾歲逢。

送人入京二首

十載秦城夢寐間，客衣重著思漫漫。江河衆水分流出，濟岱諸山對海安。茅店聽雞霜月白，柳橋飲馬曉風寒。舊藏篋内陰符在，贏得蘇郎對雪看。

牢落乾坤見二毛，登丘却望鳳城高。城頭擊柝檣烏起，塞上吹笳櫪馬號。壯士語深留寶劍，故人情重贈綈袍。廟堂進用多才傑，青眼高歌望爾曹。

贈人遠遊

遠辭雲月謝松蘿，頻倚郵亭拂太阿。裘解鷫鸘春卧穩，杯乾鸚鵡夜吟多。三韓方丈連滄海，華岳終南隔大河。此地經過重回首，天門佳氣正嵯峨。

題壽春堂

兵衛森門列棨戟，使君堂上足歡娛。醉攀北斗斟元氣，坐領東風動九衢。千歲崖松收琥珀，三秋海樹長珊瑚。故家舊德猶遺澤，奕葉蘭芳衍慶符。

題成趣亭

吴氏亭臺水竹間，百年幽興滿松關。匏樽雪後移當徑，石榻晴來卧看山。晝日鳴雞花下散，春風飛燕柳邊還。揚雄五畝城西宅，草就玄經未得閒。

送傅與礪廣州教授

秋盡黄茅瘴霧收，計程君合到交州。天垂北極星文□，地盡南圖海氣浮。靈藥謾從方士采，明珠豈效賈胡留。臨歧不作經年別，有約看花上苑游。

廉訪月魯不花

月魯不花，字彦明，號芝軒，蒙古遜都思氏。登元統元年進士第，時龍仁夫爲主文，先一夕夢月中有花，及榜發，魁右榜者爲月魯不花，果與夢合。歷任吏部尚書、大都路達魯花赤。拜江南行臺中丞，除山西廉訪，浮海遇倭賊，不屈遇害。贈遼陽等處行中書省平章政事、上柱國，謚忠肅。詩見蒲菴禪師《來復澹遊集》中若干篇。

次韻答見心上人二首

每見詩文湖海上，前年相識北來初。客邊邂逅情何密，方外交游跡似疏。師喜已通三藏法，我慚未讀五車書。秋風欲赴雲泉約，一榻清風萬慮除。

玉立雙峯古寺深，團團桂樹結清陰。編蒲盡孝追尊宿，製錦成文重士林。常日談經山鬼聽，有時持鉢洞龍吟。遠公曾許淵明醉，又寄詩來動客心。

謝見心上人　並序

至正乙巳秋八月，訪見心禪師于定水。出翰林歐、虞諸公往來詩文，皆當代傑作也，歎賞久之。因語及同年鼎實監州將挈家赴任，客死于鄞，貧不能喪。見心買山以葬，使其存殁皆有所託。感其高義，因成一律以謝。

名山登覽意舒徐，不覺留連七日餘。童僕飽餐香積飯，主賓閒閱翰林書。買山葬友開神道，度子爲僧奉母居。方外高風敦薄俗，同年感激更何如？

余來四明見心禪師以詩見招既至山中使人應接不暇見心相與數日抵掌談笑情好益洽故再倡秋風之句爲他日雙峯佳話云

相過有約待秋風，今到招提八月中。已遂登臨陪杖錫，不煩來往寄詩筩。雙峯對立開金粟，兩澗交流貫玉虹。政好雲泉共清賞，江頭歸櫂又忽忽。

泛鳴鶴湖次見心上人韻

杜若湖中試綵舟，波光千頃鏡奩浮。芙蓉露冷滄洲上，楊柳風清古渡頭。鳴鶴數聲秋澹澹，閒漚幾點思悠悠。相過未盡登臨興，更把琴書且暫留。

遊天重山

山盤九隴翠岧嶢，太白星高手可招。路入松關雲氣合，天連寶閣雨花飄。承恩賜額開名刹，奉勅文碑荷聖朝。晨鼓暮鐘思補報，行看四海甲兵消。

夜宿大慈山次金左丞韻

大慈名勝舊曾遊，路轉平湖景最幽。巖下珠瓔時散彩，林間石馬尚鳴秋。昔扶紅日勳勞遠，今見青山草木稠。把酒不須評往事，海風吹月上西樓。

遊育王山

育王名刹古流傳，燈火于今幾百年。舍利有光垂半榻，雨花無數散諸天。鐵輪高揭晴軒外，玉几端臨寶閣前。最憶能吟澹遊叟，東湖先渡月波船。

余嘗遣僕奉商學士山水圖一幅爲見心禪師壽又嘗與師同宿大慈山和金左丞壁間所題詩韻而師有白河影落千峯曉碧海寒生萬壑秋之句故末章及之

慈雲高閣起層陰，中有蒲菴老見心。海内才名通翰苑，江南聲譽冠叢林。寄詩常愧刊文集，送畫何煩贈屨金。前月清遊得三友，寒生萬壑最能吟。

簡見心上人

避地東鄞郭外居，坐無齋閣出無輿。雲山滿眼常觀畫，烽火連年近得書。坐久頗能評海錯，交深多感餽鱸魚。近得家書，是日羽庭餽鱸。論文正欲頻相過，門掩清風客到疏。

題高節書院

遠聘羊裘到漢庭，竟忘龍衮略儀刑。先生不爲千人爵，太史何勞奏客星。潮上嚴灘浮海白，山連禹穴入雲青。高風千古成陳迹，唯有荒祠繞翠屏。

汪文節公澤民

澤民，字叔志，婺源人。以春秋登延祐戊午進士第，授承事郎、同知岳州路平江州事。歷南安信州兩總管府推官，丁母憂，服除，授平江路總管府推官。垂代自題春帖云：「及瓜當此日，行李似來時。」其清操可想也。調濟寧路兖州知州。至正三年，召爲國子司業。與修史，書成，遷集賢直學士，尋以禮部尚書致仕。居宣城，自號「堪老真逸」，與門生故人相往返，嬉游若忘世者。十五年，長槍賊起，攻寧國，城陷被執，大罵不屈，爲詩云：「江城欲破竟何爲，獨有孤臣謹自持。罵賊肯教雙膝屈，忠臣不顧一身危。」遂遇害，年七十。事聞，贈江浙行中書省左丞，追封譙國郡公，謚文節。所著有《春秋纂疏》行世，文節詩有《巢深》、《燕山》、《宛陵》三稿。今已散亡，存者僅見於《宛陵羣英集》、《宛雅》二書。佳句如《送谷仲皋》云：「天開墨嶂孤雲白，海湧春潮夜雪明。」《次顧仁甫》云：「花雨翻晴催社燕，柳煙籠曉待春鶯。」《挽師炳仲》云：「初説銜觴蛇作祟，忽聞占讖鵩爲妖。」《□王敬叔》云：「摩詰平生詩可畫，無功晚節醉爲鄉。」造語俱極工穩，惜全篇不傳。

古詩二首

美人青雲端，望之不得親。贈我一端綺，珍重同南金。上有連理枝，間以雙飛禽。裁衣以被服，報之緑綺琴。衣以結綢繆，琴以酬知音。文采豈不貴，尚絅思自珍。雖敝不忍棄，感子同一心。

南山何崔嵬，丁丁伐嘉木。伐木將安施，飾此輪輿轂。良材莫自致，棄置河水曲。黨人偷且閒，不稼有餘粟。況無獵較功，大庖有餘肉。彼美蓬廬士，薇藿不滿腹。饑渴豈弗懷，徒食乃所惡。

首夏讀康樂詩有感

改序忻幽景，夏綠蔭閒軒。慕謝閲篇翰，清心絶囂煩。中有帆海作，采真遂孤騫。既感魯連志，亦著任公言。明哲古所尚，用舍道俱存。臨川乃逃逸，惻愴不可論。

敬題范文正公所書伯夷頌卷尾

青青首陽薇，皎皎孤竹子。求仁亦何怨，清風千萬祀。昌黎述玄聖，雄文劇頌美。偉哉青社書，感激有深旨。列宿麗寒旻，羣鴻戲秋水。李侯信卓犖，不惜百金市。分符守吴會，開緘授雲耳。故物傳衛公，遺璧歸孔氏。一玩三歎息，當思繼前軌。

翠微寺

欲雨不雨天墨色，將崩未崩石偪側。溪谷緣雲已萬盤，風雨欺人作三厄。客游已慳天不慳，雷電翕歘噓晴暾。諸峯倒景互明滅，照耀金碧開山門。清都紫微逼象緯，旃林貝樹羅山樊。十方下視沙界迥，佛骨不受炎歊袢。麻衣老師寂滅久，問法羞與山僧論。但餘卓錫古泉水，念念欲洗塵眼昏。嗟予世網久躑躅，坐覽古跡空盤桓。暮歸却滅山下路，杳杳飛鳥投芳村。

秋日同遊敬亭得並字

湘中三年夢鄉井，敬亭重遊心目醒。雙流夾鏡一溪來，千仞齊雲兩峰並。叢祠秋報同奠桂，蘭若晚酣催煮茗。晴嵐煖翠約花時，往覓丹梯登絶頂。

遊黄山汪南山先生惠詩以病爲辭次韻答謝

軒轅輕舉同浮丘，黄山到今仙境留。攢峰排雲三十六，勢壓地軸雄南州。玄鄉倒景接虚曠，太空清氣憑蕭颸。恍疑萬里運鵬翼，政似五月思貂裘。嘗聞丹爐靈藥在，寶光夜静干斗牛。我行雖云愜素尚，黄鶴不返令人愁。憶年弱冠披圖經，白髮荏苒四十秋。遐觀奇絶勿輕去，山靈特爲驅煙霧。吾宗詩翁期不來，天風吹落驚人語。何時同此采真游，塵緣誓將脱羈囚。人間萬事一杯酒，鼠肝蟲臂徒包羞。

紫山寺晚望山門

勝絶瞿硎地，中藏六洞天。山門雲引路，石室月通泉。鳥逕莓苔澀，僧房紫翠連。曾聞地主説，悵望夕陽邊。

題翠微寺

堂上麻衣坐，階前錫杖泉。人依碧霄近，寺與翠微連。山擁無塵地，雲開宿雨天。明當臨絶頂，禪榻借高眠。

寄浙西張廉訪二首

今代皇華使，張綱德業優。弓刀閒上將，旌節按諸侯。強禦成擒虎，高才善解牛。遥憐浙江水，不向宛溪流。

昔獻明經策，因知侍御賢。陳蕃能解榻，文舉乃忘年。花柳春城外，湖山玉節前。觀風應有作，莫惜野人傳。

送陳公輔采石山長

磯伏金牛異，峰攢翠黛雙。同游懷絶景，相望只鄰邦。春鯊宜供酒，靈犀莫照江。此行應最樂，山水在書窗。

登黄山

屹立四千仞，緣回八百盤。藤蘿孤寺合，苔蘚一碑殘。風急龍髯斷，雲深鶴睡寒。兹山可招隱，吾亦掛吾冠。

祥符寺追和文敬所壁間韻

蒼山寒日近禺中，揭淺緣深足繭重。仙子未歸遼海鶴，軒皇曾馭鼎湖龍。詩題古壁無人續，夢斷鈞天何處逢。欲問古侯應不識，空遺蕭寺鎖雲峰。

雙頭同心芍藥出西城居民家 至元甲午。

雙花窈窕照春深，盡日凭闌費苦吟。背面紫雲分寶髻，合歡金縷結同心。歌殘溱洧休相贈，瑞出揚州可重尋。共向東風承雨露，不辭玉砌與山林。

四月九日新霽景氣清淑偕宗英公仲自天都峰側游湯泉道中偶成

天都復出諸峰上，曙色嵐開逸興催。半壁暗泉吹冷雨，懸崖飛瀑吼晴雷。白雲縹緲仙鄉遠，碧落高寒俗駕回。自笑生平愛清境，冥搜不厭歷崔嵬。

次楊侍郎輦下書事韻

曾看長安陌上花，萬方人物仰皇家。龍門變化風雷夕，鳳闕瞻依日月華。曉色宮槐連御柳，春聲疊鼓帶凝笳。聞君高詠燕山雪，細誦新章絢綵霞。

挽楊桂嵓

門外空回長者車，草玄論字總何如？秋賓鴻雁傳書後，歲在龍蛇入夢初。萱室東風留綵服，瓜廬夜雨憶春鋤。山陽地下無窮恨，滿目寒雲淚灑裾。

金陵别友

煙草六朝夢，鶯花三月游。秦淮風雨夜，楚客别離愁。

齋中見杏花殘枝有感

杏花憔悴減臙脂，閉户春深笑不知。芳艷半開争共賞，何人還愛雨餘枝。

次友人春日見寄韻二首

簇簇霏霏委地紅，闌干不解隔狂風。時人莫道尋芳晚，留得餘春緑樹中。

清景行行一徑苔，蘭樽特爲晚春開。緑陰青紫猶堪賞，昨日游人自不來。

題崇果寺

十八巖前羅漢竹，百千洞裏老龍泉。山僧約我重來日，花落花開五百年。

汪□□用敬

用敬字彦恭，澤民長子。

送楊好古浙東憲掾

逸思飄飄迥不羈，青年高步際明時。黄堂雅望推三語，烏府先聲重四知。石室嵐煙凝紫翠，蘭谿梅雨張漣漪。公餘定遂登臨興，好寄新吟慰所思。

陳左丞肅

肅字伯將，無錫州人。舉博學宏才，爲蘭溪州判官，累官翰林學士、兵部尚書、河南行省左丞。至正末，没于兵。

雜興五首

黄帝作弓劍，一戰擒蚩尤。張樂洞庭野，煉玉崑崙丘。白日乘紫雲，飄飄謝諸侯。如何橋山下，高冢悲千秋。

長安有高第，云是金張家。朱門映緑水，弱柳啼春鴉。曉合列侯馬，暮多名主車。可憐歌舞月，空照玉梁斜。

驅車洛東北，遥望首陽山。昔有兩兄弟，采薇于其間。我願從之遊，孰云不可攀。躊躇日將暮，感此空忘還。

生長宛葉間，廓落不事家。結托劉文叔，調笑陰麗華。還沽春陵酒，更賞河陽花。與闌聊騁望，紛紛龍虎霞。

妾住雕陰東，君去漁陽北。唯有别時草，依依滿行迹。不忍行迹没，掃盡還更碧。君情如妾意，纏綿無終極。

題鄒忠公墓

鳳凰戾朝陽，和鳴太平瑞。百鳥從喧啾，蕨薤赤霄逝。昔者鄒忠公，天質藴純粹。茗華玉樹春，秀映層城麗。融貫河南學，會要慎獨際。出身職俎豆，淮潁風流思。臧否謚法解，謇諤補衮議。君王正年少，恩愛競陳衛。長門生秋草，寂寞金屋閉。時聞昭陽間，車音雜歌吹。朝方降鴻册，暮已奏封事。宛轉陳正始，社稷宗廟計。權臣肆讒毒，抵罪竄荒裔。蘆簫送銅鼓，笑語見魑魅。秦陵嘶石馬，明堂更寶位。徘徊趨魏闕，感激俯宸陛。至尊重歎奬，再俾司獻替。簡嚴起居作，弘雅絲綸製。戎曹羽書静，銓部瓌材萃。嵯峨蓬萊閣，日月近清秘。一麾出江左，慷慨懷古意。長嘯新亭賞，爽挹龍虎氣。菱香藕花淨，畫舫西湖艤。遂爲禹穴遊，復上越臺憩。安知向焚稿，兹乃致姦僞。湘流湛凝碧，衡嶽鬱積翠。豈無酃酒美，憂國不成醉。南過蒼梧野，陳祠有虞帝。回首九疑雲，潸然爲悲涕。及承内遷命，沉痾困炎癘。首丘竟落落，褒贈中興惠。唯餘孤墳在，歲久盡頹廢。黄棘何榛榛，白楊亦翳翳。卓哉謝君子，衰俗振高誼。言諸兩郡守，率衆共營置。周垣龜甲齊，修表螭頭偉。銀榜倒薤題，琰刻逸藻記。庶幾永終古，凱式于后世。

輕薄篇

華駒細韉小香車，城南陌上問倡家。倡家窈窕可憐妾，石榴裙裾飛蛺蝶。零陵酒熟正宜嘗，嬌歌一曲雙斷腸。斂笑含顰背花燭，眼意拂君君暫宿。

相逢行

吴王城上啼春鴉，吴王宫前多落花。粉翠三千掩佳麗，珠貂十萬歇豪奢。昔余好遊錢唐里，亦復結客來吴市。炙魚插匕嗟盜雄，下馬投金想公子。浩歌長嘯出閶門，逢君意氣在一言。解余芙蓉之寶劍，勸君葡萄之玉尊。余從山東入燕趙，身歷河陽抵豐鎬。當時然諾激肺肝，今日還過盡懷抱。風塵澒洞生干戈，世上英雄本不多。男兒慎勿憂富貴，富貴逼人將奈何！

東華門觀百寮侍朝

重城流月影，飛〔闕〕（闕）動霞光。度柳分龍隊，穿花列雁行。珮連都尉粉　衣染令君香。忽聽傳呼永，催班入建章。

恩制寒食賜百僚宴罷遂幸長公主宅

桃花明玉澗，柳葉暗金堤。緑錦呈調馬，朱絲表鬭雞。筵開同日永，樂奏與雲齊。更問平陽第，還過小苑西。

答張翰林扈駕還京

羽林環紫蓋，玄武颯黄旗。大校長楊獵，重修好時祠。雲生三秀草，風動萬年枝。想得張供奉，還多應詔詩。

聞康給事禁中寓直因寄

重㡧長樂注，曲舘建章通。户裊金仙露，窗含玉女風。濃香千緒藹，華燭五文虹。顧此清宵興，遥憐誰與同？

送蒲御史往荆南

悵望荆南道，飄然忽去羣。雲隨驄馬色，花學繡衣紋。過峽思神女，逢灘問使君。王程歸有限，應未落春分。

寄上元韓少府

借問爲仙吏，幽懷定若何。江聲雲外急，山色雨餘多。小市金陵酒，遺宫玉樹歌。好乘巴馬子，閒踏落花過。

和許集賢春夜寓直

通籍趨香署，分曹隸鎖闈。金泥疏奏簡，珠檢藴朝衣。竹静憐鐘迥，花深覺漏微。絳河低綺綴，紺斗入羅幃。薄夢先雞發，閑情信馬歸。幸因披艷藻，謬用接清輝。

送董副樞鎮益都

推轂選才雄，分符寄總戎。鐃簫驚海上，旌節耀山東。百將乘黄道，三軍出絳宫。營開知偃月，陣轉識偏風。龍躍蓮花劍，烏號棘竹弓。旄頭天苑墜，欃齒地隅空。奏凱青春外，飛書白晝中。誰當采金石，顯紀太平功。

吴萬户訥

訥字克敏，休寧人。少學兵法，習騎射，從父總管禮於靖江，收復五溪蠻峒。至正末，蘄黄盜破徽州，待制鄭玉師山、前進士楊維禎鐵崖，薦其才于淛省，授建德路判官，兼義兵萬户，與元帥李克魯會軍昱嶺關，同復徽州。丁酉歲，明兵臨郡，隨元帥阿魯輝退屯淛西札溪源，巡邏至界首白際嶺，戰敗不屈，引刀自刎死，年二十七。有《吴萬户詩集》五卷。克敏詩豪邁，爲鐵崖所稱，嘗曰：克敏謁予七者寮，出所爲詩，予奇其人，適垣府相臣招致名士，講及三關之事，克敏慨然有擊楫中流之志。無幾遂統士會諸軍於昱關，予聞而益奇之。其才勇忠義，實得諸於天性。則知向所爲詩，皆筆櫝之餘耳。

破紅巾

君不見蘄黄兒，紛紛白馬張紅旗。去年陷湖北，今年陷淮西。遂令深山之民皆帶甲，四海澒洞含瘡痍。堆金積玉亦何有，略地攻城徒爾爲。又不見黄連寨，左帶溪山右淮海。天兵如日照雪霜，百萬紅巾一朝敗。親王按劍定中原，丞相分兵救吴會。邊人不識韓將軍，極口争誇鐵元帥。八座東開昱嶺關，羣偷欲度愁躋攀。奇兵間道絶歸路，可憐白骨高如山。桂林老臣再徵起，坐鎮西垣幾千里。昨聞餘黨犯其鋒，血作龍沙半江水。南方猺獠勇莫當，自謂効義收蘄黄。賊徒一見驚喪膽，堅壁不出知天亡。諸君力盡在此舉，巢穴不平鼠爲虎。相期麟閣畫丹青，却憶虞廷舞干羽。

李將軍歌

太倉積粟皆紅腐，羣猫晝眠鼠變虎。前鋒不見李將軍，何人爲發千鈞弩。去年我從昱嶺來，匹馬馳突三關開。北平未入衛青幕，郭隗獨上燕昭臺。近聞西府羅俊彦，人人自謂能酣戰。誰似當年背水軍，赤幟纔臨趙城變。英雄報國如等閒，馬革裹屍銅柱間。明朝按劍收中山，謗書慎勿回天顔。

昱關行

昱關鐵騎争馳突，白羽紅翎送金鏑。可憐五嶺之中間，朽骨茫茫照寒日。賊徒散走東南回，却倚黄連足堅壁。四面長圍築已成，礮架崔巍向城立。自知九死不一生，猶捲朱旗戰原隰。君不見韓將軍，陷陣常呼萬人敵，我當從之斬妖賊。

登吴山留題承天觀

滿目盡樓臺，路從山頂來。潮生沙岸没，雲破海門開。官舍籠鵝去，道人騎鶴回。題詩向何處，石壁掃蒼苔。

雲巖

雲破石門開，青青烟樹來。江東好山水，天上出樓臺。日月開丹竈，風塵罷酒杯。回看争戰地，不似住蓬萊。

遊岝𡶡山

騎馬野橋西，殘梅雪滿溪。興來詩謾寫，行處劍長攜。烽火邊關近，樓船水塞低。應逢楊鐵笛，笑我尚羈栖。

東軒

孤客憑危正惘然，江南春盡落花天。海門黑送千艘雨，城郭青炊萬竈烟。燒藥金爐猶伏火，射潮鐵箭久離絃。伍員白馬今何在？幾處荒臺野鹿眠。

宿承天觀用楊廉夫韻

承天觀裏開圖畫，吴越山河一覽中。半夜月明湖水白，五更日出海門紅。綵船春晚笙歌歇，粉堞風高鼓角雄。十二闌干都倚遍，歸心飛過大江東。

戰昱嶺關

鼓角聲雄隊伍齊，揚兵曉戰昱關西。黄金匣動雙龍出，赤羽旗開萬馬嘶。露布不煩諸將草，詩篇還効古人題。沙溪春酒甜如蜜，醉卧花陰聽鳥啼。

東歸

躍馬東歸古歙州，鐵衣如雪照清秋。半生叨食君王禄，百戰深遺母氏憂。城上綵旗翻白虎，帳前金絡控黄騮。英雄出處緣忠孝，豈爲人間萬户侯。

黄烈士復圭

復圭，字君一作均。瑞，安仁人。與張仲舉、危太樸以詩鳴於江右。至正兵起，被陷賊庭，作詩大駡。賊怒，以刀剖其腹，復駡曰：腹可剖，赤心不可剖也！遂死之。君瑞詩如《題詹雙崖》云：「隱士高閒卧雲處，故家軒豁讀書齋。」《題唐氏遊子遠歸圖》云：「冉冉霜顛倚門處，飄飄風袂及家時。」《題古匡上人》云：「菡萏泉香金錯落，苾蒭風煖翠婆娑。」鐵心石腸人，偏解吐婉媚辭也。

雙燕吟

雙燕雙雙飛，更復雙雙棲。穿花探水雙銜泥，簷前葺壘雙哺兒。春風一雙至，秋風一雙歸。念爾雙不得，故巢須獨依。莫學人妻，朝亡其夫暮嫁之。莫學人夫，暮亡其妻朝納妃。

蕨萁歎 一作歌。

信州州官萬鍾粟，殺牛搥馬日絲竹。信州鄉民蕨作糧，三月懷饑聚頭哭。蕨萁開葉不可餐，蕨根有粉聊鉏鑱。偏攻性冷損胃氣，民面生黄苦憔悴。縣不申聞郡不知，官倉有米重封閉。重封閉，將若何？衆人歌我蕨萁歎，九莖莫唱靈芝歌！

華處士别業

迢迢去郭賒，渺渺入雲斜。桑採三番葉，桃開一色花。割溪鷗作主，分塢鹿爲家。時有巢居子，相逢道喫茶。

次韻塞上

李廣稱猿臂，班超號虎頭。三邊殺降卒，萬里取封侯。砂磧胡雲暗，鄴營漢月秋。曾經飲馬窟，半是血髑髏。

題疎齋吴氏深静齋

避地閒心遠，入山塵事稀。書棚幽落蛀，一作蠹。賓戺密生衣。野竹秋光薄，谷禽春韻微。殘經注未就，頻歲掩重扉。

送友人北上次韻

玉闕金門紫氣寒，干戈虎士列桓桓。鑾坡日永移天仗，仙掌雲深捧露盤。犀角不須朝士帶，鹿皮思製野人冠。江南何處秋風岸？緑水芙蓉許獨看。

送于鍊師之京

九重天上帝王宫，入覲仙人駕海風。宵仗引從黄道外，曉班環在紫垣中。駝鳴氈帳沙光白，龍挾金輿寶氣紅。萬里冬寒須自衛，酪杯酥椀莫令空。

次韻虞侍講遊何尚書山莊

尚書致政卧青山，笑傲中林竟不還。野叟徒能談舊事，孤雲何處覓蒼顔。哀湍振壑龍移久，曲崦藏風鶴夢閒。喜逐三朝黄閣老，昔賢陳迹共追攀。

題金碧山水圖

狂風捲盡夜來雲，萬壑千崖錦繡紋。占日樓臺平樹見，吼雷春瀑入溪聞。豈無花洞留鶯語，應有芝田下鶴羣。清絶松陰二三子，不知誰是紫陽君。

餞别楊友直總管

雙鳧飛蹻歷金天，五馬閒遊款玉鞭。隸篆共參邦伯印，制書曾拜祖皇宣。嚴城鼓角連雲度，護水魚龍枕月眠。無限舞衫歌扇意，路人遥識使君船。

送潘希隱歸閩省親

道人騎鶴入閩邦，夢繞慈闈一念長。紅壓錦雲收荔子，緑攢香樹摘檳榔。曉侵霧露黄冠重，春透山林綵服光。贈有大丹並妙藥，三光凋後鬢應霜。

壽饒大有

驪駒塘上玉生煙，麟角峰前樂事偏。花裏橋亭春每早，竹間書庋日如年。雕龍細雨金壺墨，寶雁輕調錦瑟弦。椿樹緑時誇五伯，桃花紅處祝三千。

燮御史

紅杏碧桃鼇頂開，青年白皙馬蹄回。本隨鸞鳳沖霄去，却爲豺狼按轡來。鐵鑄冠梁臨畫省，繡裁衫表照霜臺。使驄往復東西道，欲候旌旄愧不才。

喜薛外史春日自京師寄經至

蓬萊坊畔五雲邊，七尺長身漢薛宣。花壓銅街馳廄馬，水生瑶海放樓船。仙曹共作窗間戲，吏部相邀甕裏眠。果老山頭逢野鶴，雪箋時奉寄來篇。

白雲山劉道士

紫華陽巾白羽衣，幼辭家舍入岩扉。靈書注就參同契，絶字修成杜德機。著屐看松逢伴少，荷鉏栽果到城稀。蕭蕭落葉空山夜，獨禮寒星待鶴歸。

蓴菜

鮫人繡滿水仙裳，地軸天機不敢藏。水縠冷纏瓊縷滑，翠鈿清綴玉絲香。江湖有味牽情久，京洛思歸引興長。欲剪吴松縫不得，謾拖秋思繞詩腸。

破帽

破帽多情却戀頭，草殘絲斷素塵浮。煙籠長是煎茶日，風落多逾把菊秋。頂漏疏星窺短髮，簷垂缺月露雙眸。桃尖樓子青羅辨，相對寧知故舊愁。

酒

麯糵生香出小槽，幾人耽酗日陶陶。笑呑鸚鵡杯中月，貧與鷫鸘花下袍。内府臘傳紅琥珀，西京秋壓紫葡萄。杜康儀狄今安在，回首丘陵半是糟。

倪知州致事歸

洒掃林廬理舊書，某山某水足嬉娛。尚應饋餌虞庠禮，謾入耆英洛社圖。花裏醉眠從客去，竹間移步遣孫扶。後人自有田園趣，無愧疏家兩丈夫。

奉贈吴宗師

使節光華禮樂崇，皇華原隰轡玲瓏。五風十雨祠三島，萬歲千秋祝兩宫。醮起碧雞山月白，仗移黄鵠禁雲紅。召南庶類深仁澤，行見騶虞發五豵。

壽上官夫人

水沈煙煖翠雲低，婺女星高斗轉移。百子帳中青玉案，羣仙會上紫金巵。樂成彩鳳《將雛》曲，禮尚嘉魚《式燕》詩。基構有堂高數尺，緑衣白髮兩相宜。

春明樓

公子樓居剩得春，四時花氣敵濃薰。書聲高下聞長日，舞袖婆娑拂彩雲。蛺蝶新圖開雁爪，狻猊古鼎隔龍紋。近來每愛東風賞，折簡常邀越鄂君。

贈舍農叟春耕者

六角黄牛二頃田，曉蓑星月晚犁煙。治壚布穀清明後，伐鼓燒錢社日邊。急雨放寬科斗水，亂雲遮斷鷺鷥天。太平四海無征役，念此安居不偶然。

遊崇禧寺

好山藏在白雲隈，天曆君王手自開。木魅盡驚金鑊震，地靈潛獻寶瓶來。林香萬葉垂甘露，峰霽諸花散石臺。莫道神遊事綿邈，六龍應解此徘徊。

題草堂寺

草堂禪寺北山陲，想見鳴騶入谷時。猿鶴如懷海鹽令，魚龍猶護紹興碑。排岩樹老秋來早，上殿僧稀曉散遲。我亦於今抗塵土，臨風慚讀孔璋移。

威顯廟

南唐忠烈桂司空，三百餘年氣貫虹。上國勛勞明大節，故家文獻挹遺風。雲中結構孫修廟，石上褒崇史論功。詞客冀窺松栢路，弋陽西畔貴溪東。

暮春雜詠寄友人

緑漪池沼燕交飛，深院重門客到稀。柳絮不知春去盡，尚隨風起點人衣。

送友

雲錦江邊送玉郎，江邊折柳柳絲長。柳絲若挽行人住，更向東風種幾行。

亭前荼蘼

杏園芳草雨霏霏，亟折千秋卷畫旗。自過清明多病酒，不知花落到荼蘼。

奉題李學士幽篁古木圖

歲歷居庸萬仞山，詞臣供奉有餘閒。試看翠竹丹楓畫，猶似金風玉露間。

宫花二首

連理枝頭並蒂紅，中官采獻未央宫。可憐春色非人世，天上風光似酒濃。

金闌芍藥紫重胎，上苑移來遍殿栽。正頂繡苞三十朵，羊車停處一齊開。

送人入上京

覓得清風謁紫微，臨川脱却故山衣。似知雲錦江頭水，專照邦人晝錦歸。

寄高元博

故人招我出山來，一去城闉更不回。無數青松滿池月，可憐深夜獨徘徊。

題襄陽拍手圖

愛酒山翁倒接䍦，花間日日醉如泥。只今池舘風流在，不見攔街拍手兒。

讚龍

一鼓春雷起九淵，風雲萬里會中天。墨池付與無多水，去作人間大有年。

送琴士歸杭

雲中歌斷《紫芝》歌，不奈周君欲去何。十里湖山好明月，却憐隨處故人多。

陳隱君謙

謙字子平，吴郡人。父疾革，思食鱖魚，進鱖而没，遂終身不食鱖。兄訓字師敬，爲吏，謙事之甚謹。嘗從林處士寬、龔教授璛學，以所業就試場屋，吏卒搜撿懷挾者，甚無狀。因歎曰：待士如此，尚何以僥倖得失爲哉！即盡棄舉子業，折節讀書。虞集、黄溍、張翥諸公交口論薦，欲任著作郎，皆力謝之。至正間，行省用兵，訓以照磨佐軍事。會淮張兵變，謂謙曰：吾分必死矣，汝無官守，宜自爲計。謙曰：兄在，吾何所之？有頃，兵突至，謙以身翼蔽訓，兵怒斥引出，復求入，見訓已殪，即匍匐伏尸哭，甚哀，遂并遇害。門人范文炯求尸，得之水中，猶兄弟相倚立也。子平爲文章，馳騁上下，尤善古賦及古今體詩。詭麗春容，詞辯鋒出不少讓。黄晉卿見其文必咨嗟，以爲不易逮。嘗悼時流文氣不古，手編《西漢文類》若干卷。生平著述甚富，兵火後，僅存《周易解詁》二卷，别爲《河圖説》一卷、《占法》一卷、古今雜體詩二十四首，得之灰燼中。

虎丘三首鄭君明德偕廉夫伯雨諸公同賦次東坡先生韻

篙師郭西門，矯首霞外嶺。森秀未及探，荒苔弔秋井。劍精沉夜白，漆炬翳餘耿。嗟哉龍虎威，零落等蟲黽。一峰直海湧，破地出魁礦。流觀劈坼狀，髣髴神工猛。授此窟室雄，能無霸圖騁。讓王東采藥，爲態本栖哽。焉知牧野捷，吴業就已頃。風塵閱成敗，宗社屬衰冷。不遣忠勇臣，相符帶河永。詞場亦何爲，發嘅當晚景。高賢惜地靈，倦鶴顧山影。願買陽羨田，早從居吳請。

客遊九龍岡，道出白虎嶺。拄杖諳獨登，煎茶汲僧井。歌客寡儔匹，歷覽思彌耿。崐礏抵烏鵲，燕金擲蛙黽。差將第一義，喻彼山下礦。坡公詩家豪，性具佛勇猛。山川與筆力，神鬼助奔騁。搜冥百怪窮，弔冢孤鶴哽。寧容溝澮雨，汪洋敵千頃。情深事偶從，魂在骨未冷。寒泉兼古木，籠絡歸雋永。盤陀延小酌，反照藉餘景。誓須浮海航，回望孤塔影。名不繫除書，山林恣參請。

昔游第一峰，徧數東南嶺。傳聞吳闔閭，曾照山上井。誰期此一杯，玉雁閟孤耿。夫差小兒態，踴躍類蛙黽。眼看雙龍劍，跡寄山石礦。再鼓氣已衰，功虧前王猛。成名乞敵豎，車轍斷遐騁。青青土中血，似託仙題哽。中原泣諸姬，大業棄俄頃。青熒溪泉動，蔽翳山木冷。往事何足談，飄花日初永。湛盧有餘輝，中夜凌倒景。好奇誰往候，微月照人影。正恐化蜿蜒，飛揚詎容請。

學士山懷古

枕湖列層岑，葱鬱聚雲族。出郭纔三里，方舟漸通麓。曾邀昔賢賞，名勝皆可録。雙峰夾亭樹，崇阜富杉竹。我家世結鄰，數椽依古木。懷欽索遺址，半與松根伏。碑缺篆無存，揣文須穆卜。坡仙豈遂往，或寓幽人屋。據梧緬高風，秋陰吹肅肅。

遊子吟 并序

按古樂府有《遊子吟》、《遊子移》，貞曜蓋擬古而作。彥清要予賦《春草軒詩》以實前敘引中語，輒爲題此而不敢易舊題云。作序後三年七月二十日謙書。

母愛兒，比瑶草，百花□頭春浩浩，結綠懸黎總非寶。朝居目前暮懷抱，頃刻相違作憂惱。兒兮勸爾無出遊，忍令母心日夜憂。幼衣一針一度鈎，針綫不比心綢繆。兒嬉鬬草拈春縷，綠縟青葱不堪數。楚人只解歌王孫，萋萋乃有子母恩。徂徠松，淇園竹，人生長生勝他木，千年萬年春草綠。

過吴江

第四橋下風水惡，千斛舟中心骨驚。蛟龍有時就廟食，鴻雁每歲不南征。松江太湖會合地，暮雨寒濤交戰聲。獨客倚篷歸歎息，崎嶇世路何由平！

遊虎丘次仲舉韻

虎丘虎踞仍龍蟠，出郭先見翠巑岏。金玉黄爐灰劫遠，旃檀古林風雨寒。僧來引綆動春澗，人醉拂花眠石壇。爲語金坡王學士，巨然曾畫此山看。

梧桐月

琪樹西風露井傍，鏡寒移影度銀牀。鳳枝清切元疑晝，鶴夢凄涼不待霜。點筆詩人題夜綠，知更宫女怨秋黄。莫教一葉輕摇落，珍重千門被耿光。

和西湖竹枝詞

樓下攤錢還上樓，花前夜醉曉扶頭。不知命犯何星宿，一日猖狂百日愁。

黃文學元實

元實，字廷美，泰寧人。幼孤貧酷學，天曆間，爲郡文學，學者多所造就。當道嘗剡薦于朝，不就而歸。至正癸巳，邑有妖民爲亂，令延元實議討賊計，賊奄至，遂遇害。女貞披髮跣足奔父所，抱屍哭踊。賊欲污之，女罵曰：恨不生啖汝肉，爾尚更敢爲不道耶？罵不絕口，亦被害。

杏壇

相羊道德囿，愛此杏壇春。碧溪落青嶂，綠樹空紅塵。緬懷洙泗樂，千載意如新。從容二三子，援琴詠天真。

濉陽八景

洋背春烟

平蕪百畝敞南郭，四散人家隱籬落。翳翳桑麻曉色濃，霏霏竹樹晴光薄。大厦微茫垂柳邊，殘燒杳靄蒼山前。侍郎故園渺何許，玉澗日煖流寒泉。

河潭秋月

蒼涯倒浸太陰黑，傾動變化在倏忽。玉盤一夜出龍宫，金波萬頃涵蟾窟。木犀香溼露滿山，斗角光動風生瀾。何人拔劍插橋柱，直通銀河上廣寒。

東川梵宇

碧空直聳石橋杪，一逕林間幾縈繞。不窺城市入境中，上梯宫殿出塵表。潮師咸道雁塔高，三分留記龜石牢。此地令人憶謝傅，何當携手同遊遨。

鐃山晴雪

嵬嵬聖石倚霄漢，障斷灘南山一半。荒郊冰柱盡消融，霽日瓊崖尚璀璨。鶴仙剪木飛雲端，玉女弄月坐石盤。可憐射獵人物遠，瀑凌萬壑弓旌寒。

湖障夕陽

溪西諸峰岑且壯，一峰秀出横屏幛。晴川落日漾餘波，碧樹紅霞閃清漲。青山咫尺常相望，暘谷萬里昭回光。誰能乘風度絶頂，空陵倒影覿扶桑。

南郭渡船

宏博坊前望溪曲，沙平岸澗水深緑。孤舟妥帖若乘槎，短棹咿啞如轉轂。行□憧憧風雨忙，濟川滚滚流澤長。誰謂江河渺空闊，半篙一葦俱可航。

長吉曉鐘

沈沈紺宇據城阜，屹屹雲樓挹星斗。畫廊風静木魚閒，青山日出華鯨吼。蒲山蒲谷俱聞聲，隨叩隨應何容情。唤回迷途有歸客，一灘月色浮空明。

迎鳌午磬

鳳山勝絶三不見，竹木蒼蒼隔臺殿。仙宫雲構接丹梯，清晝璆聲裊香篆。步虚諷徹瑶草凉，朝真齋罷紫芝香。侍宸白日騎鶴去，雷符繞壁餘神光。

春江十詠　録六。

午窗山色

門外青溪溪外山，山光長在有無間，白雲飛盡晴窗午，喜見遥峰露一班。

晚橈鳴月

春江雨過水溶溶，短櫂孤篷有釣翁。釣罷歸來天向晚，一橈咿嘎月鳴中。

晚渡撑烟

漠漠江煙曉未開，行人唤渡過江來。一篙不見水清淺，撑散眠鷗石畔苔。

沙晴睡鴨

熟睡晴沙愛暖曦，鷓鴣鸂鶒莫相疑。江花江草春將遍，我亦忘機總不知。

夾堤楊柳

楊柳青青夾岸垂，含烟帶雨總相宜。蘇公十里湖邊樹，誰遣東風一夜移。

斜陽牧笛

芳草平原日帶曛，數聲牧笛隔江聞。江空餘響隨風起，刿刿歸鴉落暮雲。

武夷山二首

賓雲奏徹控青鸞，綵幔香銷生翠寒。三十六峰秋色裏，月明人倚玉闌干。

九重雲外步虛聲，十二時中太古情。爲問當年赤松子，人生何處是功成。

宇文僉事公諒

公諒，字子貞，京兆人，占籍歸安。年少時，嘗館授巨室，其閨愛中夜來奔，堅拒不納，明日，託以他故，斂書告別。初領鄉貢，入浙省試院，頭場占一席舍，其案上有「宇文同知」四字。後試官考卷，以文不中式，將黜之，時坐主龍麟洲，江西老儒也，年八十餘，始過江浙，力主此卷，卒置榜中。及會試，果登李齊榜第。授徽州路同知婺源州事，改餘姚，遷高郵府推官，除國子助教，調應奉翰林文字、同知制誥、兼國史院編修官，以疾歸。後召爲國子監丞，除江浙儒學提舉，改僉嶺南廉訪司事，以疾請老，卒。門人私謚曰純節先生。公諒詩文典雅，所著述有《折桂集》、《觀光集》、《辟水集》、《以齋詩稿》、《玉堂漫稿》、《越中行稿》，凡若干卷。

題黄鶴山人芝蘭室圖

紫芝採爲食，幽蘭紉作佩。聊復助熏修，庶幾堪傲世。一室静生香，諸塵自融會。蒲團禪燕餘，經卷了空外。嗒然吾我忘，誰云有三際？

春草軒詩

春陽播淑氣，百卉生華滋。光風一披拂，藹藹浮雲暉。幽芳澹露曉，秀色含烟霏。乃知造化心，玄澤無停機。伊人早失怙，撫育仰母慈。高門賴扶植，况復蕃孫枝。清時表宅里，巨扁揭華榱。門軒俯平緑，每懷貞曜詩。念慈恩罔極，欲報心無涯。堂前樹萱草，堂下羅斑衣。願言勤愛日，永與莊椿期。

菊山詩

秋菊兮青青，叢生兮山下。緑葉兮欣榮，紛金英兮楚楚。白露降兮百草蕾，蹇孤芳兮孰伍。若有人兮茗東，企元亮兮高風。苟中情兮永契，曠百世兮相從。琴無絃兮尊有酯，南山爲賓兮花爲侶。歸來兮歸來，微斯人兮誰與！

題王叔明破窗風雨圖 此詩一見王立中《破窗風雨圖卷》，題名韓元璧，詩亦小異。

劉郎讀書如學仙，朝不出户夜不眠。時聞破窗風雨夜，正是澂心對聖賢。茗溪王子圖景象，敬亭山色青連天。執經念子最清苦，亹亹論道心相傳。雞鳴喈喈天欲曙，疏櫺蕭颯寒聲度。庭前漂麥總不知，屋上捲茅寧復顧。人生窮達那可知，玉堂金馬自有期。青藜他日夜相訪，却憶破窗風雨時。

送復見心住定水

定水招提鳴鶴東，鑑湖歸去泛孤篷。鉢衣不溼荷花露，玉塵遥生桂子風。山静衹看雲自動，江澄莫訝水如空。沃州有約尋支遁，還許清談共野翁。

題趙承旨玄真觀圖次易道韻

天慶重歸白髮年，儒冠便脱卷吟氈。蒼龍復佩游三島，玄鶴還期朝九天。靈運誰云先作佛，稚川自信後來仙。逍遥今出塵寰外,應笑揚雄尚草玄。

題小米戲墨卷　并序。

予幼嘗記蜀僧北磵題元暉墨戲,有曰:毫素傳衣,翛然名家。髣髴樹杪,冥濛水涯,吾不知山藏雲耶,雲藏山耶?至正丁酉十二月廿日夜宿慧明精舍,爲楚山題此,因記北磵之語:「山耶雲耶遠莫知,烟空雲散山依然。」楚山以爲何如?爲我下一轉語。

山氣鬱蘢嵸,流雲漲林谷。乞我茅三間,讀書貧亦足。

題仲穆看雲圖

横杖坐松下,看雲起遥岑。惟應陶靖節,會得此時心。

西湖竹枝詞六首

赤欄橋低官柳斜,粉墻短短阿誰家?女郎恰抱琵琶出,早有小船來賣花。

奴唱吴歌郎扣舷,明朝郎去有誰憐。恨殺吴山遮望眼,不見江頭郎去船。

斷霞灑灑魚尾紅,清唱一聲吴山東。阿奴只在繡簾裏,隔著荷花無路通。

湖裏茭青日日多,蘇小門前無客過。今來古往只如此,休説當年賈八哥。楊鐵崖《西湖竹枝詞》中,止載此一首云:「蘇小門前騎馬過,相逢白髮老宮娥。自言説得前朝事,只説當年賈八哥。」與此詩語小異。

湖上交秋風露涼，湖中蓮藕試新嘗。蓮心恰似妾心苦，郎意争似藕絲長。
菱花菱葉問水漭，采蓮入港與郎逢。勸君挾彈休打鴨，鴛鴦飛起杳無踪。

題海岳後人烟巒曉景圖二首

過雲含雨溼層巒，江樹和烟曉色寒。何似清秋凌絶頂，山青雲白望長安。
米家父子擅名流，一紙千金未足酬。本與蘇黄爲後進，豈知章蔡是同遊。

題趙魏公幼輿丘壑圖二首

濁世公子何翩翩，風流丘壑妙當年。無端却被鄰娃惱，不廢嘯歌猶自賢。
小齋松雪對青山，波上閒鷗自往還。文采風流今不見，空餘粉墨落人間。

劉尚書汶

汶字師魯，鄜州人。宋鄜王琦六世孫也，父月心，爲鄜後，占籍錢唐。汶自冑學以文藝擢高科，由端本堂司經拜西臺監察御史，糾劾不避，忤時貴，左遷，累官户部尚書。至正二十三年，命以東南漕事，浮海而出。師魯以詩鳴，豪邁激昂，極爲松鄉任士林所賞識。嘗曰：自余得楊仲弘，人方翕然從余，後得師魯而人益信余，將以二子自勗也。

贈劉禹玉

劉郎方朔徒，游戲紫泥海。千年華表非，唯有寸心在。向來浙河西，雄辯吞虹霓。手攜九節杖，東入蓬萊棲。我時探禹穴，同看山陰雪。千人萬人中，怪子獨超越。朝騎白鼻騧，暮逐油壁車。得錢即付酒，攜妓顏如花。踏翻豪俠窟，醉狎山人家。或嘲狂處士，或誚報恩子。從渠立名多，詎識子奇偉。一朝去鄉國，北上争吹嘘。家無十金産，袖有萬言書。所陳果何事，爲國非自計。寧遭丞相嗔，肯負丈夫志。蹉跎十數秋，甘與黄冠儔。善藏倚天劍，未暇磨斗牛。幡然走山東，隱迹隨壺公。還尋岱宗去，絶壑凌天風。雞鳴上日觀，眼亂扶桑紅。窺臨事未已，逸氣横萬里。行歌齊魯間，興爲廬山起。廬山秀可餐，怡此冰雪顏。揮毫灑瀑布，五老開雲關。遠公拍手笑，喜見遺民還。乃知士不偶，正可遊名山。去年卧衡岳，聊憩四海脚。厭垂君平簾，懶賣伯休藥。却呼魏夫人，共把流霞酌。今年與山辭，下走湘水湄。臨風弔賈傅，酹月招湘纍。文章本疏蕩，強忍終技癢。光怪不可收，倏忽又千丈。有時遇知音朗詠山中吟。復恐兒輩覺，不得容山林。兹辰忽聚首，慰我別來久。辛勤四十霜，所獲竟何有。却懷居東時，勇以功名期。焉知尚漂泊，筋力供路歧。舉杯置往念，此去安所之。南窺古雲陽，更了山川奇。山川固娱目，慎勿過幽獨。奈何白雲歌，再送劉十六。乾坤渺蒼茫，回首眷空谷。我將秣其駒，乃不受覊束。願子無遐心，歸哉返初服。

癸酉除夕

此夕何多感，明朝過六旬。乾坤又元統，人物少咸淳。酒厭山杯渌，梅傷水國春。燈前曾戲綵，馬首一沾巾。

早春述懷

春與年年別，窮隨日日增。眼明貪夜讀，事少忘晨興。倦鳥猶遷木，潛魚已陟冰。栖遲唯故轍，無夢到飛騰。

次韻張伯雨蕉池積雪詩二首

銅駝陌上得銅洗，曾見漢朝風露零。寒光未變劫灰黑，古色猶帶宮苔青。金人墮淚漫懷古，玉女洗頭真寓形。與君作池媚蕉雪，何以報之雙玉瓶。

仙掌金盤列風露，人間琛寶多飄零。忽看銅洗土花碧，側想玉女雲鬟青。千年偶在聊寓意，萬物終毀無逃形。吾徒汲古寧玩物，願子及泉資綆瓶。

寄贈華陽洞隱者

一日書成四海傳，華陽始信有儒仙。神交弘景吹笙夜，心在留侯辟穀年。重碧拈春瓢貯月，硬黄臨帖研分泉。山中物色清無限，便擬凌雲到洞天。

言志叙交四十韻答歐陽元翁

滾滾滄江去，茫茫暗谷移。黑頭那敢恃，華髮會相欺。遂起紛如歎，能忘逝者悲。著書誰發憤？追古獨忘疲。講授嘗佔畢，研窮幾下帷。羣經元奧妙，百氏苦支離。索隱妨修業，談經失秉彝。反身惟一理，遵道豈多歧。新意方來際，陳言盡去時。夏蟲冰莫訝，越犬雪休疑。浮世春榮過，幽園夕秀遲。後凋終有待，直養可容虧。向使常流混，寧逃具眼嗤。投閒欣事省，掃跡畏人知。環堵差堪戀，長沙去若爲。趨庭因泮藻，贈客且江蘺。回顧皐比冷，還思寶玦遺。羈愁生雨外，鄉夢落天涯。每慨淵明菊，將尋綺季芝。未諧萊氏隱，頻念鹿門期。友誼今踰薄，儒流子尚奇。剛腸俱比石，末俗竟如脂。綴曲唯同病，論詩固解頤。率更仍翰墨，六一再文辭。解接家聲遠，兼扶士氣衰。塤箎參雅奏，椿桂亞高枝。正始音能續，元和脚肯隨。渾雄親漢魏，綺靡却陳隋。浪許鯤魚舞，雲看駿馬馳。駑駘羞抗臆，鰌鱔愧揚鬐。不盡沙金揀，猶□璞玉治。受辛驚絶倡，勝己辱先施。歐冶加鋒鍔，劉墻力塈茨。吾儕非敢傲，兒輩自宜麾。學要千年藴，名須萬古垂。匪徒攀屈宋，深望泝濂伊。天運流無息，人生志勿卑。操憐松鬱鬱，節撫竹猗猗。盡擬泠風脚，何曾俗骨醫。煎膠得麟鳳，歲晚顧深資。

劉修撰聞

聞字文廷，安成人。父蒙正，八歲能舉子業，號曰奇童。聞習《春秋》，受知于歐陽文公玄。登至順庚午王文曄榜進士第，安成登第自此始。調臨江録事，有善政。遷國子助教，進太常博士。順帝祀南郊，告祭太廟，至寧宗室曰：「朕，寧宗兄也，當拜否？」聞對曰：「春秋魯閔公弟也，僖公兄也，祖廟之祭，未聞僖公不拜。」順帝乃拜。至正元年，丁母憂，就任吉安州儒學提舉。二年，起復翰林編修。詔修《宋史》，四年史成，進修撰，出知沔陽府。著有《春秋通旨》、《容窗集》十卷。

賦得石鐘二首送宋顯夫僉事之山南

雲垂蒼崖深，月出湖水動。旅思方眇然，嚕呟發空洞。悠悠湘靈感，殷殷鈞天夢。人在九江船，餘音遠相送。

蒼茫楚澤秋，巖谷隱宫徵。魚龍守軒轅，猿鳥識追蠡。酒醒江南客，月在船窗裏。佳期不可尋，相思滿湖水。

梁仲文行卷

青青江上柳，遠行曾送君。自從君歸來，幾見柳條春。行役如昨日，行卷展猶新。如何卷中字，半是古時人。

挽宋顯夫

廣陽帝王都，生才總豪傑。宋氏產鳳毛，頡頏丹山穴。大宋掇倫魁，千里誇汗血。挺挺廟堂具，自方稷與契。小宋踵而生，抱才不屑屑。錦腸浣塵土，出語必清絶。長公早厭世，士類增哽咽。賴有夫子賢，詞林紹風烈。吹篪發高響，掉鞅追往哲。特起步生雲，屢空心如鐵。岌岌柱下冠，皇皇使者節。歸弘虎闈講，進造玉堂列。自我初識君，交情何茂悦。往來幾廿載，相視無冷熱。昨者纂三史，君名班馬揭。走也徵自南，斐焉承乏缺。停觴話宿昔，握手驚老拙。知君衆人中，于我常念切。過江宋史繁，綱領君自挈。是非有不齊，資君一言決。可憐朱墨煩，易致精力竭。蹉跎齒未暮，浩蕩鬢已雪。偶成三日闊，忽報二竪孽。問安榻頻造，伏枕氣就薾。朝看戲彩郎，日夕擁衰絰。哀哀浮世夢，奚翅劍首吷。人生無萬全，賦予有更迭。古來賢達士，幾人享期耋。想君乘雲氣，英爽不變滅。往□見九泉，誰能久離別！

送傅與礪交州教授

君不見丹穴產鳳雛，五色不是凡禽狀。廣文年少薄遊吳，一旦詩名動天上。前年開詔赴交州，今年載書東海頭。仙人騎羊渺何許，歸夢先落江南州。樹枝當窗靈鵲喜，綵服趨拜庭闈裏。別有佳期隔片雲，洞庭月照瀟湘水。君歌有所思，我歌遠別離。落花飛絮春去盡，杯酒相送都門時。一官冷熱何足取，文章自可名不朽。滄波早掣釣鼇鉤，莫遣玉堂人倚久。

别弟

一棹烟和水，寒燈弟與兄。殘年同别母，中道復分程。動有山河隔，難爲去住情。如何沙上雁，偏向夜中鳴。

顔子中池亭二首

池淨天容湛，窗虚水氣通。遠山來户外，飛雨灑亭中。薜荔含朝景，蒹葭集晚風。平生江海念，相對興無窮。

種樹年年長，開窗面面涼。雨苔生砌緑，秋葉墮池黄。得句閒拈筆，抛書懶近牀。旅懷隨所至，誰復計行藏。

胡太常助

助字古愚，一字履信，婺州東陽人。好讀書，蔚有文采。身形瘦弱，若不勝衣。舉茂才，授建康路儒學録。臨川吴澄伯清過金陵，見其詩文，大加稱賞。用薦改翰林國史院編修官，陞修撰，後以太常博士致仕，卒。遺言勿丐人狀其行、銘其墓，自著《純白先生傳》。有《純白類稿》三十卷。伯清評其詩如春蘭茁芽，夏竹含籜，露滋雨洗之餘，馥馥幽媚，娟娟淨好。五七言古近體皆然。子瑜字季城，官杭州路架閣，亦能詩文，有《甑山存稿》。

灤陽十詠

帝業龍興復古初，穹隆帳幄倚空虛。年年清暑大安閣，巡幸山川太史書。

緑蘭青草玉花驄，馴鹿眠遊殿閣東。西梵祝釐環地坐，曈曨日色綵旗風。

西清學士草黄麻，閣老承恩扈翠華。昨夜司天臺上望，文奎光燄照龍沙。

小西門外草漫漫，白露垂珠午未乾。沙漠崢嶸車馬道，半空秋影鐵旛竿。

板屋松煙染素衣，天街暑雨没青泥。夜來沙磧秋風起，鳴鏑雲間白雁低。

御天門前開詔書，驛馬如飛到大都。九州四海服訓誥，萬年天子固皇圖。

斗北高寒無點暑，舉頭止見七星文。玉堂近與琳宫接，清夜步虚聲盡聞。
朝來雨過黑山雲，百眼泉生水草新。長夏蚊蠅俱掃迹，蒲萄馬湩醉南人。
萬騎橐鞬列旆旌，凋盧嚴肅翊將興。帳前月色如霜白，曉汲灤河窟裏冰。
玉堂視草屋三間，盡日巃峰相對閑。身遇太平鈴索静，題名篆畢又南還。

龍門行

龍門山險馬難越，龍門水深馬難涉。矧當六月雷雨盛，洪流浩蕩漂車轍。我行不敢過其下，引睇雄奇心悸懾。歸途却喜秋泥乾，颯颯山風吹帽寒。溪流曲折清可鑑，萬丈蒼崖立馬看。

虞翰林題古愚《上京紀行集》云：集仕於朝三十年，以職事至上京者凡十數，驅馳之次，亦時有吟諷，不能如吾古愚往復次舍，所遇輒賦，若是其周悉者也。集老且病，將乞身歸田。竹簟風輕，茅簷日暖，得此卷誦之，能無天上之思耶！卷中《龍門》後詩尤佳，歐陽元功亦云。至順庚午十月廿八日虞集題。

送趙季文之湖州知事二首

苕溪洲渚上，青黛開煙鬟。石色何秀潤，有璧生其間。四圍阻巨浸，世稱浮玉山。狂潦不能没，高低依碧瀾。蓮幕趙從事，昔年此盤桓。重來汎秋水，見之發長歎。美璞貴内韞，叔降從時觀。渺渺水晶國，虹光山月寒。

駿馬行翩翩，青絲絡錦韉。美人向何處？言往苕之壖。苕溪繞城春水發，樓閣重重花漠漠。釃酒哦詩掀紫髯，水精宮裏芙蓉幕。弁山如龍天際來，七十二朵青蓮開。小娃雙歌蕩舟劇，漚波滉漾青於苔。君不見王孫宅，百年喬木高千尺。願君種德及湖民，會見高文勒貞石。

自靈巖登天平山次柳道傳韻

維昔渡江蹕，近在千里甸。吳門治清静，西浙稱道院。興懷慶曆初，百歲如過電。孰有范公賢，皐夔素同傳。天平表先塋，泉臺封土窆。巍巍忠烈祠，鄉社春秋薦。伊余從北歸，老色日上面。萬象供冥搜，四維喜安奠。重遊會主人，奉嘗益繁衍。席珍柳太常，險語情眷戀。我語上瀨船，苦思勞挽牽。征途春事殘，僧窗夏陰轉。古木蟠天矯，新篁剥葱蒨。水影澄心空，山色照眼絢。憑高見黄雲，殘秋行飽麫。少飲有餘歡，遐覽竟忘倦。時驚蒼石聳，閒悦晴禽轉。共惟吏部公，台斗不肯踐。頗好偕文士，幽討窮林巘。嵌崖白雲泉，掬手玩清泫。煮茗味獨奇，醉來和月嚥。涼風吹客衣，激激散冰霰。亦有星源尹，怡顔時自哂。琢句近大雅，放懷即私燕。文學吳越裔，書工篆隸變。載道靈巖遊，山路亦云便。鴟夷去已久，西子寧復見。徘回響屧廊，尚想吳王殿。姑蘇走麋鹿，會稽貢竹箭。高唱《白苧》詞，瀉風日以扇。邈哉季子心，陰述唐虞禪。興亡屬時運，成敗談俚諺。吳中美浮圖，題榜率輕狷。正爾澗谷慚，敢傾襲京卞。

自天平遊靈巖復成古詩

吳會厭華靡，與懷在林丘。好事延過客，繡衣得名流。勝地諧雅集，清風企前修。天平遍登覽，復作靈巖遊。蟠松卧雲冷，枯枝但蒼虯。佳陰古樹密，危磴空山幽。攀蘿上絶頂，步屧凝遠眸。高閣涵空闊，太湖煙靄浮。吴王昔居此，千年館娃愁。家國一興廢，山林幾春秋。遺跡謾傳説，訪古成遲留。歲月枯易邁，重來嗟白頭。姑蘇臺下水，落日明歸舟。

春草曲 余爲太常博士歸田，道出梁溪，爲華彦清賦此。

春風如水流，春草生芳洲。遊子有遠志，居人無别愁。居人伊誰華氏子，不出庭闈奉甘旨。可憐遊子萍相似，春愁草緑千萬里。兒衣母綫春風吹，春暉滿堂草菲菲。遊子歸來慈母喜，階前鬭草争兒戲。

菊山詩

世有隱君子，種菊巢空山。心同白雲遠，身與黄花閑。朝饑餐落英，采擷露未乾。幽香被三徑，晚節當歲寒。林下非無人，獨在柴桑間。風味略相似，窮年以盤桓。

敬題范文正公所書伯夷頌卷尾

翰墨嘗託文章傳，文章益重節義全。使無節義照今古，文章翰墨空嬋娟。特立獨行不顧衆，萬世標準權亦用。吏部雄文破鬼膽，爲渠唤醒西山夢。范公相望餘千齡，人物自與皐夔并。黄素細書《伯夷頌》，白頭不草《太玄經》。一字千金價無讓，虹光夜徹星斗上。夷清韓頌高平書，再拜莫作文翰想。奸臣襲藏猶畏仰，面無生色泚流顙。珠還甑復子孫賢，我信斯文天未喪。佳辭善書常有餘，嗚呼！節義不可一日無。

送陳玉林南還

黄衣道士識重瞳，冠劍芒寒星斗胸。赤壁月明驚夢鶴，蓬萊雲起護飛龍。新宫突兀三清殿，故國蒼茫六代松。忽憶舊遊今白髮，何期共聽蔣山鐘。

玉山佳處

花滿春城錦繡林，可耕可釣足登臨。紫芝日静隱居樂，白璧雲和養德深。倚樹或聽流水韻，看書時坐古松陰。玉山佳處因人勝，能賦揚雄爲賞心。

至順四年四月九日陪尚書王公叔能常博柳公道傳州尹干君壽道錢翼之文學同遊天平賦近體詩二首時范氏諸孫在焉

上方古刻列森森，勝地重遊憶舊臨。但覺天平蒼石潤，不知世遠白雲深。崖泉寒冽遺韶韻，山木清華結夏陰。厚德固宜孫子盛，修祠長此會簪纓。

石鼓嶺

經過石鼓嶺，不見石鼓文。兩澗流黄葉，半山生白雲。

東湖秋月

明月高懸萬古愁，東湖碧水一天秋。倦遊老子歸來後，夜夜清光照白頭。

南蒲春流

沙邊遥見木蘭舟，淺渚清波漾白鷗。二月盆江春水發，滔天雪浪大江流。

西丘夕照

禾黍雞豚不厭貧，耕桑世業古風存。夕陽挂樹秋光老，樵擔參差下白雲。

五度朝暉

大小嵬峩五度峰，朝暉暮靄變無窮。山紅澗碧人家好，簫鼓叢祠歲屢豐。

定善寺

南塔前頭高閣上，山光渾似沃洲青。夜來飛雨穿窗入，翠溼《華嚴》一卷經。

偰廉訪玉立

玉立，字世玉，其先本回紇人，即今偉兀。偉兀稱高昌，地則高昌，人則回鶻也。居偰輦河上，因以偰爲氏焉。祖合剌普華，至元間，歷官廣東轉運鹽使，兼領諸蕃市舶，護餉遇劇賊歐鍾等，戰死，封高昌郡公，謚忠愍，改葬溧陽。父文質，官正議大夫、吉安路達魯花赤。玉立以儒業起家，登延祐戊午進士第，授翰林院待制，兼國史院編修官。至正中，爲泉州路達魯花赤。考求圖志，搜訪舊聞，聘寓公三山吴鑒成《清源續志》二十卷。後遷湖廣僉事、海北海南道肅政廉訪使。玉立兄弟五人，弟偰直堅登泰定甲子第，偰哲篤登延祐乙卯第，偰朝吾登至治辛酉第，偰列箎登至順庚午第，俱以江西龍興籍同登進士榜，時論榮之。

絳守居園池 并序。

乙酉之秋，七月既望，余自河中讞獄還司。過絳，登守居園池，昔日亭墅，悉已堙没，獨洄漣亭、花萼堂復搆，以還舊觀。流泉蓮沼，猶仍故焉。堤柳陰翳，逕花鮮妍，庭竹數竿，清風泠然，有塵外之思，即事賦詩曰。

絳邑舊名藩，牧守優鴻儒。逶迤山水中，曠達園池居。雄并壓晉魏，揖讓隆唐虞。世遠民俗漓，訟劇古道疏。環列多舘墅，莽蒼變丘墟。慘惻歲年深，牢落兵燼餘。洄漣復亭構，花蕚懸堂虛。祓禊引流觴，賓筵聞鼓竽。錦香綴逕溪，琅玕繞庭除。公暇寡接交，遊觀足清娛。緬懷前哲人，冠蓋秉鈞樞。遺愛勒琬琰，清風生坐隅。卉木均雨露，藪澤樂禽魚。端來濯塵纓，詠歌登舞雩。夕陽明翠巘，秋色淡紅蕖。鄉關動離思，雲烟隔荒蕪。繡斧倦行覊，霜日烈修途。故園有松菊，盍用還菑畬。

登德風亭詩

潞郡古黎國，歷韓分晉陽。右顧帶河汾，左揖聳太行。高阜俯四下，風氣殊勁剛。道路閱修阻，山嶽互低昂。州治列方中，有亭跨崇岡。翬飛炫華構，迢遞瞰大荒。猶如滄海珠，羣龍護其傍。雲烟恣吞吐，巖谷發幽光。城堞峩前陳，冠蓋來相望。匪唯壯遊觀，庶保斯民康。孰奏南薰琴，于彼君子堂。春風偃露草，夜月照屋梁。持節眺所臨，酷暑生清涼。俯仰陳迹異，對景多慨慷。

遊晉溪

訪古晉祠山，曉集汾水橋。星河没慘淡，野色見平遥。樹鳥啼冥冥，塗馬鳴蕭蕭。游車接飛蓋，駕言修禊朝。荒城忽已迴，遠嶠如相招。振衣投林丘，浥露□塵囂。澗壑聳緑檜，原隰散紅桃。敞殿羅幢旛，虛庭雜牲醪。逶迤廣寒宮，獻酬瑶池皐。境勝地亦靈，心悦神自超。法鼓青山巔，仙家白雲標。極留不可暫，鶴唳天風高。

敬題范文正公所書伯夷頌卷尾

文正千年士，精忠凜不亡。勳名山岳重，翰墨日星光。喬木參天古，幽蘭疊砌芳。我來拜祠下，端欲濯滄浪。

清源洞

洞府神仙去不還，清源紫帽聳高寒。泉南佛國幾千界，閩海蓬萊第一山。夜月鳳簫聲隱隱，秋風鶴珮聽珊珊。瑶池豈隔塵寰路，更扣危岑最上關。

潞公軒

極目翔原晉代秋，剪桐封弟自成周。興亡不鎮山河固，今古惟搬歲月流。遠樹似招行客至，高風猶記昔賢遊。徘徊對坐松林晚，萬壑奔泉響碧秋。

謁天聖宫

玉騎朱旄降翠巒，神光紫氣應函關。真仙出没時無有，客使憂勤自往還。古殿烟横千歲柏，靈池雲遶萬重山。瓊枝珠蕊垂甘露，願轉豐年瑞雪頒。

石鼓書院

石鼓崇黌館，朱陵起洞房。逶迤環二水，錯落翳羣芳。衿佩來遊藝，川原慨戰場。遺祠垂闕葛，流演發朱張。風墮松花老，秋餘桂子香。飛甍瓊玉島，巍殿水晶鄉。霧斂東巖旭，寒侵曲棧霜。丹楓翬蜃閣，青草跨虹梁。綠水浮文鯉，高岡集彩凰。禹門翻錦浪，虞陛覽朝陽。竊藥窺蟾迹，攀蘿散鷺藏。題詩鑱石翠，把釣薦橙黃。坏飲甆樽古，巢居樹幄涼。湘波澄碧鏡，嶽黛出新妝。採菊堪充茹，紉蘭欲佩裳。嶺雲招隱約，灘瀨自宮商。按節休清曠，征帆度渺茫。驚烏非匝繞，回雁謾翺翔。城郭凌烟紫，林巒帶晚蒼。歸與市橋月，漁唱起滄浪。

吉州道中三首

雪嶺雲岡望吉州，霜飛玉潔炫凝眸。黃堂屢聽鳴琴者，萬斛冰泉瀉碧秋。

行盡高山涉水涯，仙家縹渺隔明霞。揚鞭笑指桃源路，不用扁舟遡落花。

澗壑昂藏鬱翠松，半空清響伯夷風。頑廉懦立知誰聽，夜雪深闕驟玉驄。

羅漢峯

羅漢山攢翠作堆，半空天柱擁如來。九霄人立青雲上，笑指曇花玉樹開。

天風海雲樓

極目雲山道阻修　勳名久遠爲誰收。海天秋色無邊景，且上退陬第一樓

偰參政哲篤

哲篤，字世南，玉立弟。登延祐二年進士第，知高郵州。以中順大夫僉廣東道肅政廉訪司事，被劾，寓居溧陽。貿田宅，延師教子有法，爲色目本族之首。歷官至工一作吏。部尚書，參知政事。

題趙千里夜潮圖

風濤洶湧千堆雪，拍岸翻空倒銀闕。雁聲驚起一江秋，萬里無雲挂明月。

贈墨士

魚胞萬杵成玄玉，應是柯仙得妙傳。鐵硯毛錐爲密友，何時海上別回仙。

題商德符李遵道合作竹樹圖

槎牙老樹根盤石，楚楚霜筠護碧苔。古怪清奇俱絶筆，頡頏好手爲誰開。

張助教天英

天英，字羲上，一字楠渠，永嘉人。酷志讀書二十年，穿貫經史，徵爲國子助教。性剛嚴，雅不好趨謁，再調不就。遊浙西，多居吴下，與玉山主人相友善，凡有所作，必郵寄草堂，玉山稱其放肆爲詩章，尤善古樂府，皆馳驟二李間。自號石渠居士。

題萬竹堂

芙蓉城中開紫府，華蓋飛飛翠娥舞。仙人宴坐碧雲堂，朝發蓬瀛暮玄圃。昔將簫管御風吹，散落人間鳳凰羽。冰夷夜失珊瑚枝，白日滄江啼黑雨。龍賓十二行玉驄，青士三十射金虎。我欲從之遊，脱冠挂神武。來彼雙飇輪，攀天叩天户。願持萬丈竿，爲天掃塵土。亭亭此君節，何由獻明主。紛紛鷹犬人，徒費銀黄緊三組。君不見古之仙，千歲一歸華表柱，下視世人何足數。

題趙子固三香圖

昔時我在桃花原，羣仙呼我遊崐崙。飛佩凌波出湘浦，月明同醉羅浮村。江頭小白效矉者，瓊蕤暗結心嬋媛。紫皇召還蕊珠闕，十年謫隱蒼龍門。道人神遊碧雲裏，染霞能返三香魂。玉骨千霜蜕幽影，輕煙半溼鮫綃痕。翠羽紛披向人舞，金杯勸我開芳尊。閬風迢迢隔銀漢，安得下土同靈根。海國天寒忽相見，瑶瑟載鼓花能言。

思陵石詩

黄帝騎龍去不還，玉笙鶴上北風寒。孤臣獨有心如鐵，斲玉鐫詩泣露盤。

王宇玉手帖

西漢文章二百年，龍盤親賜蕊珠仙。巫雲夢冷金壺墨，誰補東南一柱天。

武陵春曉曲書于玉山佳處

武陵春曉花冥冥，漁歌蘭枻摇殘星。溪涵山氣緑如酒，幽禽啼破松煙青。天上時聞鳳凰曲，金門飛夢人初醒。長嘯銀臺月將一作中。落，空翠著衣香霧薄。忽見安期蓬海東，劍佩從風降玄鶴。陽烏銜火懸扶桑，袖卷紅雲朝帝旁。手攬龍車覩天光，下視蟻國空千霜。

題趙翰林畫蘭

吴雲楚樹碧離離，手折瑶花半醉時。秋佩影摇湘浦月，鳳凰翅冷玉參差。

題蒲萄竹筍圖

王母初來漢殿時，青鸞蹋折埽壇枝。天風吹老龍珠帳，挂墜瑶簪醉不知。

題五王對弈圖

千官朝退下昭陽，花萼樓高碧樹香。一擲乾坤呼五白，玉人催進紫霞觴。

題李遵道畫頂松

蒼髯鐵爪欲飛揚，肯與人家作棟梁。記得石橋明月夜，一溪龍影茯苓香。

夏日寄玉山人

赤日行天氣欲焚，樹根羣蟻正紛紛。道人心在羲皇上，睡殺青松一枕雲。

遠別離

桓山禽，遠別離。養女羽翼長，歲暮將安之。路難不顧返，横絶四海湄。昔年鳳死百鳥集，白日哭弔聲淒悲。賢聖聞之淚亦墮，古人胡顔掩虆梩。别離苦，天夢夢。孤墳萬里，冠帶蒿蓬。一劍挂樹，哀鳴求雄。寧辭父母體，化爲西飛鴻。呼天泣以血，月墜青城空。山頭還見月東出，何時見我泉下翁，吁嗟乎蒼穹！

題石湖手帖

五湖水遶城南邊，愛湖老翁船上眠。桃花出隖如火燃，煉石去補東南天。壽櫟春風五雲牋，薛濤奉硯中書前。翠蛟白鳳相蜿蜒，瑶海細浪飛青煙。見者如登羣玉府，世人寶之賢十部。翁攬龍髯天上下，帝遣主司修月户。笑殺猴冠餌秦虎，朝拜金門暮黄土。

題釣月軒

武陵溪上釣魚磯，白雲青樹秋暉暉。長竿倚石月初上，新雨滿池魚欲飛。清郎笑奉長生籙，壽客看舞斑斕衣。風流一散何時見，夢繞竹林行翠微。

畫山水歌題米元暉卷

我有山水癖，由來好幽棲。十年遊雁蕩，五一作十。年遊會稽。或言秦王昔時愛仙術，驅石下海如鳧鷖。洞口誰來斷龍耳，驪珠夜照天雞啼。三峰參差九華老，蛟龍鼓浪方壺低。醉墨淋漓落吾手，咫尺萬里雲凄凄。初疑巨靈闢開翠巖溼，馮夷擊碎一作破。青玻璃。又疑劉阮雙一作同。行赤城下，漁舟櫂入桃源一作花。溪。對此長歌發幽思，便欲著屐來攀躋。我家碧山最奇絶，緑蘿萬丈緣丹梯。憶昨金門拂衣去，自種青松與人齊。幾人欲畫畫不到，惟有四時雲月可以相招攜。苔負碧山此爲客，何異乎巢由軒冕行塵一作塗。泥。從吾好，歸來兮！

題趙子固墨水仙

青竹珠簾人似玉，霧鬟風鬟綴靈粟。一笑誤翻金叵羅，香溼羣仙翠桂欘。龍國朝回《八風舞》，鳳池醉度《凌波曲》。瑶瑟雙歌李白詞，馮夷捧出蘭𦆵緑。

題凌波飛蓋圖

蕊珠宫人駕雲〔軿〕（駢），山中翠蓋何亭亭。老龍飛蓋作風雨，八仙池上争娉婷。金環瓊珮裊薇露，雙成躡墮青鸞翎。酒星入水化爲石，寒玉夜語天泠泠。白瑶城闕三萬里，月照湘娥行洞庭。

題高尚書青山白雲圖

仙人中一作胸。有琅玕樹，吐作千峰落毫素。峰上蒼蒼一尺天，峰下雲行亦無數。因憶曾爲天帝客，一作賓。家在白雲深處住。白雲隨一作如。龍飛出山，我亦攀龍躡雲路。青山笑人不早歸，大笑龍爲雲一作「昔爲龍」。所誤。變化無定端，一作踪。飛揚爲誰故。試問古共工，何勞不周怒。飄飄巢止一作上。翁，肯受風塵污。安得兩齒屐，載我逍遥步。醉卧青山看白雲，莫一作勿。嗔老子來遲暮。

浣紗曲

溪頭浣紗女，素足弄清波。緑窗費纖手，鳴機不停梭。織成絺與綌，貴之如綺羅。持此寄遠客，思君心緒多。

莫折花

莫折花，折花損新枝。結根同美好，忍此生别離。不如坐花下，長醉春風時。

玉泉山

玉泉之水金爲扉，北風卷葉山無衣。白馬雙行緑雲路，渺渺秋蕪起煙霧。姮娥有時騎白鸞，弄水滿手驪珠寒。老蟾泣中夜，露滴飛蓋鳴琅玕。姮娥上天去，一碧光摇鏡中樹。石潭風雨忽驚人，乃是神魚化龍處。

靈巖寺

千峰秀出青蓮宇，下界神龍走風雨。帝遣靈鼇戴此峰，來作中吴天一柱。吴王宫殀結浮雲，日日西施醉歌舞。春□館娃樂未終，敵人隔江嘗膽苦。夜半越師溪上來，翻手繁華化爲土。硯池鳥下詠青蘋，樵路幽香來秋塢。昔時寶屧響瑶階，誰信荆榛上修廡。惟有琴臺石，峩峩似蒼虎。吾將煉成金，天高不可補。飛閣當天開，五湖三江入窗户。君不見鴟夷子，浮沈兩國煙波裏。屬鏤讒鋒固莫辭，恥雪夫差一作椒。肯知止。肯知止，今人寧無鼎鐺耳！奈何古之人，九泉呼不起，酒盡苹蕪三萬里。

金陵行

金陵城頭生紫煙，金陵水立東風前。神山蜿蜒行入海，白日化龍飛上天。十年不見吹簫侣，丹鳳深巢惜毛羽。仙子天端騎鳳來，衣上斑斑碧桃雨。碧桃如霞浮壽觴，秦淮之鯉數尺長。林鳥回翔集庭樹，華峰特立天中央。君行出門無百里，中道嗷嗷塞人耳。霜風灑筆山岳摇，夜半飛章奏天子。

八月望與項可立約遊石湖是夜月蝕又雨次韻就約王山人明日同遊

黑雲出山雨交加，太虚倏忽生疵瘕。瓊樓瑶鏡不可見，但覺銀海浮玄華。長思昔年玉川子，作歌發憤刳妖蟆。不知三萬八千户，此時何處相遨遮。我欲攀天躡天柱，御風飛步蓬萊家。蓬萊揚塵水如墨，凍蛟化魚啼喊呀。獬廌從來不識字，努力自言能觸邪。遺我白兔所擣藥，酌以金尊之紫霞。萬古清光終莫掩，二國自戰空牆蝸。酒醒忽憶五湖寺，亦有中頂仙人茶。明朝與君買船去，上山采桂窮幽遐。

仲容〔摘〕(謫)阮圖

林中長憶仲容賢，水底龍吟阮上絃。彈破白雲飛不去，化爲盤石已千年。

錢塘懷古次高則誠韻

錢塘潮上海門深，千古靈胥恨未平。北斗文星長黯黯，内園官樹尚陰陰。承華殿冷西人語，太乙壇空上帝臨。月黑鄂王祠下路，風吹青火出山林。

送陶教授還台州

廣文先生賦歸去，天台此時花正開。月行舟上山水白，人散江頭風雨來。燕雀争鳴碧玉樹，麒麟不上黄金臺。何如門前五楊柳，日日青絲吹酒杯。

鼇峰寺

石道青蓮入翠微，金鼇海上數峰奇。樓前風滿潮來急，檐外山高月到遲。僧語夜深松子落，客吟春盡□花知。日西又立谿橋馬，呼酒長亭唱《柳枝》。

烏夜啼

城頭烏夜啼，月白薊門時。朝陽借光彩，翱翔鳳凰池。春風黄金樹，結巢在高枝。中心懷反哺，還向故人一作山。飛。

真女吟

嘗聞漢宫人，恩深妒還重。自憐冰雪姿，肯戀金屏寵。春風吹倒山，妾心終不動。羞死王昭君，玉顔没青塚。

郎亡金

郎亡金，持者誰？十年同舍難相知。不疑肝膽似冰雪，仰天吐氣摧雙眉。古人重黄金，交情棄如土。奈何今之人，身爲黄金死。結交心不同，須防未然絶。何時郎得金，白珪之玷乃可滅。

白門柳

白門女郎若楊柳，舞衣深勸金陵酒。青絲素手結同心，沈醉東風回馬首。紅袖掩啼痕，請君聽妾言。柳色年年好，玉顔豈長存。柔條不忍折，妾意與君恩。紛紛花落青春暮，雨暗長亭空斷魂。

歸燕曲

春寒吹北風，吹送青雲燕。歸心與去舟，乘風似飛箭。愁殺倚樓人，淚滴如花面。烏衣自有家，夢斷昭陽殿。

柳枝詞

江頭好風日，楊柳參差青。柔條爲君折，行歌出西城。江流二月碧如酒，木蘭之舟天上行，欲别不醉難爲情。

久别離送柳韶之西安

久别離，長相思。溪頭楊柳樹，十見黄金枝。枝長花飛如白雪，心期暗結東風知。東風吹花化爲萍，一夜浮游滿溪水。滿溪水，到天池。萍亦因之幾千里？何時萍實成，與子乘舟汎蓬瀛。

題玉山中所藏趙千里畫金碧山水圖

天上白雲滿空谷，樹下三間兩間屋。玄晏先生不出門，自檢殘書手□讀。醉翁斜帶紫綸巾，過水呼童御黃犢。犢之背樂不可言，王孫寫入冰綃幅。君不見戎車□戰場，秦王失其鹿。笑殺當時園綺翁，白頭去謁隆準公。

題玉山中錢舜舉畫五柳莊圖

飛泉屋後銀河懸，孤松屋上蒼龍眠。四山無數白雲出，好柳五株當門前。葛巾丈人步其下，悠然别有山中天。

題三笑圖

我思廬山三十載，喜見虎溪三笑圖。遠公愛客不愛酒，陶令愛酒無錢沽。黄冠道人愛談道，握手顧我成胡盧。乃知古來賢達士，出處自與常人殊。君不聞東晉英雄數周顗，對語新亭泣新鬼。

題二喬圖

喬公二女如花顔，玉宫仙樹參差間。鳳裾鸞書明月環，寶釵壓墮青雲〔鬟〕（環）。手撚丹霞染天章，繡屏曉卧珊瑚牀。石鏡山前瓊草香，春風蕩漾紫鴛鴦。嬌歌雙笑蘭煙蒼，中軍留醉牙帳光，回頭兩鬢飛秋霜。

遊簫臺寄李五峯

簫臺天高山氣寒，瓊樓倒景金沙灘。露洗長松翠蛟泣，曉風吹瘦青琅玕。仙遊王子今千載，簫去臺空山不改。石梯奇峭石蘿深，東望蓬萊隔滄海。華表棲塵鶴未歸，燒丹竈溼蒼苔衣。木落鏦錚下鐵壁，紫巖桂落香風飛。雲門道士相迎送，五色芙蓉滿溪洞。生平屐齒能幾來，回首十年如一夢。客鄉遲暮秋復秋，故園淚□黄花愁。長繩難繫西飛日，彭殤蟻□營荒丘。雪瀑灑巾清入骨，煙霞杳靄孤鴻没。世人倏忽不可期，獨酌芳林勸明月。

船上燕姬

燕姬倚嬌色，珠帽絡金花。半醉玉盤面，雙鬟雲影斜。水邊忽自笑，眉目艷春華。芳心爲誰發？翠袖拂琵琶。

宴鄭明德與袁子方張伯雨得落字

東家白雲翁，載酒青山郭。相招竹林彦，坐對春風酌。一花飛入樓，汎我銀罌落。醉步松月歸，令人夢孤鶴。

桃塢吟與項可立寒食同遊

客鄉見寒食，因作桃塢遊。桃塢年年發春色，館娃香逕隨風一作東。流。羅敷采桑隔緑水，漁童小海歌蹋舟。三五丫鬟不知醜，紫花紅花簪滿頭。欲開未開竹旁户，見我白髭佯作羞。羞顔微破背人笑，自言此客曾來否。側聞槖一作郭。駝語，此客寧爾留。太白老，元丹丘，玉尊錦瑟春風樓。

題張叔厚描壽陽公主梅妝圖

正月七日含章殿，落梅吹花香撲面。玉人睡起猶未知，重理新妝鏡中見。花如玉貌多嬋娟，三十六宮多學徧。城中醜婦不解羞，采花自點雙眉頭。

芭蕉士女

爲愛芭蕉步玉除，雲根飛翠溼霞裾。蕊珠宫裏歸期近，懶把芳心葉上書。

酬〔嚶〕（嚶）子山秘監三首

青煙竹外煮金芽，更對山人酌紫霞。半醉東風催上馬，一身香雨溼宫花。
金谷花香弄綵毬，氈鄉雲暖更温柔。客懷不記春深淺，卧看桃花溪上流。
太液春深緑水濱，後宫争唱《柳枝》新。黄金不買《長門賦》，醉酒花陰睡殺人。

松門玩月

徘徊青松門，鑒我古明月。露零沐青髯，玄珠燭寒髮。願言駕雲螭，飛步上天闕。微雨中夜來，北風卷成雪。

春夜酬李五峰

酣歌惜春夜，起向月中立。北斗挂長松，風摧翠蛟泣。山花如美人，飛香染衣溼。青天落吾手，大白不滿吸。推山出門去，秀氣還復入。

題溪山釣雪圖

隆冬西北雲，羣物共衰槁。萬雪閟陰崖，青松一何好。小竹不受風，低回向人掃。茅檐化穹廬，樹壓珊瑚倒。誰將渭水竿，移舟入瑶島。此時沙漠天，罽旃命如草。復有轅下車，夜蹶藍關道。哀哀節義軀，何如此溪老。溪老謂余言，貞心當自保。詎知三尺簑，功成在華顛。

送張學録歸柯山

幽人若明月，皎皎天壤間。忽醒西堂夢，隨舟入柯山。山中古樹影，照見鬢毛斑。白兔搗靈藥，何時得休閒。兩兩乘鸞女，笑舞如花顔。長歌紫雲上，仙風安可攀。因之下江浦，遺以雙玉環。

松雪上人以墨君見似遂託興而歌之

海水變爲酒，盡醉蓬萊客。驪龍與翠蛟，各飲三千石。衆影行月光，雲氣浮天白。仙人久不歸，瑶草年年碧。

病起

出户見青草，始知春意深。行行倦復止，至此庭樹陰。層雲掩朝日，歸鳥思故林。節序忽已易，徒勞霜鬓侵。幸有尊中物，爲吾解愁襟。

送黄仲珍歸松江

幽蘭抱貞姿，結根巖谷中。光風汎奕葉，及此春露濃。君子既不異，衆草難與同。尚爲王者香，含華待清風。撫琴起長歎，曲盡情未終。

秋浦送吴録事之吴中

長思秋浦月，今見秋浦人。山中讀書屋，乃與九華鄰。當山弄明月，垂彼清溪綸。得魚赤金尾，騎上龍門津。吴頭坐煙艇，放魚歌白蘋。多君如李白，且盡尊中醇。

白雲歌

白雲出千峰，飛渡滄海去。白下楊花春滿江，一夜隨雲化爲絮。黄鶴乘之上青天，下視蓬萊落何處？我作《白雲歌》，勸君一杯酒。不見從龍雲，風雨飄零作蒼狗。碧山堪栖君好歸，富貴於吾亦何有。

醉時歌

挹翠樓前秋日清，挹翠樓下秋水明。海色屏開九峰曉，玉樹時作蛟龍鳴。主人愛客勸客醉，鳳絃欲語杯先行。杯上菊花黄似酒，碧袖雙歌若楊柳。白日飛去紅燭來，兩兩玉童争拍手。拍手笑，風飀飀。初疑蓬島，何異瑶池。人生百歲，不樂何爲。不願髮再黑，但願長醉如今時。

和陳伯良韻代蕩子婦作

美人如花隔秋水，翠髮新蟠鳳凰尾。年年花底醉秦宫，不是盈盈花上鬼。舞衫血色迎風揮，南風北風吹折枝。誰憐蕩子婦，含曠坐荆扉。夜夜望明月，睡時山月低。男兒未富貴，徒勞歌扊扅。君心叩月不自見，願照若蘭錦中詩。妾身如蠶不食葉，自然吐出五色絲。字字結同心，無人爲持去。夜夢化爲娥，尋君不識處。隨雲飛遍十二峰，夢回日出滄江東。中使傳書呼塞鴻，少年仙客成老翁。請君歸，勸君酒。酒如泉，杓如斗，庭中桂樹青鸞小。

玉山佳處

玉山有佳處，乃在崑崙西。蓬萊數峰小，上與浮雲齊。雲中飄飄五色鳳，只愛碧梧枝上棲。芝草琅玕滿玄圃，羣仙共躡青雲梯。太湖三萬六千頃，水水流入桃花溪。溪頭浣花如濯錦，百花潭邊浮紫泥。紫皇拜爾山中相，閒把絲綸草堂上。漁莊一釣得龍梭，龍女吹簫書畫舫。西風玉樹金粟飛，東風柳浪金蓉裳。我亦桃源隱居者，握手一笑三千霜。

波漾。歲歲年年樂事多，緑野平泉何足尚。十二樓頭看明月，太乙明星夜相訪。酌霞觴瑶臺，露溼芙

松屋

四壁青蘿月，長松白鷺巢。山風吹葉下，添覆一重茅。

蘭亭

酒醒風雨溼衣巾，曲水荒涼幾暮春。檐外蕭蕭修竹在，相逢如見永和人。

酬于思容御史

春風三月酒如泉，短屐青衫不厭穿。明日吴門驄馬過，休驚林下白雲眠。

熊監丞夢祥

夢祥，字自得，南昌進賢人。聰敏曠達，作詩爲文，思若湧泉。旁曉音律，能作數家書，寫山水尤清古。以茂才異等薦爲白鹿書院山長，授大都路儒學提舉、崇文監丞。以老疾歸，游淮淛間，放意詩酒，脱略不拘，有晉人風度。卜居婁江上，匾「得月樓」，自號松雲道人。與玉山主人爲忘年交，年九十餘卒，其所著述有《釋樂書》行於世。

笞女臺歌 并引。

在京南城放生池東，高三丈，蒿草芃芃，鄉老俱稱金蕭后笞女於上。

荒草堆，燕人號爲笞女臺。金源蕭后飭宫女，表正壼範出聖裁。此事庸或有，史筆獨不該。繁華若流水，去者不復回。後人見遺跡，孰不興遠懷。閒花野草今猶昔，當時美人安在哉。

春暉樓分韻得仰字

行行别楚州，秋蕪半蒼莽。關河颺旌旗，令人心怏怏。禮樂百年間，於焉日悽愴。歷此艱危中，别郡政勞攘。何由得清夷，復見桑麻長。故人居桃源，買舟得獨往。坐我廣厦間，薄言慰遐想。維此秋方中，桂月延清賞。連甍接層臺，夜色亦蕭爽。主人情更真，頓覺脱塵鞅。吴歙侑金尊，謳歌共抵掌。歡會亦可期，樂事非勉强。醉後下一作登。高樓，涼月猶在仰。

丁都護 并序。

樞密三知院答里麻監總戎曹州，進兵陷陣，諸將卒士棄其主將而潰，於是被害甚慘。後以十月末旬，獲其骨而歸，招魂於順承門外。

丁督護，郎上馬，將星煌煌，干戈戚揚。貔貅百萬羽林郎，旌旗所指孰敢當。丁督護，郎下馬，穹廬滿野，笑言啞啞。良家女兒擎玉斝，夜來葉落消長夜。丁督護，郎進兵，旗電鼓霆，澤劍流星。指麾衛軍歌楚聲，主將傾危血刃腥。丁督護，魂來歸，少妻嬌兒，涕泗漣洏。去時鞍馬何人騎，肘後玉印今歸誰？嗚呼猗戲，國之梁棟，哲人萎萎！

題柏子庭枯木

鐵珊瑚樹飛鬼蝶，王子敝舄不許躡。乞與海神神不收，湧樹雪晴光曄曄。何人潑墨濬復濃，使我一見成心獵。便令退從未畫前，無孔笛中宫徵叶。

湖光山色樓

移舟界溪上，忽見海虞山。山接空青外，湖當慘澹間。松聲聽欲近，帆影坐看還。何處西風起，漁歌下別灣。

客懷奉簡玉山

我昔離家七月強，只今十月隕清霜。可慚濁酒黄花興，應悔青燈白髮長。翠袖天寒修竹暗，綺窗日暖唾茸香。夜長枕上揚州夢，江北江南是故鄉。

題王元章畫梅花

水影晴光爲寫神，當時已是失天真。一從殘角吹新曲，幾向寒谿覓故人。縞袂歸來猶有月，珮環飛去更無塵。莫言醉魄空離落，信把和羹屬大臣。

題管夫人竹

夫人寫竹何縱横，錯刀離離光怪生。安得月明招白鳳，玉闌西畔聽秋聲。

題二色芙蓉便面

曾障西風十二闌，亭亭醉醒碧波寒。月邊青鳥無消息，流落人間作畫看。

題李息齋竹

薊丘道人寫瀟灑，煙寒兔齒石蒼蒼。素娥剪翠雲葉亂，三十六陂春水香。

題畫山礬

傍路依山到處生，只因樵牧慣相輕。若教塵俗如桃李，未必梅花肯作兄。

題王元章梅

紫禁春醲雪未消，年年香冷只飄飄。許身入畫酬清賞，不嫁東風過小橋。

和西湖竹枝詞

船頭新月恰如眉，折得雙頭蓮子歸。荷花菱葉不同種，蝴蝶蜻蜓各自飛。

題蕺山題扇圖

蕺山老媪本無知，恰值將軍乘與時。竹扇一時光怪動，莫教低價與元規。

宋常山沂

沂字子輿，清江人。由成均諸生擢藝文監掾，遷贛州從事，復除常山縣尹。所著有《春詠亭稿》。

題燕士李叔成静怡精舍　叔成，故淮安郡侯子也。

守道豈忘世，脈脈重端居。曠懷不可極，清風生太虚。寂寂獨無營，欣欣常有餘。童子啓窗户，晝讀孔氏書。窅然在隘巷，時來長者車。問我何棲遲，東陵未丘墟。矧伊幽州士，胡爲卧空廬。答云各有志，素絲尚匪汙。相從賦《黄鳥》，駕言歌《白駒》。鳳兮或來下，愧彼狂接輿。

題澹齋

泠泠山下泉，謖謖松上風。松風吹我心，置彼山泉中。清深聊洗耳，汪洋因盪胸。時時酌玄酒，孰與甘醴同。張侯坐齋閣，尺宅如虚空。泊然濯塵慮，明德庶彌崇。

題聽秋軒

憀慄夫何如？幽齋致虚極。相看數竿竹，更覺萬籟寂。顥景逾清曠，天宇彌寥泬。涼飇發金奏，繁露溥玉滴。高梧庭鶴唳，衰蕙候蟲唧。願言凝耳韻，端居以游息。

東海謡奉送宋大監降香海上天妃廟

東海鯉魚揺赤尾，舳艫盡發江南來。帆檣出没蛟鼉窟，靈雨神風勞帝子。紫衣使者麾金幢，麒麟煖玉隱天香。元君晝下翠旗溼，百靈冉冉天吴立。使君騎馬歷東吴，吴中父老争迎趨。自言春濤漂白骨，官家下詔復征役。今年隴畝秔稻空，縣官索租到疲癃。丁男登山拾橡栗，妻孥含酸向人泣。使君北來候神人，應憐赤子百憂集。明年海若不揚波，君歸宣室當如何！

送逯都水赴海運萬户

都水使者日邊來，黄金虎符照漕臺。笑持英簜入滄海，不比徐福求蓬萊。將軍昔騎青驄馬，風采桓桓丹闕下。紫髯如戟半成霜，議論精神更瀟灑。今年運米發東吴，三百萬石皆明珠。揚旗列戟耀雲漢，伐鼓鳴金轉舳艫。將軍尚文今尚武，何物鯨鯢敢予侮。攙搶蕩滅凋瘵平，報政歸來奏明主。

贈別黄德廣赴都

江上相逢渾未久，忽對芳尊傾別酒。君向燕臺萬里□，我留吴會三春後。當年曾入承明廬，千官委佩侍金輿。此行剩擬《長楊賦》，何用頻封光範書。

白鶴觀次韻鄭蒙泉呈朱仲文陳庶子

誰寫《黄庭》一兩章，碧桃花發日初長。欲求大藥黄金鼎，先解明珠白玉璫。漠漠春陰連海氣，遲遲雲影度天光。羣公共愛幽棲好，芝草瑤花雜衆芳。

次韻答蘇昌齡

二十四橋春雨晴，高齋日日讀書聲。寄來滿紙□□溼，想見吹簫弄月明。傾蓋清尊相爲醉，盍簪白髮可憐生。東風三月淮陰郡，寫寄綢繆故舊情。

送傅與礪佐使安南

皇帝三年頒正朔，使君萬里向交州。瑶池天闕龍光漏，銅柱雲低蜃氣收。陸賈獨能持節往，終軍因得棄繻留。幕中爲惜懸河辯，毛遂歸來坐上頭。

送趙御史仲禮之任南臺併簡兼善達公經歷元載王公用道孔公二御史

天子龍沙拜法官，議郎新戴辟邪冠。曉辭漠北冰霜重，秋到江南草樹寒。諫疏頻煩明主聽，題詩長共故人看。應憐閭里誅求急，尚布朝廷禮意寬。幕下風清鳴一鶚，臺端雪霽見雙鸞。寥寥渡海三冬翮，燁燁凌空五色翰。晉代新亭蒼蘚合，梁朝舊寺土花殘。石城慷慨悲袁粲，別墅風流憶謝安。千里憑高麾繡斧，幾回攬轡並銀鞍。諍臣事業須公等，努力明時匪素餐。

奉餞御史中丞汪公大司徒致仕歸隴右

仗引絳騶中執法，鏡懸清鑒大司徒。當今天子尊元老，自昔諸侯祖二疏。臘盡挂冠辭北闕，春來供帳出東都。魏舒就第施行馬，薛廣傳家保賜車。德教萬民蒙帝賚，王封四世贊皇圖。翰蕃方國歌周雅，帶礪河山著漢書。燕塞驊騮知故道，隴雲鸚鵡識前驅。平泉草木芳華裏，終日垂紳擁玉魚。

寄馬易之

近日淮南見馬卿，新詩句句掇瓊英。畫船不肯留三日，先載東風過四明。自是風流愛鑑湖，木蘭舟上倒金壺。鱸魚蓴菜戀鄉國，馬湩蒲萄憶帝都。

卞司掾思義

思義，字宜之，楚州人。氣宇疏曠，早年有詩名，能苦吟，對客談詩，終日不絶。淛西憲府以其才賢，辟爲屬掾。任滿，轉達德録判，未任，庯田制司又以其通敏，再辟爲掾史。嘗寓陵陽，與劉有之、吴起季、王子山、吴子彦、胡成之輩相倡和。上元楊翮稱其詞宏麗華妙，可以追配古之作者。惜詩多失傳，僅存《玉山雅集》十之一二云。

溪山春雨圖

野人結屋臨溪上，溪上白雲生疊嶂。城中車馬自紛紜，朝聽樵歌暮漁唱。雲林靉靆春日低，小橋流水行人稀。桃花落盡春何處？風雨滿山啼竹鷄。

上元日侍宴疊嶂樓

上使開華宴，高樓倚碧霄。山如屏嶂列，風逐管弦飄。事簡春偏永，歌長酒易消。月明人散後，驄馬不勝驕。

鐵笛詩寄楊廉夫

一段清冰百鍊鋼，曾翻宫徵侍虚皇。裂開黄鶴一作鵠。磯頭石，驚落青鸞鏡裏霜。仙子珮環新樂府，翰林風月舊文章。道人清節磨礱久，却笑桓伊獨據床。

和楊廉夫新居韻

樓居最喜傍西河，春水溶溶生緑波。近市小橋雲影亂，隔簾疏雨竹聲多。執經弟子登金馬，换帖山人贊白鵝。欲向尊前吹鐵笛，且聽牙板翠兒歌。

贈清隱楊鍊師

野鶴昂藏自不羣，往來瀛海絶囂氛。碧瞳老去照秋水，石室曉來生白雲。採藥每於松下見，步虚時向月中聞。《太玄》親授神仙祕，霜繭淋漓舊墨紋。

大瀛海道院爲吕齋齋作

人間咫尺大瀛海，方丈蓬萊信杳然。若木三更先吐日，弱流萬里不通船。未同徐福來求藥，好訪安期且問仙。聞説吕公高隱處，蛟龍常護石牀眠。

巢雲爲吴義卿作

元氣氤氲天四垂，我來高處足棲遲。笑看烏鵲空三匝，肯與鷦鷯共一枝。露溼衣裳星斗近，暖生毛骨夢魂知。有時借得天風便，唤取仙人白鶴騎。

侍宴疊嶂樓次蘇資道韻

使君閒暇宴高臺，珮玉珊珊得重陪。無數好山成疊嶂，一灣流水似天台。煙中佛寺藏樓閣，火後人家半草萊。不用登臨增感慨，春風梁燕又歸來。

西津渡

西津渡口望瓜洲，候吏歡迎使客舟。天塹已無南北限，江流不盡古今愁。雲連巨艦來湖口，風送殘潮過石頭。驛舍題詩滿東壁，重來還憶去年秋。

過邳州風雨不能渡宿州治

天下黄河勢欲奔，江南游子黯銷魂。陰風怒作波濤險，秋雨忽來天地昏。下榻可堪塵滿席，開懷賴有酒盈尊。曉晴又上征鞍去，城下新添漲潦痕。

毘陵玄妙觀

古柏青衫鎖翠霏，寥陽金闕隱玄扉。旛幢影動羣仙下，星斗壇空獨鶴歸。高閣雲深分樹色，修廊雨過溼苔衣。壁間若問雙龍迹，化作天池寶劍飛。

汗酒

水火誰傳既濟方，滿鐺香汗滴瓊漿。開尊錯認薔薇露，溜齒微沾菡萏香。水泄尾閭知節候，津生華蓋識温涼。千鍾魯酒空勞勸，一酌端能作醉鄉。

馬善長設宴思遠樓湖船

緑野橋邊繫短篷，歸來微雨溼青驄。草堂無夢尋康樂，蓮社何人憶遠公。海上相逢疑昨日，尊前談笑自春風。明朝舊約知誰問，隔岸海棠花正紅。

過琴溪徐公釣臺

芳草茸茸襯馬蹄，重陪使者過琴溪。東風又屬梨花月，夜雨新添燕子泥。石室塵空蒼蘚合，釣臺人去暮雲低。跛奚莫厭詩囊重，多少江山未品題。

次王安行韻

杖策來尋隱者居，閉門重著絶交書。入城無事不騎馬，臨水有時看釣魚。未羨淵明開菊徑，擬從諸葛住茅廬。清時羽翼知多少，肯散黄金學二疏。

次楊廉夫韻贈歌者翡翠屏

揚州曾賞瓊花宴，吴下新傳翡翠屏。湘水月明環珮冷，巫山雲溼髻鬟青。蹙金孔雀非爲貴，隔屋琵琶正好聽。青鳥無情易飛去，雕籠深鎖重丁寧。

題舒秀實鉏隱

賓幕歸來野興濃，卜居還得近城東。繞籬自斸荆榛地，傍屋添栽杞菊叢。一鏤燕泥春雨後，數聲牛笛暮煙中。紅塵軒冕非吾事，老圃如今願已同。

愍忠閣

登臨獨上最高層，東北闌干不敢凭。雲近蓬萊連複道，天低星斗挂觚棱。愍忠曾葬征遼骨，破暗空存供佛燈。欲浣京塵振衣袂，泠風蕭瑟灑炎蒸。

題溪山煙雨圖

西崦人家枕碧流，屋頭高樹近山頭。短蓑煙雨歸來晚，滿地落花人倚樓。

過維揚

露冷金盤酒價添，雲埋瓊樹客愁兼。竹西舊曲無人理，謾捲紅樓一半簾。

春江逸響圖

黄鶴磯頭一棹還，白鷗波上幾人閒。笛聲吹斷江南曲，不見漁翁祇見山。

懷楊鐵笛

琵琶聲斷翠鸞孤，鐵笛山人淚眼枯。聞道小弦今已絶，《竹枝》依舊唱西湖。

和西湖竹枝詞

小蘇吹笛最高樓，吹作大堤楊柳秋。只今青冢在湖上，不識黄雲出塞愁。

屠山長性

性字彦德，會稽餘姚人。明《春秋》學，幼從黄侍講溍遊，故其詩文嚴整有法度。領至正鄉薦，嘉定儒學聘爲經師。

送王季埜侍父入京

江左風流屬過翁，賦成入奏大明宫。未應膝上留文度，還向談邊見阿戎。《金縷》東風歌折柳，錦帆遲日帶歸鴻。六龍清暑灤河上，扈從應馳白玉驄。

館娃宫

棲越歸來此築宫，佳人欲與死生同。鴟夷始見投江上，烏喙俄聞賜甬東。木落秋波環珮冷，草生故國綺羅空。幾回香水溪頭望，飛雉猶翻夕照紅。

山閣

幽居只在碧山阿，高閣凌虚帶女蘿。門外水生春渚白，窗前雲起夕陰多。藏書每許鄰人借，釀酒時邀野老過。見説南岡千歲柏，倚闌安得眄柔柯。

和潘子棄韻

雲林精舍傍巖阿，中有行吟十二窩。陸羽泉清童汲慣，潘郎詩好客酬多。茅山猿鶴驚春曉，楚水魚龍落夜波。歸去不成千里別，抱琴重約聽樵歌。

送趙季文

湖州此去百餘里，公子之官是勝遊。細雨澹藏城外寺，垂楊齊拂水邊樓。妙年未厭官曹劇，大府仍聞禮數優。日日高堂具甘旨，白魚須寄霅溪頭。

送智教授兼簡郭思道録事

先生去作州博士，尚憶滄浪水竹居。研露自臨修禊帖，閉門欲著絶交書。九江城外春帆近，五老峰前曉雁疏。此去談經有餘暇，參軍爲我問何如？

金粟影

桂樹叢生雙澗側，玄堂羽蓋擁團團。流膏久矣成芝菌，結蔭終當集鳳鸞。雨露春深增怵惕，溪山秋晚耐高寒。淮南不用歌《招隱》，留與雲仍百世看。

竹桃

仙子吹笙處，碧桃花正開。花邊有竹實，留待鳳歸來。

竹菊

曾向山中住，黄花爛漫栽。主人緣愛竹，三徑不教開。

竹棠梨

石畔竹扶疏，棠梨結子初。坐來山雨過，溼翠欲沾裾。

竹梅

美人湘浦去，翠袖倚琅玕。横笛吹霜曉，遥知不耐寒。

送人赴彭湖巡檢

三十六島遶彭湖，見説泉南天下無。花時小隊旌旗出，處處春風啼鷓鴣。

題馬二首

渥洼神水與天通，汗血淋漓帶赤騣。明日甘泉祠泰時，和鑾聲在五雲中。

曉來疏雨過沙隄，振迅先聞柳外嘶。不是圉人調未習，臨流怕溼錦障泥。

和西湖竹枝詞

二八女兒雙髻丫，黄金條脱銀條紗。清歌一曲放船去，買得新妝茉莉花。

録事昂吉

昂吉，字啓一作起。文，本唐兀氏，世居西夏。昂吉留吴中。舉至正七年鄉薦，明年登張秦榜進士。授紹興録事參軍，遷池州録事。爲人廉謹，寡言笑，時往來玉山，唱和爲多。楊鐵厓送啓文會試詩有云：「西涼家世東甌學，公子才名久擅場。」其推奬可知也。

芝雲堂以藍田日煖玉生煙分韻得日字

涼風起高林，秋思在幽室。維時宿雨收，候蟲語啾唧。池浮荷氣涼，鳥鳴樹陰密。主人列芳筵，况乃嚴酒律。客有二三子，題詩滿緗帙。雙雙紫雲娘，含笑倚瑶瑟。清唱迴春風，靚妝照秋日。人生再會難，此樂亦易失。出門未忍别，露坐待月出。

聽雪齋分韻得度字

把酒臨前軒，積雪滿行路。清唱迴春風，夜色在高樹。主人雅好客，殷勤道情愫。歡極座屢更，杯深不知數。酒闌看雪行，亭亭水中度。

樂府二章送吴景良

吴門柳，東風歲歲離人手。千人萬人於此別，長條短條那忍折。送君更折青柳枝，莫學柳花如雪飛。思君歸來與君期，但願柳色如君衣。

採採葉上蓮，吴姬蕩槳雲滿船。紅妝避人隔花笑，一生自倚如花妍。低頭更採葉上蓮，錦雲繞指香風傳。殷勤裁縫作蓮幕，爲君高挂黄堂邊，待君日日來周旋。

姑蘇臺送友人之京師

送君姑蘇臺，臺前日落雲帆開。吴王宫殿已塵土，且復飲我黄金罍。吴王宴時花滿屋，半酣西施倚闌曲。越兵一夜渡江來，從此荒臺走麋鹿。與君弔古登高臺，青天萬里雲飛回。願君乘雲上天去，思君偏倚臺前樹。

虎丘山送友人

别君虎丘山，歸雲如鴉松樹間。山公聚石坐説法，白虎臺前去復還。至今臺上金精伏，清氣瀟瀟滿林谷。城中之人豈解事，但見寒泉繞巖木。君行慎勿停吴舠，修名要與山齊高。酒酣君去我亦别，後夜山頭望明月。

題丹山

昔人仙去大蘭山，臺殿空遺石壁間。崖瀑四時飛白雲，溪雲長日護玄關。青櫺露冷從猿采，仙未風生看虎還。昨夜洞前新雨過，主人留客聽潺湲。

七月既望日玉山主人與客晚酌於草堂中肴果既陳壺酒將瀉時暑漸退月色出林樹間主人乃以高秋爽氣相鮮新分韻余得高字

窗外白雲翻素濤，座間翠袖妬紅桃。風生楊柳暑光薄，月上芙蓉秋氣高。喜近山僧吟樹底，更隨仙子步林皐。主人才思如元白，日日題詩染彩毫。

玉山雅集圖者淮海張叔厚爲玉山主人作也主人當花柳春明之時宴客於玉山中極其衣冠人物之盛至今林泉有光叔厚卽一時景繪而成圖楊鐵史既序其事又各分韻賦詩於左俾當時預是會者既足以示不忘而後之覽是圖與是詩者又能使人心暢神馳如在當時會中展玩之餘因賦詩以記其後云

玉山草堂花滿煙，青春張樂宴羣賢。美人蹋舞艷於月，學士賦詩清比泉。人物已同禽鳥樂，衣冠並入畫圖傳。蘭亭勝事不可見，賴有此會如當年。

釣月軒以舊雨不來今雨來分韻得來字

經年不見顧徵士，長憶花前共舉杯。一路涼風吹酒醒，滿船秋雨載詩來。一作材。樓頭楊柳參差見，池上芙蓉取次開。獨立水光山色裏，雙雙白鳥忽飛回。一作來。

碧梧翠竹堂

愛爾小軒梧竹好，雨晴添得草堂幽。挂簾涼月作秋色，遶屋清陰如水流。莫剪高枝留宿鳳，好依勁節聽鳴璆。醉來幾度凭欄立，但覺蕭蕭爽氣浮。

湖光山色樓

危樓倚天何壯哉？軒窗八面玲瓏開。水摇萬丈白虹氣，山横十二青瑶臺。林光朝開宿鳥散，帆影暮接歸雲回。坐久身如在泉石，神清骨爽無纖埃。

芝雲堂

漪緑園中石一拳，十金移得置堂前。望中雲氣生芝草，春在仙人種玉田。

柳塘春

春塘水生摇緑漪，塘上垂楊長短絲。美人蕩槳唱流水，飛花如雪啼黄鸝。

漁莊

待得桃開泛釣艖，春光三月到漁家。風迴池上凭欄立，一對鯉魚吹浪花。

陳學士秀民

秀民，字庶子，温州人，一云嘉興人。博學善書，爲武岡城步巡檢、知常熟州。張氏時爲參軍，歷江浙行中書省參知政事、翰林學士。未詳所終。錢宗伯牧齋云：周玄初《鶴林集》載庶子作《來鶴詩》，在洪武己巳二十二年，則知其明初尚在也。有《寄情稿》。

至京雜詩

秋氣日淒厲，百蟲晨夜鳴。白露徧野草，微霜忽已凝。客子衣袂薄，結駕遠遊行。俯視離獸奔，仰睇孤鴻征。宇宙浩茫茫，江河杳冥冥。念我同袍子，懷憂心煩縈。

賦得來蘇舞送朵雅齋監憲浙東

妾本良家子，玉顔照明都。十三學楚舞，十八未嫁夫。齊眉纏錦段，全臂絡真珠。春風轉羅袖，明月墜瓊琚。一舞舞《渾脱》，再舞舞《來蘇》。爲君千萬舞，託君以賤軀。

灤陽道中雜興

晨出建德門，暮宿居庸關。風鳴何蕭蕭，月出何團團。短轅駐空野，悲笳生夕寒。我本吴越人，二年客幽燕。幽燕非我鄉，而復適烏桓。前登桑乾嶺，西望太行山。太行何盤盤，欲往愁險艱。寓形天壤内，忽如水上船。昨日東海隅，今夕西江邊。《列朝詩集》無上二句。役役何所求，吾將返林泉。

送强彦栗歸吴

嗟我吴越人，惸惸客燕都。凡見吴越一作「鄉里」。士，依依不忍疏。況子重信義，尤與他人殊。寧無情繾綣，執手與踟躕。《列朝詩集》無上八句。薊門秋月白，城頭夜啼烏。城中良家子，半是南征夫。或從張都護，或屬李輕車。道傍別妻子，泣下如迸珠。自非英雄姿，一作具。孰使禍亂除。戎馬暗中國，遊子將何趨。并州非故鄉，東吴有田廬。《列朝詩集》無上二句。子一作君。歸慰父母，繫我獨何如！

燕京客舍送友歸天台

雁鳴沙漠風，秋入燕陵樹。客子衣裳單，寧不畏霜露。驅車國東門，迢迢懷往路。尺壁横道周，誰能一回顧。登山豺虎雄，入海鯨鯢怒。天台隔三江，丹霞夾玄霧。黄精或可尋，胡麻庶當遇。明時有遺佚，歸哉保貞素。我馬病已久，東西厭馳騖。逸駕如可攀，吾將執其御。

謁賈傅廟

昔讀《治安策》，今謁太傅祠。骨鯁有如此，英靈或在兹。弔原寧無感，賦鵬終有疑。直士多放斥，佞人每高馳。漢文稱令主，逆耳猶見遺。如逢昏與暴，殺人固其宜。湘江有流藻，可以薦明粢。褰帝拜遺像，流涕滿〔裳衣〕（衣裳）。

題王長史所畫天平龍門圖

月黑山鬼號，蒼龍鬪折角。仙人一掌擎，不令墮深壑。秋高勢崚層，日暮氣慘錯。闌干冰柱懸，淩亂雪花落。路狹僅通人，峰寒不棲鶴。王侯天機峻，躋攀故盤礴。寫作龍門圖，奇氣低五嶽。神魚息天池，有待風雷作。

壬午九月九日與郭希仲紀叔維馬希遠飲周景文晚香堂上紀畫墨菊馬鼓琴既而各賦一首

去年登堂三月三，主人置酒澆春衫。今年登堂九月九，堂上主人復多酒。馬生彈琴紀生畫，郭子題詩美如炙。四明狂客醉欲倒，菊花插帽秋光好。百年節序能幾逢，人生會合何其少。人生會少將奈何，爲君起舞爲君歌。歌殘酒盡更須酌，莫待他年白髮多。

賦得烏夜啼送蘇彦剛奉母歸汴

城頭月白烏夜啼，上下擇木不肯棲。昔日養雛今已飛，啞啞喚母登好枝。烏啼亦有樹，子行得無歸。車中孃孃髮素垂，綵旌日向東京馳。東京土美桑棗肥，衣食可以無寒飢。烏夜啼，啼何爲？歲將晏矣歸來兮！

題幻住庵中峰和尚蓮池野亭小像

亭前池水生蓮花，亭中老禪方結跏。雙枝作供淨瓶裹，彷彿玉井銜丹霞。世上蓮花亦常有，玉堂不比丹青手。水底冰蠶已化龍，絶世於今故無偶。師是蓮花花是師，亭亭淨植涅不淄。胸中五色舌上吐，爛漫寫出蓮花詞。世間物物皆爲幻，我托斯圖作真看。君不見中峰峰上十丈蓮，吹香夜夜到諸天。

題江山萬里圖

曹郎胸中墨數斗，筆下煙雲千萬重。崑崙積石泰華接，瀟湘雲夢銀河通。岷峨翠流三峽水，衡嶽青蓮五老峰。清溪九曲處士屋，丹霞百丈神仙宫。下有臨淵欲墜之靈石，上有參天不老之長松。嵐光雨氣迷遠近，咫尺萬里將無窮。誰知大地山河境，乃在冰縑意匠中。我今撫卷三歎息，畫史真能奪化工。

鵲喳喳

鵲喳喳，烏嘍嘍，飛語流言滿城郭。日東升，月西落，今日之日已非昨。貴人有病不飲藥，女巫降龍，神歌噩噩。天漫漫，地漠漠，氓之蚩蚩罔知覺。馬出河，龜出洛，天下文明聖人作。

送遠曲

誰令車有輪，去年載客西入秦。誰令馬有蹄，今年載客過遼西。車輪雙，馬蹄四，念君獨行無近侍。婦人由來不下堂，側身西望涕沾裳。恨不化爲雙玉璫，終日和鳴在君旁。

至武岡

家居猶旅食，兒子復南征。婁縣千江隔，都梁百日行。雁書天外遠，馬角夢中生。食禄非吾願，何時復舊耕。

至岳州宿岳陽樓

蕩槳遡流光，登樓望八荒。江山出圖畫，天地入舟航。夜静星文動，秋高月色凉。題詩懷李白，搔首鬢滄浪。

山居雜咏

好山看不盡，遊罷更須登。石屋晴猶雨，天池夏亦冰。尋仙碧霞裏，飛步白雲層。松花飄滿地，歸路喜逢僧。

登靈巖

寶殿壓崔嵬，華池頂上開。山從太白出，水自洞庭來。閣樹聯珠塔，巖花照石臺。吴王清暑地，那得有塵埃。

懷古和陳惟寅韻三首

范蠡已霸越，功成澹若無。扁舟五湖上，烏喙不敢呼。冥鴻在寥廓，燕雀下萊蕪。
兔走要離墳，貍啼闔閭墓。寶劍生土花，銀池浴秋露。迢迢郭西門，玉輦迷金步。
海門潮不至，昱嶺掩空關。龍隨白雁去，何時復南還。蕭蕭禁中樹，盡爲樵牧攀。

寄題集上人清暉樓

山水含暉翠欲流，上人於此結飛樓。高明不比人間住，縹緲渾如天上遊。璧月光涵吴苑夜，金蓮香引洞庭秋。幾時借得浮丘鶴，與爾題詩在上頭。

揚州

瓊花觀裏花無比，明月樓頭月有光。華省不時開飲宴，有司排日送官羊。銀牀露冷侵歌扇，羅薦風輕襲舞裳。遮莫淮南供給重，逢人猶説好維揚。

邳州

青山一髮見邳州，落日雲迷故國愁。父老空傳黄石在，仙人已伴赤松遊。乾坤不信無清氣，河水胡爲尚濁流。野樹昏鴉棲未定，數聲哀角起高樓。

灤州望古北居庸諸山

古北居庸一望中，風沙滿眼亂芙蓉。曦車夜轉崑崙脊，華蓋陰移太一峰。金口水流終到海，玉泉雲起又隨龍。兩京形勝今如此，可擬秦關百二重。

湘鄉道中

日暮倦趨山市遠，解衣聊復憩巖阿。雲迷險道藤穿石，水落懸崖草亂坡。木客下時人迹少，鷓鴣啼處客愁多。向南言語憑誰辯，莫問蠻方事若何。

五月九日調軍入綏寧是夜宿風門嶺值雨

五月官軍入不毛，重岡複嶺接天高。小臣報國寧辭死，大將行兵無乃勞。漠漠野煙啼魍魎，陰陰山木挂猿猱。二更風雨來關峽，自喜挑燈看寶刀。

西湖竹枝歌

鴛鴦宛在水中央，恰似阿儂初嫁郎。擲却郎君金彈子，勸郎切莫打鴛鴦。

姑蘇竹枝詞

吴門二月柳如眉，誰家女兒歌《柳枝》。歌聲嫋嫋嬌無力，恰如楊柳好腰肢。

吴中柳枝七首　録五。

長洲宫苑草離離，中有吴王舊沼池。至今二八吴中女，爲人歌舞學西施。
館娃宫中花似雲，館娃宫外酒如春。花前把酒花下醉，莫遣春愁惱殺人。
姑蘇城邊楊柳絲，千絲萬絲垂參差。柳絲雖長不禁手，難織回文錦字詩。
棠梨花開郎出門，宜男草生妾思君。如何宜男草上露，不溼棠梨花底雲。
白日欲暮入空房，手把銀燭照西窗。繡幃芙蓉開兩兩，金屏翡翠立雙雙。

題竹

蒼林曉落天上雲，萬頃瀟湘翠波冷。月明葉葉秋無聲，著我扁舟卧清影。

煙波晚櫂圖

東林待月月未出，長江走煙波著天。青山回首不可數，幾點白鷗飛過船。

陪同同待制遊南城

城南百花開滿洲，城中主人招我遊。急唤吴姬歌小曲，莫令花落起春愁。

寄紹興吕左丞

後來江左英賢傳，又是淮西保相家。見説錦袍酣戰罷，不驚越女采荷花。按《輟耕録》云：張氏據有平江，部將呂珍守越，參軍陳庶子、饒介之在左右。一日，陳賦此詩，饒染翰題扇以寄呂，詞翰雙絶，呂倩人誦罷，大怒曰：我爲主人血戰守封疆，豈愛一女子？不忍驚乎，見則必殺之。

周玄初來鶴詩 洪武己巳。

天外誰呼衆鶴來，壇前道士本仙才。月明遼海通三島，能載飛瓊數往回。

陳□□雷

雷字公聲，秀民之子，有《竅菴集》。公聲詩尤工近體，如《寄王近智》云：「煙村白屋留孤樹，野水危橋蹋卧槎。」《奉雲門張布政》云：「月轉桐陰書帙靜，幕深花影吏人稀。」皆佳句也。

春日懷周葵窗助教

紫燕黄鶯來去飛，緑楊煙暖午風微。先生倚杖花邊立，童子舞雩川上歸。景物自隨幽意得，世情渾與此心違。緣知野馬多如許，不染春雲白練衣。

題方氏澄心亭

澄心亭子水之湄，結構空涼也自奇。已映渚蒲青間出，更涵沙竹翠相宜。寒漿玉露銀牀凍，碧甃銅瓶紫綆垂。到此不因同静者，湛然方寸與誰知。

題楊氏問月軒次周葵窗韻

我欲停杯問廣寒，中間宫闕幾時安？丹梯有影非難上，玉斧無痕許借看。不信藥成煩老兔，誰憐桂冷溼青鸞。相逢今夕知何夕，莫笑清狂興未闌。

寄劉仲原經歷

鴛鴦湖水漾晴暉，鏡裏遥峰入望微。槐蔭午衙書帙静，蓮香秋幕吏人稀。青雲步穩名逾重，白石歌長願已違。他日相逢話疇昔，應憐憔悴不勝衣。

自城東復向感化舊居留别徐德厚

孤雲無定水悠悠，又復攜書返舊丘。橡栗樹空猿叫夜，蒹葭霜冷雁知秋。懶梳白髮頻搔首，笑對青山獨倚樓。暇日清遊可乘興，到門題鳳亦風流。

題徐思敬瑶池小景

縈泉疊石帶煙霞，此景人間有幾家。錦字書傳青鳥使，玉簫聲繞碧桃花。雲容窈窕誰能寫，月色嬋娟我欲賒。不待扁舟乘興去，珊瑚長拂釣竿斜。

早春寄周致堯

百年身世渾如寄，何處他鄉是故鄉。柳態正須春弄色，梅花自與雪生香。揚雄寂寞玄猶白，賀監風流醉亦狂。倘許勝緣同晚歲，梨林風致即柴桑。梨林，致堯所居之地。

竹所次盛孔昭韻

萬玉森森護草堂，八窗虚敞夏生凉。清修迥出風塵表，瀟灑駢生水石傍。浮掃莓苔聽翠雨，閒題詩句洗鉛霜。籜龍更放新梢出，相並梧桐宿鳳凰。

秋望

西風凉冷氣蕭疏，對景誰能寫畫圖。紅樹離離變霜色，黄沙渺渺帶煙蕪。嵐消斷壁山容瘦，水盡遥天雁影孤。乞我五湖舟一葉，也應託興爲蓴鱸。

寄隱者

地隔煙霞絶垢氛，悠悠世事了無聞。漁樵來往頻分席，麋鹿尋常不離羣。花下一尊黄菊露，松間千頃紫芝雲。箕山潁水風流遠，誰謂高情屬隱君。

霜

悲角奏梅花，江雲冷萬家。不知青女妒，却道棄鉛華。

題秋江待渡

遠岸白沙渺渺，疏林黄葉離離。莫怪行人争渡，村深蹋月歸遲。

題畫馬

赭袍烏帽立奚官，牽出春風十二閑。不屬丹青傳寫妙，龍媒何得至人間。

紅梅

姑射仙人下杳冥，綃裳環珮玉泠泠。香魂誤入羅浮夢，幾度微吟唤得醒。

方參政行

行字明敏，黄巖人，谷珍子。至正間，授江浙行中書省參知政事，調江西，未詳所終。所著《東軒集》，其弟明則繕寫成帙。宋學士濂評之曰：古詩俊逸超羣，如王子晉鶴背吹笙，隨風抑揚，聲在雲外。律詩清麗婉切，譬猶長安少年，飲酒百華場中，鶯歌蝶拍，春風煦然撲人。終日傳杯，而醉色不起，詩人之趣至是，亦可謂之不凡矣。按孔從善《續龍爪石壁題句》，謂行以義兵萬户守昱關，再戰不利，退守札溪，題詩石壁自剄。而錢宗伯謙益《列朝詩集》方參政行小傳云：「宋濂序曰『明敏仕於元，嘗參知政事於江淛行中書。』按方谷珍據慶元，姪明善據温，授江淛行省平章。又有明鞏、明謙者，明敏或其羣從也。復見心《蒲菴集》《夜宿東軒簡方明敏大參詩》云：『重來濠上得盤桓，剪燭東軒坐夜闌。』國初，元臣例安置濠，見心奉詔住鳳陽，與明敏數倡酬，知明敏亦徙濠也。沐景顒《滄海遺珠》多載國初戍濠之詩，而明敏與焉知徙濠後又謫滇也。余之初考如此。及觀袁忠徹《古今識鑒》云：方明敏，國珍子也。柳莊相之曰：君邊庭赤氣如刀劍紋，二九日有陞進。隨從父克太倉，授分省參政，調江西。乃知明敏爲谷珍之子，前元之陞授，實以谷珍奝子之役，而余初考爲未詳也。袁記又云：洪武戊午，國珍已没，明謙受剥膚之刑，舉族累禍。則明敏或於此時得以從輕典戍滇也。《洪武實録》載：谷真質子曰關、曰元，後與其子明完、明則俱降。完小名亞關，關即完也。宋濂神道碑載子男五人，其二則禮與完。谷珍病亟時，授官以慰之者；其三曰本則、安則。未知此五人者，孰爲明敏者也。谷珍諸子姪内附，前後名字竄改更互，不可考覈，史家闕誤若此者多矣，豈獨杞宋無徵爲可歎哉！谷珍竊據時，招延文士，薩天錫、朱右輩咸往依之，劉仁本、詹鼎則親近用事。潛溪盛稱明敏襟度瀟洒，善談名理，於書無所不讀，「古詩俊逸超羣，律詩婉麗清切，」①則明敏於國初居然勝流，未可以楊山遺種而誚之也。慶元之父子，淮張之兄弟，右文好士，皆有可書，志勝國羣雄者，無抑没焉。」錢宗伯之考據如此。而孔從善《龍爪石壁詩》，仍收入《列朝詩集》中，前後舛錯，姑兩存之，以俟他日更考。

古意

青松百千尺，亭亭蔽浮雲。下有螻蟻穴，上有烏鵲羣。兔絲附其枝，茯苓蔭其根。盤踞託厚地，實維造化神。玄冬霜霰繁，積雪埋崑崙。萬卉皆凍死，此物獨孤存。我將比蟠木，坐閲三千春。

清麗曲

江花繞瓊闕，緑水帶朱樓。開宴坐清夜，飛觴凌素秋。美人明月佩，仙客紫雲裘。生世真飄忽，應當秉燭遊。

①以上十二字據《列朝詩集小傳》補。

懷丁鶴年高士

白雲生虛堂，滄江夜來雨。念子素抱清，守道猶處女。離別月幾圓，流光欻如許。佳期悵芳歲，緬懷在知己。

和蒲菴禪師查峰夜坐二首

在昔多宿願，志藏巖壑間。朝看飛鳥出，暮逐浮雲還。微雨南澗來，涼飈滿空山。振衣千仞外，逸駕誰能攀。

人生固恆理，萬化俱同源。素抱既不展，淹留復何言。願期高世翁，談道窮晨昏。空林冀有約，違己非所論。

題邊文進仙山樓觀圖

仙人散髮懸雙瞳，能移崑崙開華嵩。爲我一掃瀛洲趣，中有千年不死青芙蓉。飄飄烟霞入君手，深林蔽羃桃源口。蒼烟颯颯鸞競飛，丹崖怳怳龍驚走。赤城掩靄天姥回，石梁倒挂雙瓊臺。桃花半壁鏡中見，古木盡化青猿哀。素娥回飈下瑶殿，明星玉女長相見。邀余爲作商山歌，坐看桑田幾經變。丹霞亂飛桂樹表，手翳瓊枝拂瑶草。天風吹入西瑶池，王母秋眉颯衰老。瑶池花暖春未凋，三十六宫散瓊瑶。青霓錦帔耀雲日，上元月下來吹簫。吹鳳簫兮繫霜絲，君亦胡爲弄參差。他年儻惠金鵝蕊，寄聲蓬島長相思。

題吴彦嘉所藏張秋蟾龍圖

張公畫龍人不識，筆法遠自僧繇得。挂向高堂神鬼驚，怳忽電光來破壁。夜當渤澥開筆力，元氣淋淫浸無極。吞吐日月天地昏，摩蕩雲雷太陰黑。江翻石轉窅莫測，一作窮。雪濤捲空銅柱側。洞庭扶桑非爾誰，顛倒滄溟爲窟宅。乃知前圖只數尺，坐令萬里起一作生。古色。何當置我君山湖上之高峰，聽此老翁吹鐵笛。

觀吴孟周司訓真草書譜

古來書學宗史籀，竹簡遺文象科斗。鍾張真草更入神，片楮至今藏不朽。先生下筆絶代無，鳴玉綰結青珊瑚。况聞篆隸太倔強，百金一字傳東吴。墨池浸没玄兔穎，魑魅反走空堂静。金戟交撐日月輪，銀鈎倒畫龍蛇影。歐虞褚薛真出羣，精妙只數王右軍。英姿老氣欲飛動，懸珠快劍相紛紜。嗚呼百世誰復識，我今作歌重刻石。莫同繭紙舊蘭亭，閟入昭陵永難得。

東歸謡送貝仲琚回吴中

天目青逾藍，上有危峰横空插漢高巉巖。滄海深莫測，下有六鰲迭負蓬壺方丈於其側。山峻極兮水波瀾，千盤萬折行路難。愁看混沌開鑿處，尚有斧跡留人間。殳山仙翁髮如雪，胸蟠太和吐日月。手中錬石輕女媧，五色曾將補天裂。憶聞羽客從之游，青霞光亂雲錦裘。金雞叫海白日慘，桂樹四落空山愁。昔年寒月照樽俎，明珠百斛輕于土。君山鐵笛悲向人，羞殺堂前柳枝舞。君歸東吴懷故廬，明星古宅非吾居。會稽泱漭渹江險，誰探千載太史禹穴之遺書。與因東歸發，遂作東歸謡。他年相憶五情熱，應知淚溼雙龍綃。

和馬貫五松小龍女歌

五松小姑龍帝女，綷綷飛璫夜行雨。天吴移海醉不歸，江色千年作誰主。漂星輾月流翠滑，青霓曳裾珉窗八。同心鏤結寄玉郎，複疊氍毹製霞襪。玉罌轉水月獨漉，綷縩香裾蹵蘭屋。閒擲明珠贈宓妃，一片長眉寫新緑。罘罳瑶殿罩何年？排空鳳管銜九天。割鮮不食起鳴絃，水波帖玉無驚烟。

復和五松小龍女歌答盧軒

東方龍君降靈女，騰飈曳烟軋腥雨。撲花掃海神爲悲，玉帝封爲九河主。貝宫銅龍刺雲滑，彤臺闕玉蛟柱八。瓊絲絡鳳騎紫霞，金帖瓏瓏水晶襪。鰲頭牽波月簌漉，翠幄銀屏沓珠屋。倒窣天瓢澆火龍，九點齊州一時緑。撾鐘歡飲邀萬年，花宫盤盤象青天。湘妃獻樂鼓冰絃，下窺四海銷氛煙。

贈相虚中上人

一室安禪久，三生結願頻。傳經來帝子，送食下天神。水月虚空相，山雲自在身。慈航如可渡，應許姓龐人。

過太湖

震澤留遺號，行人指太湖。封疆連舊壘，形勢壓全吴。水落魚龍蟄，天寒雁鶩呼。扁舟思范蠡，吾亦老樵蘇。

過延陵

延陵懷季子，遺跡古城東。異代丹青在，千年祭祀同。高情思挂劍，遠識紀觀風。欲問吴封處，蒼烟落照中。

寄蘇太史

城隅分守地，江上斷腸時。感此一日舊，坐令千里思。青雲當自力，白髮不須悲。澤國多鴻雁，南來好寄詩。

留别選禪師

分經蓮漏下，幽徑石苔封。却笑此時别，更於何日逢。敲門思看竹，解榻愛聽松。明發孤舟去，江雲千萬重。

遊槎峰

北極高臨複道低，金銀臺殿與雲齊。山中日月開新教，海内文章憶舊題。西澗水深龍已化，東峰樹老鶴同栖。清游更擬陪諸老，絶壑天風散杖藜。

登秦駐山

此地曾經駐蹕來，秦皇遺跡尚崔嵬。採窮滄海無靈藥，歸到驪山有劫灰。萬里黑風迷鬼國，一杯弱水隔蓬萊。詩人弔古應多思，落日高丘首重回。

登子胥廟因觀錢塘江潮

吴越中分兩岸開，怒濤千古響奔雷。子胥不作忠臣死，勾踐終非霸主材。歲月消磨人自老，江山壯麗我重來。鴟夷鐵箭俱安在，目斷洪波萬里回。

送賈彦臨訓導霍丘

中都會面得從容，兩載同聽長樂鐘。天近君門嚴虎豹，地寬人海混魚龍。承恩自合歸宣室，論道安能老辟雍。江柳春花增别恨，白頭何日更相逢。

送僧遊浙西

可歎浮雲無定棲，錫飛還向浙河西。杯從楊子江前渡，詩到生公石上題。説法蓮臺花雨墜，安禪芝室夜星低。他年元亮如同社，相送無勞限虎溪。

送殷文學之關中 奎

博士才名成老翁，又隨聲教向關中。百年禮樂今重見，萬國車書喜會同。泰華雲開仙掌出，昆明水冷劫灰空。他時太史瞻星地，應説奎光聚井東。

謝山中惠〔炭〕（灰）

山木燒餘遠寄將，色如玄玉淺含霜。光浮上室三冬煖，氣逼寒爐五夜長。吐出葛洪驚滿口，吞來豫讓豈充腸。從今煨芋巖前客，笑指東風石鼎香。

陳虚中外史煮石窩

仙人高隱五雲邊，煮石曾令夜不眠。世上已聞餐玉法，山中休種采芝田。丹爐藥與青猿守，瀛海書從白鶴傳。歌罷洞庭明月裏，祇應微響落中天。

山窗獨坐

日落大江黑，月上萬山静。獨客坐寒窗，孤雲起前嶺。

楊柳詞二首

韶華無限暗中消，摇蕩春光幾萬條。却怪晚來風定後，雪花飛滿赤欄橋。

曲江南陌亂垂烟，勾引春風入管絃。惆悵幾枝憔悴盡，與人長繫别離船。

題美人圖

白玉簾開露氣浮，芙蓉花近紫金鈎。《陽春》一曲無人識，空拂銀箏下翠樓。

閒居

絃管春深繞畫樓，微風吹動玉簾鈎。倡條冶葉俱無恙，相伴丁香結暮愁。

山中絶句

滿溪流水碧於苔，無客重登舊釣臺。惟有多情沙上鳥，向人飛去又飛來。

江南詞

暖氣晴嬌杜若洲，沙頭狂客繫蘭舟。采蘋多少江南女，摇蕩春光不自由。

夜坐

蘭釭滅盡換寒更，一枕餘香玉雪清。怪殺無情樓上笛，攪人春夢到天明。

孔□□從善

從善，字□□，永嘉人。方行以元義兵萬户守昱關，與明兵再戰不利，退守札溪。題「怪石、落花」一聯于石壁，遂自剄。從善爲足成之。

續龍爪石壁題句

萬里西風起馬蹄，金戈回日塞雲低。未爲豫讓先亡趙，欲效田單獨報齊。怪石有痕龍已去，落花無主鳥空啼。至今天與英雄恨，嗚咽泉聲下札溪。

高相掾明

明字則誠，永嘉平陽人。至正五年，張士堅榜中第。長才碩學，爲時名流。授處州録事，辟丞相掾。方谷真叛，省臣以温人知海濱事，擇以自從。與幕府論事不合，谷真就撫，欲留置幕下。即日解官，旅寓鄞之櫟社沈氏樓居，因作《琵琶記》。記成，時清夜按拍歌舞，几上蠟炬二枝，光忽交合，因名曰「瑞光樓」。明太祖聞其名召之，以老疾辭，還卒於家。所著有《柔克齋集》。詞章斐然，東海趙汸稱其學博而深，才高而贍云。

宿先公房曉起偶成

曉雨池上來，微風動寒緑。幽人睡初起，開窗見修竹。西山帶層雲，隱隱出林木。境寂塵自空，慮澹趣常足。獨坐無晤言，流泉下深谷。

夏夜獨坐簡胡無逸二首

夜静坐前軒，明月方皎皎。大火既西行，涼風在木杪。庭際促織鳴，涼露下芳草。緬懷羈旅人，重感歲時老。安得躋空同，一問廣成道。

夜久羣動息，境寂無炎蒸。涼飈散浮雲，惟見河漢明。緬懷塵紛勞，喜際夜氣清。安得舍所趨，白日澹無營。仰看斗柄移，耿耿低玉繩。天運亦有常，吾生何時寧！

楊季常約至山中既而不果因以詩寄三首

仙人海上來，駕言遊蒼冥。乃逢浮丘伯，駐之紫霞城。鳳凰不可招，梧桐何青青。焉知碧山月，期子待吹笙。

天寒木葉下，短景淒其清。幽居有所思，振衣臨《黄庭》。仰觀冥鴻飛，竟與浮雲迎。悵望不可見，空山暮雨生。

秋菊有餘色，可以慰幽情。豈無一樽酒，泛此黄金英。美人久不來，歲晏霜露零。坐感芳草歇，佳期悵未能。

題蘭

美人在空谷，娟娟抱幽芳。長林自荆棘，安能敝馨薌。借君水蒼玉，與我紉佩纕。願結善人交，歲晚無相忘。

賦幽慵齋

閉門春草長，荒庭積雨餘。青苔無人掃，永日謝軒車。清風忽南來，吹墮几上書。夢覺聞啼鳥，雲山滿吾廬。安得嵇中散，尊酒相與娱。

王節婦詩

清清慈谿水，蘋藻被涯涘。昔年修婦職，采擷薦明祀。殷勤執豆籩，齋肅事君子。一朝雙鴛鴦，別離隔生死。死者無還期，生者當同歸。奈何姑嫜老，重以膝下兒。升堂奉甘脆，篝燈訓〔書詩〕（詩書）。庶以未亡人，慰彼泉下思。谿水彼可竭，妾身不改節。谿水有停汙，妾心但明潔。熒熒瑶臺鏡，玄髮今已雪。孤鸞雖不舞，寒影自澄澈。谿水常流東，餘波總相從。結髮爲夫婦，永別何由逢！青山有玄寂，百歲須當同。願言合歡樹，化作壠上松。蔦蘿更纏繇，相依無終窮。

昭君出塞圖

竟寧閼氏出塞城，鞞婆聲斷凄龍庭。邊雲竟與漢月隔，野草空作春風青。漢庭公卿無遠畢，却使嬌姿嫁□□。豈知劉白與楊樊，復把丹青罔人主。當時國計不足論，佳人失節尤可歎。一從雕陶莫皋立，回首不念稽侯狦。綱常紊亂乃至此，千載玉顔猶可恥。蛾眉儻不嫁單于，滅火安知非此水。良工妙畫不必觀，勿因一女譏漢元。宮闈制馭苟失道，肘腋變起非一端。君不見玉環自被〔胡〕雛汚，豈是丹青解相誤。

題支離叟

錢塘門裏支離叟，短髮蕭疏色黧垢。雪霜歲晚結輪囷，風雨年深增老醜。挫箴糊緇總無能，欲與冥靈齊上壽。天公怒此怪且懶，勅遣靈官下搜取。勾婁吉利忽飛來，虎倒龍顛盡灰朽。女蘿飄騰白鶴去，琥珀迸裂青羊走。繁陰已逐謝仙車，枯幹徒存韋偃手。邇來好事猶痛惜，歎息形模無復有。寧知百年皆夢幻，静看萬變互紛糅。榮枯相尋無已時，成壞有數原非偶。南山誰信梓化特，昆侖俄驚柳生肘。朝菌何曾閲晦朔，棫樸那知避薪槱。全軀孰似櫟社樹，絜之百圍今在否？人生根蔕不可牢，况爲草木計近久。野客空歎倚江柑，老奴謾泣琅琊柳。寒煙落日西湖邊，衰草荒廬園數畝。不見當時鐵門限，春蚓秋蛇徒蚴蟉。玄雲飛盡墨池空，直寄亭前誰酹酒。

西湖葛嶺瑪瑙寺僧芳洲有古琴二一名石上枯一名蕤賓鐵爲賦詩二首

葛仙嶺上瞿曇宫，老僧雪眉覆雙瞳。奇琴久蓄欵識古，云是零陵水邊石上之枯桐。憶昔蛟龍宅其涘，霹靂斬龍樹亦死。道人作琴傍水彈，幾夜湘江泣帝子。邇來居我瑪瑙坡，聲價壓倒伽陀羅。嵇心羊體妙相得，有耳不聽西湖歌。松窗茶屋夢初醒，别鶴凄凄怨煙嶺。隔水逋仙夜不眠，聽盡梅花山月影。

師琴名以蕤賓鐵，豈是七絲專一律。古來聲律商與宫，一百四十四調終於一。又聞古鐵能解音，何况聖人所作之雅琴。琵琶纔聞鐵自躍，萬物豈不通琴心。憶昔重華爲民鼓，拂拂薰風吹下土。九官佩玉和鏗鏘，鳳凰來儀百獸舞。無情相感若有情，蜀山欲破銅先鳴。從今却笑陶淵明，胡爲不取弦中聲。禪關萬竹淨塵垢，月出西湖照窗牖。此時請師爲鼓一再行，試聽還有鐵聲否？

題畫

秋山積雨清浮埃，曉日照耀金銀開。草堂陰深冷竹樹，石梁滑澾皷莓苔。千峰蒼翠淨如拭，白雲不放楓葉赤。何人艇子出清江，水落山高如赤壁。昨夜天寒霜露零，山人不歸猿鶴驚。孤松三逕依舊在，僮僕正遲陶淵明。

題畫龍

何人呪縮昆明水，一夜溪邊紅葉起。銀河捲上洞庭峰，橘樹寒煙秋色裏。恍如陵陽竇子明，又疑句曲茅初成。淋漓元氣無青冥，馬鬉摇動天瓢傾。乾坤萬里蘇旱暍，草木無言生意悦。歸來高卧碧潭雲，獨抱神珠弄明月。

題畫虎

秦宫紫玉忽變神，似來潯陽訪石人。黄公赤刀制不得，吼怒驚倒裴將軍。固知兩脅横乙骨，莫令雙耳多生缺。黄蘆風緊殺氣寒，嘯聲撼動秋山月。山空月冷不可留，人間苛政皆爾儔。踟蹰亦欲渡河去，劉昆宋均今有否？

題蕭翼賺蘭亭圖

客舟夜渡中泠水，空山不見羲之鬼。驪珠飛去龍亦驚，月落空梁僧獨起。銀鉤繭紙歸長安，蓬萊宫裏人争看。一朝風雨暗園寢，玉柙搥碎昭陵寒。龍眠畫手元暉筆，當時曾笑蕭郎失。至今二子亦何在，久與蘭亭共蕪没。人生萬事空浮漚，走舸複壁皆堪羞。不如煮茗卧禪榻，笑看門外長江流。

白紵篇送顧仲明

吴中二八深閨女，生來不學唱《金縷》。纖纖素手青燈前，織得寒機成白紵。裁縫熨貼爲君衣，春天衣著生光輝。明珠爲璫璧爲佩，同此素色無相違。一朝送君江上别，歲晚關河積風雪。生知白紵不勝寒，但喜君身常皎潔。君不見東鄰少婦織錦工，織作步障圍春風。春風一去花草歇，金谷寒蛩怨秋月。何如潔白長相守，尊中有酒爲君壽。人生温飽不足多，莫羨東家著綺羅。

采蓮曲送越中吴本中

越江芙蓉開若雲，越中兒女紅襦新。年年采蓮江浦口，扁舟遥唱江南春。凝情倚棹送行客，折得芙蓉贈行色。南風吹作滿袖香，令人别後長相憶。君心如花不污泥，亭亭潔立當清漪。花容不逐秋風老，知君交態無榮衰。人生百年幾回别，莫惜芳菲爲君折。芙蓉落盡秋江空，千里相思共明月。

次韻酬高應文

曾向天涯釣六鼇，引帆風緊隔銀濤。江山有恨英雄老，天地無情雨露高。七國遊談厭犀首，十年奔走歎狐毛。争如蓑笠秋江上，自鱠鱸魚買濁醪。

和李别駕賞牡丹

絳羅密幄護風沙，莫遣牛酥污落花。蝶夢不知春已暮，鶴翎還似暖生霞。詩成金字懷仙客，手印紅脂出内家。獨羨沈香李供奉，清平一曲度韶華。

吴中會宋行之庫使時貢金北上

樓船曉泊蘇臺下，官舍梅花暖欲開。千里關河同客思，一川風雨送離杯。黄金壓馬日邊去，緑樹迎人天際來。後夜思君望天北，使星應合近三台。

同月彦明省郎

摇落關河萬木空，征途日暮感飄蓬。天寒爲客吴江上，夜雨讀書山寺中。伯樂何時過冀北，揚雄謾自賦河東。黄塵冉冉貂裘老，殊愧南鄰桑苧翁。

送朱子昭赴都

西陵潮落船初發，念子辭家去覓官。直欲持書上光範，不妨賣藥過邯鄲。黄河雪消水亂走，紫禁花濃春尚寒。如此江山足行樂，莫將塵土污儒冠。

寄屠彦德并簡倪元鎮二首

水驛燈明漸掩扉，雨中何處暮山微。蕭蕭落木征帆過，漠漠長河一雁歸。歲晚仲宣猶在旅，年來伯玉自知非。久拚華髮添青鏡，未許緇塵上素衣。

故人今作祇陁客，想見天寒尚倚樓。江海暮雲多舊友，關河夜雨有孤舟。桓榮學業仍稽古，李廣才名未得侯。何似雲林倪處士，焚香清坐澹忘憂。

送蘇伯修參政之京兆尹任三首

日月垂光照海濱，東南聲教一作價。屬儒臣。九天雨露金甌重，萬里山河玉燭新。田野年豐多一作催。貢賦，江湖秋静息風塵。此行宣室須前席，賸有嘉謨爲上陳。

上苑東風珂珮鳴，宫鶯初囀隔花聲。天清北口煙塵淨，雲去西山雨雪晴。畿甸居民瞻奉使，衣冠國子拜先生。漢家張趙何須數，待看臯夔致太平。

天上神仙白玉京，煙花繚繞鳳凰城。端門日上紅雲動，太液春寒緑水生。封事曉當香案奏，奎星夜接泰階明。更看鼎鼐功成後，緑野堂深遂素情。

和趙承旨題岳王墓韻

莫向宗周一作「中原」。歎黍離，英雄生死係安危。内廷不一作忽。下班師詔，朔漠全歸大將旗。父子一門甘仗節，山河萬里竟分支。孤臣猶有埋身地，二帝遊魂更可悲。

積雨書懷

曉來深院生寒思，五月江城尚裌衣。新水池塘魚喑長，溼雲樓閣燕低飛。飄零王粲辭家久，牢落潘郎感鬓稀。却笑炎威都洗盡，夜涼疏雨亂螢微。

送徐方舟之岳陽

布帆高挂發吴歌，巴陵到時秋思多。涼風漸落君山木，明月正滿洞庭〔波〕(湖)。丈夫壯遊有如此，人生清事能幾何？想見題詩搜景物，夜深風雨泣湘娥。

丁酉二月二日訪仲仁仲遠仲剛賢昆季别後賦詩以謝

隱君家在越江邊，煙雨江村繞舜田。玉樹郎君宜采服，紫荆兄弟正青年。山雲曉闇讀書屋，湖水春明載酒船。何日重來伏龍下，參同契裏問神仙。

子素先生客夏蓋湖上欲往見而未能因賦詩用簡仲遠徵君同發一笑

夏蓋山前湖水平，楊梅欲熟雨冥冥。吴門亂後逢梅福，遼海來時識管寧。野霧連村迷豹隱，江風吹浪送魚腥。伯陽舊有參同契，好共雲孫講《易經》。

寄月彦明省郎二首

十五明星近紫宫，熏爐香裏珮玲瓏。省郎趨幕皆時彦，元帥臨邊暫總戎。黄閣風雲蓋盛世，蒼生霖雨望羣公。當年禮樂三千字，今日須看及物功。

處士祠一作湖。邊梅已放，遥知載酒到巖阿。西山煙靄連朝好，南省官曹暇日多。詞客錦箋題水調，佳人翠袖拂雲和。馬蹄歸踏黄昏月，一路清香送玉珂。

開元人物圖

憶昔開元有道時，官僚濟濟盛威儀。樓通華萼諸王過，仗入芙蓉百辟隨。回首漁陽急鼙鼓，傷心劍閣駐旌旗。曲江廢苑重歸日，舊日宫奴鬢亦絲。

過達天山别駕所居

暨陽别駕真清官，彈琴誦書民自安。幽居恰一作却。近范蠡宅，官舍政俯西施灘。水聲入林竹根冷，山雲落几香爐寒。有客打門求妙墨，家僮莫放硯池乾。

送張從善

四海張公子，才華重縉紳。早從樞府辟，已踐屬車塵。通籍聯清禁，嚴更列近臣。周廬金帳曉，巖室玉墀春。馬湩掆官酒，熊胹少府珍。青冥多雨露，黄道焕星辰。往事疑皆夢，浮名笑此身。馮唐雖磊落，顔駟竟逡巡。歲月黄塵老，關河白髮新。還家見江總，舉事識陳遵。春水桃花鱖，西風笠澤蓴。扁舟五湖客，陽羨一歸人。我惜交遊晚，相期意氣真。冥鴻何杳杳，斥鷃自踆踆。斜日横江路，寒雲隔水濱。何時謀一壑，卜築願相親。

石門山

蟣舟懸碇入蒼扉，滿地秋雲冷溼衣。萬古石門扃不合，半空瀑布雪常飛。猿收松子和煙落，鶴伴琴童帶月歸。獨有謝公詩句好，至今山色紀餘輝。

題孟宗振惠麓小隱 宗振，孟后之裔。

汴水東邊楊柳花，春風散入五侯家。繁華一去江南遠，閒汲山泉自煮茶。

題柯敬仲竹石

珊瑚樹倚碧琅玕，曾入西清畫裏看。今日五雲仙闕遠，夢回煙雨楚江寒。

暮春即事

楊柳樓前白鼻騧，金鞍被了喚名娃。重簾深處無風雨，肯信春寒瘦杏花。

喜晴

刺桐花開山雨晴，綠樹上有黄鸝鳴。杖藜出門看山色，恰見小池新水生。

題青山白雲圖

昨夜山中宿雨晴，白雲綠樹最分明。茅堂早起無他事，去看谿南新水生。

此余往日在越中録寄倪君仲權之詩，今十餘年矣。意其不投之苦海，則亦當供醬蒙矣。仲權乃裝潢爲卷帙，列之於諸名勝間。矧當時事轇轕，世方以斯文束高閣，而仲權於朋友之片言隻字亦無遺棄，亦可見其好尚之清，交道之厚，而不爲世變所移者也。惜也予之學問名位，視往日不少加進，徒負故人期待之意耳，展卷一覽，慨歎不已！因書於左方以自警云。**永嘉高明。**

吴處士克恭

克恭，字寅夫，昆陵人。好讀書，以舉子業無益於學，遂力意古文。其爲詩，體格古淡，爲時所稱。翰林老成皆與之交，多游雲林及玉山。至正壬辰，蘄黄寇陷常州，守吏望風奔潰。未幾江浙平章定定來尅復，寅夫與趙君謨等俱以從逆伏誅。嘉興張翼翔南作《忠徐倡詩》，有「顧守臣鉅儒，汗恧銜愧死莫懲。」蓋指寅夫等而言也。

道傍古墳

孤墳兩松樹，風起秋陰暮。日出沙草黄，野煙白於霧。斯人蓋棺定，長夜無由寤。浮生竟何爲，陡覺傷馳騖。二氣積慘悽，山川莽回互。何不學神仙，翰飛飲朝露。悲哉茂陵骨，曾爲學仙誤。

賦翟志道家三琴翟年五十九以青陽縣令引年蓋高士也

翟公家三琴，粲粲金玉徽。觀其記中語，熟讀令人唏。玉徽落將家，蹴踏當牀闈。齟齬蛇蚹紋，手澤自淮淝。金徽差小□，王生舊所遺。生居湖山居，襜襜者深衣。憶別三十年，老大減腰圍。又有墓中者，才德婉而微。其初來薛氏，斲者識雷威。薛亦亂離得，最後歸林扉。公云皆我友，愛比玉與璣。昔公爲縣令，寧棄笏與緋。胡此獨不釋，謂是古音希。我嘗聽公彈，空齋坐忘飢。松颸度落雪，竹日流清霏。或時作龍吟，華玉吼朝曦。或時嶺猿叫，夜碉空霜飛。或時呈瀏亮，露鶴鳴江磯。高情寄絶代，妙在神氣機。感深動惻惻，望洋見頎頎。浮雲琵琶筝，俗耳溷是非。藉此羅酒肉，識者恆諷譏。儻生盜跖粟，寧死首陽薇。周公不可作，孔子將安歸。猗猗林下蘭，庶草聯芬菲。春天不得佩，歲晚還□饑。請公操此曲，古道資憑依。公坐默不應，面牆看蚰蜒。

題白雲窗

白雲本無心，乃生窗牖間。崇朝寄所託，日晏澹忘還。並秀綠蘿雨，餘潤紫芝田。悠悠將無同，翳翳還自然。欲得此中趣，惟觀天際山。獨想陶弘景，令人心意閒。

雲樓爲至上人賦

至公好樓居，揭以倚雲名。雲虛不可倚，直欲觀峥嵘。歘爾山中起，油然石上生。溼衣沾弱絮，過角弄輕英。最覺凌霄迴，還看映日明。逶迤成故事，憑藉足高情。懷哉虞太史，題詩爲刻楹。

見山亭爲洞神宫主江濟川賦

本是江總宅，晚爲老氏宫。軒豁此亭子，樂哉同姓翁。盤礴青溪上，睥睨白門東。雲林肅仙氣，道德揚清風。見山便自好，何必居山中。悠然今古意，此事將無同。

早行

溽雲斂徂暑，陰火鍊金精。瞻彼河漢白，林園風亦清。肅肅郊雁翔，嘒嘒山蜩鳴。吹笳者誰子，三五柳邊城。城門一何高，歧路百從衡。諒無楊朱泣，悠然白首情。

谷口歌采榮

谷口歌采榮，松間吹玉笙。如無此時興，何處有高情。唐虞讓天下，巢許擅其名。哀哉和氏璞，獻者楚王城。

草生可攬結

草生可攬結，衣敝香不滅。風吹古別離，換我青青髮。去年往燕趙，今年來吴越。各自有情人，鸞膏化爲血。

送黄秘書歸金華 作於張貞居靈石隝。

秘書古罍洗，金玉閒追琢。寘之宗廟間，乃復敦素樸。科詔昔求賢，明經以爲學。君雖第三甲，文氣已磅礴。鳳毛聯五色，麟定峙一角。于時日正中，青冥翔寥廓。迄今半臺省，往者俱館閣。枚數盡英雄，隱顯闕述作。偉哉尚書宋，繼起秋天鶚。一魁四海望，旋復淒夜壑。盛衰互絶續，天意豈厚薄。吾子幸老翁，掛冠彌矍鑠。安車大江左，杖藜名山郭。清言窮理窟，私淑仰先覺。况及大夫公，生世麼好爵。述德紀豐碑，山木工則度。宛宛白下虹，剡剡翠螭襮。無雙江夏姿，豫章元祐脚。清標溢素羽，皦若離羣鶴。翕然萬里思，芝草焉用啄。不食固不飢，風清九臯樂。回首漢廷偃，倒行竟前却。疏廣非甚賢，知止自寬綽。僕也畎畝中，謳歌以耕鑿。聞名三十載，交誼欣所託。鵬鷃各棲飛，萍蓬殊依泊。天寒望古柏，孤翠幾巉錯。深期帝子都，彷像洞庭樂。餘音今在無，大雅其寂寞。緬懷虞閣老，安問頗悠邈。空花結翳業，不療金篦膜。滄江落日遠，一葦中流弱。外史論文章，譚君口諤諤。語我盍賦詩，持贈勤有恪。君家金華鄰，冉冉仙意作。神光運草木，白石俱起躍。攤書石間帙，洗觥松下酌。生榮畢志願，俯仰何愧怍。六經聖道微，沿流到伊洛。其文有蘊奧，其義則博約。後生待來兹，前輩已零落。往往輕師説，授受工摽掠。虚辭相矜誇，體認迷執捉。君歸善自謀，何以同榘矱。詩教本人心，煩君曉粗略。

東城行

東城俯春流，余昔釣游地。憶嘗拈落蕊，相偎倚桃樹。葉底避游絲，叢深納飛絮。同時四五輩，被服俱美麗。千金各自攜，日暮恣遊戲。但道長如此，焉知老將至。昨日尋舊遊，光景徒自媚。日肆江海蹤，漂零復誰記。非無桃與李，寂寞千萬億。

策馬出郭門

策馬出郭門，杖劍歌載馳。河水北洋洋，太行東巍巍。風吹白日暝，死者横路岐。傳聞多殺傷，瑟愴神魂飛。心御丈夫諾，手握千金資。直前且不顧，詎以禍福移。人生貴同類，所獨哀流離。迫此苦寒節，悠悠僕夫飢。下馬知馬勞，上馬憂馬遲。雖不通馬語，情事諒庶幾。落日古戰場，往往令人悲。豈意霄壤間，我行今踐斯。

丈人行

城門有丈人，種瓜緑盈園。瓜熟許鄰喫，偷之竟不言。歲久都感激，相期瓜蔓繁。雖有困窮□，抱瓜瓜不冤。近者天稍旱，羣兒走塞門。請爲救瓜活，不憂井水渾。深知丈人德，豈感使君恩。忠信苟不偷，風俗誠所敦。嗟嗟復嗟嗟，敢爲鄙夫論。

寄陳衆仲供奉

騎馬都下歸，放船湖中賞。恩沾翰林制，樂奏鳳池響。十年雨露間，一日青冥上。虞陳本同姓，詞源浩沆漭。他山翠琰刻，别殿黄金榜。諸公誦合作，觀者必抵掌。昨聞已超然，近見益高爽。宜乎盛名下，傳寫日以廣。漢史奏德星，君家太丘長。餘音撫廟瑟，致禮張賢網。吾衰竟五十，所去輒尋丈。雲瀑代春弦，女蘿爲夕幌。誓挂牛角書，妻子鹿門往。薄忝君子交，幽期起遐想。

客廣陵答天錫見貽韻

汎舟春風生，江光颭雲藻。人生杜牧遊，柳色淮南道。幸欣韶芳媚，孰云春事杪。遠思極緜緜，無緣是芳草。

短衣

短衣荷長鑱，晨起斸黄獨。歸來讀道書，日晏飢我腹。羽人丹砂牀，遥知在澗谷。松膏滴雲腴，山房酒應熟。

友人仕掾曹爲上官所迫從賦此送歸

采蘭復采蘭，緑葉何參差。馨香滿懷袖，持以遺所思。恩情中道絶，此心當告誰。願結青林佩，悠哉白雲期。石間攬三秀，學道倘因之。

鶴皋辭贈張鍊師

吹笙王子晉，鍊鼎茅初成。清秋金穴遊，白羽雲中行。五煙隨露掌，太霞乘火精。高歌落渺茫，逸氣凌紫清。時飲玉池水，朝餐珠樹英。追隨神雀舞，低昂威鳳鳴。如何九皋上，託子以修名。

君子亭

二月姑蘇城，繁花壓城樓。車騎相娱樂，鼓吹間歌謳。玉山軒中意，緑竹美且修。澹然君子交，戛擊應鳴球。風回雨光亂，日薄雲氣浮。頓令塵緣息，竟與野性投。當今願辟疆，伊人王子猷。撫膺諒云合，散帙保遲留。伐竿損漁性，接筒悲下流。仰止清淨觀，俯慚筋骨秋。卑哉澗間雀，暮色隱啾啾。

碧梧翠竹堂分韻得帶字

長夏梧竹陰，偃薄適所愛。良朋四方至，叙此承嘉會。雅意幾宿昔，神交一傾蓋。蓮芳玉山酒，芹碧松湖菜。風流五侯鯖，□水郎官膾。高郎雅眉宇，郯生富清裁。短李善長談，醫緩輒雅拜。張顛矜道妙，僧徹持醒戒。歌喉問寶瑟，舞影回蘭旆。題扇瓊英忿，張筵翠屏對。雜亂雖無次，姸醜各有態。良遊信所愜，佳賞心亦快。兹會安可期，明當返予載。回望玉山雲，川長水如帶。

題良常居士山居

良常標名山，句曲主仙洞。茅君倚翠麓，白雲滿高棟。上有巖棲士，山入與雲共。芝草鳥爲耘，桃紅鹿銜送。茅君老兄弟，夙昔勤遠夢。子獨擅爲鄰，幽深補其空。風瓢懸雅樂，靈朮分仙供。息我山木陰，懷人玉簫弄。暫時苦勞事，非必能抱甕。洗藥愛源泉，掇英比朝饔。歸静其抱一，知尚亦殊衆。鶴馭來何方，尋君引余鞚。

題虞幼悦西郊草堂

因憶浣花杜陵老，使我不落懷成都。張儀城外雪山立，玉女井邊春露濡。邵菴先生家本蜀，悦也草堂宜有圃。圃成奉公以爲樂，藉此名世何時無。想公堂前風日暎，野梅官柳一株株。縣官來問禮數熟，閣老出游孫子扶。圖書琴瑟在左右，游意□澹天爲徒。新詩兼見公手蹟，讀者愛比驪龍珠。公在西郊草堂裏，神交自是才情美。江水娛人秋日暉，雅音蕭條公老矣。

秘書行送達秘監

天下學士聚鴻都，老氏藏室仙爲徒。漢有石渠更天禄，貞觀人才顔與虞。故事星𨇤木天壯，東壁神光如寶珠。閣前芝草列五色，慶雲湛露垂金鋪。三皇五帝在時事，蓬萊道家之所無。近者委蛇行秘書，蜀人邵菴目力枯。迄今一代論制作，先生合上明光趨。二十龍頭還最貴，三十豸冠名不孤。驂歷中外復多載，使預朝政恐所須。竊當留中贊帝謨，奏列學者陳區區。送酒況承光禄寺，進食何止步兵廚。還思晝夜延青瑣，莫問君王乞鑑湖。

送牛彦伊湖南憲副

數歲情親託鄰里，飲酒自放寧拘禮。城中故舊四五人，與子不識何爲喜。前者較藝列春官，今者薦名登御史。蒹葭蒼蒼白露盈，鳳凰飄飄赤霄起。衡山諸峰雲氣高，上有朱鳥飛嗷嗷。洞庭揚波瀟湘接，送子百丈江中艘。芙蓉此時開滿郊，繡衣握節巡江皋。荆潭倡和得從事，長沙幕府待俊髦。豈無他人我獨勞，自古陳力還吾曹。

送曹德昭入掾中臺

孟秋高飈蕩焱熱，太白當頭映佳月。天地始肅禾乃登，長歌送君思激烈。青驄馬肥青芻秣，公子爲郎亦材傑。臺端象賢重耳目，天邊北斗司喉舌。大夫抗禮丞相前，掾曹執法俱才賢。栖烏在庭栢樹古，元氣旁礴雲蒼然。魯公葛藟方緜緜，金鐘玉磬兩在縣。快哉此行視京秩，清廟之瑟朱絲絃。故人淪落江海邊，爲君一誦《秋水》篇，請君直上窮河源。

寄曹德昭臺郎

昔子驅車往河旬，河水迢迢不相見。侍御驄馬昔揚鑣，郎君今年復爲掾。乍冬苦寒不可當，子乃衰絰請太常。禮官封謚有褒卹，賜碑撰刻皆文章。名駒翩翩日千里，自是驊騮與騄駬。范滂攬轡望澄清，愛爾傳家尤更美。我宗門户真凄涼，四十五十年相將。數奇命薄多轗軻，但恐失所纏風霜。馮唐已老何由起，皺蔑不言幾失子。雄飛雌伏何足論，目斷秋江送雙鯉。

二月十九日登大茅峰夜宿元符宗壇因呈集虚真人并閒遠潘尊師

大茅峰棲雲絶頂，祠官石壇秋日冷。杖藜蕭條一老翁，仲冬焚香謁司命。日間流水俯潺湲，妙意所得何能言。昔聞兹山直通蜀，避世何必求桃源。清晨躋攀歷深窈，下視諸宫樓觀小。亂葉打頭風倒吹，是日苦寒絶飛鳥。三君弟子老奉祠，清淨寡欲真吾師。清酒緑液半凝脂，慰我遠來還渴飢。閒遠先生更奇古，壁間示我虞翁詩。詩中愛道李太白，結巢雲松復此客。九江秀色雖可餐，高隱何如煉精魄。吾聞兹山到處有神仙，楊許遺書儻可傳。泥丸絳官朝内景，玉經玄文味至言，如此亦足昌吾年。

送龍翔俊用章住吳白馬寺

白馬吳中寺，袈裟建業船。黄花季秋月，錦樹大江煙。洗鉢胡僧飯，馱經漢帝年。何時虎丘石，共論永明禪。

送鄉人錢明之赴閩閫掾

仗節開閩閫，分曹傍省闈。用人那有外，觀海更無涯。白露收柑子，南風食荔枝。未須頻會面，多寄府中詩。

送卓御史移西臺

漢節楚江東，堂堂御史公。秦山指太白，胡馬驟青驄。光映長安月，涼生建業風。冥鴻有高羽，多在柏臺中。

送湯生茂才歸宛陵

春舟度鶺鴒，晨鼓發龍灣。軟語勞相接，幽期任獨還。風清建業渚，雲白敬亭山。自有府公薦，慚無遊子顔。

春夏承湖南僉憲兀顔子中問訊敬用酬上

有客湖南去，聞公憲節新。坐霑梅子雨，憶别柳條春。衡岳瞻朱鳥，湘江詠緑蘋。升車訪遺逸，問俗顧清淳。

寄柯博士

柯侯五雲吏，自號丹丘生。先皇御宸極，高閣詠文明。羽蓋橋山集，彩舟江上行。蘇州韋刺史，那獨擅才名。

三月十日與薩天錫録事遊京口城南小寺忽虞伯生秘監寄薩詩用韻呈席上

不見秘書久，憶公清且閒。看詩野殿側，把酒春林間。因送碧鵝使，相過黄鶴山。遥憐西閣侍，文采映珊珊。

寄薩天錫時居福建憲幕

春日江南郡，懷人杜若生。烏啼建業樹，客在福州城。桂酒銀壺重，華裾玉珮清。題詩幕中罷，應得動高情。

寄題剪韭亭

園有幽亭趣，題之剪韭名。老夫無長物，上客總高情。脆碧含風斷，輕黄帶雨烹。相過乳餅白，還愛酒壺清。

湖光山色樓

智仁予所樂，平湖仍對山。神交魚鳥外，興移蒲柳間。閒雲捲幔入，落日權歌還。望海躡星影，秋槎來碧灣。

送沙子中經歷建寧

武夷蒼蒼春日黃，山行兜子陟炎荒。故人右榜多通顯，清廟遺音獨渺茫。官堠綠林穿荔子，人家餉客食檳榔。兼之此地多書籍，公退牙籤日幾行。

送友生 一作「唐漢卿」。

春風顛狂復細微，吹波蕩槳動人衣。野桃葉小流鶯至，官柳條長江鱭一作鯊。肥。稍別未嫌頻作惡，相逢自識固應稀。腐儒竊禄真何補，望望一作「回首」。滄洲白石磯。

城邊柳條

城邊柳條春意動，近者力至復低垂。須令傍水留披拂，不獨撩人管别離。過月卽看鄰綺樹，卜巢還許借黃鸝。荒州物色猶如此，若在御溝應更奇。

達兼善除秘書監未上而有侍郎之命賦詩奉送

雞年海内龍頭客，早負詞場一世豪。秘監稍遷爲學士，侍郎即去重儀曹。到京騎從看花蘂，過閣朝回拾鳳毛。□憶玉堂何處所，青春白日見揮毫。

陽羨茶

南岳高僧開道場，陽羨貢茶傳四方。蛇衔事載《風土記》，客寄手題春雨香。故人惠泉龍虎璧，吾兄紫筍鴻雁行。安得茅齋傍青壁，松風石鼎夜聯牀。

簡陳漢卿郎官

荒土城邊草樹鄰，荷君詩語數相親。交游豈謂尋常輩，耆舊都無四五人。才比阮生誰放曠，賦傳庾信最清新。愁深江燕銜泥急，偶污牀書不忍嗔。

過義興周將軍廟

陽羨溪邊孝侯朝，陸機一作「平原」。文字右軍書。借一作憶。從名士傳家後，誰謂將軍亡國餘。蛟虎于今正狼藉，一作「滿道路」。鳳麟不見謾欷歔。一作「山川自昔好丘墟」。陰陰棟一作「長松祠」。宇多松檜，一作「清風在」。儗欲臨流卜隱一作「卜比鄰葺舊」。居。

懷杭州李二尹

蘭省故人何寂寞，柴門今雨獨徘徊。老夫老向愁邊去，春日春從病裏來。王粲空傳鄴下詠，山公不復習池回。篋中書疏愁俱積，忽到思君一屢開。

贈曹仲普

學省花陰覆苑牆，鶯啼曙色映蒼蒼。翁今拜秩少宗伯，樂奏春官新太常。通陛起居同典禮，侍臣子弟合爲郎。扁舟道別江城暮，□瑟朱弦思渺茫。

問郭君錫病

向宿丹陽舊草堂，映人嘉樹憶相將。階前蕙葉幾多碧，江上柳條無數長。不僾得書成卧病，遥知裹藥自聞香。來時許我青松障，莫遣雲山墮渺茫。

惠山泉

九龍之峰秀蜿蜒，玉漿迸出爲寒泉。來歸石井僧分汲，流入草堂吾獨憐。暗滴洞中雲細細，冷穿池上月娟娟。□乞茶經與水記，俟余歲晚奉周旋。

送達天山應奉北上

國中太史浙河遊，碧樹風生紫綺裘。蜀郡奉祠楊子老，漢廷召對賈生優。金盤芍藥還相詠，翠籠櫻桃亦易求。幸得草堂同晚飯，少陪高論借遲留。

懷陳漢卿從事

兩江故人蹤跡疏，汾水牛郎能遺書。青鏡時時傷往事，素絲日日看新梳。簾穿迸樹攢雲氣；扇接飛花下雨餘。爾亦官居古道院，一春情思竟何如？

薛常州端午雅製

端午宮詞進閤門，侍臣應得忝芳樽。御羅畫扇金花細，瓮繭朱絲玉臂温。太子題詩成故事，前朝報國荷殘恩。更求醫士三年艾，攜向壺冰炷月魂。

送陳衆仲

西閣梧桐安鳳巢，羽儀五色異凡毛。往時學省文名重，今代詞林王氣高。春到御溝生綠水，地連宮柳問紅桃。老去相如少詞賦，頌聲轉擬屬王褒。

至正九年四月二十日元璞舟過江郊枉勞衰疾承近懷多慰元璞言歸賦七言近體一通問訊遥寄玉山主人

玉山長夏草堂幽，老愛從君十日留。醉語支離歡不記，歸來爛熳憶相求。風回柳葉摇歌扇，月出荷花映綵舟。可念江湖搔白首，還將衰朽問湯休。

賦少尹廼元臣爲東平郡王之諸孫求詩

聖曆開文運，王章定武功。大人推部落，開府冠山東。日月旂常異，河山帶礪同。諸孫傳赤舄，小雅播彤弓。一命起居注，載趨長樂宫。掖庭官濟濟，淮浙賦中中。竊忌徵求急，方來福禄崇。翱翔鸞鳳日，逆順馬牛風。帝力生成大，人心灌溉公。共圖歌政理，多稼答年豐。

送張中丞之官翰林

中丞獻納道如何？内相絲綸寵莫過。槐閣地聯文石陛，杏園春滿曲江波。陰陰雨露深青瑣，箇箇星辰涇絳河。花蕊隔簫宫漏近，柳條當户曉鶯多。中官送酒青絲絡，上苑乘驄白玉珂。豈獨寸心圖補報，要須元首及賡歌。太常禮樂還相問，閣老才名迥不磨。通國此時同悵望，憶公何處最委蛇。鼇峰巨石森蓬島，香殿微風拂御羅。延祐得賢俱第一，野人白首□林阿。

横塘曲

妾家住横塘，緑水映垂楊。五月南風起，荷花似藕香。

唐宫詠

鬭草賭珠襦，穿花提玉壺。東頭老供奉，好似執金吾。

蝶

失意穿羅袖，緣情戀繡牀。妒遺衣上粉，狂覓酒邊香。

蓮葉何田田

蓮葉何田田，田田生緑波。明朝大如蓋，風吹將奈何！

草生磐石上二首

草生磐石上，根深石不露。水流磐石間，風吹下山去。

草生磐石上，似許行人坐。水流磐石間，不許行人過。

春日

映日含風白苧衣，香飄晴雪弄春暉。故人騎馬不相識，蛺蝶自來衣上飛。

偶成

船落黄泥與白沙，春光都在棠梨花。蜜蜂相喧作何語，日晚松陰報午衙。

陶巨川歸養

雁過秋霜落滿衣，數聲相近白雲飛。寄書莫送潯陽鮓，采石江頭魚最肥。

寄石民瞻

碉泉堂上白鬚翁，苦憶雲山杖屨同。秋到黄花無幾日，人生只合酒杯中。

題元暉山水

江上江雲漠漠寒，有時帶雨過層巒。只愁海岳庵前路，水没黄沙鴨觜灘。

孤篷倦客陳方

方字子貞，自號孤篷倦客，京口人。赴省試來吴，元帥王某招致賓席，因寓吴焉。龔提舉璛以女妻之，鄭提學元祐輩，皆樂與游，晚主無錫華氏家塾。其詩如：「門前灌木春啼鳥，屋畔長松夜宿雲。」「天寒客裏輕相别，花落孤村喜獨來。」隨事感發，鍛鍊最工。嘗手鈔杜詩，朱書小字，夾注其説，如對起對結，散起散結，或某句應某字，或某意發某語，脈絡枝葉，一一究心。吴人爲刻方詩行世，後不知所終。

題割股老女卷

蜂蠆螫我手，阿嚳須動色。如何割股女，引刀不愛惜。見父不見肉，視股如視石。眼前秦越人，區區較肥瘠。

天平山

東吴水爲州，西山兹獨秀。上有百歲松，下有千尺溜。況當泉石間，野花亂如繡。頓足忘僕勞，長歌發余陋。沈沈范公祠，肅肅香火舊。碑猶罨洛時，寺當風雨後。烏乎一代尊，廟食今誰守。寂寞壯士懷，松風動清晝。

靈巖山

客吴十五載，始上靈巖山。入門地如削，憑軒絶躋攀。孰云念鄉國，不復憂險艱。回首楚與越，茫茫一氣間。向來朝會時，自謂吞百蠻。焉知王氣衰，空忝禪棲閒。山川自瀟灑，木石饒斕斑。俯仰萬里外，浩歌風雨還。

羊腸嶺

迢迢羊腸北，山深日當午。道傍多奇石，百態不受侮。高或如飛龍，低或如踞虎。岌嶪積鐵間，參差意無迕。僕夫如怪我，疾行齊過弩。忽忽莫辭勞，悄悄愧不羽。野果綴微殷，春泉流亂乳。焉知下山時，凄迷更何許？

涵虛閣

高標何崔嵬，結搆蒼崖上。羣山如兒孫，羅列皆北向。勢入五湖小，氣敵萬夫壯。想當全勝時，自足恃保障。登之尚心懷，却倚獨惆悵。遠近互出没，風靄相摩盪。草木亂如雲，乾坤悄孤望。矯手不成翔，無從挽塵鞅。

題宣和所製赤駒圖

房星委地生神□，衆馬不得相儔匹。千里風輕白玉蹄，平淵春浴丹砂質。自從長養入天閑，振鬣常陪乘輿出。未知赴敵見戈矛，所慣承恩聞警蹕。嘶當落日近尊殿，氣抹長林動蕭瑟。不嘶芻豆飽微軀，尚覬朝家三品秩。宣和殿裏圖書□，親見圉人事爬櫛。當時青海九萬餘，未有一匹當宸筆。臨軒睥睨迥出羣，落紙須臾欻奔逸。内侍傳宣賜近臣，再拜奎光欲騰室。秋深沙苑多蒺藜，夜半河南吹觱栗。已詔民間置牧地，如此龍媒敢輕失。青城道上塵眯人，六宮粉黛無精神。此時此馬□□□，□□□□□不能。追隨天子向南去，哀哉委骨俱蒙塵。

題龔翠巖中山出游圖

楚龔胸中墨如水，零落江南髮垂耳。文章汗馬兩無功，痛哭乾坤遽如此。恨翁不到天子傍，陰風颯颯無輝光。翁也有筆同干將，貌取羣怪驅不祥。是心頗與馗相似，故遣魔斥如翁意。不然畢狀吾將憎，區區白日胡爲至？嗟哉咸淳人不識，夜夜宮中吹玉笛！

雲林生惠山圖次元韻

佳樹陰森欲礙空，畫成夜落燈花紅。絶憐帶經自鋤者，未忍竟別天垂翁。汾河春雲散高柳，湘水微茫綠於酒。翁歸天末見青山，臨風莫負揮弦手。

至正五年三月八日，玄素先生來林下，瓚乃賦詩曰：「吴淞江水春映空，浪波浤浤霞映紅。耕田鑿井居其左，令我長懷甫里翁。夢見維舟江畔柳，剥啄敲門散杯酒。整冠起接平生歡，石逕蘭芳重攜手。」雨後共行林下，正見惠山先生命瓚寫之，畫訖，因書此詩於上。張外史、陳先生見之，必大笑也。倪瓚記。

洞虚宫

真館時時到，仙花樹樹幽。西風寒入竹，北斗夜當樓。頗覺乾坤異，寧爲歲月幽。乞分笻竹好，相伴赤松遊。

寄王仲升 一作叔。

陌上誰家子，行春並騎來。揮鞭不相問，回顧復疑猜。二月初消雪，東風尚落梅。更尋禪寂地，石上戳蒼苔。

清閟閣

湘簾半捲雲當户，野鶴一聲風滿林。纔立簟紋波細細，又疑牆影雪陰陰。竹摇棐几常開帙，花落藜牀獨抱琴。不謂世間仍得此，恍然飛屩駐仙岑。

新正獨坐

柳葉參差蘭葉長，西鄰春酒鬱金香。吾生不飲唯搔首，此物多情故惱腸。髮已鏡添新歲白，書仍筆點舊時黄。向人節序年年異，來往猶煩禮數忙。

送蔡霞外

不見道人今四載，疏狂猶似舊時多。自言曾到神仙宅，公亦須吟離別歌。澗草陰陰披紫藟，山花細細落青蘿。只愁骨相無清氣，赤水玄珠奈爾何。

寄開元和尚

娑羅室内早春初，經卷香花禮佛餘。終日更談言外法，十年不寄蜀中書。夜深雪殿當空白，月落風樓近竹虛。若得爲吾留一榻，韋郎詩句豈容疏。

元宵留無錫有感

曾聞故老説前朝，今在殊方度此宵。月殿不催春賜酒，風檐空憶夜吹簫。已無花影如雲起，那有香塵作霧飄。滿眼疏狂何所去，青松接屋自蕭條。

就王季野省父簡孫子翼處士

吾廬歷歷楚江邊，子渡江時暫泊船。須問垣牆仍好在，莫教風雨轉淒然。夢成蝴蝶隨春去，愁斷麒麟並塚眠。若見孫登還一笑，餘聲散入薜蘿煙。

送覺上人謁龍翔録寄子異

偶逢吴下鄭居士，手把新詩就我吟。紙上姓名無俗氣，篇中律吕有遺音。鮫人淚落金盤冷，木客歌傳石磴陰。謄寫已堪驚老眼，龍翔一宿會知心。

王季野由鎮江過揚州省覲父尚書以送

楚楚斑衣照暮春，蒲帆帶雨出西津。樹迷瓜步青如薺，江漾蕪城白似銀。久謂尚書安寢少，不勝天子寵榮新。暫時定省加歡懌，枉使吹簫送客頻。

早冬過笠澤漁隱

方塘如鑑石如峰，落葉平蕪覆一重。雲作晚陰低薜荔，水涵秋色亂芙蓉。黄冠道士松間過，白雪漁翁月下逢。尚想天隨無俗伴，應攜茶竈與從容。

遊慧山

僧居高處接雲霞，村市周遭石逕斜。細細山泉爭入澗，雙雙谿鳥淨眠沙。佛前風動杪欏樹，溪上春留躑躅花。十五年來頭漸白，倚欄仍舊一烏紗。

題迂翁安處齋圖

睡起山齋渴思長，呼童煎茗滌枯腸。軟塵落碾龍團緑，活水翻鐺蟹眼黄。耳底雷鳴輕著韻，鼻風過處細聞香。一甌洗得雙瞳豁，飽玩苕谿雲水鄉。

華彦清登常州玄妙閣有詩因同韻

地接三吴口，人操衆楚音。樹迷晴漠漠，花亂夕森森。碧是當時血，春非往日心。翻思當矢石，猶暇惜冠簪。丞相戈如雪，將軍志比金。倉皇驚破竹，踴躍念披襟。壞堞仍存舊，高標獨峙今。星河垂綺户，雲霧出琪林。鳥去蒼茫闊，帆歸迤邐深。諸天欣共賞，勝地肅同臨。突兀雄連棟，依微隔遠岑。紫霄停廣樂，白日閟層陰。倒影何多美，空歌試一吟。悠悠江海興，冉冉市塵侵。

呈王本齋尚書

聖主光先業，王春再至元。贊襄符妙算，擇選副深論。衆悉推耆德，三曾鎮大藩。虎珠秋月避，鳥幟海雲翻。籍籍番禺頌，明明造化恩。清標非柏府，高秩是薇垣。煮海民爲食，經營古所敦。於淮邦足賦，浩汗利之源。弊政思張弛，長材畀輊軒。光芒分八座，精采送孤鶱。鼎重千鈞小，膠清萬丈渾。龍文須御服，馬湩錫壺尊。香散知心醉，春回到骨温。冰霜愁左□，風雨命前奔。竈竈連雲起，船船附蟻屯。絶知忘夙夜，何暇覓饔飧。昔也東西浙，歡然遠近言。市無憂折閲，人不困牢盆。公日唯扃户，方時亦在門。從容嘗接語，歎息每銷魂。袒裼□如鬼，傳餐首欲髡。潮乾晴沫白，日淡暮煙昏。卒戍春鳴柝，人家月照樊。鹵成俱井井，地限各村村。碧海浮天際，黄芽暗竹根。緬思多彷彿，已閲十寒暄。識量今逾老，聲華晚更尊。謬知慚骫骳，甚欲寫璵璠。形弔徒蕭瑟，心馳正鬱煩。仙花團雪淨，江草亂雲繁。早晚招漁艇，丘墟問故園。摳衣瞻管仲，掃榻寄陳蕃。袍笏仍圖畫，山林數記存。此時鷗與鷺，隨意樂乾坤。

送蕭天祥爲蕭山縣學官

儒官已在羣僚底，南士尤嗟一介微。目送青冥何漠漠，手循華髮尚依依。匡衡未老頤堪解，阮籍多窮淚可揮。雁塔近從秋草没，鶚林遠傍暮桑飛。人皆雞口喧爭利，子獨鼇頭坐失機。寂寞宫牆悲傳舍，荒蕪禮樂見深衣。諸生載酒同題句，賢宰鳴琴共按徽。緑樹雲回神禹下，白蘋風起孝娥歸。門當越嶺春横□，地接江潮夜撼扉。定與王郎招爽氣，復陪賀監倚斜暉。登臨□轉怱怱過，勝絶寧教草草違。端欲早收榱與桷，祇愁空老故山薇。

琴臺

蘚暈坡陁碧，沙痕突兀孤。無僧依石坐，有鬼隔雲呼。

硯池

湛湛泠山骨，幽幽抱日光。曉吟看雨氣，春供汲花香。

白雲泉

泉在白雲裏，雲深泉更深。豈無千尺綆，空立萬松陰。

題趙子固蘭蕙圖

光風汎汎透晴沙，見此萎蕤一寸花。可是湘濱高數尺，不將墨汁代春芽。

再題趙子固蘭蕙卷二首

雪消雲淨墨池方，愛殺窗前葉葉長。祇爲朝東春得早，風吹一夜紫苞香。右蘭。

無數花開一兩枝，更栽百畝亦相宜。江南三月春如酒，惱亂蜂兒總不知。右蕙。

題本齋王公孝感白華圖卷

蓼莪霜氣入袈裟，銘筆當歸學士家。更爲《白華》添後傳，東風誰忍看山茶。

卧雲書院

春盡范公祠下路，山雲漠漠水泠泠。不知無數長松樹，若箇根邊有茯苓。

和曹克明都事靈巖二絶

金屋妝成貯禍基，君王猶自苦沈迷。百花洲上西風急，唯有寒蕪一尺齊。

門外長松可十圍，松根下有茯苓肥。一雙啼鳥忽飛去，却是老僧來挂衣。

宿金井塢内

馬家巷裏水西頭，樹樹垂楊可繫舟。却趁楊花飛過嶺，向人行處不能休。

留福壽庵小飲

主人能歌客能飲，飲罷清泉清渴吻。醉起不知風力高，夜半松花落香粉。

潘處士純

純字子素，廬州合肥人。風度高遠，壯游京師，名公卿爭延致之。每宴集，談笑傾座，輒云潘君不在，令人無歡。嘗著《輥卦》以諷切當世，其「初六」辭曰：出門便輥，又何咎也。其「上六」曰：以輥受爵，亦不足敬也。或以達於文宗，目爲滑稽士。欲繫治之，因亡走江湖間。晚居淮淛，後爲行臺御史大夫納璘子安安所殺。子素喜爲今樂府，與冷齋、疎齋相爲左右。歌詩秀麗清郁，後生輩竊詠之，以謂義山、飛卿殆不能過也。其弔岳武穆一篇，尤爲一時傳誦。

題伯修春風亭

青陽動微和，條條原上來。绿池解輕冰，芳庭散香埃。粲粲桃李花，照耀初日開。永懷亭中人，春服宜新裁。

秋日陪杜徵君李先生游金華山

輕雲澹秋色，涼日静琳宫。水落白石上，人行深樹中。悠悠坐長嘯，肅肅來清風。仙人不可見，芳草碧叢叢。

題巾子山房 僧舍。

清江抱禪栖，山頂在屋下。朝霞生庭户，老樹立石罅。日出漁舟集，日入市賈罷。僧子獨何爲，長年一作「逍遥」。事閒暇。

送杭州經歷李全初代歸

東家老人語且悲，衰年却憶垂髫時。王師百萬若過客，青蓋夜出民不知。巷南巷北癡兒女，把臂牽衣學番語。高樓急管酒旗風，小院新聲杏花雨。比來官長能相憐，民間蛺蝶飛青錢。黄金白璧一作氈。駄西一作「大宛」。馬，明珠紫貝輸南一作「西洋」。船。繁華消歇如翻掌，宫中賦斂年年長。里巷蕭條去一作竟。不歸，華屋一作「花户」。重門結蛛網。語中一作終。嗚咽不欲一作堪。聞，道傍狼一作餓。虎方紛紜。麒麟鳳凰那復得，使我益重髯參軍。參軍在官近一作僅。一考，素髮蕭蕭坐成老。上官掣肘下吏駡，賴有閭閻獨稱好。杭州公事天下繁，大才處一作取。决無留難。參軍累官日益貴，何術可使斯民安。

桐華煙爲吴國良賦

嘗聞吴剛上天去，手斫嫦娥宫〔裏樹〕（樹裏）。調向人間作散仙，陽羨州中水邊住。曾見玉兔杵玄霜，三生悟得燒墨方。墨成得錢即酤酒，那知世有白玉堂。百年生計萬慮息，身不求知名四集。卧吹長笛看青天，歲掃桐煙三百石。周郎昔斵長橋蛟。腹中有白凝爲膏。石牀煖傾玉髓滑，竹屋夜擣山月高。

江南李墨人共惜，安得今人不如昔。君看鬱鬱歙州山，山上青松盡千尺。

復龍洲先生墓

夷門王氣横江來，秋風落盡梁宮槐。鳳凰山頭駐青蓋，海門樓閣空中開。五國城荒雪如席，寒擁旃裘兩宫泣。帛書不繫雁南飛，衰草黄雲澹無色。君臣自謂虞重華，不識何如司馬家。鳳笙龍管將進酒，玉闌羯鼓方催花。白頭遺老空惆悵，鐵鎖長江幸無恙。獄中誰救岳將軍，人間知有秦丞相。搢紳之士皆汗顔，山林氣壓居庸關。那知義膽忠肝者，弗在貂蟬玉珮間。何人好事高千古，愛此淳風似鄒魯。咸陽寂寞漢諸陵，慚愧劉郎一抔土。

山行卽事

石子路三叉，居人八九家。緑分鄰寺竹，紅出矮牆一作「短籬」。花。野老能娱客，山泉自煮茶。茜裙誰氏子，一作女。赤脚髻雙丫。

題蘇伯修滋溪書堂

華屋書充棟，清溪樹拂檐。波光浮藻井，雲影亂牙籤。四世風流在，諸生禮數嚴。歸來謝賓客，長日下疏簾。

送杜元父赴南臺掾

故國江山在，行臺地望優。顧贍烏亦好，却憶鳳曾游。寺影清溪一作河。曉，蟬聲玉樹秋。郎官多古意，莫上最高樓。

題豫章楊季子水北山房

舊聞楊季子，水北有山房。竹色長年緑，松陰五一作「窗六」。月涼。雨絲深釣渚，風帙散一作亂。書牀。亦欲相從去，江波不可航。

送路吏張蒼麓又别號養晦　循國忠烈王諸孫。

寂寞麒麟閣，浮沈雁鶩行。已聞書上考，猶一作應。不負前王。古井宫槐冷，空山海檜長。歸心似潮水，日日向一作問。錢塘。

題劉高州國初運糧文卷後

帝室經營始，高州饋餉一作運。多。猶存數紙在，已是百年過。勳業麒麟閣，英雄《勅勒歌》。漢廷功第一，只合數蕭何。

題張先生良常草堂五言一首

每愛草堂幽，來爲竟日留。獨當山一面，更近水西頭。繞舍栽青竹，開窗看白鷗。拾遺茅屋好，不得近鄜州。

題周公瑾墓

伯符早世將軍死，鄴下羣臣賀魏公。石馬荒凉眠道左，紫髯倉卒帝江東。二喬信是傾城色，甲第空規建業宫。百尺孤墳蓋春草，遠林寒食紙錢風。

題岳武穆王墳二首

海門寒日澹無暉，偃月堂深晝一作玉。漏稀。萬竈貔貅江上老，兩宫環珮夢中歸。内園羯鼓催花發，小殿珠簾看雪飛。不道帳前《胡旋舞》，有人行酒著青衣。此首《光岳英華》作蕭宇。

湖水春來一作「年年」。白緑波，空林人迹少經過。夜寒石馬嘶風雨，日落山精泣薜蘿。江左長城真自壞，鄴中明月竟誰歌。惟一作空。餘滿地萇弘血，草色年深碧更多。此首《文翰類選大成》作張惟庸。

送顧仲父赴廣東市舶提舉

合蒲明珠久不還，使君風采動羣蠻。鮫人把臂來城裏，荔子堆紅出坐間。江映蕉花鸜鵒緑，雨昏榕樹鷓鴣斑。昔年駿馬經行處，父老那知得重攀。

送海東之西省出戍

窮猿憑險弄干戈，五月樓船奏凱歌。自古蠻夷多反側，只今州縣重差科。漢家循吏文翁少，亮府謀臣馬謖多。莫道鮫人居水底，海中曾見不揚波。

送張仲舉赴金陵郡學博

攻苦食貧三十年，才名不讓古人先。一經遠赴招賢幣，千里寒移坐客氈。書擔曉爭京口渡，布帆春上石頭船。秣陵秋色秦淮月，夜夜吴山几案前。

秋日與仲遠昆季飲有懷李季和先生

涵暉軒下重經過，愛客情懷久更多。晴日上簾分竹色，晚風移席近鷗波。相看把酒賢兄弟，却憶題詩老季和。頭白校書天禄閣，無由共飲恨如何？

題顧周道畫濯足圖

脱履白石上，濯足清泉中。悠然天際想，木末生微風。

題仲穆看雲圖

行憩蒼石上，坐愛青松陰。白雲在天際，相對總無心。

送金溪道士南歸

南州高士芰荷衣，賣藥都門盡不知。手種谿頭千樹杏，花開正是到家時。

送諸葛子熙關中打碑

漢苑秦宫生緑蕪，斷碑殘刻墨模糊。應從三峽浮船下，欲問君家《八陣圖》。

題宋高宗二劉妃圖

秋風落盡故宫槐，江上芙蓉並蔕開。留得君王不歸去，鳳凰山下起樓臺。

題趙子固蕙花蛺蝶圖

江上青山日欲晡，幽花小紙墨模糊。華清宫殿生秋草，零落滕王蛺蝶圖。

題王若水幽禽圖

花間幽鳥愛幽棲，揀得春風最好枝。只有江南王若水，白頭描寫似徐熙。

贈歌者杜氏入道三首

夜凉瑶珮玉丁東，月下焚香禮碧空。願逐吹笙王子晉，並騎丹鳳彩雲中。

簾壓濃寒晝掩門，沈香火煖瀋氤氳。舊時衫子渾無用，剪作仙家百衲裙。
雲髻高梳鬢不分，掃除虚室事元君。新糊白紙屏風上，盡畫蓬萊五色雲。此首見楊維禎《西湖竹枝集》。

曹知白吴淞山色圖

一片吴淞江上秋，瀋雲涼葉思悠悠。何時蓴菜鱸魚膾，却向先生畫裏游。

杲齋先生鄭東

東字季明，號杲齋，温之平陽人。幼酷嗜書，明《春秋》，再踐場屋，不合主司程度，遂棄去，游淛河之左右。大肆其力於古文辭，日試萬言，袞袞不休。歐陽文公玄奇其材，欲剡薦之，會疾作而卒。弟采，文名相埒。元季兵亂，遺文零落，采子思先，合寫成書，釐爲一十四卷，題曰《鄭氏聯璧集》。宋濂序之曰：杲齋之文，氣質沈雄，如老將帥師，旌旗金鼓，繽紛交錯，咸歸節度。曲全之文，規製峻整，如齊魯大儒，衣冠偉然，出言不煩，曲盡情意。然皆有臺閣弘麗之觀，而無山林枯槁之氣。文憲斯言，深得二鄭之旨趣矣。

題朱澤民秋江獨釣圖

山川無微雲，萬物粲可數。長江秋氣至，美人在中渚。涼風吹蘭舟，木葉下如雨。魴鯉豈必多，書卷良可咀。初非與世殊，聊以樂空屢。

贈筆生陳仲實

吴興老馮善擇毫，擇毫入筆銛於刀。近年楊陸亦有法，聲價直與馮齊高。陳生後出奄三子，射利肯作庸工饕。欣然爲我開一束，詎數豕鬣并貍毛。纔濡入手即圓熟，揮洒不覺運腕勞。野人得此殊快意，翰墨雖拙尤便操。既不能寫蟲魚疏，又不喜書龍虎韜。暮年但欲給生筆，收拾遺史明誅褒。顧無好句相報答，且復浮以尊中醪。氣酣耳熱秋風起，江山如助詩人豪。

送駙馬西山公詩

明侯德美世莫儔，麒麟之趾丹鳳咮。黄流芬芳在尊卣，繅藉光彩收琳球。王姬下嫁禮服優，鋈金爲車白玉輈。閨中通籍孰與侔，貴宜列爵同徹侯。大布遂易狐白裘，事業直擬追前修。賦詩援筆思不留，天機豈用加雕鎪。衆觀后羿親射侯，束手欲立江輒流。法書一字千金酬，玉釵之股珊瑚鉤。大儒老師日與游，論道極口稱伊周。二年市官留小州，政寬坐致東南酋。三韓毛人及流求，行縢在股寶絡頭。長風萬里驅大艘，象犀珠貝充海陬。貢之府庫常汗牛，歸視其室唯蒯緱。聖主在位將爾求，出納王命爲舌喉。

題畫山水歌

君不見謝康樂，短面長髯瘦如鶴，作郡安能棄丘壑。又不見鴟夷子，屬鏤齧霜赤心死，一棹三江入煙雨。我生千載下，酷愛古人心本野。老仙縮地誰得傳？顛墨淋漓醉中洒。幽幽樹意暝含雨，朵朵山頭青欲雲。横杠依約度深谷，三里五里東西鄰。采芝定有商顔叟，鹿皮之裘槲葉裙。神仙有無不可即，杳杳路斷桃花津。何人相期過西麓，牲肥酒熟秋樂神。祇知耕鋤及婚嫁，廟堂黜陟那得聞。扁舟從何來，盈盈載秋碧。嵐光忽已今，日暮問家室。熒熒林隙燈火青，雞黍家人具今夕。終南相繼售卑價，才薄宦微遭箠罵。久知富貴成茹荼，吾獨愛山如食蔗。家貧恰有買屐錢，白髮漁郎許船借。箕山潁曲命吾駕，百歲胡爲墮機擭。

題畫松壁

八月江頭茅屋破，日日盲風雨交和。眼前安得大厦成，拾遺歸來淚空墮。紛紛萬木争出山，瑣碎榱桷非爲難。萬牛莫挽梗與楠，往往棄置丘壑間。獨立風霜二千尺，未識何時逢匠石，白頭老樵空歎息。

老牧圖

彼軒彼裳，我笠我蓑。彼馳且驅，我行且歌。嗚呼！世間榮辱如吾何，夕陽牛背青山多。

送江陰郡博周元浩歸平陽

君不見蘇秦昔上秦王書，嫂不下機妻不炊。青燈長夜股流血，黄金六印何纍纍。又不見陶淵明，富貴視之鴻毛輕。腰孥不折五斗米，歸來籬菊秋盈盈。周君妙年江海客，幾度吴花醉中摘。蒲帆半幅風飀飀，長嘯一聲江月白。我家亦在蒲海頭，此時春酒濃如油。堪憐千里尚飄泊，恨不共買東歸舟。

今日行

昨日去，今日來，明日忽忽復相催。百川赴海何時回？思之竟不令人哀。傳聞三神山，海水青如苔，五雲零亂開樓臺。中有長生不死藥，仙人青髮紅玉腮。此事不許人間有，籛鏗古人骨亦朽。骨亦朽，勸君酒，長使金杯在君手。

昆城吴歌

昆城吴水三萬頃，吴兒招我入溟涬。舉頭看月月在頂，手弄荷花落天影。酒酣起就船底眠，青天作衾毛骨冷。龍女欲出聽我歌，扇以凉颸吹夢醒。初歌音蔟含清勻，忽然疾走銜枚軍。百怪髪立皆驚奔，龍女舞翻巫峽雲。再歌壯以悲，鳳凰背泣麟洲啼。六月雪壓崐崙低，我歌三發滄海裂。緑水欲變黄塵熱，龍女聞之悲哽咽。旌旗忽動龍女歸，金烏飛上若木枝。暑炎如火炙我肌，嗟我老病力莫支，千金莫致南海犀。沈書問龍女，遺我蒼水璧。與君乞取半湖白，歸向高堂挂空壁。

仲雍墓

野鼠穿黄穴，遺封百草深。死無歸國夢，人識逸民心。樾樹冬逾碧，江猿夜亦吟。海虞山上月，梅里共沈沈。

齊女墓

突死孤墳在，千年恨尚新。荆蠻非偶國，盤瓠愧吾人。躑躅春啼血，狐狸夜得鄰。兽丘無霸業，吴沼更傷神。

寄郭羲仲

憶君持酒別，初月出東城。溪艇幾時到，春潮日夜生。白沙眠翡翠，青竹下鵁鶄。遥想汪徵士，題詩慰逸情。

題余生山居

野水流花澗，春雲拂草亭。地連桐柏觀，人識少微星。養鶴還知相，煎茶亦著經。卜鄰應未晚，休勒北山銘。

贈呂一相者

男子始墮地，百年那可量。買臣歸作郡，顏駟老爲郎。得路青雲表，垂綸野水傍。持杯勸君飲，吾意正茫茫。

和郭熙仲

每愛揚雄能作賦，不憂賈誼易遭讒。蒼鷹拂拭黄金鏇，駿馬光明白玉銜。太乙頻來觀象帙，麻姑相許寄銀緘。獨愧才名難並立，見稱龍尾也非凡。

寄呈梁承旨

太平天子重詞臣，色爛宫袍寵澤新。應對金鑾明日月，步趨玉署上星辰。夜分執笏傳宣急，晝永揮毫草誥頻。自愧不才頭已白，秋風垂釣大江濱。

九龍山懷友

風雨兩鄉難縮地，小窗時讀去年詩。九龍何處雲深淺，一雁不來人別離。老樹引藤秋結子，黄猿窺果晝呼兒。遥知句就無人解，月落山靈墮淚時。

送郭彦昭歸吴中

外沙沙頭潮没渚，海壇廟前唱蠻歈。政喜南風吹五兩，不愁落日轉檣烏。鯿魚一尺恰上鈎，吴姬二十獨當壚。醉歌《白雪》誰能和，擊碎筵中玉唾壺。

送日本僧之京

萬里乘濤來絶海，中朝冠蓋盡相知。丹丘博士與飲酒，青城先生邀賦詩。傳鉢底須歸故國，把文遂欲動京師。絶憐船上看春色，二月官河水發時。

越溪

三月雨晴天氣新，老夫起整紫綸巾。岸花紅白遠迎棹，江燕去來低傍人。冷面誰能憎俗子，好山吾得作比鄰。明時獨愧才卑拙，老大猶爲江海臣。

松下釣魚圖

皎皎月在樹，泠泠風滿衣。欲問三江口，長歌遂不歸。

題宋高宗畫扇頭自題云萬木雲深隱連山雨未開

多時海上日光催，猶道千山雨未開。總被浮雲能障斷，龍沙不見翠華回。

題江貫道平遠圖

飛鳥欲没暮煙稠，落落人家竹樹秋。绝似南徐城上望，蒼茫野色入揚州。

題士宣杏花雙喜

移時山鳥鬬芳叢，深院佳人晝睡濃。起立階頭驚碧草，不緣風雨落春紅。

懷舊

滄江樓上酒初醒，起視林花落曉星。三月到京春雪霽，太行山色馬前青。

送郭彦昭北遊

莫聽謳歌倚柁樓，令人愁怨憶南州。一片姑蘇城上月，送郎直過界河頭。

題徽廟馬麟梅

龍樓鳳閣美人歌，賞盡瓊花碧玉柯。驛使去時渾浪折，江南春色已無多。

題范寬小雪山圖

雪壓寒林萬木垂，經旬不與野人期。蹇驢借得如黄犢，猶怕山橋不敢騎。

題趙翰林畫馬

大宛前日進龍媒，屹立天墀駿骨開。黄帕寶鞍纔卸却，鑾輿八月上都回。

題李唐秋山圖

萬壑霜飛木葉丹，石橋流水暮生寒。却疑二月天台裏，一路桃花照馬鞍。

題五君瑞海棠

白日城南暖氣微，春紅渾欲著春衣。東風吹醒深宫睡，頭白君王萬里歸。

西湖圖

二月西湖春似海，南風北風天出雲。美人如花坐船上，學唱《竹枝》人不聞。

寄友

愛爾湖邊草堂静，青青竹色照人衣。閉門無事開春酒，不管風高柳絮飛。

題衛明鉉山水小景爲管伯銘賦

故人招我雁山傍，更入秋雲結草堂。至今未滿李徵士，白首猶貪著作郎。

曲全先生鄭采

采字季亮，號曲全。幼喪二親，而賦性狷介，州里不能容。兄東，時客授崑山，乃走就之。求四庫書疾讀，雖暑鑠金，寒折膠，不越户限。未幾下筆爲文，皆循矩度，而不輕於毁譽。然剛毅忤物，晚寓蘇之海虞，竟以坎壈終身焉。

出門膏吾車

出門膏吾車，欲登崑崙丘。崑崙在西極，我家東海頭。十步若九輟，鄰巷亦阻修。況兹幾萬里，而乃復悠悠。但當努其力，歲晏非所憂。聞道夕可死，聖謨實吾舟。

去婦詞

敝衣尚可澣，古鏡尚可磨。郎心一昏蔽，反覆將奈何！緬懷初嫁時，同心指江河。江河固上流，郎恩中道休。娟娟芙蓉花，托根在芳洲。驅妾出門去，妾身將焉求。安得明月珠，置之郎心頭。

送姚子章之浙東帥掾

南紀四明雄浙左，孤城百雉接風濤。越裳客去得犀角，日本船來看寶刀。元帥旌旗開外閫，掾郎才略服諸曹。帳中羽檄何須草，政愛夔州詩法高。

送果上人遊雁山

雪消山色漲東州，最好天台雁蕩遊。背負青天緣鳥道，面承□雨看龍湫。深春林麓多金剎，落日江湖自白頭。石上玉芝應拾得，念吾無物可銷愁。

題復古秋山對月圖

天癸癸兮月朤朤，山㠭㠭兮水淼淼。木森森兮竹𥳐𥳐，勢𪚥𪚥兮墨鱻鱻。

李處士元珪

元珪，字廷璧，河東人。端厚沈毅，重然諾，酷志讀書，非其人不苟與交。作詩若不經思，往往超詣穎脱。字法追蹤鮮于伯機，曲盡其妙。晚年無子，留滯吴中，多歎老悲窮之作。時往來玉山，與諸君唱和，楊鐵崖稱爲中州之善學者。

感懷

異方久漂泊，歲晚羈吴門。慷慨俯流水，悠悠度朝昏。荆璞獻所知，懷寶非有恩。達人一傾顧，至道千古存。富貴易追逐，焉能效塵奔。世態日已薄，憂心向誰論。

春日訪雲林隱君倪元鎮

往歲慕幽隱，兹晨適雲林。倒屣荷主意，下榻情何深。取琴爲君彈，唐虞有遺音。感子曠達志，滌我塵煩襟。雨過池草生，窗虚松竹陰。倚檻俯流水，開軒聽鳴琴。芳春集嘉燕，酒至還自斟。愛客畏言别，維舟睇遥岑。

南昌諸郎立春次日邀飲江閣

置酒宴江閣，濟濟皆郎官。素心偶相愜，氣味如芝蘭。東風奏微和，晴雲靄林端。美人歌《白雪》，玉觴行春盤。焉知千里客，共此一日歡。夕陽下西麓，徘徊更凭闌。

一日復一日

一日一日復一日，百歲能消幾雙屐。玉龍嘶斷東溟波，春風吹老南山石。柳華著水流青萍，琅玕弄影生秋聲。霓裳短衣尚堪舞，髑髏醜眼不再明。竹馬兒童誇疾走，檀板梨園歌白首。桑根陵谷號飢狐，一夜黄河向西吼。芒碭山下赤龍子，千古英雄魂不死。崆峒重揖廣成公，笑我攜來亂紅紫。羲和盡意驅長雲，有酒誰酹田文君。燕雀紛紛戲鴻鵠，古人道義今無聞。東家嬌娥怯春老，曉鏡畫眉鬬新巧。開屏自語芙蓉秋，妾顏不似當時好。一朝一朝又一朝，黄塵車馬長安橋。粗衣藿食養心骨，會看鵬背虚青霄。

玉山草堂

婁江東流五十里，一溪青界婁江水。溪中有水山爲輝，結廬人住桃源裏。虎頭幾葉之雲孫，彩袖斑斑奉甘旨。弟兄連璧趨庭隅，鸞鳳將一作引。雛下階址。琪樹香生翠靄間，萱草花明紫芝底。龜甲珠簾白玉鉤，遠隔猩紅映羅綺。石田移得少陵居，教子經鉏足歡喜。張騫泛槎天上來，相見出門驚倒屣。有酒在樽琴在几，把酒奏琴忘爾汝。珠玉揮毫喧坐起，笑我分題續貂尾。酒酣休誦德璋文，冰雪相看我老矣。

秋暮

秋色已云暮，天寒未授衣。異鄉三載過，倦客幾時歸。交漆惟君久，論心見面稀。題詩寄清隱，江國雁初飛。

梁溪春暮寄范德原

三月梁溪上，徘徊憶故人。客留山館雨，花落野橋春。愧我無兒子，憐君有老親。何時相對榻，重與話酸辛。

梁溪留别虞彦高

野人情曠達，志不在輕肥。夜雨三更夢，春江一棹歸。神駒難並駕，鷙鳥不羣飛。老去纔聞道，吾生漸覺非。

客海陵光孝寺秋深感懷二首簡盛克明

海陵蕭寺裏，獨客感秋深。只有君知己，更無人聽琴。鶺鴒天共影，促織夜偏吟。回首南塘路，凋殘楓樹林。

孤燈照無寐，飄泊寄僧房。蕙草零秋露，莎雞啼夜牆。愁來嗟伯道，老去憶馮唐。曉把青銅鏡，生憎鬢底霜。

次韻遊虎丘

寶刹近城郭，峰從海湧來。千人盤石側，絶壁劍池開。聞道吴王塚，今爲釋氏臺。古碑題木客，陳迹幾風埃。

冬至日試筆奉寄玉山主人

馳逐爲家貧，陽生歲又新。鬢眉半將白，天地一閒人。梅萼香東閣，桐陰静北鄰。玉山有佳士，念我走風塵。

冬日平江寄倪元鎮　此首見《玉山餞别寄贈詩》，題作《代簡玉山》。

玄文館裏逢君日，《玉山餞别寄贈詩》作「芝雲堂上西窗夜」。剪燭傳杯夜一作共。話時。寒月半窗親下榻，幽人滿坐共一作對。吟詩。無兒守舍馮唐老，有客分金鮑叔知。咫尺維舟一作「玉山」。空悵望，封題聊爲寄相思。

雨中夜宿瓜州江浦

春陰江浦易黄昏，雨裏人家早閉門。歸雁雲間知塞路，過帆沙嘴帶潮痕。遥瞻北固青山郭，只隔南淮緑水村。野寺疏鐘到孤枕，閒愁清夜與誰論！

秋暮夜宿望亭

茅屋沿隄密掩扉，官橋昏黑泊船稀。守關戍火明村隖，隔岸漁燈照石磯。寒木盡隨谿雨落，斷鴻猶趁野雲飛。篷窗攲枕渾無寐，倦聽人家夜擣衣。

浣花館

浣花溪在界溪頭，愛汝新成小隱幽。日日花間頻洗餞，時時柳外更維舟。春風繡幕圍歌扇，夜月珠簾控玉鉤。倚杖看雲雙眼豁，功名富貴等浮漚。

題梅花士女

夢裏尋香出曉城，一聲殘角暗魂驚。美人不作羅浮夢，獨倚梅花看月明。

題文湖州湘中推篷圖

岳王樓前湖水邊，離歌驚覺鷗鴣眠。生綃一幅秋雲亂，又上江南客子船。

江行春暮

江岸薔薇也自紅，可憐夜雨落花叢。不如燕子知人意，箇箇飛來近短篷。

白鷗

幾箇白鷗真可愛，碧波蕩漾卽爲家。春江正喜中流急，又□潮頭過淺沙。

和西湖竹枝詞二首

郎去遠過江上山，望郎江上幾時還。只怕郎歸不相識，湖邊日日照容顏。

三月湖邊花正開，江邊望船郎未回。燕子來時春又去，心酸不待喫青梅。

題戢山題扇圖

筆花閒落素紈雲，□映芳衢老眼昏。明日曉烟生曙色，應憐不識右軍門。

貞期生張渥

渥字叔厚，淮南人。博學明經，累舉不得志於有司，遂放意爲詩章，自號貞期生。又能用李龍眠法爲白描，前無古人，雖時貴亦罕能得之。與玉山主人友善，卽一時景繪爲《玉山雅集圖》，會稽楊廉夫爲之序，傳者無不歎美云。

題所翁畫龍

我聞真龍神變化，呼吸風雲齊上下。胡爲却向九淵潛，頷下驪珠光不夜。一朝帝勅鞭雷霆，秘怪恍惚無逃形。蜿蜒千丈露頭角，顛倒山嶽翻滄溟。乾坤澒洞日爲黑，元氣淋漓收不得。願將點滴試天瓢，草木晴光甦下國。龍兮龍兮汝爲龍，攀之不見追無蹤。何當飛空附其尾，手接鴻蒙究元始。

題昭君出塞圖

黄沙漫海燕雲高，燕山雪凍春不毛。胡雛生長獰如梟，氈處肉食膽氣豪。角弓羽箭花紋刀，踴躍快馬騰飛猱。玄旗樹日驚霜颷，云是使者來漢朝。漢宫佳人顏色嬌，蛾眉顰頳髪無膏。手揮琵琶響檀槽，聲聲嗚咽寫鬱陶。穹廬不暖鄉夢勞，邊月長照非良宵。天寒賜著灰色貂，雙壺灔灔傾蒲桃。金門玉殿心旌摇，長安煙水空迢遥。羣胡蹋歌嗾犬獒，自憐耳絶聞簫韶。畫工受賂死莫逃，筆底妍醜移分毫。掖廷舊好恩不交，在胡雖恨寵可要。寧胡計失令胡驕，干戈萬里遺腥臊。廟堂老將蜀錦袍，玉帳坐爵摩赤旄。兜離碧眼滿近郊，鳳凰之穴蟠蛇蛟。北風動地吹黄茅，獨留青塚狐狸號，流魂千載誰能招？嗚呼！流魂千載誰能招。

題了堂上人鍊雪軒

雪消成水固非異，煮水作雪真爲奇。吾師悟此煎茶法，掬泉敲火須臨時。手搏清風弄明月，幻作一同滋味別。試看椀面乳浮花，濁惱消除置冰鐵。君不見達磨面壁雪山中，至今直指傳宗風。又不見玉川先生洛城裏，軍將扣門日高起。何似松風堂上人，不譚九轉丹有神。漱瓊嚥玉詩清新，鹽我肥水華津津。

絳雪亭

谿上花無數，春風别有天。樓臺仙子宅，書畫米家船。絳雪回歌扇，紅霞落舞筵。羽觴飛醉月，應是酒如泉。

題金碧仙山圖

丹崖翠壁五雲間，此是蓬萊第一山。笑指碧桃花發處，玉鸞曾載月中還。

題明雪窗蘭

援琴誰歎生空谷，結佩應憐感逐臣。九畹斷魂招不得，墨花夜泣楚江春。

題畫扇便面 一作《題藏山題扇圖》。

一自蘭亭飛筆後，昭陵風雨夜如何？當年老媪能知此，扇出人間百一作待。價過。

題王元章梅

照水疏花冰有暈，横窗瘦影玉無痕。孤山月冷黄昏後，拄杖曾敲處士門。

題趙翰林畫蘭

白鷗波點研池清，楚畹香風筆底生。記得弁峰春雨後，撥雲移種向南榮。

和西湖竹枝詞

長簪高髻畫雙鴉，多在湖船少在家。黄衣少年不相識，白日敲門來索茶。

西湖口占次玉山韻四首

清曉移舟及暫晴，水花明媚照娉婷。銀箏玉柱纖纖手，翻得新聲醉裏聽。

水光承雨亂銀花，柳外雙峰出碧丫。我便欲尋蓑笠去，斷橋灣裏是漁家。

淺絳籠紗白玉膚，鬟雲雙亸映犀梳。尊前自有丹青手，描取崔徽入畫圖。

舞衫歌袖奏紅紗，一朵春雲帶晚霞。盡日無人見纖手，小屏斜倚笑簪花。

弋陽山樵李瓚

瓚字子粲，一字子𢾈，姑蘇人。幼從余元明遊。多才能文，自號弋陽山樵，旁通浮屠并漆園氏學。至正十一年冬，嘗過玉山，作分題序有云：人生百年，憂患之秋多，燕樂之日少。而況友朋南北東西，迄無定居，則今日之簪盍，夫豈偶然哉！讀此亦足見其胸襟之曠達矣。

因顏陋隱寄上清外史薛玄卿

仙人薛外史，高隱在幽閒。碧雲上清鏡，皓月瓊林壇。博疋坐虚室，飛神修大丹。彈琴松樹裏，吹簫清夜閒。幾時訪山館，相與遊三山。

春夜懷豫章倪中豈并太原王本中二子皆客京師故詩及之

耿耿春夜永，迢迢更漏殘。美人隔千里，清月在江關。舉杯不能樂，援琴孰爲歡。悵望五雲外，目送雙飛翰。王子經緯學，紬繹茫無端。倪生富文史，落筆回狂瀾。古劍没豐城，大璞昧荆山。奇材每不識，萬古一長歎。而我困畎畝，漂流吴楚間。釜魚獨恆飢，衣鶉每懷單。慷慨念二子，頻年事征鞍。庶幾抱琴志，不愧齊門彈。

江浦送别

協風吹冰泮，水色茫微緑。沙融文禽集，波暖白鷗浴。之子逝將别，分手愁局促。離觴一何頻，征舸嗟去速。今日江浦東，明朝關山北。棹歌不堪聞，悽然淚盈掬。

種葵

種葵南軒下，葵長不盈尺。芃芃初葉茂，挺挺交柯直。匪以花爲美，有取心向日。孤忠類臣子，恆性若有德。只恐秋風至，蘭蕙同蕭瑟。雖然遇彫落，凡草孰可匹。

袁南宫江西歸吴門隱居短句奉寄

江國徂春暮，蘭茁生蕙風。佳人天之末，高隱林泉中。有懷不能伸，愁思渺無窮。朱弦發清響，大吕振黄鐘。依依閶門柳，去去塞北鴻。永言寄歌詩，用以慰幽悰。

玉山佳處以夜闌更秉燭相對如夢寐分韻得對字

日夕南窗雲，水生東北匯。開筵草堂接，拄笏玉山對。洞酌興未央，清吟心每醉。酒香鸚鵡滿，琴韻鳳凰碎。崔蔡有雄才，鄒枚富佳製。笑談可冥身，出處當拔萃。慨慷寧廢歌，棲遲何足累。天高星漢移，夜久鴻雁逝。投筆慚鬢絲，長嘯風塵際。

柳枝詞

吴江緑水生春明，江上柳枝今漸青。棲烏啞啞中夜鳴，愁絶東風長短亭。柳枝當户森成束，思婦正倚闌干曲。别情有恨不可解，萬里相思淚盈掬。愁多不織流黄機，織得回文更惛悽。功名誤人不足恃，稾砧稾砧何日歸！

春草曲

春風百草生何許，伊流之洲澧之浦。荃蘅蘭蕙與芳杜，馨香采色紛無數。鶗鴂先鳴衆芳畢，萬緑如煙花欲語。王孫遊子去湘楚，蘼蕪闗謝山之阻。春草無情情獨苦，别離恨深乃終古。春草生，淚如雨。

歸鴻曲

高秋鴻雁來，仲春鴻雁歸。闗河道路遠，沙場聲韻悲。去年曾寄帛書去，回文織就相思句。稾砧遠在邊城戍，高樓不見絶心緒。愁多别久淚闌干，何日歸來再合歡。一聽歸鴻一生怨，楊子江南春雨寒。

闗河柳

闗河春初官柳青，上有棲烏啞啞鳴。千樹萬樹恨如織，水遠山長無限情。柳絲忽换黄金色，當時憶送遊俠客。去年驚心楊子南，今年又恨沙場北。闗河柳，管别離。離人一去何時歸？折枝千里寄相思。

滄浪亭

蘇公昔在宋盛時，文采才名動天地。暮年築居向滄浪，草聖相傳世尤貴。積書爲林墨爲池，長歌散髮鬢如絲。風流百歲不泯滅，及此士論無磷淄。憶昔嘗爲吴下客，刺船攜酒訪陳迹。却思重遊不可得，臨風悽然念疇昔。

擊檝行

日華悠悠江色清，碧波萬里生春明。商婦琵琶別怨生，擊檝渡江舟正行。美人美人既無情，澧蘭沅芷揚芳馨，欲見不見心怦怦。輕風吹羅裳，擊檝且勿忙。恐驚菰蒲中，交頸雙鴛鴦。莫學桃根與桃葉，渡江一去音信絶。江上春來復春去，對此流光淚盈睫。

再題漁莊

五湖之東煙水長，高人於此構漁莊。開軒垂釣吟麗藻，泛舸吹笛窺扶桑。金尊滿注蒲萄酒，醉看吴姬小垂手。榮名耳熱何足誇，幾見秋風落楊柳。

春原

林樾風初協，村原泥正融。香蕪連野碧，冶杏過牆紅。塞雁歸天末，巴鶯出谷中。春光濃若酒，歡賞興何窮。

春初奉寄海虞山北聲九皐上人

杖錫虞山北，春風憶舊遊。翠厓雲每集，丹壑水争流。染翰超懷素，哦詩繼惠休。何當上湖夜，相與汎扁舟。

遣興

遲遲當麗日，冉冉及陽春。草色連煙翠，柳條垂麴塵。哦詩紅杏館，漉酒白綸巾。欲寫江淹賦，悽然寄遠人。

春半

水國春將半，叢篁映白沙。簷楹皆燕雀，徑術接桑麻。吟嘯分江色，登臨愛日華。何當學鄭子，谷口問山家。

遣興

客舍沙南蒲子埛，流光愁思共微茫。落林翠竹含溪影，小樹紅梅播野芳。解樂師襄方入海，乘舟張翰謾歸鄉。不如却學南山牧，叩角浩歌清夜長。

柳花

澤國春餘江樹盡，柳花無數没鳧翁。每當白日飛晴雪，似與游絲逐惠風。灞上啼鶯孤驛外，隋堤歸馬夕陽中。離人欲折還驚歎，空對桑條恨不窮。

懷玉山西墅

西墅幽期每自知，晚來無物不宜詩。白蘋點綴秋波遠，紅樹留連落照遲。親老正當貧賤日，身輕唯荷聖明時。可能便把投竿手，來問漁莊覓釣絲。

牡丹一章奉寄玉山公子

巷南亭館春風樹，魏紫姚黄取次開。翠羽當窗林影麗，紅雲繞坐國香來。凝酥煖汎金壺釀，羣玉晴籠錦帳埃。洧外何能夸芍藥，番禺自足愧玫瑰。竟須高宴煩燕女，左手持花右酒杯。

玉山草堂

羨君家住玉山傍，地勢江流接草堂。書卷已傳秦伏勝，釣竿還學漢嚴光。溪毛秋冷珊瑚小，野竹寒深翡翠長。酌酒幾思援北斗，濯纓還擬汎滄浪。聖明此日興賢急，才子那能滯遠方。

玉山佳處

玉山亭子仙人築，小似桃源隱者家。天近方壺知劍氣，水從清漢接星槎。參差鳳吹空歌迥，爛熳龍香醉墨斜。金椀細傾新竹葉，銀瓶還出小瓊華。榮名何事頭如雪，亦欲羊裘釣白沙。

暮春二絶句

水生澤國徂春暮，倚杖汀洲立惠風。千樹梅花紅雨落，滿林竹筍緑陰濃。
牡丹滿檻紅於錦，柳絮隨風白勝綿。何日扁舟釣湖上，滄波深處一絲煙。

漁莊欸歌二首

芙蓉開徧錦雲低，夜飲漁莊月滿池。按得新詞倚紅袖，桃花便面寫烏絲。
纖纖新月上簾鈎，楓葉蘆花隔水秋。一曲清歌來送酒，雙鬟小妓木蘭舟。

硯北生陸友

友字友仁，平江人。父業賈，友攻苦於學，爲鄉里所竊笑。及長，爲詩有法度，尤長於五言律。嘗至上都，奎章閣博士柯九思、侍書學士虞集交薦於朝。未及用而二公皆去職，乃偕九思歸吴。闢斗室，匾曰「志雅齋」，自號硯北生。著《硯史》、《墨史》、《印史》，所爲詩文有《杞菊軒稿》、《吴中雜志》。卒年四十八。友仁博鑒古，兼工隸楷，凡三代而下鍾鼎銘刻、法書名畫，一入其目，真贋立辨。經其品題，價增數倍云。

石民瞻作縣彭澤集賢趙子昂畫馬贈别後爲他人持去二十年後復得之題詩以識之

朝踏長安塵，暮傾渭城酒。風流趙集賢，畫馬當折柳。晚涼池上洗馬歸，圉人控鞚不受羈。此馬自是玉龍種，想見明窗貌得時。題詩人物不可作，北雁南雲總離索。舊遊回首二十年，今日重看宛如昨。春盡江頭生緑波，春山滿眼故人多。惟有當時陶令在，奈此蕭蕭白髮何！

題宋江三十六人畫贊

憶昔熙寧全盛日，百年曾未識干戈。江南丞相變法度，不恤人言新進多。蔡家京卞出門下，首亂中原傾大厦。睦州盜起□連北，誰挽長江洗兵馬。京東宋江三十六，白日橫行大河北。官軍追捕不敢前，懸賞招之使擒賊。後來報國收戰功，捷書夜奏甘泉宮。楚龔如古在畫贊，不敢區區逢聖公。我嘗舟過梁山濼，春水方生何渺漠。或云此是碣石村，至今聞之猶〔褫〕（虢）魄。

桂之樹

桂之樹，褰我衣。秋風昨夜起，遊子送將歸。明年春水盛，鼓楫下江磯。

送趙季文之湖州知事

共說佳公子，翩翩清且賢。傳家存舊笏，載世有遺編。漚鳥銜波去，苕花帶雨牽。糾曹官事少，揮麈看山川。

吴桓王墓

見一作聞。說桓王墓，名因父老傳。如何漢社稷，竟一作分。作魏山川。壞隧秋風入，荒丘暮雨懸。唯餘碑上一作「銘石」。字，隱隱赤烏年。

送趙子期使交趾

萬里交州道，還聞虎節馳。天王頒正朔，使者護蠻夷。瘴雨侵榕葉，腥風度竹枝。奉辭存大體，定服遠人思。

見説

幽并豪俠士，新拜羽林郎。夕按秦娥曲，朝薰荀令香。折花當閣道，射柳傍宮牆。見説紅城下，今年春草長。

送國王朵兒只就國

奕世名王策駿功，遠分茅土鎮遼東。玉符金印傳孫子，鐵券丹書誓始終。滄海斷霞通虎帳，黑河飛雪暗琱弓。莫忘聖武艱難日，四傑從容陟客同。

次張貞居所賦雲林

松花新釀碧琳腴，洗杓何妨起病夫。菌閣下簾修隱訣，雲林掃榻挂仙圖。旋移竹近文書案，自汲泉添刻漏壺。聞説華陽多玉食，洞中燕肉膩如酥。

泊虎丘

晚泊虎丘山下村，小舟摇蕩一溪渾。遊人車馬各已散，宿鳥池臺故不喧。初月出林光照地，亂雲入寺影當門。□□□□□□□，□□□□□□□。

題米元暉畫山水

翳翳雲中樹，亭亭江上山。秋風生柁尾，蕩漾碧波間。

題倪幻霞良常草堂圖

家住華陽洞，長松映草堂。平生有高致，不似賀公狂。

贈諸葛子熙三首

聞道長安異昔時，秋風落日草離離。九成宮闕無尋處，空有人來拂斷碑。
百二山河路欲迷，荒林敗塚轉悽悽。夜深曾過昭陵下，風雨猶疑石馬嘶。
北堂萱草緑朵朵，白髮慈顔不解憂。盡賣刻辭供菽水，誰憐蹀足徧長洲。

顧□□盟

盟字仲贇，甬東人。高才好學，嘗館于杞菊軒，詩見《玉山雅集》。玉山主人編仲贇在張仲簡之後，錢牧齋《列朝詩集》甲前有張簡而無顧盟，想亦據《玉山雅集》録入，而抄本多脱簡，遂將仲贇詩俱誤入仲簡集中，流傳舛僞已久，不得不急爲改正之。

閱真誥

長史昔好道，鍊真三秀峰。夜感紫微仙，降集華房中。鸞鳥鳴素月，翠旍颺琅風。摛辭託諷寓，讚揚皆真宗。中有餐霞法，可以回嬰童。刻之白玉檢，藏之華陽宫。真人有仙氣，乃得探其踪。我生慕玄素，無由啓愚蒙。嘯詠金玉章，靈音朗九空。懷仙起冥想，颯然精靈通。焉能出囂滓，歘忽驂雲龍。

送王子充歸金華

春入長洲苑，東風已及時。苑中垂楊樹，吹作黄金絲。送君出春城，艤舟折桑枝。以此聊贈遠，相別仍相期。君歸金華山，當逢牧羊兒。毋因入山去，遂爾來遲遲。楊柳飛花日，待君同賦詩。

次韻答强仲端

花落紅雲島，風生白玉堤。真人不出户，芳樹自成蹊。掃地雨初歇，卷簾鶯正啼。此時不一見，春思轉淒迷。

賦翠微

倚山爲宅似城〔闉〕（闉），耕鑿懸知可療貧。政想緑陰當甕牖，但愁翠雨濕綸巾。投林鼠雀終無角，出谷峰巒半似人。濁世無憂惟隱者，願分藜藿老天民。

送樊仲宜

樊郎昔補太常掾，郊祀通天致敬時。先過罘罳張鼓樂，復從鹵簿建旌旗。頒宣卽用金書刻，讀祝還令玉版持。今日江南見樵者，命渠歌作贈行詩。

送謝子方歸臨川

連雨淋浪不耐秋，江行已試木棉裘。侍中無夢思通籍，肘後有書能校讐。身坐米船歌灌口，眼明瀑布是江州。到家先謁虞夫子，定作芝亭一月留。

次韻慶雲衲二首

數竿修竹便爲鄰，有力任春未是貧。世事空隨流水駛，閒心自與白鷗馴。更招遼海傳書鶴，爲問玄洲種玉人。還有佳期同晚歲，白雲相對豈無因。

東來孤鶴下林梢，破屋蕭條不翦茅。洗玉池頭雲氣合，繙經臺上樹陰交。閒心詎遣神爲馬，避世方慚祝代庖。忽寄新詩到玄圃，清歌須藉玉壺敲。

次韻范德原與倪元鎮城南倡酬之作

高士叩門方倚馬，先生與客正争棋。也知溪上多佳集，亦到山中傳好詩。滿地緑陰敷坐處，隔林黄鳥把杯時。城南我欲相尋去，買下扁舟恐後期。

次韻范景逸立春日病中之作

歲暮西岑雪未晴，范公祠下少人行。探梅踏凍煩丹使，扶病迎春問麴生。石竈茯苓和雪煮，雲根流水似冰清。瓜田數畝春泥煖，好課巖中子弟耕。

八月十三日自鴻山歸吴舟中賦

扁舟風輕穩如馬，容我領覽秋氣清。横塘水深白鳥下，敧樹雨溼青苔生。東曹掾史有高興，太乙真人無俗情。去□吹簫唤孤鶴，明夜月滿姑蘇城。

送吕惟清歸耕蕪湖

蕪湖郭裏野田花，曾見南朝舊將家。九月荒茨飛社燕，千年喬木噪寒鴉。江山風雨殊今昔，文武衣冠起歎嗟！扶册一作策。歸舟一作耕。有孫子，寧辭辛苦答春華。

次韻張田秀才見寄

樹杪青蟲晴颺絲，春城風物似年時。貧餘許邁餐金法，樂一作閒。止一作有。陶潛《飲酒》詩。芳草青青連野闊，征鴻歷歷度江遲。長洲故苑烟花外，千里懷人入夢思。

紅梅

九疑山中得道女，春寒石上飲流霞。不知遺却玉條脱，獨倚東風暮竹斜。

寄學可二首

九龍之山第幾峰，曾看飛雪下長松。小樓日夜聽春雨，忘却溪頭尋暮鐘。

石上一杯清泠水，傳是若冰小洞天。借渠茗器登山去，春雪正與梅爭妍。

寄阿山

最憶鳳雛年十四，臨池愛學漢中郎。西齋舊種櫻桃樹，今歲還應共汝長。

次韻楊廉夫冶春口號八首

姑蘇城北桃花塢，日日敲門去問春。自是狂夫被花惱，求之不得亦愁人。

醉舞花前倒接䍦，雙雙燕子共差池。留連只恐春光暮，芳露溼衣人不知。

石湖春水如酒濃，玻瓈萬頃開龍宮。我時泛舟過湖曲，無數桃花發舊叢。
近得玄洲餐玉法，不用采石登昆侖。景純解道游仙句，海上鶴來傳到門。
江城雪夜深一尺，欲問梅花馬不前。袁生此時正高卧，不知春江有釣船。
玉壺春酒碧于海，客至縱飲寧傷廉。已無俗事惱真趣，只有清香散寶匳。
緑暈雙蛾新畫眉，風流堪賦比紅兒。繡窗無人解春意，行傍辛夷折柳枝。
吴姬殷勤折简呼，青錦坐褥花中敷。聽唱梨園供奉曲，新聲一串驪龍珠。

游石湖治平寺用唐人許渾所題詩韻

湖上春雲挾雨來，楞伽山木盡低摧。吴王廢冢花如雪，獨自吹香上舞臺。

題雲林生遠山湧翠圖

偶因滌硯寫從容，點染那能似畫工。千載風流誰可擬，令人猛憶米南宫。元鎮所居地名蝸牛廬，俗呼黄犢廬。

衞□□仁近

仁近，字叔剛，一字子剛，華亭人。好學績文，書法學《黄庭經》，自有一種風流醞藉俠才子氣。至正間，嘗游吴興，守將候見之，送餼米百斛，既舉幕官，並辭。張太尉闢延賓館，幣使聘焉。亦謝免養高。授書里中，年四十七卒，有《敬聚齋詩稿》。子剛從楊鐵厓遊，鐵厓謂其詩音節興象，可追盛唐，常以才子目之。其《秋夜曲》、《白苧詞》、《九山讌集》等篇，極爲一時所稱道。

題陳履元畫玉山草堂圖

萬木陰陰覆草堂，湘簾低下淨琴張。逶迤萬里橋南路，彷彿百花潭上莊。白鳥向人飛箇箇，好山當户立蒼蒼。披圖想見人清絶，爲寫新詩並晚凉。

承玉山主人遺竹枝輒賦近體以寄

草堂只在玉山西，未識風流顧愷之。鴛冷繡衾春病酒，蠟銷銀燭夜敲棋。每懷鳳鳥棲梧樹，輒倚烏几唱《竹枝》。昨夜闌干明月上，惱人簫管不勝吹。

擬唐宮詞

九重春色繞金鑾，龍渴宮壺午漏殘。犀押簾垂紅霧暝，獸爐香盡碧雲寒。隔樓度曲多西子，别院吹笙是内官。見説羊車明日過，旋栽楊柳護雕闌。

奉寄楊鐵厓

白髮揚雄三泖上，樓船日日載青娥。驪珠泣月夜光冷，象管叫雲秋思多。問字諸生頻載酒，購書道士爲籠鵝。玄霜臺上涼如水，好著吾儂拍手歌。

送劉王事北上

曉漏沈沈禁籞清，内班初進珮環鳴。九重日月明金殿，四海車書會玉京。天子龍飛乾道正，宰臣鵠立泰階平。幾時我亦觀光去，醉插宫花出鳳城。

秋夜曲二首

誰家女兒青結螺，花前雙歌舞婆娑。湘簾在鉤明月多，奈此迢迢涼夜何！

銀河流光夜初静，姮娥娟娟度鸞影。綺疏美人醉方醒，倚闌吹簫更漏永。

彭□□冞一作寀。

冞字仲一作宗。愈，廣陵人。無書不讀，學通五經，性行純謹，言笑侃侃，陳敬初深敬事之。來吳中授舉子業，户外之屨常滿，江左碩儒也。詩見《玉山雅集》。

送粹上人還天台養母讀書

逝川無停波，浮雲時獨飛。十年出家去，早著遊子衣。朝帆南海航，暮采北山薇。孰云方外樂，倚門有遐思。丸丸赤城山，中有烏烏慈。娱嬉在昕昔，況適静者期。朔風吹大江，越樹淡寒暉。顧瞻東歸屐，夢繞玉溪湄。

送丁好義

晨登吴王臺，蒼然望八荒。大江東南去，浮雲西北翔。中有鵷雛飛，前隨雙鳳凰。梧桐正蒼翠，亦待鳴朝陽。白露湛清秋，山花已黄黄。折之欲相贈，歲晏同幽芳。

寄沈鼎臣二首

中庭好花樹，欲發遲良時。春風一噓拂，粲粲已盈枝。青實未堪摘，苦心良自知。朝榮暮憔悴，物理固其宜。願將合歡草，持以遺所思。

宛陵大江左，我家更在東。憶子到縣時，目寄孤飛鴻。滄浪無釣艇，海洋多颶風。遊鱗向何處，遠將消息通。嚶嚶雙黄鸝，躑躅芳樹中。聽之有深意，白日已忽忽。

金粟影

開窗見明月，團團弄清輝。湛露下庭柯，幽香發華滋。手擧青玉案，嘉與仙人期。遨遊青雲中，遺我最高枝。茹芳噍瓊液，插花醉瑶池。中有羣鳳鳴，景星亦相隨。高軒夜深坐，秋影正葳蕤。勿持廣寒斧，爲賦小山辭。

芝山吟 并序。

徐君勉之，鄱陽人。芝山在鄱郡之陰，世傳山常産芝，郡人往往以科第顯。勉之兩擧鄉進士，得山長。慈湖人謂勉之若有不釋然者，予故爲道其所樂，作《芝山吟》餞之。

西山有靈芝，我采茹其芳。吐氣爲卿雲，絢爛紛天章。紫微上卿不敢惜，手抉氛埃看五色。虎豹衛關深九重，倏爍電光迷白黑。歸來不是故山遥，天風卷幔正飄飄。化作慈溪泮林雨，坐令嘉植長春苗。碧澗泠泠煮芹藻，恰似山中采芝好。咀華滋味與人同，粱肉朱門祇素飽。闔閭城頭秋日涼，停雲只隔錢塘江。西山日夜生輝光，山中紫芝燁燁長，更結飛霞高頡頏。

巴陵女子行 一作韓節婦。

巴陵郡西江水渾，赤沙黃壤東南奔。邇來湜湜已百載，中有婉孌之忠魂。當時郡有賈氏婦，志節凜凜摩乾坤。家亡國破身執一作縶。義不辱，乃是韓魏國忠獻五世之曾孫。臨平湖開石封發，五陵氣盡天房昏。甲一作鐵。馬三百萬，北來正哼哼，一作「暾暾」。連城破竹勢迎刃。牽羊係頸，投冠解綬，乞伏竄匿俱紛紛。不意弱草一作流。中，見此松柏根。讀書不學一作如。曹大家，事夫却是一作似。桓少君。君臣大義本與夫婦一，慷慨萬古保貞操。視生死一作「死生」。朝夕，不啻富貴如浮雲。恨不生爲男，橫戈赴三軍。栖栖臨絶音，耿耿昭人文，練裳縱横四百字，上陳祖宗創業有至道，下斥姦邪誤國偷生存。吾詞既畢分已盡，精衞何苦猶銜冤。想當捐佩入不測，幽光上浮白日銜，一作取。陰魄直一作下。塞珠宮門。湘靈罷一作鼓。瑟虙妃泣，馮夷長嘯羣龍翻。至今合頌一作誦。其詩感其事，令人浩氣塡膺一作胸。那可捫。或者疑之不能成人善，謂其見夢於人，不若効靈史氏爲可敦。烏乎時一作「嗚呼世」。無歐陽公，斷臂之婦終無聞。何以愧賣降表貞節，薄俗那能譏兔園。我願燃犀取靈骨，封以夏一作厦。屋旌以石表雙高蹲。奏之大廷布天下，激厲臣子皆忠淳，可以扶一作植。三綱正人倫。謂予有不信，請視賈娥墳。

怡雲軒歌爲茂上人賦

怡雲軒前古松樹，日日雲來滿幽户。怡雲野老對松眠，看雲自來還自去。非煙非霧流光晶，白衣蒼狗倏多形。有時驟雨動靈怪，恐是老龍來聽經。飢食坐單行復息，心與浮雲兩無迹。鉢中水是天上泉，我樂在雲窗隙罅非山下石。青天漫漫積空寥，磅礴雲間無遠遥。乘之瞬息千萬里，靈鷲峯頭雪未消。雲我悦，相從不似長相別。雲歸巖洞我還山，碧潭夜夜看孤月。

張□□遜

遜字仲敏，號溪雲，其先南陽人，寓居吴。博學善屬文，精書畫。初從黄冠，與息齋李衎同畫墨竹，一旦自以爲不及，即棄墨竹而用勾勒法，妙絶當世。郭羲仲贈詩云：「好竹每懷張仲敏，泠泠風骨水爲神。」錢宗伯牧齋《列朝詩集小傳》云：吴郡又有一張遜，字以行。非也。按邑志《盛彧傳》云：曰與楊維楨、鄭東、張遜、秦約、陸仁、張恕、仲天爵諸名士倡和。而牧齋《小傳》誤作張恕仲，割裂可笑。張恕字以行，洪武初以才德徵入見，試春山新水詩，稱旨，除北平盧龍知縣。其《挽盛彧詩》序云：盛公子與余世姻，而契義最相得。洪武甲寅，遷家婁東，而余亦宦游燕冀，遂成契闊。則知其爲張恕之誤無疑也。彼時安得有兩張遜耶？姑辨出之以俟知者。

題桃花溪 一作浣花館。

種桃如種柳，容易得成花。千樹恐無地，平原堪子家。晚風迎窈窕，春水繞汙邪。久不通人問，循溪步曲斜。

無題四首

銀屏曲曲掩秋塵，何處車聲五色麟。飛燕曾爲掌上舞，崔徽不及卷中真。蕙花清露紉成佩，菱帶文波繡作茵。獨倚疏桐無限思，盡憑雞卜問江神。

一夜泠風入翠幢，夢魂長是遶湘江。香螺脱靨烟生幄，豆寇含胎蝶滿窗。碧岫臺空雲雨斷，絳河星動女牛雙。牢愁得似秦城遠，幾日重圍未肯降。

罘罳涼月午陰移，漠漠重簾怨阿螭。竹泫啼紅猶染淚，藕分纖碧尚牽絲。題封欲寄金條脱，收子休彈玉局棋。惆悵章臺南畔柳，何人折盡最長枝。

新水流雲滿緑臯，畫橋微步聽黄袍。空傳解佩酬交甫，只惜能詩似蒨桃。柳色障塵侵小扇，荷筩含雨沁香醪。蛾眉老去都陳迹，懷古懷春謾自勞。

留别李五峯

秋風曾過青蓮館，南蕩誰傳白雁書。只擬馬遷爲太史，也知枚乘有安車。客星當户江清夜，華月浮空雪霽初。如此好懷舟莫發，憑高釃酒鱠雙魚。

懷貞居張先生

不見貞居張外史，故園牢落已經年。山中絶境如三島，河上遺書著幾篇。竹榻何曾延俗客，瓊樓只合貯神仙。扁舟有待秋風後，重約湖陰日扣舷。

題林屋佳城圖

黄家老子婁東客，望望青山隔太湖。獨鶴不歸林屋洞，佳城渾似輞川圖。秋高月白啼山鬼，樹老霜寒長木奴。他日結廬當墓下，好歸耕隱學《潛夫》。

聽雪齋分韻得花字

夜宴玉山家，春風舞雪斜。佳人歌《白苧》，零亂落梅花。

題挾彈圖

緑樹陰陰水滿堤，春風立馬看黄鸝。憑郎金彈莫輕發，恐有慈烏來上栖。

文□□質

質字學古，一作固。甬東人，隱居吴之婁江。學行卓然，詞章奇放，好爲長吉體。酒酣長歌，聲若金石，嘗與楊鐵崖夜行，有挑梅花燈者，鐵崖命賦一詩，立就，爲鐵崖所稱。年九十六卒。《崑山志》載：學古與邑中耆儒盧觀、趙天祐、衛館、盛德瑞、范天與共六人，有司月給廩以贍之。元時待士之厚如此。

月漉漉送瞿慧夫之竦川

月漉漉，在婁水，老蟾千年浸不死。容花已萎春蕙芳，弦望茫茫運天髓。月漉漉，在竦水，桂影無煙玉如洗。一天清吹涼參差，琉璃碧破飛魚起。我家月明滄海曲，漁歌不驚鷗夢熟。脱巾醉卧竹葉舟，白頭浪起高於屋。送君行，月漉漉。

公無渡河

公無渡河，河水瀰瀰。腥風怪雨捲空來，濁浪掀舟雪山起。妾力挽公不我止，公既渡之竟如是。淚可竭，情可滅，河水東流何日歇？

行路難

行路難，歷九土，猛虎當途狼在隖。滿目莽蒼荆菅深，獵者誰爲施弶弩。行路難，渡江河，其中豈無蛟與鼉。行舟往往看風色，如山大浪揚驚波。水陸之險尚可平，人心對面干戈横。浮雲變態在倏忽，陰矢設毒無猜驚。君不見史伯魚，處世以直誠非愚，西邊鵲噪東啼烏。行路難，堪嗟吁！

折楊柳

折楊柳，煩纖手。金黄細縷牽春愁，送客年年汴河口。汴水明，楊柳青。此時傷心無限情，同心結就孤舟行。折楊柳，君知否？有書莫寄雙鯉魚，一度春風一回首。

烏夜啼

烏夜啼，江月皎皎流寒輝。去年養子叢木底，今年九子俱不歸。夜夜啼，聲慘悽，網羅天地難高飛。反哺之恩竟寂寞，風巢冷落秋煙稀。烏夜啼，啼相思。

城上烏

城上烏，啼攫攫。朝啼城南頭，暮啼城北角。昨日妻别夫，今日母憶兒。烏啼烏啼心愈悲，征人去兮歸不歸？烏啼烏啼知爲誰！

送李公質之揚州

海風吹秋秋無痕，秋風灑落秋無魂。樓船萬斛戛明月，怒濤駕空相吐吞。隴西才人天上客，古劍飛花溜新白。腰纏十萬何足云，載詩未許揚州鶴。揚州瓊花天下無，爲我貰酒提胡盧。醉來莫問江南侶，豪氣逼人真丈夫。

澹香亭

澹香亭前春可招，雪花千樹開瑤瑤。溶溶夜色照寒影，二月東風吹不消。崑山一作丘。仙人天上客，爛醉花陰坐瑶席。仙姝采香雲滿衣，酒醒但覺春無迹。人生歡樂苦不一作無。多，百歲流光若一作如。擲梭。古來榮達已塵土，對此不飲將如何！

白雲海歌

白雲深，白雲深，白雲深處元無心。眼空瑶海一萬里，山光不動秋陰陰。虚白英英一作「盈盈」。啓扃牖，袖拂天開落星斗。盡隨玉氣化爲龍，不逐西風變蒼狗。道人高居白雲裏，九重丹書徵不起。三生石上話因緣。春夢梨花隔秋水。風塵眯一作瞇。目横干戈，龍吞虎噬奈爾何。斷蛇神器未出匣，海宇無復春光和。世事紛紛爲一作如。落絮，百歲流光水東注。白雲與我有深期，我亦相依白雲住。

虎丘燕集送□□□之秣陵分賦吴王城

吴王城據東南雄，夫椒一戰成厥功。鐲鏤夜泣伍員死，黄池之會城池空。城池空，越師襲，宫前草露沾衣溼。烟花遺堞黯離愁，三江潮來若山立。君不見城上蒿，碧如染，兔穴狐蹤徧荒甸。漁歌落日破湖烟，鴟夷蕩舟迷瀲灎。前年送客閶門西，楊柳青青官馬嘶。今年送子出城去，接天芳樹春迷迷。霜臺故人俱豸首，尺簡誰能問山藪。簿書叢裏看崢嶸，歸來共醉吴中酒。

春草池緑波亭

池上新亭好，憑闌引興長。朝暉生草色，天影落波光。雨過鳧鷖亂，春明杜若香。爲懷江謝趣，清夢遶西堂。

和九成韻寄玉山主人二首

我愛虎頭公子賢，高懷歷歷瀉長川。酒樽花底分秋露，茶竈竹間生白烟。日落漁莊聽雨坐，風微草閣看雲眠。西涼進士曾留别，應説相逢十日前。

玉山之堂風日好，高居共喜值清時。紫簫度曲頻行酒，彩扇分題那賦詩。溪樹積陰疑雨過，水花流影若雲移。白頭有約漁莊上，我亦歸休理釣絲。

題林屋佳城圖

太湖湖上黄公墓，畫得圖成慰所思。林屋天寒龍起夜，水晶宫白月來時。山山暑雨黄梅熟，樹樹風霜橘子垂。遺訓不忘鄉井念，望雲應廢《蓼莪》詩。

題芙蓉畫屏二首

太液池頭月色凉，夜深天上按《霓裳》。西風吹醒游仙夢，尚帶清秋玉露香。

沈水煙消啓緑窗，凉秋又見木蕖雙。日斜睡起銀屏裏，應是相思到曲江。

題秋林才子圖次玉山韻

石嶺西來竹屋幽，蹇驢歸去晚山稠。溪頭霜葉似花落，天外白雲如水流。

題風雨歸舟圖

西風木落九江秋，黄鶴磯頭是舊游。憶得向年風雨裏，青山無數逐歸舟。

梅花燈

五出玲瓏四面分，一枝挑月照黄昏。歸來踏遍横斜影，吹落東風不見痕。

匊溜生周砥

砥字履道，號匊溜生，又號東皐生，吴人。幼家徙無錫，居市上，未嘗與羣兒戲，自知弄筆硯。稍十四五，擇從文學高等遊，俄而才思大進，舉州皆驚。遊吴門，士大夫名能文章者，莫不希得砥一先詣爲己增價。至弱冠，尤盛於詩。每東西浙燕享，四方餞集，作者動三數十篇，砥常卷中迥出。其詩幽麗豪浪，無所不有。爲小楷行草，略備諸家體。溢而爲畫，寓篆籀法，人罕得之。至正間，與馬治孝常俱主義興周氏家。周氏好學有賢行，爲屋澗東西以館之，置茶具酒杯，屬其子弟從之遊，窮陽羡溪山之勝。因合前後所作爲《荆南倡和詩》。義興多富人，與治厚善者，咸治酒爲具召砥，砥心惡之，一日貽書别治，夜半遁去。歸吴，復與高啓季迪、徐賁幼文結社。已而張氏據吴，從軍會稽，殁於兵。幼文題《荆南倡和集》云：此帙乃履道親筆，季迪所藏者，季迪序而屬其鄉人吕志學收之。洪武丁巳，余在河南，孝常持此帙來見，蓋吕所歸也。李應楨題集後云：無錫别有一周砥，官廣西桂林靈川縣典史，非此所謂字履道者。因讀是詩漫書之，俾有考焉。

過任彦升釣臺

雪樹參差短，寒山迢遞明。春流釣臺没，殘照夕嵐輕。萬化同澌盡，孤名似水清。誰悲范僕射，千載見交情。

出西澗過龍巖途中瞻眺

適意窮山水，覽物眷時候。蘭薄迷煙孕，桐林仰雲逗。却立駐幽躅，前臨縱遐覿。谷鳴始嚶嚶，川響復瀏瀏。衝飈激高竹，晴曦豔寒溜。崖複翠羽戢，石觸金鱗皺。妙合理無遺，心怡興難究。逼仄緣石磴，岩嶤陟雲構。豈唯盧霍期，攬此嵩蓴秀。素履非行險，逸想仍冒詬。遥遥此中情，庶以謝紛揉。

賦得晚晴送禪師

浮雲暮褰霽，空宇湛然清。復念還山客，遲遲南澗行。新禽響叢木，殘照入孤城。即此閒來往，方紆麈外情。

對新柳

纔弄新春色，已有縈愁意。欲倚不成眠，待扶還似醉。疏雨飄枝溼，暮雀銜花墜。脈脈獨含情，故園那得至。

送梁生

荷衣不掩體，客路暗傷春。誰是憐貧者？金陵有主人。

遊龍巖三洞之間酬馬孝常

商巖紫芝久不采，淮南丹書竟安在？仙人勸我三洞遊，身如騎龍倒東海。海氣茫茫雲霧回，白波捲雪連山來。雙童手弄海底日，紅光一道金蓮開。瑶草緑可折，瓊樹花冥冥。昔人煉丹丹竈在，錦苔繡石光青熒。雷行半空中，逢逢擊天鼓。玉女鸞笙時下來，前頭四足神魚舞。醉拂珊瑚鞭玉虎，我欲因之窮洞府。閒訪八公五雲裏，爲説蒼生受辛苦。不然飛出西華顛，太極總仙之洞天。安得周回更二千，直與龍巖之洞相鉤連。蓮花峯上重攜手，笑攬霞觴窺八埏。

春寒慰瓶中杏花

銀瓶春静竹風來，愁向花前把一杯。不得幽人相伴住，西園雨裏亦須開。

聞笛聲送任掾

春水緑波生柳塘，横吹掩抑復悠揚。今朝送别已惆悵，前時渡江猶斷腸。

經杜樊川水樹故基

落花風裏酒旗摇，水樹無人春寂寥。何許長亭七十五，野鶯煙樹緑迢迢。

贈衵公

我本匡廬種蓮者，奄忽飄零塵網中。衣食坐爲妻子累，文章翻笑古人同。酒醒瀑布千巖雨，恨滿江波一笛風。閒共山僧語終日，揮絃送目歎飛鴻。

懷玉山子

伊昔延清賞，玉山仙子家。風吟蘿磴月，雲卧雪巖花。海鶴西飛遠，吴門東望賒。相思似春草，煙雨滿天涯。

戲和呈孝常

澗房松竹静煙霏，徑裹蒼苔行迹稀。相與尋君《遂初賦》，江花欲落换春衣。

登西岡望龍池諸峯贈馬一山人

登臨不涉險，緩步情始暢。振衣西岡頭，矯首一長望。朝陽匿光彩，宿霧猶隱嶂。山靈忽不靳，連峯洶波浪。何許芙蓉青，龍池半天上。銅官從中起，磅礴氣逾壯。回風過林莽，草木皆振蕩。青錦十萬繒，鈿車五千兩。山人地志熟，指顧名所向。窮歷吾豈能，高情倚疏放。平生煙霞志，配此丘壑尚。思欲逃喧卑，結茅計非曠。緣知兵革後，已恐淳朴喪。蕭條采芝意，臨流重惆悵。

晏起一首

晏起望南郭，依微見遠岑。疏花消夜雨，啼鶯罷秋林。偶有適道意，本無遺世心。不能勤四體，聊用寫瑶琴。

夜坐懷孝常

待月下石壁，罷琴竹間亭。坐絶百蟲響，旅懷纔夜寧。天高玉露瀉，草木流晶熒。四山湛秋色，萬物無隱形。風蟬抱葉落，雪鵠迎雲停。此時西澗人，柴門久已扃。誰同展清會，念此風泠泠。世難避空谷，憂思同醉醒。偶適不爲貴，人生易漂零。茫茫河漢流，熒惑光衆星。干戈未衰息，前途杳冥冥。歲晏有結託，東去浮滄溟。

寶粹二上人值雨留宿西澗草堂明日賦此以贈

蕭條黄葉山中寺，回首松蘿滿夕曛。丈錫遽行三十里，一風相送兩孤雲。竹堂聽雨驚秋晚，木榻留燈語夜分。在昔山林憂患等，應修白業益精勤。

過西澗

放鶴白石上，曳履青林間。近竹門自掩，采樵人未還。草生西澗雨，雲斂南湖山。遊詠以終日，相依道者門。

雨中一首

淒涼懷故舊，寂寞卧丘園。溪冷風蒲折，林高雨竹喧。漁人留野渡，田犬吠衡門。無限清秋意，何從製一言。

西池夜坐聽風竹

泠泠不能休，瑟瑟還復輟。宫商發金奏，波濤滿林樾。聞性無合離，聲塵自生滅。適覩喧中静，坐對窗間月。

秋思次韻孝常七首 録四。

白下門西江水濱，寒煙衰草卧麒麟。當時談笑塵沙静，誰是東山折屐人。

金鼓連山震不休，旌旗獵獵楚江秋。猶喜雲屯三十萬，賢王自古填揚州。

雙眉一夜颯秋霜，望斷南天北雁翔。何許高樓吹玉笛，傷心不忍獨銜觴。

何日春還槁朽蘇，與君長嘯出長途。鑑湖三月花如錦，越絶名山天下無。

桃溪泛舟尋方厓士玄

放舟千山裏，嵐氣滿晴川。歌辭理白雪，水禽栖緑煙。蒼蒼野陰變，蕭蕭風景妍。尋僧轉回塘，望雲極遥天。萬事寧有素，一行忻偶然。

不遇

君去亦何速，我來自空還。白雲悠悠者，不染去來間。惆悵西飛日，茫然唯四山。

讀書

讀書易爲感，時節已徂秋。行遊固可適，歲月懼不留。高齋曠而寂，人務罕相酬。千載事了了，寧不慕前修。道在無今古，天運每周流。萬理由我具，消揺極冥搜。爲樂不在兹，況復儲怨尤。予本楚狂士，意氣邁九州。偶然似有契，持身寓林丘。萬鍾非所辭，一毫非所求。

陪方厓士玄自桃溪看山至西岡

冉冉歲云暮，凄凄霜露繁。良遊豈易得，賤子亦攀援。流飈吹我衣，植杖登高原。平郊羅遠岫，鸒斯鳴荒園。路迴蒼檜立，巖高白雲屯。寒日無留光，落葉辭本根。萬化倐榮悴，一息異朝昏。逝者已如斯，人生豈恒存。人生會有盡，親友義在敦。營營諒何爲，撥棄不復言。

孝常西齋守歲讀王臨川除夜寄舍弟詩愛其詞致清遠因用其韻各賦一首

殘雪半窗春意動，餘香一榻夜忘眠。燈前對酒須今夕，客裏題詩尚舊年。風竹蕭蕭還自語，寒梅的的竟誰憐。知君賸有滄浪趣，待得秋風上釣船。

元日試墨二首

金鴨香猶吐，風簾影自飄。輕冰生硯沼，餘雪綴寒條。茅屋行堪賦，山雲坐可招。且無軒冕意，隨分樂漁樵。

葶緑花開未，春醪已滿缸。不須嗟往事，且復醉幽窗。采筆雲千朵，青霄鶴一雙。平生江海興，漸覺片心降。

竹筃

竹逕拾朝筃，中林露瀼瀼。宛轉童豎歌，頃刻易滿筐。粲然丹砂質，擕下白雲鄉。眄睞意忻喜，執爨屬初嘗。溉鬵沃靈液，登俎達馨香。腊毒懼厚味，餐霞祕仙方。得此與蔬筍，蕭然侑一觴。含和適勝韻，茹美貴清凉。孰謂可樂飢，庶亦潔中腸。非但紫芝曲，願繼《采薇》章。

芍藥寄周山人酬孝常

雨窗寥落誦君詩，芍藥西園寄一枝。那復舊遊春未晚，長洲苑裏欲開時。

遇鄉人

東望吴門愁路澀，暮帆春雨欲歸遲。朝來爲説煙塵静，不遇鄉人那得知。

對雨懷竹素園

幾回竹素園中醉，那復題詩共繞闌。花落碧梧金井冷，去年風雨别尤難。

西澗讌集得體字

永日池館閟，翳然此林水。夏緑繞澗榮，夕嵐當户起。飛鳥翔深竹，游魚在清沚。覽物契真賞，開筵進芳醴。賓朋詠《大雅》，絲竹含流徵。意適神自曠，交親情益喜。凱風垂南沐，頽景汎西委。嘉會恆難得，世紛方未已。凡此賢達人，希當慎玉體。

五月廿日雨中飲南樓

何許開樽散旅愁，疏簾冰簟水南樓。天邊遠岫一黄鵠，雨裏垂楊雙白鷗。開對故人思故國，不堪歸夢阻歸舟。東行未見煙塵静，腸斷高堂鶴髮秋。

雨後

竹堂東偏之草亭，澗水繞榻風泠泠。碧梧鶯語嬌似醉，玉瓶荷花愁欲醒。可憐光景易流轉，無奈蹤跡尚飄零。瑶琴一彈爲君掩，日暮高山雲杳冥。

張公洞

〔儵〕（儵）忽鑿混沌，茲事豈其餘。不知幾何年，云古仙人居，嗟我至此爲之躊躇。洞天諸宮窅兮黑，試命烈火燭空虛。森森怪石相對立，如口欲語手欲抾。前有紫翠房，白雲闋丹書。鷹揚燕舞化爲石，芝田久矣不復鉏。可憐仙人常恍惚，雖欲相從已超越。昆侖閬風吁太高，時亦幽潛到巖窟。青泥爛爛浮土潤，緑髓涓涓映山骨。吾聞仙人不食而長生，何得有此鹽米之空名。豈伊往來真戲耳，簸弄物化令人驚。頗疑壺公壺，樓閣中峥嶸。摩尼珠光帶青色，千奇百怪誰所營？須臾眼暗燭欲盡，惟以拄杖相敲鏗。松風瀏瀏呼我出，耳中微吟白玉笙。竦身欲上不可登，緶引魚貫相支撑。歸來此境若夢寐，俯仰宇宙惟清明。

望頤山

曾著頤山屐，穿雲古洞歸。松浮仙嶠日，花落女蘿衣。翠壑晴蜺飲，丹房玉燕飛。煙塵此時路，長望一歔欷。

至銅官最高處

丹崖翠壁半空浮，秋盡銅官思一遊。何限吳天白雲裏，心隨飛雁到長洲。

絶句五首

朝朝感霜露，昔昔夢鄉關。何以慰親念，空悲行路難。東城三百里，南雁一封書。整待今晨發，秋風吹弊廬。失身紅塵裏，世路轉愁深。不汲寒泉井，何由清我心。朝露塗野草，顔色暫輝光。不知秋節去，朝露變爲霜。操弧力不任，彈琴知者稀。白駒空谷裏，吾道此焉依。

周將軍祠

誰勸臨行以母辭，當年苦戰後人悲。祇應陽羨溪頭月，曾見將軍射虎時。

孝常移居南樓

高樓俯石瀨，野亭連竹園。中有林棲子，逍遥味道言。因山以崇德，觀水欲知源。非但相從屢，願一寫喧煩。

因昶公歸簡王二秀才次韻孝常

千巖春静一僧歸，相送空林夕景微。茶具等閒抛石閣，釣竿行已卧苔磯。草生南浦牽詩夢，漚下輕波識道機。若見王喬因借問，雙鳧何日向南飛。

官軍後還西澗草堂

丈夫志四海，立身自有餘。安能事一室，遂欲遊空虛。嘉遯蓋貞吉，聖人不予愚。況當艱難際，行止豈敢迂。若爲動干戈，爰及此林閭。風氣混六合，理難静一隅。奔走固不恤，鄰里誰安居？所恤罔悔吝，類爲時所驅。出門已憂勞，入門復歡娱。一欣朋徒合，再喜景物殊。緑竹灑秋色，疏花耀前除。開軒坐林杪，更取琴與書。西山澹相對，落日號驚烏。忽聞濮陽血，草木漬模糊。殺戮本羣盗，哀矜爲無辜。三歎觀化初，人生亦須臾。

雨後偶題

詩酒尚堪忘世慮，陶然且復詠閒居。園林幾日清秋好，風雨一番黄落初。翳翳荒村煙景寂，迢迢虚閣暮鐘疏。經時不得故鄉信，誰道雁來能寄書。

食茯苓粥

荷鑁穿雲得茯苓，作糜從此謝膻腥。齋厨自啓添松火，香韻初浮滿竹庭。時憶紫芝歌舊曲，尚尋黄獨制頽齡。今晨暫輟青精飯，與潔方壇詠《玉經》。

縱筆一首

數卷《楞伽》一縷香，門前塵土浩茫茫。何人尚見安心法，此處真堪選佛場。寒月流爲千嶂雪，晚風驚散一林黃。可憐結習消除盡，筆舌紛紛故未忘。

與孝常登善權 以下見《荆南集附録》。

馬公才力世希有，金石千章喧衆口。登高覽古心不極，嗟我何人敢爲偶。龍巖蒼蒼逼星斗，擘華親逢巨靈手。坐看中斷兩崖立，百折飛湍怒蛟吼。石房空中多怪奇，意象物物神龍守。虹光忽墜金畢逋，把光照遍青珊瑚。海濤驚翻屹不動，仙樂嘈嘈聽有無。憶昔回舟洞庭野，七十二峯奔萬馬。躡雲丹梯不可望，俯仰鳶魚相上下。請君歌詩歌《大雅》，絶壁搴蘿與君寫。

遊張公洞

放船偶入清溪來，千峯擁翠花亂開。春風吹散碧雲影，洞門正對燒香臺。神仙之府此第一，何必採藥登天台。虚靈外發草木秀，富貴内積金銀堆。鬱然亦自有龍虎，欲入但恐生風雷。山頭無人賣松火，持燭下照何疑猜。步穿玲瓏驚幻化，錦屏丹竈封青苔。滴衣石髓寒透骨，使人不覺忘塵埃。張公萬古渺何許，隔凡流水空縈回。公能再騎黃鵠出，與吾同去遊蓬萊。

留别孝常

楓林寂寂水邊村，雁子啼時歸故園。舟楫暫移秋色裏，郡城遥望夕嵐昏。情知遠道難離别，心喜高堂得清温。草閣無爲掩扉卧，新詩還待故人言。

憶孝常

山館荆南共苦吟，每於何處更關心。樽移曲澗花千樹，門掩疏燈雪一林。誰與情親踰骨肉，自憐年邁惜光陰。孤城目盡雲千里，惟有淒涼易滿襟。

聞馬孝常在靈巖欲與周士行徒步往候信恐未真

馬卿一别四經春，裋褐蕭蕭入夢頻。聞道東來猶未見，每因西望轉傷神。鬢絲禪榻風流在，竹色茶煙夏景新。何惜靈巖與徒步，尚疑消息未應真。

晚經青祁泙懷馬孝常

青祁適舉棹，緑芷滿芳洲。亂山昏漸匿，平湖晴不流。故人久去國，此處曾同舟。煙塵西北路，望斷意難休。

懷荆南山中

幽意不自愜，懷山耿予胸。荆南美春物，雲錦千萬重。緑薅錯衆卉，青峭羅羣峯。雷鳴兩崖擘，日出萬象烘。靈響落空谷，凝陰祕幽蹤。石泄寒瀨碧，花炫晨露濃。窺蘿駭猿鳥，涉澗趨虯龍。真境窈難狀，高情夙所鍾。時邁迹逾爽，神馳體焉從。喧呶非予樂，索寞適子逢。空室暫淹泊，諷詠聊從容。

庚寅歲秋九月余邀張習之吕志學枉過雲丘志學過期不至獨與習之觴於紫霞丹房醉後因紀其事 以下俱從《玉山雅集》、《名勝集》諸選本録入。

玄宫雲氣暖，玉瓶春酒香。亂山碧霞裏，錦幛相低昂。青童奏仙歌，半空鸞鵠翔。飄飄興方逸，奕奕思何長。便呼張仲蔚，爾來共銜觴。吕生褒衣人，置之亦何妨。謔浪古松下，攲傾琪樹傍。惟兹遂真性，誰復笑楚狂。嵩高兩道士，亦來與徜徉。勸我餐金波，遺以辟穀方。於時政酣暢，仰觀天茫茫。不暇譚玄理，邀之入醉鄉。

寫懷寄吴下一二知己

朔風吹庭樹，寒雨集楊園。此時懷故舊，悽愴不可言。憶向吴門道，挾書訪遺老。兩公即相知，把袂日傾倒。別來今幾齡，白日不留停。五見枇杷樹，開花拂草亭。相思亂心緒，摇摇無定處。飄若天上雲，隨風忽東去。知君卧紫煙，清真如晉賢。手持玉麈尾，相對談重玄。我若不得志，巖居非本意。寶匣劍空鳴，金尊日長醉。吐氣如長虹，古人敢追蹤。子雲天禄閣，宋玉蘭臺宫。奈何出門去，荊棘滿中路。當伺天□□，騎龍躍雲霧。君非知我深，何能説胸襟。聊兹寫情素，非爲莊舃吟。

擬古十首

迢迢遠別離，相去幾萬里。月照魯陽關，風吹漢江水。宵夢不可託，路迷復中止。登山還有屐，涉水亦有舟。我心如懸旌。搖搖獨亡休。常恐瑶華落，春風不能留。豈君弗識察，故此長悠悠。安得白鷴鷁，銜書東海頭。

翠管鳴春暉，瑶筝弄秋月。孤鸞忽驚飛，哀吟中夜發。鄭衛久足貴，正始誰復陳。若無琴與瑟，寧知古風淳。

南國有佳人，蛾眉豔清秋。芙蓉含玉露，不足比嬌羞。明月照裳衣，清霜肅衾裯。因此貞潔性，宜爲君子逑。置之昭陽殿，飛燕焉足侔。

别君能幾時，秋葉忽辭柯。蟰蛸已在户，流螢亦渡河。感物抱悁結，容華恐蹉跎。黄鵠飛青雲，游魚潛緑波。豈不懷契闊，慰此離恨多。明月照機杼，不織鴛鴦羅。

風吹原上樹，緑葉如春煙。枝條既繁茂，根底亦以堅。如何兄及弟，骨肉自相懸。漢謡一尺布，民歌上留田。遐心賦脊令，我心已悽然。緬彼夷與齊，千古稱聖賢。

殽黽無虎迹，潁川有鳳音。朅來千載後，此風遂冥沈。騶虞固仁獸，虺蜴亦何心。不念君子懷，暴物良以深。浮雲西北來，望之如作霖。隨風忽飄散，汗漫不可尋。嗟哉古人遠，寂寞甘棠陰。

峨峨崐崙山，秀色翠如掃。白鶴銜瓊花，飛入紅雲島。仙人駕采鳳，手弄金芙蓉。青童玉節舞，鸞笙半空中。遺予紫金丹，服之壽無窮。相攜凌倒景，去入蕊珠宮。

翡翠栖蘭苕，鴛鴦上錦機。物固各有類，寸心獨何依。春色來幾日，海燕忽雙飛。迎風不須入，塵滿青樓扉。

漢宮起秋風，美人感團扇。褰帷坐遥夜，含愁獨長歎。桃李笑白日，垂楊拂青絲。既受春風榮，芳菲同一時。苟欲令偏瘁，造化庸可欺。願君心如日，照物無恩私。

大運有興廢，日月不停留。君看姑蘇臺，至今麋鹿遊。漢家五侯宅，富貴誰等儔。白玉刻窗户，黄金飾驊騮。一朝天氣肅，霜落五花裘。風華不待晚，露葉已驚秋。所以賢達士，志不忘林丘。功成身自退，嘯歌常悠悠。

春草池緑波亭

風漪結蘭氾，瀲緑汎沄沄。似將楊柳絲，織成縠紗紋。浮影動疏箔，新晴靄微雲。春草夜來長，萋萋綿夕曛。謝公久不作，寄懷良以勤。孰知後來者，亦足與斯文。

讀書舍賦君子之所樂

君子之所樂，其樂且何如？結廬在丘壑，委懷在詩書。肅肅整冠帶，雍雍對唐虞。披閲抱中默，諷詠博怡愉。聖賢千萬言，要之歸一途。涣焉心解悟，充然道敷腴。孰云足自守，覺可覺其餘。舍前有修竹，舍後有芙蕖。掇蓮置俎豆，清風當座隅。倦來聊掩卷，步出臨前除。形氣既和順，支體亦安舒。不知老將至，但爾惜居諸。君子之所樂，君子不我愚。我歌適有會，願言毋淪胥。

可詩齋分韻得瑟字

大雅何寥寥，千載幾絶筆。後來作者聖，間代亦輩出。小枝何足言，紛紛比如櫛。逮我治世音，昭然爛星日。我登君子堂，主人盛文物。中筵列彝鼎，四壁羅書帙。置酒高宴會，衆賓時促膝。高談三百篇，下筆無壅窒。陶寫性情餘，深入義理窟。空山風雨鳴，落葉秋瑟瑟。主醉客亦醉，臥予芝蘭室。明日拂衣去，長歌返蓬蓽。

吴越兩山亭

兩山夾江水，孤亭横翠微。吴雲與越鳥，千古不停飛。風厓灑松瀑，月壑舞羅衣。王氣未消歇，霸圖今是非。長歌一杯酒，掃席延清暉。

題徐良夫耕漁軒

夙存邁往志，結茅依山澤。不辭沮溺勞，更慕濠梁逸。既耕亦以釣，四體欣暫息。新稼登場丘，嘉魚薦晨夕。蒸嘗無足患，喜復留我客。野田荒煙翳，平湖澂景寂。開檐睇孤雲，窅然無遺迹。緬惟高世士，何嘗異今昔。識達理自周，情恬慮非易。念子屬紛糾，抗俗願有適。束帶趨城府，愧余尚促戚。百年誠草草，會當謝兹役。

對春雪

瓊葉綴玄圃，玉羽翔伊川。翻霙九霄下，呈芳二月前。低徊隔簾翠，玲瓏入綺錢。欲消不自駐，已斷復成連。珠幃凝華潔，花池舞影姸。相思梁園暮，曾賞洛城年。

尚朴齋

言甘知有吝，味旨閒其多。居恆屬念慮，抱朴心靡他。淳風返元化，至體適平和。意勝惟自然，道存諒不磨。營營彼澆俗，機巧滋煩苛。身偕百憂長，奄忽其奈何！

風雨一首用高季迪韻

貧富不相值，衰榮固有時。行哉徒自速，止尼未爲遲。崎嶇千萬塗，辛苦豈要辭。風雨羣雞鳴，壞屋起晨炊。一日不解醉，千古有遺悲。如何屠釣人，敢爲帝者師。

題吾子行遺墨後

立世守兹道，毅然生死間。奄去同其盡，榮辱豈相關。若人固可悲，弔溺吾所艱。蕭瑟見遺墨，風雨慘容顏。秦唐去我遠，二李無時還。世傳斯有在，邈哉不可攀。

芸閣讌集得壑字

休沐出自旦，勝步非所樂。偶兹芸閣賞，得遂中林約。朱輪交廣衢，綺麗涉紛錯。寧復知閒燕，飛蘿散雲壑。池魚可以觀，幽蘭可以握。金題耀緗帙，紛墨閒揮霍。覽物千古上，輿謡契冥漠。縱縱不復云，悠悠付觴酌。朋簪既已盍，善戲不爲虐。志適孤興遠，物遺萬慮薄。於世本何資，逍遥每恆若。行矣空谷深，撫心慚場藿。

贈葉秀才

日暮登高臺，浮雲結遠陰。樹木何蒙蘢，野雀噪繁林。驅車涉關塞，岐路鬱且深。借問子何之，故鄉阻崎嶔。曷不暫栖息，蓬藋非所任。隱憫□不發，威遲既前臨。脆管促飛觴，鵾絃奮逸音。仗劍從此别，秋風滿懷襟。寡立步非窘，薄遊志不沈。策馬欲俱去，我無當世心。

送張吴縣之官嘉定分題賦得洞庭山

山擁洞庭翠，雄蟠天下誇。雲峯七十二，面面是蓮花。風吹峩眉月，影落湖上沙。洞天闔五室，陽林耀丹葩。粲粲黄金橘，天寒霜已華。採摘奉君别，明發到天涯。

寄張習之四首

數日陰雨復寒凝，沙邊草閣非倦登。梅花蕭條竹枝瘦，大似不禁風雪凌。
枇杷花開繞舍香，竹枝披拂映滄浪。舊雨故人不相遇，亦可寄書來草堂。
空山寥寥獨抱琴，時過谷口之雲林。自從幽人采芝去，不見鹿鳴雙磵陰。
夕陽在山雲在松，松間石上憶相逢。西林問訊屢有約，且可會面得從容。

鳳笙篇贈紫霞道人

鳳笙十三簧，音響應天時。自從軒轅調律後，誰將弦管置之虞舜祠。神人以和，鳳凰來儀，後來作者不復知。頗聞仙人王子晉，好作鳳鳴花下吹。鳳鳴幾千載，仙人吹笙至今在。昆侖池頭看碧桃，玉振金聲過東海。過東海，遊蓬瀛，金霄冥冥鬱紫清。空中嘹喨回天聲，三十六帝下雲軿。中有綵女數百輩，玉顔如花珠珮明。手弄雲璈□，瑶瑟來相迎。相迎向何許？鳳笙鳴，朝玉京。

送李生北上

李生東吴人，住在東吴市。手持賈誼書，去謁漢天子。天子白玉闕，虎豹守九關。黄金爛初日，照耀蓬萊山。願爲丹穴鳳，飛入五雲間。莫學襄陽孟夫子，誦詩玉堂空放還。勸爾一杯酒，與爾作離别。西風吹折楊柳枝，八月燕山夜飛雪。君當挂席大河去，我還拂袖東山岑。閉門自掃石上月，緑蘿樹底彈鳴琴。

寄倪雲林

魯連有志節，蹈海不復還。嚴陵不肯仕，歸耕富春山。兩公出處雖異代，千古同高天地間。我識雲林子，亦是隱者流。一生傲岸輕王侯，視彼富貴如雲浮。鯨魚未化北溟水，鳳鳥獨宿昆侖丘。含光韜耀人所慕，才華自可稱獨步。手弄雲霞五色筆，寫出相如《大人賦》。雖無天子詔書徵，不失前賢高蹈名。

且須快意飲美酒，醉拂石壇秋月明。昨者相逢碧桃裏，衣上春雲照溪水。别君已是幾月來，芙蓉忽然江上開。知君此時卧煙島，而我相思滿懷抱。何當借騎茅君鶴，共入玄都拾翠草，胡獨商巖紫芝老。

題滄洲詩卷後

騎鯨東海上，豁然形神清。仰看中天月，逍遥吹玉笙。凌晨歸返三山住，銀闕珠宫渺煙霧。東風吹亂碧桃花，化作紅雲渡波去。

新郭

汎舟越來溪水旁，溪邊暮色何蒼蒼。主人張筵揮羽觴，吴姬唱歌聲抑揚。船尾挑燈大魚出，船頭洗盞秋波凉。夜如何其夜未央，萬壑不起星煌煌。酒闌客過别船去，木葉蕭蕭下如雨。船中醉卧忘西東，睡覺猶聞夢中語。此時月落天將曙，隔屋雞啼欲起舞。西風滿天鴻雁聲，瑟瑟菰蒲響秋渚。

長句一篇留别草堂主人并柬匡廬外史

玉山草堂絶清妍，畫圖書卷置兩邊。長松落子當窗前，鶴踏芝雲舞翩翩。碧梧翠竹摇秋煙，鳳凰一鳴三千年。松谿石磴相周旋，緑蘿飛花百尺懸。草堂主人真晉賢，手持麈尾談重玄。傲睨萬象心炯然，示我新詩三百篇。瀑流倒瀉挂青天，匡廬先生乃謫仙。謔浪高談驚四筵，樂府不寫金花牋，日日江頭浮酒船。愛我草聖如張顛，酣歌草堂屋西偏。醉來狂歌舞蹮蹮，共入芙蓉花底眠。

至正壬辰九月十二日過玉山草堂留别山中諸公

五陵豪英不足畏，丹徒布衣那可輕。萬事豈皆合天道，偶然遇之亦成名。我今困乏窮谷底，青雲之志何由平。愁來飲酒一百杯，拔劍高歌淚如傾。歌聲悲壯君試聞，江漢茫茫氣欲吞。附鳳騎龍豈難事，屠狗膾牛何足論。諸君古鄉舊知己，會面那得無歡言。平生心事難盡道，且復痛飲花下樽。明當大醉樓船上，横吹玉笛過吴門。

送淮南蘇同僉赴鎮

大江洪流若奔馬，横截中天向東瀉。吴楚風煙浩蕩中，海門赤日光相射。上將氣吞雲夢澤，猛士聲振長平瓦。靈旗遥指濠泗間，神戈暫駐狼山下。萬民不擾農業興，白叟黄童在田野。文武之道惟張弛，固識賢才天所授。去年開閫今復來，歡呼動地聲如雷。願翻長江作霖雨，沛澤何止沾枯荄。我欽當時羊叔子，峴山之碑傳未已。清德九世其在君，緩帶輕裘自兹始。

放歌行贈宋君 仲温。辛丑。

今日非昨日，今年非去年。天地不同老，日月豈停旋。寸心摇摇一作「遥遥」。顔色改，只似秋蓬與夏蓮。柏梁賦詩不早上，長楸走馬未得前。閶闔九重虎豹守，我欲上訴無因緣。荆山泣玉徒自苦，夷門抱關誰復賢。寶劍芙蓉拂秋月，高歌對酒聲哽咽。當時輕意千古事，幽憤於今向誰雪。蘭臺公子天下奇，心膽豈是一作足。他人知。荆卿不答魯句踐，項羽肯一作豈。顧齊安期。東吴市上花漠漠，相逢意氣傾山嶽。笑説秦關百二重，卷舒風雲不盈握。一生不識平陽奴，況是霍家馮子都。明珠白璧等糞壤，玉環翠袖皆蟲蛆。甘心廓落事屠釣，矯如游龍不可拘。宋公子，爾彈琴，我放歌，白晝苦短夜何多。黄金臺，幾千尺，翳日浮雲奈爾一作若。何。

題宫人行樂圖

金宫游素女，玉笛弄清暉。月殿龍香度，風簾翠影飛。雲開移綵仗，花落卷春衣。莫買相如賦，長門事已非。

漁莊

楊柳拂紫扃，芙蓉落晚汀。鷗眠沙嘴白，山近屋頭青。樽酒何勞勸，漁歌豈厭聽。王維愛裴迪，聯句不曾停。

送鄭同夫歸豫章分題百花洲

洲上百花明，春流日夜生。祇看維客棹，無復度霓旌。落日山如舊，東風鳥自鳴。蕭條千古意，離别暗傷情。

枇杷樹下懷葛石泉道士

遠客。

曬藥枇杷林，秋陽滿山澤。不知林間風，吹花墮巾幘。道心政散浪，野性非頗僻。不有孤桐琴，何以寄

題倪雲林畫

雲木蔽清野，峨眉横素秋。一雨過大壑，百川會新流。未能聞至道，寧卽歌遠遊。歲晏且歸去，采芝南山幽。

夏日同强二秀才過鑑公山房因游仁壽精舍

尋僧直到梵王家，便汲山泉爲煮茶。阮籍從來無禮法，湯休何用著袈裟。醉眠石閤聽風樹，步入松雲掃磵花。與子歸時仍並轡，蕭條墓道夕陽斜。

寄楊文可

屋廬星散當山郭，門前小溪相與通。橘子壓樹千頭緑，鯉魚跳波雙尾紅。空梁寒月拱夜鼠，傍壁燈火鳴秋蟲。故人亦在他鄉住，此時作客情思同。

寄周子羽

乃翁天性唯真率，縱酒狂歌老未休。不是生前渾欲醉，却緣客裏易爲愁。百年心緒留黄卷，幾樹梅花共白頭。昨過比鄰司馬氏，阿戎譚論更風流。

春日

空山寂寂行人稀，岡頭落花如雨飛。罷琴惆悵不能已，故鄉寥落何當歸。南去百粤羽書急，北來三吴戎馬肥。安得龍驤擁戰艦，掃除俘寇揚國威。

送福上人遊江西

西江江水漾明霞，買得吴船泊晚沙。春鳥銜花落經卷，涼風吹月上袈裟。廬山屹立千峯秀，瀑布流傳一道斜。愛爾心源絶清淨，東林寺裏白蓮華。

題可意樓

吴興山水稱奇絶，愛汝樓居事事清。花片拂雲飄几席，湖光浮日動檐楹。主人好學三冬足，對客高談一座傾。樂事本來皆可意，爲君拈筆賦閒情。

玉山草堂

憶汝草堂何許在，辟疆園裏玉山陲。方牀石鼎高情遠，細雨茶煙清晝遲。鴻雁來時曾會面，枇杷開後更題詩。山中容易年華暮，書史娱人總不知。

芝雲堂

芝雲主人絶蕭散，燕坐草堂門不扃。古鼎隔簾香裊裊，新篁拂几玉亭亭。十年苦思耽詩卷，三日清齋寫道經。邀我醉眠書畫舫，月明吹笛看雲汀。

次玉山遊寒泉登南峯有懷龍門雲臺

秋波漠漠静朝暉，畫舫開筵興不違。濁酒清歌香縹緲，青山黄葉路依稀。夜凉金雁箏聲細，雪滑銀盤鱸鱠肥。顧我慚爲塵俗累，不能同載月中歸。

虎丘有作

著屐登山寧憚勞，樓臺重玩一周遭。劍池下見蛟涎碧，寶塔平臨鶴背高。窅渺吴封難極目，凄凉霸業謾揮毫。把杯别有踟躕意，不爲西風歎二毛。

送趙一陽真士歸雲上

渺渺晴湖白鷺飛，青山迢遞夕嵐微。閒操桂檝雲生腋，欲采芙蓉露滿衣。紫翠房深丹竈暖，松杉秋静鶴巢稀。明年去覓封君遠，應駕青牛説息機。

次韻介之夢山中

松花金粉落春晴，白鶴看棋如客行。疏雨竹窗緣是夢，隔林茶臼只聞聲。繁華久困心何得，澹泊相遭思亦清。不有鹿門高世志，山中幾日道能成。

送李用和之常熟知州 至正二十年。

落日孤城近海邊，川流九道直如絃。朱幡到邑歌來暮，玉帳論兵思去年。楚水南回多賈舶，虞山西望少人煙。從來惠化同甘雨，還使殘民得灑然。

和遂昌鄭先生題大尹所藏唐人書經

雪鬢龐眉咏《玉經》，宛然南極老人星。石壇帚拂青鸞尾，煙閣衣飄白鶴翎。寶氣虹光輝日角，錦囊瑶軸閟雲扃。道成騎鹿三山去，瀛海茫茫萬仞青。

絶句四首奉答惟寅高士見贈 録二。

誰識元方趣，高居湖上山。詩成不求賞，獨詠兩松間。

列岫供秋色，遥風散水文。明當思舊隱，歸棹一川雲。

漁莊欸歌二首

傍水芙蓉未著霜，看花酌酒坐漁莊。花邊折得芭蕉葉，醉寫新詞一兩行。

秋月團團照藥欄，水邊簾幙晚多寒。素娥不上青鸞去，借得銀筝花裏彈。

發齊門次玉山韻

西風洲上荻花明，秋水船頭落雁鳴。誰抱琵琶涼月裏，爲君彈作斷腸聲。

觀音巖

白鸚鵡小穿雲幕，碧海波澄浸石扉。一片巖前秋月影，涼風吹上藕絲衣。

石湖

煙中白鶴獨飛還，相伴孤雲盡日閒。落日放船湖水上，一簾秋色看青山。

寫畫寄良夫

山館風清白日涼，硯池水滿墨花香。青藤三尺清如玉，閒寫喬松近石塘。

題雜畫二首

離離江樹暗芳洲，江上西風幾度秋。别鵠未歸天又晚，不勝清怨憶丹丘。

水闊天低欲盡頭，柳花如雪暗歸舟。平生解識滄洲趣，何處飛來雙白鷗。

八月廿一日惟寅徵君踏雨過林館爲留終日因誦近賦絶句三首愛其詞致清婉輒走筆次韻如上古道寥寞人以角逐聲利爲務惟寅獨逍遥恬淡之鄉時來□之篇章翰墨之事豈易得也哉

野花疏竹媚幽姿，翡翠簾前雨散絲。最愛陳琳詩句好，玉盤春露捧金芝。
秋來長掩竹間扉，過客誰能識道機。慚愧廬山陳處士，時來共葺薜蘿衣。
晚風吹雨過林廬，柿葉楓紅手自書。無限蕭條江海意，一尊相對憶鱸魚。

王處士鑑

鑑字明卿，真定安平人。父珵，爲吴縣尹。鑑少侍父宦居吴中，介然自處。長受學於虞文靖公集，喜唐人近體詩，時有賦詠，皆平實沈毅。遊燕都，朝貴交章以茂才舉試侍儀司舍人。鑑斂裳宵遁，隨父寓盤門，隱居杜門二十餘年。家貧無甔石儲，應門獨一老婢。客過輒叩鄰家問酒，酒至對客劇飲，談論不輟，晚節益高。張士誠據吴，獨造廬訪之。嘗語人曰：明卿，高世士也，吾之益友。至正丙午卒，年七十三。士誠令有司送葬恤其家，爲買地横山葬焉。

喬宜中邀看杏花并再和宜中劉禹疇韻

朱闌曲徑春光好，一樹杏花開獨早。枝頭無處著風流，時有幽香暗相惱。畫堂簾影畫婆娑，佇看嬌姿紅映縞。芳心欲吐半含羞，脈脈春愁倩誰掃。飛來翠鳥更多情，斜立花枝如畫稿。主人留客客盡歡暢飲高歌各傾倒。明朝回首緑陰濃，惆悵殘紅藉芳草。

江南二月風光好，爲惜花枝春起早。窗前曉露溼臙脂，無限嬌羞使人惱。欲開未開開更妍，半醉佳人衣輕縞。年年消息雨聲中，數點落紅和眼掃。客來終日隔簾看，棋罷酒闌詩上稿。情懷不似少年時，白髮對花嗟潦倒。明朝相約抱琴來，重嗅餘香步庭草。

當時共説梁園好，過眼繁華消歇早。青城有〔恨〕(限)不可雪，酒酣按劍生煩惱。東風回首花滿城，桃李紛紛紅鬪縞。一枝嬌小獨堪憐，翠葉纖纖眉半掃。徐熙巧思妙絶倫，畫出生紅留舊稿。相期看花花已飄，爲惜春光拚醉倒。酒醒不忍蹋殘紅，坐看佳人閗鬭草。

送趙季文之湖州

東風官柳緑生煙，江上飛花送客船。人醉離亭金鑿落，馬嘶芳草錦鞍韉。清溪繞屋渾如畫，白酒盈尊不論錢。遥想政成多暇日，好詩隨意入新編。

曲江春望

檐牙隱隱出層霄，飛閣連楹涌翠濤。花夾御城紅霧重，春移仙仗綵雲高。天家日月無私照，聖世山河不動摇。正是太平文物盛，玉笙金筦進蒲萄。

發東倉呈伯京

空江五月湖水生，摇摇一舸隨潮行。蘆花旋風作雪舞，水氣上天侵月明。白髮不禁遊子興，青山忽動異鄉情。天涯淪落何多幸，賴有故人如弟兄。

呈張貞居

句曲山人毛髮古，蒼龍爲劍羽衣輕。道高不入方士格，海内惟聞外史名。石菌依稀丹氣動，玉壺瀲灩紫文生。孤山祠與樓居近，應傍梅花領鶴行。

春日草堂奎章照磨林彦廣惠酒二首

江南三月春始足，桃花杏花參差開。溪雲入屋夜生雨，山瀑近床晴殷雷。讀書弔古有何益，行道濟時無此才。多謝奎章老文伯，時時擕酒草堂來。

柴門不起整十日，溪上春風來更遲。庭松自覺相忘我，野花不知開向誰。會須醅酒致元亮，祇用抱琴懷子期。所喜樊山古心在，相逢時許草堂資。

寫懷一章示良夫

静坐沈吟亦可憐，棲遲不出動經年。持杯每憶陶元亮，覓句深慚孟浩然。落日牆陰捐腐鼠，秋風木末下飢鳶。何時結屋晴湖上，綠樹柴門繫釣船。

題梅二首

玉妃步步影毵毵，燕罷瑶池酒正酣。夜半不〔知〕（如）風露冷，夢隨春雨過江南。右紅梅。

湖上無書問老逋，冰霜巖壑耐清孤。入更月上天全白，轉首春風是畫圖。右白描梅。

鐵牛翁何景福

景福字介夫，睦之淳安人。宋大理寺大卿夢桂族孫，常以任重致遠自期，故自號曰「鐵牛子」。以所遇非其時，累辟不赴，晚年避地武林。兵定後，始歸鄉里，詩酒自娱，以終其身。有《鐵牛翁詩》一卷，多所散失。卒後十餘年，從孫如晦爲集其遺稿傳于家。嘗因乩仙降筆自作序，有「死猶不死，千載猶一日，幽冥中不勝欣喜」之語。介夫詩甚奇偉，其詠《柳絮》云：「繡牀漸覺香毬滿，魚艇初疑雪片多。」極體物之妙。他如：「龍吟五夜霜飛瓦，鼉吼三更月滿城。」「青山自此詩名重，采石如今酒價低。」「荒祠晝掩無人到，苦木叢中春鳥啼。」「風景不殊豪傑盡，新亭誰復淚沾衣。」亦錚錚皎皎者。睦州詩派論之如此。

山水閣爲黄子久題

石齒粼粼水，雲衣鬱鬱山。天風吹客夢，何日抹魚頒。

水石爲陳太初賦

石潤非經雨，林空豈惜秋。詩成清不禁，髣髴到滄洲。

惜花

黄金可惜作闌干，偎倚相看盡日歡。秉燭歸來猶未足，夢隨蝴蝶遶枝看。

傷田家二首

春祈秋報一年期，土穀神靈知未知。昨日街頭穹米價，三錢一斗定何時。

繅車未歇取絲分，私債官逋夜打門。里正不慈胥吏酷，窮民空感半租恩。

暮春王茂叔相過

春事遽如許，相過忽偶同。四簷留客雨，一徑落花風。病骨緣詩瘦，愁顏借酒紅。摶沙寧久聚，明日又西東。

六月十七日夜坐李寧之忽得風急落流螢之句遂命足成一律

坦率坐中庭，高門夜不扃。露垂聞警鶴，風急落流螢。對語頭俱黑，相看眼更青。客星在何處？指點認天經。

江天雪意

雲壓天邊樹，瑶英欲下時。風威寒更急，潮信凍來遲。酒市增高價，漁舟誤晚炊。灞橋詩思好，先借蹇驢騎。

偶成寄王伯玉

清和風日美，策策快幽尋。白水青秧短，緑陰黄鳥深。吴蠶眠未足，蜀鳥怨難禁。流水音誰賞，令人欲破琴。

次陳湖韻

險扼三吴地，深涵一片天。龍歸珠寶露，鼉躍浪花圓。誰擊中流楫，思乘下瀨船。東風鼓鼙急，四顧意茫然。

柳絮

風攪晴空日色和，柳花故故惱詩魔。繡牀漸覺香毬滿，漁艇初疑雪片多。隨意飛來無定着，捲春歸去欲如何。顛狂到底風流在，又化浮萍漾緑波。

鼓角樓

警昏戒曉復司更，矢棘翬飛結構成。角韻喚醒晨過客，鼓聲催動夜巡兵。龍吟一奏霜飛瓦，鼉吼三通月滿城。自是太平無暴客，金壺漏箭要分明。

太白墓

姑孰村南日正西，豐碑八尺大書題。青山自此詩名重，采石如今酒價低。捧硯太真猶入夢，脱靴力士竟何擠。荒祠晝掩無人到，苦竹叢深春鳥啼。

禽名

水紅裙淡畫眉濃，婆餅焦香唤郭公。姑惡久嗔烏面妾，姊婦深恨白頭翁。上村百箔蠶登簇，半鄰千錢葉價穹。快活有聲蝌麥熟，豈辭脱袴過溪東。

梅魂

開落分明夢覺關，玉妃厭世謝塵寰。英精已出冰霜外，標格猶存水石間。淡月寫真招不返，香風入骨引初還。數聲羌笛知何處？迷却羅浮一片山。

秋江旅懷

天低江闊雁行微，獨倚危闌送落暉。絢日金丸橙橘熟，飛霜銀縷鱖鱸肥。蒪香自可呼村酒，楓落誰能問客衣。何日東裝同買櫂，片帆東過子陵磯。

感興

世途無處不間關，老我星星兩鬢斑。江水送潮歸緑渚，谷風吹雨過黄山。千金弊袴誰能買，百石强弓每自彎。何事無心雲一片，等閒飛去又飛〔還〕（來）。

東安即事

春來日日醉瓊螺，嗟歎流光去擲梭。過雨落花三月暮，東風啼鳥五更多。文章官樣千機錦，落魄仙人一足靴。世態昇平應有象，小兒争戲午橋坡。

武林偶成

獨宿江樓夢一回，滯人官庫酒多灰。滿城鐘動漏初歇，近岸舟喧潮欲來。富貴在天三尺命，姓名震地一聲雷。海門千里波光赤，火齊還升玉鏡臺。

桐江懷古

合江亭下買舟行，擊楫中流萬古情。嚴子臺高烟樹暗，桐君塔映浪花明。英雄不並青山在，時事還隨紅日生。我欲遠尋方外訣，白雲深處石橋横。

武林春望

武林春望不堪吟，獨倚闌干萬古心。錢氏池臺荒草滿，蘇卿門巷落花深。人歌人哭幾生死，潮去潮來無古今。風景不殊豪傑盡，新亭誰復淚沾襟。

春日閨思

笑倚香雲懶畫眉，海棠庭院步遲遲。鶯聲芳樹歌闌處，花影重門睡起時。蝶舞正高停扇待，絮飛欲下就簾吹。鴛鴦繡罷無人問，背立東風聽子規。

上家君

阿翁弄孫心可樂，痴兒觀光志愈堅。燈燼懸花形顧影，雨聲刮夢夜如年。攀龍期對三千字，跨鶴須纏十萬錢。爲報還家定何日，一陽春信到梅邊。

望江亭

曲水亭空卧石龍，入門鼉鼓震逢逢。六朝冠冕埋孤塔，七寶旛幢占故宫。借劍生前誰斬佞，震堂死後尚旌忠。暮潮西上東風急，滿目山河落照紅。

寄題李寧之朱銅巖坟亭

桐山蟉蚴摩空青，桐仙長眠呼不醒。龍歸洞口雲漠漠，鶴飛華表秋冥冥。玉乳流膏落輕滴，蝸涎凝石留餘腥。同遊還勝一樂事，凌虚飛屩凭高亭。

寄東安劉鵬舉

客窗呼酒濯離愁，别後騣騣歲若流。困學久磨維翰鐵，懷人空倚仲宣樓。芝川風月添新夢，葛水溪山憶舊遊。後會相期在何日，浙江亭上看潮頭。

題朱德甫店壁

日出孤城萬竈烟，緑蘆青柳暗晴川。舉杯誰共論文酒，塞港惟多運米船。爲客未歸春又夏，憶家無夢夜如年。浪遊莫待貂裘弊，及此歸耕負郭田。

書廟山驛

一衖人家白板扉，數問驛舍粉牆圍。舟師聚泊魚爲市，使客稀來馬脱鞿。江轉潮衝漁浦震，天低雲壓燕山微。太平有象邊無警，打鼓郵亭送落暉。

己卯冬書江頭段家樓

問酒江頭解黑貂，朔風吹面冷蕭蕭。雲黏海樹天浮雨，土屑鹽花水不潮。錢氏箭埋金〔鏃〕（簇）壯，張侯祠鎮石塘遥。吟邊多少興亡事，猛拍闌干恨未消。

寒食和友人韻

春事三分已二過，客窗牢落怨〔蹉〕（嗟）跎。江湖〔青〕（清）眼如公少，道路黄塵奈我何。百五芳辰驚暗度，二三益友願同哦。明朝行樂猶非晚，莫遣吟髭雪樣皤。

次王千户韻

亂山鬱鬱水粼粼，倚杖旌川試問津。數點落花春事老，一聲啼鴂客愁新。腰纏用盡難騎鶴，意釣投深未獲鱗。獨有柳營貔虎將，却舒青眼盼詩人。

寓太平州和壁間舊題

鴉投烟樹日將昏，撩客詩愁欲斷魂。郭外青山招太白，城中老樹識桓温。火餘窮巷皆煨燼，潮落浮梁覺漲痕。父子明朝遊采石，傾囊準擬一開尊。

重到比原與茂卿同宿偶成

二紀重來訪葛洪，舊知大半白頭翁。留連光景銜山日，排辨霜威隔夜風。雷火燒鱗悲躍鯉，雪泥印迹歎飛鴻。黄鷄白酒陶然醉，休話頭巾黑與紅。

童堯夫招飲回途偶成

東君容我出郊行，過却清明日日晴。怕損落花移屐緩，恐妨啼鳥策筇輕。春風入髓紅顔暈，世事縈心白髮生。花下小車如共載，緑陰深處聽啼鶯。

和希堯姪秋夜長韻

千林深夜響宫商，聽徹幽齋夜更長。露下鶴軒螢火溼，天低牛渚雁聲涼。搗衣月暗更三鼓，挑錦燈明字幾行。夢覺鄰機猶曉織，凄其絺綌歎無裳。

和克昱孫秋日感興　先生時主陽堂書塾。

祇稠紅葉綴殘秋，相對黃花思繆悠。天地猶憐衰朽質，江山不替古今愁。耳聞彭蠡魚龍舞，眼見姑蘇麋鹿遊。珍重吾宗老孫子，竹林酣飲可同不。

游白龍寺

步入龍宫路更幽，陰崖虛籟雨飀飀。松根石磴留猿迹，竹外茶烟眩鶴眸。防客未先藏斗酒，愛山更欲上層樓。一龕已足平生料，多景何須二百州。

和洪伯英感懷三首

年年客裏度青春，行役勞勞二百程。白髮未酬平日志，青山似有故人情。老成已覺晨星少，人事還隨曉日生。莫怪春山風雨惡，烟蓑曾有子陵耕。

元龍湖海半生豪，斗大黃金未着腰。不學單衣歌白石，擬將一劍倚青霄。賈生痛哭心猶在，季子從盟舌太饒。得失鷄蟲何足較，爲君呼酒酌椰瓢。

家住梅花水月村，長裾偶共曳王門。齊紈肯試千〔鈞〕(鉤)弩，魯酒須浮五石罇。蜃架海樓虛作市，蟻知天潦豫移屯。鏌鋣定價無人識，只作鉛刀一樣論。

詠李鵬飛庭下瑞香

香瑞春繁久耐看，移根猶喜近雕闌。蹙成百結流蘇帳，擷碎千金瑪瑙盤。處女暖薰沈水惱，侏儒新頂紫霞冠。東君有意宣和氣，底事班班雨釀寒。

游銅山示規孺姪

踏遍春風桃李場，凭高一覽總羣芳。亭前紋甃銅花碧，洞口甘流石髓香。對白抽黄呼小阮，染紅濡緑笑中郎。紫陽孫子欣留客，一醉從人卧竹牀。

篬筤軒爲張克旻作 三墩人。

玉堂公子銀鉤字，花縣郎官水墨圖。老幹吟秋聲迭和，寒梢寫月影相扶。律箫待剪簫韶管，使節容分英簜符。爲問子猷吟嘯處，種梅肯著水曹無。

和散里平章游東安汪伯諒半山亭詩韻

丹溪青山冠閩浙，勝游忽聚金臺客。朱闌碧檻倚雲隈，滿地松花踏香雪。玉京北望蒼烟重，山光水色開天容。咳唾隨風落珠玉，葡萄酒艶玻瓈鍾。逍遥聊作無事飲，倒着接（羅）〔䍦〕從酩酊。潮生眼纈春風和，月上松蘿酒初醒。金閨公子玉堂仙，長歌擊節音琅然。君不聞香山老子長短三千篇，一金一首鷄林傳。

畫魚

粉坦皎皎雪不如，道人爲我開天奇。長杠運入霹靂手，墨池飛出龍門姿。雲烟鬱律出半堵，下有洶湧波濤隨。錦鱗隊隊晃光彩，揚鰭掉尾噞喁吹。相忘似識湖海闊，肯與蝦蟹相娛嬉。由來至理與神會，潑剌健鬣直欲飛。嗟予久縮釣鰲手，卒見欲理長竿絲。僧鍾繇，任公子。不須點龍睛，不須投犗餌。禹門春浪拍天流，只要雷公助燒尾。

花時苦雨

東君費盡春功績，萬紫千紅競容色。豈知晴光變霪雨，故爲芳程入銜勒。柳腰孱顔珠翠重，棠腮淚落臙脂溼。紛紛桃李委泥滓，翳翳雲霾裹山脊。屋茅蒸菌竈産蛙，濤聲入户風掀席。繁華九十暗中老，園林陡覺秋蕭瑟。鞦韆高閣粉牆西，門鎖深宫土花碧。穿錢甃徑世無有，輾地香輪已何適。雲間跛烏如可贖，一擲千金詎容嗇。長鬚沽酒出門去，陌上泥深幾没屐。倚闌對花重太息，花爲春開春不惜。應知造物等兒戲，天怒花妖喪民德。薄命佳人亦如此，傷春背立闌干泣。君不見玉環花妖禍唐室，西施花妖沼吴國。江湖□困只憂民，不憂花死憂無麥。

和李鵬飛紫童歌韻

李氏有紫竹杖，因曰「紫童」，且刻歌于節間云。

紫童勁直過眉長，飽諳風雪含蒼涼。老眼乳節似有奪朱色，響落爪甲四座聞鏗鏘。余將南遊蒼梧叫虞舜，又欲西謁王母求玄霜。扶顛持危用舍在我爾，詎知窮途阮子空猖狂。童乎童乎毋乃梓橦遣汝來吾傍，未易役汝去荷奚奴囊。

五月五日對雨有作

雷聲填填雲羃羃，雨打梅頭麥穗黑。老農倚耒向天泣，汙邪水深耕不得。余生熟知稼穡艱，倚闌對雨興長歎。垢衣未澣生敗點，礎甓流潤無時乾。客中況值天中節，一舉蒲觴仰天説。民是天民天合憐，天不憐民何降割。少年飽暖居無何，龍舟槌鼓飛洪波。錦標奪得竟歸去，江干悵立空漁蓑。

九日同李仲達游湘潭

去年九日留丹溪，款段踏遍雲山西。歸來醉卧扶不起，吻燥亟索冰壺韲。今年南岡逢九日，謫仙兩孫奇俊逸。湘潭潭水水如螺，一葉金蕉吸秋色。黄花不惜插滿頭，但惜歲月如川流。人生富貴行樂耳，龍山戲馬俱荒丘。君家先塋氣葱鬱，龍驤鳳翥通心出。大江衣帶環其前，對面一峰卓文筆。我時已入無何鄉，醉眼豈復論曾楊。籃輿徑挾玉山去，夢魂猶怪茱萸香。

君文兄作書來問九日插萸香會詩如何賦此以寄

看山初不登高丘，登高却上看山樓。凝光滴翠杳無際，一覽便可窮清幽。樓中歌鼓出霄漢，小紅行酒大白浮。西風飄然似有意，吹我遠出湘潭遊。錦袍仙人鑿山骨，著亭松底羅珍羞。金蕉一葉注瓊液，我亦到口如呑舟。回鞭踏碎花月影，耳熱但覺風颼颼。歸來却憶水曹子，市聲聒聒同啞嘔。豈無陳雷舊膠漆，但恐詩律煩賡酬。故鄉蓴熟不歸去，致身獨善非良謀。插萸簪菊强從俗，拔劍起舞霜横秋。儻來富貴亦偶爾，草澤往往生公侯。書氈當復我家物，未審天意從人不。詩成寄來定捧腹，一哉一狂鮹袪閒愁。

買犢歌

三家聚錢買一犢，晴雨無分輪次牧。跳梁穿鼻不牽犂，意欲養渠筋力足。今春教熟初下田，𦉯軥在頭軛在肩。叱之則行呵則止，終朝一畝寧煩鞭。西來忽來答剌罕，却恨牽逃逃不遠。左驅右逐拽下山，縛向旗干得銀椀。三家聚哭無奈何，一人扶耒兩人拖。新秧節出田草多，犢乎犢乎還遇時苗麽。

書藥舟　沈玉泉以之寓興，係湖州花城名家也。

木蘭爲楫沙棠舟，翩然蕩漾從夷猶。其中家具載何物，縹帙萬卷金丹百斛裝兩頭。東林舊有回公約，散金收書仍畜藥。藥期濟世書名家，葫蘆不掛袖裏無青蛇。有時齁鼾浪花裏，黄粱一枕邯鄲市。忘機狎鷗鷗不猜，長鳴飛鶴横江來。吾伊有聲出金石，抽添有誤傳金臺。君不見白玉堂黄金屋，身後空名真一粟。又不見赤松子丹丘生，眼底直視無三彭。舟中書藥無盡藏，明月行天風破浪。何當更著水曹郎，風流來往苕溪上。

題分陽麻姑仙祠壁

玉華秀色青摩空，天目注淥彎如弓。龍騫虎攫老蛟舞，鸞翔鳳翥飛南東。麻姑覺道兩仙去，真人飛影留遺蹤。湘潭蒲牢就湮没，白鶴一去勞山空。牧亭侯封有茅土，淳分派别於英公。琅玕楮樹率苗裔，石棱埋草存雙峰。我今掃松考宗譜，髮颯霜鬘飄秋蓬。階庭雲仍待秀彦，往往學問如撞鐘。閻閭更革兵燹後，畎畝桑梓無前功。從容綿亙猶近古，但視志氣如長虹。梅邊歲寒得三友，詩人援筆黿鴞宫。他年有問鐵牛子，赤松黄石相追從。

巢松翁陸居仁

居仁字宅之，華亭人。以詩經中泰定三年丙寅鄉試第七名。隱居教授，自號巢松翁，又號雲松野褐、瑁湖居士。與楊廉夫、錢思復遊，没，同葬于山東麓，號「三高士墓」。梧溪王逢挽宅之詩云：「遊戲清真帖，優長雅頌文。世方趨趙孟，天竟滯劉蕡。」蓋狀其實也。

古意二首

采蓮多芳草，種豆雜艾蒿。馬齒似蕙根，魚腸溷鉛刀。舉世方好竽，錦瑟將誰操。已矣屠龍技，終身徒自勞。

王孫玉抵鵲，公子金抵蛙。夜光投暗室，騄耳困鹽車。燕石錦十襲，楚璞刑再加。哲哉待賈翁，懷寶無歎嗟。

楚人弓

楚人弓，懸兩石，五十萬矢陷强敵。絳人弓，箭三一作二。隻，長歌入關成偉績，多箭不如少箭力。制敵若在弓矢間，鳴條牧馬高於一作如。山。錢雅評曰：「史斷入詩，箴警多矣。」

國馬足

國馬足，吉行五十轡如沃。天馬足，一日千里更神速。國馬天閑飽芻粟，太行鹽車天馬哭。鐵雅評曰：自托可悲，句短而意無窮。

玉山草堂

同宗入洛稱三儁，累世留吴尚幾家？谷水千秋書有種，崑山一片玉無瑕。内臺一笑金釵笱，羽竈當擕石鼎茶。見説草堂開緑野，何人分我白鷗沙。

題王叔明破窗風雨圖

環堵篝燈夜閴寥，欺人風雨更瀟瀟。詩成驚落雞窗筆，夢破須來馬鬣瓢。萬里浪開看異日，連牀屋漏瞅今宵。丈夫莫袖爲霖手，欲沃人間九土焦。

次韻贈鐵崖二首

校書星動天禄閣，作賦神遇楚陽臺。波濤入筆滄海□，霹靂嘯火昆侖開。求文巨室持金獻，問字諸生載酒來。矍鑠是翁誰畫得，心如鐵石貌如孩。

禽虎將軍勞築室，焚魚學士懶登臺。盡道蓬萊謫仙出，爛將桃李向人開。高歌夜半鬼神泣，長嘯一天風雨來。雄文任索千金價，高馬還輸十歲孩。

自述疊前韻二首

年少洋洋過閭里，諸生衮衮登省臺。雕蟲末技筆徒秃，射虎良弓石爲開。道在未應隨世變，身强不得眩時來。君看塞上翁家馬，造物戲人如小孩。

能賦《子虚》有司馬，不見邑宰無澹臺。緑嗔草力隨風偃，丹愛葵心向日開。稻過閒田鴻盡去，芹香舊壘燕還來。丈夫能受孤遺託，唯有公孫活趙孩。

曹知白吴淞山色圖

終南求捷徑，少室索高價。唯有懶雲西，山深無俗駕。

題曾省元藏温日觀葡萄後用温師韻

黄金臺壯帝王州，我亦曾爲汗漫遊。不入鳳池鵷鷺序，依然天地一沙〔鷗〕（温）。

羅教授蒙正

蒙正字希吕，其先廬陵人。父稽叔，遊學新會，因家焉。蒙正生有異質，博學强記，弱冠從肇慶羅斗明學詩，盡得其法，有名於時。縣尹沈壽創古岡書院，禮之，從遊者甚衆。尋省檄爲高州學正，秩滿歸。至正丁亥赴省試，遇開武銓，或勸其借註巡檢，不屑就，以詩答之云：「儒冠不是將軍具，只作當年措大看。」後遭亂，避地郡城，館憲吏趙式家。式薦於行省，授南恩州教授、州判。吴元良陰謀割據，欲倚其籌畫，用爲幕官，蒙正悟其意，力辭不就。後因病以詩謝之云：「願賜一廛閒養病，簡編燈火伴青衿。」未幾卒，元良禮葬之。希吕詩格調頗高，五言律句，音響尤工。有集五卷。

春日聞鶯

旭日明臺樹，微風散綺羅。樹陰涼翠合，鶯囀落紅多。闃寂懷人處，問關奈爾何。嶺南天氣好，二月已清和。

寄謝何東道

故人違我久，千里慰相思。尊酒成山甕，籠鵝到墨池。青山荒草徑，暮雨落花時。賴有春洲雁，南來可寄詩。

登圭峰懷蘇長公

久向風塵厭薄遊，到來象外且淹留。溪邊石枕和雲卧，巖畔山茶帶雨收。古寺老僧非舊主，疏林晴色又新秋。坡仙題詠今殘剥，詞客登臨誦未休。

次韻余太常觀國招撫江南航海至新會八首

日月行天豁翳昏，茫茫元氣載重坤。三山在望端倪闊，萬水朝宗海獨尊。飛馭羲和凌若木，窮河漢使到崑崙。功成得似班司馬，絶域生還度玉門。

鳳掖珊瑚響珮珂，龍池風暖緑生波。節辭仙仗排閶去，帆趁春潮帶雨過。北極神君尊帝座，南箕星象逼天河。騷人舊是瀟湘客，幾濯滄浪發浩歌。

鴻濛氣接泬漻天，夷獠争迎漢使船。駭浪千重行處雪，齊州九點望中烟。神遊太乙仙藜外，身在靈生海市邊。玉署詞華君獨步，聲名知不愧盧前。

三殿傳宣勅使來，皇華後彩焕中台。方蓬瑞氣翔雙鳳，渤澥濤聲殷萬雷。雲夢心胸吞芥蔕，丘山名節冠崔嵬。秋期歸對金蓮直，人在中天白玉臺。

繡斧承恩霄漢間，節旄南去幾時還。蒼茫析木津頭路，縹緲雲鼇海上山。禁苑花濃今正發，扶桑弓健舊曾彎。並遊羣俊長相憶，逸駕重來許共攀。

世教湮微竟孰扶，空嗟《禹貢》舊輿圖。北庭淑氣仍燕趙，南國遺風尚越吴。弭節曉雲三島近，濯纓秋水一塵無。九重前席長沙傅，莫憚嚴程聽鷓鴣。
天開閶闔百官朝，賢俊寧煩束帛招。丹鳳九重傳鳳詔，蒼龍萬里過龍標。飄飄高步瀛州客，娟娟餘音赤壁簫。歸路湘南芳草遍，清風離思轉迢迢。
舳艫千里快乘風，百粵三韓去路通。島樹隱霞春綽約，梅花吹雨曉空濛。水環鼇極坤維碧，雲捧蓬萊日色紅。馳志伊吾鳴劍夜，中興今待漢臧宮。

獨秀峰卽事呈都閫諸公

獨秀峰前鬼燐青，戰塵未洗血痕腥。城扉塞掩平川日，烽火明連遠戍星。汀雁失羣秋漠漠，樹烏無夢夜冥冥。蓮花柏樹多材俊，早晚山林見太平。

寄黄尚書

尚書昔日絃歌地，芳草萋萋滿訟庭。上界仙題丹桂籍，南州人誦瑞蘭銘。黄雲覆壠秋嘗稻，鐵鍵長歌夜不扃。離亂如今那可説，荒郊過雨髑髏腥。

甲子年九月二十五日西寇犯高涼戰於坡山

原頭鐵騎氣如雲，妖祲西來白晝昏。千里西風吹戰血，半營殘月照城軍。竄寒尚認飛仙跡，骨冷難招猛士魂。盛代懷柔資輔治，兩階干羽已敷文。

高州寄友人

梅花又發去年枝，遊子天涯未授衣。舊友别來書滿篋，新居兵後草生扉。青霄有路凌風到，紫水無槎泝月歸。歲晚望鄉心最切，太行東北白雲飛。

初秋

落日關河笛一聲，感時懷抱若爲平。燕臺已朽千金骨，秦塞虚防萬里城。大火西流金有令，長江東去水無情。故園回首干戈滿，空負滄浪白鳥盟。

寄恩平吴奏記

聞説恩平吴奏記，三年戎馬只儒衣。魂逃槃瓠營宵拔，血迸鼪鼯劍夜飛。富貴總輸屠狗得，行藏未必卧龍非。路人盡識將軍意，笑待青袍破賊歸。

和白石馬教授二首

蕭蕭白一作「然紺」。髮映童顔，塵世千年邂逅間。三十六陂明月夜，許騎仙鶴過緱山。

穠緑溪橋烟樹樹，殘紅池沼雨家家。遊蜂不悟青韶去，猶抱虚庭薺菜花。

懷馬教授二首

陳編落落韋三絶，浮世茫茫海九環。經濟功成疏傅老，漢庭前日得身還。
水生白石渡頭灣，念子携書共往還。今日相思不相見，越南殘照海門山。

周山長棐

棐字致堯，四明人。嘗爲宣公書院山長。曹石倉採周致堯詩入《明詩初集》，題曰《山長集》。余初閲《至正庚辛唱和詩》，録周棐《龍淵景德禪院》一詩，不知其卽爲致堯也。後考郡志，見高巽志士敏《東塔分韻詩》序，内有「周棐致堯」云云，因合爲一人，而集名則仍從石倉之舊。但致堯《送張志學》詩云：「珥筆每同花下散，玉珂時聽月中還。」《寄龍子高》詩云：「御水滿溝看洗馬，宫牆隔樹聽流鶯。」似乎官不止山長者，無可援據，〔姑〕（始）闕疑以俟更考。

古詩五首

應龍果何物？變化在斯須。嘘氣雲霧蒸，下雨澤九區。差差喉下鱗，嬰之能殺軀。那因情欲牽，豢畜同淵魚。

邯鄲有猛虎，曾參能殺人，斯固不足憑，浮言亂其真。憸人舌下刀，數加君子身。何如冥冥羽，不爲矰繳親。

團團青銅鏡，昔從軒轅鑄。面涵孤月光，背隱雙龍跗。美貌欣自修，醜容羞見妒。人心自親疏，鏡明只如故。

猗蘭生中谷，不采恒自香。園丁亦何知，掇置近中堂。朝培根愈萎，暮沃葉已黄。將養雖以時，物性終見傷。

蕭蕭水中蒲，瑣瑣蒲上禽。託身自得所，不忘罾罝侵。天風斷枯條，卵破巢亦沈。兹焉復何尤，慎之在初心。

懷古

我愛陶淵明，所居惟種柳。與世實寡諧，委懷在杯酒。不有千古心，誰識千載後。意欲從之游，斯人復何有。

述懷

平生遠塵事，畏觸憂患端。矧兹值多故，而敢懷自安。寄身塗旅中，戚戚苦飢寒。爲生恥無庸，緝遺守微官。雖云匪多秩，所職期可觀。顧非周員器，執事仍獨難。蹇予亦何爲？俯仰徒長歎！

至正辛丑秋七月十有三日憩龍淵景德禪院分韻得閒字

終歲蹋城府，長有戚戚顏。晨登郭西寺，逍遥任疏頑。林堂含餘清，爽塏非人間。況兹羣彦集，秩秩文翰班。善謔等高詠，嘉言振幽孱。豈無觴酌歡，茗煎亦未慳。喧卑受物曠，志遹忘世患。耽留陽景馳，飛羽當樹還。賞心頗逡巡，紛慮仍粗闢。諧此塵外蹤，再期永日閒。

至正甲辰九日同牛諒伊甫陳世昌彦博徐一夔大章高巽志士敏釋良琦元璞守良□□登東塔以杜少陵玉山高並兩峰寒之句分韻賦詩得並字

東住有高塔，名與福城並。九日陪諸賢，登臨期絶頂。秋深木葉落，不覺天地迥。涼飈灑林霏，咫尺衣裳冷。玉田好開懷，何止供香茗。幽軒賞佳菊，竟夕忘酩酊。昔人晝遊此，衣飾率尚褧。寥寥千載間，視若空華等。清境素情愜，塵心未全屏。感彼與我懷，鈎詩記深省。

修禊日偕曹廣文七人遊南湖賦得裴休舊業休字公美捨宅爲寺今真如寺是也

幽賞殊未窮，揚舲濟南湖。載瞻裴公宇，蕭條乃禪居。緬思太和年，秩班百寮初。晚懷超俗緣，息心究空虚。歲月既云邁，世事亦已徂。峩峩清輝堂，遺構委榛蕪。斯人不可爲，慨傷獨在余。

三月望日偕曹廣文遊南園得多字

暮春適休暇，步遊散煩疴。復兹名園賞，爲樂詎云多。依叢愛繁緑，緣冶弄輕波。景幽興彌臻，慮澹神始和。誰思遽旋歸，夕曛在城阿。永諸塵外蹤，明晨復來過。

夏夜宿流虹寺有感

馳騖竟朝暮，似緣飢凍迫。如何百年間，區區爲形役。世途寡相知，靦顔徒自飾。所獲既非寶，所喪良可惜。生理固草草，進退量我力。豈乏希世榮，前車已當阨。流光急奔馬，素業紛斷織。聖道卒未聞，怛焉增内惕。

感興

蕭蕭五花馬，矯矯七尺身。飲馬恆以時，剪刷謂有神。輕泥障文錦，新鞍皺雕銀。所期越千里，不辭廝養勤。過都未及試，一蹶不再伸。吁嗟世之人，求名不求真。

雨夜感懷

卧聞窗間雨，蕭颯夜將深。轉望壁上燈，依微照孤衾。撫兹凄絶候，感比遲暮心。平明視青鏡，白髮滿華簪。

秋夜不寐三首

高館夜無寐，孤衾轉蕭爽。驚風振庭柯，落葉走階響。沈憂静中起，離懷益難廣。寂寞誰晤言，殘燈耿虚幌。

濩落頗已久，衰遲亦何甚。因念平生懷，悲悽不能寢。薄帷照明月，中宵益凄凜。展轉殊未休，疏鐘度高枕。

昨日又今日，今朝又明朝。蹉跎竟何爲，坐令顔鬢凋。代耕既非望，閒居亦無聊。孤懷共誰寫，仰屋奏七謡。

題俞仲剛山水

我昔四明尋隱者，著屐遠過玉几山。巖扉苔逕轉森邃，結窠乃在雲松間。松間回風蕩空影，水流花開春日永。苧服涼深團扇開，好鳥飛來意俱静。爲覓漁梁白沙步，因識樵人弈棋處。扁舟□泊碧谿陰，沿月長歌下山去。束帶十年事朝謁，鶴怨猿驚總淒切。草堂晴晝翫新圖，三歎令人欲愁絶。

訪鮑仲孚先生隱居

谿上齋居好，幽偏事不侵。桑麻存晚計，圖史樂初心。岸幘幽窗曉，移牀緑樹陰。卜鄰何代老，從此數相尋。

次石監征韻

憶子臨東海，征帆幾日回。鼉鳴津鼓合，蜃起石樓開。官酒應深酌，春衣或未裁。題詩紀遊歷，時寄到蓬萊。

次陳彦博編修雨中見懷

澤國仍多雨，谿流没兩涯。墟煙迷小市，泥草亂空階。藴藉詩中意，蒼茫病裹懷。明朝晴色好，對話兩情諸。

送崇德州夏同知

慷慨持征節，雄談息戰塵。有生皆帝力，無地不王臣。爲國丹心在，論功白髮新。他年忠義傳，端合繼前人。

送人歸楚

楚甸荒涼舊鎮微，春來漸覺思依依。故鄉兵後今誰在？遊子江南恨獨歸。長路關心聞過雁，孤城回首見斜暉。家人十載傷離别，芳草閒堂静掩扉。

寄沂陽劉廷鎮員外

故人相與最從容，尚憶論詩向夜中。白首無家十年别，青山何處一樽同。夢回孤館燈前雨，目斷西風塞外鴻。誰識離懷愁絶處，野庭依舊穆陵東。

吴中

兩岸春雲暗柳條，滿篷風雨過楓橋。空憐越絶谿山好，且聽《吴趨》巷陌遥。官舍晚涼飛燕子，水鄉人静賣魚苗。誰家白皙佳公子，膸把黄金買阿嬌。

寄子高都事

昔年相與最多情，尚憶聯鑣度錦城。御水滿溝看洗馬，宮牆隔樹聽流鶯。别來故舊今誰在？老去艱虞只自驚。山色湖光總無賴，不堪幽獨轉愁生。

登崇德城有感

溪上孤城百雉餘，城門猶自護儲胥。霸陵空宿將軍騎，范叔應隨使者車。雞犬蕭條兵過後，漁樵散漫市休初。老年觸事多成感，閒向芭蕉葉上書。

寄舍弟鼎

生計依人轉寂寥，别來心事向誰消。鏡中華髮隨年改，溪上青山入夢遥。對酒便思歸白社，將書不敢寄洪喬。越情吴思渾無賴，獨倚江樓送暮潮。

臨平道中寄京師諸友

雲外羣山綰翠螺，馬蹄長是客中過。關河樹色秋光近，驛路蟬聲晚更多。千古心期空皓首，百年人事等滄波。自慚薄劣頻趨走，幾度因風想玉珂。

春日雨中漫成次顧玉山韻兼簡石監征

十日春泥懶入城，滿湖風雨未開晴。草堂欲補寧忘破，沙鳥頻來莫漫驚。橋外柳條隨意緑，坐間苔色傍人生。緣知花事渾能幾，好買芳樽對客傾。

寄劉孝章經歷

意氣傾人記昔年，東風飛蓋日翩翩。花明古戍春停騎，月上清江夜放船。老去交游誰更健？亂來蹤跡總堪憐。山光水色渾無賴，却數冥鴻野外天。

次韻送陳壽夫之湖州

識君雖早送君遲，却愧相看在亂離。十口一家無别業，此身何日是閒時。青山滿路春船酒，白月空江客枕詩。我有好懷誰得共，鷗波千頃雨絲絲。

寄吴興張别駕

鴛鴦飛去潦波平，曾聽驪歌憶送行。南浦移舟官樹緑，西亭酌酒晚風晴。異鄉春近多新夢，遠使書回足舊情。欲識懷君無限意，滿城芳樹亂啼鶯。

送曹廣文賦得富覽亭

危亭突兀斗城陰，風物蒼茫入望沈。萬古東南多壯觀，百年豪傑幾登臨。夜中日出扶桑近，天外江流灩澦深。好趁歸帆拂天姥，共憑寥廓寄微吟。

次韻顧玉山見寄

白水青山杳眇邊，每懷高節自茫然。不從猿鳥疏名姓，虚託鱗鴻問歲年。燈外簷花清夜雨，江頭雲樹暮春天。須知無限滄洲意，渺渺東風一旆懸。

渡錢塘江

日出長江煙霧開，越山吴樹抱江回。霸圖蹤跡空今古，天塹東南有劫灰。山郭雨昏雲似墨，海門潮急浪如雷。舟師省柁須看客，不數瞿塘灩澦堆。

西津夜泊

孤帆夜落石橋西，橋外青山入會稽。卧聽海潮吹地轉，起看江月向人低。一春衰謝憐皮骨，萬國艱虞厭鼓鼙。何處客船歌水調，令人歸思益凄迷。

送南臺察掾張志學赴都

蓬萊宫闕五雲間，天上羣仙集珮環。珥筆每同花下散，玉珂時聽月中還。清秋幕府芙蓉静，白日門屏獬豸閒。浩蕩天風吹鶴馭，春朝入覲紫宸班。

次韻顧玉山寄張子淵

險宦何殊闞九淵，且將蕭散事餘年。風前白苧裁春服，花外青蔾挂酒錢。聖世敢云輕紱冕，野人端合老林泉。養生況有封囊藥，坐聽流鶯手自圓。

春日偕顧玉山汎舟平家湖訪石仲德次韻

湖上春光生緑波，湖頭柳色似新鵝。已知出郭塵諠少，更喜臨流樂事多。穩坐蘭舟勝上馬，新裁苧服不須羅。茅堂只隔東西瀼，隨意相從載酒過。

琦元璞所藏趙子昂馬圖

進馭歸來日未西，落花芳草滿春泥。也知櫪上無凡馬，牽過天閑不肯嘶。

雙松圖

鬖鬖岷峨插彼蒼，海波不動海天涼。雙蛟化作神仙去，明月中宵劍影長。

苧村煙雨

鳧雁人家秋水多，瀹煙疏雨暗漁蓑。分明記得南塘路，何處行舟《白苧》歌。

許山長恕

恕字如心，江陰人。性沉静，博學能文。至正中，部使者薦授澄江書院山長，不樂，即棄去。會天下多故，因之海上，慕韓伯休之爲人，旁通其術，善自匿，與山僧野子相往還，人莫識也。洪武甲寅卒，年五十二，家北郭，故號北郭生。所著有《北郭集》十卷，詩得古體，思深旨遠，論事多激昂。篇中每多感時傷亂之作，亦王原吉之流亞也。

天門山龍門

兩崖儼相對，一石向中分。誰將龍泉劍，闢此天地門。過客毛髮凜，風雲相吐吞。

青田鶴

青田有白鶴，羽翼何蹁躚。謬承衛公寵，志豈在乘軒。一鳴能驚人，一飛亦翀天。獨立傍秋水，顧影私自憐。

題李子成石琴

誰將一片石，斲此無絃琴。石以礪高操，琴以閒素心。中庭蘿月夜，擊之響球琳。李君有真樂，在趣不在音。

小石灣

晴沙展芳席，春山歇遊騎。飛雲度烏背，驚濤觸鵝鼻。遠觀山水佳，近愛花木麗。風塵一失所，行樂猶夢寐。

偶成

一雨豆苗緑，獨行溪水西。繁露墜叢竹，新流漲芳堤。偶與樵者語，忽聞幽鳥啼。内機久已息，處處武陵溪。

禮敬寺

攀崖度峭壁，緣澗入幽徑。山堂絶弘敞，金碧相輝映。石泉釀香雪，松風翳清磬。煩慮庶可祛，聊復此游泳。

老馬

老馬不量力，意氣横九州。奈何皁櫪中，籠絡如羈囚。豈無芻與菽，悲鳴不自由。願凌騏驥群，振迅當清秋。朝馳崑崙山，夕飲玄圃流。伯樂不一顧，終死誰怨尤。

己亥南樓九日懷乙未九日將家過前陳北莊倏忽四載有感而賦

憶昔軍始興，將家出南郭。茲辰正重九，炊煙靜墟落。奔竄憂甲兵，漂零任溝壑。偷生竟何幸，一貧宛如昨。念離傷獨遊，對酒忽不樂。君山渺何許，籬菊亦落莫。愁多客髮稀，世亂生事薄。坐久一長歎，飛雲度高閣。

戲馬臺懷古

崇臺何巍巍，直上望四海。項王戲馬日，意氣今何在？緬懷彭城公，倚劍一慷慨。登高眷佳節，所歎不我待。遺跡隱荒榛，青山澹浮靄。日夕衆鳥下，風秋羣物改。豈無盈觴酒，幽花復采采。悵望一洒淚，悲風振千載。

俞瀛山留仙茅塢作詩寄之

歌罷停雲詩，復作苦雨歎。煙霾生晝暝，星月入夜燦。出門嗟復入，所畏泥潦爛。漸老潘岳悲，長貧阮籍慣。跌宕瀛山翁，高世性疏誕。看雲憶南谷，煮石汲西澗。我生本濩落，世故復羈絆。相望渺江湖，野航或可泛。

宗大席上以鳥啼山客猶眠分韻得鳥字

步出城東門，一徑入深窈。坐愛茅堂靜，遠望衆山小。昔日繁華地，爛熳煙花繞。兵餘成焦土，荆棘映碧篠。幸有賢子孫，復業似君少。雅集文翰友，觴詠樂未了。醉來忘爾汝，一笑送歸鳥。且復永今日，餘暉在林杪。

次楊鐵崖題朱氏玉井香亭韻有和章者張宗魯張應辰周盧二公

玉井湛秋月，光影清肺腑。羣姝擁飛蓋，列坐水仙府。晚色淡蒼煙，遠香度風渚。水木更清華，疏桐連弱櫸。濟濟集羣彦，良會喜今雨。鐵崖文章伯，筆陣誰敢拒。天生高世姿，不作庸人語。兩張多藻思，珠玉映月露。醉吟采蓮詞，似對若耶女。濂溪《愛蓮説》，絶勝著花譜。盧敖有仙氣，欲向風中舉。嗟予復效颦，笑倒詩中虎。

吴宫怨

碧雲樓高秋月低，夜夜栖烏夜半啼。吴王宫裏無西子，江清露白芙蓉死。

精衛詞

西山石，東海波。海波浩渺山巍峩，銜石填海奈苦何！羽毛摧折口流血，心不轉，海可竭。

望夫石

夫君遠行役，一去不回頭。山頭望夫處，日日大江流。望夫不來化爲石，山鳥山花伴孤寂。

染絲上寒機

染絲上寒機，麗色奪春輝。含啼污素質，擬織雲錦衣。一梭一梭腕欲折，繭絲何日徵輸絶。西鄰白紡木棉花，製得冬裘白於雪。

澱山湖阻風

湖之水，不可渡。短棹夷猶日已暮，滄浪浩渺阻修路。雪雲滿天風滿湖，湖邊買酒祭龍姑。美人可望不可即，誰寫山陰興盡圖。

題花下美人圖

促促復促促，春紅已成緑。彩雲飛傍玉闌干，天仙來下瑶臺曲。花枝易衰人易老，妾顔如花爲誰好？閒來花下漫躊躇，何意傷春被春惱。

告天子

告天子，爾何微。麥秀風暄高下飛，餘音嫋嫋入雲飛。向天閽，如有訴。天閽蕩蕩虚且高，言之諄諄徒爾勞。多少功臣如柱石，緘口全身保衣食。一作「良可惜」。

雙磚行

吴門盤盤高數仞，關防須得關吏印。朝來千人萬人出，有印無磚不得進。丈夫堂堂廊廟才，入關須帶雙磚來。吁嗟時事乃如此，何人爲築黄金臺。

長亭柳

長亭柳，長亭春色濃如酒。柔條細葉亂風煙，年年盡屬離人手。汴水河堤空復春，朝元宮闕已成塵。何似長亭管離别，常送東西南北人。我家揚子江頭住，憶捲疏簾看飛絮。幾時折贈北郭生？歸卧君山最佳處。

邊塘樹

邊塘樹，從來生在邊塘一作「塘邊」。路。千船萬船百尺一作丈。牽，潮去潮來幾朝暮。樹身截如刀鋸痕，半身刻鏤半身存。生成亦蒙雨露澤，枝葉叢茂煩深一作「凋瘁空餘」。根。可憐托身不得地，銷盡凌雲浩然氣。深林自有棟梁材，廢質宜爲人所棄。

茅簷燕

茅簷燕，過海辭山心戀戀。田家破屋百年餘，年年無事長相見。近城亦有小紅樓，朱簾翠箔鎖春愁。銜泥恐把琴書污，結巢那復主人留。五月蒿萊翳環堵，引雛翻飛近窗户。不似百禽畏網羅，艾而高張將奈何！

采蓮曲

彩雲滿湖蓮葉多，佳人蕩舟湖上歌。盈盈玉腕卷香羅，清聲入雲揚翠蛾。隔花雙槳出復入，風露滿身香氣溼。手中摘得青藕子，肯把芳心向人擲。妾家住在一作「近住」。南湖西，南風送船北風歸。日暮風高浪不息，鴛鴦在梁戢左翼。

病槖駝行

西域紫駝高硉兀，不見肉峯惟見骨。左顧右盼如乞憐，欲行不行還勃窣。向來負重曾千斤，識風知水靈於人。長鳴蹴踏塞北雪，矯首振迅江南春。只今多病兼衰老，瘡皮剥落毛色槁。秋沙苜蓿三尺長，空向墻頭齕枯草。

擣衣篇

妾本良家女，嫁爲蕩子妻。蕩子遠從軍，戍北又征西。井梧葉黄秋露白，絡緯悲啼玉階側。家家刀尺動寒衣，妾守空房閒不得。自開故篋爲檢尋，含情和淚擣秋砧。願將有限平生力，碎爾天涯鐵石心。涼風淒淒月皎皎，千聲萬聲天未曉。作勞無意數更深，獨有殘燈照人老。

競渡曲

小船蟲雁翔，大船火龍驤。船頭翠旓舞，船尾綵旗張。水師跳浪健如虎，彷彿馮夷來擊鼓。奔走先後出復没，銀濤蹴山洒飛雨。棹歌滿江聲入雲，醉狂不畏河伯嗔。撇波急槳雹光掣，奪得錦標如有神。靈均孤忠照今古，土俗猶能繼端午。湘魂不來心獨苦，歸詠《離騷》酹蒲醑。

斬白蛇劍

君不見天人手中三尺冰，乃翁授之赤帝精。白蛇斫斷天始驚，川原流血野草腥。天荒地老泣素靈，炎劉帝業一掃成。歸來歌風八極清，吴鈎巨闕皆虚名。流傳典午氣未平，精光徹天奮如霆。鬱攸扇妖武庫傾，化爲霹靂凌紫冥。壯士感時涕淚零，劍兮劍兮何由得汝跨海斬長鯨。

銅駝歎

銅駝銅駝何壯哉，是誰鑄爾負重致遠之奇才。三十六宫五雲裏，金光射日天門開。千官出入多如雨，榮顧紛紛何足數。老夫無眼識英雄，聖主明王一今古。索靖真天人，洞見皆天真。海波尚變桑田土，武陵獨駐桃花春。昔人避世向金馬，至今大笑千載下。達士何須歎銅駝，柏梁廢址今巍峩。

蕭寺早行

張家宅前蕭寺橋，侵晨發船江霧消。村雞三唱屋角樹，柔櫓數聲沙際潮。此時飛上海底日，錦雲滿江光蕩摇。水聲濊濊遶灘轉，霜氣烈烈隨風飄。人生各各有所役，豈水有漁山有樵。干戈正集沙塞戰，環珮已退天門朝。嗟予久作江海客，往來自歎鄉關遥。石田茅屋儻可遂，白日醉眠吹短簫。

題朱九齡翠筠軒

有脚不踏東華塵，有眼不看長安春。翛然天地至清氣，多在叢篁流水濱。軒名翠筠俯空谷，箇箇梢長如立玉。一秋明月照瀟湘，六月涼風灑淇澳。軒中之人清且閒，心不在乎山水間。左圖右史移白日，四簷環珮聲珊珊。不可一日無君子，澹然風致頗相似。翠實常分丹鳳雛，籜冠曾奉青霞士。北郭道人静者徒，愛看黃巖煙雨圖。擬約嵩溪聽蕭瑟，醉來題遍青珊瑚。

錦樹行

憶昔家住蓉城東，周遭烏臼雜青楓。一春門巷緑陰雨，六月林塘清晝風。時當收藏未黃落，景因壯觀一作「霜露」。還青紅。織成誰似天孫巧，染出豈非青女工。十年無家寄吴市，一日艤棹來穹窿。人家隱見流水遶，樹林絢爛孤村通。赤城丹霞映絶巘，西山落日廻蒼穹。雜花秋明步障外，歸鴉暮落天機中。高情作傳一作「停車高咏」。憶郭傁，一作「杜牧」。浮華戲人悲石崇。一作「入寺學書懷鄭公」。題詩曾流御溝水，剪綵何煩西苑宮。人生漸老歸未得，秋色雖好將成空。何當喚起趙松雪，寫我秋林倚瘦筇。

題趙松雪桑落洲望廬山圖

放曠北郭生，好作雲水游。憶昔渡彭蠡，一棹夷猶桑落洲。桑落之洲清且泚，水光摇摇山靡靡。漚前直與銀河通，日出風生見金鯉。東南五老之高峰，坐卧常對乎舟中。屏風九疊爛雲錦，金闕照耀青芙蓉。懸崕瀑布瀉寒碧，玉龍倒挂三千尺。羣仙鵠立紫霞裏，思欲從之漱瓊液。是時卸帆野陰暮，水氣空濛雜煙霧。乾坤多事逾十年，今之畫圖猶故步。此圖作者房山公，後來繼之松雪翁。經營慘淡千萬狀，點綴毫末無遺踪。房山松雪總蕭瑟，遠客無家空歎息。拔劍高歌行路難，落日寒雲慘無色。

求菊

平生愛花惟愛菊，幽栖曾傍滄浪曲。春苗臢分三百本，參差稍映江蘺緑。小徑還將蔓草除，一春最畏風雨觸。常時灌溉汲清流，幾度扶持斬叢竹。秋花不愁不爛熳，粲粲金錢照茅屋。只今避地東海頭，飛夢夜度君山麓。朝來下馬過名園，穠花嫩蕊紛如簇。或染猩紅疑剪綵，或綴鵝翎同刻玉，或似芙蓉映秋水，或如牡丹眩晴旭。衆中一種出宮黄，疊疊香羅淡妝束。嗟予託君同隱逸，步繞夕陽看不足。漫將鄉淚落西風，自對孤芳傷局促。客邊有軒名太古，（先生有唐琴，刻名太古。匾其處爲「太古軒」。）頗似陶潛能避俗。醉拈禿筆寫雲箋，秋色能分慰幽獨。

三月三日自吴回姚舍别業

入夜難分港，歸舟不問程。漁燈勞遠照，野老笑相迎。近市仍鼙鼓，連村尚甲兵。羈人頭欲白，遺恨幾時平。

野老

水郭軍麾滿，偷生齒髮全。秋成思樂歲，世亂感衰年。倚杖秋林外，扶犁夕照邊。餘生沾聖澤，何以答皇天。

亂後省祖塋見梅花

慰眼非無主，相看欲損神。一枝初帶雪，半樹已爲薪。慘澹黄昏月，荒涼古墓春。含情不忍折，老淚一沾巾。

過鶴坡丁酉臘月望日

黄浦烏溪外，遲遲去路遥。風煙何慘澹，門巷亦蕭條。白鶴三家墅，清霜獨木橋。兵戈苦未息，奔走愧漁樵。

夜泊朱砂港

舟泊朱砂港，縈回路欲迷。人家暗楊柳，春渚亂鳧鷖。兵甲移河内，耕漁憶瀼西。地幽堪避世，何似武陵溪。

崑山道中

頻年多戰鬭，漸老更流離。江雨春帆重，城雲暮鼓低。邊烽光慘淡，客枕意淒迷。此夜還鄉夢，春風楚水西。

田舍寫懷

開荒臨水驛，草蔓一何深。細雨滋牛力，新晴慰客心。稍看田野闢，不畏虎狼侵。麥飯香連屋，歸耕傍綠陰。

作客

作客何時了，愁深只酒杯。鬢毛隨日短，膽氣逐年衰。兵革江邊阻，鄉關夢裏回。可憐今夜月，還照北山梅。

辛丑中秋

一輪滄海月，依舊去年明。異縣孤村夜，中原萬里情。聲飄蘆笛遠，光湛鐵衣清。顧照逃亡屋，乾坤一治平。

次張元章見寄韻

未遂飛騰志，風塵戰伐餘。漫藏三尺劍，且著十年書。江漢還多事，乾坤未定居。晚成終大器，留眼看蟾蜍。

丁未四月十一夜避地船居沈華甫家下

今夜雲間月，溪橋照野航。因風微有暈，映水慘無光。恨滿逃亡屋，愁連戰伐場。思親不得見，空望白雲鄉。

仁壽南樓午日

日照孤城雨，涼生五月風。葵榴故園隔，兄弟此杯同。佳節三懸艾，浮生一轉蓬。何時茅屋底，高詠大江東。

過泖湖

三泖浪冥冥，幽人渡晚晴。水天孤塔小，風渚片帆輕。嘗稻思農力，飄蓬見客情。十年柔櫓外，轉覺壯心驚。

次朱九齡韻

白髮新梳見，青雲往事嗟。西風驚落木，寒雨淡幽花。魚稻村村酒，滬波處處家。素懷何必問，一笑數昏鴉。

九月一日過東舜夏氏山莊

九月秋氣清，輕舟移晚汀。金風剪亂葉，銀漢淡疏星。鬼燐依微見，漁歌遠近聽。正思江舘夜，一犬吠林坰。

故國

水郭春雷後，能無故國思。河豚虀玉乳，江鱭鱠銀絲。鬧市燒燈夜，晴郊立馬時。歸心懸旦暮，已辦草堂資。

憶太古琴寄蔣士用

兵後三年憶素琴，珍藏多藉故人心。静中還識無絃趣，夢裏猶聞太古音。野鶴影寒山月曉，水沈香細草堂深。何由爲致南塘曲，澗水松風伴獨吟。

丁酉午日前陳北莊

愁來心事與誰論，盡室偷生寄此村。海燕雛成飛野屋，石榴花發照清樽。幾時鷗社滄江畔，何日龍舟白下門。高詠楚辭茅屋底，汨羅誰弔獨醒魂。

己亥吴門午日

夢入滄江把釣竿，醒來身世正漫漫。榴花雨溼孤城曉，梓樹風生五月寒。坐久絶憐池閣迥，愁深轉覺苧袍寬。賞心亭下龍舟日，何得於今載酒看。

送陳子高兵後馬沙復業

十年多難苦流離，喬木園林處處非。關塞只今孤月在，江湖能得幾人歸。鷗邊卜築茅茨小，雨後開荒苜蓿肥。送爾題詩空悵望，小樓鄉思亂斜暉。

新秋客懷

百年身世一浮漚，又見新涼入郡樓。何處砧聲連野哭，舊時月色照邊愁。吴姬悵望芙蓉浦，宛馬驍騰苜蓿秋。壯志不隨天地老，幾回風雨夢神州。

六月

南塘之水水西頭，最愛田廬野意幽。浮世百年如昨夢，殊方六月似深秋。酒醒林下聞啼鳥，老去山中學飯牛。疏懶已無軒冕想，故園歸去復何求。

寄沈仲參架閣

秋帆衝暑過荆扉，喜得山人采藥歸。青蔓引瓜茅屋小，白花吹稻海田肥。蕭條煙火三家墅，浩蕩風塵一布衣。我亦與君同避世，暮年踪跡莫相違。

漫興

東吴戰鬭幾時休，老我飄蓬十二秋。剩水殘山餘野意，落花飛絮亂春愁。歸田空羡張平子，下澤長懷馬少游。倦鳥孤雲還自在，幾家春雨送歸舟。

丁未九日

笑折茱萸宴友朋，艱虞歷盡總難勝。酒從此日殊方醉，山向明年故國登。白露黄花秋冉冉，碧雲紅樹晚層層。仲宣回首思鄉切，更覺清霜兩鬓增。

次張大年韻

喜無車馬過柴門，絃誦琅琅竹樹村。魚躍亂流時倚杖，鶯啼新緑晝移尊。長才自有高人識，清事還同野老論。回首故鄉春色外，風煙寥落幾家存。

次朱九齡感懷韻

懶性長違雨露邊，此生何意歎流連。石田茅屋我所適，錦樹夕陽秋可憐。幾處村舂來别墅，數聲漁唱落晴川。鄰家有酒清如玉，不負黄花滿意妍。

次承文焕黄山醉歸詩韻

黄山之南江水西，麥秋天氣野陰低。隔溪雨過催花落，繞屋雲歸伴鶴栖。滌蕩新愁須濁酒，扶持殘醉有枯藜。寄來妙句能相憶，那得樽前手共攜。

次張士衡員外韻爲越上道士賦

珠樹亭亭絶垢氛，憶君幾度立斜曛。坐餐紫府丹霞氣，行傍青田白鶴羣。道舘石枰敲落月，仙壇寶劍決浮雲。幾時一泛稽山棹，寫遍《黄庭内景》文。

次吕宗望韻

男兒躍馬錦爲衣，顧我生還豈見機。鏡裏光陰毛髮古，樽前朋舊簡書稀。千村積雪和天老，幾片閒雲與雁飛。上水河豚長一尺，故園何事不思歸？

癸丑九日次江城南見寄韻

去年今日雨絲絲，猶記登高步屧遲。老境又逢重九節，深情還枉故人詩。重巖細菊筋骸倦，落木西風鬢髮知。賴有好懷相慰藉，主人况是鄭當時。

次朱賞静遊上方韻

穠花纖柳石湖春，春色晴光欲醉人。野鳥不知今古恨，山僧堪證去來因。鷗前遠水疑無地，馬首微風不動塵。許結茅堂看青碧，煙霞從此是閒身。

爲友人求稻種

百年多難寄殊方，江草江花滿意芳。避地不知茅屋小，到家應念石田荒。東吴秋夜思蓴切，南國春來浸種忙。野老倘分紅稻粒，黄雲應遶杜陵莊。

題緑陰清晝

青葱楡樹蔭庭除，白日遲遲晝景舒。滿地落花涼雨後，數聲幽鳥黑甜餘。越羅剪水新成服，海燕銜泥偶污書。座上賡吟無俗客，時時燒筍薦江魚。

寄俞瀛山

日日懷人坐草堂，婁江一别已三霜。花明古寺春聯轡，雨滴空階夜對牀。感舊未將心事白，憂時同惜鬢毛蒼。東吴鱸老櫻桃熟，作伴還鄉共野航。

題潘氏畫壁

浮空積雪擁千鬟，山崦人家俯碧灣。飛閣捲簾高鳥外，夕陽流水古松間。豈無隱者攜家入，亦有仙翁采藥還。借我高眠蘿屋裏，月明風静聽潺湲。

次王仲禮都事登姑蘇臺韻

吴王臺殿聳高寒，壞址遺垣落照間。香徑花殘春漠漠，長洲雪盡水潺潺。衹餘麋鹿相鄰近，亦有漁樵自往還。一代繁華猶昨夢，不堪登眺損愁顔。

題徐子舟聽松樓

長松落落擁旌旜，怒奮龍髯氣莫降。萬壑雲濤翻石枕，半空風雨度山窗。高居只許仙人獨，清夢還同野鶴雙。旋煮春茶燃柏子，不須絲竹酒盈缸。

寄黄叔彝

冉冉光陰赴壑蛇，别來相憶漫咨嗟。風吹落花野陰暮，燕語空城春日斜。北郭詩成時自改，西鄰酒熟夜能賒。丈夫出處會有日，不負平生書五車。

題耕樂子卷

牛背斜陽遠村，漚邊獨樹閒門。有莘野中耒耜，浣花溪上盤飧。

題徐士民壁

卧聽今雨舊雨，坐看前山後山。不許時來俗駕，柴門雖設常關。

寄江濟川煉師

松下柴扉近水開，雨餘秋徑滿青苔。月明吹徹參差玉，定有仙人騎鶴來。

柏本道墨禾

雲林近説倪東海，竹石不數柯丹丘。道人高卧江南雨，只寫西風一穗秋。

次惠子及寄梅花韻

天平山下一枝梅，珍重山人遠寄來。還憶故園春爛漫，幾株臨水背城開。

乙巳元日折梅

徐孺宅前梅亂開，紅紅白白映蒼苔。江南倦客初相見，分得春光一半來。

黄葵

淺白深紅映草堂，秋來一種似鵝黄。野人心跡從來素，最愛風流學道妝。

送陳思道還鄉戊申春二月十六日

海村春日慘無輝，一舸凌風浦上飛。我亦歸來釣煙雨，煩君先占白鷗磯。

瞿博士智

智一名榮智，字睿夫，一字惠夫，其先嘉定州人。父晟，遷崑山。兄信字實夫，時齊名，稱二瞿先生。智嗜學明《易》，至正間，憲司試辟後青龍鎮學教諭，攝紹興府録判，尋棄官去。睿夫博雅能詩，以書法鈎勒蘭花，筆致妙絶。時寓華亭，所居有通波閣。與黄晉卿、段吉甫、李季和、成原常、張伯雨諸君友善。季和嘗曰：「予客游婁縣，與瞿、郭、盧、吕諸君日相從爲嬉遊，登山臨水，飲酒賦詩，五六人者無不與焉。伯雨贈詩云：『青龍江上古儒宫，子去横經作士風。當户九峯春樹隔，去家百里海潮通。』原常贈詩云：『老夫亦有鵝溪絹，也欲相從看畫蘭。』亦極一時之盛也。

白雲海歌次文學古韻

白雲深，白雲深，白雲深護山之心。有時隨龍去滄海，倏焉天宇團秋陰。英英不來入我牗，直上璇霄掩箕斗。或貫日色流玉虹，或漏雷聲墮天狗。山人學禪草庵裏，静看白雲朝暮起。此心欲與雲俱閒，又逐溪風過溪水。紛紛武士尚揮一作操。戈，格鬬東南未決何。安得此雲化霖雨洗兵甲，散爲玉燭四海皆陽和。雲兮雲兮如擘絮，奈此東流復如注。山人祇在玉山中，長繞山人草庵住。

虎丘燕集送□□之秣陵分賦姑蘇臺

高臺崔巍插天起，勢壓雄城三百里。雲窗霧閣迷烽煙，日日吴王醉西子。桂膏蘭燼燒春雲，錦絲瑶管空中聞。甲兵重來破歌舞，粲齒修眉散如雨。雙鉤帶血不敢飛，城荒草碧春風吹。祇今惟有臺前月，曾照吴宫花發時。慷慨悲歌歎陳迹，霜烏怨啼楓葉赤。明朝送客過鍾陵，西望茫茫五湖白。

從軍行二首

年少去從軍，妻兒生死分。弓開孤月影，劍動七星文。解識風雲氣，能穿虎豹羣。不將身許國，何以樹功勳。

破敵三營外，城頭日欲低。舉烽連磧遠，戰氣接雲齊。旌幟驚烏起，鐃簫雜馬嘶。祇愁千里月，少婦正悲啼。

送于彦成歸越次郯九成韻

匡山于外史，上越有歸舟。久負江湖約，一作客。寧知一作爲。歲月流。瓊書天上鶴，淥水鏡中鷗。一曲真幽絶，當追賀監一作老。遊。

和義仲韻柬玉山

莫怪清狂似謫仙，乘凉遠過玉山前。紫一作劍。簫夜動黄姑渚，翠被風生越鄂船。雲樹亭臺全却暑，芙蓉一作「蓉華」。簾幕半浮煙。賦詩刻燭良宵飲，知是衣冠不乏賢。

廉夫自滄江過顧仲瑛桃源作詩以寄并柬玉山

老鐵仙人海上來，海雲長日護樓臺。玉簫彩鳳時時下，黄鶴珠簾面面開。不逐蟾娥歸月府，却馮華一作「從花」。使過蓬萊。見説武陵重有約，一作「晚棹不迷重去路」。一溪一作灣。流水似一作即。天台。

次韻吕養浩

客子頻煩尺素修，江雲變態故生愁。山迴絶磴參差樹，花隱重城縹緲樓。雨裏未須秦望屐，雪餘擬汎越溪舟。蒙郎古道多歸思，桃葉春情隔渡頭。

十一月廿四日紹興作

秦望山頭雲氣生，越王城下湖水平。梅花欲放不盡放，雨色待晴還未晴。銅駝金谷非故里，青衫白髮徒虚名。可憐百年已過半，空嗟萬古難爲情。

盧彦志自台州候官至維揚

台州候吏揚州去，驛馬回途一月期。官寺偶分銀燭坐，客樓每怪玉杯遲。山中桃樹仙人洞，天下瓊花后土祠。盧彦此游元不浪，錦囊收得數篇詩。

次韻監郡魯公二首

鏡裏湖光煖欲波，客情惆悵不能過。蓉花簇簇開岩岫，雲片飛飛起鸛鵝。載酒小船輕若葦，穿城夾膝小如梭。每因公事歸來晚，無奈重樓月色何！
祇合明時早挂弓，謾勞車馬駐江東。烟開溟海清蠻蜑，水滿平湖没雁鴻。□騎夜馳蓬閣下，雲旗晴卷石城中。萬方應喜平羣寇，當與汾陽並大功。

次張句曲題楊鐵崖新屋詩韻

亭子高臨洗馬河，亭前夜月動微波。倚闌天上簫聲發，卷幔岩前樹色多。未許韓家修五鳳，欲從房相賦羣鵝。連城芳草遥相憶，誰解玲瓏醉後歌。

寄莊蒙泉

樓殿高低瞰海邊，潮生静看月流川。祕函夜誦天仙下，香積晨齋繡佛前。碧蓋團雲陰寂寂，珠旒分雪溜涓涓。支郎絶愛山中景，吟得篇詩與世傳。

簡熊松雲

西岡無奈景純何，陶寫新詩日漸多。宜似蘭苕飛翡翠，每嗟荆棘長銅駝。日曛山崦收黄霧，秋入江風動白波。復憶松雲老文學，醉乘簫鳳肯相過。

寄張伯雨

服食年深玉雪臞，半簪華髮不成梳。入山早棄人間事，閉屋獨修河上書。丹火夜明雞犬宅，劍光寒避斗牛墟。儗將一匹鵝溪絹，寫作玄洲舊隱居。

碧梧翠竹堂

高堂背郭對青山，盡日褰帷景界寬。碧樹欲隨鸞影瘦，緑筠長伴鶴翎寒。水晶簾動雲成片，環珮聲閒雪作團。久負故人詩酒約，不嫌遥去倚闌干。

次韻元章先生簡奉訥齋判府相公一笑

倅車新赴雲間幕，文采風流有譽髦。未許茝蘭紉客佩，又承雨露染恩袍。濃薰酒漬紅螺甲，清夢華生玉兔毫。退食郡齋無一事，詩成渾似柳儀曹。

小言問疾兼懷匡山人

東江漾漾春流濁，西郭深深轍迹疏。放浪久無狂賀老，風流獨有病相如。門前看竹不題鳳，溪上賞花多釣魚。

雲丘道人張簡

簡字仲簡，吴人。初師張伯雨爲黄冠，自稱雲丘道人，隱居鴻山。元季兵亂以母老歸養，遂返巾服，又號白羊山樵。洪武二年，召修元史。玉山主人謂仲簡作詩淡雅，有陶、韋風。楊鐵厓謂仲簡詩工韋、柳，翰墨無俗氣，而暗合書法，自詩名益著，而字畫因之而並行。王子充序仲簡詩，亦曰：温麗清深，有類韋、柳。蓋元末詩人之傑出者也。

春日齋居書事

垂簾覺春静，水檻幽情多。蘭香舞雙蝶，渌水一作漲。浮翠鵝。微微一作「激激」。晴雲度，輝輝野氣和。新柳帶長坂，飛花汎輕波。閒居違佳景，芳事俱凋訛。忽忽已初夏，緑暗青山阿。

初夏偶成

清風度虚閣，飛花集羅幃。方欣晝晷永，不覺春光歸。鳴琴發逸響，嘉樹含清輝。幽情多默悟，澹景寧相違。覽書感虚一作澄。寂，獨閉南齋扉。

次韻落日墟上晚眺

荒墟屬晚眺，日暮烟華消。落花散芳渚，孤雲度晴霄。感物微情切，懷人幽思遥。辛夷花未發，難寄最長條。

題趙彦徵苕溪山水圖

吴興佳山水，遠近蓄清光。苕嶤金蓋峰，秀色獨蒼蒼。煙雲互出没，草木生風香。長橋接迴溪，積石倚崇岡。樵漁識徑幽，於以樂深藏。擊鮮列魴鯉，啓翳理松篁。晨雨況可鋤，春泉亦堪湘。既以長孫子，所願安是鄉。嗟哉風塵中，何由得徜徉。趙君鍾神秀，揮洒發奇章。卷圖思舊遊，掩抑不能忘。

鬻石篇

山中學仙人，斷穀自有方。泌水生石精，鬻之以爲糧。候火中夜起，松材襲馨香。切以昆吾刀，間以瓊莖漿。長年尚服食，玉體生光芒。一朝凡骨换，白日凌一作「玉清」。風翔。楊鐵崖云：仲簡《鬻石篇》，飄飄然有凌雲之氣者也。

送鄭同夫歸豫章分題姑蘇臺

崇臺去千載，風日麗飛甍。漠漠春洲草，寧知歌舞輕。香泥汙麋跡，嬋娟若爲情。登覽猶悒怏，況乃送君行。

幽蘭題姚節婦金氏傳後

幽蘭生深谷，靡靡多容光。衆草雖共長，安得比其芳。修叢泛光風，紫蕤明朝陽。豈徒媚春色，特以持貞良。幽閒意自得，婉淑情不傷。忽然商飈發，肅肅飛嚴霜。卉木競凋謝，山林亦荒凉。惟兹一寸芳，枯槁猶馨香。豈同桃李花，零落隨風揚。小草有堅操，雖死而不亡。佳人在空谷，遭時不平康。能以禮自持，與世扶綱常。我歌幽蘭詩，楚調悲中腸。掩抑發鳴琴，聲盡餘慨慷。

玉笙引 一作《周郎玉笙謡》。

我嘗躡輕鴻，浮空度瑶闕。醉看碧桃花，吹笙弄明月。仙人王喬董雙成，爲作春水流花聲。崑崙十二鳳，飛舞相和鳴。曲終飄然上鶴去，逸韻散落天風清。自從失脚墮塵世，飛夢尚繚芙蓉城。浮丘公，今不見，白玉龜臺走雷電。雲和妙曲杳無聞，萬壑松風洗清怨。

醉樵歌

東吴市中逢醉樵，鐵冠攲側髮飄蕭。兩肩矻矻何所負，青松一枝懸酒瓢。自言華蓋峰頭住，足跡踏遍人間路。學書學劍總不成，惟有飲酒得真趣。管樂本是王霸才，喬松自有烟霞具。手持崑岡白玉斧，曾向月裏斫桂樹。月裏仙人不我嗔，特令下飲洞庭春。興來一吸海水盡，却把珊瑚樵作薪。醒時邂逅逢王質，石上看棋黄鵠立。斧柯爛盡不成仙，不如一醉三千日。于今老去名空在，處處題詩償酒債。淋漓醉墨落人間，夜夜風雷起光怪。 按張羽《静居集》云：元季淮南行省參知政事臨川饒介之分守吴中，自號醉樵。求諸作已，設宴酬款，以詩工拙。是坐仲簡之歌最協意，居首席，酬黄金十兩。次高青丘，白金三斤。次來儀，止一鎰。蓋詩有諷，畧不滿快也。

送徐教授曉山歸武林

三年言子邑，寂寞鼓鳴琴。官舍冷如水，杏花春滿林。化風敦薄俗，清氣集虛襟。歸去吴山下，青青草正深。

次韻寄鐵崖

鐵笛先生老更迂，摩空有賦擬相如。奇文一變中吴學，大□猶編後世書。絳帳風摇珠絡索，水窗雲沁玉蟾蜍。小娃唱得新翻曲，多是芳亭春雨餘。

次韻寄雲林

栖神之山雲雨齊，雪消春水漲横溪。長松正與層樓對，高士還同獨鶴栖。每見迂名嗤薄俗，絶無塵事惱清閨。燕游一月不歸去，應愛竹林鶯亂啼。

破山澗上聽水

破山龍去雨初歇，坐聽飛泉濺石岡。萬壑風雷喧地軸，九秋雲露瀉天潢。好從細草陳瑶席，更趁飛花送羽觴。飲犢上流奔軼者，何年來此結茅堂。

寄靈石張尊師

楊許遺經久不聞，能書只説華陽君。清修每自披靈笈，高卧因誰寫練裙。春晝雨晴山擁坐，秋空月皎鶴成羣。何時去覓幽棲地，郁木坑頭禮白雲。

長句寄叔方先生

盧橘花開梓樹疏，故人安穩在樓居。翠眉狎坐春行酒，絳帳懸燈夜讀書。未必醉來忘簡寂，祇緣老去尚高虚。離羣應念任春者，道遠天寒欲命車。

和鐵崖小臨海十首

海静不揚波，仙人鞚鶴過。靈峰七十二，何處月明多？

扁舟下彭蠡，望見大一作古。君山。只道支機石，移來天漢灣。

歌按一作罷。《霓裳曲》，分行舞廣庭。天壇看星斗，散亂若浮萍。

海門棹馭出，鯨吼浪花飛。孔翠排旍蓋，雲昏黄鶴磯。

龍子丹砂鬣，金芒耀水盆。真人忽騎去，霹靂破天根。

夜過洞庭曲，青山玉作堆。仙人吹鐵笛，白鶴自飛來。

雨過積金頂，芙蓉萬朵青。神魚不飛去，風伏翠濤腥。

憶坐松根石，相看説大還。崑崙雲一朵，唤作九華山。

仙花雲萬疊，浩劫與春開。却笑珊瑚樹，焦枯作死灰。

海上三神嶠，嘗看羽蓋飄。玉虹三百尺，噓氣結成橋。

題雲林竹二首

廣平舊作梅花賦，鐵石心腸嫵媚辭。高士巖前清賞足，月明竹外寫横枝。

笠澤莊頭道士家，書林風竹翠交加。新梢便有凌雲勢，高出牆簷掃落花。

和西湖竹枝詞

鴛鴦蝴蝶盡雙飛，楊柳青青郎未歸。第六橋邊寒食雨，催郎白苧作春衣。

遊石湖和鐵崖韻

梁燕低飛妒舞腰，春洲寂寂百花消。扁舟不見鴟夷子，空使江城響怒潮。

周玄初來鶴詩　洪武己巳。

手把芙蓉攝羽裙，飛書南啓魏元君。祝融峰頂雲初起，借與長風送鶴羣。

陸河南仁

仁字良貴，河南人，寓居崑山。爲人沈静簡默，明經好古，文詩不苟作。自號樵雪生，所居曰「乾乾之齋」，因自號乾乾居士，與郭翼羲仲、吕誠敬夫相唱和。其翰墨法歐楷章草，皆灑然可觀，館閣諸公推重之，稱爲陸河南。楊鐵厓謂良貴詩學有祖法，清俊奇偉，如《佛郎國進天馬頌》、《水仙廟迎送神辭》、《渡黄河》、《望神京》諸篇，尤極稱之。

春還軒

陰陽無停運，太極體自常。姤復造化樞，日月天地房。凝寒一已消，煦煦春載陽。曲塘魚上冰，層漢雁北翔。潛心驗物候，齋居情味長。容色當少壯，豈不惜流光。流光不待人，撫時且彷徉。

送客一首贈凌元之别

送客復送客，跋馬河之津。河津雪始霽，細柳媚將春。畫船平如屋，中有白髮親。歲晏歸鄉井，母子意欣欣。持觴壽阿母，祝母年如椿。司征禄堪養，馳驅亦良勤。雙谿見明月，定當懷故人。

矯矯一良士

矯矯一良士，志行與世殊。三年斲一輪，十年成一車。度才擇堅貞，髹畫飾丹朱。斲輪無不方，制車復有輗。識者以爲巧，不識以爲迂。一朝祀先行，出門登廣途。鳴鑾和相應，執御轡如濡。邈矣天路遐，懷哉若人且。

賦得青天月團團盛孟章古香亭

青天月團團，大於黄金井。中有桂樹枝，上疑山河影。微步下亭皋，夜色天與永。露葉團夕陰，幽芬襲巾領。把花翫明月，逌然發深醒。

婁東園分韻得人字

步遊婁東園，清暑水西濱。水色動庭户，坐深涼蕩人。葵花露泥泥，桐葉雨蓁蓁。觴酌麻姑酒，歡泳習池賓。晤言式相好，諒知心所親。留滯豈恆久，揚鑣清露塵。

送强彦栗之京都

春水滿南國，悠然生遠愁。褰裳采芳荑，薄暮送行舟。神都麗燕服，景氣若瀛洲。星連絳闕動，雲承翠葉浮。鴛鵝飛海子，楊柳蔭宫溝。寄言幕府掾，覽賞日夷猶。

玉山佳處賦得山中好長日

山中好長日，流景麗蓬瀛。池臺帶蘭薄，水色上簾旌。興言春再交，嘉鳥相和鳴。木桃源上芳，洵美粲條英。延念顧長康，散息志慮清。豈不懷爵服，馳逐正營營。馳逐非所慕，高情諒難并。

玉山佳處以夜闌更秉燭相對如夢寐分韻得夜字

朝發吴王城，輕艦從東下。落日蕩柔艣，暮抵玉山舍。張燈共清燕，寂寂西園夜。珠斗當層樓，銀月照芳樹。坐客盛文彦，逸氣凌曹謝。鳴琴聆妙音，使我憂心寫。率意阮生狂，明晨還獨駕。

春草池緑波亭

迴塘帶蘭薄，曲檻映朱甍。春雨夜初至，緑波池上生。遊魚蕩清漣，細藻承落英。浩浩謝池思，悠悠南浦情。日夕澹無語，燕坐望寰瀛。

碧梧翠竹堂以碧梧棲老鳳凰枝分韻得鳳字

張宴池館夕，酥凝酒微凍。明月流綺疏，華燈照陰洞。翠琯裊遺音，朱絃細成弄。徙倚桐花原，相期聽鳴鳳。

九月八日以滿城風雨近重陽分韻得雨字

華屋帶修沱，梧竹夾雨廡。流雲蕩微陰，冉冉菊花雨。張筵廣樂作，彼美瑶之圃。仙人紫雲裘，渥赬顔孔膴。消摇愜中賞，且以樂嘉聚。翩然跨黄鶴，渺渺度煙渚。

柳塘春小集分韻得水字　并序。

丁酉歲二月廿有二日，龍門琦開士自吴江泛舟訪金粟道人顧君仲瑛於界溪之上。龍門復貽書石川，招余過此，適葛君天民亦自苕霅來，各以道路蕪梗，睽離間歲，慰藉問勞，握手敍契闊，語刺刺不能休，其於故人之情爲何如哉！留數日，日以詩酒相娱樂，繼而龍門復欲還吴江之無礙寺，道人止其行，且張席柳塘春之小軒。時春雨初霽，春水初生，緑波澹蕩，柳色如濡，舉酒相屬，談笑甚歡。酒既半，道人作而言曰：適斯時也，當戎馬交馳之際，凡我友朋，一别如雨，若匡山于君、鄱陽蕭君，皆余之至厚者也。今日之在會稽，猶風馬牛之不相及也。余之思之，未嘗一日忘之。今日得與諸君合并，不知良晤又幾何時？因思古人折柳贈别之意，不能不戚然於懷也，諸君得無言乎！袁君子英遂舉「柳塘春水漫」之句分爲韻，各賦詩以寫其情云。

修塘帶長堤，柳色參雲起。疏雨落高林，淺渚生春水。文軒敞櫺檻，宛在水中沚。流波蕩輕華，細藻跳游鯉。故人式相見，離别何所似。相對澹忘言，坐聽流鶯語。

陳母節義詞

迢迢南海水，波浪無晨暮。一葦萬里航，逢彼蛟鱷怒。良人竟漂溺，浩蕩隨煙霧。海水無時枯，妾恨何由訴。擔將沃焦石，去築良人墓。之死弗二天，秉節金石固。煢煢膝下雛，愛惜如寶璐。塵凝玉鏡臺，肯怨芳年度。牀前明月光，照妾見情愫。兒大羽翼成，豈不懷乳哺。春暉照高堂，叢萱湛晨露。母兮喜及養，母也增哀慕。金堅金可鎔，松堅松可蠹。貞哉陳母節，永言垂竹素。

友竹軒詩

友道久已喪，澆風何由淳。對面論氣誼，轉足生棘榛。斷金臭如蘭，所貴同心人。取友古所難，此君誠可親。霜風凜高節，歲寒相與鄰。於焉念同志，碌碌奚足論。

買妾言

遺妾明月珠，結爲雙珮璫。妾身幸分明，暮夜亦有光。

春波曲

青青太湖波，小小芙蓉檝。舟輕弗俘操，水深那敢涉。

柳枝曲

朝垂金門雨，暮拂玉闌風。飛絮高高去，枝葉在深宫。

野田雀

野雀飛在田，化爲田中鼠。黍稌動連雲，鼠食那知止。

缺月詞

月體無虧缺，日照乃自偏。安得長合璧，與天相周旋。

續弦曲

麟角煮爲膠，續弦弦在弓。擔持弦上箭，不射孤飛鴻。

精衛辭

精衛兩翼大，飛向海波去，口銜石子不知數。山高高，海深深，山高海深石自沉。

招鵠辭

黄鵠兮黄鵠，騫翮兮扶摇。一飛兮絶泰華，再飛兮冲層霄。鵠兮無弟與兄，若將求其曹。於呼鵠兮心悁勞，燕雀在樊兮食且飽。樂且不憂，中林有木兮木有巢，鵠乎歸乎無遠遨。

石婦辭

鳥鳴孤竹岡，春花復班班。江水日東落，行人殊未還。妾孤處，妾之心，白於水，水白泥可渾。妾心潔且明，望夫不歸那忍生。精神忽通化爲石，千秋萬年岡上立。

題文海屋洛神圖

神之媛兮霓裳，淩長波兮迴翔。龍輈兮孔蓋，秋之水兮如霜。浦有蘭兮蘭有荑，折芳馨兮遺所思。揚舲兮遽遠，目眇眇兮愁余。

思公子寄馬希遠

蟋蟀兮在户，菊始花兮婀娜。擥芳兮延佇，思公子兮江之左。荃橈兮桂旍，江流兮泌清。緪朱絃兮橫琴，茶甘如薺兮楚酒馨。宛迤兮婁水，蘼蕪黄兮夕雨。婁之上兮有園與廬，思公子兮歸乎樂只。

夫子去魯圖

遲遲兮去魯，居是邦兮，爰念父與母。臨沂泗兮未濟，望龜山兮有渰其雨。津則有舟兮車則在道，先王軌轍兮孰履其武。道之不行兮命矣夫，周旋天下。

潁之水賦題劉西村卷上

潁之水兮，其流湯湯。西匯於湖兮，灌溉我稻粱。我所居，潁之旁。郊原孔膴兮，有棗與桑。朝耕於潁兮，夕誦於堂。於赫在上兮如軒黄。我出而仕兮，遭世孔明，我思潁兮靡忘。潁水決兮潁善忘，潁之人兮毋褻兮飲彼牛羊。

乾明寺鐘詩與玉山同賦

猗嗟梟氏久不作，乾明寺鐘奚制度。冶金爲池粲於鑠，圓範胚腪囹宵貌。雷文庚庚外周郭，浦牢上呀犍兩角。扣之響苔佛鬼愕，曰聰曰聵俾有覺。登之崇虡度之閣，千年懸象免蝕剥。昭兹銘言著金錯，至正庚寅四月朔。

城上烏者取晉叔向城上有烏齊師其遁之謂而作也漢桓帝時則有其謠迨梁劉孝威吴均輩比有作焉然各有託而不及此意余方感悼其事因補其義而賦云

城上烏，羣相呼。羣相呼，護其雛。公侯干城民父母，官軍見賊莫遁逃。叶。城中之民勢亦孤，安得千金覓壯夫。城上烏，烏有翮。東西引雛飛格格，胡爲羣來盡紅帕。驅民登城要相殺，烏啼城頭頭亦白。

題水仙

嬍嬋媛兮清揚，明月爲佩兮緑雲爲裳。搴芳蕙兮遺誰？幽懷悁兮如結，嫋嫋秋風之深兮可涉。

天馬歌

於穆世祖肇王蹟，受天之慶大命集。神宇鴻圖大無及，功烈皇皇共開闢。四方下上沛流澤，列聖相承纘丕績。哲王嗣位建皇極，大臣弼輔尚禹稷。禮樂制度靡有隙，六府孔修萬姓懌。天子聖德於昭共，念承皇祖心弗宅。日月同明天地廓，絶域窮陲歸版籍。萬國貢獻歲靡息，琛瑶瑰異陋金錫。豈須征討費兵革，文懷遠人盡臣服。至正壬午秋之日，天馬西來佛郎國。佛郎之國逾西域，流沙瀰漫七海隔。浪波横天馬横涉，馬其猶龍弗顛踣。東逾月窟過回紇，陸地不毛千里赤。太行雪積滑如石，雹激雷奔走飈歘。四年去國抵京邑，俯首闕廷拜匍匐。帝見遠臣重怵惕，慰勞以酒賜以帛。遠臣牽馬赤墀立，金羈絡頭朱汗滴。房星下垂光五色，肉騣巍巍横虎脊。崇尺者六修丈一，墨色如雲踶兩白。天閑騏驎俱駿骨，天馬來時皆辟易。驌驦屈桀未足惜，大宛渥洼斯與敵。穆王八駿思游歷，漢武窮兵不多得。天馬自來徵有德，史臣圖頌永無斁。再拜歌詩思彷彿，願帝愛賢如愛物。更詔山林訪遺逸，□□治化齊堯日。帝業永固保貞吉，天子萬壽天降福。

白紵曲送朱元長之膠州同知

白紵皎皎淨凝華，皎如明河流素霞。想當浣濯蹋江沙，江水青青蘭紫芽。金窗無人思綽約，裁作春衣使君著。使君有行隔千里，流飈莫遣車塵起。車塵起，涴白紵。願君服之保明潔，載歌《白紵》與君别。

思崑崙歌

昔我侍紫皇，從游崑崙頂。手持九龍節，前驅陟盤嶺。翠鳳低回玉麟騁，羣御霞衣日星炳。靈飈冉冉動卿雲，月出瓊林散金影。瑶草神芝光萬頃，羽葆霓旌立真境。吁嗟真境密且周，黄金作屋玉作樓。紫皇宴坐鏘琅璆，九色錦裙緑華裘。仙嬪左右如雲稠，鳳笙龍篪音婉柔。帝呼九霞酒，遍賜星冠儔。令我歌洞章，鵠立金鼇頭。天河如練東南流，孰曰弱水弗可舟？上清真人起勸酬，丹書玉册夜不收。帝謂大道邈以幽，元氣運行天地浮。俯視昏濁穢九州，鴻濛希夷誰克求。嗟爾小子宜飭修，還丹之壽齊山丘。積功成練龍無由，我今總爾洞府遊。洞府遊，悮落人世三千秋。三千秋，碧海頭。黄塵眯目令人愁，日月飛行不可留。微生幸結香火緣，使我再遇玉都仙。握手大笑談重玄，太山萬丈下瀑泉。金莖秋露滴銀盤，半夜白海開青蓮。仙人大藥非凡鉛，豈曰變化直萬錢，一粒入口能長年。仙人仙人願乞與，使我復到崑崙顛，拜手稽首紫皇前。

芝雲堂嘉宴　并序。

句吴著姓，比古爲多，然好尚不同。不失之侈，則失之儉，不失之鄙，則失之迂。出乎此，未若有玉山顧君仲瑛者：好文而尚禮，好賢而尚義，不侈不儉，不鄙不迂，承具慶之樂，子孫彬彬，如日之方升，如蘭之方茁，雍容閒雅，消揺丘園，誦詩讀書，沖然而有德，居乎界溪之上，祖宗世澤亦既三百餘年矣，不其甚乎！然至玉山而益昌，紆朱曳紫，代不乏人。至正辛卯秋九月廿二日，宗族從子翼之氏、仲淵氏適拜官歸，玉山遂會親戚故舊於芝雲之堂，行酒獻酢，動有禮容，言相勸勉，不吴不敖，深有古人行葦伐木之情。酒既半，玉山賦詩四韻，出以言事君，必盡其忠，入以言事親，必盡其孝。藹然忠厚之氣，形諸詠歌，益以見醴陵世澤之弗艾，且將大有用於時也。坐客咸賦詩，而淮海秦君文仲爲之序，余遂述其事，賦長句以答，以紀勝集云。

有吴醴陵之故家，乃在東崑之西界水涯。平原漫衍土壤沃，洲廻渚曲龍盤拏。峩峩第宅切雲起，植以榆柳交相遮。駢枝接葉蔽户牖，大者合抱如星槎。連林鬱蒼帶煙霧，鵲巢鳩乳飛慈鵶。中有園池廣十井，架巖鑿谷開谽谺。春風著花爛濯錦，秋風落葉紅於霞。鷄鳴犬吠自旦暮，桃源未須覓胡麻。生祥下瑞天所念，石上瑶芝秀金葩。有魴可羹鯉可膾，有雁可〔弋〕(戈)兔可罝。上堂愉愉奉甘旨，下堂雍雍手拱叉。阿翁素期鹿門隱，阿母笑坐緱仙車。諸郎翩翩立庭下，麟角定峙蘭茁芽。家童聚食一萬指，食時鐘鼓聞考撾。荷鉏載耜集隴畝，是穫是刈歌嘔啞。秋登告成築場圃，黍稷粱稻同河沙。東南大姓誰比數，玉山之人美匪誇。六瑚八簋宗廟器，五色繅藉璧不瑕。威儀雅同江左謝，况復好禮弗侈奢。征求屢多郡府役，蠶絲牛毛事紛譁。日猶庖丁得肯綮，迎刃節解孰敢訶。誦書讀詩足暇逸，黄簾白日籤懸牙。長時哦吟弄觚翰，宣城水曹與之差。時秋九月霜未降，紫萸斑斕菊始華。張筵華堂冠蓋集，親朋洽燕情孔嘉。阿、咸宦歸映聯璧，並騎蹀躞黄毛騧。愛之猶子重誡飭，謂勤王事禄則加。虎符金章赤絲組，挾以擂切木器，亦作罍。貝紫玉珂。聖朝恩渥豈易致，丈夫有才爲國華。稱觴獻酢衆樂作，笙笛琵筑間箏琶。熊蹯豹脣味畢具，籩豆修脯羅麕麚。坐中上客儗毛遂，亦有辯士如田巴。吴姝起作《七槃舞》，鸞停鵠翔整復斜。主人投轄客暢飲，既醉啜以龍團茶。珠斗闌干夜將曙，樺蠟金蓮籠絳紗。古云人生行樂耳，白髮毋令垂鬖髿。風埃南國星紀暮，百年歡會能幾何？我歌行葦爲君壽，感君氣誼增猗嗟。謂子不信如此酒，願君壽考子孫多。神之聽之降福遐，神之聽之降福遐。

白雲海歌和文學古韻

白雲深，白雲深，白雲解結山人心。朝飛玉山陽，暮宿玉山陰。白雲來時入窗牖，或化長虹干北斗。方今海内正風塵，蕭條千里無雞狗。却怪山人玉山裏，掉頭不爲蒼生起。自緣金粟悟前身，要接曹溪一綫水。英雄空指魯陽戈，奈此西飛白日何。連城之珍豈易識，有刀莫刖楚卞和。白雲之白白於絮，太行望絶心如注。樓前梧竹已成陰，定倩雲深鳳來住。

花游曲和鐵厓先生

金烏流春春氣濛，花雲蒸紅爛承風。星船蕩向銀河裏，手浣銀波天在水。水光花色照湖門，美人鬪倩芙蓉裙。松陰冶遊馳小步，蹋遍湖頭青草墓。泉臺蒿目那起來，長生且進麟蒲杯。仰天笑擊玉唾椀，美人按度□胡板。鸝黄東來燕子西，喃喃交語如雛題。不是神仙西母使，漢殿雙廻青翼四。仙人手把五雲箋，美人奪得瓊花篇。

抱遺老人書巫峽雲濤石屏志

巫山十二多雲雨，暮暮朝朝怨神女。江流峽束捲奔濤，幾點芙蓉隔洲渚。白雲自飛明月高，黄牛灎澦爭雄豪。峽口猶思弭征櫂，霜寒夜聽驚猿號。君家石屏何處得，冥冥造化春無迹。却憐宋玉老多才，望斷陽臺楚天碧。

江雨謠題偶武孟江雨軒

白龍祠前江水緑，江上何人吹紫竹。江妃清怨不能降，散作浮雲滿江曲。浮雲忽變江雨來，亂撒驪珠三萬斛。天昏地黑若混沌，鐵馬交馳龍戰陸。初疑巴陵走急湍，復訝匡廬瀉飛瀑。鮫人停機那敢織，馮夷揚波自起伏。須臾靜聽寂無聲，嫋嫋如絲成霢霂。長虹直截東海邊，夕陽照向江頭屋。滿村父老起歌謡，穲稏今年秋雨足。幽人開軒舉醽醁，正愛晚來涼氣肅。我今下榻軒中宿，幾時更剪西窗燭。

憶別曲 一作《襍言一章道中奉懷玉山主人》。

來時蘼蕪青，歸時蘼蕪黄。楊柳蕭瑟鳴蜩螗，帖帖高翻一作翮。雁南翔。雁南翔，懷故鄉，夫君遠在婁之陽。玉壺青絲唱窈窕，荷花落日棹相將。

金石交爲孫陳二義士賦

金石交，金不可折，石不可磨。泉南二子重義如山河，金石雖堅無以過。泉南之山若礪而嵯峨，泉南之水若帶而委蛇。念昔髫髻，約爲兄弟，信誓旦旦，生死靡有他。義士各有母，二母相好，母視其子，子視其母，恩義弗少差。歲時具酒食，更相爲壽樂且和。一出一或處，或同凌風之舸，萬里行鼉波。南賈真蠟與闍婆，東極三韓及暹羅。歸來分金弗私有，況彼義讓情尤多。嗚呼一斗粟，一尺布，淮南至今民尚哦。嗚呼時之人，兄弟相虐朋友爲讐奈爾何！金石之交古來有，二子之義義甚都。可以敦薄俗，激貪夫。鸛鴿爲爾詠，伐木爲爾歌，泉南移家來此婁之阿。比鄰相接，輔車相依，二母髮已皤。石可泐，金可磨，人心天理無時無。猗嗟二子之義，可以爲世模。豈無好事繪縑素，寫作孫陳交際圖。

送于彦成歸越次郯九成韻

正月山陰道，夫君剡上舟。好峰開雪霽，春水帀城流。拭目瞻雲鵠，忘機惜海鷗。多情今夜月，何處照清遊。

寄五峰李著作一首

小車上直過宫溝，城闕沈沈十二樓。大乙靈光金匱夕，少微星采玉垣秋。齋房度曲歌朱鷺，海子驚弦起白鷗。想得賜金歸里第，雁山依舊足清游。

題謝伯誠青梧軒録上玉山徵君求教

青梧軒前梧十尋，水屋雪洞相蕭森。高枝樓樓不受暑，葉大拳拳故多陰。丹丘鳴鳳幾時至，金井啼烏秋思深。謝家園池信清絶，擬來與子一横琴。

送友人之京兼懷陳庶子二首

五兩摇摇孔翠翎，舵樓釃酒候潮生。爲言北海三千里，只作南風十日行。檣頂隕星神或降，浪深陰火夜還明。到京煩告陳徵士，兩得緘書慰遠情。

十月江南草樹空，五雲天近立鼇峰。龍沙飛雪似掌大，馬湩醉人如酒濃。曾佐元戎書露布，還陪天子頌東封。宛駒自此行千里，消息無忘輒報儂。

題金陵

麗正門當天闕高，景陽臺下草蕭蕭。江圍大地蟠三楚，石偃孤城見六朝。落日不將遺恨去，秋風能使旅魂消。忘情只有龍河柳，煙雨年年換舊條。

送趙季文之湖州知事

能詩自愛水曹掾，又汎樓船向霅濆。方伯正思賢從事，邑人還識舊參軍。青山對幕高於弁，春水連城蕩若雲。或過王孫池沼上，莫驚亭下白鷗羣。

桓王墓

城東一作南。盜發桓王墓，遺物書年見赤烏。羣醜一作酗。揚兵俱叛漢，弟兄汗馬惣一作竟。開吴。早思密隧藏弓劍，寧謂陰房出兔狐。英氣如生風滿樹，焄蒿悽愴不能無。

寄倪雲林

花明快雪鈎簾坐，謾把閒情寫竹枝。誰謂兩生仍在魯，亞知三謝最能詩。磎頭姑惡當人語，露下戎葵向日垂。艇子不來婁水暮，百回延望念深期。

絳雪亭

七月海棠花滿枝，却思三月見花時。誰燒銀燭相爲樂，正是烽煙苦亂離。絳雪飄摇從自落，涼風愛護莫教吹。人生若此秋如許，不惜沈酣倒玉巵。

奉懷玉山主人兼簡郯九成于匡山

馬鞍山色兩峰尖，時送飛雲落畫檐。金鵲焚蘭煙嫋嫋，銀鵝舞隊月纖纖。語調鸚鵡花連屋，影拂鵁鶄水動簾。緣想清遊共于鵠，定多賦詠照牙籤。

九月七日復游寒泉登南峰有懷龍門雲臺次玉山韻二首

支硎山中濯寒泉，洗馬池頭草若煙。石拔兩關開岝㟧，雲迷萬竹秀聯娟。下方鐘鼓長時發，絶頂藤蘿且自緣。東去三江流不盡，浮生如此也須憐。

飛龍開口日暉暉，放鶴亭前路不迷。謾説支郎林下少，未緣神駿眼中稀。繁霜著樹榴房拆，危石懸藤瓠子肥。看遍吴中好山色，太湖明月櫂船歸。

玉山草堂

小築西郊僻，渾如杜草堂。不煩嚴武駕，特過碧雞坊。

鈎月軒

積雨水平磯，鈎簾月上衣。照見珊瑚影，蘭苕翡翠飛。

金粟影

池鳥夜喧寂，水屋月流明。坐深清景邁，不知蓮露盈。

種玉亭

彼美不自獻，置之玉子岡。珍重保靈璞，春雨欲流肪。

碧梧翠竹堂

嘉垣遶林色，高標相與清。陰涼流漫入，靈籟答空鳴。

湖光山色樓

朝拂昆城漲，暮矚海虞孤。日照簾旌裏，蕭條粉墨圖。

柳塘春

晴雪散河隄，春雲晚復迷。鯉魚跳藻葉，燕子拂蘭荑。

漁莊

春船摇一葦，寒罾帶三星。美人煙水暮，相思蘭芷青。

漁莊欸歌二首

灣灣流水曲闌杆，鸂鶒芙蓉不耐寒。玉手爲開銀屈膝，舉頭却見月團團。
日暮休憑鬬鴨闌，落霞飛去水漫漫。秋光都在重屏裏，東面青山是馬鞍。

題倪元鎮畫雲林圖

窈窕平林岸岸流，雨柯涼葉樹樓樓。秋風个裏梁谿思，南市津頭欲問舟。

和西湖竹枝詞二首

山下有湖湖有灣，山上有山郎未還。記得解儂金絡索，繫郎腰下玉連環。
郎别心緒亂如麻，孤山山角有梅花。折得梅花贈郎别，梅子熟時郎到家。

題陶淵明圖惠良夫

五柳莊前霜葉枯，歸來三徑已荒蕪。自書甲子紀正朔，世上那知劉寄奴。

春草堂詩集詩句

春日遲遲，昭明有融。芾厥豐草，零露濃濃。春日載陽，休有烈光。菶菶萋萋，零露瀼瀼。父兮母兮，懷允不忘。念其先人，經營四方。死生契闊，我心憂傷。

春日遲遲，燕燕于飛。野有蔓草，維葉萋萋。母也天只，恩斯勤斯。長我育我，鬻子之閔斯。欲報之德，如之何弗思。庶幾夙夜，我心不違。

春日遲遲，葛生蒙楚。母曰嗟予季行役，適彼樂土。誰其知之，爰得我所。有紀有堂，築室百堵。自堂徂基，于河之滸。相其流泉，泉源在左。於我居處，西南其户。

春日遲遲，乃寢乃興。焉得諼草，殖殖其庭。子兮子兮，靡依匪母。子有酒食，嘗其旨否。左右秩秩，其俎孔碩。南有嘉魚，或燔或炙。令妻壽母，陳饋八簋。洽比其鄰，式燕且喜。豈弟君子，有孝有德。敬慎威儀，其儀不忒。天錫純嘏，如岡如阜。如松柏之茂，俾爾熾而昌。保艾爾後，俾爾耆而艾，以介眉壽。

春日四章，二章章十四句，一章十二句，一章廿八句。

馬□□麐

麐字公振，一字國瑞，崑山之東滄人。幼酷志讀書，好文尚雅，以華其家聲。元季避兵松江之南鍾巷里，築室鑿池，有田園花木之趣。日誦經史，遇佳客往來，則觴詠不輟，與世泊如也。楊鐵厓深器重之，稱爲忘年友，有《醉漁草堂》二集。

婁東園雅集分韻得兩字

步出東郭門，曦車籋雲上。園容媚嬋娟，海色射泱莽。老仙瀛洲來，鐵笛舊逸響。好鳥啼木末，驚起飛兩兩。珍圖雜緗帙，於焉得真賞。清驩信浹洽，閒情足蕭爽。歸歟掩關坐，俗駕毋勞枉。

虎丘燕集送□□□之秣陵分賦涵空閣

步游靈巖山，陟彼涵空閣。層巒鬱深迴，結構俯寥廓。梯石擁闌干，飛軒並崖壑。湖光日滉漾，雲氣紛栖薄。矯首縱遐觀，湛宇翔羣鶴。秦淮渺何許，引領心有托。飲餞相晤言，朋知足娛樂。殷勤送子行，清風振臺柏。

春夜樂

越羅複幔茱萸紅，蹙金繡帶蟠雙龍。銅盤膩燭傳香蠟，簾箔星光釘文甲。金刀割紅□釜烹，豆蔻壓春涇花仙骨沾春雨。

頳玉罌。神仙舞盤踏月行，雁沙印雪留雲纓。朱絲泠泠金粟柱，風流上客瓊林主。碧海煙中采香婦，

獨酌謡

獨酌謡，獨酌當中宵。中宵萬籟寂，獨酌興歌謡。玉露下金井，銀河流素濤。一酌再酌神思超，安得十洲仙人共傾倒。駕風鞭霆，歷覽八極同遊遨。魯戈莫麾斥，羲車莫招摇。便當甕頭醉，笑解黄金貂。君不見車輪馬足長安道，雞鳴五更天未曉。又不見北邙風雨跡如掃，石駝斷碣眠秋草。天飇泠泠吹我襟，獨酌獨酌慰我心。流光去人那復得，洗盞自歌還自吟。

花游曲和鐵厓先生

綺樓十二浮空濛，寶衣翠絡熏麝風。宫裝窈窕銀屏裏，鷓鴣呼名隔江水。荔枝木瓜花覆門，珠佩丁東摇曲裙。館娃宫裏潘妃步，贏得一丘紅粉墓。探花仙子何處來，乳酒百罰行深杯。夜闌酒倒揮玉椀，遮莫城頭催漏板。人生一身東復西，花遊日日須留題。尚記題詩動宫使，字落驪珠三十四。金花重賜五雲箋，製作清平樂府篇。

和楊廉夫新居韻

楊子樓居飲馬河，書舟日日艤晴波。未論栗里功名薄，總爲夔州詩句多。遠樹入簾秋若畫，亂雲渡水

白於鷺。何當共把凌風袂，醉和仙人鐵笛歌。

題趙承旨竹居圖

魏國圖書天下無，當時聲價滿皇都。萬篇文繡垂金薤，一段冰清置玉壺。碧海春深龍出蟄，丹山月白鳳生雛。看雲忽起苕溪夢，便欲乘舟訪五湖。

婁江餽餉

海波不動絶奔鯨，萬斛龍驤一葉輕。三月開洋春正好，南風十日到神京。

吴浦歸帆

一帆風便出吴城，只怕沙湖風浪生。野鴨斷邊初繫纜，西山月出正潮平。

半涇

魚船商船喜通津，撾鼓椎牛祀海神。風色趁潮波浪急，扁舟愁殺渡頭人。

古塘秋月

錢塘東去海潮生，吴浦東來舟自横。十里無波秋浩蕩，流光直到闔閭城。

武陵市舍

溪頭不種桃花樹，商賈年年橋上多。昨日扁舟風雨過，無人肯著釣魚蓑。

吕處士誠

誠字敬夫，後名肅，崑山之東滄人，今隸太倉。東滄之俗尚靡，獨能去豪習，事文雅，名士咸與之交。家有園林，嘗蓄一鶴，復有鶴自來爲伍，因築「來鶴亭」。復有梅雪齋，日與郭羲仲、陸良貴唱和其間。邑令屢聘爲訓導，不起，卒老於鄉。所著有《來鶴亭》、《既白軒》、《番禺》、《竹洲》、《歸田》諸稿。敬夫少力學，師昆陽鄭東季明。既長，益氣夷色莊，學端識敏，且工爲詩。季明謂其詞多奇麗清婉，出己意見，不屑剽取古今人言，其聲一出於和且美。玉山主人稱其詩意清新，不爲腐語，如：「朮花徧地牽雲白，竹色當簾落酒青。」「靈浪潤咽消宿酒，飛花如粟點秋衣。」皆佳句也。又善作黄庭小楷，繕寫其詩成集，輒邀楊鐵厓評之。鐵厓題其詩曰：蘇支邑凡六，獨崑山多才子，魁出者往往稱「吕袁」。袁曰子英，吕曰敬夫也。

池亭雅集得回字　以下《來鶴草堂稿》。

池閣清泠曉四開，風泉滿院殷輕雷。謝家草色侵衣上，司馬琴聲到幕迴。瓊樹亞枝飛鶴子，紅梁雕甲膩螯杯。諸郎醉墨淋漓甚，未絶風流宋玉才。

暮春鶴亭謾興

緑樹軒窗鷇子過，清陰密覆小坡陀。笙調鳳咮新簧澀，礎潤龜趺宿雨多。落絮遊絲空散漫，野情幽思欲如何。日長倦倚烏皮几，閒染霜毫試衍波。

登蘇臺懷古

三月長洲花亂開，酒酣移客一登臺。繞城山色臨吴會，滿地溪聲走越來。北闕天高星使下，西陵日落釣船迴。獨憐泰伯荒祠在，烟雨金鋪長緑苔。吴有越來溪。

賦帶露櫻桃

萬緑叢中綴木難，折來靈液尚溥溥。玉纖香剥雞頭軟，仙掌寒分鶴頂丹。天酒淋漓樊子醉，月盤璨璀漢臣看。不妨更漬薔薇水，潤我談玄舌本乾。

秋曉

雞號天未明，柝静四鄰寂。疏星如聯珠，殘月懸毀〔壁〕（壁）。風清鶴在林，露重水成滴。危坐絶百非，嗒然喪形質。大明啓東方，雲霞半空赤。

大庾嶺留題二首

晨興散策雲封寺，巘岫天開紫翠圖。一水南來分百粤，大江東下入三吴。

霜旭開晴曉出關，衝寒驢子蜎攢攢。西風百里南雄道，緑樹丹楓滿意看。

南行舟中三首

春開冬開巖下花，朝虚暮虚溪裏家。白帽漁郎衫色瘦，青裙樵女髻鬟丫。
荔枝花發暗蠻村，孔雀驚寒減翠紋。也有北人開眼處，碧山無數插紅雲。
小舫行無車馬喧，短橈輕槳破江烟。無由遠逐軒皇駕，素瑟重聽五十弦。

湞陽峽山飛來寺

峽山山上飛來寺，紺閣層層樹裏開。僧〔璧〕（壁）不隨猿女化，梵鐘曾逐蜃樓迴。萬松夾道時聞雨，衆壑奔流夜殷雷。猶有昔賢珠玉在，斷碑剥落委莓苔。猿女乃孫恪妻，後至寺還璧，化猿而去。

番禺謾興

炎方弔古易興衰，知是昆明幾劫灰。黄木灣圍南海廟，白雲山擁粤王臺。百年此地衣冠盡，五月南風舶艑來。遊覽尚餘高興在，忽忽莫遣二毛催。
莫言南海是天涯，遠客何妨歲月賒。豈謂居夷忘故土，直須浮海上靈槎。藥洲日卧仙羊去，蕃塔風高鐵鳳斜。白首飄零誰慰藉，幾回松菊夢還家。

南海口號六首

象郡大藩當百粤，羊城方面鎮南州。環山雉堞雲霞曉，落日旌旗海嶠秋。

荒服未嘗霑政化，島衣今始識衣冠。船來争市龍魚鮓，客至先需荔子盤。
誰家女兒高髻妝，行春踏花屐齒香。留客不將茶當酒，銅盤蔞葉進檳榔。
看春客裏逢元夕，大市小市燒燈紅。女郎手鼓如杯大，半夜答歌明月中。
炎方物色異東吴，桂靈椰漿代酪奴。十月煖寒開小閣，張燈團坐打邊爐。
儋萬夷人不著衣，纈花藜布滿身圍。輕舟似葉争飄海，載得檳榔换米歸。

越樓觀燈

午夜冰輪爛不收，又看春色滿南州。沈香火底蘢山柱，翠幕星前羯鼓樓。小隊《天魔》花作陣，初筵雲醴玉爲舟。要知此景非人世，何必羅公作幻遊。

粤王臺懷古

神劍當時斷白蛇，華夷悉入卯金家。徒憐南海居蛙坎，未識中原制犬牙。獻璧稱藩真得計，橐金滿載已堪嗟。荆榛滿目荒臺下，獨倚東風聽暮笳。

遊白雲諸山三首

半空蒼翠薄層崖，萬木森森礙日車。八十老禪延客坐，九龍井上試新茶。
後巖巖上看飛泉，蒲澗曾聞降五仙。黄竹斷碑前代燼，禹糧堯韭昔人傳。

瑶草春深白鹿眠，丹霞樓閣翠生烟。偶來石上尋棋局，猶恐歸時不記年。

訶林光孝寺方丈

斜日荒涼噪乳鴉，菩提新葉小於茶。石廊久雨無人到，落盡閒庭訶子華。

小孤山夜泊

彭浪磯頭江水深，小孤祠前風滿林。秋山青青秋月白，霜裏吹簫龍夜吟。

洪武辛亥南歸重度梅關二首

去年竄逐下南溟，萬里歸來鬢已星。望入西州天一髮，香爐長繞九江青。
歸路籃輿鶴背輕，保昌東下過長亭。今朝又向梅關度，此是江南第一程。

舟中望廬山

廬山昔在圖中見，落星渚前今始逢。雲嶺半藏紅葉寺，霜風遥遞翠微鐘。龍君或居彭蠡澤，仙人愛住香爐峯。雙凫之舄儻可借，飛入前頭聽玉淙。

太湖晚泊

震澤三萬六千頃，日月出没波濤中。冰壺寒浸林屋洞，青壁下嵌馮夷宫。霜林人家橘子熟，晚飯柁樓菰米紅。羽仙黄鶴時相過，知是銀河一竅通。

月下獨酌聞桂香

今宵風月儘清酣，碧海寒光萬丈涵。天上散花香第一，尊前舞袖影成三。方諸玉露清於醥，崖蜜金橙小勝柑。老興此時原不淺，高歌猶憶《望江南》。

送人之潮兼簡鄉友

瘴雨蠻風晚更寒，揭揚山色滿征鞍。臨行謾寫相思句，好與東吴故舊看。

七月十五夜對月分得樓字

東池月滿重開席，不減當年庾亮樓。每謂人生須縱飲，固知物色總難留。螢光過幔還星散，雲氣行天似水流。高興無窮一作「最憶故人」。秋滿眼，山陰何處有行舟。

詠菩提葉燈

寶林萎葉墮天風，一落人間便不同。雲鏡熒煌開月匣，并刀裁剪費春工。星攢蜩翼冰綃薄，華擁蝦鬚玉栅紅。從此可傳無盡燄，五湖今有水晶宫。

題墨梅圖

凌霄峯頂雪初乾，煖逼繁枝玉作團。三尺溪藤散香影，絳紗籠燭夜深看。

秋江晚霽圖

長天斂盡落霞紅，草屋炊烟野渡東。一帶寒沙秋水白，荻花吹老鯉魚風。

南歸遣懷

海南每憶越王樓，可奈鄉關萬里愁。對客花前椰子酒，看山馬上木綿裘。羈縻此日生還喜，準擬歸耕老去休。愧我無家憐晚歲，卜鄰終在瀼西頭。

安慶

市樓突兀凌波起，樓上女兒未梳洗。短篷初泊酒家門，新釀玉壺香十里。買魚沽酒挂蒲帆，九月淮村風日美。回頭遥望大龍山，翠屏滅没寒烟紫。

歸來

徒步歸來海上城，荆榛滿路不堪行。問人倏忽更貧富，訪友凄涼半死生。烏資無神悲積帑，青松有淚對空塋。逆流一片門前水，猶對青山落日明。

南歸海上訪友

北風吹雁渡江烟，訪舊東吴晚泊船。野水似龍争入海，大星如月獨當天。羌村夢寐青燈下，蜀道間關白髮年。兵革漂流無倚著，眇余何處賦歸田。

暮春感懷 以下《既白軒稿》。

春雨屋上鳴，流泉竹間瀉。清晨望原隰，新緑或可藉。維時春夏交，節序驚代謝。悠悠念陳跡，默默觀蠹化。人生夫如可，胡不税塵駕。

露坐

虚庭坐涼夕，宵永覺衣薄。犬吠古塔鈴，烏啼野城柝。感舊心孔哀，懷人輿殊惡。仰視斗杓傾，西林月初落。

送錢道士遊武當

武當諸峯何壯哉，大朵小朵青蓮開。玄聖高居天地户，赤日下照金銀臺。神龜六眼電光走，山鬼一足雲頭來。道人再拜望北極，應帶滿身星斗迴。

寄廉夫

楊子十年官不調，如此未州文力何？洞庭鐵笛龍吹得，天上瓊書鶴寄多。車子看花將一兩，雪兒行酒艷雙歌。時時對客教絃索，繡領單衫月色羅。

祀崑山東齋龍洲劉先生墓

黄鶴磯頭風雨秋，中原一望使人愁。羣臣誰決和戎議，九廟猶銜誤國羞。慷慨魯連寧蹈一作入。海，淒涼王粲重登樓。荒岡四尺先生墓，再拜酹之雙玉舟。

和顧玉山詩韻

春來世事益顛危，怪底間情强賦詩。楊柳愁空陶令宅，荷花吟遍白家池。眼前陵谷驚遷變，客裏江山喜護持。兩度寄書煩慰藉，相從深愧負幽期。

題美人圖

繡牀風煖鬱金裙，曉起蛾眉八字分。翠管成龍吹怨曲，雲梭銜鳳織回紋。荼蘼酒熟春江雪，豆蔻花開曉樹雲。照檻扶桑紅日透，自援綵筆賦東君。

題極目亭

海虞亭子層闌上，高與清秋爽氣俱。歷歷吴山明落照，茫茫淮甸入平蕪。興亡千古看棋局，晴雨四時開畫圖。日日憑闌瞻北固，仙人借得一雙鳬。

既白水軒

水軒如笠大，聊作一枝棲。晚飯長腰米，朝盤短股虀。江湖雙短鬢，日月兩醯雞。徙倚郊原望，王孫草又迷。

首夏田家雨中

細雨朝來溼白沙，風前整整復斜斜。林蕉間展琉璃葉，野蔓競發金銀花。田父扶犂驅一犢，稚女踏車垂兩丫。年年梅熟愁蒸暑，却愛小池鳴亂蛙。

洪武庚申夏四月登玉山頂時雅上人適遷華藏於塔院歷覽終日而返是夕宿友人家燈前聞雨援筆有賦

曉出城西門，蕩漾官河艇。朝光散晴旭，露氣擁高迥。潮上洲渚没，棹發六飛騁。前岑獻奇狀，心目快引領。青山如故人，登陟在俄頃。嗟哉二三子，憐我足力逞。捨舟入蒼翠，一逕林木静。陰蘚護危棧，古藤落眢井。映帶列檜杉，青黄熟梅杏。古師安禪處，神物伏精猛。山靈詭異工，幻蹟一掃屏。孤塔灰劫餘，傲兀立峯頂。後巖古華藏，稍復毘盧境。泛觀盛衰際，何物得脩永。道人出迎客，一笑具羞茗。清談竟終日，毛骨灑然冷。羣鳥亦知還，微陽下西嶺。逌歸弗成寐，張燈酌楠一作南。癭。急雨何方來，清聲雜蛙黽。鄙言詎成章，聊假管城穎。

田居書懷

僻居婁西村，歲月嗟屢過。桑麻八口家，僅示免饑餓。公田倩牛耕，癡兒固慵惰。雖乏甘脆供，所賴出春磨。前榮蔭高榆，後坡竹千箇。薰風颯然來，自足償高卧。念無謝傅才，甘受婁公唾。

觀刈晚歸

堪笑南塘野老家，客來無酒只烹茶。池荒蓮蛹青房子，霜老雞人絳幘花。海氣東連瑶浦暗，江流西繞玉山斜。扶藜緩步歸來晚，閒看汙邪載滿車。

月下懷友

秋庭夜泬寥，雲影絶纖毫。月轉青霄迥，星臨紫極高。蟻醅金錯落，鳳吹《鬱輪袍》。不舉山陰棹，空孤一世豪。

寒食郊行

草軟沙平步履輕，百錢日日繫烏藤。市橋風旆梨花酒，遊女春衫柿蔕綾。烏帽飄蕭明素髮，石麟攲側卧荒陵。百年俯仰須臾事，遊覽忽忽愧未能。

三江祠戲贈二首

三江口頭日欲晡，三江女兒自當壚。今朝南浦送郎去，望斷東風檣上烏。

檣頭五兩逐風輕，聽得吴歌慘别情。一片劉家河上月，照郎直到定遼城。

漫興三首

寂寂高門大道邊，東風愁鎖緑楊烟。大兒已入滇池戍，嫠婦空耕隴上田。

赭服從戎萬里行，風餐水宿事宵征。金沙江繞烏蠻砦，越嶲山連孟獲城。

雨餘江色碧浮空，一髮青山落照中。去棹休歌《桃葉渡》，行人愁殺柳花風。

十六夜對月

月夕浮雲變蒼狗，無術因之徹其蔀。海風今夜東南來，盡捲飛埃絶纖垢。碧天萬里開冰壺，清光落我持杯手。宿羽聯翩翻露巢，寒兔迷離擣霜臼。嘉賓況爾平生歡，如此良宵寧可負。鄰家麴生好風味，三百青錢呼一斗。桂香正熟菊未荍，蓴羹爛煮橙可剖。清樽倒射白獸光，緑波蕩摇金虯走。老儂斷葷不止酒，喜客和月呑入口。興酣且致疊疊談，歌成自答嗚嗚缶。百年此樂能幾何？瓢空更起謀諸婦。身閒無事古所貴，有客無酒時則不。但願月光長入杯，歲歲年年爲君壽。明朝更上文筆峯，探支西風作重九。

雙清詩二首　并序。

梅花、水仙，一草木也。其生恆在水涯幽谷之間，發於萬木摇落之後。不以榮悴生死異其芳，不以春秋寒暑易其操，雖窮冬盛雪，猶介然與松竹争奇並茂，有類乎高人逸士，懷抱道德，遯世絶俗，而高風雅志，自有不可及者。余雖不敏，心甚慕惜之，故賦此以識云。

怪得荒寒野水濱，疏花冷蕊看横陳。歌翻《玉樹》多嫌俗，夢唤梨雲却久真。半點不煩春刻畫，一分猶仗雪精神。臘團新萼雖同出，未免韓公議小醇。

湘魂懶上木蘭舟，淪落江南草莽丘。澹色幽香羞自獻，江空歲晚若爲儔。素羅微步盈盈月，翠袖寒分寸寸秋。隔竹似聞靈瑟語，吴雲楚雨不勝愁。

覓菊花二絶句

已過秋風九日秋，篬筤池上若爲遊。似聞嘉菊黄於鵠，乞我雙栽照白頭。

洲上黄花滿意開，倩人更爲覓奇栽。小桃源裏秋如水，分取清香一半來。

竹枝歌六首寄胡定安

上思下恩十萬山，左海右江如月彎。江邊神女長留佩，天上仙人早賜環。

銅柱山前銅鼓聲，野花蠻果不知名。却喜土人能愛客，蔞蔕檳榔相送行。

雲開沙淨水洄洄，越鳥啼邊朱槿開。峒裏蠻丁不畏瘴，朝朝衝霧趁虛來。

客櫂愁行湘水波，憑郎莫唱《竹枝》歌。好山好水春更好，不見閒人載酒過。

春雲好墨瘴烟中，鷓鴣羣飛荔子紅。男兒守家婦當戍，粵俗古來成土風。

春草湖頭春日暉，苧蘿山上白雲飛。行人莫聽鵑鴣怨，陌上花開緩緩歸。

採蓮曲

采蓮落日下雙舟，白縠風輕易覺秋。淺淺溪流齊鶴膝，青青荷葉過人頭。

題翠濤軒爲則銘作

七尺烏藤手自操，鯉魚風起月輪高。帶將一箇城南樹，五貫岡頭看翠濤。

謝惠菜

江鄉正月尾，菜薹味勝肉。莖同牛乳腴，葉映翠釵綠。每辱鄰家贈，頗慰老夫腹。囊中留百錢，一日買一束。

過麋洲書舍寄葛青城

以下《竹洲歸田稿》。

重來問訊東橋竹，竹裏鉏雲結草堂。隔草淮山當雁汊，半陂春水護麋場。交遊契闊頻搔首，今古興亡一斷腸。田野不妨聊卒歲，宦途何處是康莊。

三月廿日過桐巷陸氏故居感而有賦

昔年曾醉陸家池，白首重來有所思。野哭鄰雞如昨日，陸遷谷變異當時。喧林衆鳥偷櫻子，卧石羣羊没兔葵。莫説華亭千古事，故宫禾黍正離離。

題吹笙仙女二圖

森森羽節導雲軿，鸞背微聞縹緲笙。小隊《霓裳》多似雨，衆中誰是董雙成？
鰲背三峯水殿虚，天香吹滿六銖衣。青禽忽報麻姑信，獨是吹笙月下歸。

五月廿日雨懷有寄

竹洲草樹暗漁莊，五月雨多沙水黄。薝蔔林深書屋小，芭蕉葉大酒樽涼。乍瞻霽色收屏翳，猶訝車聲走阿香。冉冉途征塵没馬，懷人幽興詎能忘。

寓言二首

苦瓠若懸瘿，宜瓢亦宜笙。笙將用合雅，瓢以供酌烹。吾爲苦瓢謀，任力不任聲。薦勞鉶鼎間，自足資養生。物賤終反貴，吹萬豈其情。

少學老無成，所守但糟粕。譬如福輿市，涉海求靈藥。豈不望三山，風至輒引却。歲闌坐窮陋，青燈映疏箔。雖微白足襌，自置丹霞縛。賤貧吾所安，飲水差足樂。鄰家日椎牛，不似西鄰禴。

秋日雨後二首

浦口寒潮頻有信，空中鳥跡了無痕。野航落日東西渡，黄葉秋風遠近村。

曲碕茅屋兩三家，返照垂虹隔斷霞。風外葉聲來似雨，莫嗔楊柳不藏鴉。

秋夜

砌草蟲吟四壁静，簷竹摇燈動秋影。老來無夢到陽臺，開門月在青松頂。

題杜少陵行春圖

牢落出同谷，淒涼賦七歌。日斜驢背上，白髮似詩多。

寄江南紹隆伯瑩

一冬風雪出村稀，忽見梅花映酒旗。行過江橋屢回首，無人寄與紹隆師。

正月廿三日借竹洲訪顧藏六於司馬廟

一番行春始出村，韶華無賴已分平。野鳥亂啼司馬廟，石麟猶卧汲家墳。燒痕新緑渾禁雨，柳色半黄都染雲。蕩溼橋頭有酒賣，醉把梨花日又曛。

客至

幽窗談笑話平生，舊硯磨穿筆代耕。白髮滿頭難諱老，青山排闥故多情。桃花灼灼渾無語，春雨瀟瀟尚未晴。明日蘭舟休便發，南鄰筍蕨巳堪烹。

九日前雨中

已知無地可登臨，況是孤村風雨深。酒爲解憂惟有醉，菊憐短髮不勝簪。白魚出網一雙玉，黄橙擣虀三寸金。南北暌離佳節過，壯游空感昔年心。

題秋浦歸舟圖二首

碕岸楓林隔野橋，梵王宫殿在山腰。扁舟好趁樵風去，莫待寒江落晚潮。
秋浦行舟日欲晡，秋來到處有蓴鱸。酒家鱠具如堪借，暫卸西風十幅蒲。

寄懷鄉友浩然戍横州

分袂每憐秋未半，開帆猶記月初圓。客程千里又千里，老鬢一年衰一年。令弟喜霑新雨露，故鄉不改舊山川。懸知獻捷歸來日，重理琵琶第四弦。

寄鄉友福州别駕二首

烏石山前聽訟時，石榴洞口看雲飛。馬蹄好踏官街月，人在青榕影裏歸。

釀來南酒甜於蜜，愛浴山泉熱勝湯。退食自公微醉後，小姬和葉進檳榔。

和烹獰龍詩韻

雷公傳令風火急，鞭起雨工頭戢戢。泥蟠骨蛻未能飛，野人争奮長鑱入。獰須逆鱗不復畏，斯須唯聞釜中泣。金杯苦酒五色光，玉版雲腴乳花溼。長房見之發長歎，麴生一笑恣鯨吸。靈物變化不可常，駢玉森森〔作〕（住）人立。

四月廿四日雨中寄仲莊

四月江鄉暑尚微，林寒老客未更衣。復愁刈麥雨不止，況是索租人正饑。穀秧出水青青短，筐筍登盤箇箇肥。門外泥深無轍迹，相從莫怪出村稀。

次韻答偶武孟

猶憶當年應鵠頭，詩名從此達南洲。狂歌賴有千鍾酒，豪士今無百尺樓。紫蟹白魚江市晚，緑蕪紅樹海門秋。西風開到籬根菊，擬向桃源一繫舟。

白紙扇歌

聞次安惠紙箑，因賦此以贈之。

我昔舟泊江西湄，推冰看擣萬楮皮。江神相過色慘愴，波工自詫手不龜。懷金問價雲滿篋，霜紈失素無晶輝。廿年歸來存百一，製成團扇真絶奇。紅爐百煉太古雪，紫簤三尺盤屈鐵。銀潢影射秋鑑光，玉虹冷貫青天月。昏目摩挲驚老醜，動摇清風生腋肘。高堂晝把蠅蚋空，魑魅潛藏飛電走。豈不聞莪姥不識王右軍，茂弘曾障元規塵。謝公高風固足尚，班女篋笥空悲呻。烏飛兔擲急於箭，商飈奄忽號枯林。嗚呼盛衰天地無古今，炎涼不易君子心。

讀宋太史詩文集謾書

金華山下古潛溪，秀發英靈間世奇。歲久不聞清廟瑟，眼明今見玉堂詩。百年人物推此老，一代風流當繼誰。頗恨淹留忘墜景，遺編徒使後來悲。

菊田　并序。

余客竹洲三年，頗有彭澤東籬之好。古人亦謂菊獨以秋花傲兀於摇落之後，非霜下之傑乎？昔年曾賦對菊之歌，老興未已，復作菊田一首，以紀歲月耳。

摇落西風已愴然，金蕤月朵爲誰妍。人間無地安花宅，洲上於今有菊田。晚歲擬尋甘谷老，頹齡幸值傅延年。落英餐盡秋香骨，許我飛行作地仙。

訪成真觀有感　并序。

四十年前，余訪秋雲楊外史於成真。維時殿樓竹樹，森竦邃密，其琳宫桂館，不是過也。後十年，外史化去。世道變遷，天運纔一周，鞠爲茂草荒墟，然盛衰之變，有不可得而語者如此。今年春，因訪舊復遊於此，感而有賦。是歲庚午正月十八日也。

暮年重訪成真觀，不見秋雲竹外樓。枸杞經春皆化犬，朱藤歷歲總如虬。種桃道士凭虚去，採若騷人汗漫遊。見説蓬萊又清淺，擬將黄鶴問丹丘。

題子昂畫馬圖卷

靈物降精生倔奇，貢來自是千里駒。天閑瀟瀟風滿旗，立仗不受黄金羈。吴興寫生世所稀，春雷挾之上天飛。

訪偶武孟箸筤軒時武孟制滿求仕　地有桃源徑。

舊草溪東十里餘，小桃源上見郊居。落紅石一作花。徑和雲掃，新緑瓜畦趁雨鋤。池上此君宜對酒，門前長者屢迴車。此中未讓商山老，見説王褒有薦書。

仲春雨後生寒有懷箸筤室

東岡二月草芊綿，淰淰寒雲雨後天。楊柳三眠風作惡，櫻桃半開春可憐。詩域日荒抛硯石，醉鄉時與打魫船。清遊每憶箸筤室，何日重來看碧鮮。

巨浸詩　并序。

洪武庚午秋七月初吉，海風自東北來，拔木揚沙，倒海排山，堆阜高陵，皆爲漂没。猶記戊午秋七月四日，亦嘗罹此，蓋大魚入城之兆也。今兹震蕩，勢復過之。側聞三洲一千七百家，皆葬魚腹，嗚呼！上天號令，豈有常乎？可不慎歟！可不畏歟！

庚午七月之初吉，斷虹挾雨蔽西日。石尤聲撼天爲昏，颶母驅車走沙石。鯨跳鯤擲地軸翻，陽爍陰凝鬼神泣。銀濤駕空山嶽摧，轉眼奔流浸扉壁。三江瀰漫滅無口，孤城漭漭天一碧。衰年疲薾動兢畏，變貌齋心戒夕惕。憶昔前年大魚入，三洲漂蕩海水立。近者側聞復罹此，海灣流屍頭濈濈。岸塌沙沈絶往來，塍斷瀼深苗不實。嗚呼！上天震怒豈無由，誰其尸之復誰詰？

覓菊　并序。

余向寓竹洲，洲上種菊百餘栽，繞屋盈圃，過者因爲菊田。今年歸草堂，似聞秋風駕潮，掃蕩無遺。擬與吾友求數株，聊應重陽故事如何。

秋潮横挾風雨顛，洲上空聞有菊田。香色於人既無有，物情在我敢求全。頗憐塵世光陰迅，似覺人間雨露偏。白髮滿頭難諱老，蒼顔對客强爲妍。豈惟酒向鄰家得，自是杯從舊日傳。陶宰不妨多種秫，杜陵且莫歎無錢。青天雁影西風外，紅樹秋聲落照邊。見説南莊饒物色，少分清艷到樽前。

訪友 并序。

洪武庚午九月廿七日，訪鈕聲遠於太倉城之正陽門，造其室曰洞雲。四簷竹樹盆山，清氣可掬。因賦此詩，并求其畫山圖云。

先生家住正陽門，繞屋松聲日夜聞。大藥總消頭上雪，小山長帶洞中雲。已知濟物宜終慶，況是清時屬右文。却歎一作笑。吾詩與君畫，海門風月擬平分。

東溟生詩爲顧某賦

東溟之生何所聞，抱藝學古以事親。翛然一室東海村，市塵不到絶垢氛。坐見三洲渺無垠，一碧萬里玻瓈盆。雪濤銀屋相吐吞，爛霞浴出扶桑暾。是時幽人侍晏温，菽水之樂樂天真。興來揮掃水墨渾，下筆慘淡愁鬼神。居然耕鑿生意存，經營態度廻〔陽春〕（春陽）。百年縑素琴斷紋，搨標裝潢稱絶倫。由其天機出清新，能事逸發皆可人。素昧平生笑語親，一日索書來叩門。嗟余耳聵目力昏，那能復作寒螿呻。霜風搜林葉繽紛，寒菊艷艷東籬根。姑致是事且勿論，與子倒盡花前樽。

荆溪棹歌四首

荆溪溪上晚山稠，沙棠港口木蘭舟。裹頭女子唱歌去，水色山光總是愁。

大男鑿山衣盡紅，中男操舟慣張篷。獨山門外北風惡，白浪如天怖殺儂。

溪上雪消春水高，鵝黄新柳暗長橋。橋頭人家好春酒，無情長與駐蘭橈。
雙舟來往奈〔愁何〕（何愁），日日溪中聽櫂歌。溪水西流流不斷，海門東去作風波。

竹枝詞三首

千夫萬夫磑作堆，什什五五魚貫腮。長興步頭候糧去，紅闌街裏買薪來。
膩支山頭雨雪飛，膩支山前人苦饑。山下斧斤夜達旦，山上閒雲長自歸。
十八里岡雲有無，炎風掃地雪模糊。山川通塞奚能問，閒看清波入太湖。

寄懷茜川基古石二首北山翁也

身閒無事且婆娑，轉眼流年一擲梭。牢落詩懷三月過，顛狂風信五更多。潮來海市魚論斗，柳暗江林鳥弄歌。頗訝寥寥無信使，題詩爲問近如何？

寄謝諶西堂惠紙二首

雲繭羅紋幸見投，烏皮几上雪凝眸。懷人端爲雙魚信，作賦空慚五鳳樓。
翠峯山下連吴會，雪浪東來入海門。胸次不留元字脚，金香爐下鐵昆崙。

感興二首

静室無塵少客過，新篁陰曳小坡陀。朝來始悟春歸盡，風裏楊花似雨多。

落花寂寂掩柴扉，滿地緑陰新筍生。自是老來遊興減，江山何處不堪行。

題水墨龍圖

畫史憑陵造化機，研池傾倒墨龍飛。生綃半幅春雲溼，疑是前山作雨歸。

五月廿八日重過翠濤軒清坐終日薄暮而歸賦此蓋書所見也翠濤爲竹而得名余不能無辭矣

幽人愛竹不喫筍，養得修篁箇箇長。五月六月雨不落，千枝萬枝風自涼。蒼雪逼人時展簟，翠濤驚夢午移牀。涓涓清潤烏皮几，楚楚高攙薜荔牆。密影掃階敷瑣碎，餘音拂水度笙簧。孫枝迸地渾疑占，老節凌雲色更蒼。三徑旋開真得計，七賢避世故佯狂。因懷梅友稱三絶，却笑荷花似六郎。白鶴歸時雲動蕩，青鸞嘯處夜微茫。對之可使食無肉，衰矣空慚鬢有霜。隱几無心開卷帙，捲簾隨意炷爐香。日中見斗瞻霄漢，月下吹簫引鳳凰。物外襟懷差可共，閒中滋味淡相忘。不尋酒伴雞豚社，誤落詩名錦繡坊。時復開樽排匼匝，每憐學子走蹌蹡。興來坐久無聊賴，老去頻過也不妨。他日成材惟汗簡，於今觸目盡琳琅。振衣散策歸來後，江路迢迢又夕陽。

則明遊餘杭三橋步回過余草堂賦此謝之

秋日三橋步，行舟野色新。亂山圍草市，荒埭接江津。杉竹通蠻獠，麇麇販獵人。欲將金粟酒，爲子拂征塵。

題枯樹圖

鐵幹槎牙翠葉殘，雲根剥落古苔斑。大材寧盡天年老，不遇工師不出山。

九月晦訪聲遠留題

海門潮上水如烟，賀老重維載酒船。喜見雲山開雪壁，幸因郎囝鼓冰弦。應門童子清於鶴，搗藥靈禽半是仙。歲晚卜鄰應有約，幾時行李到梅邊。

寄則明二首　時客於竹洲作。

苜蓿花開徧地秋，秋聲渾在樹梢頭。西風昨夜吹歸夢，喚起客懷無限愁。

幾樹芙蓉近水低，碧沙涼露泣莎雞。月邊已有南來雁，飛過荻江官渡西。

晚歸書事六言二首

訪舊五溪薄暮，沙長歸路迢遥。虛市人家燒燭，流水孤村斷橋。一箇殘僧待渡，數聲短笛歸樵。閃閃昏鴉啼後，江風又落寒潮。

〔漁〕(涣)榜溪翁罷釣，郵鈴稚子傳書。暝烟寒雪欲落，臘柳半黄未舒。雲葉落隨去雁，浪花潑刺跳魚。一段詩情畫意，瀟然風景愁余。

醉歸

醉歸不覺已斜曛，稚子驩迎先候門。露林睡覺凉如水，樹影滿窗疑是雲。

題黄鶴山樵畫匡山讀書圖

黄鶴山人美如玉，長年愛山看不足。醉拈秃筆掃秋光，割截匡山雲一幅。詩豪每憶青蓮仙，結巢讀書長醉眠。我欲因之攬秀色，雙鳧飛墮香爐前。

寒食謾興書所見二首

楊柳東風日夜顛，杏桃無語不成妍。水流竟没鷗邊石，雨重渾迷卵色天。節序忽忽無可那，物情洶洶最堪憐。荒村閴寂無雞犬，何處人來掃墓田。

三月三日雨初晴，清旦梳頭坐草亭。一陂草色爲誰緑？千樹柳條無賴青。憂患未平心耿耿，衰遲那遣鬢星星。林鳩底事頻呼婦，强聒春愁苦厭聽。

九日雨中雜興

霜降海門天氣肅，無邊落木總繽紛。鷗眠夜渡芙蓉雨，雁落秋田穲稏雲。未有詩篇酬令節，祇將茗盌對爐薫。月中桂子飄人世，時有天香隔幔聞。

聽雨

傾倒天瓢走雨工，海門龍過起腥風。瀟瀟午夜鳴山竹，如在春江聽打篷。

期友不至

長日閒吟步紫苔，流光轉眼熟黄梅。雄風豪雨將春去，濁垢深泥少客來。老柘葉稀愁繭瘦，草田水漫厭鶬催。題詩問訊王文學，懷抱何時一笑開。

風雨連日閉户默坐懷思可知忽翠濤軒以筍蔬之惠走筆答之

春事都隨逝水東，不堪日夜雨兼風。龍歸海浦沈雲墨，鳥啄櫻桃落子紅。老境詎言詩有債，醉鄉誰謂酒無功。鮭蔬向賴西鄰筍，甆缶時將五尺僮。

集句題水仙圖

秋水爲神玉爲骨，山礬是弟梅是兄。恍然坐我水仙府，吾與汝曹俱眼明。

雜詩五首　以下見《玉山雅集》。

三月南江渡，行春屬晚晴。留連花下舄，釃酒待潮生。

開船收雨色，新水逹春江。鸂鶒元無侣，雎鳩自一雙。

青天歸雁喜，密樹坐鶯深。落日春愁裏，懷人浩蕩心。

城門踏青草，城下楊花度。荒壠無耕人，三月輸官賦。

近江喬木裏，彊半棣華栽。葉覆青青蔓，相沿別樹開。

倣李商隱一首

花落銅盤蠟炬融，透迤春色照芙蓉。當筵行酒金釵側，隔座吹笙繡幕重。已有鸞刀飛鱠縷，未須翠釜出駝峯。夜深環佩雲中過，宛在瑶臺月下逢。

登澱山寺

一上湖南澱山寺，寺門高開秋樹顛。下界雲煙惟一氣，八方樓閣駐諸天。無風靈籟時生壑，深夜神龍或起淵。我獨題詩此臨眺，寥寥宇宙幾千年。

懷友

□夏夜景静，齋閣臨前池。當檐素月流，舉扇涼飔吹。參差丹棘花，婀娜紅蓮枝。玉人美無度，耿耿勞我思。

江水辭送友人之龍江二首

江水一百里，南風一日程。飛華多意緒，相逐柂樓行。

江水五百里，上有蘭與芷。采之遺所思，含情似江水。

采蓮曲和鐵厓先生二首

刺船水中央，攏船乘晚涼。近番灘上過，葉裹好鴛鴦。
盈盈藕上花，采采墮清淚。願將心中絲，繫君雙玉佩。

踘踘篇和鐵厓先生二首

江南稚女顔色新，百花樓前踘繡輪，紅蕖小襪不動塵。不動塵，放嬌態。微風來，舞裙帶。
芙蓉小踘踘曉風，金璧步揺聲丁冬，繡衫窄窄交斜紅。交斜紅，露玉腕。揮紫綿，浥香汗。

草堂紀事二首

六月四日登草閣，雲薄林深暑氣消。無賴野鶯飛箇箇，不知風雨一朝朝。
池上戎葵高一丈，白白朱朱復可憐。近報彩舟來浦口，頻開金餞向花閒。

過沙湖賦竹枝詩

白沙湖頭月色新，白沙湖裏水如銀。可是吴宫雙玉管，聽得一聲愁殺人。

題萱蝶圖

堂前萱草散滿地，朶朶幽花也可憐。絶愛篔簹相映帶，生憎蛺蝶舞留連。

和靖看梅圖

西泠橋下林家墓，猶有舊時無數花。孤雲何處雙飛鶴？落日鵁鶄滿白沙。

舟中三首

潮發江門百餘里，曉過芙蓉湖上頭。嫋嫋秋風吹欅柳，層層雲氣蓋船樓。

無聲星光駕秋色，即看露氣薄人衣。逶迤流吹天頭落，潑剌驚烏樹裏飛。

天河垂地月光白，荻岸秋連野水青。浪静野漚來片片，櫓摇楓葉下冥冥。

渡吴淞江

九月渡江江水落，荻花岸岸與秋連。沙橋攲側平當樹，江鶴翻回巧觸船。

送姚子華浙東帥府掾

掾郎辟舉南州掾，炳炳才名早歲收。幕府簡書閒白晝，戟門旌旆卷高秋。花開擬上瀛洲看，酒熟頻爲鑑曲遊。北來或有雙魚使，煩寄新詩寫我憂。

和鐵厓西湖竹枝詞 以下補遺。

江頭竹枝青復黄，纖纖織作養蠶筐。乍可採桑南陌上，不願黄金逢貴郎。

送瞿惠夫青龍鎮學官二首

山雨蕭蕭夜轉多，思君别後定如何？帷犀怪底時時動，池上東風生緑波。
雲影垂江護晏陰，題詩東閣曉寒侵。便須騎馬迎君去，街上青泥三尺深。

題宋楊補之墨梅

繁華漸覺枝頭少，冷蝶寒蜂盡不來。寄語春風莫相妬，明年還我最先開。

空谷先生俞遠

遠字之近，江陰鳳歌鄉人。隱居教授，自號空谷，因稱空谷先生。身癯神骨秀竦，目光燁燁，好著小冠，戴方山椶笠，衣白綺裘，儼然神仙中人。行出，一市盡驚。至正壬辰，鄉寇竊發，所過殘毀。乃築土爲室，嘯歌其中，長吟短詠，語必驚人。如《龍門桐歌》、《小石灣行》、《澄江八景》等篇，傳誦人口。所著《豆亭集》、《學詩管見》。嘗自序其詩曰：「蟲之薨薨，鳥之嚶嚶，機動籟鳴，豈得已、不已乎？不得已乎耳！」卒年七十二。同里王逢挽詩云：「襄陽一耆舊，東魯古先生。」蓋重之也。

挽王菜亭庫使 王逢之父。

客行天下半，波流日滔滔。卓然王幕長，獨詣見所操。西風吹黄鵠，瞥眼雲中翺。無彼升天翼，欲飛詎能高。讀律三十年，弗離州縣勞。歸休青山郭，緣溪置屋牢。種瓜以爲業，不復求其曹。饌甘盤有魚，飲旨尊有醪。兒賢曲奉養，末慕樂陶陶。奈何百年期，歘忻變號咷。望見雙梧樹，我每涕沾袍。梧樹奚足悲，回躅於焉韜。

遊小石灣

前年遊小石，小石之下江悠悠。今年遊小石，江水只似前年流。江流日夜流不息，石根水齧成沙礫。主家銀瓶三尺高，長向江邊宴賓客。江邊雲木藏華構，主人不歸春鎖晝。開門掃地借一作措。鋪筵，舞影出闌驚雉雊。一春天氣今日佳，城中千人萬人來。步陣飄紅香散霧，撲面不去飛塵埃。移樽更就江流飲，酒光五色沙如錦。懸崖欲落未落處，挽客更坐毛髮凛。青天龍挂東海門，颶風忽來天晝昏。白波如山潑山鼻，坐恐此地爲江吞。金支翠旗光閃灑，冉冉靈胥騎白馬。我欲招之招不來，大鯨噓紅射盞斝。此景向來良不佯，丈夫跌絶婦女愁。手中横竹孤鳳叫，日脚迸落蘼蕪洲。眼空高興不可遏，割肉大啖湯沃雪。風休月出浪復止，小娃强歌聲不悦。我言小石天下無，衆客相顧皆胡盧。説東洛，談西湖，我請謝客客莫誣。西湖白鶴去不返，東洛看花生已晚。

澄江八景

蓉城曉煙

落月昏昏城樹白，山煙一帶接閭居。天高樓鼓晴先覺，江近籌香潤不除。刁斗營前看洗馬，轆轤井上聚穿魚。蓬萊有約蒲帆重，欲問麻姑借羽車。

巫門夜雨

巫子門前沙擁波，泊舟黑夜雨滂沱。龍呼匣劍辭人去，鳥作飛車送鬼過。翦燭頻昏抄細字，看天未旦起狂歌。玉關何處頭如雪，明月長竿還挂蓑。

海門賓日

天在海門東復東，星移河落日曨曈。三聲雞唱齊州白，五色鸞翔弱水紅。舟楫盡登揚子岸，衣冠應滿太空宫。寸心老我傾葵藿，扣缶狂歌兩鬢蓬。

孤山釣月

大江春石是孤山，山下漁人戴鶡冠。花發廣陵忌捩拕，水吞雲夢好持竿。珠光電轉龍堂晝，玉屑空飛兔臼寒。一曲菱歌歌遽止，馮夷按節鼓狂瀾。

石灣春霽

春月少晴晴即風，石灣今日好春融。已憐野水添杯緑，更有雜花開樹紅。錦帳移厨人簇簇，銀鞍並妓馬瓏瓏。擊壺錯按《伊州弄》，句落鷗波浩蕩中。

揚子秋濤

大江日日潮流地，八月飛濤天半來。高蹴一門危立海，散馳千道殷崩雷。鳥驚斷磧都相失，鯨挂横山不及回。寄語北來能賦客，江南奇觀遲登臺。

沙嶼晚渡

吴山望斷楚山蒼，江北江南一葦航。野屋半開人慘澹，征車相次馬玄黄。羽竿風急回鳴鶂，魚笱燈微隔樹桑。指顧揚州莫惆悵，燕姬樓上勸飛觴。

淮甸晴眺

廣陵南盡是長川，山隔川流不隔煙。一騎看花來闕下，千帆轉葉上天邊。漚波雁磧芻蕘合，豚穽雞塒井絡懸。我住孤城愁偪仄，定來釣弋過殘年。

清隱軒

讀罷《黄庭内景》篇，道人風度亦翩翩。山中呼酒唤明月，天上賜衣生紫煙。啼過宫鶯春幾度，飛歸遼鶴世千年。向來書榜詞林客，可怪逢仙不學仙。

會稽外史于立

立字彦成，號虚白子，南康之廬山人。故宋名將家，幼明敏博學，通古今，善談笑，學道會稽山中，得石室藏書。遂以詩酒放浪江湖間，長吟短詠，有二李風。近體五言如：「水回嵐氣合，風度竹聲遲。」「香挹花間露，涼生葉上風。」七言如：「荷露襲衣涼冉冉，桐陰轉户月疏疏。」「近人月色如相識，照水花枝若自憐。」皆天然佳句。愛吴中山水清曠，因寓居之，以玉山草堂爲行窩焉。鐵崖謂其人如行雲流水，無所凝滯，游方之外者也。

桐軒曉坐

□□東軒樹，微飈散清影。涼生□□移，露滴秋陰冷。寥寥鳴鳳來，歷歷啼烏静。徘徊未成□，月明下金井。

題趙仲穆畫馬 一作臨李伯時鳳頭驄圖。

房星夜入水，龍馬出渥洼。西來幾萬里，進入天王家。公子重毫素，慘淡生風沙。明時不用一作好。武，終然駕鼓車。

次韻鑑中八詠

種山

青山削芙蓉，上有浮雲生。窈窕俯長流，逶迤帶重城。朝光散霞彩，暮色涵空青。鴟夷去不回，遺爾千古名。

三山

蓬萊失左股，負以垂天翼。中有仙人居，珠宮燦瑶席。凝雲不飛去，化作輪囷石。彈琴坐石上，長憶三山客。

崇山

會稽山水國，崇山幽事多。當時觴詠處，春淨花顏酡。磊落黄金罍，玲瓏白玉珂。行樂須及時，美人在丘阿。

梅山

梅山如積翠，的礫手堪捧。遥遥仙人尉，盤盤故時隴。丹泉清可鑑，石乳甘於湩。行將解塵纓，於焉蹈高踵。

鑑湖

我愛鑑湖水，明如照膽銅。澄清若有待，渾濁那能蒙。當時賀知章，富貴如苓通。豈無一畝地，來築仙人宮。

古城

驅車曉行邁，行行出郊郭。斷岡屹崇墉，虛籟殷靈壑。雨深瑤草長，風定松花落。西山有爽氣，逍遙倚晴閣。

縹碧樓

樓居本高明，況在松竹間。溪流深幾尺，新雨過前山。浮雲多變態，好鳥亦間關。偃蹇樓中人，對酒還開顏。

芬陀室

視心如蓮花，淨明涵十虛。出泥本無垢，露體皆真如。大千入一息，晏坐忘百須。陶公雖飲酒，時能到林廬。

釣月軒

夕息西軒陰，頗愜濠上景。持此明月鈎，投竿釣清影。流螢飛暗度，幽鳥棲還警。遊鱗亦復來，露下芙蓉冷。

芝雲堂以古樂府分題賦得短歌行

白日苦易短，百歲良非長。今日花間露，明朝草上霜。黄河無停波，浩浩東入海。弱水隔神山，靈藥何由採。羲和總六轡，蒼龍挾其輈。回車謁王母，蛾眉生素秋。虞淵沈暮景，忽在扶桑顛。孰知青天上，年年葬神仙。尊中有美酒，瀲灩浮春香。調笑青霞侣，嬋娟紫雲娘。今日不飲酒，奈此白日何？來者日益少，去者日已多。太極那能窮，渾沌不可補。不如醉鄉人，一息同千古。誰云刀圭藥，可以養神骨。天運未可期，且盡杯中物。

梧竹謡 並序。

雲臺外史題梧竹堂樂府，多道梧而略於竹，豈愛惡有不同耶！用續其語以補其闕云。

鳳來住高梧，枝高梧葉老。秋風吹月明，夜夜栖啼鳥。不如池邊竹千尺，露葉霜筠照寒碧。今年結實苦未多，明年實多鳳來食。

碧梧翠竹堂以碧梧棲老鳳凰枝分韻得枝字

新陽散微雪，薄靄凝春姿。逍遥桐軒下，命侣酬芳時。輕風蕩微和，酒面浮晴漪。娟娟明月鉤，挂在珊瑚枝。

湖光山色樓以凍合玉樓寒起粟分韻得樓字

凝雲變晴景，積雪滿山丘。公子延綺席，美人迴綵舟。逶迤度飛閣，窈窕接層樓。微飈散輕靄，寒光抱空浮。勿云歌鐘樂，適爲寠者憂。願言均此施，榮名及千秋。

題天台採藥圖

天台之山，千崖萬䆴。下壓玄陰之九壘，上通青天於一握。長松古檜陰森蔽白日，飛湍懸瀑澒洞振巖壑。窮搜遠討不可極，中有仙人在寥廓。褰衣澗曲者誰子？似欲長往窮冥漠。石橋流水定何處，鳥啼春暮桃花落。但見霓旌飄飄集仙侶，丹光翠色映樓閣。授子素書仙可學，況有瓊漿與靈藥。雲霓衣裳霄霧樂，瑤牀玉枕真珠箔。此中居處良不惡，胡乃區區念城郭。世道日偷民德薄，變轉更遷如六博，人間不似山間樂。嗚呼！人間不似山間樂，胡爲丁令歸來化爲鶴。

至元戊寅四月十九日風雷大作村民以爲龍王嫁女予作詩以紀之

西一作東。方龍君一作王。嫁龍女，雷車彭彭載風雨。神奸夜邀髑髏語，碧草無光愁露渚。鮫人獻綃珠淚泣，一作「幽宮沈沈精爽入」。鸞裾行煙翠痕溼。阿鬟嬌小不成妝，帝與桑田湯沐一作「作湯」。邑。臙脂紫玉一作土。吹海腥，陽侯擊浪玻璃聲。湖邊地皮薄如紙，長堤卷作長河水。

夜夢家兄又夢陳敬初

我來與君同作客，前年共住江邊宅。君騎快馬事遠遊，我亦流離去鄉國。君家慈親猶未老，眼前骨肉仍相保。三人兄弟何人強，之子文章最稱好。我家老兄浙水濱，老兄比弟家尤貧。五年零落不可見，迢迢歸夢還相親。人間夢中相爾汝，傍人不知夢中語。起來明月滿虛庭，丹楓墮影天霜雨。秋風江上生白波，秋江蕭蕭鴻雁多。遲君不來知奈何，聊復慷慨成悲歌，聊復慷慨成悲歌。

題顧仲淵煙一作棲。雲軒與玉山同賦

玉峯連天向天起，秀色盤迴一作桓。三十里。寒翠淋漓溼窗几，影落明湖一泓水。明湖之水清無底，幽人結屋湖光裏。溪南溪北花陣迷，舍東舍西山鳥啼。夜來東風雨一犂，滿川煙霧春雲低。春雲無心無定據，長在幽人讀書處。未肯從龍行雨去，窗前且伴幽人住。

題虞瑞巖白描水仙

流洲之君號中黄，珊冠翠帔懸明璫。通明宮中拜帝觴，帝遣換骨生天香。醉後横斜踏明月，月明零亂如冰雪。爲傳清影落人間，化作幽芳更愁絶。官車曉過西陵渡，貝闕珠宮鎖煙霧。君王十二玉闌干，玉盤倒瀉金莖露。江風吹斷舊繁華，年年十月自春花。寫成幽思無人省，持獻瑶池阿母家。

題從子倫畫山水

我本山中人，頗有愛山癖。何人寫秋山，秀色如可食。天河露下秋漢白，挹露磨空洗秋色。炯如洞庭水浸青芙蓉，倒影天光湛空碧。又如飛龍天外來，鱗鬣森森插霜戟。遠嶼瀰茫隔煙浦，冷雲溼翠愁痕古。便從海上訪三山，又恐征帆迷處所。若耶溪，在何處？歸去來，山中住。道逢仙人紫綺冠，指點丹崖是征路。寄書松竹問平安，莫嫌老子來遲暮。

玉笙謠玉山席上贈周生時鐵厓同賦

十三學神仙，十五能吹笙。仙人王子晉，同上鳳凰翎。丹山鳳凰十七聲，鈞天按節皆和鳴。西遊瑤池謁熊□，董家雙成最娉婷。桂殿初涼溼秋露，鵝管吹煙隔輕素。縹緲新聲汎紫霞，□曲每得周郎顧。鐵厓仙人橫鐵笛，幾度周郎蒙賞識。同向維山弄月明，九點齊州暮煙碧。

題米元暉墨山

生來墮塵網，苦爲塵網縛。暇日起我早，騎驢出東郭。城門老人髮半垂，問我騎驢何所之？爲言欲向山中去，茅屋正在清溪湄。山中之人面如玉，手把素書跨黄犢。石泉夜煮茯苓香，滿屋秋雲邀共宿。綠蘿曉月懸松風，縹緲惟聞煙外鐘。十年往事一回首，已隔雲山千萬重。潦倒狂吟頭半白，把卷令人念疇昔。石田瑶草近如何？題詩好寄山中客。

題錢舜舉畫青山白雲

吴興山水天下無，吴興畫手天爲徒。天河染露洗空碧，輕煙薄素開新圖。白雲欲散松風起，迥如丹丘隔海雪後寒模糊。溪光倒影丹翠溼，又如洞庭水浸青珊瑚。緑蘿吹香挂秋月，小橋野逕相縈紆。行人遥遥向何處，丹崖石檢或有仙人居。溪山如此無不好，築屋臨流可投老。春雲秋露石田腴，我欲耕煙種瑶草。

題熊自得畫丹巖圖

混沌夜死元氣裂，煉石穿絲補天缺。誰將餘鞴鼓八風，一點元精鑄明月。顧兔飛上天，清光缺復圓。嫦娥抱影空嬋娟，一朝影落松風顛。古佛龎眉兩癯肩，築室勘道來何年。摩尼寶光照濁水，天花散落香爐煙。溪上青山不知數，日日春風長蘭杜。褰衣便欲問真源，斷猿疏雨青林暮。松雲仙人披錦袍，爽致寫入猩猩毛。一川晴靄動空碧，萬壑翠氣翻雲濤。手攜緑綺琴，爲子彈鳴臯。金樽瀉酒對山月，仙之人兮如可招。仙之人兮如可招，汗漫與子同遊遨。

擁翠堂詩卷

幽人結屋江邊住，俗聲不到題詩處。門前惟有樹扶疏，簷間只許雲來去。落花如雨東風狂，緑陰滿地春茫茫。一聲啼鳥驚夢破，翠屏淺印煙峯長。海綃輕薄煙霏暝，空碧無痕湛清影。天風吹落竽籟寒，嵐光溼透衣裳冷。我生已有遺世心，便欲長往窮幽尋。微茫樓觀不可到，雲林冥冥苔碧深。

贈松崖隱者

滄江之水清如空，長林沓嶂高巃嵸。何人於此憩幽寂，白雲滿地迷行踪。層崖蒼蒼如積雪，巨靈手擘芙蓉裂。蒼官鬚鬣老歲寒，地位清高兩孤絶。根蟠重陰神鬼會，節抱太始冰霜結。上有六月天風聲，下有百尺之玄冰。門前夜半山月落，子規叫絶煙霏冥。隱君此意人莫識，高比青松堅比石。石上薜蘿聊可衣，松根茯苓誰與食。隱君隱君百不憂，子之於世知何求。棟梁砥柱或見用，萬牛回首如山丘。

范寬小雪山

山人昔日住山中，山中酒熟蒲萄紅。山人醉卧呼不醒，浩蕩十日吹天風。夢駕天風度寥泬，貝闕珠宫互明滅。玉龍千尺擁冰髯，手挹銀河弄明月。仙人勸我金屈卮，更吹白玉雙參差。東風琪樹花如雪，千片萬片凌空飛。怳怳魂神逐煙霧，起來却踏孤山路。瑶華滿地不堪拾，騎驢直上梅花墓。范寬善畫老有神，恍然見我夢中身。煩君更向溪橋畔，爲寫當時踏雪人。

題張戡獵兔圖

八月九月天雨霜，北風吹沙邊草黄。騂弓白羽黄金鏑，虎皮蒙鞍懸兩狼。契丹小兒頭半秃，生來湩飲常食肉。彎弓射獵不遺鏃，阿鵵但遣韓盧逐。解鞍野食仍割鮮，止息還依沙草邊。同唱胡歌作胡語，醉來却枕穹廬眠。嗟哉爾醜良獨苦，致身三月如何補。縱然用作管城君，秦人少恩棄如土。

分得烏夜啼送朱長元赴膠州同知

城頭烏夜啼，還過上林棲。上林高樹多好枝，歸飛啞啞東復西。起看江月沈江底，使君遠遊中夜起。軟紅陌上踏青陽，快馬猶龍車似水。烏夜啼，啼送君。驅車出門風欲薰，東方日出如車輪。

題花蕊夫人像

玉屑丹砂和獺髓，一點殷紅養花蕊。冰肌玉骨自生涼，不信流年去如水。火旗曉壓降王道，貝闕珠宮長秋草。摩訶池上又西風，流紅不向人間老。

題蘇小小像

花宮玉燕啼酣春，春風勞勞驅夢雲。夢嗔夢喜春不聞，紅萱露滴真珠裙。夜燕玎玲隔窗語，碧紗凝煙咽金縷。行雲妬殺巫山女，芭蕉葉葉黄梅雨。

題桂花仙人

紫虚真人離紫宮，流光夜下如長虹。明珠結佩冠芙蓉，鈞天廣樂來相從。居然太虚幻爲月，中有瓊臺白銀闕。《羽衣霓裳》歌合節，玉杵擣碎黄金屑。金屑霏霏滿下方，倒吹露脚秋風香。齊州一髮煙微茫，但見萬國涵清光。

胡琴謡贈張猩猩 時西夏高起文同賦。

絳綃冪帳春雲熱，銀蠟揺光眼生纈。猩猩對客軋胡琴，紫龍銜絲度幽咽。新鶯出谷調高聲，間關瀉出春風情。珊瑚擊碎琅玕折，鳳凰夜叫離鸞驚。舞停回雪歌停扇，一曲《梁州》猶未徧。細數驪珠下玉盤，百尺冰絲貫成串。錦瑟無聲帝子愁，湘波揺江江倒流。西風忽起茯苓浦，吹下滿天鴻雁秋。張猩猩，更坐調一曲，玉軸銀絃再三促。爲君寫作胡琴謡，西夏郎官面如玉。

玉山佳處

春風昨夜起，吹蕩滄江水。幽人渺何許？一作處。乃在玉山裏。玉山秀色何崔嵬，滄江之水長縈廻。縈廻不盡遠山去，但見滿谷桃花開。草肥青野鹿呦呦，花下殘棋暮不收。鄰家野老長攜酒，溪上漁郎或艤舟。幽人讀書忘世慮，結屋山中最佳處。世上紅塵空白頭，束書我欲一作亦。山中去。

釣月軒以舊雨不來今雨來分韻得雨字

七月涼颸初破暑，秋聲蕭蕭在庭户。清新故人忽見過，契闊有懷何足數。西夏郎官好詞翰，中州美人妙歌舞。懸知野衲解談天，況有仙人能噀雨。金刀削翠藕絲長，緑房破繭蓮心苦。詩成脱穎或有神，酒令分曹聊可賭。殷勤素手累行觴，瀟灑清談藉揮麈。紛紛市上聚蚊兒，昌黎先生唾如土。

碧梧翠竹堂以暗水流花徑春星帶草堂分韻得徑字

玉山之堂俯吴甸，音盛。對酒憑高發清興。碧梧翠竹晝生陰，金盤蔗漿寒欲凝。亭亭雙鳳蹋長筵，寂寂孤鶯度深徑。請君更盡雙玉壺，絳蠟銀屏破昏暝。

以滿城風雨近重陽分韻得近字

梧竹幽深霜未隕，置酒高堂洗罍坌。菊英已泛紫霞觴，桂子尚飄金屑粉。春潮暈臉笑顔酡，遠山入眼修眉近。顛風折岳江倒流，人間何事糟丘飲。

漁莊

二月春水生，三月春波闊。東風楊柳花，江上魚吹沫。放船直入雲水鄉，蘆荻努芽如指長。船頭濯足歌滄浪，蘭杜吹作春風香。得魚歸來三尺强，有酒在壺琴在牀。長安市上人如蟻，十丈紅塵埋馬耳。漁莊之人百不理，醉歌長在漁莊底。

花游曲和鐵厓先生

煖雲著柳春濛濛，綿航兩旗楊柳風。美人娟娟錦船裏，約爍瞳人剪秋水。阿鬟養花花滿門，洗花染作真朱裙。窈窕行煙蹋煙步，野棠亂落麒麟墓。東風撲天驅馬來，露香翠泣鴛鴦杯。玉箸丁東鳴碧椀，鸞簫二尺猩紅板。瓊花起舞歌竹西，鐵崖酣春寫春題。幽緒不濕蜂蝶使，怨絶冰絲絃第四。便裁雌霓作雲箋，寫入花遊第幾篇。

送姚子章赴浙省計事玉山同賦

之子東遊去，神駒背若鴻。天樞黃道外，星使紫微中。北岫雲雙屐，西湖雪一蓬。重來舊遊地，談笑莫忽忽。

送趙克讓歸洛陽赴舉

聖化開元極，文星入上台。梁王尤好賦，賈誼獨多才。江草迎人遠，宮花近馬開。君門多雨露，得意早歸來。

平遠樓

對酒川光逕，鉤簷爽氣浮。地從天際没，水近日邊流。樹密煙藏寺，蘋生緑滿洲。幽人有佳興，於此一登樓。

題仲穆畫唐馬

大宛千里馬，朱汗翠連錢。夜秣玉關下，曉呈金殿前。横門花似雨，韋曲柳如煙。虢國争馳道，將軍避繡鞭。

題超覽樓

闌干超覽樓，高倚越王臺。水接三韓外，山從百粵來。御風涼滿袖，問月酒停杯。少待談空罷，登臨亦快哉。

聽雪齋以夜色飛花合春聲度水深分韻得飛字

暮雪密成圍，寒侵酒力微。度窗聞暗響，啓户見斜飛。漸覺明書幌，時來近舞衣。酣歌過午夜，香靄正霏霏。

歸越次鄭九成韻

雪消汀草碧，行子理歸舟。落日千山暮，清江萬里流。蕭蕭鳴去馬，渺渺没輕鷗。自笑清狂者，真成汗漫遊。

近詩數首簡玉山　一作《白鶴觀題寄玉山主人》。

我離一作住。城中五十日，念子終日不相忘。驛回隴首梅未發，雁過沙頭書幾行。田間雞黍酒正熟，霜後園林橘半黄。亦欲歸栖一作「後日東歸」。同一笑，一作醉。酣歌不減少年狂。

寄盧益修

山中舊屋近如何？想見涼雲長薜蘿。剡水舟回應載雪，山陰帖在可籠鵝。相思坐使歲華晚，顧影空憐月色多。惆悵何人賦《招隱》，淮南桂樹不勝歌。

題水竹居

隱君溪上茅齋好，遶屋竹林秋更清。放艇莫驚鷗鷺宿，吹簫還倚鳳凰鳴。一川夜月芙蓉淨，數畝涼雲薜荔生。俗客不來清晝寂，小窗瑶瑟間書聲。

暮春偶書

沈沈柳巷無行跡，惟見簾前落絮頻。小雨欲晴先釀暖，輕陰拂地不驚塵。已知春事無多日，解醉花前有幾人。深院時時剪刀響，倩誰裁製小烏巾。

用陳敬初雨中見寄有過湖别墅意

似聞茅屋傍清溪，楊柳青青水拍堤。醉裏不知家遠近，望中惟見樹高低。溪雲出洞欲行雨，江石穿波不染泥。何日扁舟過湖去，竹間取次著新題。

送柏子庭歸四明

東風夜起江花落，盪槳過江江水香。並人晴樹日杲杲，隔岸煙草春茫茫。題詩自有湯休句，載酒寧無賀監狂。菖蒲花發蒲萄熟，思爾令人意不忘。

題顧處士竹逸亭

徵君結屋玉山裏，箇箇修篁一尺圍。秋聲六月起蕭瑟，翠雨盡日生霏微。仙人或送青精飯，道士時來白羽衣。清觴雅瑟在盤石，坐看白雲天際飛。

玉山席上次曹新民韻

緑樹當門過屋高，滿溪新水繫雙舠。千林夜色懸青雨，萬頃晴雲捲素濤。鸚鵡傾杯傳翠袖，琵琶度曲響金槽。揚雄賦就風流甚，製得輕紅小褒袍。

玉山草堂以冰衡玉壺懸清秋分韻得懸字

芝草琅玕徧石田，採英擷秀入芳筵。白魚作一作斫。鱠明於雪，緑蟻傾樽吸似川。潭底行雲秋共迴，簷間高樹月初懸。山僧醉説無生法，金粟天花落滿前。

春輝樓以攀桂仰天高分韻得天字

飛樓高倚玉繩邊，兩兩青娥舞繡筵。北斗倒懸江動石，清秋不盡水如天。故人相見風塵際，此夜同看海月圓。明夕光華應更好，買花重上泛湖船。

漁莊以解釣鱸魚有幾人平聲字分韻得鱸字

波光月色淨涵虚，炯若清冰在玉壺。水檻夜涼棲翡翠，釣竿秋静拂珊瑚。杯行玉手瓊英酒，鱠斫金盤雪色鱸。書卷詩篇不知數，爲君題作輞川圖。

舟中作次玉山韻

落日清江好放船，西風滿棹未須牽。鯨鯢已静波澄海，鴻雁初來水接天。過眼風光如隔夢，近人風月也堪憐。歸來尚有黄花在，暫醉佳人錦瑟前。

寓月溪寄玉山兼懷德輔

玉山山中春又回，看春還又幾人來。堂前梧竹性所愛，溪上桃花眼見栽。顧況題詩皆好句，王褒作賦最多才。何時艤棹婁江曲，共聽彈琴坐石苔。

姚子章人回知騎從在杭即欲渡江一見遮中得書聞已歸玉山中遂成悵然因寄

聞住西湖十日還，冷泉亭下水潺湲。錢塘東去直到海，於越南來總是山。情逐斷猿明月夜，興隨孤鳥白雲間。玉山池館花無數，應待幽人一破顔。

漫興一首呈玉山主人

五月田家未足秧，壖邊水鶴近人長。溪流到海無百里，潮汛乘風矢萬航。春樹暮雲迷遠近，南山北斗白低昂。相思相見真如夢，莫惜題詩卧草堂。

送户部員外郎張君師允銓選

聖主當陽宁，文星冠甲科。經綸彌宇宙，帶礪誓山河。荆楚藩屏大，番禺職貢多。銓衡須遴選，郎署得逶迤。夙拜天書寵，俄聞使節過。後塵雲擁騎，前隊鼓鳴鼉。五嶺初消瘴，三江漸息波。柴桑訪遺逸，廬阜入吟哦。地遠雲雙翼，天空海一蠡。庭闈情最切，鼎鼐味應和。還直青綾被，重鳴白玉珂。歸來宣室夜，前席問如何？

秋華亭以天上秋期近分韻得期字　並序。

至正十年七月六日，玉山主人置酒小東山秋華亭上，歌舞少間，羣姬狎坐庭中。時夜將半，秋聲露氣在竹樹間，曲水縈帶山石下與銀漢同流，翛然若非人間世。因分題賦韻如左。

溪上新亭絶蕭爽，四簷高樹碧參差。香浮金粟秋盈把，涼沁瓊花月滿枝。路近東山深窈窕，水通遥漢共逶迤。銀瓶細瀉深杯酒，羅扇新題小字詩。曲倚瑶箏聲累咽，歌停翠珥舞頻攲。露零菡萏枝枝謝，風入梧桐葉葉吹。每憶天孫候河鼓，更煩星使問秋期。道林明日難爲别，更約山公醉習池。

題東山圖玉山同賦

不起謝安石，其如天下何？向來遊賞地，芳草落花多。

響屧廊

山中老禪寂，同坐説吴王。時有風前葉，錚然下屧廊。

題敬仲竹木

洞庭秋盡水層波，光動珊瑚碧樹柯。夜半仙人騎紫鳳，滿天清影月明多。

題墨雁

黄沙衰草雪毿毿，八月天山冷不堪。昨夜朔風吹過影，盡將秋色到江南。

題山居圖

千澗淙淙一逕通，長松盡入白雲中。徵君更在山深處，滿谷桃花爛熳紅。

題高宗詩意便面

當朝山色尚煙嵐，近侍承恩罷早參。邊奏不來春殿寂，自將情思寫江南。

題趙子昂桃花馬

學士當年侍武皇，詔騎天馬入明光。上林三月花如雨，吹落金鞍片片香。

題松石

匡廬道士山陰住，遶屋青松箇箇長。溪上一番春雨過，白雲滿地茯苓香。

題胡環瘦馬圖

堅昆此去幾萬里，荒草黄雲連白沙。到得單于臺下日，暖風開遍地椒花。

題陳閎畫唐人呈馬圖

大宛直在玉關西，萬里風沙入駿蹄。一自殿前隨仗立，垂頭不肯向人嘶。

題趙松雪楚江清曉

曾從江上繫孤舟，渺渺清江萬里流。兩岸青山春正曉，一聲嗚櫓下揚州。

題趙千里臨李思訓煎茶圖

山風吹斷煮茶煙，竹外誰驚白鶴眠。寫就淮南《招隱》曲，松花離落石牀前。

題李遵道古木新篁

山中昔日藏書處，無數珊瑚並石根。海上樵夫都不識，斷雲蒼蘚長秋痕。

題陶穀郵亭夜宿圖

行春使者惜春華，處處春風楊柳花。不向江南望江北，却將恩怨屬琵琶。

題王元章梅

老鶴歸來不受呼，野橋江樹雪模糊。西湖處處皆桃李，省識春風到畫圖。

題墨竹

先生舊隱鑑湖曲，無數琅玕遶屋生。蕭蕭六月動秋思，不是風聲即雨聲。

題柯石

千巖夜半風雨裂，古劍斫石生銅折。寒潭影動月崢嶸，碧蘚淋漓老蛟血。

題邊伯京畫萱竹雞鵪

雲根翠竹依蒼石，溪上戎葵映碧流。自是鴛鴦元有侶，不因芳草解忘憂。

題錢舜舉畫雞冠花

玄霜冷漬丹砂汁，翠羽離披紫霞溼。金烏海底浴神光，絳幘雞人露中立。

觀牡丹有感

摇摇紅影一作霧。一枝斜，看舞東風兩髻娃。堪笑年年未歸客，借人池館賞春花。

寄陳敬德

郭外何曾有杜鵑，客中情緒自堪憐。清明過了梨花謝，風景依然似去年。

水殿圖

羊車欲過玉闌東，雉扇微開水殿風。白鳳徘徊金井月，涼陰半在碧梧桐。

和西湖竹枝詞二首

儂家住在湧金門，青見高峯白見雲。嶺上已無丞相宅，湖邊猶有岳王墳。

楊柳樹頭雙鵓鴣，雨來逐婦晴來呼。鴛鴦到死不相背，雙飛日日在西湖。

湖光山色樓口占四首

長煙落日孤鳥没，野岸平疇新水多。有客倚欄成獨嘯，白蘋洲上起漁歌。

團團緑樹野人家，一道官河紫楝花。柳外時時啼布穀，林間軋軋響繅車。

秧地已是三時雨，草閣風生五月涼。薝蔔開花渾似雪，枇杷著子已全黄。

晚煙晴樹遶樓臺，别溆荷花遠近開。芳草茫茫隨地遠，野帆片片向人來。

柳塘春口占四首

江浦雪消楊柳春，檻下新水碧粼粼。嫁得東風最輕薄，吹蕩柔條拂著人。
正月已盡寒未收，柳塘曲曲帶平流。青絲銀瓶送美酒，赤欄畫橋横釣舟。
日落大堤楊柳明，棲烏也復可憐生。若待清明花似雪，風光多屬上林鶯。
嫩緑新生楊柳枝，輕風故故向人吹。春波不盡東流意，折得柔條欲遺誰。

漁莊欸歌二首

芙蓉千樹齊臨水，橘柚滿林都是霜。飲罷玉人歸别院，只留明月照漁莊。
對酒清歌窈窕娘，持杯勸客手生香。袖中藏得雙頭橘，一半青青一半黄。

泊閶門次玉山韻

渌水秋風蕩槳船，白蘋洲上月初弦。清光半入紅窗裏，照見羈人夜不眠。

玉山佳處聯句 並序。

十九日玉山主人與客吴水西卧酒不能起，余與元璞坐東廡池上。清風交至，竹聲荷氣，清思脩然，殆非人間世。因與聯句若干韻，不知二公在華胥夢中，亦有此樂否？書之卷中，以索二公一笑。

玉山山中清晝長，偶來池上據胡床。立。桐陰竹色不見日，水氣荷風多是涼。琦。魚度波心行箇箇，鶴來林下舞蹌蹌。立。嫩篁承宇清摇幘，文藻縈波緑映裳。琦。每愛湯休詩句好，獨憐賀監醉時狂。立。結飯輸香積真成愧，酒送金莖或可嘗。琦。冰盤泠泠寒欲凍，蓴絲細細滑仍香。立。濯纓聊復㪺清溜，結佩還須擷野芳。琦。世上黄塵方没馬，山中白石忽爲羊。立。詩成醉卧不知處，翠雨霏霏滿竹房。琦。

鄭鍊師守仁

守仁號蒙泉，天台黄巖人。幼著道士服，長遊京師，寓蓬萊坊之崇真宫，不事干謁，齋居萬松間。一夕大雪填門，蒙泉讀書偃卧自若，京師號爲獨冷先生。至正間，出主白鶴觀。詩多失傳，僅見《玉山雅集》。

登桑乾嶺迎達禮部

曉發桑乾嶺，行行路入雲。衆山皆在下，惟我獨超羣。驛騎天邊出，楊花樹杪分。老僧邀茗伴，坐石共論文。

和句曲張外史韻寄上清薛外史

明月照寒水，清霜積厚冰。知君多念我，爲客獨依僧。湖海十年夢，詩書半夜燈。忽聞江國雁，寫寄剡溪藤。

危太樸應奉壽

華蓋山前爽氣浮，瑞鍾人品最清修。汗青筆力齊班馬，太白神光焕斗牛。絳闕早朝香滿袖，玉堂夜直月如鉤。春風道上看紅藥，政是斯文獨步秋。

和劉遵道僉憲韻題開玄道院呈王真人

龜溪溪上開玄館，玉靈仙人別洞天。金碧樓臺深翠裏，畫圖城郭淡煙邊。桃花春晝霞千樹，暖日東風錦一川。人在歸根亭上燕，香飄外國羃林泉。

鳳凰臺和李御史韻

夜深烽火東城鼓，步絶金蓮春筍泥。千載王風天轉北，六朝文物日沈西。江浮漢地淮山小，鳥没吴雲宫樹低。獨足不同鵁鶄去，雲臺今此讓烏棲。

和吴大宗師九日迎駕龍虎臺韻

深秋黄道翠華開，輦路清光被草萊。一地行宫成玉陛，九天明月照金臺。班趨文武紅雲合，樂奏簫韶彩鳳來。至正明仁希歷代，詞臣樂頌太平回。

送任生之松江從學

爾翁與我同兄弟，乃父論交亦友生。愧我江湖空老大，喜君頭角又峥嶸。早看器識如劉晏，還擬文章似禰衡。春雪一篷波萬頃，柳條青眼總離情。

上京懷張外史

兩冬爲客住龍沙，長憶西湖處士家。昨夜不知身萬里，短窗明月夢梅花。

和沈自誠孤雁韻

海國風高失薊雲，聲聲哀怨不堪聞。自憐片影荒城月，肯爲飢寒向別羣。

和貢泰父待制上京即事二首

野韭青青黃鼠肥，地椒細細白翎飛。郎君怯薛今朝出，請得官錢買酒歸。
金鞍寶馬女郎騎，笑擁香車出内時。齊到五雲新月下，舉鞭相向始分離。

雨中海棠分韻得肉字

花神泣向臙脂國，淚浥紫綿紅沁肉。沈香亭北錦屏寒，太真政在華清浴。

子庭禪師祖柏

祖柏號子庭，四明人。寓居嘉定，宋史魏王之後。幼從禪學，嘗住慧聚寺。以畫蘭與普明齊名，所居曰「不繫舟」。子庭能口辨，有詩名。浪迹雲遊，乞食村落，對人不作長語，間雜諧調。其嘲遊虎丘云：「家家恕齋字，户户雪窗蘭。春來行樂處，只説虎丘山。」蓋謂吴下游賞，動輒必登千人石，一時争尚班恕齋所作字及僧雪窗所寫蘭故也。一日，偶觸某官騶從，縛至，知其爲子庭也，命賦所張蓋。應聲曰：「百骨攢來一線收，葫蘆金頂蓋諸侯。一朝撑出馬前去，真箇有天無日頭。」因笑而釋之。後至元丙子，松江亢旱，府官遣吏齎香帛迎請嘉興方士沈應元雷伯結壇仙鶴觀，行月孛法，下鐵簡於湖泖潭，日取蛇燕焚之，了無應驗，羞赧宵遁。子庭有詩，其一聯云：「誰呼蓬島青頭鴨，來殺松江赤鏈蛇。」聞者絶倒。丁丑夏，民間訛言朝廷采取童男女，一時嫁娶殆盡。子庭作詩云：「一封丹詔未爲真，三杯淡酒便成親。夜來明月樓頭望，惟有姮娥不嫁人。」其滑稽類如此。

秋夜長簡玉山

秋夜長，秋夜長。青燈半炧，玉漏未央。雲葉颸影，露華凝光。爲問湖陰柳，應有長條刺釣篷。

題松溪漁隱圖

老樹驚鵲，枯莎怨螿。幽人對景炯不寐，西風一疊神凄涼。我欲渡，河無梁。我欲濟，津無航。攀鱗附翼愧凡骨，化金點石無仙方。腰金秉象兮我貌弗揚，剸蛟縛虎兮我機弗張，有弓無由挂扶桑。夜光明月孰辨昔那子，黃河太華誰是今歐陽。天寬地大若無礙，無處可著詩人狂。西風再疊兮形無爾傷，黃鵠可跨兮蒼虬可驤。南箕可簸兮北斗可漿，所不可以智力而致者惟命之常。何聖賢亦不能免於厄兮，或毁於臧，或畏於匡。然大人虎變有不可得而測者，豈非尋常之中而有築巖之傳，釣磻之呂，卧廬之亮，納履之良者耶？西風三疊兮聲始洋洋，黃金滿地山花香。呼童重洗琥珀觴，籬菊已露螯已霜。樂天知命兮吾亦從此逝矣，相與忘形乎無何有之鄉也。歌欲斷，夜將半。拔劍起舞無人伴，却對嫦娥影淩亂。君不見芙蓉曉夢萬花酣，有人却恨春宵短！

暮春雍熙寺訪沈自誠不遇

暇日遠相問，古寺幽且深。青苔餘華落，雙樹一鶯吟。爐存散微篆，茗熟獨成斟。明當持山酒，慰子客居心。

題趙仲穆看雲圖

舊遊清苕上，愛看弁峰雲。稍將春雨度，始見遠林分。起滅悟真理，逍遥遺世紛。於焉自怡悦，永懷陶隱君。

虎溪三笑圖

境緣心妄起，心悟境自忘。三老同一笑，物我兩茫茫。月照清溪水，風散白蓮香。無端一笑已，千古笑何長。

題倪雲林爲韓復陽寫空山芝秀圖

每憶雲林子，隱居清且閒。搴裳采芝秀，倚杖自秋山。微雪松陰暝，青苔石上斑。韓康偏有意，時復到柴關。

誠道原溪山晚靄圖　道原隱於芝阜。

微雨過溪上，青山草閣前。牛羊知返徑，童稚喜歸船。煙樹村村鳥，春泉處處田。披圖憶芝草，頭白尚安眠。

戲題陰涼室堦前芭蕉

新種芭蕉繞石房，清陰早見落書牀。根霑零露北山潤，葉帶溼雲南澗涼。得地初依蒼石瘦，抽心欲並綠筠長。雨聲夜響巓崖瀑，晴碧朝浮海日光。樗櫟自慚全壽命，梗楠合愧托巖廊。觀身正憶維摩語，草字寧追懷素狂。白晝棲遲吾計拙，青霄偃仰汝身强。歲寒要使交期在，莫畏空山有雪霜。

題玉山主人壁

杖錫穿雲雨溼衣，我來君出兩相違。君邊聽得仙童語，學士朝朝向晚歸。

朝命移栽栝子松於内苑

大夫去作棟梁材，無復清陰覆緑苔。今夜月明風露冷，悮他千里鶴飛來。

題自寫菖蒲二首

盆泓淺淺映幽叢，緑髮倚倚墮鏡中。瀟灑憑誰供拂掠，澹煙微雨及清風。

雲骨溪毛瘦不禁，井花濯濯翠陰陰。閒來坐對清詩眼，月落半窗風露深。

效劉屏山作十二相屬歌

鼷鼠不發千鈞機，釁鐘無罪牛何之。大人虎變不可測，狡兔死窟元來痴。龍梭懸壁風雷起，常山蛇行首應尾。服車良馬時使駛，觸藩羸羊勢然耳。楚人冠猴事有無，雞肋取食難爲圖。彘彘堪笑喪家狗，慎勿遠效遼東豬。

蜀時圩公本誠

本誠初名文誠，字道元，一作原。後名道元，字覺隱，嘉禾語溪人。住興聖禪寺，嗣法虚谷陵禪師。又主本覺寺，寓吴下佳山水間。居無常處，以詩自豪。與天隱至公、笑隱訢公詩聲相埒，呼爲詩禪三隱。天隱先化去，師與笑隱洪武初尚在，有文集行世。道元喜詼諧，常與程渠南同食蕈，道元囑賦，渠南應聲云：「頭子光光脚似丁，祇宜豆腐與波稜。釋迦見了呵呵笑，煮煞許多行脚僧。」聞者絶倒。又善書，山水學巨然，翎毛竹石俱有灑脱之韻。自云吾嘗以喜氣寫蘭，以怒氣寫竹。每畫畢，輒喜題跋其上。自稱輔成山人、大同山翁、凝始子，或詭言「蜀時圩公筆」云。

感興二首

賢士志弘廓，不以官拘身。達士理明徹，不以身拘神。百年在瞬息，營營徒苦辛。華表鶴歸來，城郭非舊人。冥心合元化，庶以全吾真。

清晨入鄽郭，閭巷溢車馬。駢哄喧市塵，茫洋萬人海。父老里中舊，殷勤共迎迓。亦有諸弟昆，更互陪語坐。世故論萬端，喧哇雜碎瑣。大要在功利，餘一無所解。勉强相酬酢，意會無不可。但念道不同，語久若聾啞。不如返吾廬，世有誰知我。

貧居

造物非貧我，欲我閒且安。貧居自有樂，此樂非人間。蕭然一茅宇，十年卧空山。山深無客來，獨與雲往還。芰荷製冬衣，藜藿供朝餐。登山玩崔嵬，臨流聽潺湲。爲無貪著念，隨地可盤桓。但得閒中樂，豈以貧爲艱。愈貧愈無事，無事心愈閒。雖居人世中，恰似出塵寰。

余嘗作二詩觀者皆喜文卿見余寫此卷俾余書之於上

莫造屋，莫造屋，何用經年興土木。造屋人在堂，拆屋人在腹。不知造時榮，但見拆時辱。莫造屋，莫造屋。世道由來反覆多，興廢但分遲與速。

莫買田，莫買地，買田置地增家計。西陌東阡恣兼并，不知户役隨田至。大男小女日夜忙，帶鎖擔枷了官事。莫買田，莫買地。生前將爲子孫謀，身後翻爲子孫累。

吴江長橋

天險不可梯，白石不受鞭。空疑幻人試幻術，神輸鬼運來塵寰。躋濤駕浪逕空闊，盤結鈎鎖金聯環。又疑東海躍出萬丈白玉虬，挾風嘆雨飛上天。天高九萬不得上，翻身飛墮長江邊。蒼雲半溼瓊瑶冷，弱水不隔蓬萊境。兩岸遥分白月光，中流壓破青天影。江吞湖吐水勢雄，南極地缺棲魚龍。橋成壯觀奪天巧，却笑造化無全功。

山行

水聲瀌瀌山中路，林深不知林外雨。轉來澗深不可渡，沿流直過前山去。前山脚下溪路斜，隔江遥見山人家。

秋晚溪上作

日暮東溪上，秋深景寂寥。葉稀林影薄，水落岸痕高。野燒明江島，漁舟入浦橋。故人煙水隔，悵望首空搔。

書齋卽事六言一首大雲特索余書故書之

逕遠松篁蓊鬱，日長庭院清虚。大貴莫過學道，至樂無如讀書。

題畫

花下抛書枕石眠，起來閒潄竹間泉。紙窗石鼎灰猶煖，殘爐時飄一縷煙。

一愚禪師子賢

子賢字一愚，天台人。幼聰悟絶人，住天台山寺。禪定之外，肆志作詩，最爲楊鐵崖所稱賞。詩見《玉山雅集》。

送葉明齋如京二首

墨突不暇黔，孔席不暇暖。周流天地間，微蹤何蹇蹇。邇來千百年，懿德人所範。送爾嘿無言，山城春日晚。

傷君遠行邁，白日何淒其。微陽滿林光，稍稍照人衣。天高鳥垂翼，風緊花落枝。荒臺俯流水，萬里長相思。

與白雲山人夜坐山人將歸天台卽席賦此送之

杪欏樹頭月皎皎，共坐論詩天欲曉。大星飛落滄江前，小蟲啼徧牆根草。我愛高人白雲姿，對客長賦白雲辭。漫遊羣仙白銀闕，拾得碧海珊瑚枝。又載雲軿下塵世，涼颸微動青霞袂。一聲鐵笛徹長霄，鸞鳳和鳴滿雲際。高人讀律仍讀書，白頭在堂辭我歸。殷勤綵服壽春酒，江城八月秋暉暉。

爲文中上人題唐子華畫

□□潮生白，煙鐘樹杪撞。漁舟浮箇箇，沙鳥去雙雙。野曠□□此，天青月墮江。看圖思長史，獨倚暮樓窗。

題緑筠樓

緑筠樓外玉參差，坐愛棱欒曉霧霏。五色雲開丹鳳下，九天風動翠蛟飛。江波渺渺湘妃泣，羽旆娟娟帝子歸。我爲玉人歌此曲，山城秋日淨暉暉。

華項雲遊江西

日照香爐縹緲峰，半天萬仞金芙蓉。上盤劍氣干星極，下有隱士巢雲松。澄潭湛湛龍歸鉢，細草青青鹿養茸。好去海東詩畫客，采蘭江口聽烟鐘。

擬鐵笛先生遊虎丘得開字韻

九月九日天無雨，攜妓遊山亦快哉。鐵笛一聲厓石裂，銀門多爲菊花開。空池劍氣干丹極，古寺芙蓉照紫苔。愛殺月明江路静，畫船簫鼓緩歌回。

寄敏仲謙於洞庭翠峰寺

斂公遥住洞庭西，咫尺煙波路欲迷。落日斷霞山疊疊，揚舲鼓角一作柂。風淒淒。魚龍出没隨潮上，橘柚參差壓樹低。東崦人家更清絶，也思來此作幽棲。

題顧仲瑛玉山佳處

玉峰一作山。佳地小徘徊，霞氣丹光接上台。白日山移蓬島去，紫宫花繞蕊珠開。雲邊青鳥迎人語，溪上黄童採藥回。昭代衣冠非避世，憑軒誌一作泚。筆寫仙才。

奉上鐵崖先生文署

晏歲曾逢張外史，梅邊日日説廉夫。文章氣逸江東□，□字工専海上蘇。把酒遠山當夕照，彈琴修竹散煩紆。不才駑馬勞青眼，便作人間汗血駒。

送李提舉歸

白帝城邊落木秋，峨眉山上月如鉤。少陵野老曾爲客，太白仙人舊所遊。玉峽樓船煙雨暝，錦官臺殿夕陽收。他年百丈牽江上，訪子殷勤到益州。

題王元章墨梅

我家繞屋梅花樹，況在清溪白石邊。雲霽月明疏影小，讀書猶記十年前。

張玉娘

玉娘字若瓊，姓張氏，松陽女子也。父懋字可翁，號龍巖野父，仕宋爲提舉官。媪劉氏。玉娘生有殊色，敏惠絶倫。及笄，字沈生佺，佺爲宋宣和對策第一人晦之後，與玉娘爲中表。未幾，張父有違言，佺與玉娘益私相結納，不忍背負。佺嘗宦游京師，時年二十有一，兩感寒疾不治，疾革，張折簡子沈，以死矢之。沈視之曰：若瓊能卒我乎？噓唏長潸，遂瞑以死。張哀惋内重，常鬱鬱不樂，時值元夕，托疾隱几，忽燭影揮霍下見沈郎，屬曰：若瓊宜自重，幸不寒夙盟，固所願也。張顧視燭影，以手攤髻，悽然泣下曰：所不與沈郎者，有如此燭！語絶，覺不見，張悲絶，久乃甦，曰：郎舍我乎！遂得陰疾以卒，時年二十有八。父媪哀其志，請于沈氏，得合窆于附郭之楓林。明邑人龍谿王詔爲作傳。若瓊爲文章醞藉，詩詞尤得風人之體，時以班大家比之。嘗自號一貞居士。侍兒紫娥、霜娥，皆有才色，善筆札。所畜鸚鵡，亦辯慧，能知人意事，因號曰「閨房三清」。卒之日，侍兒皆哭之慟。踰月，霜娥以憂死，紫娥遂自經而殞。詰旦，鸚鵡亦悲鳴而降。家人皆從殉于墓，時或稱張墓爲「鸚鵡冢」。所著詩若干首，王龍谿得于道藏之末，謂古人以節而自勵者，多托于幽蘭白雪以見志，因名之曰《蘭雪集》云。

川上女

川上女，行踽踽。翠鬟溼楚雲，冰肌清溽暑。霞裙瓊珮動春風，蘭操蘋心常似縷。却恨征途輕薄兒，笑隔山花問妾期。妾情清徹川中水，朝暮風波無改時。

古別離

把酒上河梁，送君灞陵道。去去不復返，古道生秋草。迢遞山河長，縹緲音書杳。愁結雨冥冥，情深天浩浩。人云松菊荒，不言桃李好。澹泊羅衣裳，容顏萎枯槁。不見鏡中人，愁向鏡中老。

拜新月

拜新月，拜月願月圓。新月有圓時，人別何時見！

白雪曲

簾白明窗雪，風急寒威冽。欲起理冰絃，如疑指尖折。孀幃眠不穩，愁重腸千結。閒看臘梅梢，埋沒清塵絶。

擣衣秋

入夜砧聲滿四鄰，一天霜月楚雲輕。自憐歲歲衣裁就，欲寄無因到遠人。

明月引

明月度天飛，團團散清輝。中有后羿妻，竊藥化蟾蜍。碧海心如夢，澹澹生寒虚。關山一夜愁多少，照影令人添慘悽。

雙燕離

白楊花發春正美，黄鵠簾垂低燕子。雙去復雙來，將雛成舊壘。秋風忽夜起，相呼度江水。風高江浪危，拆散東西飛。紅徑紫陌芳情斷，朱户瓊窗侶夢違。憔悴衛佳人，年年愁獨歸。

採蓮曲

女兒採蓮拽畫船，船拽水動波搖天。春風笑隔荷花面，面對荷花更可憐。

班婕妤二首　和王摩詰韻。

一自憐捐棄，香跡玉階疏。聞道西宫路，近亦絶鸞輿。

翠箔玉蟾窺，天街仙籟絶。抱恨坐夜長，銀釭半明滅。

塞下曲　横吹曲辭。

寒入關榆霜滿天，鐵衣馬上枕戈眠。秋生畫角鄉心破，月度深閨舊夢牽。愁絶驚聞邊騎報，匈奴已收隴西還。

塞上曲 橫吹曲辭。

爲國勞戎事，迢迢出玉關。虎帳春風遠，凱甲清霜寒。落雁行銀箭，開月響鏮環。三更豪鼓角，頻催鄉夢殘。勒兵嚴鐵騎，破虜燕然山。宵傳前路捷，遊馬斬樓蘭。歸書語孀婦，一宵私昵難。

從軍行

三十遴驍勇，從軍事北荒。流星飛玉彈，寶劍落秋霜。畫角吹楊柳，金山險馬當。長驅空朔漠，馳捷報明王。

幽州胡馬客

幽州胡馬客，蓮劍寒鋒清。笑看華海静，怒振河山傾。金鞍試風雪，千里一宵征。鞬底揪羽箭，彎弓新月明。仰天墜鵰鴞，回首貫長鯨。慷慨激忠烈，許國一身輕。願繫匈奴頸，狼煙夜不驚。已上凱歌樂府，俱閨中效而不成者也。丈夫則以忠勇自期，婦人則以貞節自許，妾深有意焉。

山之高三章

山之高，月出小。月之小，何皎皎。我有所思在遠道，一日不見兮我心悄悄。

采苦采苦，于山之南。忡忡憂心，其何以堪。

汝心金石堅，我操冰雪潔。擬結百歲盟，忽成一朝别。朝雲暮雨心去來，千里相思共明月。

王將軍墓

宋王將軍名遠宜，松陽人。宋亡，與元兵戰于望松嶺，死之，遂葬于此。

嶺上松如旗，扶疏鐵石姿。下有烈士魂，上有清蒐絲。烈士節不改，青松色愈資。欲試烈士心，請看青松枝。

鳴雁二章

鳴雁征征，白露既零。猗嗟清兮，懷彼春冰。

鳴雁嗥嗥，涼風飄颻。猗嗟孌兮，懷彼春宵。

瑶琴怨

涼蟾吹浪羅衫溼，貪看無眠久延立。欲將高調寄瑶琴，一聲絃斷霜風急。鳳膠難煮令人傷，茫然背向西窗泣。寒機欲把相思織，織又不成心愈戚。掩淚含羞下階看，仰見女牛隔河漢。天河雖隔女牛情，一年一度能相見。獨此弦斷無續期，梧桐葉上不勝悲。抱琴曉對菱花鏡，重恨風從手上吹。

秋江辭

煙迷浦口人跡稀，老松瘦竹横斜暉。舟人鱠切蓴羹美，竹葉香清蟹正肥。醉眠篷底呼不醒，一任秋風吹鬢影。起來霜月白滿天，淅瀝蒹葭涼夜静。

春曉謡

到枕一聲鶯，曉窗生虚白。烟柳影參差，薔薇紅半坼。乘風雙蛺蝶，欲入珠簾隔。獨向花下吟，翠篠刺羅襟。徘徊吟不就，婢子整瑶琴。撫弦不堪彈，調别無好音。一弦腸一斷，斷盡幾回心。

牧童辭

朝驅牛，出竹扉，平野春深草正肥。暮驅牛，下短陂，谷口烟斜山雨微。飽采黄精歸不飯，倒騎黄犢笛横吹。

龍鱗石 在西屏山。

古石横青壁，蒼蛟松下蟠。日斜山氣溼，瘦甲動餘寒。

西樓晚眺

向晚登高樓，簾閒樓上頭。白烟凝野水，望斷使人愁。

哭沈生

中路憐長别，無因復見聞。願將今日意，化作陽臺雲。

閒坐口謡

獨坐看花枝，無言雙淚垂。癡婢不知春，問我心恨誰。

秋夜長

秋風生夜涼，風涼秋夜長。貪看山月白，清露溼衣裳。

華清宫

柳暗春風遠，花飛香夢殘。夜深明月度，寂寞玉雕闌。

長信宫

珠箔疏流月，螢歸定繡裳。宫西燈火合，歌吹起昭陽。

春殘

簾外落花萬點，枝頭啼鳥一聲。唤轉枕邊春夢，倚闌終日凝情。

春思

玉勒雕鞍燕北春，閒愁空自惜芳塵。楊花入户還飛去，應笑虚幃翠被新。龍谿曰：怨而不怒。

晝寢

南窗無事倦春妍，繡罷沈香火底眠。清夢却羞飛絮杳，誤隨雙蝶度秋千。

秋思

秋入銀牀老井梧，能言鸚鵡日相呼。蘭閨半月閒鍼綫，學得崔徽一鏡圖。

春曉 和徐氏潤然韻。

夢回隔竹漏聲殘，春起移燈看牡丹。無力東風暗吹燭，獨披清露倚雕闌。

題畫二首

伯牙

山家茅屋隔寒林，獨把枯桐覓舊吟。門掩無人飛蛺蝶，白雲垂地結晴陰。

海棠宿鳥

幽禽底事倦春芳，相與棲遲宿野棠。風攪一枝香夢醒，四天煙景夜茫茫。

林和靖

飲盡春觴興轉賒，竹陰扶日印窗斜。騎驢踏遍吴山曲，處處東風出杏花。

暮春夜思

夜涼春寂寞，淑氣浸虚堂。花外鐘初轉，江南夢更長。野春鳴澗水，山月照羅裳。此景誰相問，飛螢入繡牀。虞伯生讀至末句，拍案曰：此豈婦人所及！大爲當時所稱。

春睡

繡倦南窗下，翛然睡思摧。紅日過牆去，清風入幕來。幽夢迷莊蝶，荒雲隔楚臺。覺來香縷在，虚室絶塵埃。

新夏納涼

薰風初轉夏，緑樹老春鶯。暗溜穿花入，溪雲隔竹生。倚涼攲畫扇，拭淚聽秦筝。素襪香塵暗，槐陰樹底行。

清晝

晝静春偏遠，詩成興轉賒。看山憑畫閣，問竹過鄰家。摘翠閒驚鳥，燒煙曉煮茶。無端雙蛺蝶，繞袖錯尋花。

詠案頭四俊 録二

錦花牋

薛濤詩思饒春色，十様鸞牋五采誇。香染桃英清入觀，影翻藤角眩生花。涓涓錦水涵秋葉，苒苒剡波漾晚霞。却笑回文蘇氏子，工夫空自廢韶華。

珠麝墨

蘭煤薰透漏星房，蒼璧無痕暈漆光。萬杵龍頷凝海水，十分麋淚泣玄霜。松煙入硯還矜色，江雨翻雲別有香。風静月林秋氣逼，滿天詩思動清商。

晚樓凝思

鴛鴦繡罷悶新愁，獨抱雲和散畫樓。風竹入弦歸別調，湘簾卷月笑銀鉤。行天雁向寒煙没，倚檻人將清淚流。自是病多鬆寶釧，不因宋玉故悲秋。

和謫弟三一三峽曉征寄回韻

鳥道縈紆入劍門，謫居惟汝獨憐恩。鎖天煙黑疑無地，隔樹人言知有村。聽雨不生池草夢，看雲應斷故鄉魂。平安日問南歸雁，三峽清秋依曉猿。

春妝凝思

春來常是見花羞，終日簾垂懶上鉤。淑氣薰人饒舊夢，柳條縈帶綰新愁。情歸野草泥寒雨，目斷長江送下舟。笑比南金身自許，鏡鸞獨抱下妝樓。

倦繡

綠窗春睡起常遲，繡罷鴛鴦聽子規。斜倚睡屏閒悵望，慵臨鸞鏡獨支頤。工餘綵綫日空永，愁伴珊瑚夢已違。細數目前花落盡，傷心都付不言時。

夢遊龍闕

香魂夜靜趨龍闕，天風吹袂波凌襪。鮫人愁織雪綃衣，飛瓊笑問青華髮。肌徹冰霜玉樹寒，步摇環珮玻璨滑。一聲驚覺曉鶯啼，簾篩半枕梨花月。

池邊待月

待月月未升，看池池水清。冰夷吹海浪，薄霧約雲英。惟見寒波動，嫦娥明鏡行。

哭沈生

仙郎久未歸，一歸笑春風。中途成永絶，翠袖染啼紅。悵恨生死異，夢魂還再逢。寶鏡照秋水，明此一寸衷。素情無所著，怨逐雙飛鴻。

黎僉事崱

崱字景高，號東山，安南人。東晉交州刺史沅敷後也。世居愛州，幼與外祖舅諸衛黎琫爲子。教習書，九歲試童科，陳大王留左右，仕至侍郎。遷佐淨海軍節使彰憲侯陳鍵幕。至元中，元世祖有占城之役，遣使安南，令助軍輸，世子日烜不聽，命鎮南王脱驩、右丞唆都等先後進兵，世子戰敗，棄城遁。其弟昭國王益稷率鍵等降附。安南兵邀擊，鍵戰没，崱抱其屍馳數十里瘞之。隨班赴闕，封益稷爲安南國王。崱祗受敕從侍郎，遥授紙縣令尹，賜錢五百緡，同降者受符有差，尋命益稷歸國，崱隨鎮南王自鄂移兵送之，安南弗納，尋以炎瘴班師，還居漢陽。益稷念崱勞績，力薦之，祗受敕牒奉事郎，遥授同知安暹州事，尋加奉議大夫、僉歸化路宣撫司事。東山性冲退，薄聲利，嗜文章，入中國垂五十年。晚自號静樂，閒居漢陽，采摭歷代國史交阯圖經，雜以見聞，作《安南志畧》二十卷，以敍事附於卷末。詩多可傳，僅存遺稿諸作，如《朝會》云：「祥開黄道乾坤闊，瑞拱紅雲日月光。」《應朝廣省》云：「貪看百二關河闊，不顧八千途路賒。」其惓惓向慕中朝之心，亦可概見於此。

圖志歌

安南版圖數千里，少是居民多山水。東鄰合浦北宜邕，南抵占城西大理。古來五嶺號蠻夷，肇自陶唐有交阯。其在成周爲越裳，重譯曾來供白雉。秦名象郡漢交州，九真日南接其地。漢初趙陀總雄據，乃命爲王免誅徙。繼因高后禁關市，陀復怙强隨僭僞。即稱帝與中國件，戕害邊民嚴武備。漢家自是起兵戈，每戰無功罷力士。漢文修德不事武，釋罪不誅封趙氏。陀因感德稱藩臣，遂使嬰齊來入侍。方物珍奇歲貢輸，傳襲子孫給五世。呂嘉謀叛暗興兵，故殺其王并漢使。武皇一怒奮天戈，千里精兵掃兇穢。路侯博德勇有謀，破越如同破竹勢。分爲九郡置官守，南越從兹國乃廢。中華闡化遍九州，漸教遠人通禮義。光武初除新室難，未遑選擢南方使。縻洽二女逞奸雄，娣名徵側妹徵貳。招呼要黨據南交，威服百蠻無與比。侵邊寇滅六十城，一立爲王一爲帥。堂堂漢將馬伏波，苦戰三年常切齒。分軍驅逐到璽溪，賊酋授首悉平治。廣開漢界極天南，銅柱高標傳漢史。命官遣將鎮其民，德政清新多惠施。至於士燮善撫綏，貴重一方人所念。國政紛紛吴蜀在，争爲壁壘陳交界。境入漢制宋齊梁，興誅相承如一軌。悠悠閲世迨隋唐，始號安南今乃是。張舟始作都護時，修築羅城制軍器。高駢威信行在彼，此邦人人多慢易。咸通末歲中國亂，轉運遐方肆驕恣。吴權曲顥矯與楊，纂辱相争民力匱。宋初王氏始封王，丁絶轉封黎與李。李傳九世一百年，嗣有陳王來襲位。泰平日久重儒風，禮樂衣冠畧初似。皇元一統自古無，德服萬邦恩澤被。陳王納款三十年，後嗣不道違上旨。甲申假道征占城，令助軍器供餉饋。居然逆命相抗衡，拒捍王師心懷異。陳王子姪二三人，慕義來歸沐恩賜。興師伐罪出有名，千里鷹揚耀旗幟。進兵數道會於交，勢若雷雲馳萬騎。其王逃海匿山林，旁及無辜遭罪戾。

師還伏罪進表章，犀象璽珠常踵至。聖心蕩蕩念斯民，罷戰休兵合天意。南陲從此悉安然，億萬生靈蒙其庇。遠人懷德自心歸，天下爲家當盛際。小臣居洒拜皇恩，竊禄素餐心自愧。乘間綴緝舊所聞，寫作《安南風土志》。

贈尚書撒里瓦使安南還

安穩梅花道，尚書向此還。人煙兩邊樹，客思萬重山。陸賈通南越，張騫度玉關。皇華君善事，誰喜近天顔。

送郎中趙子期

下國瞻宸極，交州有使星。梅花南北景，篁竹短長青。殊俗詩難寫，荒村酒易醒。翩翩趙公子，終不愧朝廷。

内附　至元甲申，官軍入境，世子遣兄子新慮侯率蒯等拒之。力弱，遂降。

十丈樓船下粤瀧，將軍繫組列城降。中朝一統有今日，南國小臣如此江。自入羽毛州賦後，須忘鱗介土□□。當年百歲秦陀老，何事詩書滯一邦。

喜詔

黄雞催唱曉玲瓏，尺五飛來紫禁中。遂使堯言布天下，始知漢詔感山東。金甌已付經綸手，玉燭均調鼎鼐功。人囿太平無事日，村村秔稻颭香風。

侍宴

皇慶初元。

玉階仙仗曉班催，日上彤章寶扇開。雷動乾坤三祝壽，春生雨露九霞杯。元年新記黄龍瑞，重譯今傳白雉來。從此南荒深感德，不勞銅柱立崔嵬。

都城

天象分明散曉霞，故令騎馬入京華。雲開閶闔三千丈，霧暗樓臺百萬家。寒盡宮花初著蕊，春深官柳已藏鴉。太平氣象今如此，始信皇圖福未涯。

重九懷彰憲侯

久廢登臨不賦詩，却來重看菊花枝。猶思馬上西門哭，不記鰲邊左手持。雙鬢豈堪頻换色，一樽當及未衰時。紛紛蜂蝶知春事，明月秋風好付誰。

送侍郎智子元使安南

桂林南去接交州，椰葉檳榔暗驛樓。使者持書行絶域，侍郎鞭馬照清秋。元年詔下黄龍漢，九譯人歸白鯉周。便化文身作章甫，歸來陸賈説前遊。

送廣文傅與礪佐天使安南

尚書文史濟時才，匹馬仍隨使客來。滄海龍飛天子詔，青冥鶴下趙王臺。諸溪篁竹參差動，五嶺梅花准擬開。政使風煙殊百粵，未應佳句不能裁。

壽安南國王　七月三日。

明河秋露照華簪，天雨仙花優鉢曇。恩重鵬程轉溟北，丹成雞犬在安南。長生籍内千秋八，善樂堂中七月三。白髮門徒珍重意，流霞拍手借春酣。

用載道韻晚游郎中湖

疏葦長堤接短籬，日來湖上欠支離。鷗邊人立城陰晚，柳外花明水淨時。世事紛紛驚倦眼，客懷草草説新詩。荒祠爲喜文翁笑，〔醉〕酹乾姜一片碑。

贈傅與礪使安南還

竹里鸞啼嶺嘯猿，安南使者下龍船。詔分鳶阯傾心拜，詩致雞林好事傳。絳節司存新雨露，青春來往倦風煙。江頭客髮垂垂白，猶見南來陸賈年。

大別山詠禹柏

今古朝昏意自閒，人傳禹柏未曾刊。神功四載殷周上，元氣一枝江漢間。骨蛻銅龍天欲海，□沈朱虎雪連山。摩挲擬問胼胝事，遺廟朝烏去不還。

挽安南國王

當時侍坐談玄客，今日到門燈照靈。重對畫眉魂或返，每看遺稿淚交零。西門舊路花應白，南國新阡草易青。無限越吟招不得，紙錢風急樹冥冥。